L'ombre du désir

Lucretia Grindle

L'ombre du désir

Traduit de l'américain par Sophie Pertus

ÉDITIONS FRANCE LOISIRS

Titre original :
THE FACES OF ANGELS
publié par Macmillan, an imprint of Pan Macmillan Ltd, Londres.

Édition du Club France Loisirs,
avec l'autorisation des Éditions Belfond.

Éditions France Loisirs,
123, boulevard de Grenelle, Paris.
www.franceloisirs.com

1

Il faisait chaud et j'avais un caillou dans ma chaussure. Ce sont les deux choses qui me reviennent en tête quand je pense au jour où mon mari est mort. Je comprends que vous puissiez trouver cela bizarre. Vous vous attendriez sans doute à des éléments plus marquants : un pressentiment, une ombre plus imposante, un mouvement inexplicable. Mais non. Ma mémoire ne fonctionne pas de cette manière. Ce qu'elle saisit, ce qu'elle conserve, ce sont des fragments. Des détails que je peux recueillir dans le creux de ma main comme autant de grains de sable.

Le caillou, par exemple. Il s'était glissé entre la semelle plate de ma sandale toute neuve et la base de la lanière qui passait sur le dessus du pied. C'étaient des sandales typiquement italiennes, chics et pas pratiques. Elles ne me ressemblaient pas vraiment. Vous auriez sans doute vu là une folie. Moi aussi, sauf qu'elles allaient avec le sac que m'avait offert mon amant et la robe que la vendeuse nous avait fait acheter après.

Elles sont d'une efficacité impitoyable, les vendeuses florentines. Elles vous repèrent à peine franchi le seuil d'une de ces élégantes petites boutiques. Elles voient tout : la nonchalance avec laquelle vous consultez les étiquettes, l'attention excessive portée aux articles exposés, le tic nerveux au coin de vos lèvres. Et aussi, s'il vous accompagne, l'homme qui reste là à sourire avec indulgence en palpant sa carte de crédit – ou des billets s'il est marié – dans sa poche. Oui, ces vendeuses ont un flair infaillible. Ce qui n'est pas surprenant. Fabriquer et vendre du beau est inné ici, tout comme le talent particulier qui va avec : savoir deviner vos faiblesses secrètes, les failles de votre cœur qui vous poussent à acheter, acheter, acheter. Des sacs à main en coquillages. Du parfum à l'essence de graines d'iris plus coûteux que de l'or pur. Des cartes gravées et de la cire à cacheter colorée. Des stylos de verre, des chaussures ornées de perles. Les vendeuses ont tout sous la main, toutes ces frivolités dont on croit avoir besoin lorsqu'on est amoureuse.

Et je l'étais, à l'époque. Mais pas de mon mari. Notez que ce n'est pas un aveu, aucunement une confession. Ni un mea culpa. C'est un fait, rien de plus. Un grain de sable de plus.

Je ne voyais pas les choses sous cet angle le jour où mon amant m'a acheté la robe, les sandales et le sac bleu vif, pourtant. Ce jour de début mai où j'ai passé mon bras sous le sien et où il m'a dit : « Quand tu les porteras, je te caresserai », oui, ce jour-là et ceux qui ont suivi, j'avais l'impression qu'être amoureuse comptait plus que tout. C'était tout ce qu'on vous promet, tout ce dont on rêve, tout ce que j'avais désiré. Le nirvana. Une lumière éclatante. Appelez cela comme vous voudrez. Pour moi, ce printemps à Florence, ce n'était rien de moins que la fameuse timbale que l'on espère décrocher un jour ou l'autre. Et j'étais près de le faire. À vrai dire, les jours qui ont précédé la mort de mon mari, je voyais presque ma main avancer, mes doigts toucher le métal doux et argenté.

Et soudain, tout change. Votre vie est un jeu de Scrabble que quelqu'un a bousculé d'un revers de main, de sorte que les lettres forment des mots que l'on ne reconnaît plus. Et même si l'on ne comprend pas très bien ce qui s'est passé, on sait avant même d'avoir essayé qu'il ne sera pas possible de les remettre en place, qu'il manquera toujours des lettres. Qu'il restera des blancs. Des failles et des trous qui ne pourront jamais être comblés, des choses qui n'auront plus exactement le même sens qu'avant.

Alors, quand cela se produit, au moment où les mots glissent, on se raccroche à une curieuse petite poignée de faits – ceux dont on est absolument sûre. Le caillou dans la chaussure. La sueur que l'on sent couler dans son dos et perler sur son front. Et la poussière, d'un blanc de craie, soulevée par les pas des enfants dans les allées du jardin Boboli qui reste en suspens dans la chaleur immobile et langoureuse d'un dimanche après-midi.

C'était le dimanche 25 mai. Mon mari et moi n'étions pas seuls. Cela n'avait rien d'inhabituel, car, durant les trois mois que nous avons passés à Florence pour ce qui nous tenait lieu de voyage de noces – si l'on peut parler de lune de miel lorsqu'on vit ensemble depuis près de dix ans –, nous étions presque toujours en compagnie. De professeurs, pour être précis, et de temps à autre d'un prêtre.

Ty Warren, mon mari, était d'ailleurs professeur. Quant au prêtre, il faisait partie du lot, parce que Ty

9

participait à un échange entre enseignants d'écoles religieuses destiné à comparer les mérites respectifs des différents systèmes éducatifs. Je suis catholique mais je n'étais là qu'en touriste, alors je ne comptais pas vraiment.

Ty était le quaker de service. Il y avait aussi un baptiste, une méthodiste et une luthérienne. Lance, Tricia et Melody, dans cet ordre, si j'ai bonne mémoire – et j'ai bonne mémoire. Et, bien sûr, il y avait le père Rinaldo.

Rinaldo nous rejoignit pour déjeuner – nous avions décidé de faire une petite folie, un festin dans une trattoria haut de gamme –, puis il nous accompagna au jardin Boboli. Il attendit en souriant à l'extérieur des barrières, dans la foule bariolée, tandis que Ty courait acheter des tickets ; il bavarda aimablement alors que nous marchions au-dessus de l'amphithéâtre puis que nous descendions visiter la grotte en passant devant l'orangerie. Mais il s'en alla de bonne heure, sans doute à cause de moi.

Une semaine auparavant, Rinaldo et moi étions encore amis – s'il est possible d'être « ami » avec son confesseur. Durant mes premières semaines à Florence, alors que j'étais presque tout le temps seule parce que Ty avait cours et que je n'avais pas rencontré Pierangelo, le père Rinaldo m'avait prise sous son aile. Il m'avait repérée un matin dans la sacristie de San Miniato, bouche bée devant tant de splendeur, et il avait engagé la conversation. Il connaissait bien l'art. Il était plein d'esprit et parlait un anglais excellent. Il mit un point d'honneur à me faire visiter ses endroits préférés. Mais ce dimanche après-midi de la fin mai, nous n'étions plus amis. Par ma faute, parce que j'avais commis une erreur. Une grave erreur. Je lui avais dit la vérité. Nue et sans fard.

Deux semaines plus tôt, je m'étais agenouillée dans le petit confessionnal sombre et j'avais murmuré à Rinaldo que je n'aimais pas mon mari. Que j'aimais quelqu'un d'autre. Que pour la première fois de ma vie, j'étais heureuse – profondément, follement heureuse –, et que ce que je voulais, c'était que Dieu m'accorde la permission de partir. Ou plutôt de rester, car je comprenais déjà que Pierangelo et Florence étaient indissociables.

Quand j'y repense, je ne sais pas comment j'ai pu être aussi naïve et je me demande à quoi je m'attendais. Avais-je confondu l'Église catholique avec la Constitution américaine ? Croyais-je vraiment que ma foi m'autorisait à chercher le bonheur ? Je ne sais pas. La vérité, c'est que je me serais contentée de son pardon, ou même de sa compréhension. De sa compassion. Au fond, c'est sans doute ce que j'étais venue chercher. Il me semblait que c'était ce que l'on pouvait attendre de Jésus. Apparemment à tort. Rinaldo m'avait mis les points sur les *i*. Dans la véritable Église, avait-il dit, sur le véritable chemin qui menait à Dieu, à la différence du chemin de traverse sur lequel je m'étais égarée, il n'y avait pas de place pour la faiblesse. Nous étions des soldats. Nous avions des batailles, des combats sans fin à livrer. En Son nom. Et j'étais bénie car mon heure était venue. La chance m'était offerte de renoncer pour le Christ à ce que j'aimais.

Bien sûr, je soulevai des objections. J'allai jusqu'à discuter. Mais Rinaldo se montra à la hauteur de la situation. Il affirma que l'ennemi était tout proche.

11

Que c'était ma chair, et que si je n'attaquais pas, si je désertais le champ de bataille et refusais le combat – bref, si je ne cessais pas immédiatement de voir Pierangelo pour me consacrer corps et âme à l'homme que j'avais promis d'aimer devant Dieu –, eh bien, je pourrais me considérer comme damnée. Ou, du moins, mise à l'écart. Excommuniée. Disqualifiée de la course à la grâce.

Entendre ces mots me fit le même effet que si je m'étais penchée pour recevoir un baiser et que l'on m'ait giflée. Rinaldo dut s'en rendre compte, car il profita de mon état de choc et de mon silence pour enfoncer le clou. Il n'existait pas de voie intermédiaire. Je devais renoncer à l'amour de Pierangelo pour accepter celui de Jésus. Il insista. Mon âme était en danger.

Il faut dire que l'Église catholique a toujours eu un sens dramatique particulièrement développé, mais j'avais beau connaître cette démonstrativité, les paroles de Rinaldo me bouleversèrent. Jusqu'à ce jour, j'avais vécu en catholique docile, à défaut d'être vraiment fervente. Alors, abasourdie par la force de la conviction de Rinaldo, je fis ce qu'il me disait. Je me souviens d'être rentrée à pied de l'église San Miniato à notre appartement et d'avoir eu l'impression que toutes les lumières s'étaient éteintes, que j'étais en train de devenir aveugle et que je le resterais jusqu'à la fin de mes jours. Pourtant, j'essayai. Ce soir-là, je regardai le beau visage de mon mari, je pris ses mains que je connaissais si bien, j'écoutai attentivement l'inflexion basse et chaude de sa voix et… rien. Je ne ressentis rien qu'une horrible dureté sourde, comme si mes organes cessaient de fonctionner et se pétrifiaient lentement.

Lorsque j'annonçai ma décision à Pierangelo, ce que je fis dès le lendemain, avant d'avoir perdu toute résolution, il s'efforça de m'aider. Il m'assura qu'il m'aimait, qu'il m'aimerait toujours et qu'il ne m'oublierait jamais, mais aussi qu'il comprenait. Même s'il ne croyait plus en l'Église, il était marié lui aussi et, surtout, il était italien. Comment pourrait-il me demander de choisir entre Dieu et lui ? Sans doute cela aurait-il pu me le faire haïr, mais sa réaction eut l'effet inverse : je ne l'en aimai que plus. Surtout lorsqu'il affirma que je devais faire ce qui me semblait juste.

Je persistai donc dans ma décision. À contrecœur. Plus d'une fois je composai son numéro de portable rien que pour entendre sa voix sur le message d'accueil. Parfois il me semblait le voir dans une foule ou dans la rue. Je commençai à croire que l'on me suivait, comme si une partie de moi qui se sentait trahie, privée de l'avenir qu'elle s'était choisi, marchait sur mes talons dans les ruelles ou au coin des places. Je faillis être renversée par une moto devant l'appartement quand je descendis du trottoir sans regarder. J'en vins à me demander si ce n'était pas délibéré, si je n'essayais pas de me tuer vite au lieu de m'ossifier lentement de l'intérieur.

Je priai. Vraiment. Pendant ces affreuses journées de plomb, je suppliai Dieu – ou était-ce la Vierge, plus compatissante ? – de me permettre, si je ne pouvais pas aimer Ty, de ressentir au moins quelque chose. N'importe quoi. Mais rien ne touchait mon moi de pierre, rien ne m'ôtait l'idée que je mourais peu à peu – d'abord le cœur, puis le foie, la rate. Alors ce dimanche, à déjeuner, alors que j'étais assise au milieu des professeurs qui bavardaient, vêtue de la robe de

13

Pierangelo et serrant fort comme une espèce de talisman le petit sac qu'il m'avait offert, oui, je crois pouvoir dire que, ce dimanche, j'ai haï le père Rinaldo.

Il en avait conscience, c'est certain. Je doute qu'il ait ressenti autant de haine à mon égard. Je suis même sûre que non, ne serait-ce que parce que la haine implique une notion d'égalité. Or Rinaldo était un officier de l'armée de Dieu alors que je n'étais que de la chair à canon, surprise à deux doigts de la désertion. Je suis aussi à peu près convaincue qu'il sentait ma résolution vaciller, qu'il savait d'où venait ma robe et pourquoi je la portais, qu'il pouvait faire le compte dans mon âme des coups de téléphone. Chaque fois qu'il me regarda ce dimanche, une sorte de pitié hautaine éclairait ses yeux. Comme si nous savions tous deux combien j'étais tombée bas et que seule la joie de ma rédemption pourrait compenser la tristesse de ma chute. Cette rédemption, je suis sûre qu'il la planifiait tout en mangeant ses raviolis et en buvant du vin. Je sentais que, comme un alpiniste avant une ascension difficile, Rinaldo se préparait. Il réfléchissait à la voie par laquelle il allait me faire escalader de force l'à-pic de la foi pour me ramener dans le sein de l'Église.

J'enrageais. Du moins sentais-je quelque chose, enfin. Je lui dois cela. Encore maintenant, quelque deux ans plus tard, j'arrive à me rappeler son regard cet après-midi-là. C'était comme si Rinaldo touchait mon visage, comme s'il appuyait sur ma peau du bout des doigts, mollement.

Et pourtant. Et pourtant. On ne met pas facilement de côté une vie d'obéissance, d'espérance, une vie dominée par notre sainte mère l'Église. Alors ce dimanche, lorsque le père Rinaldo s'en alla, j'avais beau le haïr, je

14

dus me retenir. Oui, je dus m'empêcher de lui courir après, de slalomer entre les familles et leurs enfants, entre les couples qui se promenaient bras dessus, bras dessous, et de me jeter à ses pieds, sur les graviers, devant tout le monde, pour le supplier, l'implorer plutôt, de ne pas m'abandonner.

Je me souviens d'être restée là, dominée par ce besoin d'absolution que je tentais de réprimer. Aujourd'hui, je me demande si ce n'est pas à ce moment-là que les lettres du Scrabble ont commencé à glisser. Est-ce à l'instant précis où je n'ai pas couru, où je ne l'ai pas supplié, que les mots qui faisaient jusque-là ma vie sont tombés du plateau ? Peut-être ce qui est arrivé ensuite n'était-il qu'une façon de finir la partie.

Mon mari, Ty, était un meneur-né. C'était ce que les gens disaient de lui, et cet après-midi dans le jardin Boboli, c'était précisément ce qu'il faisait : il nous menait. Vers le fort du Belvédère et le musée de la Porcelaine, pour être exacte. Les trois autres professeurs n'étaient à Florence que depuis deux semaines. Ils s'étaient équipés de chaussures de marathon et de grosses bouteilles d'eau, comme s'ils s'attendaient à traverser le Sahara. Ils se pressaient autour de Ty quand il lisait son guide d'un ton clair et monocorde qui tranchait avec le brouhaha des voix italiennes autour de nous. Il leur donnait des détails sur les ruines des labyrinthes, les statues et la vue extraordinaire qu'ils pourraient admirer du haut de la colline. Ensuite il écartait les bras et, à petits gestes, il les faisait avancer devant lui comme un berger son troupeau.

Ty excellait dans ce rôle. En temps normal, c'était moi sa brebis. Il devait savoir au fond de lui que j'étais égarée et se faire un devoir de me garder dans le droit chemin. Pour lui, amour et vigilance étaient synonymes. Longtemps, je m'étais laissé faire passivement. Mais maintenant que j'avais rencontré Pierangelo, ce comportement me rendait folle. Alors je guettais la moindre occasion de m'échapper et, justement, ce dimanche, il était distrait. Il m'avait déjà emmenée au Boboli mais là, il avait un auditoire nouveau et plus nombreux, qui n'était pas encore lassé des descriptions de fontaines et de sculptures à demi écroulées. En le regardant, je me rendis compte que, pour la première fois depuis des mois, il ne faisait pas attention à moi. Personne ne faisait attention à moi.

En bas, la silhouette noire de Rinaldo rapetissait à mesure qu'il descendait. Au-dessus de moi, Ty et les professeurs s'éloignaient. Je n'entendais presque plus leurs bavardages. Des enfants endimanchés descendaient la large avenue en courant. Les robes des petites filles étaient poudrées de la poussière blanche qui s'élevait des graviers. Les petits garçons portaient un short bleu marine, une chemisette et une cravate. Leurs parents faisaient semblant de ne pas remarquer qu'ils se tapaient avec des bâtons. Ils faillirent me frapper au passage et je dus m'écarter. C'est alors que je sentis le caillou. Je me penchai pour ôter ma sandale et le chasser, puis je me rechaussai. En me redressant, je regardai autour de moi. Et je découvris le tunnel végétal.

Touffu, tapissé de petites feuilles vertes, il s'ouvrait telle une bouche dans la rangée d'arbres serrés. Des branches souples s'entrecroisaient au-dessus et leur ombre dessinait sur le sol un motif ocellé. Je ne savais pas où il menait ; cela m'était égal. Je sentais l'odeur de la terre humide et, en m'y engageant, je fus enveloppée d'une lumière vacillante aussi attirante et verte que la mer par une chaude journée.

D'abord, les bruits me suivirent. Les voix, les éclats de rire, le claquement des sabots ferrés des chevaux qui montaient vers le fort, menés par les *carabinieri* raides comme des piquets, en rang par deux. Mais tous ces sons s'évanouirent à mesure que j'avançais. Et il n'y eut plus rien que le crissement assourdi de mes propres pas et le bruissement des feuilles mortes qui n'avaient pas été ratissées.

Je ne connaissais pas très bien le jardin Boboli mais c'était l'un des lieux préférés de Ty, qui m'en avait beaucoup parlé. Je pensais donc que, en marchant assez longtemps, je finirais par déboucher sur la fontaine des Mostaccini.

En réalité, il s'agit plutôt d'un muret de fontaines en enfilade, comme un petit canal surélevé. Avant de me la montrer, Ty me l'avait décrite en des termes si élogieux que lorsque je la vis je fus franchement déçue. Autrefois, les visages tous différents crachaient de l'eau par leur bouche béante dans un long abreuvoir destiné à attirer les oiseaux. Mais, depuis des années, il ne s'échappe plus de leurs lèvres bâillonnées par les feuilles et la mousse que des vrilles de vigne, si bien que l'abreuvoir s'est asséché et marbré de lichen. Comme les ruines des labyrinthes construits par les Médicis, la fontaine des Mostaccini n'est plus qu'un des os du squelette, une ligne presque effacée le long du mur sud du Boboli. C'était vers elle que je pensais me diriger quand j'entendis des pas.

Je n'en fus même pas sûre, d'ailleurs. Je crois que je me retournai, m'attendant presque à voir Ty me suivre : je savais qu'il finirait par le faire. Mais le tunnel avait pris un aspect plus sauvage, la végétation s'épaississait, et je ne vis personne. À un coude du chemin, les feuilles bruissèrent. Je crus voir bouger une ombre. Je me rassurai : c'était un parc public, il y avait d'autres gens, bien sûr. Je ne devais pas être la seule à avoir fui la lumière éblouissante, la poussière et le bruit des allées principales. Je m'étonnais même de ne pas encore être tombée sur des amoureux, de ne pas avoir entendu de souffles haletants ni de baisers dans les fourrés. Je me forçai à sourire de ma petite crise de trouille. Mais maintenant j'avais peur et je pressai un peu le pas en essayant de calculer mentalement la distance qu'il me restait à parcourir. Je percevais le bourdonnement de la circulation. Je devais me rapprocher du mur sud. C'est alors qu'une branche craqua et que je me mis à courir.

Le sous-bois se faisait de plus en plus dense. Le chemin disparaissait presque par endroits. Les broussailles accrochaient ma robe. Elles retinrent mon sac, qui glissa de mon épaule. Tant pis. Cette fois, c'était sûr, je percevais un martèlement de pas derrière moi et une respiration précipitée. Et puis je vis la lumière changer. Juste devant moi, le soleil brillait à travers les feuilles. Pas de doute, j'arrivais à l'allée qui passait devant la fontaine des Mostaccini. Il allait y avoir du monde. J'accélérai.

Je me jetai en avant, vers la lumière, le bout du chemin. J'ouvris la bouche pour crier.

Mais aucun son ne sortit. Juste avant qu'il m'attrape, juste avant de tomber face contre terre dans l'herbe tendre du printemps, je compris. Il n'y avait pas de fontaine. Pas d'abreuvoir de pierre gris clair. Pas d'allée de gravier devant moi. Et il n'y avait personne. Je m'étais trompée. Le chemin que j'avais emprunté m'avait conduite tout droit au centre d'un des labyrinthes en ruine.

Il me fit basculer en arrière en m'attrapant par les cheveux, comme j'ai toujours imaginé que Persée avait attrapé Méduse. Le goût sauvage de la terre se mêla dans ma bouche à celui du sang. Il se mit à promener sa main libre sur tout mon corps, à me caresser de la peau douce et inhumaine de son gant de cuir. Et puis il arracha la ceinture de ma robe. Il lia mes poignets et me fit rouler sur le dos. C'est alors que je vis la lame argentée et luisante. Il la ficha dans l'herbe afin de pouvoir se servir de ses deux mains pour me fourrer ma petite culotte dans la bouche. Ensuite, il prit son temps.

Du noir. C'est ce que je me rappelle. À peu près tout ce que j'ai été capable de dire à la police. Il avait rabattu sur son visage une cagoule noire dans le genre de celles qu'enfilent les enfants pour Halloween. Elle n'était percée que de deux fentes pour ses yeux, ce qui ne signifiait pas que je ne sentais pas son regard. Autant que ses mains qui me touchaient. Elles descendaient et remontaient. Caressaient ma peau. S'arrêtaient sur mon visage et dans mes cheveux. Puis il reprit la lame.

Il la nettoya en la sortant de la terre, la passant entre le pouce et l'index, et chassa du bout des doigts les grains de poussière tombés sur moi. Puis il déchira le tissu de ma robe. Il dégagea mes seins de la soie légère, soigneusement, méticuleusement, comme s'il épluchait un grain de raisin. Et il se mit à graver sur ma poitrine.

Ma gorge devint sa toile, sur laquelle il entreprit de tracer un motif complexe, à gestes mesurés. Il levait sa lame et coupait, et coupait encore. La douleur était aussi vive et crue que les lumières de Noël. Finalement, je fermai les yeux et ce fut comme si je partais en spirale dans la nuit. Il n'y avait plus au monde que lui, la lame et moi. Cela dura une heure ou une minute. Je ne sais pas. Les blessures étincelaient autour de moi comme des étoiles et je perdis la notion du temps. Alors, Ty cria mon nom.

Je crus d'abord que je rêvais, ou que je mourais et qu'il m'appelait pour me guider. Mais sa voix se fit plus forte. Les buissons craquèrent et je retombai sur terre, je dégringolai de mon ciel nocturne tel un oiseau sans ailes. Je sentis le sol humide sous moi, l'odeur de l'herbe et celle, âcre, de la sueur et, soudain, l'envie de vivre s'imposa, pressante. Je pouvais me raccrocher à l'existence, si je me donnais assez de mal. C'est ce que je fis. J'ouvris les yeux et essayai de crier. Je tentai de recracher ma petite culotte. N'y parvenant pas, je me mis à donner des coups de pied. Je ruai et je me débattis comme un taurillon. Le couteau glissa et il me poignarda.

Le geste fut d'autant plus fort que je l'avais déséquilibré. La lame pénétra vite et profondément. L'homme cagoulé laissa échapper un son, pas vraiment un mot, plutôt un bruit étouffé, un grognement de colère. Quand il retira le couteau, il y eut un bruit de succion, comme lorsqu'on débouche une bouteille. Plus tard, je compris que c'est à ce moment-là qu'il m'avait perforé le poumon.

Je sentais sa colère. Il se releva vite, le couteau toujours à la main, et recula. J'eus la certitude que c'était fini ; que dans les quelques secondes, avant que Ty nous trouve, il me tuerait. Je me souviens que je ne savais pas à quoi m'attendre. Allait-il me trancher la gorge ? Je n'avais aucune idée de la façon dont on tuait avec un couteau, aucune idée précise. Mais soudain j'eus envie de voir mon corps une dernière fois. Alors je soulevai la tête et regardai.

Le sang formait des stries et des lignes. Il coulait le long de mes mamelons où il les avait gravées et imprégnait les lambeaux de ma robe. Il était rouge vif et étonnamment beau. J'avais peine à croire que ce fût le mien. J'observais les petits ruisseaux et les entrelacs d'écume rosée qui sortaient en bouillonnant de la plaie par où la lame était entrée quand Ty jaillit des buissons.

Se dégageant des branches, il se jeta dans la clairière et riva les yeux sur moi. Mon mari avait de beaux yeux. Ils étaient couleur d'ambre, presque dorés, bordés de longs cils. En cet instant, ils s'agrandirent sous l'effet du choc, comme s'il m'avait surprise en train de faire quelque chose d'obscène. Et puis, si vite qu'on aurait dit une risée sur l'eau, son visage s'emplit de pitié et il se figea en me fixant comme on regarde un animal renversé par une voiture, un être encore vivant mais en train de mourir. C'est ce qui lui coûta la vie.

L'homme cagoulé s'avança et enfonça le couteau d'un coup puissant, jusqu'à la garde. Le sac bleu vif que Ty avait dû cueillir dans les ronces tomba à ses pieds. Plus tard, on me dit que la lame avait traversé sa cage thoracique et était entrée dans son cœur. L'agresseur ne se donna pas la peine de la retirer. Il la laissa là et contourna le corps, presque précautionneusement, pour revenir vers moi. Il s'agenouilla et, d'une main, me prit le menton tandis que de l'autre, il dégageait mes cheveux de mon front d'un geste caressant.

Ses gants étaient chauds et poisseux. Et puis il m'embrassa. Je sentis ses lèvres à travers le fin tissu et le bout de sa langue humide et dur sur ma joue.

Ils l'attrapèrent, bien sûr. La police italienne est très efficace et il lui suffit de quelques heures pour l'arrêter. Il avait notre sang sur les mains, littéralement, sous les ongles et sur ses vêtements. Il s'appelait Karel Indrizzio. C'était un vagabond à moitié albanais qui venait de la vallée du Pô et dormait par terre dans les jardins. Il avait déjà eu maille à partir avec la police pour des vols de sacs à main, des bagarres devant des bars et une fois pour outrage à la pudeur devant des écoliers tombés sur lui dans une grotte. Lorsqu'ils le trouvèrent ce soir-là, il était pelotonné sous un buisson à chanter des cantiques, nos portefeuilles dans sa poche arrière. Lorsque la police l'interrogea, il fit valoir que cela ne devait pas beaucoup nous déranger qu'il les ait pris puisque la dernière fois qu'il nous avait vus, il était à peu près sûr que nous étions morts tous les deux.

Malgré sa nature sensationnelle, notre agression aurait pu passer pour une banale tentative de viol et de vol qui aurait mal tourné – à un petit détail près. Un détail qui faillit bien échapper aux *carabinieri* à cheval, dans leur empressement à s'assurer que j'étais encore en vie, lorsqu'ils me retrouvèrent. À première vue, il ne s'agissait que d'un masque miniature en papier mâché, le genre d'objet que l'on achète un euro dans une boutique de souvenirs de Venise. Le vilain petit visage aux yeux caves souriait dans l'herbe haute, à côté de moi. Cependant, pour l'inspecteur chargé de l'enquête – un homme au visage sévère du nom de

Pallioti –, il se révéla providentiel. Une fois qu'il eut établi qu'il ne m'avait jamais appartenu, qu'il ne s'était pas détaché d'un porte-clés, que ce n'était pas une babiole offerte à Ty par l'un de ses élèves, le petit masque devint le premier indice permettant d'élucider une affaire qui avait fait grand bruit : les meurtres d'une religieuse du nom d'Eleanora Darnelli et d'une infirmière, Benedetta Lucchese.

La police n'avait rien trouvé concernant Eleanora et, en l'absence d'autres pistes, avait supposé que Benedetta avait été assassinée par son fiancé. Mais le masque changeait tout. Les deux femmes avaient été tuées avec un couteau presque identique à celui utilisé pour nous poignarder Ty et moi. Comme il s'agissait d'un couteau de cuisine banal, ce n'était pas cela qui avait fait sensation. Ce qui passionnait Pallioti, c'était ce que la police n'avait pas divulgué. Le tueur avait laissé un petit souvenir aux deux autres femmes, comme à moi. Dans le cas d'Eleanora, il s'agissait d'un ruban blanc noué à son poignet gauche et dans celui de Benedetta, d'une bougie éteinte placée entre ses mains repliées.

Ils s'attelèrent à la tâche : trouver le lien d'Indrizzio avec les deux précédents meurtres et, dans le même temps, l'inculpèrent du meurtre de Ty et de mon agression. Bien qu'il l'ait essuyée, la lame qu'il avait enfoncée dans mon poumon devait être sale car la plaie s'infecta. Pendant un jour ou deux, on crut d'ailleurs que j'allais mourir, mais je finis par me remettre et fus renvoyée en avion à Philadelphie, où mes beaux-parents avaient attendu, pour enterrer Ty, que je sois en état d'assister à ses funérailles. Ensuite, je retournai dans l'appartement que mon mari et moi avions acheté et attendis le moment de retourner en Italie pour témoigner au procès d'Indrizzio.

Pallioti m'avait prévenue que ce ne serait pas avant la nouvelle année. En définitive, je n'eus pas à attendre si longtemps ; cinq mois plus tard, tout était fini. Ce fut Pierangelo qui m'annonça la nouvelle. Rédacteur en chef d'un quotidien, il avait reçu une dépêche et m'avait appelée pour me dire que Karel Indrizzio était mort. Pendant son transfert jusqu'à une prison de haute sécurité des environs de Milan, un semi-remorque avait franchi le terre-plein central de l'*autostrada*. Le chauffeur du fourgon et l'un des gardiens avaient survécu mais les autres, menottés à l'intérieur, étaient morts avant l'arrivée des secours.

C'est donc ainsi que cela se termina. Maintenant, il ne reste plus de ce jour que les grains de sable. La chaleur. Le caillou dans ma chaussure. La certitude que des mots ont glissé du jeu de Scrabble.

Je me suis fait une promesse que je compte bien tenir. Ce qui s'est passé dans le jardin Boboli n'influera pas sur ma vie. Je refuse de donner à Karel Indrizzio le pouvoir de me priver de la ville et de l'homme que j'aime. Alors j'essaie de ne pas penser à ce qui nous est arrivé, à Ty et à moi, ni à Eleanora et Benedetta, ni à la façon dont Indrizzio lui-même est mort. J'y suis parvenue. Jusqu'à ce que je revienne à Florence.

Je m'y attendais. Pas, comme vous le pensez peut-être, parce que je suis revenue sur le « lieu du crime ». Quoi qu'on dise, celui-là, on le porte toujours en soi. Ce n'est pas la proximité physique. Pas du tout. En fait, il m'arrive de penser que c'est l'identité même de Florence – ces multiples couches de passé. Une ville faite non de pierre et de mortier mais de souvenirs, de secrets, des rêves les plus fous et les plus enfiévrés des hommes, empilés les uns sur les autres comme des transparents, jusqu'à donner l'illusion de constructions solides. D'édifices dorés. De murs gris. Au petit matin, si l'on se promène sur le Lungarno ou que l'on s'arrête sur les ponts embrumés, on peut presque croire que les églises, les *piazzas* et les tours ne sont plus ou moins que des rêves. Les rêves des Médicis. De Michel-Ange. De Dante. De Botticelli. De Galilée. Et d'un million d'autres âmes plus ordinaires qui sont passées là en se dépouillant des ombres de leur vie comme un serpent de ses mues.

2

Je pourrais dire que mon retour fut l'idée de Pierangelo, mais ce serait faux. Ce fut la mienne. Il ne fit que ce que font les meilleurs amis et les amants : il lut dans mes pensées et donna vie aux rêves qui se formaient déjà dans ma tête – ou, en l'occurrence, mit des mots dessus. Il fallut bien six mois après la mort de Karel Indrizzio pour que Piero évoque la possibilité que je revienne à Florence.

Ensuite, il ne fut pas difficile de me convaincre. Mon mariage avec Ty avait été une erreur : si je n'en avais pas eu conscience sur le moment, je m'en étais vite rendu compte. Nous étions liés par les années passées ensemble, par de la vaisselle et des livres, des verres à vin, un appartement, et par le fait qu'il m'aimait. Tout cela aurait pu suffire, mais ce ne fut pas le cas. Pourtant, cela ne rendit pas sa mort plus facile à accepter.

Au cours de ces affreux premiers mois à Philadelphie, les mots du père Rinaldo tournaient dans ma tête toutes les nuits, lancinants. Je l'entendais murmurer que j'étais maudite. Il est généralement admis que les masques symbolisent la tromperie, et lorsque je me regardais dans le miroir, il m'arrivait de voir un visage vide. Parfois, dans mes rêves, j'échangeais mon cadeau contre ceux d'Eleanora Darnelli et de Benedetta Lucchese – une bougie et un ruban. Parfois, il m'arrivait même de leur parler. Parce qu'elles étaient passées par là où j'étais passée. Parce que toutes les trois nous avions reçu le baiser de Karel Indrizzio.

Pour mes amis de Philadelphie, je me noyais dans le chagrin. Cependant, ils eurent beau essayer, aucun d'eux ne parvint à m'aider – aucun d'eux ne savait toute la vérité : Ty avait été tué à cause de moi alors que je ne l'avais jamais aimé. Le seul à le savoir était Pierangelo et lorsque, enfin, j'entendis sa voix au téléphone, je n'eus pas l'impression d'une damnation mais que quelqu'un me jetait une bouée de sauvetage. Que j'étais en prison, que j'entendais la pluie marteler la fenêtre puis le châssis trembler et la vitre se briser en un délicieux fracas.

Six mois plus tard il dut venir aux États-Unis et nous nous retrouvâmes à New York. Cette semaine-là, Pierangelo m'apprit que ses jumelles, Graziella et Angelina, avaient définitivement quitté l'appartement de Florence pour aller à l'université, l'une à Milan et l'autre à Bologne. Un peu plus tard, à peu près à l'époque de la mort d'Indrizzio, sa femme, Monica, partit aussi. Leur mariage se fissurait depuis des années. S'ils étaient restés ensemble, c'était pour leurs filles, et Monica lui avait fait observer qu'ils approchaient de la cinquantaine. Elle lui avait dit qu'elle, au moins, avait encore une chance de refaire sa vie.

Pierangelo m'aimait et nous étions désormais libres tous les deux. Il voulait que je revienne. Après son départ, je retournai à Philadelphie, où je me sentais de plus en plus en exil. Cette nuit-là, tandis que l'avion de Piero volait au-dessus de l'Atlantique, je restai couchée sur le canapé à regarder ses mots danser au plafond. Ils entraient et sortaient de la lumière, formant un jeu d'ombres dans lequel je vis l'avenir.

Se voir offrir une chance inespérée, c'est comme si la vie vous redonnait des cartes et vous disait : « Ça y est, tu as enfin une main gagnante. Maintenant, seras-tu capable de la jouer ? » À la vérité, je ne le savais pas, mais j'étais bien résolue à essayer. Et cette fois, je décidai de ne pas refaire les mêmes erreurs.

Mon travail consiste à écrire des articles sur le design, généralement destinés aux journaux du week-end, et parfois aux magazines – ces épaisses revues en papier glacé dans lesquelles sont insérés des échantillons de parfum débordants de descriptions, pleines de convoitise, de terrasses et de salles de bains.

Ne me demandez pas : je ne sais pas trop comment je suis tombée là-dedans, ce détour ne faisait pas partie de mon projet à long terme. Auparavant, je peignais. Je faisais surtout des dessins et des aquarelles de maisons et de monuments et pendant des années, j'avais caressé l'idée de faire un troisième cycle en histoire de l'art. Ce n'était pas la faute de Ty mais, de son vivant, nous n'en avions pas eu les moyens. Ironie du sort, je pouvais maintenant me le permettre : mon mari m'avait laissé une assurance-vie tout à fait correcte et nous étions propriétaires de notre appartement. Si je le louais, j'aurais largement de quoi m'offrir des cours d'histoire de l'art à Florence.

J'avais bien conscience que la fin des rêves de Ty signifiait l'accomplissement des miens ; toutefois, ces cours ne représentaient pas une simple excuse pour retrouver Pierangelo. À trente-cinq ans révolus, je voulais voir si j'étais capable de reprendre des études. Et même si je n'y passais pas une nuit, je savais qu'il me fallait ma chambre à moi. Je m'étais déjà fait prendre une fois par l'engrenage de la vie conjugale et je ne voulais pas que cela se reproduise. Ni pour moi, ni pour Pierangelo. Je peux supporter beaucoup de choses mais je ne crois pas que je supporterais de devenir pour lui une source de regrets. C'est pourquoi, ce soir, pendant qu'il est à Rome, je suis assise sur le balcon de mon appartement, à un jet de pierre de Santo Spirito.

C'est un vieux bâtiment qui doit avoir dans les quatre ou cinq cents ans. J'avoue que je trouve cela réconfortant. Comme beaucoup d'Américains, je suis fascinée par l'âge des choses. Lorsque l'on vient d'un endroit où l'ancienneté ne dépasse pas deux cents ans, peut être soit terrifié, soit séduit, de savoir qu'un demi-millénaire de pas résonnent dans la cour, que cinq siècles de fantômes bruissent dans l'embrasure des portes. Pour ma part, ces constants rappels de la permanence de mes rêves et de mes peurs me soulagent.

Le balcon donne sur une cour. Ce soir, tout est calme mais souvent on entend un piano dans l'appartement d'en face, ou la voix métallique qui débite les informations à la radio à l'étage du dessous. La signora Raguzza les écoute tous les soirs et il m'arrive de l'entendre insulter le Premier ministre ou encourager le pape. C'est l'une des choses que j'aime en Italie, le bruit. Aux États-Unis, le silence est sacré. La réussite, c'est d'avoir un grand jardin, une longue allée et de hauts murs. Mieux, un portail électrique. Pas ici.

À Florence, les gens vivent empilés les uns sur les autres. On entend des pas, des chants, des cris. On sait ce que mangent les voisins du dessous parce que les odeurs flottent jusqu'à vous et l'on sait à quoi ressemble leur cuisine parce que ces *palazzi* sont presque tous identiques. De très vieilles coquilles habitées par de nouvelles vies.

La cuisine de cet appartement, par exemple. Belle, et étroite, elle est tout sauf pratique. Six mètres cinquante de hauteur sous plafond. Le verrou de la porte-fenêtre qui donne sur le balcon est descellé, si bien qu'elle tremble quand il y a du vent. L'éclairage est fourni par un lustre de Murano impossible à atteindre pour le nettoyer, et les tasses et les soucoupes du vaisselier sont d'une finesse suspecte. Les talons claquent sur le sol de marbre et les volets métalliques qui protègent les fenêtres montent et descendent comme des trains sur de très vieux rails. Il y a un miroir piqueté dans l'entrée ; tous ceux qui passent devant semblent n'avoir qu'une moitié de visage. Dans la cage d'escalier, un minuscule ascenseur guère plus spacieux qu'un cercueil se traîne en grinçant d'un étage à l'autre.

À Milan, la capitale du raffinement, tout cela n'inspirerait sans doute que du mépris. Mais à Florence, c'est éminemment prestigieux. Au point que la signora Bardino, à qui appartiennent non seulement cet appartement mais aussi l'école d'art dans laquelle je me suis finalement inscrite, prétend qu'elle ne le loue pas en temps normal. Mais à l'en croire elle s'est rendu compte au premier regard que Billy Kalczeska – la femme avec laquelle je le partage – et moi saurions en apprécier les beautés. Le bureau en chrysocale. Le verre de Murano. Il lui suffisait de nous voir pour savoir que nous avions le sens de l'Histoire. À ce commentaire, Billy, qui se tenait derrière la signora, a levé les yeux au ciel et fait semblant de s'enfoncer le doigt dans la gorge.

L'Académie florentine d'enseignement pour adultes, où Billy et moi sommes « étudiantes » est l'invention de la signora Bardino. Après être venue à Florence accomplir ses rêves, elle a, semble-t-il, décidé de franchiser l'idée. Le résultat est une page web fort impressionnante qui affirme, même si nous pensons peut-être qu'il est trop tard, que nous pouvons encore « Vivre nos Rêves de Renaissance… » moyennant une coquette somme, ce qui explique pourquoi j'ai une colocataire. Je n'y avais pas songé mais, au moins sur le plan des dépenses, les avantages sont évidents. La signora, que Billy appelle SignEuro, nous soutira une coquette somme pour nous permettre de cultiver notre sens de l'histoire. C'est elle qui a eu l'idée de nous faire partager l'appartement. Elle ne connaissait pas Billy quand elle m'a fait cette suggestion, ce qui ne l'a pas empêchée de m'assurer par e-mail que la signora Kalczeska était charmante. C'était quelques semaines avant mon arrivée. Quand j'ai cherché Billy sur la page web de l'académie où nous étions tous censés avoir mis en ligne une photo et une courte biographie « pour faire connaissance », je n'ai rien trouvé.

Ce qui est étonnamment approprié puisque l'Académie florentine d'enseignement pour adultes ne se trouve nulle part, elle non plus. Sauf, peut-être, dans le sous-sol de la signora Bardino – un immense appartement dans un *palazzo* tout aussi énorme près de Sant'Ambrogio. Nous nous y réunissons une fois par semaine autour de vin, de fromage et de diapositives présentées par un professeur à la retraite, le signore Catarelli, qui nous sert de guide dans nos aventures à travers la Renaissance, avec force plaisanteries lourdes. Le reste de la semaine, nous sommes libres de nous laisser tenter par tout un assortiment d'« activités ». Chaque trimestre, la signora Bardino s'arrange pour que ses « étudiants » puissent assister à des cours d'histoire de l'art à l'université, au British Council ou ailleurs – n'importe où, du moment qu'on y parle de Masaccio, de Pisanello ou du « Développement de la perspective », le tout en anglais.

Elle se débrouille aussi pour nous obtenir des entrées à tarif réduit pour les Uffizi ou l'Accademia, et parfois des lieux plus étranges tels que le musée des Pierres précieuses ou La Specola et ses cires anato-miques. Une fois par semaine, nous faisons des sorties éducatives à bord d'un minibus conduit par l'un de ses innombrables neveux ; il arrive que le signore Bardino – grand, lugubre et très italien – se joigne à nous. Dans ces cas-là, l'accent déjà incompréhensible de la signora devient encore plus fort, ce que j'apprécie d'autant plus depuis que Piero m'a dit qu'elle venait de Westchester, dans le Connecticut. Ce seul fait suffit à faire d'elle un produit de sa propre imagination, presque au même titre que l'académie.

Lorsque j'ai fait observer cela à Billy, l'autre soir, elle a ri en soufflant la fumée de sa cigarette par le nez. « Bienvenue à Florence, la ville de toutes les illusions », a-t-elle commenté.

La signora Bardino m'intéresse, non seulement à cause du personnage qu'elle s'est créé, mais aussi parce que c'est une amie de la future ex-femme de

Pierangelo. C'est lui qui m'a conseillé l'académie et j'observe la signora pour voir si elle soupçonne la nature réelle de nos relations. Jusqu'à présent, rien ne le prouve ; et je ne suis pas disposée à le révéler – à quiconque.

Ce n'est pas que je tienne à garder Pierangelo secret, mais depuis près d'un mois que je suis ici j'ai remarqué qu'aucun des élèves de l'académie ne parle beaucoup de ce qu'il fait en dehors. Dans mon cas, la raison est évidente : je ne parle à personne de ce qui m'est arrivé. Mais, plus généralement, je crois que nous évitons de le faire parce que cela tuerait une partie essentielle de ce que nous achetons ici : l'illusion que c'est notre vraie vie.

J'ignore ce qu'ont fait les autres pour rendre leur monde imaginaire plus vivable ; pour ma part, dès mon arrivée, j'ai commencé par changer de look. J'ai fait couper au carré mes banals cheveux blonds et je les ai fait teindre en châtain. Hier, je suis même allée un peu plus loin : j'ai fait un balayage. Aujourd'hui, je passe les mains dans mes cheveux aux reflets cuivrés en imaginant la crise que piqueraient les bonnes sœurs chez qui j'allais en colonie de vacances si elles me voyaient. Je regarde s'éteindre les lumières de l'appartement d'en face. Le gargouillement de l'eau dans les tuyaux m'apprend que Billy vide la baignoire et va se coucher. J'en suis soulagée. Pas à cause d'elle, mais parce que, de plus en plus, j'ai l'impression d'avoir avec cette ville la même relation qu'avec Pierangelo ; aussi intime, aussi amoureuse. Et je savoure les moments que nous passons en tête à tête.

Florence sait de moi des choses que tout le monde ignore. Ces rues étroites et encaissées, ces façades grises dont les énormes portes cachent les secrets connaissent les miens. Cette ville sait où j'ai été infidèle, où j'ai tenu la main de mon amant, où j'ai volé un baiser. Elle a entendu mon rire, mes pas et ma cruauté. Elle m'a entendue dire à Piero que Ty me suivait sans arrêt, ne me laissait jamais seule, et que cela me rendait folle. Elle m'a écoutée me plaindre d'être entravée par l'amour de mon mari et m'a regardée, debout au coin d'une rue ou esquissant un bâtiment. Elle m'a vue nue à la fenêtre d'un appartement prêté. Et aussi attachée. Bâillonnée, gisant dans l'herbe, ma conscience vacillant comme une luciole. Florence a vu tout cela, et cette idée serait abjecte si les pierres jugeaient. Mais ce n'est pas le cas. Tout au plus sont-elles des témoins.

L'amour. La haine. La chance. Si les pierres pouvaient parler, je suis sûre qu'elles m'engageraient à ne pas oublier ma chance. Je ne l'oublie pas, parce que c'est vrai. C'est la première chose que je me suis dite ce soir, quand Kirk a parlé de la fille.

Kirk ne parle pas italien aussi bien qu'il le croit. Il peinait sur un paragraphe du journal du soir quand il finit par annoncer : « C'est un rameur qui l'a trouvée. »

Puis il continua de lire en butant sur les mots les plus longs, en détachant les syllabes et avec beaucoup de fautes d'accent tonique. Malgré cela – ou peut-être à cause de cela –, cette première phrase est restée gravée dans ma mémoire. *C'est un rameur qui l'a trouvée.* Je fermai les yeux et, au lieu de la Piazza Santo Spirito où nous étions assis, je vis le ruban vert boueux de l'Arno. Et l'embarcation. Les avirons qui s'élèvent, plongent, s'élèvent de nouveau et l'outrigger filant sur l'eau, vite et sans heurt, comme un patin sur la glace.

Parfois, juste après l'aube, je descends jusqu'aux ponts ; alors, selon toute probabilité, je l'ai vu, l'homme qui a trouvé cette fille. Il doit être mince et agile, tel un lévrier aquatique. Je l'imagine qui regarde derrière lui. Il ne voit pas tout de suite de quoi il s'agit parce que, au moment où il la découvre, elle ne doit plus avoir l'air d'une femme. Je la devine d'un blanc mastic marbré de bleu, les membres alourdis par la mort, avec déjà quelque chose de moins qu'humain. Peut-être l'a-t-il prise pour du bois flotté. Des détritus abandonnés en train de pourrir dans le vert néon des roseaux qui poussent sous le Ponte alle Grazie.

Cela a dû lui faire un choc. Ce n'est pas vraiment ce à quoi on s'attend un matin du début du printemps. Alors j'estime qu'il faut lui pardonner si son premier mouvement a été de la croire ivre morte. C'est une réaction naturelle, de n'éprouver ni peur ni pitié mais une pointe d'écœurement devant la mort. Je ne peux pas lui en vouloir s'il a commencé par se raccrocher à une certitude. Qu'elle ne pourrait jamais être sa fille, sa femme ou sa sœur, que c'était une vagabonde. Une brebis égarée.

« Je peux voir ? » demandai-je.

Kirk haussa les épaules et me tendit le journal. La photo de la fille était petite et avait du grain ; elle semblait me fixer du regard.

« On parie combien qu'il s'agit d'une action programmée ? fit Kirk. Que c'est la population qui se protège, qui se défend contre le fléau des étudiants en beaux-arts ?

— L'article dit qu'elle était étudiante en beaux-arts ? » interrogea Henry.

Henry ressemble à un gros ours et se présente comme « un psychologue de Baltimore en congé sabbatique ou peut-être définitif ». Il porte la barbe, des lunettes et de drôles de pantalons larges avec des passants et des poches bizarrement placées. On l'imagine aisément en Baloo. Une fois, peu de temps après notre arrivée, il nous a tous amusés en se soûlant au vin et en se mettant à chanter *Get Happy*. Billy a pris une photo de lui avec un de ces appareils jetables qu'elle aime tant et, maintenant, ce cliché est scotché à la porte de notre minuscule réfrigérateur.

« Non », répondis-je. L'article ne disait rien sur elle. Pas même son nom ou son âge. À voir la photo, elle était jeune. Je soulevai le journal pour la montrer aux autres. Henry fit la grimace, mais Kirk n'y prêta pas attention.

Comme Billy et moi, ils partagent un appartement. Si Henry ressemble à Baloo, Kirk est une sorte de Bagheera. Seuls ses cheveux roux n'évoquent pas la panthère. Ils sont longs et quand il les glisse derrière ses oreilles, comme il le fait souvent, il me rappelle fortement mon institutrice de CE1, Mme Cartwright, ancrée dans ma mémoire à cause de sa chevelure carotte et de son évanouissement, un jour, devant ses élèves. Toutefois, Kirk n'est pas une institutrice de CE1. Selon sa fiche de présentation sur le site de la signora, c'est un avocat de Manhattan. Mais il sait si bien captiver son auditoire qu'on pourrait le prendre pour un comique. Un sourire narquois s'afficha sur son visage.

« Vous savez, dit-il, tous ces étudiants en beaux-arts. Ce doit être comme quand le corps lutte contre un virus. Ou quand les arbres deviennent résistants au champignon parasite de l'orme. À moins qu'il ne s'agisse d'une sélection naturelle par l'élimination des plus faibles. Le dernier entré au palais des Offices mourra. »

Kirk dit que son « petit séjour à l'Accademia della Bardina » est un cadeau qu'il s'offre pour clore trente-cinq magnifiques années avant de devoir enfin grandir pour de bon et entrer au département de la Justice à Washington. Je dois dire que je l'imagine mal travaillant pour les agents fédéraux. C'est un peu comme si les jeunes du Rotary Club choisissaient la rockeuse Avril Lavigne comme ambassadrice. D'un autre côté, la Justice doit savoir ce qu'elle fait parce que, à en juger par ses performances au café, Kirk doit faire des étincelles à la barre.

Il s'appuya au dossier de son petit siège de métal, son long manteau noir ouvert, et développa. « Selon moi, affirma-t-il, il est très possible que les étudiants en beaux-arts se soient mis à s'entretuer parce qu'ils étaient trop nombreux, comme ces animaux… les lemmings, c'est ça ?

— Les rats, corrigea Billy. Les lemmings se noient dans la mer. »

Tout en parlant, Billy regardait à l'autre bout de la place et faisait tourner le pied de son verre de vin.

Le zeste de citron dansait dans un tourbillon de pinot grigio tiède. « Quelque part au Canada, je crois, ajouta-t-elle. Ou peut-être à Terre-Neuve.

— Cela revient au même.

— Le Canada et Terre-Neuve ? » Billy haussa les sourcils.

« Eh bien oui, à vrai dire, répliqua Kirk, irrité par l'intrusion de la géographie dans la conversation. Vous ne pouvez pas nier, ajouta-t-il en tapant sur la table comme si nous risquions de le faire, vous ne pouvez absolument pas nier qu'il y ait une surabondance d'étudiants en beaux-arts à Florence. Songez-y. Demandez-vous un peu combien de semestres à l'étranger se passent ici. En fait, ajouta-t-il, je dirais que la foule des visiteurs qui se pressent aux Offices en trimballant leur sac banane et en se repaissant de mauvaises théories artistiques se rapproche dangereusement du point critique.

— C'est quoi, exactement, le point critique ? » voulut savoir Billy.

Henry posa sa bouteille de bière en s'étranglant de rire. Il aime boire de la Nastro Azzuro et décoller les étiquettes. En général, il y a une petite pile de lambeaux de papier devant lui. « Tu suggères sérieusement, dit-il en remontant ses lunettes sur son nez, que cette femme a été tuée parce qu'elle avait fait une remarque idiote sur Botticelli ? D'ailleurs, sait-on seulement si elle a été tuée ?

— Non », répondis-je. Mais tout le monde m'ignora.

Un sourire fendit le visage pâle et rusé de Kirk. « Oui, si elle a parlé assez fort. Et si elle est entrée dans les détails. Juste devant *Le Printemps*. » Un silence se fit pendant que nous réfléchissions à cela. « Je veux dire, reprit Kirk, lequel de nous peut affirmer honnêtement qu'il n'a jamais été tenté de commettre un meurtre quand il s'est retrouvé coincé aux Offices, obligé d'écouter un imbécile réciter *Art 101* ? »

Entre-temps, Billy avait cessé de regarder la *piazza* ou, sans doute, de s'interroger sur le point critique et s'était retournée vers nous. Billy mesure à peu près un mètre quatre-vingts. Elle a de longs cheveux blonds et des yeux couleur de saphir. Les yeux que les petites filles dessinent aux princesses. « Dans les toilettes, dit-elle soudain. Au sous-sol de l'Accademia. Elles se brossent les cheveux au-dessus des lavabos.

— Elles ont toujours les cheveux longs », renchérit Henry qui se prenait au jeu. Il remonta les manches trop longues de son pull sur ses poignets pour montrer qu'il devenait sérieux et agita ses grandes mains. Il y a environ une semaine, Henry m'a dit qu'il avait toujours rêvé d'être sculpteur, et pas psy. Hélas ! il était bien obligé de gagner sa vie. Quand je lui ai dit qu'il ressemblait à Michel-Ange – ce qui est vrai –, il a rosi de plaisir.

« C'est tribal, commenta Kirk en vidant dans son verre sa petite bouteille de Campari. Les cheveux, précisa-t-il. Une sorte de rituel d'identification mieux connu des jeunes d'une vingtaine d'années. Ils se font des signaux en secouant la tête. Comme les chevaux, je crois. Il y a eu des études sur le sujet. Dans le cas de la femelle, des cheveux longs sont indispensables pour aller s'asseoir à la terrasse des cafés et séduire Roméo. Celui-ci s'arrête sur sa Vespa et lui dit qu'elle ressemble à un ange de la Renaissance. Ensuite, ils ont des rapports sexuels, énergiques quoique dénués d'originalité.

— Je ne sais pas, dit Billy. Tout ce que je peux vous dire, c'est qu'elles monopolisent les miroirs. Et qu'elles passent des heures à se mettre du brillant à lèvres transparent. Je n'ai jamais compris l'intérêt… » Elle sortit la dernière cigarette de son paquet qu'elle froissa dans sa main. « Du brillant à lèvres transparent, je veux dire.

— C'est pour se bécoter, déclara Kirk en se penchant pour allumer la cigarette de Billy. Toutes les légions célestes portent du brillant à lèvres. La Vierge Marie aussi. Elles ont un prix de gros.

— Je parie que Marie-Madeleine met du Chanel », dit Billy.

Henry prit sa bouteille et la regarda tristement en se rendant compte qu'elle était vide. « Toute question de brillant à lèvres mise à part, dit-il, les témoignages laisseront certainement entendre qu'une réduction de la population d'étudiants en beaux-arts s'impose. »

Sur ce, nous nous sommes tournés vers la table où les Japonaises étaient assises comme si nous n'existions pas.

En plus de nous quatre et d'Ellen et Tony, un couple de Honolulu qui loue un appartement à Fiesole et ne vient donc presque jamais au bar, les Japonaises sont les seules autres étudiants actuellement inscrits à l'académie. Elles sont trois : Ayako, Mikiko et Tamayo – nous ne sommes pas très sûrs du nom de la dernière. Kirk affirme que ce sont des hôtesses de la Cathay Pacific licenciées durant la crise du SRAS. Billy n'y croit pas trop.

Ce qui est vrai, c'est que, comme nous, les Japonaises viennent au bar de Santo Spirito presque tous les soirs. Mais, contrairement à nous, elles ne prennent presque jamais rien. Elles se contentent de commander une théière pour trois, ce qui énerve la serveuse ; elles ne semblent pas trop s'en soucier. Elles ne viennent pas non plus tellement aux cours. Nous avons l'impression qu'elles passent leur temps à acheter de minuscules articles de maroquinerie de luxe. Des porte-clés Prada. Des pochettes pour cartes de crédit Piero Guidi. Plus c'est petit, mieux c'est.

Tous les après-midi, les Japonaises comparent leurs achats dans une sandwicherie de la Piazza della Repubblica avant d'aller manger une glace chez Vivoli. Après cela, en général, elles se pointent au bar.

À l'académie comme ici, elles nous observent. Enfin, pas *nous*, Kirk. Sa peau translucide, sa minceur et son air névrosé semblent les fasciner. À moins que ce ne soit sa crinière rousse ou le manteau noir qu'il ne quitte jamais, comme le héros de *Matrix*.

« J'ai faim », déclara soudain Henry. Comme si nous n'attendions que ce signal, Billy, Kirk et moi nous levâmes. Puis Henry entra dans le bar pour aller aux toilettes et comme tous les soirs Billy et Kirk se mirent à chicaner sur la note. Les Japonaises murmuraient ensemble, la tête baissée ; elles cherchaient à décider si elles avaient faim elles aussi et si elles devaient nous accompagner. Si bien que personne ne me regardait. Alors personne ne me vit prendre le journal du soir et le glisser dans mon sac.

C'était il y a quelques heures. Maintenant, toutes les lumières sont éteintes et les arches du *portico* forment des méandres d'ombre dans la cour en dessous. Pardessus les toits, je distingue tout juste le haut de Santo Spirito éclairé pour la nuit. Il fait encore un peu frais ; la place est sûrement vide, les chaises empilées sur les tables des cafés. Les branches des arbres ne forment sans doute qu'un gribouillis noir sur le gris du ciel. Les chats de la ville doivent rôder autour de la fontaine, se battre, chercher des restes sous le regard de cyclope de la rosace de l'église. Même en plein jour, il est difficile de ne pas se sentir observé par cet œil. Ce soir, lorsque nous avons quitté le bar, j'ai eu la certitude qu'il me

41

surveillait, qu'il m'avait vue prendre le journal et voler la petite photo de la morte.

Je rentre et je verrouille les portes-fenêtres. Dans la cuisine, c'est le désordre. Ça me plaît. Il règne un ordre quasi militaire dans la cuisine de Pierangelo et moi, j'ai toujours été soigneuse. Alors venir ici et laisser de la vaisselle dans l'évier, des miettes, et des vêtements par terre me procure le même soulagement que de desserrer ma ceinture.

Je dis bonsoir à Billy en passant devant sa chambre, puis, bien qu'elle ne m'ait pas répondu, je ferme la porte de la mienne à clé. Je ne veux pas être interrompue. Je m'accroupis sur le sol, je sors le journal de mon sac et je le déplie, à la première page. Le texte est un peu maculé et la photo froissée, donc je ne vois pas très bien la jeune fille ; cela ne m'empêche pas de l'examiner avec attention. Elle a de longs cheveux bruns et les yeux légèrement bridés. Elle pourrait aussi bien être italienne que française ou albanaise, ou, à vrai dire, de n'importe quelle autre nationalité. N'importe qui. Il est impossible de le dire. Selon l'article, elle s'est suicidée. Il n'y a pas plus de précisions. J'imagine qu'elle a sauté d'un pont, ou alors qu'elle a fait une overdose et s'est allongée au bord de l'eau pour mourir.

Je mets le journal à la lumière et je la regarde de plus près. Je ne devrais pas faire cela, je le sais, mais je ne peux pas m'en empêcher. C'est un goût que j'ai contracté depuis l'accident. Oui, je parle d'« accident ». Comme si avoir été poursuivie, ligotée et agressée au couteau était comparable à un accident de voiture. Quoi qu'il en soit, depuis, je m'intéresse nettement plus aux morts. Pas dans leur ensemble, bien sûr. Je ne prête pas tellement attention aux victimes de l'âge ou de la maladie. Ceux qui m'intéressent, ce sont ceux qui me ressemblent, mais qui ont eu un peu moins de chance. Ceux pour qui l'« accident » a été fatal.

Cela a commencé à Philadelphie, dans les mois qui ont précédé la réapparition de Piero. Les nuits où je ne dormais pas, où je ne parvenais pas à atteindre Benedetta et Eleanora dans mes rêves, je cherchais l'« accident » de Ty sur internet et je lisais d'autres récits similaires. Peut-être cela m'aidait-il à me sentir moins seule. Ou peut-être croyais-je que d'une manière ou d'une autre lire les détails noir sur blanc compensait un peu ce qu'il avait vécu. L'une des premières choses que je fis en arrivant à Florence fut de me rendre à la bibliothèque et de chercher les articles de ce lundi 26 mai. Je devais bien cela à Ty. Je fus choquée de découvrir un éditorial de Pierangelo, même si, après tout, c'est son métier. N'empêche, cela m'a fait drôle de me voir décrite comme l'élément d'un phénomène, un exemple de la dégradation de la société italienne, tout en sachant que c'étaient les mains de mon amant qui avaient tapé ces mots. Au moins, il ne titrait pas « *L'assassinio della luna di miele* » comme presque tous les autres.

Je pense à tout cela en m'agenouillant et en prenant l'enveloppe en papier kraft sous mes jeans, dans le tiroir de la commode. Puis je laisse glisser les articles que j'ai photocopiés sur le sol de marbre froid. Les feuilles bruissent. Je les étale avant de les classer à ma façon. Un jour, je ferai peut-être des recherches sur les deux autres femmes que Karel Indrizzio a embrassées, pour compléter ma collection.

43

L'idée n'est pas sans attrait. Cela dit, j'ai conscience que cette petite fixation revient un peu à gratter une croûte : ça ne se fait pas. Je ne sais même plus très bien pourquoi je continue. Ce doit être une espèce de béquille que j'abandonnerai quand je le pourrai. En attendant, il vaut mieux que je garde pour moi l'enveloppe et son contenu. C'est peut-être le seul secret que même Pierangelo ne connaisse pas.

3

Pierangelo m'appelle de bonne heure le lendemain matin pour me dire qu'il rentrera de Rome par l'express du soir. Je lui propose de venir le chercher. Il rit mais ne m'en dissuade pas. C'est l'une des choses que j'aime, chez Piero ; il comprend mes petites extravagances. Un verre de vin au lit. Une seule fleur. Se retrouver à la gare.

Il a passé la semaine à Rome. Bien qu'il soit maintenant rédacteur en chef, il aime bien écrire un article de temps en temps. Et le portrait que le journal va publier du cardinal chéri de Florence, Massimo D'Erreti, est trop important pour être confié à quelqu'un d'autre. On dit le cardinal proche du pape, et même si Saint-Pierre n'est pas l'endroit préféré de Pierangelo – qui est au mieux agnostique, en tout cas communiste progressiste –, ce défi lui plaît. D'Erreti est suffisamment à droite pour qu'on le surnomme Savonarole et Pierangelo va avoir besoin de tout son professionnalisme pour dresser de lui un portrait juste et équilibré. Résultat, il est impossible de prévoir s'il va rentrer de Rome complètement déprimé devant l'état du pays, dans une colère noire devant celui de l'Église ou épuisé et légèrement euphorique comme un coureur à l'arrivée d'un marathon.

Les cloches sonnent dix-huit heures au moment où j'entre dans la gare. Au milieu d'un tourbillon de gens, je finis par apercevoir Pierangelo sur le quai. Pour tout le monde, ce n'est qu'un homme d'affaires comme les autres qui sort de l'express de Rome, les cheveux bruns ébouriffés, le manteau jeté sur les épaules, porte-documents dans une main et sac de voyage dans l'autre. Pas pour moi. Pour moi, dans cette foule, il n'y a que lui. C'est précisément pourquoi j'aime le retrouver à la gare ou à l'aéroport, lorsqu'il traverse une place ou marche dans la rue. Parce que, durant ces quelques secondes inconscientes, il m'appartient entièrement.

Sur le chemin du retour, nous faisons les courses. Du veau, *vitello*, déjà attendri et mince comme du papier à cigarettes. Des asperges fraîches. De tout petits artichauts, si jeunes que leurs feuilles extérieures sont dépourvues de piquants et qu'on peut les manger en entier. Une bouteille de brunello. Mais le dîner attendra. Une semaine, c'est une éternité ; on pourrait avoir oublié les reliefs et les contours du corps de l'autre. Avec le temps, ce désir de se dévorer l'un l'autre s'usera, mais nous n'en sommes pas là. Étendue entre ses draps de lin légèrement rugueux, je le laisse déchiffrer mes cicatrices. Il promène ses doigts sur les vilaines lignes rouges et les marques blanches saillantes. Parfois, il se penche pour embrasser une des stries, comme un point sur une carte qu'il aimerait particulièrement.

À l'exception des médecins et des infirmières que je n'ai pas pu éviter, personne d'autre n'a jamais eu le droit de voir la calligraphie secrète gravée sur ma peau – et moins encore de la toucher. Je porte presque toujours des cols montants. Sinon, je boutonne mes chemisiers jusqu'en haut. Il m'arrive aussi d'enrouler des écharpes autour de mon cou. Quand j'oublie, ce qui est très rare, ou que je me retrouve malgré moi dans une position qui permet à quelqu'un d'entrevoir mes marques, j'évoque un accident.

« Tu as changé de coiffure. » Nous finissons par nous lever, poussés par la faim. Dans le miroir, je le regarde passer les doigts entre mes mèches bronze et cuivre coupées d'une bande violine sur le côté gauche. Nos yeux se rencontrent dans la glace. Les miens sont noisette et les siens des morceaux de verre bleu-vert lumineux enchâssés dans le moulage sévère de ses traits.

« C'est très joli, dit-il. J'aime beaucoup, madame Warren.

— Qui est-ce ? Ton autre maîtresse ?

— Oui. Une dame que j'ai connue autrefois. Tu n'as pas à t'en faire à son sujet ; tu ne lui ressembles même pas. »

Dans la cuisine, je m'appuie sur le plan de travail et je fais rouler un citron sur l'inox brillant pendant que Pierangelo débouche le brunello et nous sert. Son appartement est presque en face du nôtre, à Billy et moi, également dans un vieux *palazzo*. Mais les similitudes s'arrêtent là. Des miroirs dorés lépreux aux lits massifs avec dessus-de-lit de soie, tout indique qu'en matière de décoration la signora Bardino tire son inspiration du *Jardin des Finzi-Contini* ou du *Guépard*. À l'inverse, Pierangelo et, j'imagine, Monica, sont clairement « nouvelle Europe ».

Les plafonds sont aussi hauts et les fenêtres aussi symétriques que chez Billy et moi ; en revanche, chez Piero, le sol est en bois clair décapé. Il a des stores en lin naturel, alors que les nôtres sont métalliques, et des éclairages encastrés presque invisibles. Même les pots des citronniers, sur la terrasse, ne sont pas en terre cuite comme chez tout le monde : ce sont des cylindres d'inox.

Pierangelo fait la cuisine pour se détendre. Il a des gadgets mais aussi un piano professionnel que je l'ai vu caresser aussi amoureusement que d'autres hommes de son âge caressent des voitures de sport. Ce qu'il prépare avec tant de soin est d'une perfection presque troublante et lui vaut mes taquineries. Je l'ai déjà menacé de prendre un centimètre pour vérifier que les cubes de ses *zucchini* sont bien symétriques – ou, pire, de me charger de faire le dîner.

Pour l'instant, très concentré, il découpe en rondelles les plus petites carottes que j'aie jamais vues. La pointe de son couteau monte et descend si vite que je me garde bien de le distraire. À la place, je m'occupe en jouant à un jeu que j'ai appelé : « Combien reste-t-il de traces de Monica ici ? » Je n'ai encore rien trouvé de vraiment concret. Pas de vêtement – pas même un vieux soutien-gorge au fond d'un panier à linge sale – ni de chaussures. Ni même de bâton de rouge à lèvres. Je pourrais presque croire qu'elle n'a jamais existé. J'ouvre le tiroir des annuaires pour voir si rien ne s'y cache. Bingo ! Sous les modes d'emploi du lave-vaisselle et du sèche-linge, je déniche un vieux calendrier catholique. Le genre sanglant, avec tous les saints et les martyrs et la façon dont ils sont morts. Je m'accorde un dix pour cette découverte, et un autre pour ma rapidité, et je parcours la page du jour. Je ne comprends pas ce qui pousse les gens à vouloir se rappeler ces supplices. Mais Pierangelo a fini de couper les carottes, ce qui signifie que je peux lui parler.

« C'était bien, Savonarole ? » Je range le calendrier et je referme le tiroir non sans me dire que D'Erreti serait sans doute favorable à quelques supplices.

« Pas mal. » Piero me donne un verre de vin. « Je dirais même que Son Éminence prospère. Il est comme un poisson dans l'eau au Vatican. Il suffirait qu'ils restaurent la Sainte Inquisition pour qu'il soit au septième ciel. »

Nous rions tous les deux, mais, en réalité, malgré ces airs qu'il se donne – ou peut-être grâce à eux –, le cardinal de Florence est très populaire. Il a passé du temps en Afrique et aux États-Unis, où il a dû apprendre quelques astuces des évangélistes, si bien que, quand il est en ville, ses apparitions au Duomo attirent autant de monde qu'un concert de rock. Je ne l'ai jamais entendu prêcher mais il paraît que, à l'occasion, il lui est arrivé d'imiter Savonarole et même d'évoquer une croix noire flottant au-dessus de Florence. Pour ma part, les tourments de l'enfer n'ont jamais été mon truc, même quand j'allais à la messe. Mais j'ai conscience d'appartenir à une minorité.

« Ce qu'il y a de curieux, ajoute Pierangelo en prenant son verre, c'est que, bien que je ne sois d'accord avec lui sur rien ou à peu près, je sais pourquoi les gens l'admirent. Moi-même, je m'y surprends de temps en temps. Ce qui est sûr, c'est qu'il n'est pas hypocrite. Et puis les puissants séduisent. »

Un jour, Pierangelo m'a révélé qu'il avait été enfant de chœur. Cela m'a surprise, à la fois à cause de ce qu'il pense aujourd'hui et parce que ses parents étaient tous les deux professeurs d'université, l'un de mathématiques et l'autre d'histoire. Il ne parle pas beaucoup d'eux, ni de son frère, un grand ponte de la Fiat qui habite Milan, mais je ne crois pas qu'ils aient été très pratiquants. Je me rends compte que, si je sais ce qui m'a détournée de l'Église, je ne lui ai jamais demandé ce qui l'avait fait changer d'avis. Ni ce qui l'avait d'abord attiré, d'ailleurs. Maintenant, je me demande si c'est un reste d'amour, de dégoût ou un mélange des deux qui font que D'Erreti l'attire ainsi.

« Quel est le sujet de cet article ? Précisément, je veux dire.

— Notre cinquantième anniversaire. » Pierangelo me jette un coup d'œil par-dessus son épaule et éclate de rire. « Si tu voyais ta tête ! Pas de panique, *cara*. Savonarole n'est pas mon jumeau perdu et retrouvé. Le journal fait un sujet sur lui en l'honneur de son demi-siècle, c'est tout. » Il secoue la tête en souriant et soulève le couvercle d'une casserole en cuivre d'où s'élève un filet de vapeur. « Tu vois le genre : homme moderne – fait du sport en salle et de la moto – mais réformateur radical – et populaire. *Est-ce l'avenir de notre Sainte Mère l'Église ?* »

Il fait tomber les artichauts un à un dans l'eau bouillante. « D'Erreti commencerait sans doute par contraindre les homosexuels à se renier sur la place publique ou, à défaut, par les exiler avec les autres indésirables tels que les femmes qui veulent accéder à la prêtrise, les hommes qui les soutiennent, les femmes souhaitant avorter, les médecins pratiquant des avortements – et bien sûr tous ceux qui croient que les préservatifs peuvent protéger du sida ou que l'on n'est pas nécessairement un criminel si l'on utilise un moyen contraceptif ou si l'on divorce. Mais beaucoup de gens estiment que c'est précisément ce dont l'Église a besoin, qu'elle doit tenir fermement la barre sur cette mer de relativisme.

— Ça ne marchera pas, cela ne fera qu'aliéner plus de gens.

— Sans doute. Mais ni toi ni moi ne faisons partie du collège des cardinaux. Nous n'avons donc pas le droit de vote. Le sort de cette institution, l'une des plus puissantes du monde, est entre les mains des hommes en rouge – qui sont nommés par le pape. » La colère qui perce dans sa voix me surprend.

« Alors, selon toi, D'Erreti est le précurseur d'un mouvement qui va se généraliser ? »

Pierangelo hausse les épaules. « Ce serait effrayant, mais c'est possible. D'Erreti est soutenu par l'Opus Dei, ce qui en dit assez long. »

L'Opus Dei, fondé en 1930 par un Espagnol grand admirateur de Franco et canonisé – avec une hâte que d'aucuns jugent inconvenante –, est une espèce d'électron libre au sein de l'Église catholique. Il est très riche, sans que personne connaisse précisément l'étendue de sa fortune. La rumeur veut qu'un juge de la Cour suprême, au moins un sénateur des États-Unis, un ministre britannique et Dieu sait combien de politiciens influents en fassent partie. D'ailleurs, Dieu lui-même ne le sait sans doute pas. L'Opus Dei se dit discret, beaucoup le qualifieraient sans doute de secret. Une secte, murmurent d'autres.

Certains jugent ses membres profondément sinistres. Pour ma part, je dois avouer que je les trouve un peu ridicules. Les fanatiques, surtout quand ils se croient subtils, ont tendance à trop en faire, un peu comme les flics dans les vieux films. Je connaissais Rinaldo depuis un petit moment quand j'ai découvert qu'il appartenait à l'Opus Dei. À l'époque où nous étions encore amis, il m'avait présentée à quelques membres d'un groupe de prière qu'il animait à San Miniato. Je me serais crue dans une mauvaise satire de la religion. Rinaldo m'avait préparée en m'expliquant que nous étions seuls en ce monde et que nous avions besoin de vrais amis. Quand je fis leur connaissance, ses disciples papillonnèrent autour de moi en murmurant avec une dévotion franchement écœurante qui aurait suffi à me donner sérieusement envie de pécher même si je n'avais pas déjà été la maîtresse de Pierangelo.

J'en ai ri avec lui, au lit, le lendemain après-midi. Il lui arrive encore de me taquiner en me disant que, s'il ne m'avait pas offert un Martini par un après-midi pluvieux, je dormirais peut-être sur une planche dans une maison de l'Opus Dei, donnerais mon salaire à Rinaldo, baiserais le sol tous les matins et, pour m'amuser, m'enroulerais du barbelé autour des cuisses.

J'ai envie de demander à Pierangelo s'il a croisé le *padre* ces temps-ci, mais je m'en abstiens. J'ai déjà la désagréable impression de sentir la pression de la main de Rinaldo sur mon épaule, son souffle à mon oreille. D'un instant à l'autre, je vais l'entendre réciter sa recette pour un salut garanti.

Le dîner est délicieux. Je savoure le veau cuit à la perfection et les artichauts en écoutant Pierangelo parler de ses filles.

Angelina est à Bologne et veut faire du droit, sans doute parce qu'elle sort avec un avocat. Graziella, qui tient plus de sa mère, s'intéresse surtout au shopping. Piero dit qu'il aurait aussi bien fait de lui donner une carte de crédit et de l'envoyer à Milan sans même l'inscrire à l'université.

Je n'ai jamais rencontré les jumelles mais j'ai vu leur photo dans son bureau. Sans être identiques, elles se ressemblent. Minces et fragiles comme des gazelles, elles ont des yeux immenses, la taille de leur père et les cheveux dorés de leur mère. Elles habitaient encore ici quand j'ai rencontré leur père ; Monica attendait qu'elles soient parties à la fac pour s'en aller. Maintenant, leurs chambres sont comme deux boîtes vides.

Pierangelo se lève, prend mon assiette et m'ébouriffe les cheveux du bout des doigts. « Je t'avais acheté des fraises, me dit-il. De Sicile. Les premières. Il y en avait au marché du Campo dei Fiori, mais je les ai oubliées dans le train. C'est la sénilité. Je t'emmène manger une glace à la place ?

— Seulement si c'est une double. » Pendant qu'il fait semblant d'y réfléchir, on sonne à l'interphone.

Dans l'immeuble de Piero, toutes les portes sont contrôlées par des codes. Je me lève et lui prends les assiettes des mains pour qu'il puisse aller ouvrir. Un instant plus tard, on sonne à nouveau avec insistance.

« *Pronto* », dit-il en appuyant sur le bouton de l'interphone. L'espace d'un instant, je suis convaincue que c'est Monica, qu'elle est venue lui dire qu'elle a changé d'avis, qu'elle s'est lassée de son jeune amant et qu'elle l'aime encore. Qu'elle veut revenir vivre avec lui. Mais je me trompe. Je n'ai pas entendu ce qu'il a dit mais je devine à son ton monocorde et rapide que c'est une histoire de travail.

C'est un coursier. Quand j'arrive dans l'entrée, il est déjà en train de repartir dans l'ascenseur.

« C'est important ? »

Pierangelo hausse les épaules en regardant l'enveloppe qui vient d'arriver. « Un truc à propos d'un article que je dois vérifier d'ici demain.

— Je vais chercher ma veste. »

Il hoche la tête mais reste concentré sur l'enveloppe. Il la vide sur la table et passe la main sur les feuillets. Sur le dessus, il y a un agrandissement de la photo que j'ai regardée hier soir. Celle de la fille trouvée au bord du fleuve.

« Tu vas écrire quelque chose sur elle ? »

Nous traversons la Piazza della Signoria en mangeant notre glace. La bruine rend les pavés glissants. Neptune se dresse dans sa fontaine, illuminé par des projecteurs. Le cercle de bronze qui marque l'endroit où fut brûlé Savonarole est entouré de petites flaques qui brillent comme les fragments d'un miroir brisé.

« On réfléchit à un sujet. Plutôt sur l'université, sur les étudiants d'aujourd'hui que sur la fille elle-même.

— C'était une étudiante ? » Je m'efforce de parler d'un ton nonchalant, comme si cela ne m'intéressait pas vraiment. Mais j'ai quand même l'impression que Pierangelo s'en aperçoit.

« Oui. Elle était en dernière année à l'université. Assez connue. Une sorte d'activiste.

— Et elle a un nom ? »

Piero sait qu'évoquer les morts comme des objets, ou même les victimes de crimes qui ont réussi à survivre, m'exaspère. Dans la plupart des articles que j'ai gardés, par exemple, Ty s'appelle simplement « son mari mort » et moi, je suis « la femme qui a été attaquée », comme si notre identité avait perdu toute importance à l'instant où Indrizzio avait dégainé son couteau.

« Pardon. Ginevra Montelleone. Vingt et un ans. Elle venait d'Impruneta. » C'est un village de la périphérie de la ville, connu surtout pour ses énormes poteries.

« Je ne sais même pas s'il y a de quoi faire un papier, d'ailleurs. Tu sais, elle peut aussi bien être tombée du pont. Ou avoir sauté. Tu sais comment sont les étudiantes… »

Il sourit en léchant sa glace, comme si nous partagions une plaisanterie ; la courbe sensuelle de ses lèvres contraste avec le ton de sa voix. Je manque répondre que non. Du moins s'il veut dire que sauter des ponts est une sorte de rite d'initiation adolescent, une chose qu'Angelina ou Graziella pourraient faire quand elles en auraient assez de sortir avec des avocats ou de faire du shopping. Mais je me retiens. Je n'ai pas envie de me disputer avec lui. Je sais que c'est le rédacteur en chef qui parle, pas l'amant ni le père. Une bourrasque fouette mes cheveux dont une mèche va se coller sur ma glace.

« *Bella !* » Il la dégage de sa main libre ; elle est couverte de *frutta del bosco*. « Très bien », dit-il en me tendant une serviette. « C'est presque la couleur de tes mèches ! »

Je ne peux pas me retenir de rire moi aussi parce que, soudain, je suis frappée par une bouffée de pur bonheur, le bonheur miraculeux d'être là avec lui.

Ensuite, nous nous promenons lentement en faisant du lèche-vitrines. Nous rentrons tard. L'enveloppe du coursier est toujours sur la table. Piero rassemble les papiers et les emporte dans son bureau. Quand il revient, je suis déjà couchée. Il s'assied à côté de moi, les mains derrière le dos. Un sourire malicieux éclaire ses yeux verts. Je sais ce qu'il signifie. Pierangelo adore offrir des cadeaux ; souvent des vêtements. Je me moque de lui en disant que je dois être la poupée Barbie grandeur nature dont il a rêvé quand il était enfant.

« *Della sinistra o della destra ?*

— *Sinistra.* » Je tape trois fois son coude gauche, comme pour faire venir un génie, et Pierangelo tend la main.

« J'ai oublié de te le donner tout à l'heure. La sénilité me gagne, je te dis. »

Ce n'est pas un vêtement, mais un téléphone mobile. « Maintenant, je pourrai te joindre, dit-il. Et toi m'envoyer des photos de toi. Si tu appuies sur 1, il composera automatiquement mon numéro. »

Je le remercie, bien sûr. En réalité, j'ai horreur de ces trucs. Je déteste leurs sonneries ridicules. Et la façon dont les gens les cherchent dans leur poche comme si le fait de manquer le moindre appel risquait d'entraîner une catastrophe. Et surtout, je déteste me retrouver avec quelqu'un qui reçoit un coup de fil et devoir rester en plan sans savoir où regarder ni que faire pendant la conversation. Tout cela pour dire qu'il n'aurait rien dû y avoir entre Pierangelo et moi parce que, à notre première rencontre, nous n'étions pas assis depuis cinq minutes dans le bar où il m'avait proposé de boire un verre que son téléphone avait sonné.

C'était la responsable du service culture d'un journal pour lequel je travaillais de temps en temps à Philadelphie qui m'avait donné son nom. « Il n'y a pas plus arrogant, m'avait-elle dit, mais il connaît tout le monde. » Et comme je voulais faire un article sur une villa privée de Florence à laquelle je n'avais aucun moyen d'accéder, j'avais fini par l'appeler.

C'était en mars, un jour froid et très humide. J'avais commandé un martini dry avec une olive ; je sais que c'est un peu ridicule, mais quand je bois ça, je me sens adulte. Je crois même avoir dit cela à Piero, parce que je me souviens qu'il a ri. Il a commandé un scotch. Ensuite, son téléphone a couiné comme un oisillon affamé ; il a marmonné quelque chose – un article – et a décroché en tournant la tête. Je suis restée à regarder le miroir derrière le bar, à lire les étiquettes des bouteilles et à observer les femmes maquillées qui évoluaient derrière nous comme des poissons tropicaux dans un aquarium.

Pierangelo n'a pas dit un mot en raccrochant. Il a refermé son téléphone, vidé son scotch et, presque dans le même mouvement, fait signe au serveur de lui en apporter un autre. Quand j'ai fini par quitter le miroir des yeux, il n'y avait sur son visage pas l'ombre d'un sourire ni cet air de mauvais garçon italien plein de bagout qu'il affichait quand nous nous étions assis. « Désolé, dit-il sans que je lui demande rien. C'est un papier sur lequel je travaille. Une suite. Eleanora Darnelli. » Il a lâché un rire sans enthousiasme et je me suis rendu compte qu'il était vraiment contrarié. « C'est la merde, cette histoire. Mais grâce au côté religieux, ça va bien marcher, d'autant qu'on approche de Pâques. » Le barman a posé un second verre devant lui. Pierangelo en a bu une gorgée et m'a regardée. Et il a vu que je ne comprenais pas.

Je me souviens de ce qui s'est passé ensuite parce que c'est la toute première fois qu'il m'a touchée. Il a posé les doigts sur le dos de ma main. Ils étaient froids, à cause de la glace de son verre. « Ça a fait beaucoup de bruit, ici, m'a-t-il expliqué. Mais évidemment, vous ne pouvez pas être au courant. » J'ai secoué la tête. « Cela s'est produit avant votre arrivée. Elle a été assassinée. À Fiesole. En janvier. C'était une religieuse, a-t-il précisé avec un tic à la commissure des lèvres, comme si les mots eux-mêmes étaient déplaisants à prononcer. »

Je sais qu'il a écrit cet article mais je n'ai plus entendu parler d'Eleanora Darnelli jusqu'à ma conversation avec l'inspecteur Pallioti, où il m'a annoncé qu'elle avait sans doute été tuée elle aussi par Karel Indrizzio. Il m'a dit cela lentement, comme si cela risquait de me blesser, et je me rappelle avoir pensé, bourrée de médicaments sur mon lit d'hôpital, que ce n'était pas désagréable à entendre. Je n'étais plus si seule. Eleanora Darnelli et moi avions partagé la même expérience. Cela faisait de nous des sœurs.

Aujourd'hui, cette idée me laisse un goût de sang dans la bouche, comme si j'avais croqué du verre.

4

Pierangelo rôde la nuit. Il fait partie de ces gens qui se lèvent à deux ou trois heures du matin pour travailler un moment avant de retourner se coucher. Résultat, il dort profondément à l'heure où le réveil sonne et c'est la panique ; ce matin ne fait pas exception à la règle. Je le laisse chercher une cravate et je traverse le fleuve pour aller acheter le journal du matin et ces croissants à la marmelade d'oranges amères que Billy et moi adorons.

La boutique en bas de chez nous est toujours bondée, de bonne heure. Les plateaux arrivent tôt de la boulangerie et se vendent vite. Les journaux sont livrés à peu près à la même heure, en liasses, et c'est du grand art d'arriver à en soustraire un sans le déchirer en deux. En temps normal, la grosse signora à la silhouette de tonneau court dans tous les sens, son casque de boucles serrées d'un roux artificiel sautillant autour de sa tête, glisse les pâtisseries dans des sachets, tient la caisse, et garde toujours une main libre pour tirer sur sa jupe courte ou donner une claque aux enfants qui tripotent les fruits.

Depuis quelques jours, c'est un peu plus calme. Sans doute cela a-t-il un rapport avec la disparition de la pancarte « RECHERCHE COMMIS » qui était dans la vitrine depuis mon arrivée. Maintenant, la signora a du temps à consacrer à ses clients dont la plupart traînent un peu avant ou après leurs courses pour parler du temps, du Premier ministre et des prix effarants de l'immobilier. Lorsque j'entre, elle est en discussion animée avec un vieux monsieur dont le teckel vient de lever la patte sur une caisse de vin. Elle hoche la tête affirmativement en me voyant lorgner les plateaux de pâtisseries et crie, sans même reprendre son souffle : « *Allora, Marcello !* »

Marcello est sûrement le commis. Il apparaît au fond de la boutique, derrière le rideau de perles, et s'approche du comptoir en traînant les pieds, les yeux baissés, les épaules voûtées. C'est un solide jeune homme, et pourtant, il y a chez lui quelque chose d'étrangement insubstantiel, comme s'il rêvait de disparaître. Il manque de faire tomber les pièces que je lui tends mais quand il marmonne « *dispiace* » en me regardant soudain dans les yeux, je suis frappée par la douceur de son visage ovale et presque enfantin, alors qu'il doit avoir une vingtaine d'années. Le pauvre garçon est si timide que, quand il me donne mon sachet, ses mains tremblent.

En rentrant chez moi, je m'aperçois qu'il y a six croissants au lieu des quatre que j'ai payés. Sans doute une erreur. Ou peut-être pas… C'est idiot, mais cette idée me procure un petit plaisir. Ce doit être à cause de mes cheveux. À moins qu'il y ait un fond de vérité dans le vieux dicton qui veut que l'on soit plus beau quand on est amoureux. Je dispose les croissants sur une assiette, presque tendrement, puisqu'ils sont la preuve de ce nouveau moi. Puis j'ouvre le journal pour voir s'il y a quelque chose sur Ginevra Montelleone.

Pas une ligne. On dirait que Piero a raison. Ce n'est pas le journal où il travaille, mais le rédacteur en chef de celui-ci qui doit juger lui aussi que ce n'est pas un bon sujet. Pas pour aujourd'hui, en tout cas. Presque tous les titres sont consacrés aux débats sur l'immigration et l'économie. Il y a aussi un papier sur la politique du Vatican, si bien que je ne suis pas surprise de voir Massimo D'Erreti me fixer du bas de la page. Je le dévisage en me demandant s'il ressemble tant que cela aux portraits de Richelieu. Je viens de conclure que non, pas le moins du monde, quand Billy arrive derrière moi.

« C'est qui, ce canon ? » demande-t-elle en me faisant sursauter si fort que je manque m'étrangler avec mon café.

« Nom de Dieu ! Tu ne veux pas arrêter de faire ça ? » Je m'essuie le menton. Elle sourit et se penche sur moi pour prendre un croissant.

« Nerveuse ? Tu n'as pas assez dormi cette nuit ? »

Une pluie de miettes tombe sur le visage du cardinal. Billy les chasse et je me rends compte qu'elle a raison : il est beau. C'est une révélation. Je ne l'avais jamais remarqué. Billy esquisse un sourire narquois et ressort de la cuisine sans un bruit. Pour quelqu'un d'aussi grand, elle est étonnamment silencieuse.

C'est déconcertant. La semaine dernière, par exemple, j'étais en train d'émincer un poivron rouge avec le couteau à découper très tranchant que j'avais acheté la veille quand elle a annoncé : « Je n'avais jamais vu un poivron rouge avant mon divorce » si près derrière

61

moi qu'elle aurait pu être assise sur mon épaule. Quand je me suis retournée brusquement et que j'ai failli l'éventrer, elle n'a même pas bronché. Elle s'est contentée de prendre une lanière de poivron et de croquer dedans. « Je croyais que tous les poivrons étaient verts. Et j'ai vu une laitue romaine pour la première fois à vingt et un ans. Tu imagines ? »

Elle égrène des indices sur sa vie d'avant comme Hansel et Gretel les miettes de pain. Une fois, pour faire la conversation, je lui ai demandé comment elle gagnait sa vie. Elle a haussé les épaules et a répondu : « Bah, tu sais… des trucs… » Et puis, une seconde plus tard, elle a ajouté : « À une époque, j'ai été infirmière », comme si elle venait de s'en souvenir.

La voilà qui revient dans la cuisine. Elle se sert du café et ouvre la porte-fenêtre pour pouvoir fumer une cigarette. La signora Bardino ferait une attaque si elle le savait. Malgré son accent à la Sophia Loren et l'usage immodéré qu'elle fait du mot *bambina*, elle est encore assez américaine pour s'être assurée que nous étions non fumeuses avant de nous louer l'appartement. Nous le lui avons assuré d'une seule voix. Dans mon cas, c'est vrai. Dans celui de Billy, c'est un mensonge éhonté.

Quelques jours après notre emménagement, je lui ai dit que la cigarette allait la tuer aussi sûrement qu'une balle de revolver ou une voiture roulant trop vite. Billy s'est contentée de sourire en sortant son briquet rose Elvis. « Mon ex-mari me l'a acheté à Vegas, a-t-elle dit. Un cadeau de mariage. Une semaine après la fin du lycée. »

Maintenant, la fumée flotte au-dessus de sa tête dans l'air humide du matin et se mêle à la légère odeur de gazole et de vase qui s'élève du fleuve à un pâté de maisons de chez nous.

« Écoute. » Elle incline la tête sur le côté et fait un signe en direction de l'appartement d'en face. Moi aussi, j'ai entendu le gémissement aigu d'un enfant qui pleure.

Ce n'est pas la première fois. C'est même presque une caractéristique de la vie ici. Le matin, il s'agit souvent d'un hurlement de sale gosse, de mauvaise humeur parce qu'on lui a refusé une seconde pâtisserie et qui a jeté un toast par terre. Le soir, c'est différent. Ce sont de longs pleurs essoufflés, des cris irréguliers et désespérés, ceux des cauchemars.

« Ils se battent, commente Billy. C'est pour ça que le gamin ne va pas bien. » Elle ponctue sa remarque de hochements de tête, comme une vieille femme. Si elle est aussi sûre d'elle, c'est que nous les avons aussi entendus. En même temps que les hurlements de l'enfant, nous avons perçu des voix d'adultes, le rythme croissant des sarcasmes et les trilles universels des disputes conjugales qu'il est inutile de traduire. Lorsque nous traversons la cour ou que nous sommes assises sur le balcon, nous parvenons même plus ou moins à saisir les insultes qu'ils s'envoient.

Les sanglots vont crescendo. Billy écrase sa cigarette dans le petit cendrier vert qu'elle a volé au bar. « Les gamins, je peux te dire... Ils sont mignons, mais s'il m'arrive d'être tentée, il me suffit de penser à ce que cela me ferait d'avoir un vampire pendu à mes seins. » Sur quoi elle va s'habiller pour un cours sur le Pérugin qu'elle ne veut pas manquer.

Quelques minutes plus tard, du balcon, je la regarde sortir de notre bâtiment et traverser la cour. Au bout de quelques pas, elle s'arrête et lève la tête. Ses cheveux ondulent autour de son visage. D'où je me trouve, le grand manteau de tweed qu'elle a acheté au marché de Sant' Ambrogio a l'air d'une tente. « Bar ? » articule-t-elle en silence. Je fais oui de la tête. Pierangelo m'a déjà dit qu'il finirait tard ce soir alors rien ne m'empêche d'aller boire un verre avec les autres. Nous échangeons un signe de main puis elle soulève son sac de cuir, frôle les citronniers squelettiques dans leurs énormes pots et disparaît dans l'ombre du porche.

Les pleurs se transforment en petits gémissements hachés. Une fenêtre s'ouvre et, par-dessus le bruit de fond, j'entends le murmure bas et apaisant d'une voix de femme. Je l'imagine se baissant pour ramasser le toast, lui accordant finalement la pâtisserie convoitée, ou bien remplissant un verre de jus de fruits. Je me demande ce que cet enfant doit ressentir, élevé dans cet appartement, dans cette ville, entouré de tant de belles choses que l'on ne sait pas où regarder.

Il n'y avait pas beaucoup de belles choses là où j'ai passé mon enfance. En dehors de la messe du dimanche, des soirées du Rotary le samedi, des cigarettes fumées en douce derrière l'auditorium du lycée et des rêves d'être ailleurs – peut-être dans un endroit comme celui-ci, même si on en ignorait l'existence –, il n'y avait pas grand-chose à Acadia, Pennsylvanie. Billy, elle, a grandi dans l'Indiana, du côté de Fort Wayne, que sa mère appelait Fort Peine.

Quand elle m'a dit d'où elle venait, j'ai ri. Ensuite, un peu gênée, je lui ai expliqué que je n'avais jamais rencontré personne qui habitait ce coin-là. Elle m'a regardée par-dessus les lunettes de grand-mère qu'elle porte parfois et m'a dit : « Ne fais pas la snob, Mary Thorcroft. Je parie que toi aussi, tu sors d'un trou perdu. » Elle avait raison, bien sûr.

Charbon et carrières. Le pays de *Voyage au bout de l'enfer*. Une ville qui a vécu et prospéré très modérément de l'industrie minière avant de mourir. Les terres alentour étaient en trop mauvais état pour être cultivées et Acadia se trouvait trop loin de tout pour se reconvertir. Alors, vers le début des années soixante, tous les hommes, à commencer par mon père et mes oncles, se sont retrouvés d'abord au chômage, puis au Vietnam.

Ceux qui en ont réchappé ont acheté un fusil de chasse, touché une pension d'invalidité et sont devenus amers et violents. C'est sans doute ce qui serait arrivé à mon père s'il avait vécu assez longtemps pour découvrir ce que font au cerveau le napalm et l'agent orange. Mais il a survécu à toute la guerre et est revenu au pays pour se faire tuer, à Noël, soûl comme une grive, alors qu'il rentrait en voiture avec ma mère d'une soirée au club des anciens combattants.

Sur le moment, je n'ai pas bien compris. J'avais sept ans la nuit où mes parents sont morts. Ma tante Rose, la femme de Frank, le frère aîné de mon père, m'a alors dit qu'ils ne pourraient pas revenir avant un moment mais qu'ils m'aimaient plus que tout au monde. Je la revois, en robe de soirée, agenouillée à côté de mon lit. Son parfum sentait le désodorisant. À la lumière du couloir, ses boucles d'oreilles ressemblaient à des étoiles. Elle avait une grosse broche en forme de père Noël sur l'épaule ; quand on tirait sur le pompon blanc de son bonnet, il entonnait les premières mesures d'un chant de Noël.

Tante Rose pleurait. Elle avait le nez qui coulait. Elle n'arrêtait pas de l'essuyer du revers de la main en marmonnant « merde ». Puis elle a dégrafé la broche de sa robe et me l'a donnée. Comme je n'avais pas très envie d'écouter ce qu'elle me disait, je me suis mise à tirer sur le pompon, encore et encore. Longtemps après le départ de tante Rose de ma chambre sur la pointe des pieds, il a continué à chanter le refrain, jusqu'à ce que sa petite voix aiguë domine le bruit des adultes en bas, le tintement des verres, la porte qui s'ouvrait et se refermait et les mots isolés – « soûl », « honte », « vitesse » – qui montaient jusqu'à moi avec les courants d'air froid et le vrombissement du moteur des voitures qui allaient et venaient dans l'allée.

J'ai conté cette histoire à Billy surtout pour me faire pardonner d'avoir ri de l'Indiana. Quand j'ai eu fini, elle a allumé une cigarette et m'a regardée une seconde. Puis elle a dit : « C'est triste. » J'ai secoué la tête. Ce n'était pas pour cela que je la lui avais racontée. Et d'ailleurs, lui ai-je expliqué, ce n'était pas vraiment triste. C'est seulement la preuve d'une chose que j'ai découverte assez tôt : le Seigneur a donné, le Seigneur a repris. Principalement parce que tel est Son bon plaisir.

Billy a froncé les sourcils derrière la fumée. « Qu'est-ce qui s'est passé, ensuite ? » Alors je lui ai raconté comment j'étais allée vivre chez Mamaw.

Mamaw était la tante de ma mère et sa seule parente encore en vie. Son vrai nom était Mary Margaret Tulliver. Comptable, elle tenait les registres de la plupart des rares commerces de la ville, si bien que nous savions toujours dans quelle situation difficile se trouvaient la quincaillerie, le pressing ou le marchand de glaces. Elle travaillait chez elle.

Mamaw portait un tailleur-pantalon en nylon bleu marine cinq jours par semaine et une robe le dimanche. Le rouge à lèvres qu'elle mettait tous les jours laissait des marques rouge vif sur le filtre de ses Lucky Strike. Elle n'aimait pas passer sous une échelle ni poser le pied sur une fissure de trottoir. Elle m'a appris à jeter du sel par-dessus mon épaule gauche pour chasser le mauvais œil et à être une bonne catholique. « Être seule n'est pas un péché, m'a-t-elle chuchoté un jour comme si c'était un secret. Mais si tu es seule et que tu fais partie de l'Église, tu appartiendras toujours à quelque chose. Et quoi qu'il arrive, même si personne ne t'aime, Jésus, lui, t'aimera. »

Le père de Mamaw était mineur et collectionnait les pierres. À sa mort, il ne lui avait laissé que des cailloux polis et la maison dans laquelle elle était née. Elle y habitait encore quand elle m'a recueillie. Le bâtiment avait un toit à double pente, d'affreux volets noirs et un porche sous lequel personne ne s'asseyait jamais, et ressemblait beaucoup à celle de mes parents, trois rues plus loin. Il y avait le même érable dans le jardin et les pièces étaient disposées de la même façon. La cuisine au fond, le salon devant, trois chambres et une salle d'eau avec une douche carrelée de marron à l'étage. Tout le sol était recouvert d'une moquette vert avocat qui sentait la cigarette.

Il y avait une pelouse et une allée devant, et un jardin derrière, avec un barbecue et une table de pique-nique, comme chez mes parents. Mais la maison de Mamaw battait largement la leur sur un point. L'hiver, quand j'étais couchée dans mon lit, je voyais par la fenêtre, à travers les branches de l'érable, le cheval volant de l'enseigne de la station-service au bout de la rue.

J'adorais ce cheval. Au fil du temps, il a fini par devenir plus important que tout pour moi. Plus que Jésus, même. Au début, le cheval restait allumé toute la nuit. Je pouvais me réveiller à n'importe quelle heure, si j'avais fait un mauvais rêve ou si j'avais entendu la petite chanson du père Noël. Il était là, entre les arbres dénudés, avec ses sabots noirs brillants et ses ailes d'ange d'un blanc immaculé.

Je me voyais, galopant les mains dans sa crinière. Nous finissions par décoller du sol et nous élever à travers les nuages.

J'ai parlé de mon cheval à Pierangelo peu après notre rencontre. Il m'a prise dans ses bras et m'a demandé : « Où, *cara* ? Vers où voliez-vous ? » Je lui ai répondu que, à l'époque, je ne le savais pas – et que cela m'était égal. N'importe où. Vers un endroit où il n'y avait ni carrelage marron ni moquette sentant le tabac. Ni pancarte « FERMETURE DÉFINITIVE » à la devanture des magasins. Ni montagnes de neige fondue gelée jusqu'à Pâques. Ni broche en forme de père Noël chantant dans la nuit.

« C'est elle ! C'est la femme de l'appartement ! » Billy me tire par la manche mais je ne fais pas attention. Au lieu de regarder, je me penche autant que je peux au-dessus du parapet du Ponte Vecchio pour observer les poissons.

Il y a des siècles, avant que les orfèvres et les joailliers ne s'y installent, des échoppes de boucher occupaient le pont. Des carcasses y étaient suspendues et, pour quelques sous, certains affirmaient pouvoir lire l'avenir dans les entrailles des animaux abattus. Ensuite, au coucher du soleil, on jetait les déchets dans l'Arno pour nourrir les ancêtres de ces poissons qui, quatre siècles plus tard, continuent de venir nager sous la surface verte, attirés par une faim ancestrale.

J'aime les poissons. J'admire leur capacité à gober l'avenir. Mais Billy, qui s'intéresse bien plus à l'or qu'aux prophéties, juge ma fixation ridicule. Je lui ai dit plus d'une fois que j'avais de la peine pour eux et qu'à mon avis leur constance méritait une forme de récompense. J'ai même envisagé secrètement de leur apporter un steak.

Billy recommence à me tirer par la manche. « C'est elle ! » siffle-t-elle entre les dents. Je me redresse et je me tourne dans la direction qu'elle désigne.

Il fait un peu plus chaud, ce soir, et la *passegiata* grouille de monde. La moitié de Florence doit être là à se promener, à admirer les bijoux dans les vitrines bien éclairées. C'est une affaire sérieuse que d'examiner et de comparer les marchandises. À la nuit tombée, quand il fait beau, le pont et l'avenue, jusqu'au Duomo, sont bondés de couples se tenant par la main, de touristes, d'étudiants, de femmes trapues, entre deux âges, tailleur et chaussures chics, qui mangent des glaces.

Une promeneuse poussant une bicyclette avec un petit chien blanc dans le panier se fraie un chemin dans la foule et nous cache un instant la vue.

« Là, répète Billy sur le même ton. Là, je te jure que c'est elle. »

Elle a raison. C'est la femme de l'appartement d'en face. Je l'ai déjà vue. Pas plus tard qu'hier, d'ailleurs.

En tentant de négocier la grille d'entrée, la poussette vide de son enfant dans une main, un sac de courses dans l'autre, elle a failli tomber. Je l'ai aidée et j'ai retenu la grille. Elle a murmuré un remerciement, et nos regards se sont croisés. J'ai vu qu'elle avait les yeux rouges et les joues marbrées ; j'ai compris qu'elle avait pleuré. Aujourd'hui, elle pousse encore la poussette, mais l'enfant est assis dedans. Un homme en manteau marche à côté d'elle, les mains dans les poches.

Il est d'une beauté ténébreuse. Il a les cheveux noirs et le nez aquilin. Un visage qu'on dirait chevalin, si c'était celui d'un pauvre ; comme ce n'est visiblement pas le cas, on le qualifierait plutôt de patricien.

« La vache ! chuchote Billy. Tu as vu la coupe de ce cachemire ? Ils doivent être blindés. »

Je hoche la tête mais, à la vérité, ni l'homme ni son manteau ne m'intéressent. C'est elle que je regarde. Tout est en courbe, chez la voisine d'en face, de son ample poitrine à ses hanches, en passant par les boucles de ses cheveux, qui retombent sur le col noir de son manteau, presque incolores tant ils sont pâles. Elle a les joues rondes et encore un peu rouges, comme si elle n'avait pas cessé de pleurer depuis la veille. L'enfant semble beaucoup trop âgé pour être encore en poussette. C'est un garçon de six ou sept ans au moins, qui a les cheveux noirs de son père et regarde droit devant lui. Emmitouflé dans une écharpe, un manteau et un bonnet comme si l'on était dans l'Arctique en plein hiver, il ressemble à une grosse poupée de cire, pas vraiment humaine.

« Le gamin a l'air un peu arriéré », commente Billy à mi-voix.

Nous les regardons passer, fascinées. Nous nous sentons un peu coupables parce que nous savons sur eux quelque chose que le reste du monde ignore. Ils ont l'air d'une jeune famille charmante. Mais derrière les murs de notre *palazzo*, nous les avons entendus hurler et s'insulter.

« Elle est jolie, murmure Billy, mais je n'avais jamais remarqué qu'elle était aussi grosse. Je parie qu'il a une maîtresse », ajoute-t-elle.

Ils ne peuvent pas nous entendre, mais elle baisse encore la voix. « Je pense que c'est le gamin. Regarde-le. Ce doit être le genre de type qui ne supporte pas les enfants qui ont un problème. Tu sais, un malade de la perfection. Ou alors, il n'aime pas les grosses. Si elle se ressaisissait, si elle se coiffait mieux et si elle perdait dix kilos, il ne la tromperait pas. » Elle hausse les épaules ; elle se désintéresse déjà d'eux. « Pff, avec un corps pareil, qu'est-ce que tu peux espérer ? Les hommes aiment la perfection, ou au moins quelque chose qui s'en approche, tu vois ?

— Ah oui ? Figure-toi que tout le monde n'est pas aussi parfait que toi ! Il y a des gens qui n'ont pas le choix ! »

C'est sorti tout seul, avant même que je me rende compte que je l'avais dit, d'une voix rapide et hachée. Je sens le rouge monter sous mon col roulé et envahir mon visage. Maintenant, le couple et l'enfant nous ont dépassées, mais je les suis du regard jusqu'à ce qu'ils soient avalés par la foule. J'attends de ne plus avoir le choix pour regarder Billy.

Je ne sais pas ce que je m'attends à lire sur son visage. De la honte ? Un semblant d'effort de contrition ? Je n'y vois rien de tel. Au contraire, elle a les yeux brillants et un petit sourire danse au coin de ses lèvres. On dirait un enfant qui, en retournant une pierre, a découvert quelque chose. Elle ouvre la bouche et la referme silencieusement, comme un poisson. Et puis elle dit brusquement : « J'ai toujours rêvé d'en avoir une. » Et, se retournant face à la vitrine du bijoutier juste à côté de nous : « Regarde. » Elle tapote du bout de l'ongle sur le verre pour désigner un plateau de bagues. « Tu ne trouves pas qu'elles sont magnifiques ? »

Il s'agit d'anneaux d'or très fins entrelacés ornés de deux cœurs en pierres précieuses de couleurs différentes. Elles étincellent sous les lumières, aigue-marine et topaze, opale de feu et améthyste, grenat et citrine.

Je marmonne : « Elles sont très belles. » Je feins laborieusement de les examiner sérieusement. Au lieu de quoi, j'observe le reflet de Billy dans la vitrine, et le petit sourire entendu qui flotte sur ses lèvres.

5

Au moment où nous arrivons au café, les gros appareils de chauffage en forme de champignon sont allumés. Des guirlandes électriques s'enroulent autour des branches des arbres et des projecteurs illuminent la façade de l'église. Je remarque qu'elle est extraordinairement belle avec son œil de cyclope ; Billy se contente de me regarder de biais. Une rafale de vent souffle lorsque nous nous asseyons.

Kirk et Henry nous rejoignent quelques minutes plus tard. « Il paraît que le temps va s'améliorer », annonce Kirk.

« Ah ? Et quand ça ? Au prochain millénaire ? »

Le vent s'est renforcé et, malgré le chauffage, il fait froid. Billy, engoncée dans son manteau, prend son verre de vin et secoue la tête d'un air dégoûté. Depuis une demi-heure que nous avons quitté le pont, elle est de plus en plus râleuse.

Je ne la connais pas bien, mais je commence à la soupçonner d'aimer les émotions fortes. Elle préfère que la vie ait du piquant. J'ai l'impression qu'elle espérait me voir piquer une vraie colère, sur le Ponte

Vecchio. Peut-être lui reprocher son mètre quatre-vingts. Ou éclater en sanglots et lui avouer la jalousie que m'inspire son corps parfait. Lui annoncer que je meurs de désir pour elle. Ou pour la voisine. Qui sait ? Elle ne ferait sans doute pas la difficile. Au fond, je crois qu'elle souhaitait vraiment un feu d'artifice pour illuminer la nuit – et maintenant, elle boude parce que je l'ai déçue.

Une nouvelle bourrasque agite les guirlandes électriques. Je mets mes gants, l'un bleu vif, l'autre vert. En les voyant, Henry fait un clin d'œil. Il a une très longue écharpe enroulée deux fois autour de son cou et le bout de son nez est rouge. Nous pourrions nous installer à l'intérieur, bien sûr, mais, tacitement, nous nous accordons pour penser que ce serait une réaction de mauviettes. Seul Kirk ne semble pas se soucier du temps. Dans son manteau noir, il doit conserver une température constante.

« On change d'heure la semaine prochaine », dit-il en prenant la bouteille de chianti que nous avons commandée et en remplissant son verre avant de nous servir, Henry et moi. « On devrait faire la fête. Pour marquer quand même le début officiel de la saison d'été. Dimanche.

— Quoi ? On se mettrait des roses dans les cheveux et on danserait autour d'un mât enrubanné ? » Billy boit du vin blanc, comme d'habitude, mais elle pose tout de même la main sur son verre, comme si elle avait peur que Kirk en fasse du rosé.

« Mary serait ravissante, avec des fleurs dans les cheveux, observe Henry.

— Je suis allergique aux roses.

— Mary, Mary, tu nous contraries. » Billy sort une cigarette et joue avec le paquet pour se faire remarquer. « Ah, j'allais oublier. Il s'est passé quelque chose, aujourd'hui.

— Quoi ? demande Henry. Le soleil s'est levé à l'ouest ? »

Elle sourit et nous regarde tour à tour.

« Un prêtre a sonné à la porte de l'appartement.

— Et alors ? » fait Kirk en haussant les sourcils.

Billy hausse les épaules et allume une cigarette.

« Je me suis dit qu'il devait chercher la vieille dame d'en bas. »

Kirk attend la suite en la regardant fixement.

« Ne me dis rien, finit-il par lâcher. Ce n'était pas le cas ? Quel suspense ! Tu nous tiens en haleine, Bill. »

Elle ignore son sarcasme. « Il a dit qu'il cherchait une certaine Mme Warren », annonce-t-elle.

Je n'ai jamais dit à Billy mon nom de femme mariée. Soudain, ma bouche s'assèche désagréablement. Je prends mon verre et je m'apprête à lui demander quand il est venu, mais je n'en ai pas le temps parce que Henry fait de l'esprit.

« Cette Mme Warren, demande-t-il, elle a une profession[1] ?

— Oh, c'est Shaw ! » repartit Kirk.

Ensuite, je ne sais pas de quoi ils parlent, trop occupée à me demander comment diable Rinaldo a pu découvrir où j'étais. Parce que c'est lui, je le sens. Comme si, en pensant à lui hier soir, je l'avais fait se matérialiser par magie. Je m'attends presque à le voir,

---

1. Allusion à la pièce *La Profession de Mme Warren*. (N.d.T.)

de l'autre côté de la place, en train de m'observer, souriant, certain que je vais me lever et venir à lui malgré moi, comme une somnambule, pour implorer son pardon.

Quand nous quittons le bar, une heure plus tard, je me trouve dans un état de fureur à peine réprimée. Je suis parvenue à me convaincre que Rinaldo nous suit dans les rues, qu'il va surgir devant nous et que je vais devoir tout expliquer à Billy.

Elle ne dit rien de tout le retour ; cependant, je la surprends plusieurs fois à me regarder du coin de l'œil. Une fois dans l'appartement, elle fait toute une histoire pour me demander ce que j'ai envie de manger et m'ignore quand je lui réponds que je n'ai pas faim. Elle jette son manteau et se met à farfouiller dans le réfrigérateur en poussant de grands soupirs. Je comptais lui poser des questions sur la visite de Rinaldo mais son cinéma m'exaspère alors je préfère aller dans ma chambre et utiliser mon nouveau téléphone pour appeler Pierangelo.

« *Pronto*, dit-il avant la première sonnerie. J'allais t'appeler. Je rentre dans deux minutes.

— Je le savais. Je suis télépathe. »

Je n'ai jamais vu son bureau au journal. Cela ne m'empêche pas de l'imaginer, appuyé au dossier de son fauteuil, un bras derrière la tête. Subitement, Billy, Rinaldo et tout le reste me semblent ridicules.

« Qu'est-ce qu'il y a ? » demande-t-il.

J'opte pour : « J'ai faim. » C'est vrai, d'ailleurs. Seulement je ne voulais pas donner à Billy la satisfaction de me nourrir.

« Alors, arrête-toi au chinois. Je serai là dans un quart d'heure. Il faut que je retourne à Rome de bonne

76

heure demain matin – mais cela ne nous empêche pas de regarder le match. »

Le football est une petite blague entre nous. Certes, je ne suis pas une fan du ballon rond, mais Monica lui interdisait carrément de regarder les matchs. Elle jugeait cela vulgaire. Résultat, Pierangelo était contraint d'aller se réfugier chez des amis, dans un bar, ou même à l'hôtel pour regarder jouer ses clubs favoris. Désormais, il fête le départ de *La Tirana*, comme il l'appelle, en faisant des orgies de plats chinois que nous achetons à tour de rôle, en buvant de la bière à la bouteille et en poussant des acclamations obscènes.

Une demi-heure plus tard, quand je sonne à l'interphone, personne ne répond. J'imagine que le match a déjà commencé et je tape le code. Piero ne m'a jamais explicitement autorisée à le faire, mais, j'en suis sûre, il sait que je le connais. N'empêche, cela me fait un peu bizarre d'entrer dans son immeuble de cette façon. Du coup, en sortant de l'ascenseur au dernier étage, je frappe à la porte de son appartement.

Pas de réponse. D'ailleurs, je n'entends ni cris de fans, ni commentaires précipités en italien ni le bruit des pas de Piero dans le salon. Bizarre. Il est peut-être dans la salle de bains. À moins qu'il ne soit pas encore rentré. Je devrais l'attendre ici. Mais le dîner refroidit. Et puis les sacs ne sont pas très solides. Comme je n'ai aucune envie de recevoir les nouilles sur les pieds, je finis par composer le code de la porte.

La lumière est allumée, son manteau est posé sur le canapé. Il est donc là. Sans doute sous la douche. Je vais dans la cuisine et je mets les plats à réchauffer. Ensuite, j'écoute. Au début, je crois entendre la radio.

Non, c'est la voix de Pierangelo qui vient du bureau. Il a l'air en colère.

L'appartement est en forme de L. La chambre de maître, la salle de bains et le salon occupent le grand côté ; la cuisine, l'angle. Attenants, la buanderie et un couloir, qui conduit aux chambres des filles. En face, le bureau de Piero donne sur la cour intérieure. Les bonnes manières me dicteraient de prendre un magazine ou de m'activer dans la cuisine en chantonnant et en faisant comme si je n'entendais rien. Sauf que je n'ai jamais vu Pierangelo se mettre en colère, et je suis curieuse. Par la porte entrouverte du bureau, je l'entends distinctement. J'ai fait des progrès en italien et je saisis le sens de la dispute. Il est question de la police. Puis j'entends le mot *mostro*, « monstre ». Personne ne réplique ; j'en déduis qu'il est au téléphone.

« Si nous commençons, jusqu'où irons-nous ? Après cette fille, combien d'autres ? Je ne sais pas combien de temps tu veux continuer à les couvrir. »

Il marque une pause. Sans m'en rendre compte, j'ai dû avancer parce que je vois ses épaules et l'arrière de sa tête. Il sent ma présence, fait pivoter son fauteuil et ouvre grande la porte.

« Oui, oui, dit-il à son interlocuteur tout en croisant mon regard. Je comprends. Seulement je trouve que c'est une idée nulle. Nous ne sommes pas là pour couvrir qui que ce soit. » Il écoute encore une seconde et hoche la tête. « OK, OK, concède-t-il un ton plus bas. Enfin, tu sais ce que j'en pense. *Certo. Ciao.* »

Il raccroche en soupirant. Il me regarde, mais moi, je regarde son grand bureau. Des photos de la fille retrouvée au bord de l'Arno, Ginevra Montelleone, y sont étalées comme des cartes à jouer.

« Elle ne s'est pas suicidée, si ?

— Non, me répond-il. »

Pierangelo me considère une seconde. Puis il ramasse les clichés et les glisse dans une enveloppe. Une vague d'irritation m'envahit soudain.

« Nom de Dieu, Pierangelo ! Je ne vais pas craquer, tu sais ! »

Il s'interrompt. « Je sais. Seulement… »

Il n'aime pas parler de ce genre de chose avec moi – et il n'est pas le seul. Aux États-Unis, ceux qui ne voulaient pas que j'écrive sur ce qui m'était arrivé ou que j'en parle sans arrêt semblaient avoir l'impression de ne pas pouvoir prononcer les mots « mort », « agression » ou « meurtre » en ma présence. Certains avaient même du mal à dire « couteau ». Je sais qu'ils pensaient bien faire, mais franchement ça m'ennuyait – autant que ça m'ennuie aujourd'hui. Entre les histoires de prêtres de Billy et Pierangelo qui se met à me traiter comme si j'étais en porcelaine, je commence à trouver cette soirée franchement saumâtre.

« Écoute, dis-je avec sans doute plus de force que nécessaire, j'ai été agressée il y a deux ans. Ça a été horrible, mais toutes les horreurs qui arrivent à d'autres ne menacent pas forcément ma santé mentale. »

Je dois lui jeter un regard noir parce qu'il se passe les mains dans les cheveux en soupirant et laisse les photos où elles sont. « Pardon. Elle a été assassinée. Tu peux t'en rendre compte par toi-même », ajoute-t-il.

Je m'approche et je regarde les photos de la scène du crime. Ginevra Montelleone n'a pas seulement été assassinée. Elle a été massacrée.

Elle semble étonnamment propre, comme lavée, ce qui rend ses blessures – si l'on peut parler de blessures – encore plus crues. Des bandes de peau ont été décollées de sa cage thoracique. Malgré ma détermination, j'ai envie de vomir.

Pierangelo bondit de son fauteuil et veut me prendre par les épaules mais je le repousse. Je ne peux pas m'empêcher de la regarder.

« Qu'est-ce que c'est ? » Je désigne l'épaule blanche et nue de Ginevra, partiellement cachée par ses longs cheveux noirs qui semblent avoir été peignés. Parmi eux, au-dessus de son sein nu, on distingue une espèce de renflement. Pierangelo prend la photo.

« *Una borsa di seta rossa.* » Il parle d'une voix monocorde et fatiguée.

« Une poche de soie rouge ? » Je crois avoir mal compris mais il examine le cliché et hoche la tête.

« *Sì, signora*. Une poche de soie rouge remplie de graines. Fixée à son épaule avec une grosse épingle de nourrice. »

Nous ne regardons pas le football. Nous sortons les plats du four, ouvrons une bouteille de vin et dînons sur le comptoir rutilant de la cuisine.

« On nous a demandé de ne pas publier de papier là-dessus. » Il trempe son pâté impérial dans la sauce piquante et engouffre une grosse bouchée, comme si cela allait l'aider à se sentir mieux.

« Parce que ? »

Il secoue la tête. « Parce que cela risque d'affoler la population. » C'était donc le motif de sa dispute au téléphone. « Parce qu'une enquête est en cours. Parce que blablabla », marmonne-t-il en prenant son verre de vin. « Ils sont morts de trouille. Parce qu'ils n'ont rien et qu'ils ne peuvent plus accuser Indrizzio. Merde ! C'est fort ! »

Il reprend une gorgée, se lève pour aller se servir un verre d'eau. « Tu crois qu'ils font la moutarde aussi forte pour qu'on ne sente pas la nourriture ? Du chien bouilli ou Dieu sait quoi. Enfin, nous sommes mal placés pour leur jeter la pierre, ajoute-t-il en souriant pour la première fois de la soirée. Dans les années vingt, des restaurants de Florence ont été condamnés à une amende pour avoir servi du chat.

— Beurk ! En tout cas, je crois que oui. Ils se servent de la moutarde pour masquer le goût, comme les Anglais se servaient du curry en Inde.

— En Inde ? Ils feraient mieux de s'en servir en Angleterre. » Pierangelo possède une foi inébranlable en la suprématie de la cuisine italienne. « Écoute, dit-il en nous resservant du vin, il y a un truc vraiment bizarre. Tu l'as vue, n'est-ce pas ? Alors tu sais comment elle est morte ?

— Eh bien... » Une image très nette des bandes de chair pendant sur le torse de Ginevra Montelleone m'apparaît. Je pose ma fourchette. Je ne suis plus si sûre d'avoir faim. « Bien sûr. » Je hoche la tête. « Oui.

— Non.

— Comment ça, non ? »

Piero secoue la tête et me considère une seconde. « Elle s'est noyée », finit-il par dire.

Je le regarde comme s'il avait perdu la raison, mais il hoche la tête. « Je n'ai pas voulu le croire non plus. Mais le journal a des "amis" à la morgue ; c'est ainsi ça que nous avons obtenu les photos. J'ai cru qu'ils étaient devenus fous. Qu'ils avaient tout faux. Qu'ils s'étaient trompés de fille, de corps. Alors j'ai appelé un ami au commissariat. »

J'ai l'impression que Pierangelo connaît la moitié de Florence par l'intermédiaire de sa famille ou de celle de Monica et l'autre moitié parce qu'il a été reporter.

« Elle s'est vraiment noyée ? »

Cela me semble tellement invraisemblable que je dois paraître incrédule. Le haussement de sourcils de Pierangelo me fait réfléchir. Je me remémore le corps de Ginevra, sa propreté anormale.

« Tu veux dire qu'ils l'ont trouvée dans le fleuve ? »

Il secoue la tête. « Non, non. Justement pas. Elle avait les poumons pleins d'eau ; pourtant, le rameur qui l'a trouvée a déclaré qu'elle était allongée sur la berge, en lambeaux, sur le dos, les mains croisées sur la poitrine ; on aurait pu croire qu'elle dormait. »

Pierangelo part avant l'aube. Quand il se penche pour m'embrasser, je sens le parfum citronné de son eau de Cologne et le goût de menthe de son dentifrice. « Dors, me dit-il. Je t'appelle. »

Je l'entends prendre son sac et traverser le salon. La porte d'entrée s'ouvre et se referme. Je ne me rendors pas vraiment, je somnole. Cela me fait bizarre d'être seule dans ce lit qui n'est pas le mien. Finalement, je décide de me lever et de prendre un bain. La salle d'eau de Pierangelo est immense. On descend dans la baignoire encastrée par des marches. J'ouvre les robinets et je la regarde se remplir en pensant à Ginevra Montelleone.

Selon le contact de Pierangelo à la Questura – le commissariat de police – les médecins légistes sont certains que ses coupures sont antérieures à sa mort – par noyade. Autrement dit, elle a été écorchée vive.

Puis noyée.

Ensuite, on l'a coiffée et étendue sur la berge. Et on a épinglé une poche rouge pleine de graines à son épaule.

Je pense à mon petit masque, qui semble bien anodin en comparaison. Il y avait aussi des « souvenirs » auprès des corps d'Eleanora Darnelli, la religieuse, et de Benedetta. Cependant, en descendant dans l'eau, je me rends compte que, hormis le fait qu'elles ont été poignardées, je ne sais pas grand-chose de la façon dont elles sont mortes.

C'est curieux, mais j'étais trop gênée pour me renseigner. L'*ispettore* Pallioti m'avait parlé des autres femmes, mais quand j'eus fini par guérir de mes blessures, demander des détails sur les victimes de Karel Indrizzio qui avaient moins eu de chance m'avait paru déplacé. Alors, malgré mon envie de savoir ce qui leur était arrivé, je n'ai pas posé de questions. Et je ne sais toujours rien de plus.

Pierangelo, si, parce qu'il a écrit des articles sur ces meurtres. Il garde des dossiers ici, dans son bureau. Je le sais car il lui est arrivé d'en sortir pour me montrer quelque chose sur quoi il travaillait. Et il ne revient pas avant lundi soir tard, peut-être mardi. Il passe le week-end à suivre D'Erreti au Vatican. Je verse dans l'eau des sels de bain que Piero achète pour moi. Acacia. Il y a aussi une huile pour le corps – pour mes cicatrices, dit-il – et du parfum. Il adore l'acacia. Il aime même en retrouver le goût sur ma peau. Ginevra portait-elle du parfum ? Et les autres ?

Une heure plus tard, je suis sur le seuil de son bureau. J'ai lavé la vaisselle, fait le lit et même passé un petit coup de balai, comme si cela pouvait compenser la faute que je m'apprête à commettre. Au mieux, je vais abuser de son hospitalité, au pire, de sa confiance. Mais je veux savoir. Depuis l'assassinat de Ginevra Montelleone, j'éprouve un besoin irrépressible de savoir.

En ouvrant le placard, je me dis que je m'évite simplement une visite à la bibliothèque. Je suis sûre que j'y trouverai les mêmes éléments que dans les papiers de Pierangelo, puisqu'il s'agit d'informations publiques. Je me promets que si ce que je cherche se trouve dans le coffre-fort, même si j'en connais la combinaison, je ne l'ouvrirai pas. Je ne regarderai que si le dossier est là, à portée de main.

C'est le troisième à la lettre D. Il est très épais. Je jette un coup d'œil pour m'assurer que c'est bien ce que je cherche et, sans me poser plus de questions, je le sors et le fourre dans mon sac. Je referme le tiroir, le cœur battant parce que je sais que c'est mal. En me retournant, je vois les photos de Ginevra, là où nous les avons laissées hier soir. C'est plus fort que moi : je les prends aussi.

Maintenant que j'ai les documents, je m'en veux de les avoir empruntés. Évidemment. Quelqu'un a dit un jour que la culpabilité nous permettait, à nous autres catholiques, d'obtenir ce que nous voulions. Que le repentir serait, en quelque sorte, une façon de rattraper nos mauvaises actions.

Je vais les remettre tout de suite. Non, c'est idiot. Pierangelo ne rentre pas avant lundi soir. Je vais garder le dossier une journée et j'aviserai. De toute façon, il me laisserait le lire si je lui demandais, je le sais. Je cherche à me convaincre que c'est parfaitement raisonnable. N'empêche que, sur le chemin de Santa Maria Novella où j'ai cours, mon sac me paraît aussi lourd que si les mots qu'il contenait étaient en plomb.

Les fresques de la basilique représentent une allégorie de la philosophie des Dominicains, les *Dominus canis*, ou chiens du Seigneur, qui se veulent les protecteurs de l'Église. Malgré leurs six cents ans, les couleurs sont encore très vives. Quand je ressors, la ville me semble terne, les scènes peintes à l'intérieur ont plus de réalité que les gens qui m'entourent. Une bruine flotte dans l'air, comme si elle n'avait pas la force de tomber vraiment. L'humidité forme des gouttes sur mon visage et mes mains nues.

L'appartement qui nous avait été attribué, à Ty et moi, par le programme d'échange, se trouve tout près d'ici. Il était petit, encombré, affreux, avec son canapé de tweed vert et ses rideaux moutarde. À vrai dire, je n'aime pas beaucoup le quartier. Au Moyen Âge, les rues de Florence étaient si étroites et les maisons si hautes que, même en plein jour, les passages devaient être éclairés par des torches. Aujourd'hui, ils sont bouchés par la circulation et bordés d'hôtels bon marché qui accueillent les hordes de touristes. En voilà trois qui foncent sur moi en traînant leur valise. Je dois descendre sur la chaussée pour ne pas me faire piétiner. Un chauffeur de taxi m'injurie. Les cloches de Santa Maria Novella se mettent à sonner, lugubres, comme pour manifester leur accord.

Le temps que j'arrive à me tirer de là par la Via Belle Donne – la rue des Belles-Dames – et la Via

Tornabuoni, la rue des magasins de luxe, le flot de touristes a perdu en densité, à l'inverse de la bruine. De grosses gouttes s'écrasent sur le trottoir, tandis que je retraverse le fleuve et que je m'engage dans le dédale d'allées qui mènent à notre *palazzo*.

Bien que je sois en train de me faire tremper, je traîne, je tourne presque en rond, comme quand j'étais petite et que je m'efforçais de retarder le moment pourtant inévitable de rentrer après l'école. Je tente de me persuader que c'est à cause de la scène d'hier soir : ignorant de quelle humeur va être Billy, je ne trouve pas l'énergie de l'affronter. En réalité, c'est l'instant où je vais me retrouver seule dans ma chambre avec le dossier de Pierangelo que je repousse. Je ne veux pas savoir si, livrée à moi-même, je céderai à la tentation et le lirai.

Je tourne encore et encore, et j'aboutis dans une ruelle bordée de murs où je suis soudain cueillie par un éclat de rire aigu. Devant moi, la grille d'une école s'ouvre à la volée, déversant dans la rue un escadron d'enfants qui se jettent dans les bras de leurs parents. Il est déjà midi passé.

C'est alors que je la vois, la voisine d'en face. Elle se tient juste devant moi, dans un manteau rouge à col de velours. Ses cheveux blonds sont tirés en une queue-de-cheval qui ne lui va pas. Un grand sourire fend son visage lorsque le petit garçon que nous avons vu hier sur le pont court vers elle. Elle le prend et le lève dans les airs. « Paolo ! » s'exclame-t-elle. « Paolo ! » Le petit visage un peu pointu de l'enfant s'ouvre comme une fleur lorsqu'il regarde sa mère.

Les garçons portent déjà le short de leur uniforme d'été. Quand elle le repose à terre, il se penche pour remonter ses chaussettes. Elle lui ébouriffe les cheveux d'une main et, de l'autre, prend le sac de courses qu'elle a laissé contre le mur. En riant, Paolo lui donne une tape et fait un pas de côté. Son pied heurte le bord du trottoir et soudain, deux choses se produisent en même temps : je le vois tomber, comme au ralenti, et j'entends le rugissement d'une moto.

Avant de me rendre compte de ce que je fais, je plonge. Je crie, sa mère aussi, et l'énorme BMW noire passe en trombe à côté de nous au moment où je saisis ses petites épaules d'oiseau.

En réalité, je crois qu'elle n'est pas passée si près. Mais elle avait pris la rue en sens interdit et le petit garçon est tout blanc, au bord des larmes. Sa mère aussi est très pâle, avec deux taches rouges sur les joues.

« *Signora, grazie ! Grazie !* » s'écrie-t-elle en pressant la tête du petit garçon sur son ventre. Les autres parents murmurent autour de nous. « Ces fichues motos ! On devrait les interdire ! », « Aucun respect pour les autres ! Pour les enfants ! », « C'est une école, nom de Dieu ! » « Il avait pris la rue en sens interdit ! » Une mère se baisse pour ramasser mon sac, que j'ai laissé tomber sur le trottoir. Je la remercie en essayant de le récupérer avant elle. Mais le dossier n'en est pas sorti ; pour mon plus grand soulagement, le visage de Ginevra Montelleone morte ne nous scrute pas depuis le caniveau.

« Oh, votre sac est mouillé. Il est fichu ! Je suis navrée. » La voisine d'en face essuie mon vieux cabas de cuir de sa main gantée de rouge. Je lui assure que ce n'est pas grave, qu'il en a vu d'autres, et que, d'ailleurs, s'il est trop abîmé, cela me donnera une bonne excuse pour en racheter un. Nous parlons italien et elle se met à rire. Après les cris et les jurons qui ont fusé dans la cour, c'est un son inattendu.

« Vous parlez mieux italien que beaucoup d'Américains », dit-elle brusquement. Et d'ajouter, en anglais : « Je suis de Londres, mais j'habite ici depuis sept ans. Mon mari m'appelle Sophia, mais mon vrai nom, c'est Sophie. Sophie-Sophia Sassinelli, récite-t-elle en riant à nouveau. Drôle de nom, n'est-ce pas ? »

Elle me tend une main douce et un peu molle. De près, elle paraît plus jeune que je ne le croyais. Elle ne doit pas avoir beaucoup plus de trente ans. Pourtant, tout chez elle me fait penser à un fruit trop mûr.

« Mary, dis-je. Mary Thorcroft.

— Je vous ai déjà vue. »

Je lui lâche la main en me rappelant le pont hier soir et toutes les autres fois où Billy et moi sommes restées dans la cuisine, cachées derrière les rideaux, à écouter ses disputes presque quotidiennes avec son mari. Apparemment, ce n'est pas ce à quoi elle fait allusion.

« Vous m'avez aidée, précise-t-elle en souriant. L'autre jour, quand j'allais chercher Paolo et que je n'arrivais pas à passer la grille avec la poussette. » Elle ne l'a pas prise aujourd'hui. Elle regarde le petit garçon qui commence à s'agiter et à la tirer par la main. « Je ne devrais plus le pousser, d'ailleurs. Il est trop grand. Mais j'ai du mal à renoncer à mon bébé. »

Je ne sais pas si Paolo parle anglais. Oui, sans doute, parce qu'il se renfrogne.

« Vous avez des enfants ? » me demande-t-elle. Elle scrute mon visage de ses yeux bruns, ronds et candides. Quand je secoue la tête, je me rends compte que Sophie-Sophia Sassinelli est terriblement seule.

Nous remontons ensemble la ruelle de l'école et tournons vers Santo Spirito. Paolo ne dit rien. Il érafle sur le trottoir ses chaussures cirées, sans doute gêné à la fois que je l'aie rattrapé et que je sois encore là. Il tire sur la main de sa mère presque à lui tordre le bras. Bien qu'elle ne semble pas s'en rendre compte, je me demande si ce n'est pas la raison pour laquelle elle préfère le promener en poussette.

« Vous parlez très bien italien, me redit-elle. Vous avez travaillé ici ? »

Je secoue la tête. « Non. Je l'ai étudié. Et j'ai un ami dont c'est la langue maternelle. Je suis à Florence pour suivre un cours d'histoire de l'art, dis-je pour répondre à la question qu'elle ne me pose pas.

— Moi aussi. Enfin, c'est la raison pour laquelle je suis venue. Pour étudier l'histoire de l'art. Vous savez, quand on vit dans une *pensione* et qu'on s'habille tout le temps en noir. » Son rire résonne de nouveau, clair et inattendu, comme un carillon. Je l'observe du coin de l'œil. Impossible de l'imaginer en noir. Sa silhouette ronde et son visage de poupée évoquent plutôt du Laura Ashley. Des robes à fleurs, peut-être même des smocks, et des cardigans assortis. Un serre-tête.

« Je sortais du lycée. Comme je n'avais pas été prise à Oxford, mes parents ne savaient pas que faire de moi. Du coup, maman s'est arrangée pour que je vienne ici. Ensuite, j'ai rencontré le grand Paolo – c'est aussi le nom de mon mari, vous connaissez les familles italiennes –, et voilà. »

Elle rit de nouveau, nerveusement, sans joie. « Mais ça me plaît. Vraiment. J'aime beaucoup vivre à Florence. »

En parlant, nous sommes arrivées dans notre rue. Au pied des marches, je cherche mes clés. L'arrivée de Marcello, l'employé de l'épicerie, qui ouvre et me tient la grille, m'évite cette peine. La signora livre la vieille dame au-dessous de chez nous. Aujourd'hui, je remarque une Vespa toute neuve équipée d'une caisse de livraison appuyée au mur. Le garde-boue est décoré de dessins de légumes. Maintenant qu'elle a Marcello, elle étend ses activités.

« Superbe », commente Sophie.

Marcello marmonne quelque chose en remontant sur son scooter. Je lui dis qu'il a fière allure. Il rougit si fort que je me demande s'il va parvenir à démarrer. Mais le moteur pétarade et il s'éloigne, le numéro de téléphone de la signora en lettres rouge vif sur l'arrière de son casque.

« Mon Dieu, soupire Sophie en le regardant. C'est affreux de devoir circuler dans Florence déguisé en publicité pour des carottes. » Je me tiens sur les marches. Elle est restée sur le trottoir. « Il faut que nous allions à la pâtisserie. Paolo et moi, nous mangeons un gâteau tous les jours après l'école. » Elle regarde le petit garçon et lui sourit, mais il garde les yeux rivés au trottoir. Les épaules voûtées dans sa veste d'uniforme comme s'il cherchait à rentrer dans sa coquille, il a l'air mort de honte, presque comme Marcello.

« Eh bien, encore merci. » Sophie m'adresse un sourire plein d'espoir. J'ai soudain l'impression de voir le souvenir de mon propre visage de femme mariée, malheureuse et solitaire.

Depuis l'entrée au bas de l'escalier, j'entends le grincement du minuscule ascenseur qui descend tout doucement. Quand je le croise en montant, je me demande si c'est le père Rinaldo qui est revenu, comme un bon colporteur, essayer encore une fois de fourguer son salut. Peut-être qu'en me penchant par-dessus la rampe, je verrai la tache rose de sa calvitie naissante quand il sortira de la petite cage de métal. Mais c'est une femme qui descend de la cabine. Je m'en rends compte au bruit de ses pas dans le vesti-bule et au claquement de ses talons hauts. Sans doute la dame de compagnie de notre vieille voisine du des-sous. Je l'ai déjà saluée mais j'ignore son nom.

J'ouvre la porte de l'appartement et j'appelle Billy. Pour compenser l'emprunt clandestin du dossier de Pierangelo, je décide de me montrer particulièrement gentille avec elle. Encore un truc de catholique : une bonne action en compense une mauvaise. C'est assez simple, cette histoire de rédemption. C'est même à la portée de n'importe quel imbécile.

Ma bonté est vouée à l'échec. L'appartement est silencieux et le manteau de tweed de Billy n'est pas dans le placard de l'entrée. Elle est sortie. Bah, comme j'ai froid et que je suis mouillée, je vais pouvoir boire une tasse de café tranquille et peut-être même me faire un toast au fromage. Ensuite, je réfléchirai au contenu de mon sac et à la façon de se comporter face aux prêtres qui fourrent leur nez partout.

Vingt-quatre heures après les faits, je suis bien for-cée d'admettre que l'épisode Rinaldo ne paraît plus si important que cela. J'avais faim, j'étais grognon, et il est possible que Billy n'ait pas raconté la visite du curé dans le but de m'énerver. En plus, elle parle mal italien, alors il se peut qu'elle n'ait pas bien compris. Ou qu'elle ait voulu me faire une blague. Ils ont peut-être un drôle de sens de l'humour, à Fort Peine. Quoi qu'il en soit, j'oublie cette histoire dès que j'entre dans ma chambre.

L'odeur de mon parfum envahit la pièce. Mon fond de teint et mes pinceaux ont été déplacés. Ainsi que mes deux nouveaux poudriers. Il m'arrive de laisser de la vaisselle dans l'évier ou mes vêtements par terre mais, avec mon maquillage, je suis très méticuleuse. Je n'en ai pas beaucoup et, où que je me trouve, je le range toujours dans le même ordre sur ma commode. Toujours.

Maintenant, c'est la pagaille. Mes ombres à paupières ne sont plus alignées par piles de deux. Mes rouges à lèvres sont mélangés. Ma boîte de boucles d'oreilles est ouverte et on n'a pas refermé la boîte de ma crème capillaire. On dirait même qu'elle s'est assise sur mon lit. Il y a la marque de son derrière en creux dans le couvre-lit. Et l'oreiller est écrasé.

Merde ! Billy a fouillé dans mes affaires.

6

Je n'ouvre pas le dossier avant le samedi.

Billy est rentrée plus tard la veille, après que j'avais dîné et appelé Pierangelo. Comme il me l'a fait observer, son incursion dans ma chambre est si flagrante qu'elle cherchait forcément la bagarre. La meilleure façon de me venger, c'est de l'ignorer. Il dit que cela a toujours marché avec ses filles quand elles étaient adolescentes. « Ne laisse pas l'adversaire t'entraîner dans le conflit de son choix. » Ou quelque chose de ce genre. Quoi qu'il en soit, cette attitude adulte me convenait tout à fait. D'autant que je n'aime pas les conflits. Et puis, qu'est-ce que j'aurais pu lui dire ? « Je sais que tu as déplacé mes rouges à lèvres ! Et que tu as tripoté mes ombres à paupières ! » Je l'aurais accusée d'avoir regardé mes boucles d'oreilles ? Plus j'y pensais, plus je me disais que je risquais d'être franchement ridicule.

Alors j'ai attendu qu'elle aille à un cours sur le Caravage ce matin. Je me suis fait du café et je suis allée m'enfermer dans ma chambre, comme quand j'étais au lycée et que je lisais un livre interdit. Des romans de Barbara Cartland. *Histoire d'O.*

Mais ce que je m'apprête à lire maintenant est bien pire.

Eleanora Darnelli était effectivement religieuse. Sauf que quand elle a été assassinée, il y a deux ans, dans la nuit du 21 janvier, elle était sur le point de quitter le couvent. Son histoire serait romantique, si elle n'était pas aussi atroce.

Originaire de Calabre, Eleanora fut envoyée par ses parents à Florence, chez des amis de la famille, pour pouvoir faire de meilleures études. À son arrivée, elle avait été élève au couvent dans lequel elle allait entrer par la suite, à Fiesole, sur les collines qui dominent la ville. Elle travaillait à la garderie. Apparemment, elle y était heureuse. De l'avis général, c'était une excellente sœur et une servante du Christ accomplie. Jusqu'à l'été précédant sa mort, quand un artiste appelé Gabriele Fabbiacelli vint faire des travaux de restauration dans la chapelle.

Au bout de quelques semaines ils étaient tombés amoureux, et, à la fin de l'été, Eleanora annonça à la mère supérieure qu'elle ne pouvait plus respecter son engagement et qu'elle voulait partir. La congrégation fit tout son possible pour l'en dissuader. Les notes de Pierangelo n'entrent pas dans les détails mais, rien qu'en les lisant, j'ai la chair de poule. Eleanora et moi avons plus en commun que la lame de Karel Indrizzio.

Cependant, malgré les inévitables murmures dans le confessionnal, les menaces de damnation, la mise en quarantaine et les pressions exercées sur elle de toutes parts, Eleanora dut tenir bon parce que, en janvier, la mère supérieure finit par l'autoriser à s'installer chez une amie à Fiesole, une laïque qui travaillait également à la garderie, pour qu'elle puisse bien réfléchir à sa décision.

Meilleure catholique que moi, Eleanora continua à aller à la messe tous les jours, y compris l'après-midi du 21. La dernière fois qu'elle a été vue vivante, c'est à la cathédrale de Fiesole, après l'office, quand elle a proposé ses services à un prêtre pour la décoration florale du carême. Selon lui, quand elle sortit sur la *piazza*, peu après dix-huit heures, elle était de bonne humeur et avait confiance en l'avenir. La nuit d'hiver recouvrait les collines.

Ne la voyant pas rentrer dîner, son amie l'avait cherchée. À vingt et une heures, elle avait appelé les *carabinieri* qui lui avaient fait valoir qu'Eleanora était peut-être allée en ville faire des courses, par exemple, en cette période de soldes. Possible, avait conclu son amie. Eleanora lui avait dit qu'il lui fallait des vêtements pour sa nouvelle vie. N'empêche qu'elle était inquiète. Et elle avait raison, car Eleanora Darnelli n'était pas allée plus loin que les ruines romaines. Elle avait été retrouvée le lendemain matin derrière l'amphithéâtre, à moins de cinq cents mètres de la cathédrale, égorgée, un ruban de satin blanc noué au poignet gauche.

Benedetta Lucchese, une infirmière de l'un des grands hôpitaux de la ville, disparut une quinzaine de jours plus tard, la nuit du 4 février. Elle vivait au nord de Fortezza da Basso avec son fiancé, un entrepreneur marocain du nom d'André Dupin. À dix-huit heures ce soir-là, ils se disputèrent. Si bruyamment que plusieurs voisins les entendirent. André partait à Tanger voir son oncle et sa tante de bonne heure le lendemain matin. Isabella, la sœur de Benedetta, raconta par la suite qu'il insistait pour fixer une date de mariage afin de pouvoir la leur annoncer, et qu'elle se faisait tirer les oreilles. André finit par sortir en claquant la porte pour aller noyer ses soucis au bar du coin, où plusieurs témoins le virent.

Pendant qu'il se soûlait, Benedetta se rendit chez sa sœur qui habitait la maison de famille, à l'autre bout de la ville, Via San Leonardo, une jolie rue qui serpente entre les collines derrière le fort du Belvédère. Elle n'y arriva que juste avant vingt et une heures. Selon Isabella Lucchese, elle était d'abord allée à la messe.

À vingt-trois heures, Benedetta décida de partir. Sa sœur lui enjoignit de passer la nuit chez elle, mais elle voulait rentrer pour se réconcilier avec André avant son départ. Elle refusa également qu'elle la raccompagne. Elle aimait autant marcher cinq minutes jusqu'à la rue principale, la Viale Galileo, où elle attraperait le dernier bus. Sa sœur l'embrassa juste avant vingt-trois heures quinze et la regarda sortir du jardin. Ce fut la dernière à la voir vivante. À part Karel Indrizzio.

Son fiancé crut qu'elle était restée chez Isabella. Il partit donc comme prévu aux aurores en prévoyant de l'appeler pour faire la paix quand il arriverait à Tanger. Il n'en eut jamais l'occasion. Elle fut retrouvée morte le lendemain, dans l'oliveraie, sous les remparts du fort du Belvédère, un cierge consumé entre ses mains croisées. Jusqu'au 25 mai, jour où Indrizzio me poursuivit dans le labyrinthe du jardin Boboli, André Dupin fut considéré comme le principal suspect du meurtre de Benedetta et dut se battre pour ne pas être extradé du Maroc.

Je pose le dossier avec un frisson. Billy rentre, me crie à travers la porte qu'elle va au cinéma avec Kirk et Henry et me demande si je veux venir voir *Les Heures*. Je réponds : « Non merci ! » D'abord parce que je l'ai vu la veille mais surtout parce que je ne m'imagine pas assise immobile dans le noir. Elle reste encore un peu et me demande si ça va. « Oui. » Je marmonne que j'ai peut-être attrapé froid et elle ressort.

Le plus dur, ce sont les images. Parfois, dans la journée, je me recouche. Comme si me blottir sous une couette rose pouvait me faciliter la lecture de ces horreurs. Ensuite, je me force à émerger et j'étale les photos sur le couvre-lit en soie de la signora Bardino. Et je m'oblige à regarder le visage et le corps d'Eleanora Darnelli et de Benedetta Lucchese.

Elles étaient habillées quand on les a trouvées. L'étendue des blessures de Benedetta n'apparaît pas sur les clichés pris sur le lieu du crime. Elle a seulement l'air morte. Pas endormie. Elle est étendue dans l'herbe gelée, un cierge entre les mains, l'air vide.

Ce n'est qu'à la morgue, quand ils l'ont déshabillée, qu'ils se sont rendu compte que Benedetta avait été sauvagement battue. Torturée. Brûlée et tailladée. On lui avait lacéré les seins, une similitude qui – avec le type de couteau utilisé et le souvenir laissé sur elle – avait contribué à convaincre Pallioti que Karel Indrizzio nous avait attaquées toutes les deux. Comme moi, Benedetta avait été attachée. Les marques sur ses bras et ses jambes montraient qu'elle s'était débattue de toutes ses forces. Le médecin légiste estima qu'elle était morte depuis douze à quinze heures quand on l'avait trouvée et que le coup mortel avait été porté en dernier.

Indrizzio l'avait enlevée, torturée et avait fini par la tuer avant de la laver puis de la rhabiller, comme une poupée. Elle était même recoiffée. Il n'avait omis que sa montre. D'après les notes de Pierangelo, la police y avait vu un acte volontaire plutôt qu'un oubli car tout le reste avait été organisé avec une méticulosité évidente.

Eleanora, elle, n'a rien d'une poupée. Elle est couchée sur une pierre grise, habillée elle aussi. Il ne lui manque qu'une chaussure, ce qui donne à son pied un air étrangement vulnérable. Pourtant, alors que ses blessures sont bien moins épouvantables que celles de Benedetta – si tant est que l'on puisse établir une hiérarchie dans l'horreur –, elle semble encore plus mal en point. Parce qu'il y a du sang partout. Eleanora Darnelli n'a pas été lavée. Et si elle ne présentait pas d'autres blessures, le légiste précise qu'Indrizzio l'a égorgée d'un coup si net qu'il a failli lui couper la tête.

Alors que je n'ai pas encore fini de lire le dossier ni d'examiner toutes les pièces, je n'arrête pas de le voir. Je sens ses mains sur mon corps, sa langue sur ma joue. Je suis obligée de me lever et de marcher dans la chambre en me frottant les mains comme si j'avais froid, parce que, peut-être pour la première fois, je viens de prendre pleinement conscience de ce dont Ty m'a sauvée. Regarder Eleanora et Benedetta, c'est voir ce qu'il serait advenu de moi.

Je le savais, bien sûr. Maintenant, je le ressens physiquement. Volontairement ou non, il a donné sa vie pour moi. Si je suis encore vivante, c'est parce qu'il a fait ce qui m'a toujours exaspérée : il ne m'a pas laissée tranquille.

J'ai l'impression qu'on vient de m'asperger d'eau glacée. Prise de vertige, au bord des larmes, j'ai besoin de parler à quelqu'un. Je ne sais pas ce que j'ai envie de dire, mais il faut que ça sorte. Qui pourrait m'écouter ? Si j'appelle Pierangelo, il va vouloir savoir ce qui ne va pas, pourquoi cette révélation me vient soudain. Or je ne pourrai pas le lui dire sans lui avouer que j'ai fouillé dans son bureau. Et puis il n'aime pas parler de Ty. Si j'appelle une amie aux États-Unis, toutes mes connaissances vont savoir que je craque. J'ai l'impression que c'est ce à quoi ils s'attendent presque tous. Cela les remplirait d'autosatisfaction ; ils se proposeraient même pour venir me chercher et me ramener là-bas, « à ma place », en me rabâchant pendant tout le voyage que je n'aurais pas dû retourner à Florence. J'envisage même d'aller frapper chez Sophie. J'abandonne cette idée aussi vite qu'elle me traverse l'esprit. Certes, je l'ai croisée à l'épicerie tout à l'heure, quand j'ai mis le nez dehors pour aller acheter un sandwich. Mais même si nous avons parlé deux fois, je ne la connais pas. Et ce dont j'ai désespérément besoin en cet instant, c'est d'être avec quelqu'un que je connaisse bien. Ou, mieux, qui me connaisse bien. Pour la première fois depuis bien longtemps, Mamaw me manque.

En fin de compte, après m'être lavé le visage et fait un grand espresso amer, je prends une décision. Je vais lire le dossier de Pierangelo d'un bout à l'autre et le rapporter chez lui. Après cela, je saurai tout ce qu'il y a à savoir sur ce sujet et je pourrai avancer.

Très déterminée, je retourne dans ma chambre, m'assieds sur le lit à côté des photos et passe les doigts sur le visage des deux femmes. Ensuite, je choisis un portrait de chacune et je l'ajoute à ma collection dans le tiroir du bas de ma commode. Ils ne vont pas manquer à Pierangelo. Même si j'ai l'intention de cacheter l'enveloppe, j'en ai plus besoin que lui. Je ne peux pas me permettre d'oublier dans quel état Indrizzio les a mises, dans quel état il m'aurait mise si Ty n'était pas intervenu.

Il y a quelques autres pièces dans le dossier : des coupures de presse, une note remarquant que la chaussure manquante d'Eleanora Darnelli n'avait jamais été retrouvée – peut-être emportée par les chiens du quartier ? –, les résultats des recherches toxicologiques effectuées par le médecin légiste – négatives dans les deux cas –, un ADN peu probant et une autre enveloppe en papier kraft. J'imagine que ce sont des articles achevés de Piero. Bien que j'aie déjà lu les brouillons, dans un souci de minutie, je l'ouvre et en vide le contenu sur le lit.

Ce ne sont pas des copies d'articles, ce sont d'autres photos. Il y en a une demi-douzaine. À l'évidence, elles ont été prises sur le lieu d'un crime. Il me faut un petit moment pour me rendre compte qu'il s'agit d'une femme que je ne connais pas. Je les élève vers la lumière au cas où je me tromperais. Non. Elle ressemble un peu aux deux parce qu'elle a, elle aussi, de longs cheveux bruns, mais je ne l'ai jamais vue.

On dirait qu'elle est étendue dans des broussailles. À côté d'elle, comme à côté d'Eleanora et Benedetta, il y a les petites marques que les médecins légistes utilisent comme échelle, donc il n'y a pas de doute : c'est bien la victime d'un meurtre. Ses cheveux sont étalés en éventail autour de son visage couvert de bleus et de coupures. Elle a le nez cassé – même moi, je m'en rends compte – et un filet de sang séché au-dessus de la lèvre supérieure. Son tee-shirt de couleur claire est maculé de sang et elle tient quelque chose entre ses mains jointes sur son ventre. Je trouve un gros plan. Ses ongles longs, dont l'un est cassé, sont vernis d'une teinte foncée, noir ou lie-de-vin. Ses doigts sont repliés autour d'un petit oiseau mort dont la tête pend sur le côté.

D'habitude, Pierangelo est extrêmement méticuleux. Il garde ses notes écrites à la main ainsi que les sorties papier de ce qu'il tape sur son ordinateur. Mais là, il n'y a presque rien. J'apprends seulement que l'oiseau était un chardonneret, que son sac à main avait disparu, que c'était une prostituée et qu'elle s'appelait Caterina Fusarno.

Je ne sais trop que penser. La seule explication, c'est qu'il a dû y avoir une troisième femme dont on ne m'a jamais parlé. La police n'était peut-être pas sûre de pouvoir imputer son meurtre à Indrizzio, c'est pour ça qu'elle ne l'a jamais évoquée. Ou alors elle n'a pas voulu me mettre au courant en jugeant que j'en avais suffisamment encaissé. C'est possible. À cause de mon poumon perforé qui s'est infecté, j'ai failli mourir.

Cette femme est donc probablement la troisième victime d'Indrizzio. Alors je m'agenouille et je range sa photo avec celles des autres. Puis je fourre l'enveloppe en kraft au fond de mon tiroir. Ça suffit.

Il me faut moins de cinq minutes pour tout ranger dans le dossier, enfiler mon jean, mes bottes et sortir. En traversant le Ponte di Santa Trinità, je cours presque tant je suis pressée d'arriver chez Pierangelo et de remettre ces horreurs à leur place, dans son bureau, avec ses archives du passé.

On est samedi soir, il est dix-neuf heures et il ne pleut pas, donc c'est la cohue. Les magasins ne vont pas fermer avant une demi-heure alors, au lieu de remonter la Porta Rossa où la terre entière va être en train de faire du shopping, je reste sur le Lungarno et je traverse la minuscule Piazzetta del Limbo où, il y a huit siècles, les enfants non baptisés de la ville étaient enterrés. Aujourd'hui, le cimetière a disparu, mais la place reste étrangement silencieuse, comme une petite bulle d'air au cœur de Florence dans laquelle le XIIe siècle serait encore vivant. Mes talons claquent sur les pavés quand je passe devant l'église des Santi Apostoli et j'entends un battement d'ailes. Sont-ce les oiseaux qui nichent sous les avant-toits ou le murmure des petites âmes suppliant qu'on les laisse sortir du purgatoire ?

J'emprunte une ruelle si étroite que j'arrive à toucher en même temps les murs des deux côtés, je saute par-dessus la pluie qui dégouline d'une gouttière et, quand j'atteins la rue de Pierangelo, je suis à bout de souffle. Surtout de soulagement, je crois. Je tapote mon sac en me disant : mission presque accomplie. Et je m'arrête net. Je suis en face de l'immeuble et je vois de la lumière à la fenêtre du salon.

Je suis absolument certaine d'avoir éteint en partant. Donc, il doit être de retour. Il a dû écourter son voyage à Rome et rentrer un jour plus tôt. Il va sans doute m'appeler. Il est peut-être même en train de le faire ; j'ai laissé mon téléphone à charger sur ma commode.

Le retour de Pierangelo présente quelques inconvénients, largement compensés par mon bonheur. Mon côté petite sainte décide de lui avouer ce que j'ai fait, alors la partie plus pragmatique de mon cerveau fait valoir que, si je m'en abstiens, je n'aurai aucun mal à me glisser dans son bureau et à remettre le dossier à sa place sans qu'il le remarque. Comme si de rien n'était. En traversant pour aller sonner, je regrette de ne pas avoir mis quelque chose de plus joli et de ne pas même m'être brossé les cheveux.

Le voyant de l'interphone s'allume et c'est une voix de femme forte et claire qui dit « *Pronto ?* ».

Je retire le doigt de la sonnette comme si je m'étais brûlée et je vérifie que je ne me suis pas trompée d'appartement.

« *Pronto ?* » répète-t-elle plus fort, d'un ton un peu agacé. Ensuite, elle marmonne quelque chose en italien et, sans en être tout à fait sûre, j'ai l'impression d'entendre une voix d'homme en bruit de fond.

Je n'en crois pas mes oreilles. En m'écartant, je dois me dire de me calmer. Il est tout à fait possible qu'il y ait une explication logique à la présence d'une autre femme que moi dans l'appartement de Pierangelo. Il a un frère. Peut-être que son frère Frederico et sa femme, qui habitent Milan, passent le week-end chez lui.

Cette hypothèse d'une banalité rassurante me plaît bien. Piero ne me l'a pas dit, et alors ? Nous ne sommes pas mariés. Je n'habite même pas ici. Et c'est moi qui l'ai décidé ; il me l'avait proposé. En me rappelant qu'il voulait que je m'installe chez lui avec armes et bagages et que c'est moi qui ai dit non, je me sens infiniment mieux. Je m'ordonne de ne pas être ridicule. D'autant que, comme l'atteste le dossier dans mon sac, j'ai beaucoup de chance.

Je crâne ainsi jusqu'à l'appartement, mais, à peine rentrée, je file dans ma chambre appeler Pierangelo. Il ne répond pas. Je m'empresse de me dire que cela n'a rien d'inhabituel. Toutefois, je réessaie. Si je m'étais trompée de numéro ? S'il y avait un problème sur la ligne ? Je finis par laisser un message. Un message enjoué et aimant. Pas du tout jaloux ou soupçonneux. Du coup, j'ai la désagréable impression de parler comme Marcia dans les rediffusions nocturnes de *La Tribu Brady*.

« Je ne savais pas que tu avais un portable. »

Je me retourne vivement et je découvre Billy devant ma porte, un livre à la main.

Elle a dû rentrer du cinéma pendant que j'étais sortie. Elle me considère quelques instants par-dessus ses lunettes de grand-mère.

« Mary Thorcroft, finit-elle par dire. La femme-mystère. »

Si mon attitude de ces derniers jours a déplu à Billy, elle semble l'avoir oublié, parce que quand je me réveille le lendemain matin, elle saute partout dans ma chambre en criant : « Le printemps ! C'est le printemps ! » Elle tire sur la cordelette des stores de métal de ma chambre qui s'ouvrent dans un bruit de ferraille, me faisant mal à la tête.

Un médecin de Philadelphie m'avait prescrit des somnifères juste après mon retour. Bien que je n'aime pas beaucoup m'en servir, j'en ai pris un hier soir. Je cligne des yeux comme une chouette dans la lumière soudaine. Lorsque j'arrive enfin à fixer mon regard sur Billy, je vois qu'elle est vêtue d'une robe chasuble et de tennis montantes bleu pâle à fleurs. Une Alice au pays des merveilles branchée.

« Debout, là-dedans ! »

Elle s'arrête, les poings sur les hanches, l'air soudain sérieux. « On a changé d'heure, annonce-t-elle. Il faut que tu te lèves, Mary. Nous avons rendez-vous avec Kirk et Henry dans une demi-heure, pour le pique-nique. »

Entre le dossier macabre de Pierangelo caché dans le bas de mon armoire et la femme chez lui hier soir, j'avoue avoir complètement oublié le pique-nique de Kirk. Pas Billy. Elle a dû passer la moitié de la journée d'hier au marché parce que, quand j'entre dans la cuisine, la table est couverte de barquettes en plastique d'olives et de poivrons farcis et de paquets de sandwiches. Il y a de quoi nourrir un régiment. Elle est en train de ranger le tout dans un panier que je n'avais jamais vu.

Je lui en veux encore d'avoir fouillé dans mes affaires, je n'ai pas de nouvelles de Pierangelo et, à cause du somnifère, j'ai la tête comme une calebasse. Du coup, je suis encline à détester tout et tout le monde. Surtout les pique-niques. Il y a toujours de l'herbe dans la nourriture, celle-ci est tiède, et tout se renverse. En plus, je me souviens que nous sommes censés monter à Bellosguardo, où j'ai dû aller cent fois. Je ne crois même pas qu'on ait le droit de pique-niquer dans le parc, mais je suis de si mauvaise humeur que je ne le dis pas. On va grimper jusque là-haut et ils le découvriront par eux-mêmes. Quand Billy me demande si je préfère de la mortadelle ou du jambon, je l'ignore et je sors sur le balcon. Je me rends compte que je me conduis comme une sale gamine mais je n'ai pas la force de m'en empêcher.

Il est environ onze heures et demie. Le soleil est haut dans le ciel. La différence entre hier et aujourd'hui est si marquée que j'ai l'impression que quelqu'un a allumé une lampe chauffante dans le ciel. Je me penche par-dessus la balustrade de fer forgé pour regarder dans la cour pendant que Billy chantonne dans la cuisine.

La chaleur filtre à travers ma jupe. Pour la première fois, l'ombre sous le portique semble fraîche et agréable, et non plus simplement humide. Même les tristes citronniers dénudés se sont ragaillardis. J'entends des voix, puis le bruit métallique de la grille de sécurité et le petit Paolo débouche dans la cour.

Il a un pantalon gris, des chaussures noires brillantes et un blazer miniature. D'où je me tiens, il a l'air d'un adulte en réduction plutôt que d'un enfant. Un instant plus tard, Sophie-Sophia et son mari apparaissent. Ils sont chics eux aussi. Elle porte un tailleur vert, des talons et un genre de petit béret, et lui, malgré la chaleur, un élégant pardessus fauve et des chaussures marron parfaitement cirées. Ils doivent revenir de la messe. Comme pour confirmer mon hypothèse, un prêtre sort de notre côté de la maison. Il s'arrête parler avec les Sassinelli. Est-ce lui qui a sonné chez nous ? Quand nous nous sommes rencontrées à l'épicerie, hier, Sophie m'a dit qu'il venait régulièrement entendre la signora Raguzza et sa dame de compagnie en confession et leur dire la messe. Elle a murmuré que la dame de compagnie s'appelait Dinya et était une immigrée en situation irrégulière.

Malade et infirme, la signora Raguzza est en train de mourir. À petit feu. Son fils en devient fou. Cela aussi, c'est Sophie qui me l'a appris. Sur le chemin du retour, elle m'a montré le fils qui courait dans la rue devant nous. D'après elle, lui, sa femme et leurs enfants habitent chez les parents de son épouse, à Pozzilatico. Ils attendent que sa mère meure pour pouvoir emménager dans l'appartement et cette histoire lui coûte une fortune. Il paie la dame de compagnie – même s'il l'emploie au rabais –, les visites du médecin, les dons à la paroisse d'où vient le prêtre pour lui dire la messe à domicile et tout ce dont elle affirme avoir besoin parce qu'elle ne peut pas marcher. C'est ce qu'il dit, en tout cas. Selon Sophie, il vient de temps en temps boire une grappa chez les Sassinelli et, après un verre ou deux, il laisse entendre qu'elle ne se déplace pas si mal que cela si elle y est obligée. Il a même avoué que, à un moment où il en avait assez de ses beaux-parents, il avait envisagé de le prouver, par exemple en allumant un incendie. Oh, un petit. Juste ce qu'il fallait pour obliger la vieille bique à se mettre sur ses pattes. Sophie est désolée pour lui, mais le grand Paolo et elle lui ont vivement conseillé de s'en abstenir. En les croisant, le prêtre esquisse un salut puis, sa longue soutane noire effleurant les pavés, il se fond dans l'ombre et disparaît sous le porche.

Le petit Paolo s'occupe en arrachant les feuilles des citronniers et en les faisant tomber dans la gueule béante du pot. Son père lui dit quelque chose que je ne saisis pas et le conduit jusqu'à leur porte, sa grande main d'homme dans le dos du garçonnet. Sophie les suit. Au moment d'entrer, elle lève la tête en plissant les yeux, éblouie par le soleil. Elle me fait un petit signe de la main, comme si elle m'avait vue dès qu'elle était entrée dans la cour.

Dix minutes plus tard, Billy me crie que c'est l'heure de partir. Je n'ai toujours aucune envie d'aller pique-niquer mais je ne trouve pas de bonne excuse pour me dérober alors j'y mets toute la mauvaise volonté possible. Je traîne littéralement les pieds en allant chercher mon téléphone, au cas où Piero appellerait, puis je fais toute une histoire en passant mon sac en bandoulière. Sur le palier, Billy met le panier dans l'ascenseur – il prend presque toute la place – pour le faire descendre tout seul. Elle descend l'escalier quatre à quatre pour aller le récupérer tout en me criant qu'elle a dit à Kirk et Henry d'inviter les Japonaises, sans se soucier le moins du monde de mon avis.

Les gens sortent encore en masse de Santo Spirito quand nous tournons au coin de la rue et arrivons sur la *piazza*. Ils restent par petits groupes sur le parvis de l'église ou sur les marches, à commenter le sermon et l'arrivée inattendue du soleil. Je lambine derrière Billy en regardant des vitrines qui ne m'intéressent pas et en lisant des menus que je connais déjà par cœur. Elle avance d'un pas énergique en se servant de son panier comme d'un bélier. Comme je ne suis pas pressée de rejoindre les autres, je fais un détour par les marches de l'église, où un petit corniaud noir et blanc avec une tache sur l'œil fait son plus beau sourire à tous les passants. Je ne peux pas résister aux chiens, surtout aux corniauds, alors je le caresse. « Salut, chien. » Cela ne semble pas le déranger que je lui parle anglais.

Quand je le gratte derrière les oreilles, il sourit plus largement pour me montrer sa langue rose et ses dents mal alignées. Il a le poil doux et il porte un joli collier en cuir. Le garçon qui est manifestement son maître est assis au-dessus, sur les marches. Il porte des vêtements propres mais en loques. Sa chemise bleue s'effiloche, comme le bas de son jean, mais ce sont surtout ses tennis éraflées qui le désignent comme l'un des sans-abri de Florence. Ses épaules, aussi. Leur voussure évoque un vieillard plutôt qu'un jeune homme.

Il regarde l'église en me tournant presque le dos, si bien que je ne vois pas son visage, mais seulement sa tignasse blond cendré, de la même couleur que les cheveux de Ty, et sa nuque osseuse. L'espace d'un instant, sa silhouette, ses épaules étroites et courbées me font penser à un Greco – ces saints émaciés avec leurs mains trop grandes et leurs pieds chaussés de sandales. Il se retourne alors.

C'est un jeune homme, bien que ses traits aient conservé quelque chose d'enfantin, ce qui est très italien. Mieux, c'est un Florentin. Il a un visage qu'on voit sur toutes les fresques, avec ses pommettes écartées, son nez un peu fort et ses lèvres pleines. Mais ce n'est pas ce qui me fait sursauter. Ce qui me fait sursauter, ce sont ses yeux. Ils sont dorés. Couleur d'ambre, comme ceux d'un lion. Je n'ai vu cela que chez un être humain : mon mari.

Nous nous regardons intensément. Puis je recule si brusquement que je trébuche. Le chien pousse un glapissement effarouché et bondit. Je bouscule quelqu'un qui lance une exclamation.

« *Scusi, signora. Scusi ! Dispiace !* » Je me retourne pour retenir la vieille dame que j'ai failli faire tomber.

« *Non fa niente.* » Elle me prend la main et me sourit en m'assurant que ce n'est rien et en me pardonnant ma maladresse parce que, après tout, c'est dimanche, et qu'elle sort de la messe. Je lui souris à mon tour en m'excusant à nouveau et je me retourne en quête du chien et du grand jeune homme maigre.

Ils devraient être sur les marches, juste au-dessus de moi, mais à leur place se tient un couple qui se dispute pour savoir où aller déjeuner. J'ai dû me tromper. C'est le somnifère. Personne d'autre que Ty ne peut avoir de tels yeux. J'ai rêvé. Forcément. Mais voilà que je ressens le besoin désespéré de m'en assurer. Pour me prouver que je ne perds pas complètement le nord.

Je monte en me frayant un chemin entre les gens et je regarde à nouveau. Mais je ne vois ni chemise bleue ni taches blanches et noires. Nulle part. Ni sur le parvis, ni en bas, sur la *piazza*. Ils se sont volatilisés, avalés par la foule, et la seule personne que je reconnaisse est Billy, qui me fait signe de sous les parasols blancs du café.

« Vous voyez, dit Kirk au moment où je les rejoins, je vous avais dit que ce serait le printemps, aujourd'hui. Je vous avais prévenus, hommes de peu de foi ! » Il écarte les bras et son manteau se déploie comme des ailes.

« Où sont les Japonaises ? s'enquiert Billy en scrutant les autres tables de la terrasse comme si elle s'attendait à les trouver autour de leur théière. Tu ne les as pas invitées ? Je leur ai apporté des sandwiches. » Elle a l'air indignée.

Kirk secoue la tête. « Elles avaient d'autres projets. La Bardino – la Bardina, devrais-je dire – les a enlevées.

— Enlevées ?

— Dans la belle Vérone. Elles vont rendre bisite à Woméo et Juriette, répondit-il en joignant les mains et en s'inclinant.

« — Vilain ! s'exclame Billy en lui donnant une tape sur l'épaule mais en riant malgré tout.

— Oh, oui. Ensuite, elles iront à Mantoue qui, si vous voulez mon avis, est bien plus belle.

— Comment le sais-tu ?

— J'y suis allé il y a quelques années, répond-il en haussant les épaules. C'était génial. Super-palais ducal. »

Billy glisse le bras sous celui de Kirk et lui prend la main en entrelaçant leurs doigts. Je remarque pour la première fois qu'elle a une nouvelle bague. Une de celles qu'elle m'a montrées sur le pont. Les petites pierres roses et vertes en forme de cœurs étincellent au soleil. Je jette un coup d'œil à Henry qui hausse les sourcils. Il est manifestement aussi surpris que moi de ce rebondissement.

De sa main libre, Kirk soulève le panier de la table et grogne en découvrant son poids. « Alors, demande-t-il, on a les tickets ?

— Il y a un *tabaccaio* juste à côté de l'arrêt de bus, dis-je, brusquement soulagée que nous n'ayons pas à grimper à Bellosguardo en traînant l'énorme panier de Billy.

— L'arrêt de bus ? Bah ! s'exclame Henry. Par une si belle journée, il faut communier avec la nature. »

Le découragement me reprend. La côte est raide.

« Voilà ! annonce-t-il alors en s'inclinant comme un magicien et en brandissant quatre billets. Changement de programme. On va au jardin Boboli ! »

7

Je pourrais trouver mille excuses. Dire que je ne me sens pas bien, que j'ai une allergie ou que je viens de me rappeler que ma grand-mère va mourir aujourd'hui. Mais il faudra bien que je retourne un jour au jardin Boboli, alors autant y passer aujourd'hui, pendant que je suis de mauvaise humeur. D'autant que, pas plus tard qu'hier, j'étais toute prête à « avancer ». Qui est le petit malin qui a dit « Quand les dieux veulent nous punir, ils exaucent nos prières » ?

Le soleil donne des reflets jaune sale au palais Pitti. Son énorme façade semble avoir été criblée par une tempête de sable. Devant, des gens sont assis par terre par dizaines, qui lisent le journal, parlent au téléphone ou se prélassent. On se croirait à la plage plutôt qu'en pleine ville, à quelques pas de la circulation.

« Bizarre », commente Billy.

En la suivant à travers cette marée humaine, nous saisissons des bribes de conversation dans tant de langues différentes qu'on se croirait au pied de la tour de Babel. Il y a beaucoup d'étudiants étrangers et de routards – ils ont dû lire dans un guide que cela faisait partie des choses à faire – mais aussi pas mal de gamins italiens. En arrivant à l'entrée, je me surprends à parcourir la foule des yeux sans trop savoir si j'ai envie de voir mon Greco en jean et son chien noir et blanc. D'ailleurs, si je les apercevais, qu'est-ce que cela signifierait ? Que mon épiphanie d'hier soir l'a fait apparaître et que, maintenant, le fantôme de Ty me suit partout dans Florence ? Malgré tout ce que je lui dois, cette idée n'est rien moins qu'attrayante.

« Et voilà pour toi », dit Kirk en me fourrant un ticket dans la main. Une fraction de seconde, je le vois cagoulé, ganté, qui me regarde à travers deux minces fentes. Si j'ai l'air près de hurler, il ne semble pas s'en rendre compte.

Henry soulève le panier. Il a enlevé sa veste et l'a posée dessus pour le cacher – d'une façon peu convaincante. Nous passons juste à côté de la pancarte « INTERDICTION DE PIQUE-NIQUER » et sous le porche pour pénétrer dans la cour intérieure.

L'entrée du jardin est de l'autre côté du Pitti, au bout d'un tunnel qui passe sous la colline derrière le palais. Je donne mon billet à l'homme assis à l'entrée du tunnel et glisse les mains sous mes bras comme s'il faisait froid et que je regrettais de ne pas avoir mis de gants.

« Où faut-il aller ? » demande Kirk en s'arrêtant en haut des marches quand nous débouchons au soleil. La colline se dresse devant nous, avec, creusé en son centre, l'amphithéâtre dans lequel fut joué le premier opéra au monde. J'avais oublié que je savais des choses comme cette histoire d'opéra. La voix de Ty en train de nous lire le guide me revient. Mal à l'aise, je me demande ce que je vais me rappeler d'autre. Des chemins gravillonnés s'en vont à droite et à gauche.

« Par-là, dis-je en passant devant Kirk. C'est de là-haut qu'on a la plus belle vue. » Ma voix semble bizarre, même à mes propres oreilles.

« Comment le sais-tu ? demande Billy en s'arrêtant et en me regardant.

— Je venais ici avec mon mari », dis-je entre les dents.

Toujours en me frottant les bras, je commence à monter les marches qui mènent loin de la foule, vers les vignobles abandonnés et le café en ruine, là où les terrasses s'écroulent dans l'herbe haute et d'où l'on peut voir jusqu'à Fiesole.

Je fais exprès de prendre la direction opposée à la longue allée de gravier avec sa poussière blanche, de m'éloigner le plus possible du tunnel de végétation et du squelette du labyrinthe des Médicis. Pourtant, je suis surprise de me rendre compte à quel point je me sens mal ici. J'éprouve l'étrange impression que, si je me retourne, je découvrirai Ty ou, pire, le père Rinaldo derrière moi.

Nous finissons par arriver à l'endroit idéal pour pique-niquer, au-dessous de l'ancien café. Nous étalons par terre la couverture que Billy a apportée et nous allongeons au soleil. C'est calme. Très peu de gens viennent de ce côté du jardin. On entend les oiseaux. Quelqu'un sert le vin et je ferme les yeux. Mais au lieu de taches de soleil et d'ombre, je vois les statues qui bordent l'allée menant à la fontaine dont Ty avait fait tout un plat ce dernier après-midi. Ce sont des nains et des grotesques, des garçons aux yeux bandés qui échangent des coups de bâton. Il faisait une telle chaleur que les pierres semblaient onduler, comme si les personnages s'animaient. Les enfants dévalent la colline en courant. Ils ouvrent la bouche en un cri silencieux et se fondent dans la foule au milieu de laquelle Rinaldo avance, tel un corbeau noir parmi les robes d'été aux couleurs vives.

« La Terre à Mary. »

L'image s'évanouit instantanément et j'ouvre les yeux pour découvrir Henry qui me sourit en me tendant un abricot. Velouté et rond, on dirait un œuf d'or dans le creux de sa main.

« Vous saviez que cet endroit était plein de trucs bizarres, de labyrinthes ? » demande-t-il à la cantonade.

Comme sa question ne s'adresse pas particulièrement à moi, je l'ignore et je mords dans le fruit sucré dont le jus me coule sur le menton. Kirk le considère d'un œil endormi. Fait incroyable, il a enlevé son manteau et remonté ses manches, exposant les fins poils roux de ses bras blancs couverts de taches de rousseur.

« Des labyrinthes ? répète-t-il.

— Oui, répond Henry. Tu sais, comme le Minotaure. »

Henry porte des sandales avec des chaussettes. Il sort une autre bouteille de vin du panier et je le regarde batailler avec le tire-bouchon extraordinairement compliqué de la signora Bardino.

« Les labyrinthes étaient très en vogue, explique-t-il. Et si tarabiscotés qu'on pouvait s'y perdre pendant des jours et des jours. » Il rajuste ses lunettes et empoigne le tire-bouchon avec une vigueur accrue. « J'imagine qu'il fallait emporter sa bobine de fil pour faire un tour au jardin. Ou ses miettes de pain, je ne sais plus.

« — Les miettes de pain, c'était Hansel et Gretel, précise Kirk en lui prenant la bouteille et le tire-bouchon des mains.

— Les Médicis en avaient trois. Des labyrinthes. Dans ce jardin.

— Comment sais-tu tout cela ? » demande Billy. Maintenant que nous avons vidé une bouteille, elle décrète qu'il faut manger et se met à distribuer les sandwiches. Elle regarde dans le papier pour être sûre de ne pas se tromper en annonçant : « *Prosciutto !
Asiago e ruccola ! Pomodoro e mortadella !* » comme un bonimenteur de fête foraine.

Henry hausse les épaules.

« J'ai lu un machin. Un livre.

— Un livre ?

— Oui, tu sais, avec des pages sur lesquelles des mots sont écrits. Bref, il paraît qu'on peut encore retrouver les contours des labyrinthes, si on sait où chercher. Les allées, et le centre.

— En général, ils étaient faits de haies d'ifs ou de buis. »

Henry me regarde quand je prends la parole. J'ai déjà l'impression que nous avons trop bu et que ma voix m'échappe. Kirk déballe un sandwich. Le beurre qui a fondu coule en petits filets sur la croûte brune.

« Mais là, m'entends-je ajouter, ils ont utilisé des arbres.

— Des arbres ? répète Henry en chassant une bestiole du fond d'un verre à vin de la signora Bardino.

— Oui, oui. À mesure qu'ils poussaient, les troncs se rapprochaient jusqu'à former un mur. Une fois entré, on ne pouvait pas ressortir.

— Flippant », commente Kirk, la bouteille à la main. Quand il me sert, de petites bulles pétillantes restent sur le bord de mon verre. Un oiseau se met à chanter. Son trille aigu résonne dans les arbres derrière nous.

« Vous croyez que c'est un rossignol ? demande Billy. Ce serait trop cool si c'était un rossignol ! »

Henry reprend la bouteille. « "Mais toi, tu n'es pas né pour la mort, immortel Oiseau ! Il n'y a pas de générations affamées pour te fouler aux pieds."

— Keats, dit Kirk. Tuberculose, mort Piazza di Spagna. »

Henry hausse les épaules et se met à rire. « Quand j'étais petit, raconte-t-il, mon oncle m'a dit – je vous jure que c'est vrai – qu'il n'y avait plus d'oiseaux chanteurs en Italie parce que les Italiens étaient si dingues qu'ils les tuaient tous. » Il prend un sandwich dans lequel il mord. « Je m'en souviens parfaitement. Il m'a affirmé qu'à Rome les gens sortaient sur leur balcon et tiraient au pistolet sur les oiseaux. Je crois qu'il avait fait la guerre. Anzio ou quelque chose comme ça.

— Merde. » Billy se met à rire et s'assied en tendant son verre. « C'est une histoire géniale. » Elle se rallonge dans l'herbe en posant son verre en équilibre sur sa poitrine. « Racontons tous des histoires, décide-t-elle. Restons ici des jours à manger et à raconter des histoires.

— Ç'a déjà été fait, ma chérie, réplique Kirk en lui tirant les cheveux. Ça s'appelle le *Décameron*.

— Oh, va te faire foutre, dit-elle en repoussant sa main. Tu es trop con. Je ne te parle plus.

— Plus jamais ? demande-t-il.

— Plus jamais ! s'énerve-t-elle. Je veux que Mary nous raconte une histoire.

— Je n'en connais pas.

— Si, tu en connais. » Elle se rassied, l'air en colère. Elle a de l'herbe dans les cheveux.

« Non. » J'ai beau insister, je sens les mots monter tout seuls dans ma gorge et s'échapper de ma bouche comme de la fumée qui passe sous une porte.

« Il n'y a plus d'oiseaux – ou, du moins, il ne devrait plus y en avoir. Parce que, Henry a raison, on les a tués. Tous. Mais pas avec des fusils : avec des filets. On tendait des filets appelés *rangaie* entre les arbres. C'est pour cela que ce jardin a été conçu. Au début, en tout cas. Pour tuer des oiseaux. Ils ont construit les fontaines pour les attirer puis ils les ont poussés dans les filets et les ont tués. »

Je m'interromps pour reprendre mon souffle. Je sens Kirk qui me regarde fixement, son sandwich à mi-chemin de sa bouche.

« Ils aimaient bien tuer. Surtout dans les jardins. Il y a une histoire là-dessus dans le *Décameron*. » Je parle de plus en plus vite, comme une balle dévalant une pente.

« Un jeune homme tombe amoureux d'une jeune femme mais elle ne l'aime pas, alors il se tue. Ensuite, elle meurt. Comme le suicide était un péché mortel et qu'elle avait un cœur de pierre, ils sont punis tous les deux. Pour l'éternité. Son châtiment à lui consiste à la poursuivre dans ce joli bois tandis qu'elle est condamnée à le fuir. Mais, à chaque fois, il lâche ses chiens sur elle, l'attrape, la tue et lui arrache le cœur. Aussitôt, au bout d'à peine quelques secondes, elle saute sur ses pieds, s'échappe encore et il doit la chasser de nouveau. Et ils continuent ainsi indéfiniment dans ce joli bois, lui à la tuer parce qu'elle ne l'a pas aimé et elle à se faire tuer parce qu'elle a été cruelle, pour les siècles des siècles, amen.

— Mon Dieu… »

Je ne regarde pas Billy mais je sens ses yeux sur moi. Je devine qu'elle a les lèvres entrouvertes et je me représente ses dents blanches bien alignées aussi nettement que les oiseaux qui se jettent dans les filets, la jeune femme qui fuit et les chiens qui la poursuivent. L'homme qui manie son couteau. La pluie de plumes sur l'herbe piétinée. Je renverse mon verre et le vin coule à l'intérieur de mon poignet.

Henry me touche le bras. Sa main me paraît brûlante à travers la manche de mon chemisier. « Mary ? Ça va ?

— Oh, fiche-lui la paix ! » intervient Billy en se levant, des brins d'herbe plein ses cheveux et sa robe. Sur quoi elle tourne les talons et monte avec raideur vers les ruines du café.

« Je suis désolée », dis-je à Henry quelques minutes plus tard.

Kirk a monté la colline à la suite de Billy en laissant son manteau comme une mue au bord de la couverture. De là où nous nous trouvons, nous les voyons auprès du ruban de plastique rouge tendu en travers de l'entrée du petit café rococo. Elle passe la main sur la pierre sculptée qui s'effrite et tripote les grappes sculptées et le bord usé des feuilles. Ensuite, elle plonge sous le ruban et disparaît à l'intérieur. Kirk la suit.

« De quoi ? » demande Henry.

Je le regarde, allongé au soleil, la tête posée sur son pull roulé en boule. Il sourit et, une fois encore, il me fait penser à un ours bouclé. On l'imagine aisément en train de chaparder du miel dans un pot ou de cueillir des fruits mûrs sur une branche.

« Je ne sais pas. » L'étrange impression qui m'a habitée toute la journée est en train de se dissiper, comme si un brouillard se levait dans ma tête. Je commence à me demander si je n'ai pas eu l'air d'une folle. « C'est une histoire horrible, dis-je. On dirait que Billy n'a pas apprécié. Je suis navrée d'avoir gâché le pique-nique.

— Ne t'en fais pas pour Billy, répond-il en haussant les épaules. Elle va très bien. Tu veux mon avis – professionnel, s'entend ? Je dirais que Mademoiselle Billy n'est pas ravie que quelqu'un lui vole la vedette. Surtout en parlant d'oiseaux morts », ajoute-t-il en souriant.

Au bout du compte, c'est Henry et moi qui remballons le pique-nique.

Billy et Kirk finissent par revenir en se tenant par la main comme des adolescents. Ils nous annoncent qu'ils vont visiter le musée de la Porcelaine, une expédition à laquelle nous ne sommes manifestement pas invités à nous joindre. Cela n'a d'ailleurs pas grande importance parce que nous n'avons envie d'y aller ni l'un ni l'autre. Henry déclare que voir des soupières et des singes de porcelaine qui jouent du violon ne l'intéresse pas. Quant à moi, j'y suis déjà allée. Nous nous portons donc volontaires pour jeter les restes de sandwiches, remballer les verres poisseux de la signora Bardino et rapporter l'énorme panier à l'appartement, où je finis par recevoir un appel de Pierangelo. Il rentre de Rome demain soir et veut m'emmener dîner dehors.

Toute la journée, je me suis efforcée de ne pas me persuader qu'il prétendait être au Vatican avec le cardinal alors qu'il se cachait chez lui avec une femme – sans doute Monica que j'imagine maintenant comme un mélange d'Angelina Jolie et de Sophia Loren – si bien que sa proposition me remonte considérablement le moral. Assez, en tout cas, pour que j'accepte la proposition de Henry de « laisser tomber les tourtereaux » et d'aller manger un morceau ensemble.

Nous avons du mal à décider où aller ; finalement, le choix se réduit de lui-même parce qu'il n'y a pas grand-chose d'ouvert le dimanche soir. Nous atterrissons dans une trattoria de San Frediano où nous devons faire la queue, écrasés contre le portemanteau, pour avoir droit à une table.

« Je meurs de faim, déclare Henry quand nous nous asseyons enfin. Tu sais quoi ? ajoute-t-il lorsque le serveur nous tend deux menus. J'ai vraiment horreur des pique-niques. » Il hausse les sourcils d'un air surpris quand je me mets à rire.

« Désolé, insiste-t-il, mais c'est vrai. Il y a toujours trop de choses et on ne mange rien parce que c'est toujours des olives. J'aime bien les olives, mais avec modération. »

Il est interrompu par le serveur qui vient prendre notre commande. J'opte pour des pâtes et Henry pour un steak bien classique.

Nous sommes servis assez vite et entamons le repas dans un silence complice. Puis, Henry me demande : « Parle-moi de ton mari. »

Il dit cela en restant concentré sur sa viande. Un instant, je m'arrête de mâcher. En temps normal, je rechignerais probablement, ou je changerais de sujet. Je refuserais peut-être même carrément. Mais Ty occupe tellement mes pensées depuis vingt-quatre heures que j'y consens.

« Que veux-tu savoir ? »

Henry hausse les épaules. « Je ne sais pas. Ce que tu as envie de me dire. Il était comment ? »

J'y réfléchis une seconde et me ressers du vin. Je connaissais Ty depuis si longtemps – depuis notre dernière année à l'université de Pennsylvanie – quand nous nous sommes mariés que je ne me rappelle même pas la dernière fois où je me suis demandé « comment il était ». Il « était », c'est tout. Cela signifie sans doute que je ne faisais pas grand cas de lui. « Il était prof, finis-je par dire. Et c'était quelqu'un de bien. Il y a même des gens qui le considéraient quasiment comme un saint.

— Les saints n'existent pas, fait valoir Henry en me jetant un coup d'œil.

— Et les anges ?

— *Oy Vey !* Mary. Je suis juif. Cela reste à voir. Tu ne veux pas qu'on s'en tienne aux humains », suggère-t-il en agitant sa fourchette. Cela nous amuse beaucoup, et notre rire se mêle au brouhaha de la petite salle. Puis je me mets à parler de Ty à Henry.

Je lui parle de la famille de Ty, des quakers philanthropes de Philadelphie, de notre rencontre qui n'a rien eu de remarquable, lors d'un séminaire sur « William Faulkner et la genèse du roman américain » à l'automne de notre dernière année. Je lui raconte comment il m'a invitée à sortir, en me choisissant, moi, parmi les centaines d'autres filles qu'il aurait pu choisir. Cela m'étonne encore aujourd'hui parce que, à l'époque, il ne me connaissait pas. Et j'en viens à me demander s'il m'a jamais connue. Cela ne semblait pas lui importer. Ty affirmait qu'il m'aimait. Il l'a affirmé dès le début. Il lui arrivait de chanter une petite chanson qui disait : « Non, franchement, tu sais que tu es à moi. » Ce qui a fini par arriver, car il en avait décidé ainsi.

« Parfois, me surprends-je à dire, j'avais l'impression d'assister à notre vie de l'extérieur, de regarder un film mettant en scène deux personnages dont l'un me ressemblait vaguement. J'ai l'impression d'avoir été somnambule pendant une dizaine d'années. C'est un peu inquiétant, mais c'est vrai. »

Henry ne me regarde pas trop attentivement pendant que je lui raconte tout cela. Il mange, hoche la tête de temps en temps, commande encore du vin et sourit de temps en temps. Maintenant, je comprends pourquoi il doit avoir des tas de clients qui le paient suffisamment pour qu'il puisse prendre trois mois de vacances à Florence. Je finis même par lui parler de mes parents et de Mamaw.

« Tu as eu une grand-tante géniale, on dirait, commente-t-il quand je m'interromps pour m'occuper de mes pâtes.

— Oui. » Alors, sans l'avoir vraiment prévu, je me mets à lui expliquer comment elle est morte et comment, ensuite, j'ai eu l'impression qu'il n'y avait plus que Ty au monde.

Elle était enrouée et elle avait une vilaine toux qui ne passait pas. Je croyais que c'était un rhume mais elle m'a dit : « Il faut que je te parle, ma chérie. J'ai une mauvaise nouvelle. »

Pendant que je parle, la maison de Pennsylvanie m'apparaît comme dans un rêve. Les feuilles s'amassent sur la pelouse, s'amoncellent contre l'érable, volettent tels des oiseaux au-dessus de l'herbe gelée. Je tiens la portière de la voiture pendant que Ty aide Mamaw à s'installer à l'arrière. Il lui met un coussin sur les pieds et lui enveloppe les jambes dans une couverture parce que, même si nous lui avons mis un parka et un jean doublé, elle a froid tout le temps, maintenant. Le moteur gronde dans l'air glacé. Ty me prend la main et la serre dans la sienne. Ses doigts larges et bronzés se referment sur les miens. Nous nous efforçons de ne pas regarder, de rester discrets quand Mamaw colle son visage à la vitre et écarquille les yeux pour voir le plus longtemps possible les bardeaux blancs et les affreux volets noirs. Mais quand nous tournons au coin de la station-service, la maison de son père disparaît, perdue entre les branches nues et les haies difformes de novembre.

Il y a des poinsettias à son enterrement parce que c'est Noël. Et les chrysanthèmes dorés que Mamaw aimait tant mais que je persiste à trouver affreux. Les parents de Ty viennent de Philadelphie. Ils pensent bien faire mais ils sont trop soignés et trop lisses pour la moquette avocat de Mamaw et l'odeur de cigarette. Sa mère ne cesse de demander si elle peut faire quelque chose mais c'est Ty qui serre la main aux gens et qui leur parle. C'est lui qui les écoute pleurer, qui paie le traiteur et qui remercie le prêtre. Et c'est encore lui qui me remmène un dimanche de janvier mettre les couvertures de laine dans des sacs avec de la naphtaline, verser de l'antigel dans les canalisations et vérifier que les doubles fenêtres sont bien fermées.

Et c'est Ty qui, une semaine plus tard, va choisir un chien à la fourrière pour me consoler. Il le ramène à la maison avec une laisse rouge et nous l'appelons Leo. Quand il se fait écraser par une voiture l'été suivant, nous pleurons tous les deux. Enfin, par un après-midi pluvieux de décembre, deux ans tout juste après la mort de Mamaw, Ty m'annonce en rentrant que quelqu'un s'est désisté du programme d'échanges financé par son école. Il s'agit d'une étude comparative des différents systèmes d'enseignement religieux. Les participants doivent aller exercer à l'étranger et on lui a proposé une place. En Italie. Six mois dans un établissement de Florence. Il y a un appartement et tout ce qu'il faut, et il peut emmener sa conjointe.

La pluie ruisselle sur la vitre au-dessus de mon bureau et fait des ombres en forme de vers sur les papiers empilés sur l'appui de fenêtre. « Épouse-moi », dit-il. Ce n'est pas la première fois qu'il me le demande, mais là, il met un genou à terre et sort un diamant dans un écrin en velours. « Allez, Mary. Épouse-moi et viens à Florence. »

Quand je m'arrête, mes pâtes sont froides et le serveur nous jette un regard noir parce qu'il veut que nous commandions le dessert. Henry sauce son assiette vide en fronçant les sourcils comme s'il s'agissait d'une tâche difficile et importante.

« Alors que s'est-il passé ? demande-t-il. Pour vous deux, je veux dire. »

Je hausse les épaules, étonnée d'en avoir déjà tant dit. « Je suis tombée amoureuse de quelqu'un d'autre.

— Et vous avez divorcé. » Bien que ce ne soit pas une question, je secoue la tête négativement.

« Non, il est mort. »

Henry ne lève pas la tête. « Je suis désolé, fait-il. Cela a dû être affreux.

— Oui. »

Il avale son pain et le serveur saute sur nos assiettes. Voulons-nous de la crème caramel ? Du tiramisu ? Une poire avec du gorgonzola ? Non. Nous commandons tous les deux un café.

« Moi aussi, révèle subitement Henry, je suis tombé amoureux de quelqu'un d'autre. Elle ne m'aimait pas, mais peu importe. Je n'ai pas pu retourner avec ma femme, ensuite. Pas parce qu'elle m'a fichu dehors : au contraire, elle voulait que je revienne, elle disait qu'elle m'aimait toujours. Mais je n'ai pas pu. Ce n'était pas possible. »

Il secoue la tête et mélange le dé à coudre d'espresso qui vient d'être posé devant lui. « Les gens ne sont pas tous les mêmes, remarque-t-il en haussant les épaules. Cela ne se passe pas de la même façon pour tout le monde. Personnellement, je trouve injuste de demander à un oiseau de rentrer dans sa cage. »

Quand nous sortons, il n'y a plus de queue. Le chariot des desserts est presque vide. Les gens raclent leur coupe en verre ou finissent leur vin pendant que le serveur éteint les bougies et enlève les nappes rouges et blanches des tables. Dans la rue, des couples passent bras dessus, bras dessous en savourant leurs souvenirs de cette première belle journée.

« Tu es sûre de ne pas vouloir que je te raccompagne ? » demande Henry. Je lui réponds que, franchement, ce n'est pas la peine.

Il m'embrasse sur la joue et nous partons dans des directions opposées. Il prend le chemin de l'appartement qu'il coloue avec Kirk à Torquato Tasso. Bientôt, il s'évanouit dans la nuit.

Je ne connais pas très bien ce quartier mais cela ne m'inquiète pas. Si je vais dans le bon sens, je finirai bien par atteindre Carmine ou Santo Spirito. Un homme et une femme me dépassent, langoureux, enlacés. Son parfum à elle flotte dans leur sillage comme de la fumée. Brusquement, quand je les regarde, Pierangelo me manque. La ville me semble trop grande, étrangère, quand il n'y est pas.

Je coupe par une petite rue qui, j'en suis presque sûre, va dans la bonne direction. J'arrive sur une minuscule *piazza*. Il y en a des dizaines de semblables, à Florence. Comme celle-ci, il s'agit souvent tout au plus de l'élargissement d'une ruelle devant une église oubliée. Elle est presque complètement encombrée par les poubelles municipales et la terrasse vide d'un bar à vin aux fenêtres embuées. Je contourne les chaises empilées enchaînées aux tables lorsque j'entends une espèce de sifflement derrière moi. Je ne les avais pas remarqués, mais quand je fouille la nuit du regard, je découvre deux jeunes hommes en jean moulant et en blouson de cuir qui se prélassent sous le portique de l'église.

« *Ciao, ciao, bella* », miaulent-ils sur le même ton que les chats errants affamés qui se coulent furtivement dans les rues endormies.

Je chasse l'impression de malaise qui m'envahit en me disant que ce n'est pas une menace, rien qu'un passe-temps si routinier qu'il ne peut même pas passer pour un compliment. Mais très vite, je me rends compte que je me trompe. L'un des deux garçons se détache du mur et s'approche de moi d'un pas nonchalant. Dans la lumière, il me paraît nettement plus costaud.

« *Ciao, ciao,* feule-t-il. *Mi chiamo Gianni, dimmi chi sei.* » Dis-moi qui tu es.

Je sens la panique me gagner. Je veux reculer quand je me rends compte que l'autre s'est approché par-derrière pour m'encercler. La balustrade de la terrasse du bar me bloque sur le côté. Mon sac a soudain l'air énorme, tape-à-l'œil et forcément plein d'argent. Merde. Je vais me faire agresser.

Avant que j'aie pu ouvrir la bouche pour crier, il y a du bruit. Des éclats de voix. Un triangle de lumière se dessine sur la place et Gianni hésite. En voyant son visage de fouine se troubler, je comprends qu'il se passe quelque chose derrière moi. Je me retourne et je vois son copain trébucher anormalement en arrière. Anormalement, parce que quelqu'un lui a passé un bras autour du cou et le tire brutalement de côté.

« Fous le camp, ordure », jette mon sauveur en italien. Deux badauds qui viennent d'arriver applaudissent. Gianni leur fait un bras d'honneur et lance une remarque de mauvais goût sur leur mère, mais c'est pour la frime. Déjà, son copain et lui disparaissent dans la ruelle sombre. Mon cœur bat la chamade alors que je les regarde s'éloigner. Puis je sens une main sur mon épaule et j'entends une voix dire : « Signora Maria, ça va ? »

Je découvre avec stupeur que mon protecteur n'est autre que Marcello, le commis de l'épicerie. Il a l'air plus vieux et plus solide, dans l'incontournable blouson de cuir. Il n'est plus voûté et s'il rougit, cela ne se voit pas dans le noir.

Il me faut une seconde pour retrouver l'usage de la parole. « Ça va, dis-je en hochant la tête avec un mélange de soulagement et de nervosité. Merci, ça va. Ils ne m'ont même pas touchée. Vous ne leur en avez pas laissé l'occasion. »

La porte du bar à vin s'ouvre à nouveau. Maintenant, il y a pas mal de monde qui va et vient en nous bousculant presque au passage. Un rire résonne contre les hauts murs de la *piazza*. La flamme d'un briquet scintille dans la nuit, suivie par une odeur de cigarette. Marcello ôte la main de mon épaule, déjà gagné par l'embarras.

« Euh, vous rentrez ? demande-t-il. Je vous raccompagne. »

Je m'apprête à assurer, comme d'habitude, que je peux très bien me débrouiller seule. Mais quand je regarde la ruelle, j'ai l'impression de voir bouger des ombres. Marcello doit lire l'hésitation sur mon visage, il ajoute : « Je vous assure, c'est sur mon chemin. »

Les gens qui nous entourent – surtout de jeunes hommes dans leur uniforme jean-blouson de cuir – se dispersent. Ils s'éloignent par petits groupes. Le propriétaire du bar tire le rideau de fer au moment où Marcello et moi leur emboîtons le pas. Il baisse la tête, les mains au fond des poches. À chaque pas qui nous éloigne de la *piazza*, je sens sa timidité l'envahir un peu plus. L'emmurer. C'est presque un handicap physique. J'en souffre pour lui.

« Merci, dis-je encore pour briser le silence. Vraiment. Vous avez été très impressionnant. »

Je le sens hausser les épaules plus que je ne le vois. « On m'a appris ça à l'académie. Je voulais entrer dans la police.

— Waouh, fais-je en lui jetant un regard de côté. »
Nous venons de déboucher sur Santo Spirito. Ses
traits fins, ses joues rondes, la courbe encore enfantine
de son menton apparaissent soudain à la lumière des
réverbères.

« Que s'est-il passé ? Vous avez changé d'avis ? »

Il secoue la tête. Une mèche de ses cheveux tombe
en travers de son visage. Pourvu que je n'aie pas gaffé
en lui posant une question qui va le mettre encore plus
mal à l'aise parce qu'il a été renvoyé ou Dieu sait quoi.

« Un accident, explique-t-il. De scooter. Je me suis
cassé la jambe. J'ai quatre broches. » Il baisse les yeux
en parlant, comme si on pouvait voir les tiges métalliques à travers son jean. Je remarque pour la première
fois qu'il boite légèrement. « Je suis resté longtemps à
l'hôpital, ajoute-t-il. La police a prononcé mon incapa-
cité. Maintenant, j'essaie de décider quoi faire. »

Zut... Pas étonnant qu'il soit gêné de circuler sur
une Vespa couverte de légumes.

« Mais vous avez l'embarras du choix, non ? C'est
comme un nouveau départ. » Je m'efforce de faire
comme si c'était génial et j'y parviens peut-être parce
qu'il me sourit.

« J'ai essayé d'autres boulots. Un moment, j'ai fait
du jardinage, mais ce n'est pas une carrière.

— Vous avez d'autres idées ?

— Vous allez vous moquer de moi.

— Sûrement pas. Je vous le jure sur la tombe de ma
mère.

— Je veux faire quelque chose de bien. Il y a beaucoup de saloperie dans le monde. Je crois que nous
devons tous faire notre possible pour lutter contre.

C'est pour ça que je voulais entrer dans la police. J'ai pensé au ministère laïc. Enfin, je ne sais pas.

— Et l'assistance sociale ?

— Ça n'a pas marché. Mais je fais du bénévolat. » Je sens combien cela lui coûte de me dire tout cela.

« Il n'y a pas beaucoup de jeunes gens qui pensent comme vous. » Je me rends compte que ces propos sont d'une condescendance écœurante. Ce n'est pas du tout ce que je voulais. Je m'empresse d'ajouter : « Vous avez tout le temps. Vous allez trouver quelque chose et ça va marcher parce que, manifestement, votre mère vous a bien élevé. C'est l'expression que nous utilisons en Amérique, vous savez, pour parler de quelqu'un qui fait le bien.

— J'aimerais bien avoir une famille. Vous êtes mariée ? demande-t-il brusquement.

— Je l'ai été, mais mon mari est mort.

— Je suis désolé, dit-il très vite. Vous devez lui manquer », ajoute-t-il bizarrement.

C'est le genre de remarque décalée que font souvent les grands timides. Cela me fait sourire.

« Je n'en suis pas sûre. C'était quelqu'un de bien mieux que moi. Lui aussi, il essayait de faire le bien dans sa vie.

— Il travaillait dans quoi ?

— L'enseignement. À de jeunes enfants. Il exerçait principalement dans des écoles religieuses.

— J'aimerais bien faire cela.

— Vous seriez excellent. »

Je ne sais pas du tout ce qui me prend de dire ça. Ce doit être le fantôme de Ty qui me pousse à recruter pour la bonne cause. N'empêche que, en marchant, j'imagine Marcello en train de faire ce qu'il faisait. Il serait sans doute moins mal à l'aise en présence d'enfants que d'adultes. Et, souvent, les petits aiment bien les timides.

Nous tournons au coin de la rue ; quelques secondes plus tard, nous arrivons devant chez moi. Il attend que je trouve ma clé et que je la glisse dans la serrure.

« Écoutez, lui dis-je, oubliez les enfants. Vous êtes mon héros. Vraiment. »

Il rougit. Je le vois à la lumière de la veilleuse de sécurité qui vacille sous le porche quand je pousse la grille. En entrant, je le vois hausser les épaules et prendre un air très sérieux. Soudain, je le visualise en uniforme, jeune chevalier volant au secours des damoiselles en détresse.

« Il faut faire attention, signora. Je vous assure. On ne sait jamais qui traîne dans les rues. Il y a pas mal de Roms dans les parages, et ils ne sont pas tous gentils. » Sur quoi il me fait un petit salut et s'éloigne au moment où la grille se referme sur moi avec un *clic*.

La nuit est plus froide et plus humide que tout à l'heure. En traversant la cour, je me rends compte que la brume est tombée aux traces que je laisse sur le pavé. Dans l'entrée de notre bâtiment, l'ascenseur est ouvert et une odeur de cuisine flotte dans l'escalier. En général, je monte à pied mais, ce soir, je fais une exception. La cabine se referme bruyamment et s'élève dans un grincement de son vieux mécanisme. Quelques secondes plus tard, je suis sur notre palier et je déverrouille la porte d'entrée.

C'est bon d'être chez moi, dans ma tanière, à l'abri de l'ombre mouvante des Gianni en tout genre. Je ne pense pas qu'ils m'auraient fait du mal. Nous étions trop près du bar. Malgré tout, heureusement que

Marcello est intervenu. J'espère qu'il va réussir à mettre de l'ordre dans sa vie, et que la signora des légumes est gentille avec lui.

Il fait noir dans l'entrée et tout est si calme que j'en conclus que Billy est restée chez Kirk à Torquato Tasso. Je l'appelle tout de même pour m'en assurer. Elle ne répond pas mais il y a une lueur dans la cuisine. Elle a dû repasser ici et laisser la petite lampe de table allumée pour moi. Quand je vais l'éteindre, mes bottes résonnent anormalement fort sur le sol marbré.

Devant moi, les voilages blancs de la porte-fenêtre contrastent avec la nuit noire. En approchant, je m'aperçois que, une fois de plus, le loquet ne s'est pas fermé. Il faudrait que je prévienne la signora Bardina mais cela va la faire venir et, avant, il faut que je m'occupe du ménage de l'appartement. En passant le doigt sur la petite table de l'entrée et sur le dossier du fauteuil rococo ridiculement fragile à côté de la porte de la chambre de Billy, je laisse des traces dans la poussière.

Dans la cuisine, je suis cueillie par l'air froid de la nuit. J'ai déjà traversé la pièce et posé la main sur la poignée de la porte-fenêtre quand je me rends compte que Billy est là.

Elle est assise à la table, un livre ouvert devant elle. Le halo de la petite lampe lui donne l'air échevelé. Elle porte encore sa robe chasuble mais, maintenant, elle a un grand cardigan marron sur les épaules. Le résultat est quelque peu troublant. On dirait une vieille dame déguisée en petite fille.

« Hé ! Je ne savais pas que tu étais là. »

J'essaie de ne pas avoir l'air de lui en vouloir mais elle m'a fait peur. Je ne comprends pas pourquoi elle n'a pas répondu quand je l'ai appelée. Je lui demande d'une voix calme : « Que se passe-t-il ? »

Elle a une cigarette à la main. Elle prend son briquet Elvis sur la table, l'allume et tire une longue bouffée. « J'ai préféré t'attendre, répond-elle. Pour être sûre que tout allait bien. »

Elle parle d'un ton complètement neutre. Elle ne plaisante pas. Je sens l'irritation me gagner. J'ai l'impression d'être une adolescente surprise à rentrer tard.

« Tout va bien. » Je vais à l'évier me servir un verre d'eau, plus pour masquer ma contrariété que parce que j'en ai vraiment envie.

« Alors, tu es allée dîner avec l'homme-mystère ? » C'est ainsi qu'elle appelle Pierangelo, ce qui ne fait qu'ajouter à mon agacement.

« Non, avec Henry. »

Elle tire une autre bouffée de sa cigarette. « Tu aurais pu me laisser un mot », remarque-t-elle. C'est comme si une digue se rompait en moi.

« Tu as raison. » Je ne fais plus rien pour cacher mon irritation. « Tu as tout à fait raison. J'aurais pu. Mais comme j'ai presque quarante ans et que tu n'es pas ma mère, je ne l'ai pas fait. » Elle me fixe, imperturbable. Je la fixe en retour. Puis je pose brutalement mon verre et je sors en claquant la porte.

8

Je fais de drôles de rêves morcelés dans lesquels je vois la tête de fouine de Gianni et j'entends siffler des démons dans la chapelle des Espagnols. Finalement, à trois heures du matin, bien que j'aie pris la résolution de ne plus y avoir recours, je me lève pour prendre un somnifère. Et je laisse un mot à Billy – en plein milieu de la table de la cuisine pour qu'elle ne puisse pas ne pas le voir – lui demandant de ne pas me réveiller pour la sortie éducative de demain matin.

Comme je l'espérais, elle est partie quand je me lève et, pendant que je me fais du café, les événements de la nuit dernière – Gianni, Marcello, etc. – s'effacent devant la perspective du dîner avec Pierangelo. Je décide de laisser tomber les cours et de passer la journée à faire des courses.

En règle générale, je ne me préoccupe pas beaucoup de mon apparence mais, ce soir, je veux être le plus belle possible. Je me répète en boucle : Pierangelo est allé à Rome, il t'aime. J'ai beau faire, toute la journée, pendant que je choisis des robes ou essaie des chaussures, j'entends la voix de la femme dans son appartement. « *Pronto. Pronto. Pronto* », dit-elle, comme si elle était chez elle. À dix-sept heures, quand je rentre chez moi, j'ai l'impression d'avoir l'interphone de Pierangelo dans la tête.

Je prends un long bain, je me lave les cheveux et je me donne même la peine de les sécher en les mettant en forme avec ma brosse ronde pour que mon carré tombe juste bien en encadrant mon menton exactement comme me l'avait promis le coiffeur. Et je mets du gloss sur mes mèches pour les faire briller. La coloriste en a fait une rose sur le côté gauche en me promettant que ce serait « très à la mode, une surprise ». Dans mon désir de me débarrasser de la Mary d'avant trop rasoir, je l'ai laissée faire. Maintenant, je me tourne de profil et je remue la tête pour voir si je suis si surprenante que cela.

Je me pomponne jusqu'à sept heures et demie puis je sors, le satané dossier de Piero bien enfermé dans mon sac. J'y vais à pied pour me donner le temps de me préparer au pire, au cas où. Il faut que je me rappelle que Florence est belle avec ou sans Pierangelo. C'est bien joli, mais je ne suis pas sûre d'y croire.

Les hirondelles tournoient au-dessus du fleuve, minuscules avions de chasse, descendent au ras de l'eau et remontent se perdre dans le ciel qui s'assombrit déjà. Sur l'autre rive, les façades se teintent de rose. Pendant que je regarde, les lumières de Santa Croce s'allument et brillent par-dessus les toits. Je traverse la rue et j'arrive Piazza Demidoff, un tout petit parc bordé d'allées de gravier. Je passe à côté de deux vieux messieurs qui sont sortis lire le journal et fumer un cigare sur un banc pour profiter de la douceur du soir.

J'ai fini par acheter une jupe, un chemisier et une veste courte assortie que j'avais admirés à la devanture de ma boutique préférée. Je me suis fait les ongles et j'ai mis des boucles d'oreilles – de longs pendants en verre trouvés dans une minuscule échoppe derrière le Bargello. Mes chaussures sont neuves aussi et me font mal aux pieds. Il y a un bout de temps que je n'ai pas porté de talons. Je m'arrête pour regarder de quoi j'ai l'air dans la vitrine d'un magasin. Mon sourire est peu convaincant. Assez haut au-dessus de ma tête, une plaque de cuivre fixée au mur indique le niveau de l'eau lors de l'inondation de 1966.

Cette fois, Pierangelo est allé à Rome en voiture et je la repère vite, garée en face du restaurant. Quand j'entre, il est déjà assis à notre table et me voit tout de suite.

« Tu es très jolie, *cara* ! » lance-t-il en se levant. Il me fait tourner comme une danseuse en me complimentant sur ma nouvelle tenue, si bien que je ne peux pas scruter son visage. « Ça te va très bien, conclut-il. Il faudrait que je m'en aille plus souvent. »

Pendant que nous finissons notre apéritif et étudions le menu, Pierangelo parle de D'Erreti et du Vatican. Il a fini ses interviews, annonce-t-il.

« Il ne reste plus qu'à vérifier quelques points et à écrire ce foutu papier avant la semaine sainte. Il doit sortir le dimanche des Rameaux. »

Cela m'était complètement sorti de l'esprit, mais Pierangelo me rappelle que Pâques approche. C'est casse-pieds parce que la ville s'arrête et est envahie par les touristes. Enfin, plus encore que d'habitude. « D'Erreti sera là, dit-il. Il vient faire son numéro à la cathédrale. On n'a pas fini d'en entendre parler. »

La serveuse, une jeune fille aux cheveux très courts, nous apporte notre bouteille de vin. Quand elle nous a servis, Piero lève son verre et sourit. « J'espère qu'il est bon. Il faut que je te prévienne avant que nous rentrions, ajoute-t-il. Je suis passé à l'appartement me changer et il y a une pagaille indescriptible. Un vrai champ de bataille. »

Je pose mon verre et je le regarde, l'estomac noué. Je sens qu'il va en venir au fait. Il va m'avouer qu'il n'est pas allé à Rome. Maintenant, je suis à peu près certaine que si j'étais entrée dans son immeuble samedi soir et que j'étais descendue au garage, j'y aurais trouvé sa voiture. Peut-être y aurait-il eu celle de Monica aussi, à côté, à la place qui est vide d'habitude. Que peut-elle avoir ? Une Ferrari ? Une Alfa ? Une Porsche gris métallisé ?

« Je ne sais pas, poursuit Pierangelo en secouant la tête. Graziella est infernale, en ce moment. C'est son petit ami, Tommaso. Une vraie catastrophe. Un abruti fini. Mais si je dis quoi que ce soit, elle risque de l'épouser. Alors je n'ai plus qu'à attendre et espérer que ça lui passera. Comme la grippe.

— Graziella ? » Je ne vois absolument pas de quoi il parle.

« J'ai envie de l'étrangler. Franchement. Elle se conduit comme une petite souillon. Ils ont laissé de la vaisselle sale dans l'évier, le lit défait et tout. Ils me prennent pour quoi ? Papa-la-bonne ?

— Chez toi ? »

Pierangelo me regarde. « Oui, répond-il. Bien sûr, chez moi. Où veux-tu qu'ils soient allés ? À l'hôtel ? Mais il aurait fallu que Tommaso le Magnifique paie. Il y avait une conférence à laquelle ils voulaient assister, alors le brave papa a dit *certo*. Je ne m'attendais vraiment pas… » Il s'arrête de parler, perplexe, parce que je me suis mise à rire. « Quoi ? Tu crois que je serais mignon avec un tablier de dentelle ? Et un plumeau ? » demande-t-il.

Je suis obligée de reposer mon verre. « Oui. Bien sûr ! Tu serais craquant. » Et puis j'ajoute : « Oh, mon Dieu, Piero. Je suis désolée. Sincèrement. J'ai été tellement bête. Tu ne peux pas savoir. »

Je n'ai plus le choix. Je suis bien obligée de lui dire que je suis passée devant chez lui samedi soir, que j'ai vu de la lumière dans l'appartement, que j'ai sonné à l'interphone et que j'ai entendu une voix de femme.

« Je suis désolée, désolée. J'ai cru…

— Tu t'es dit : Coureur un jour, coureur toujours ? » Il me regarde d'un air soudain sérieux et pose la main sur la mienne. « Tu t'es dit que si j'avais été infidèle pour toi, je pouvais t'être infidèle. »

Je ne sais que répondre parce que c'est exactement ce que j'ai pensé – et il le sait. Je me sens piquer un fard épouvantable.

« *Cara*, dit-il doucement, si j'ai épousé Monica c'est que j'étais obligé. Elle était enceinte des jumelles. Mais je ne l'ai pas choisie ; je ne l'ai jamais choisie. Alors que toi, je t'ai choisie. Parce que je t'aime. »

La salle semble s'éloigner. Pierangelo sourit et serre ma main. « Attends, fait-il, je t'ai rapporté quelque chose. »

Cette fois, il ne me demande pas de choisir sa main droite ou sa main gauche. Il pose un écrin de velours bleu sur la table. Le voilà qui sourit.

« Vas-y. Ouvre-le. » Il hoche la tête quand je soulève le couvercle. Sur un lit de satin noir, je découvre un collier. C'est un cocon d'or filé dans lequel est emprisonnée une pierre.

« Il te plaît ? demande-t-il.

— Je l'adore.

— C'est une agate rouge. Il paraît qu'elles portent chance. » Pierangelo me baise le bout des doigts et me met la chaîne.

Nous avons fini de dîner et attendons la grappa que nous avons commandée quand je sors le dossier de mon sac. Je sais que je ne suis pas obligée de le faire, que je pourrais le remettre à sa place sans qu'il le sache, mais je veux tout effacer.

« Pardon, dis-je en posant le dossier devant lui. J'ai pris ça dans ton bureau vendredi matin, après ton départ. »

Pierangelo le regarde un instant comme s'il ne voyait pas de quoi il s'agissait puis il l'ouvre et le referme aussitôt quand la serveuse apporte nos verres de grappa.

« Pardon, redis-je. Je voulais seulement savoir ce qui s'était passé. Ce doit être à cause de la fille qu'on a retrouvée au bord du fleuve. » Ce n'est pas tout à fait vrai puisqu'il y a cette enveloppe en papier kraft dans le bas de commode, mais j'ai déjà décidé de ne jamais la rouvrir. « Je voulais savoir ce qui était arrivé aux autres femmes. » Mon excuse me paraît soudain minable. Elle n'a qu'un avantage, c'est qu'elle est vraie.

Piero réfléchit un instant à ce que je viens de lui dire, la main posée sur la chemise. La marque de l'alliance qu'il a portée pendant vingt ans ressort encore, fine bande blanche sur sa peau mate. Mon cœur se serre. Je suis sur le point de tout lui dire, de

140

me confesser à lui comme je me suis confessée à Henry – en incluant cette fois les coupures de journaux que j'ai gardées, mes visites à la bibliothèque, les photos que j'ai prises. Je veux lui expliquer mon besoin de connaître les autres femmes.

« Tu vois, j'ai l'impression que nous sommes… » Je bafouille et je me rends compte que je dois ressembler à ses filles quand elles étaient petites, quand elles se cherchaient des excuses pour justifier leurs bêtises. J'ajoute : « Je ne comptais pas t'en parler. Je pensais le remettre dans ton bureau sans rien dire, mais… »

Pierangelo secoue la tête. « Je suis heureux que tu m'en aies parlé. C'est mieux. C'est ma faute si tu as eu l'impression que tu ne pouvais pas me poser de questions. Je t'aurais répondu. Je t'aurais dit tout ce que tu voulais savoir. »

Du coup, je m'en veux encore plus.

« J'avais l'impression que tu n'aimais pas en parler. En tout cas, pas avec moi. »

Piero se met à rire. « Eh bien, c'est vrai que je n'aime pas en parler. Avec quiconque. Les femmes assassinées ne sont pas mon sujet de conversation favori. »

La tension qui régnait entre nous se dissipe. Je lève mon verre. « Cela mérite un toast. » Et j'ajoute : « Si tu veux bien, il y a quand même une dernière chose. » Si je décide de vraiment laisser tout cela derrière moi, autant le faire une bonne fois pour toutes.

« Laquelle ? demande Pierangelo en sirotant sa grappa.

— La troisième femme, qui était-ce ? Caterina quelque chose…

— Fusarno. »

C'est peut-être le fruit de mon imagination, mais j'ai l'impression qu'un grand calme se fait dans la salle. Pierangelo pose son verre. « C'était une prostituée. Trente-deux ans. Mère célibataire. Un enfant. Trouvée dans les Cascine. » Il cite le grand parc qui longe le fleuve à l'ouest de la ville. Depuis une vingtaine d'années, il abrite un squat assez connu et certains coins en sont peu recommandables, en tout cas la nuit. Pierangelo me regarde. « Tu as vu les photos, j'imagine, dit-il. Celles qui ont été prises sur le lieu du crime, quand elle a été retrouvée.

— Il y avait un oiseau ? Elle tenait... » Nous fixons tous deux le dossier, comme pour voir à travers la chemise cartonnée et les autres papiers l'ongle noir cassé de Caterina Fusarno et la petite boule de plumes nichée entre ses mains.

Pierangelo vide sa grappa et fait signe au serveur de lui en apporter une autre. « Un chardonneret, achève-t-il. Elle a été attaquée avec un couteau. Assez brutalement. Ensuite, on lui a brossé les cheveux. »

À mon tour, je commande un autre verre. « C'était la première ? finis-je par demander. Avant Eleanora ? Entre les deux ? Ou après Benedetta ? »

Il secoue la tête. « Après. »

Je le regarde. « Quand, alors ? » Benedetta a été tuée en février. Nous sommes arrivés assez vite après et je ne me rappelle pas avoir vu quoi que ce soit à ce sujet dans les journaux.

La grappa arrive. Pierangelo garde les yeux rivés au dossier comme s'il espérait qu'il se mette à parler de lui-même. « Ils l'ont trouvée le jour de l'an, lâche-t-il.

— Mais tu viens de me dire qu'elle avait été assassinée après Benedetta Lucchese.

— C'est vrai. » Il lève les yeux vers moi mais je ne comprends toujours pas. « On a découvert son corps dans les Cascine le 1er janvier. De cette année. »

Je n'y comprends rien. J'ai dû mal entendre. « Cette année ? Tu veux dire, il y a quatre mois ? »

Il fait oui de la tête.

« Dans ce cas, elle ne peut pas avoir été tuée par Karel Indrizzio.

— Non, confirme-t-il. C'est impossible. »

Nous quittons assez vite le restaurant. Les phares de la voiture éclairent les rues en noir et blanc. Nous ne parlons pas, mais quand nous traversons le Ponte alle Grazie, je sais que nous songeons tous les deux à Ginevra Montelleone.

« Qu'en pense la police ? finis-je par demander. De Caterina Fusarno ? Il y a des similitudes, non ? Ses cheveux. Le fait qu'elle ait été tuée à coups de couteau. La mise en scène. L'oiseau. »

Piero hausse les épaules sans quitter des yeux le feu qui a subitement décidé de passer au rouge. Des piétons se faufilent à côté de nous. Un garçon poussant un vélo. Deux filles bras dessus, bras dessous, qui rient.

« Elle n'en a aucune idée. Je pense que c'est pour ça qu'elle a demandé à la presse de ne pas parler de la fille qui a été découverte au bord de la rivière. Dans un premier temps, les enquêteurs se sont dit que ce n'était qu'une putain morte de plus. Du moins, ils l'ont espéré. Maintenant, il apparaît que ce n'est pas tout à fait le cas.

« — Toi, c'est ce que tu as cru ? Que ce n'était qu'une putain morte de plus ?

— Non, répond-il en secouant la tête. Non, ce n'est pas ce que j'ai cru. Tu as vu comment elle tenait l'oiseau ; comme le cierge de Benedetta Lucchese. Et ses cheveux. Son apparence impeccable.

— Alors pourquoi ne m'as-tu rien dit ? »

Le feu passe au vert et Pierangelo démarre avant de répondre. « Parce que j'avais peur que tu ne reviennes pas. »

Nous ne parlons plus de Caterina Fusarno, ni de Ginevra Montelleone – ni de grand-chose, d'ailleurs. Le lendemain, nous nous levons tard et nous prenons le petit déjeuner – du jus d'orange et des œufs – sur la terrasse sur le toit avec les hirondelles qui tournent au-dessus de nous. Piero va être très pris par la rédaction de son article alors nous en profitons. Nous retournons même nous coucher après avoir fini de manger, comme si, en faisant l'amour, nous pouvions chasser les images de femmes mortes, de rubans, de masques et de poches de soie rouge. Ensuite, nous prenons une longue douche. Il est plus de midi quand je rentre à l'appartement et que je découvre les cartes postales sur le tapis du salon.

Il y en a une trentaine – toutes représentant des tableaux –, disposées selon un ordre obscur qui ne doit être compréhensible que par Billy. Les trois Grâces dansent en se tenant par la main. Les mages de Benozzo Gozzoli côtoient saint Sébastien ensanglanté. Il y a là toutes les villas de Laurent de Médicis, mais aussi la Méduse du Caravage et même *La Calomnie* de Botticelli. Au centre, Savonarole meurt sur le bûcher, tandis que de petits personnages fuient la Piazza della Signoria en levant les mains. Le thème, s'il y en a un, semble être pour moitié du bucolique florentin et pour moitié du gore Renaissance. Je m'affale sur le canapé. Je me dis que, peut-être, si je me frotte les yeux ou que je fixe les cartes assez longtemps, je découvrirai la tête de fouine de Gianni ou l'homme aux yeux d'or et son chien noir et blanc en train de me regarder. Mais non. Au lieu de cela, je vois Billy. La photo d'elle, un cliché où l'on voit sa tête et ses épaules de trois quarts parce qu'elle se détourne d'un air modeste dans le style de la Renaissance, évoque de façon troublante un ange de Lippi ou une madone au doux visage et aux cheveux bouclés du Pérugin. Comme quoi il y aurait beaucoup à dire sur la fidélité des portraits. Malgré tout, cela me fait sourire et je comprends où elle a voulu en venir. C'est un petit commentaire de Billy sur la confusion entre la beauté et la vertu. La dichotomie entre ce que nous voyons et la réalité des choses.

Au bout de quelques minutes, la tête me tourne un peu et je m'arrache au canapé pour aller dans la cuisine. Le réfrigérateur est plein de restes du pique-nique, de tranches de charcuterie racornies, de petits pains rassis. Mais je n'ai pas vraiment faim. Une fois de plus, la porte-fenêtre est mal fermée. Lorsque je la pousse pour sortir sur le balcon, je reçois une bouffée d'air frais en plein visage. Cela fait du bien. Au lieu de m'attaquer au ménage comme j'en avais l'intention, je crois que je vais aller me promener. Cela m'aidera peut-être à chasser cette impression désagréable dont je n'arrive pas à me débarrasser.

Maintenant que je suis seule, j'en veux de plus en plus à Pierangelo de ne pas m'avoir parlé de la femme des Cascine. Non que son meurtre m'effraie particulièrement, mais parce que cela réveille le ressentiment que j'éprouvais quand j'avais l'impression que tout le monde me protégeait. Pour être tout à fait honnête, sa peur que je ne revienne pas me contrarie aussi. Nous ne l'avons jamais évoqué à voix haute, mais si je comprends bien, les deux crimes qui ont eu lieu cette année pourraient signifier qu'il y a dans la nature un meurtrier inspiré par Indrizzio. Certes, ce n'est pas une perspective particulièrement réjouissante mais elle ne me touche pas plus que les autres femmes de Florence et je suis agacée que Pierangelo m'ait crue capable de changer à cause de cela le cours de ma vie.

Je remonte la Viale Macchiavelli. Le boulevard serpente entre les collines vers le sud-est de la ville. Les voitures circulent dans les deux sens. De temps en temps, je croise quelqu'un qui promène un chien. Je suis déjà passée là en bus mais jamais à pied. Des haies et des murs cachent les jardins des grandes villas anciennes. Parfois, j'aperçois la tache bleu vif d'une piscine ou celle, verte, d'une pelouse. Si je continue, le boulevard deviendra la Viale Galileo et j'arriverai à San Miniato. Je m'aperçois que je n'en ai aucune envie. Tomber sur Rinaldo et sa petite bande de disciples, ce serait le bouquet.

Je tourne dans une ruelle qui descend en pente raide vers le jardin Boboli. Au bout de quelques minutes, l'asphalte fait place à des pavés et la rue devient l'une de ces parcelles de Florence qui ressemblent à un visage toscan. C'est ce que j'adore dans cette ville, l'impression qu'elle est faite de boîtes magiques. Non seulement le temps va et vient, si bien qu'on imagine que, au détour d'une rue, on pourrait tomber sur Béatrice, Byron ou le vieux Botticelli en train de divaguer, mais en plus il joue des tours. En un instant, on passe d'un autel baroque sauvage à des remparts médiévaux ou à une oliveraie. Si l'on ajoute Fiesole, on a aussi des thermes romains et un tombeau étrusque.

Je m'arrête devant une brèche dans le mur à ma droite. Une allée pleine de nids-de-poule s'enfonce dans les oliveraies qui s'étendent du Belvédère à San Miniato. La grille est fermée par un loquet ancien, lourd et rouillé, et la pancarte portant l'inscription LA CASA DEGLI UCCELLI, la Maison des oiseaux, est à demi envahie par le lierre. De grands cyprès encadrent l'avenue. La façade ocre rose de la villa luit dans le soleil de l'après-midi. Derrière, une villa similaire du nom de Villa Magnolia se dresse, un peu plus haut sur la colline. De l'autre côté de la rue, il y a la Casa della Maschera, la Maison des masques, une folie baroque ornée d'étranges visages au regard mauvais.

Le bourdonnement de la circulation s'élève derrière moi. Pourtant, j'ai l'impression que le monde réel est le décor qui m'entoure et que les scooters appartiennent à une espèce de rêve bien inférieur.

En bas de la colline, l'allée débouche sur ce qui ressemble à une petite place de village. Au nord, l'imposante silhouette en forme d'étoile du fort du Belvédère s'élève des oliviers. Derrière la petite place, ce doit être le mur du fond du Boboli. Les maisons de poupée aux portes peintes en rouge et en bleu marine rayonnent depuis la *piazza*. Le bourdon qui orne leur façade les désigne comme des souvenirs de l'un des Napoléon qui se sont établis en Italie. L'endroit est désert, comme un village de livre de science-fiction ou de conte de fées après que tout le monde a disparu ou s'est endormi. Mes baskets grincent sur le trottoir chaud quand je passe devant les jardinières déjà garnies de pétunias et de pensées. Mais lorsque j'arrive en bas de la rue, le charme tourne à l'aigre.

Une énorme villa est tapie à l'ombre du mur du Boboli, à côté d'une autre petite *piazza*. Les maisons à bourdon doivent se trouver dans son ancien jardin. Des traînées de suie coulent de part et d'autre des fenêtres condamnées. Le plâtre clair de la façade est sale et la peinture de la grande porte d'entrée à double battant vermoulue s'écaille. Une chaîne rouillée fermée par un cadenas tout neuf est enroulée autour de ses poignées. Le portique, qui autrefois devait relier les deux tours trapues, n'est plus qu'un balcon vide à la balustrade cassée.

Le trottoir s'arrête là. Il se transforme en un chemin qui descend en pente raide, envahi par les herbes. Une haute clôture qui part du mur du Boboli sépare les maisons à bourdon et la villa de la grande avenue qui passe derrière, comme une ligne de démarcation avec un autre monde. Une grille qui a dû être magnifique est, elle aussi, fermée par une chaîne. Ce qui n'empêche pas les habitants d'aller et venir. Alors que je m'assieds sur les marches de la villa, une femme passe, la cinquantaine élégante et prospère. Elle s'engage avec précaution sur le chemin et franchit la clôture par un trou, là où plusieurs barreaux ont été enlevés.

Cette image quelque peu surréaliste le devient plus encore quand elle sort de son grand cabas en cuir un tout petit chien dans un manteau écossais qu'elle pose à ses pieds. Le chien s'éloigne en trottinant pour aller lever la patte sur un buisson puis la suit tandis qu'elle longe le mur du Boboli et s'arrête bavarder avec un homme assis devant le cottage à la sortie du jardin. Je la regarde un moment avant de me rendre compte, non sans un certain choc, que c'est par là qu'ils ont dû m'emmener.

Si je ne m'abuse, la fontaine des Mostaccini est juste derrière ce mur. Les ambulances ont dû s'arrêter à vingt mètres à peine de l'endroit où je suis assise. Il leur a fallu remonter l'avenue toutes sirènes hurlantes en passant devant l'Institut d'art et les dizaines de voitures stationnées et piler dans l'herbe à peu près où se tient la femme. Est-ce que des badauds ont regardé les ambulanciers m'emmener ? Où était Indrizzio ? Était-il dans la foule, en train de caresser le fin tissu noir de sa cagoule au fond de sa poche ? Ou assis sur ces marches ?

Cette idée me fait me lever plus vite que je ne l'avais prévu et je manque bousculer un monsieur âgé avec son chien, un vieux caniche gris qui lève sur moi ses yeux vitreux en remuant son moignon de queue. L'homme touche son chapeau et tire sur la laisse en disant : « Pousse-toi, Perla ! Laisse passer la Madone des marches ! » Et il éclate d'un rire caquetant.

Une heure plus tard, en rentrant, je trouve dans la cuisine un énorme bouquet de roses roses épanouies au milieu de la table. Pierangelo sait que ce sont mes fleurs préférées. Sur la carte du fleuriste appuyée contre le vase, il est simplement écrit : *Tu vas me manquer cette semaine.* Billy a ajouté un Post-it jaune. *Un bel homme te les a apportées ! Tu nous retrouves chez Flavio tout à l'heure ?*

J'enfouis le visage dans les fleurs et je respire leur senteur à la fois douce et capiteuse. Au moment où j'ai rencontré Piero, il m'en offrait tout le temps. Il jure que ce sont celles que Catherine de Médicis faisait distiller et se faisait envoyer à Paris quand elle était malheureuse. Ce serait ce baume contre le mal du pays qui aurait lancé l'engouement pour le parfum. Elles me font plus de bien que toutes les promenades du monde et j'appelle Pierangelo pour le lui dire. Ensuite, je décide d'aller chez Flavio. Je n'ai pas été très aimable, ces derniers temps, en tout cas avec Billy. Il faut que je me rattrape.

Cela dit, Flavio n'est pas donné. Pour mériter cette petite folie, je vais passer la fin de l'après-midi à faire le ménage de l'appartement. C'est encore le bazar dans la cuisine, et aussi dans le salon, même si les cartes postales ne sont plus là. Dans la salle de bains, je remarque que ma brosse à dents a disparu elle aussi. Cela me vaut un instant d'exaspération – et un saut à la pharmacie pour en racheter une. Mais les fleurs compensent tout, ou presque. Je me force à me le rappeler quand, dans ma chambre, je découvre que Billy a encore « emprunté » mon maquillage. Cette fois, on dirait qu'elle a essayé de cacher son forfait. Mais je ne suis pas dupe. Les rouges à lèvres n'ont pas été remis dans le bon ordre.

9

Lorsque j'arrive chez Flavio, la façade de Santa Maria del Carmine est baignée d'une douce lumière dorée et les derniers pigeons tournoient dans le ciel. La trattoria se trouve au coin de la place qui a tendance à servir de parking géant. Tout en slalomant entre les minuscules Fiat et les motos aussi grosses que des voitures, je vois que des tables ont été installées dehors. Certaines sont occupées, mais par personne que je connaisse, alors je rentre. Je repère aussitôt les cheveux roux de Kirk et le rire de Billy.

« Mary, lance Henry quand je m'approche d'eux. Je suis content que tu aies pu te joindre à nous.

— Assieds-toi », dit Kirk en tapotant la chaise entre Henry et lui.

Billy lève le nez de derrière son menu au moment où je m'installe. Elle fait un clin d'œil. « Nouveau collier, remarque-t-elle. Très *bella* ! Et des fleurs, messieurs. Deux cadeaux de son chéri en une seul journée ! »

Henry siffle et je me sens rougir.

« Mary a un petit ami », chantonne Kirk.

L'arrivée d'une grande assiette d'*antipasti* coupe court aux taquineries. La conversation dérive sur les mérites comparés des olives noires et vertes et sur le menu. Ensuite, je les interroge sur la sortie éducative du jour, une villa des Médicis. Billy hausse les épaules. « Tu n'as pas raté grand-chose. De toute façon, si tu as envie d'y aller un de ces jours, elle n'aura pas bougé.

— Cela fait déjà cinq cents ans qu'elle est là, souligne Kirk. Comme à peu près tout ce que nous avons mangé à midi. » Il se passe les mains dans les cheveux et secoue la tête pour chasser ces horreurs. « Si tu avais vu le boui-boui qu'elle nous a dégoté. Une écurie, ma pauvre. Avec des brouettes, des harnais et des bouteilles de chianti recouvertes de paille. »

Kirk est persuadé que la signora Bardino organise ses excursions les jours où les restaurants de Florence sont fermés pour nous emmener déjeuner encore plus loin. Nous commençons à savoir que, quand elle nous annonce que la *locanda* où nous allons est tenue par un jeune chef « bourré de talent » qui se trouve être un des nombreux neveux de son mari, cela ne présage rien de bon.

Pendant une demi-heure, je les écoute raconter cette épouvantable expérience puis Henry déclare que les Japonaises sont amoureuses de Vérone et Kirk précise qu'elles en sont revenues avec d'étranges chapeaux vert vif identiques. Billy se demande si Tony et Ellen, le couple de Honolulu, ne sont pas frère et sœur plutôt que mari et femme. Ou bien les deux à la fois.

« Ils sont exactement de la même taille et ils se ressemblent, fait-elle valoir devant notre scepticisme. Et ils ont la même voix. »

Kirk s'étrangle de rire en piquant un ravioli. « C'est ce qui arrive aux gens mariés. C'est flippant, mais normal. Pas vrai, Henry ?

— Bien sûr. D'ailleurs, peu de temps après notre mariage, ma femme est devenue barbue.

— Je ne plaisante pas, proteste Billy en agitant sa fourchette. Je parie que ce sont des jumeaux qui se sont mariés et sont partis là où personne ne les connaissait. Comme dans le livre *Le Secret de la villa Machin Chouette*. Je ne sais plus de qui c'est. Il n'a pas eu le prix Pulitzer ?

— *La Villa Golitsyne*, dis-je. De Piers Paul Read.

— Comment tu sais ça ? »

Je hausse les épaules.

« Mary est un puits de science, déclare-t-elle.

— Absolument, renchérit Kirk. C'est la version parlante de la classification décimale de Dewey. En fait, c'est même un robot avec un cerveau informatisé. Les Japonaises, ce sont des clones. Et Tony et Ellen sont leurs propres parents. Quant à toi, tu es folle.

— Hum, fait-elle. Si mon idée ne te plaît pas, en voilà une autre. Ginevra Montelleone était sur le point de se faire virer de l'université.

— Qui est-ce ? demande Kirk.

— La fille dont le corps a été trouvé au bord du fleuve », explique Henry. Bien que son nom ait été révélé par les journaux il y a quelques jours, cela me fait un drôle d'effet de l'entendre évoquée comme cela. Henry abandonne son *bollito misto* et nous regarde. « C'est bien ça ? demande-t-il.

— Oui, confirme Billy en haussant les épaules. Enfin, je crois, ajoute-t-elle en coupant son escalope d'un geste vengeur. Enfin, oui, c'est bien cette fille. Elle s'est suicidée parce qu'elle allait être renvoyée. En tout cas, c'est ce que j'ai entendu dire.

— Où ? »

Je pose mon couteau et ma fourchette. Je n'ai pas lu la presse ces jours-ci mais j'imagine que tous les rédacteurs en chef se sont alignés sur la police. Billy coupe sa viande en petits carrés parfaitement réguliers avec une telle concentration qu'elle ne me répond pas. « C'était écrit dans le journal, qu'elle s'est suicidée ? finis-je par lui demander.

— Je ne sais pas. Je l'ai entendu dire à la cafétéria. Je m'y suis arrêtée boire une tasse de thé en allant à la bibliothèque et tout le monde en parlait. Ah oui, il va y avoir une veillée aux chandelles. Nous devrions y aller pour lui rendre un dernier hommage.

— Non, merci, répond Kirk en secouant la tête. La brigade Sylvia Plath, très peu pour moi.

— Pourquoi allait-elle être renvoyée ? s'enquiert Henry.

— Avortement. »

Billy mâche méthodiquement une bouchée d'escalope. Je repousse mon assiette. Je n'arrive plus à chasser de mon esprit les images de Ginevra. Du coup, je n'ai plus faim.

« Apparemment, elle a organisé un rassemblement en faveur du droit à l'avortement il y a quelques mois. Elle a jeté des œufs à un homme politique de droite et a été arrêtée. À vrai dire, on dirait que c'était une bonne petite activiste, Ginevra Théodosia Montelleone. Pff, quel nom. Tu as de la chance de t'appeler Mary, tout bêtement », ajoute-t-elle en me faisant un signe de tête.

154

Après cela, la conversation tourne autour d'histoires de noms. Quand nous sortons du restaurant, un fin brouillard est descendu sur la *piazza* et il fait noir. La façade trapue de l'église se dresse au-dessus d'une mer de voitures. Les piétons qui circulent entre elles ne sont que des formes fantomatiques que l'on ne distingue qu'à leur voix stridente ou, de temps en temps, à un éclat de rire. Billy glisse le bras sous le mien. « Je ramène Mary à la maison, annonce-t-elle. Elle a besoin d'une bonne nuit de sommeil pour avoir l'œil vif et le poil brillant demain matin.

— À neuf heures pour la chapelle Pazzi », rappelle Henry en se penchant pour m'embrasser sur la joue. Il y a un cours demain matin intitulé « Proportions et plans dans la Renaissance italienne » dont il semble beaucoup attendre.

« Nous y serons, promet Billy. À neuf heures tapantes. » Elle me tire déjà par le bras. En la suivant, je me retourne pour voir Henry et Kirk s'en aller dans la direction opposée.

« Qu'est-ce qui t'a pris ?, je marmonne. L'œil vif et le poil brillant ?

— Eh bien, je suis désolée, mais tu as l'air crevée. Don Juan t'épuise.

— Ne l'appelle pas comme ça. » Je n'aime pas beaucoup qu'on me traîne et je dégage mon bras.

« Comment veux-tu que je l'appelle ?

— Par son prénom : Pierangelo. » Mes bonnes résolutions fondent comme neige au soleil.

« Que c'est pittoresque, commente-t-elle. Il est arrivé avant, après ou en même temps que ton mari ? » Elle s'arrête de marcher et me regarde. « Qu'est-ce qui s'est passé ? L'archange – peu importe son nom – est arrivé et, hop, ton mari s'est volatilisé ? » Elle a relevé ses cheveux qui, dans l'éclairage brumeux de la rue, forment un halo lumineux autour de son visage.

Le spectre de Ty, avec son sourire, ses yeux d'or et sa gentillesse, se matérialise comme si les paroles de Billy l'avaient fait apparaître. Si je baisse les yeux, je vais peut-être voir un anneau d'or et un éclat de diamant à mon annulaire gauche. Billy a sorti une écharpe en mousseline de sa poche et la noue sous son menton. Mais au lieu de cela, je vois un capuchon. Et j'entends la voix de Rinaldo qui murmure : « Damnée. » Billy cligne des yeux. Elle ouvre la bouche. C'est alors que j'entends ma propre voix.

« Ça ne te regarde pas, merde. » Les larmes me brouillent la vue. « Ce qui m'est arrivé ne te regarde pas. » Sur quoi je tourne les talons et je m'éloigne.

Nous sommes arrivées à l'enchevêtrement de ruelles de l'autre côté de la *piazza*. Des cordes à linge sont tendues entre les appuis de fenêtre du dernier étage des maisons et les vêtements qui y sont accrochés font de drôles de formes au-dessus de notre tête. Je continue à avancer en laissant Billy derrière moi et en essuyant les larmes qui coulent sur mes joues. Je suis furieuse d'être aussi bouleversée. Il n'y a pas de réverbères. À mi-chemin, il demeure une fenêtre éclairée, assez haut. Hormis cela, il fait si noir que je ne vois pas les caniveaux, ni les crottes de chien ni la surface bosselée des pavés.

Au bout de quelques secondes, j'entends Billy derrière moi. J'ai beau être en colère contre elle, je ralentis pour la laisser me rattraper. Je songe à Gianni et à son copain et je me rappelle qu'elle ne connaît pas très bien ce quartier où il est facile de se perdre. Son pas rythmé résonne entre les murs.

Je devrais demander à la signora Bardino si je peux déménager. Ou simplement m'installer chez Pierangelo. Il me l'a pratiquement suggéré encore une fois hier soir. Mais je n'en ai pas vraiment envie. Déménager créerait une tension insupportable qui m'obligerait sans doute à quitter le cours. Du coup, je n'aurais plus rien à faire. De toute façon, ce n'est pas ce que je veux. Billy me casse les pieds mais elle a raison. Je suis fatiguée. Et nous avons beaucoup bu – trop, sans doute. Surtout, je suis plus perturbée que je ne veux bien l'admettre par ce qui est arrivé à Ginevra Montelleone et Caterina Fusarno. Enfin, si elle a visé juste concernant Pierangelo, ce n'est pas vraiment sa faute.

« Je suis désolée », dis-je sans me retourner. Ma voix flotte dans la nuit mais Billy ne répond pas.

Nous continuons ainsi pendant peut-être un pâté de maisons, ses pas résonnant en contrepoint aux miens. « Je suis désolée », redis-je plus fort – toujours sans effet.

Le vent se lève. Deux serviettes étendues sur un fil se mettent à onduler. Nous arrivons à un croisement. Une voiture passe dans l'autre rue plus importante. Ses phares éclairent la maison du coin, faisant une tache ocre dans la pénombre. Le bruit du moteur s'éloigne et le silence qui s'ensuit est pesant, inquiétant.

Je me retourne. Maintenant, l'unique fenêtre éclairée est loin derrière moi. Au début, je ne vois rien. Puis je repère Billy. Ce n'est qu'une silhouette au milieu de la rue.

Je l'appelle : « Bill. Allez, viens. Je suis désolée. »

Elle ne répond pas. Je m'apprête à l'appeler encore mais quelque chose me retient. Je scrute la pénombre et je sens que Billy me fixe en retour. Un mauvais pressentiment me picote la nuque et court le long de mes cicatrices tandis que nous restons là à nous regarder sans bouger.

Puis le hurlement d'un klaxon fend la nuit et une mobylette tourne au coin de la rue, si vite qu'elle manque me renverser.

Elle fait une embardée et, si je ne vois pas le visage du conducteur ni n'entends ce qu'il me crie, le geste qu'il fait avec sa main est universel. Un autre deux-roues le suit de près et ils filent dans la ruelle qu'ils emplissent de lumière et de bruit. Le faisceau de leurs phares balaie les maisons mais ne révèle que la pierre grise usée et moisie des murs et les pavés brillants d'humidité. Billy a disparu. Elle s'est évanouie, comme si je l'avais imaginée.

Cette scène m'a passablement ébranlée et je suis soulagée d'arriver Via dei Serragli où il y a de la lumière et un trottoir. Pressée de rentrer, je cours presque. Quand j'arrive chez nous cinq minutes plus tard, la cour est éclairée. J'entends de la musique, du Vivaldi, qui vient de chez Sophie. C'est allumé chez nous aussi.

En regardant nos fenêtres, je songe avec consternation que, hormis Billy et moi, la seule personne qui ait la clé est la signora Bardino. Elle – ou, pire, son mari – a dû passer voir l'état du précieux appartement. J'ai rangé ma chambre et le salon mais, comme j'ai dû aller racheter une brosse à dents et que j'ai pas mal lambiné, je n'ai pas fait tout ce que j'avais prévu et la cuisine est un véritable dépotoir. Je suis sûre que le cendrier de Billy traîne sur la table et on dirait que la porte-fenêtre s'est encore ouverte. La Bardina doit être en train de piquer une crise de rage. Ou, si ça se trouve, elle a découvert que je couchais avec le mari de sa meilleure amie.

J'envisage très sérieusement d'aller me cacher au café mais je me rends compte que cela ne sert à rien. Si elle a découvert le pot aux roses, il faudra bien que je l'affronte un jour ou l'autre. N'empêche que je monte l'escalier très lentement pour gagner du temps. Le mieux à faire est de lui dire que j'ai rencontré Pierangelo dans le cadre professionnel, ce qui a le mérite de comporter un fond de vérité. En arrivant sur le palier, j'affiche un sourire aimable et je me prépare à me montrer charmante, ou au moins contrite. Mais à peine la porte ouverte, je me retrouve nez à nez avec Billy.

Elle est en chaussettes, son manteau et son écharpe à la main. Elle a jeté les sabots qu'elle avait mis pour dîner devant le placard de l'entrée. « Mary, je suis désolée, dit-elle aussitôt. Je n'aurais pas dû. Tu as raison, cela ne me regarde pas. Je...

— Comment es-tu rentrée ? »

Elle me regarde et me fait un sourire timide. C'est la première fois que je la vois manquer ainsi d'assurance. « J'habite ici, fait-elle. J'ai la clé.

— Non. Je veux dire : comment es-tu revenue ici ? Si vite. Avant moi.

— Je... J'ai longé le fleuve. »

Impossible.

J'insiste. « Tu étais derrière moi. Tu m'as suivie dans la ruelle. Je t'ai entendue. Je t'ai vue. »

Je parle d'une voix de plus en plus stridente, comme Mamaw lorsque je faisais quelque chose de dangereux qui la mettait en colère et lui faisait peur à la fois.

« Je t'ai vue. Je me suis excusée. Je t'ai appelée. Ensuite, je me suis retournée et je t'ai vue. Au milieu de la rue. Derrière moi. Alors comment se fait-il que tu sois arrivée ici avant moi ? »

Billy ne sourit plus. Elle secoue la tête. Ses boucles se détachent et tombent sur ses épaules.

« Quand tu es partie, corrige-t-elle, j'ai préféré prendre le chemin que je connaissais. Tu sais que je n'ai aucun sens de l'orientation. Alors je suis descendue jusqu'au fleuve et je suis rentrée par-là. Je... » Elle s'interrompt. « Écoute, Mary, à propos de ce que je t'ai dit tout à l'heure... Je suis désolée. Sincèrement. Je... »

Mais je ne la laisse pas finir. Mon cœur bat la chamade. J'entends Marcello me mettre en garde contre les ruelles sombres. Je revois la tête de fouine de Gianni. « Pas de problème. N'y pense plus. » Sans rien ajouter, je passe à côté de Billy et je tire si fort sur le bouton de verre de la porte de ma chambre qu'il me reste dans la main.

Quelqu'un m'a suivie. Quelqu'un s'est arrêté quand je me suis arrêtée et m'a regardée dans la nuit. Ou peut-être pas.

Je m'assieds sur mon lit, j'enfouis la tête entre mes mains et ferme les yeux. Je perds la tête. C'est peut-être un syndrome de stress post-traumatique ou Dieu sait quoi, mais je suis en train de craquer. D'abord ma tirade au Boboli, et maintenant, cela. Un type essaie de me voler mon portefeuille et je me convaincs qu'on me suit dans les rues. Je vois les yeux de mon défunt mari dans le visage d'un SDF. J'entends des prêtres chuchoter à mon oreille. Je ne retrouve même pas ma brosse à dents. Je ferme les yeux de toutes mes forces et presse mes tempes avec mes paumes. Je me rends compte que mes mains tremblent.

La porte s'ouvre et, pour une fois, j'entends entrer Billy. Elle s'agenouille devant moi et me prend les poignets avec un mélange de fermeté et de douceur ; elle les tient jusqu'à ce que je la regarde.

« Mary, murmure-t-elle, je voudrais t'aider. Dis-moi ce qui t'est arrivé. Je t'en prie, dis-le-moi. »

L'espace d'un instant, je suis sur le point de le faire. Les mots se forment dans ma gorge et sont prêts à sortir. Mais je me rappelle combien j'ai détesté être traitée comme une invalide à Philadelphie. Ou, pire, comme un objet de curiosité.

Je me racle la gorge. Billy me tient toujours les mains, le visage plissé par l'inquiétude. La compassion, même. Elle excelle dans ce domaine ; elle a été infirmière. Je m'efforce de sourire.

« Pardon, finis-je par dire en pesant soigneusement mes mots. Ça va, je t'assure. Ce qu'il y a, c'est que lors de mon précédent séjour ici, mon mari a été tué. »

Billy pâlit. « Oh, je suis désolée. Désolée. Mon Dieu, Mary, je m'en veux tellement de ce que je t'ai dit tout à l'heure ! Que s'est-il passé ? »

Je la considère un instant puis je m'arrange pour donner une impression non pas de cagoule et de couteau mais de vitesse, de tôle froissée et de verre brisé. Je ferme les yeux et je murmure : « Nous avons eu un accident. »

10

Au cours des jours suivants, la tension entre Billy et moi se dissipe presque complètement. Cela vaut mieux parce que, comme j'ai égaré mes clés, nous passons beaucoup de temps ensemble. Je dis bien *égaré*. Pas perdu. Parce que cela m'arrive assez régulièrement. C'est la seconde fois depuis que je suis ici. La première fois, je suis allée les faire refaire à partir de celles de la signora Bardino mais je ne veux pas recommencer. Pas tout de suite, en tout cas, parce qu'elles vont sûrement reparaître, comme toujours, dans du linge ou dans la doublure déchirée d'un sac. En attendant, Billy et moi coordonnons nos emplois du temps.

Je ne vois presque pas Pierangelo, barricadé qu'il est dans son bureau au journal mais il s'est mis à m'envoyer des SMS – « *Tout va bi1 ? Je t'M* » – qui me font un plaisir infini.

Nous ne passons qu'une nuit ensemble. Je vais chez lui tard le soir et je lui fais à dîner. C'est loin d'être aussi bon que quand c'est lui qui se met aux fourneaux mais, apparemment, ça lui est égal. Le temps qui oscillait entre pluie glacée et soleil estival s'est soudain réchauffé, si bien que nous dînons sur la terrasse. Piero me raconte que, plus il écrit sur Massimo D'Erreti, plus il l'apprécie – en tant qu'homme. Il lui arrive même de se sentir proche de lui et il admire son parcours et ce qu'il a accompli. En revanche, ils ne pourront jamais tomber d'accord sur Dieu, d'autant que l'Église a un programme que Pierangelo juge dangereusement réactionnaire. Le cardinal fait de bonnes choses pour les hôpitaux, les sans-abri ou l'enseignement, tout cela est vrai, selon Piero. Et même pour la réhabilitation des drogués, du moment qu'ils acceptent la doctrine qui l'accompagne. Mais comment peut-on prétendre lutter contre le sida tout en disant aux gens qu'utiliser des préservatifs est un péché ? Comment peut-on refuser toute aide aux prostituées ? Comment peut-on affirmer l'égalité des femmes et leur refuser le droit de contrôler leur propre corps, les forcer à avoir des enfants dont elles ne veulent pas ? Et déclarer qu'elles ne sont pas dignes de baptiser des enfants au sein de l'Église ni de donner le sacrement aux malades ? Comment peut-on dire aux homosexuels qu'ils sont damnés et qu'ils ne peuvent pas élever des enfants ni servir un Dieu qui est aussi le leur ? De quel droit juge-t-on que tel homme ou telle femme sera sauvé plutôt que tel ou telle autre ? Où sont l'amour et la compassion dans tout cela ? s'indigne Pierangelo.

Je n'ai pas la réponse.

Ce n'est pas le genre de chose dont Billy et moi parlons. Nous parlons de nous. Nous prenons pour ainsi dire le contre-pied de notre réticence initiale. Dans une intimité comparable à celle qui se noue dans les avions, les salons de coiffure ou les colonies de vacances, nous nous rendons compte que chacune de nous est fille unique, que nous ne voulons pas d'enfants et que nous détestons notre prénom. Je trouve Mary plutôt banale et c'est parce qu'elle aime si peu Anthéa qu'elle se fait appeler Billy. Sa mère l'appelait ainsi parce qu'elle la trouvait « têtue comme un bouc[1] », et le surnom lui est resté. Elle me parle de son enfance, de son cousin Floyd et de sa tante Irene, capable de prédire que le téléphone allait sonner parce qu'elle avait « le don ». Nous parlons des endroits où nous aimerions aller ensuite – l'Inde et la France – et des peintres et des édifices que nous aimons le plus ici : Botticelli, Filippo Lippi, Bronzino, la chapelle Pazzi. Nous avons toutes les deux envie de visiter Urbino et Ravenne et d'aller à Mantoue pour voir le Palazzo del Tè et la Sala dei Giganti, la salle des Géants. Nous prenons même l'horaire des trains. Un soir, alors que nous sommes assises sur le balcon, je raconte à Billy que j'ai toujours eu envie d'être architecte et elle m'encourage. Selon elle, il faut avoir des rêves. C'est nécessaire. Et plus ils sont grands, mieux c'est. La naissance n'est pas un destin, affirme-t-elle. Sinon, à quoi cela servirait-il de vivre ?

Elle allume une cigarette et sourit. « Tiens, regarde-moi, ajoute-t-elle. J'ai passé ma vie à essayer de me transformer. Si je ne croyais pas que c'était possible, j'habiterais encore dans une caravane au fin fond de Fort Peine. »

Elle est devenue infirmière parce qu'ils avaient besoin d'argent et que son mari n'acceptait pas qu'elle fasse autre chose. Les femmes pouvaient à la rigueur

---

1. *Billy goat* en anglais *(N.d.T.)*

exercer des professions à vocation sociale mais il pensait qu'elles ne devaient pas travailler. Hélas, il ne pensait pas devoir travailler non plus, ce qui rendait la vie un peu dure.

Billy secoue la tête et souffle la fumée par le nez. « C'est ce qui arrive quand on se marie à dix-sept ans. Le fait que le métier d'infirmière m'ait plu est une pure coïncidence. » Un jour, conclut-elle, elle se lancera peut-être dans des études de médecine. On ne sait jamais.

Le lendemain de cette conversation, il y a une excursion à Sienne. L'université et les autres écoles étant fermées pour Pâques, la signora Bardino a organisé cette sortie pour nous faire plaisir. Billy ne vient pas. Elle a mal à la gorge. Cela lui arrive de temps en temps depuis qu'elle a eu une très grosse angine quand elle était petite et elle dit qu'il faut frapper fort dès le début en se bourrant de médicaments. Elle refuse que je reste auprès d'elle ou que je l'aide à chercher un médecin. Elle dit qu'elle a tout ce qu'il faut et que dans vingt-quatre heures elle « se portera comme un charme ». Je n'insinue pas qu'il pourrait y avoir un rapport entre le nombre de cigarettes qu'elle fume et l'état de sa gorge, signe vraisemblable de notre amitié grandissante. Le lendemain matin, je lui laisse simplement une tasse d'infusion de menthe. Elle dit que c'est tout ce dont elle a besoin.

Finalement, c'est elle qui a raison. En tant qu'infirmière, elle doit savoir de quoi elle parle. Le soir, quand elle m'ouvre, que je monte à pied et que je m'affale dans le salon, encore humide parce qu'il a plu et que nous nous sommes fait rincer, elle est en train de lire sur le canapé du salon, entourée de tasses vides, et elle affirme qu'elle n'a plus de fièvre. Elle me montre un petit paquet-cadeau sur le bureau en chrysocale.

« C'est arrivé par coursier, précise-t-elle. On sait bien ce que ça veut dire… »

Elle lève les yeux au ciel d'un air taquin quand je déchire le papier comme un enfant. Et découvre un porte-monnaie d'un joli bleu vif, avec une fermeture Éclair et un M en relief sur le côté. Il y a quelque temps, Pierangelo m'a fait la remarque que le mien était miteux, qu'il fermait mal et que, du coup, je passais mon temps à chercher des euros dans le fond de mon sac. Je l'appelle pour le remercier. Ensuite, j'ouvre une boîte de soupe et je force Billy à manger pendant que je lui raconte la pinacothèque, la bibliothèque Piccolomini et le déjeuner fantastique que les Bardino nous ont organisé au restaurant de Laurent le Magnifique à Coultobono.

« Ç'a l'air génial », commente Billy. Il faudra qu'elle y aille un jour. Ou que nous fassions sauter la banque et que j'y retourne avec elle. Mais assez parlé d'art et de nourriture. Ce qu'elle a vraiment envie de savoir, c'est si Tony et Ellen se sont tenu la main toute la journée, même en déjeunant, et comment les Japonaises étaient habillées. Cette semaine, les chapeaux verts étaient accompagnés de minuscules sacs à main ornés de papillons. Je lui apprends que, aujourd'hui, elles portaient en plus des lunettes de soleil roses à motif léopard qu'elles n'ont pas quittées de la journée, même quand il pleuvait.

Cette histoire de lunettes de soleil plaît bien à Billy. Le lendemain matin, quand elle est tout à fait remise, elle suggère que nous allions en acheter deux paires identiques. D'une autre couleur, bien sûr. Bleues, pourquoi pas, ou alors vertes. Nous avons passé l'âge du rose chewing-gum, décrète-t-elle. Il nous faut quelque chose de plus digne. Un ton pastel, peut-être.

Nous décidons de nous retrouver l'après-midi car j'ai envie d'assister à un dernier cours avant les vacances et Billy veut aller au Bargello. Quand je sors, elle est en train de retourner sa chambre en pestant parce qu'elle a perdu son ombre à paupières favorite. « Tu n'as qu'à m'en prendre une ! » je lui lance en sortant. « Prends ce que tu veux. » C'est fou la vitesse à laquelle les choses peuvent changer.

Tout en regardant les lunettes de soleil et les petits accessoires à cheveux du plus grand magasin de Florence, je l'écoute me parler du chien qu'elle avait quand elle était petite, puis d'Ellen qui lui a dit qu'elle voulait avoir un bébé.

« Tu te rends compte que, statistiquement, son enfant a une chance sur cinq d'être chinois ? »

Les conversations de Billy sont toujours comme ça. Elle saute sans arrêt du coq à l'âne et il n'est pas nécessaire de répondre. Les averses se succèdent depuis ce matin et elle est équipée comme il faut, avec un parapluie et un long ciré rose. Ses gants rose pâle me disent quelque chose. Et pour cause : ce sont les miens. Elle remet les lunettes avec lesquelles elle jouait sur le présentoir. « Viens, dit-elle. J'en ai assez. Sortons d'ici. »

Dehors, la pluie alterne avec le crachin. Nous nous dirigeons vers la Piazza della Signoria pour aller au Rivoire ; nous avons décidé que nous avions besoin d'une petite gâterie. Sur le marché où l'on vend des faux pashminas et des montres bon marché, les gens se massent sous le toit de la loggia. Quelques touristes frottent le groin du sanglier ou jettent des pièces dans sa fontaine.

Un jongleur lance des balles rouges et bleues et quelqu'un se met à jouer du saxophone. Les notes basses et mélancoliques s'élèvent dans le silence et nous suivent jusqu'à la *piazza* où les caricaturistes abritent leurs dessins sous une marquise à côté du Palazzo Vecchio. Dans la Loggia dei Lanzi, des hommes blancs se tiennent sur leur piédestal.

Je ne sais pas s'ils n'existent qu'en Italie, mais je n'en ai jamais vu ailleurs. Ce sont des acteurs au chômage, j'imagine, ou des étudiants en art dramatique qui se griment en blanc crayeux et enfilent une longue robe de façon à avoir l'air d'un Pétrarque ou d'un Dante couverts de givre. Comme les mimes, les hommes blancs sont muets. Et, en gros, ils ne font pas grand-chose.

Il y a quelque chose d'à la fois italien et d'un peu pervers dans le refus de faire semblant de pousser des murs ou de marcher contre le vent. Au lieu de cela, on les voit dans les parcs, sous des loggias ou devant des immeubles, prenant la pose, les mains tendues, les yeux perdus dans le lointain. Quand ils sont bons, un petit attroupement se forme autour d'eux. Les gens sont fascinés par ces humains qui semblent se changer en pierre sous leurs yeux. Comme Léontes dans *Le Conte d'hiver* de Shakespeare, ils attendent de voir la statue bouger.

Aujourd'hui, ils sont trois. Billy et moi montons les marches pour nous joindre à la foule silencieuse. La silhouette la plus proche de moi nous tourne le dos. Sa tunique faite de draps amidonnés tombe comme une colonne de ses épaules étroites à ses pieds. Son long cou d'un blanc poudreux apparaît entre son col dur et les plis de son turban. Billy, qui n'est pas aussi captivée que moi par ce spectacle, me tire par la manche.

« Tu crois qu'il faut réserver, pour demain ? Nous allons être assez nombreux » me demande-t-elle à voix basse. Nous allons déjeuner à Fiesole. Je hoche la tête et sors mon téléphone du fond de mon sac. C'est alors que l'homme blanc se met à bouger.

Il tourne la paume de sa main gauche vers le haut en un geste de supplication, les doigts écartés. Son bras se raidit et les gens se balancent avec lui quand il pivote avec une lenteur à peine humaine. Lorsque je vois l'arête de sa pommette et son nez un peu fort et épaté, mon estomac se contracte.

« J'ai le numéro », chuchote Billy. Les gens se retournent, agacés. Je lui fourre mon portable dans la main au moment où l'homme me fait face.

Il plonge ses extraordinaires yeux d'ambre dans les miens, comme il l'a fait à Santo Spirito. Cette fois, j'ai l'impression de tomber et de remonter le temps jusqu'à me retrouver couchée dans l'herbe, ligotée et bâillonnée, tandis que Ty s'arrête, se fige un instant et tombe.

« Viens ! » J'attrape le bras de Billy. Ce faisant, je bouscule quelqu'un et je ne m'excuse même pas puis je joue des coudes pour nous frayer un chemin dans la foule, pressée de regagner la *piazza* et les gens qui se bousculent autour des kiosques de cartes postales ou courent se mettre à l'abri dans les cafés. Ou même Via Calzaiuoli où tout le monde fait du lèche-vitrines, quitte à me faire mouiller. Bref, n'importe où, du moment que je n'y rencontrerai pas de fantômes.

Je traîne Billy, qui tient toujours le téléphone contre son oreille, à l'autre bout de la loggia. « Attends, finit-elle par dire, ça sonne. Qu'est-ce qu'il pleut fort ! » Elle ne semble pas troublée par mon attitude.

Je prends une profonde inspiration sans me retourner pendant que Billy réserve une table. Puis elle me rend le portable et se met à trifouiller son parapluie. De petits ruisseaux dégoulinent des marches. J'aurais dû mettre des bottes de caoutchouc. J'en ai vu des vertes rayées chez Rinascente, le grand magasin. Je pourrais y retourner tout de suite.

« Allez, dit Billy. On court jusqu'au Rivoire. C'est trop chiant, cette pluie. »

Elle descend les quelques marches en sautillant tout en ouvrant son parapluie vert pomme avec des petites fleurs blanches. Je ne l'avais jamais vu. Le manche en bois fait assez luxueux et je suis prise d'un accès de convoitise qui me rassure parce que c'est enfin un sentiment normal. « Il est joli, dis-je en faisant un effort délibéré pour ne pas me retourner. »

Elle bat des paupières et avance délicatement, sur la pointe des pieds, dans ses bottes à lacets. Les gouttes font comme des paillettes autour d'elle quand elle pirouette. « C'est un cadeau d'un monsieur de mes amis. » Voici la Melanie d'*Autant en emporte le vent*. D'ailleurs, maintenant que j'y pense, Kirk ressemble un peu à Ashley Wilkes. Je la suis, trop contente de m'éloigner, même si je me sens idiote. Si je faisais demi-tour et que je regardais les yeux de l'homme blanc, je suis sûre qu'ils seraient tout à fait normaux. Bleus ou bruns. C'est mon imagination qui me joue des tours parce que je n'ai pas déjeuné. Ou alors la lumière.

170

Le Rivoire est plein. Nous trouvons une table sous l'auvent d'un autre café. Les voitures à cheval ne sont plus là mais quelques touristes mouillés sortent quand même poser devant la statue de Neptune. Le serveur s'approche et Billy commande une bouteille de prosecco.

« Nous méritons de nous faire un petit plaisir, déclare-t-elle. Parce que c'est comme ça. *L'chaim*, reprend-elle une fois servie. Je suis juive, aussi. Je ne te l'ai pas dit ?

— Hum, hum.

— Eh bien, c'est vrai !

— Et moi, j'ai une chance sur cinq d'être chinoise. Statistiquement parlant. »

Jusque-là, Billy m'a appris, en diverses occasions, qu'elle avait reçu une éducation épiscopalienne, unitarienne et druidique. Et aussi que l'autre sœur de sa mère, Éloïse, était née avec six orteils, ce qui faisait d'elle, à coup sûr, une sorcière.

Elle rit et vide la moitié de son verre d'un trait. Puis elle me regarde, soudain sérieuse. « Ton mari, dit-elle, ça t'embête si je te pose des questions sur lui ?

— Non, je réponds en haussant les épaules. Ça ne m'embête pas. » Il me semblerait injuste de refuser d'évoquer Ty. Ce serait comme le tuer une seconde fois.

« Alors… Que faisait-il ? demande-t-elle. Enfin, si tu veux bien me le dire. »

À la façon dont elle le formule, on pourrait croire que c'était un espion ou un membre subalterne d'une famille du crime organisé. Les Warrenzitti, peut-être. L'idée est si absurde que je me mets à rire.

« Il était enseignant. » Je bois mon prosecco à petites gorgées et je sens les bulles éclater dans ma gorge. Je n'ai mangé qu'un demi-croissant ce matin ; si je ne fais pas attention, le vin va me monter à la tête. « C'est pour cela que nous sommes venus ici. Il participait à un programme d'échanges culturels pour les écoles religieuses. »

Elle hausse les sourcils comme si c'était captivant – ou au moins inattendu. « Alors il était catholique aussi ? Je croyais que les catholiques s'unissaient pour la vie, comme les cygnes.

— Non. Pas comme les cygnes. Ni comme les oies. Et il n'était pas catholique ; il était quaker. » Je m'apprête à lui dire que cela n'a pas grande importance parce que notre mariage avait déjà pas mal de plomb dans l'aile quand nous étions arrivés ici mais cela aussi, ce serait injuste, alors je ravale les mots avec une autre gorgée de vin. J'ai déjà bu la moitié de mon verre.

« Les quakers, ils sont comme le type qui cachait des microfilms dans une citrouille ?

— Oui. Et ils ne parlent pas aux enterrements. » Je prends la bouteille pour me resservir.

« Ça ne t'embêtait pas ? demande Billy.

— Qu'ils ne disent rien aux enterrements ?

— Non. Vu la façon dont tu as été élevée, tu ne rêvais pas d'un bon catholique ? Un enfant de chœur ?

— Non, Bill, je ne cherchais pas un enfant de chœur. » La tête commence à me tourner.

Billy prend des cacahuètes dans la soucoupe sur la table, les lance dans sa bouche et les rattrape comme un phoque qui fait un numéro. « J'ai appris à faire ça exprès pour embêter ma mère, déclare-t-elle. Elle avait peur que je m'étrangle.

172

— Elle n'avait peut-être pas tort.

— Oui, sans doute. Elle faisait une fixation là-dessus parce qu'un de ses amis s'était étouffé avec une noix du Brésil. Dans un restaurant chinois. Bon, ajoute-t-elle, alors pas d'enfants de chœur. Et les prêtres ? Je parie que tu avais le béguin pour le prêtre de ta paroisse, comme toutes les petites catholiques. »

Je fais non de la tête. « Désolée de te décevoir, mais je crois que même si nous l'avions souhaité notre vertu n'aurait pas risqué pas grand-chose à St Andrews.

— Oh, ce ne sont que des hommes, Mary. Ils ont des rapports sexuels. Tout le monde le sait, depuis le scandale de Boston. Je parie qu'ils font ça tout le temps. Dans le confessionnal ; c'est un peu comme une cabine téléphonique.

— D'accord. » Je pense au vieux père Perseus qui devait dormir pendant que nous lui récitions nos catalogues de péchés tout faits, source de grande rivalité entre enfants quand j'étais petite. Ou à Rinaldo, avec ses mains blanches et sa tête de bébé. J'ai l'impression que ce n'est pas l'aspect physique des choses qui l'excite, mais on ne sait jamais.

« Au fait, déclare-t-elle subitement, tu as un ticket avec le garçon de l'épicerie.

— Oh, je t'en prie…

— Si, si, insiste-t-elle. D'ailleurs il est assez mignon. C'est ce que je lui ai dit. Je vais peut-être tenter ma chance, puisque tu es trop occupée avec le signore Pétales de roses. » C'est le nouveau surnom qu'elle donne à Pierangelo depuis les roses – que je refuse de jeter et qui se sont désintégrées sur la table de la cuisine. « Oh, et puis non, se ravise-t-elle.

173

— Non ? » J'ai une pensée pour Marcello. Une aventure avec Billy serait la chance de sa vie.

« Non, répète-t-elle en secouant la tête. Je suis sûre que le garçon des légumes est puceau, et les puceaux, ce n'est pas mon truc. Trop compliqué.

— Alors mieux vaut t'en tenir aux ecclésiastiques libidineux.

— J'ai déjà donné.

— Menteuse !

— Eh bien, c'est vrai. On ne peut plus vrai. »

Nous commençons à être bourrées. Le serveur nous rapporte des cacahuètes, enlève la bouteille vide et, sans nous poser la question, en rapporte une. Autour de nous, les tables sont prises par des gens qui sortent du travail.

Nous continuons de déguster notre prosecco en silence. Au bout d'un petit moment, Billy me fait un sourire de conspiratrice. Malgré moi, je ressens un mélange d'excitation et d'inquiétude. J'étais plutôt une petite fille sage, plus par manque d'inspiration que par volonté d'ailleurs. Et voilà que, un instant, je m'imagine avec Billy pour sœur. Mon mauvais génie qui m'aurait entraînée dans les endroits dangereux où je rêvais secrètement d'aller.

« Faisons une folie : restons dîner », suggère-t-elle.

Dans ce genre d'endroit, les repas sont hors de prix mais là, je m'en fiche. Je crois qu'elle n'aurait aucun mal à me persuader de sauter avec elle du Palazzo Vecchio pour voir si nous arrivons à voler.

« Tu n'as pas quelque chose, ce soir ? » Je lui pose la question en sachant parfaitement que Kirk a appelé à l'appartement ce matin pour l'inviter à sortir.

« Ah, si, c'est vrai, glousse-t-elle. Mais Kirk va me bouffer parce que j'ai trop bu. Et en plus, il veut aller dans un endroit extrêmement minimaliste. Il parlait d'un bar à sushis. À quoi ça sert d'être ici et de faire comme si on était à Tokyo ?

— Tu ne veux pas au moins mon téléphone pour l'appeler ? »

Elle secoue la tête. « Nan, répond-elle. Il s'en remettra. Je lui dirai que j'ai été malade », ajoute-t-elle en levant sa main gantée de rose style Marie-Antoinette pour faire signe au serveur de nous apporter la carte.

J'ouvre la mienne dès qu'il s'exécute. Soudain, je meurs de faim.

« Qu'est-ce qui a l'air bon ? demande Billy en tournant les pages épaisses.

— Je ne sais pas encore. »

Je lève les yeux. Elle est en train d'ôter mes gants, un doigt après l'autre.

« Miam ! s'exclame-t-elle en reprenant son menu et en me regardant par-dessus la chemise en similicuir. Quoi ? »

Je n'arrive pas à répondre. Ma bouche s'est asséchée. J'ai froid. Je la vois avec le nez cassé et du sang séché sur la lèvre. Elle devrait avoir l'ongle du pouce cassé. Si je regarde assez longtemps, elle tiendra un chardonneret.

« Quoi ? répète Billy en plissant les yeux. Mary, pourquoi me regardes-tu comme ça ? »

Je proteste comme je peux. « Je ne te regarde pas spécialement. » Je cligne des yeux pour chasser l'image. « Où as-tu trouvé ce vernis à ongles ? » finis-je par lui demander.

Elle regarde ses mains. « Un peu *dominatrix*, peut-être, commente-t-elle. Pas très "toi", mais sympa.

— Moi ?

— Je croyais que c'était le tien ; il était dans la salle de bains. »

Je secoue la tête. Suis-je en train de devenir folle ? Mais Billy hausse les épaules et disparaît de nouveau derrière la carte, me laissant tout le loisir de contempler ses doigts sur le skaï, d'étudier ses ongles à la forme parfaite, vernis de noir comme ceux de Caterina Fusarno.

Kirk s'en remet, mais il ne le prend pas bien. Maintenant, Billy et lui sont en train de se disputer sur la place de Fiesole. Elle secoue la tête quand il enfonce les mains dans les poches de son manteau noir et serre ses lèvres qui se réduisent à une fine ligne. Cette semaine, elle n'a passé qu'une nuit chez lui, à Torquato Tasso. C'est, avec le lapin qu'elle lui a posé hier, la raison de cette scène. Et puis il y a peut-être autre chose. Kirk sait que la dynamique de notre groupe a changé et il commence à me regarder bizarrement.

Billy parle d'une voix stridente. Je ne distingue pas précisément les mots mais les querelles d'amoureux sont toujours les mêmes, si bien que nous en saisissons l'essentiel. Elle gesticule. Henry, les Japonaises et moi nous efforçons de ne pas y prêter attention, ce qui n'est pas facile parce que c'est elle qui a eu l'idée de cette sortie et a tout organisé.

À cause des festivités élaborées des Bardino pour Pâques, la signora Bardino ne sera pas en mesure d'organiser de sorties éducatives pendant deux semaines. Quant au signore Catarelli, il s'est absenté pour aller dans sa famille, à Gênes. Nous sommes donc livrés à nous-mêmes. Dans un mot d'excuse qu'elle a envoyé à chaque appartement, la signora Bardino explique qu'elle ne pourra pas s'occuper de nous parce que la famille de son mari respecte certaines « traditions ». Billy s'est aussitôt demandé lesquelles. Le signore Bardino se déguiserait-il en lapin[1] ? Quand je lui ai répondu que je ne croyais pas que c'était une tradition italienne, elle a haussé les épaules et proposé que nous allions tous déjeuner à Fiesole.

Comme c'est elle qui a tout organisé –, c'est elle l'hôtesse. Elle s'est renseignée sur les bus et a réservé une table – Fiesole, c'est idéal, a-t-elle déclaré au café il y a quelques jours. Il paraît que c'est très beau et, pour sa part, elle rêve de voir l'amphithéâtre romain et les ruines étrusques.

Au bout d'un moment, Ayako, Mikiko, Tamayo, Henry et moi nous lassons de regarder ailleurs et de nous demander s'il va se remettre à pleuvoir. Henry prend la direction des opérations et nous entraîne dans une trattoria qui donne sur la place principale de Fiesole, où nous trouvons une table réservée au nom de la « signora Billy », sous l'auvent extérieur. Henry commande du vin pendant que nous attendons que Kirk et Billy aient fini de se disputer et qu'Ellen et Tony, qui habitent juste en bas de la colline, nous rejoignent. Ellen s'est proposée comme guide ; elle assure qu'elle connaît Fiesole comme sa poche.

Les Japonaises bavardent. D'une voix haut perchée, elles racontent leur voyage à Vérone et à Mantoue, le

---

1. Aux États-Unis, le personnage censé apporter des friandises aux enfants à Pâques est un lapin (*Easter Bunny*). [*N.d.T.*].

balcon de Juliette et leur projet d'y retourner cet été pour voir *Aïda* dans l'amphithéâtre – avec de vrais chevaux. Les pichets arrivent. Henry retourne nos verres et nous sert pendant que nous nous efforçons de ne pas regarder Billy dégager son bras de la main de Kirk et traverser la place d'un pas rageur pour venir nous rejoindre.

« Alerte, marmonne Henry. En approche. » Les Japonaises poussent des cris de joie suraigus. Aujourd'hui, elles ont renoncé à leur chapeau mais ont mis leurs lunettes roses. Quand Billy s'assied, elles se tournent vers elle en même temps, comme trois oisillons.

Ellen et Tony arrivent quelques minutes plus tard, à vélo. Quand nous finissons de déjeuner, il crachine. Le ciel était menaçant depuis le matin et, à table, Kirk a affirmé qu'il avait reçu des gouttes sur la tête – à quoi Billy a répondu que, entre ses cheveux et l'auvent, ce n'était pas possible. En apparence, ils ont fait la paix, mais on voit qu'il subsiste des tensions entre eux. Pendant le repas, ils n'ont cessé alternativement de s'envoyer des piques ou de se sourire et de se caresser la main, ce qui nous met tous également mal à l'aise. Nous sommes donc soulagés de sortir, quitte à nous faire mouiller.

À Fiesole, il suffit d'un billet pour accéder au petit musée d'art, aux collections archéologiques et aux ruines elles-mêmes, qui ne sont qu'à quelques pas de la cathédrale et de la *piazza* où nous venons de déjeuner. C'est Henry qui suggère que nous commencions par aller voir les tableaux. Avec un peu de chance, il ne pleuvra plus quand nous ressortirons. Ellen accepte et propose aussitôt de nous emmener. Elle traverse la rue en direction du petit musée dont elle nous récite d'une traite le contenu dans ses moindres détails.

Les Japonaises la suivent à contrecœur. Elles hésitent parce qu'elles ont regardé Kirk pour savoir quoi faire et, chaque fois qu'Ellen ouvre la bouche, il lève les yeux au ciel. Il finit par déclarer qu'il ne vient pas au musée. Elles se retrouvent face à un dilemme. À leurs yeux, Kirk est au moins un demi-dieu. D'un autre côté, il leur faut des photos pour leur tableau de chasse et il y a là une madone enceinte très célèbre. Elles courent même quelques instants de droite et de gauche comme un écureuil devant une voiture. Finalement, c'est la culture qui l'emporte et elles suivent Ellen à l'intérieur comme des petites filles boudeuses.

« Les Vierges enceintes sont extrêmement rares dans l'art italien, annonce-t-elle de sa voix forte et monocorde en arrivant en haut de l'escalier. L'exemple le plus célèbre reste la *Madonna del parto* de Piero della Francesca, à Monterchi. Celle d'ici est généralement jugée inférieure.

— Quelle plaie », grommelle Billy.

Nous nous esquivons furtivement dans la salle voisine et nous trouvons nez à nez avec sainte Agathe qui tient ses seins sur un plateau.

« Regarde, dit Billy, c'est intéressant… » Elle fait un geste en direction du tableau mais, avant qu'elle ait eu le temps de finir sa phrase, une alarme se déclenche.

« *Attenzione ! Restare indietro della linea rossa !* » crie une voix mécanique. Billy bondit en arrière comme si elle s'était brûlée. Elle essaie à nouveau mais elle n'a pas levé le bras que la voix se remet à hurler. Cette fois, une jeune femme vêtue de lycra noir vient à la porte et nous jette un regard noir. Du coup, nous abandonnons la sainte et allons à l'autre bout de la salle où est exposé un étrange triptyque intitulé *Le Triomphe de l'Amour, de la Modestie et de l'Éternité*.

L'Éternité est assez simple. C'est un assemblage d'anges, de divinités et de simples mortels en adoration ; en revanche, les deux autres sont franchement bizarres. Le premier montre l'Amour menant un chariot de triomphe autour duquel dansent des créatures dégénérées tandis que, dans le second, il s'est cassé la figure et est ligoté, alors qu'un ange lui donne des coups de pied et qu'un autre brise son arc contre son genou.

« Chameaux d'anges ! » commente Billy entre ses dents.

Je ne tiens pas à savoir ce que va en dire Ellen, alors nous passons à quelques madones insipides de « l'école de Botticelli » avant qu'elle ne débarque dans la salle. Lorsqu'elle arrive en braillant des commentaires sur l'école siennoise et l'évolution de la représentation de la Vierge dans l'art médiéval, même les Japonaises ont l'air de ne plus en pouvoir. Ayako nous regarde d'un air suppliant.

« Venez, siffle Billy en nous prenant par la main, à Ayako et moi. Sortons d'ici. Les Romains valent mieux que les lions.

— Il paraît que le théâtre romain est très beau, annonce Ayako. Et très bien préservé.

— Tu parles ! repartit Billy en nous poussant pratiquement dans les escaliers. Et je rêve de voir à quoi il ressemble. »

Il ressemble à un tas de gravats.

Il y a des morceaux de pierre grise dans tous les sens, comme si un géant – ou Vulcain lui-même –

s'était énervé avec un marteau-piqueur. Pour être honnête, ce n'est pas vrai de tout le site. Ayako a raison : le théâtre et les thermes romains sont en grande partie intacts. En revanche, dans le coin reculé où je me trouve, derrière un enchevêtrement de cyprès, les murs se sont écroulés et ce qui a dû être un autel est fendu en deux. Il n'y a rien de beau ni de préservé à l'endroit où est morte Eleanora Darnelli.

J'ai attendu que les autres soient descendus dans l'amphithéâtre et je suis venue ici en escaladant les pierres. J'ai glissé plus d'une fois sur des plaques de mousse, et les semelles de mes mocassins s'enfoncent avec un bruit de succion dans la boue qui suinte sous une fine couche d'herbe. Trois voûtes nues et vides se dressent vers le ciel derrière moi. Quand je me retourne, j'aperçois Kirk, Henry et Ayako qui se promènent dans les thermes romains. Quelque part dans la ville, un chien se met à aboyer, bientôt imité par un autre, et encore un autre. Leurs aboiements s'élèvent vers le ciel marbré de gris et s'infiltrent comme de la fumée entre les colonnes cassées.

J'enjambe la corniche assez basse d'un mur qui a pu être l'entrée d'une maison romaine et me retrouve au milieu d'un demi-cercle de pierre. Je sais que j'ai trouvé le bon endroit parce que le jour où j'ai fait la connaissance de Pierangelo, il m'a montré des photos. Après m'avoir parlé d'Eleanora, il les a sorties de son portefeuille. C'était des clichés qu'il avait pris lui-même et qu'il gardait sur lui comme des talismans. Il n'y avait pas le corps, bien sûr, mais il m'a montré où il avait été découvert. Il a dit que la première fois qu'il y était allé, il y avait encore des traces de son sang.

Rien qui saute aux yeux, d'ailleurs. Les grandes traînées, les éclaboussures sur le granit usé avaient été nettoyées par la police. Mais qui savait regarder pouvait déceler de petites taches ocre, m'avait-il expliqué. Comme du lichen ou des mouchetures sur un œuf d'oiseau.

Pierangelo m'a dit qu'il avait fermé les yeux en passant les doigts sur ces traces parce que c'était tout ce qui restait d'Eleanora Darnelli en ce monde. Je m'accroupis, je pose la main sur la pierre, je ferme les yeux et j'ai l'impression de la voir.

« C'est ici qu'elle est morte, n'est-ce pas ? La religieuse. »

La voix de Billy sort de nulle part. Il me semble que je devrais être surprise, mais ce n'est pas le cas.

« Depuis combien de temps es-tu au courant ? » J'ouvre les yeux. De petits fragments de granit froid sont restés collés à ma paume.

Je ne vois pas Billy, qui se tient derrière moi. Mais je la sens hausser les épaules sous son grand manteau de tweed. « Une semaine ou deux, je crois », répond-elle.

Je reçois cette information sans choc particulier. L'enveloppe de papier kraft flotte devant mes yeux. Je me représente son contenu vidé sur mon lit – ou sur le sien – et ses longues mains blanches aux ongles vernis de noir qui feuillettent les articles et les photos que j'ai amassés ou volés.

« Je me doutais qu'il y avait quelque chose », explique-t-elle. Elle est trop gentille pour m'accuser carrément de mentir.

Comme je ne réponds pas, elle poursuit : « Après la journée dans le jardin, quand tu t'es conduite si bizarrement et que tu as fini par me dire qu'il y avait eu un accident… Je suis désolée. » Elle hésite. « J'ai fait une recherche sur toi sur internet. À cause de la visite du prêtre, j'ai tapé "Mary Warren" et puis "Florence". Et je suis allée lire les articles à la bibliothèque. »

C'est peut-être vrai. Elle n'a peut-être pas fouillé dans mes tiroirs.

« Écoute, Mary, je n'aurais sans doute pas dû. Mais… » Sa voix flanche et je sens qu'elle s'approche de moi. « Je t'en prie, ne m'en veux pas. Je n'ai rien dit à personne. Je te jure que je ne ferais jamais ça.

— Pourquoi ne m'en as-tu pas parlé ? »

Billy se rapproche encore et me passe un bras autour des épaules. « Parce que je voulais que ce soit toi qui me le dises. J'espérais que tu le ferais. » Elle me serre le haut du bras. Je sens ses doigts fermes et forts à travers le tissu de ma veste. « Je t'en prie, ne te mets pas en colère.

— Je ne suis pas en colère. » C'est vrai. Cela ne me dérange pas que Billy sache. C'est même presque un soulagement.

« Franchement, Mary, je n'arrive pas à imaginer… » Et puis elle ajoute, un peu tristement : « J'ai envie d'être… je suis ton amie. »

Je pose la main sur la sienne, qui est froide sous la pluie. « Je sais. Je sais que tu es mon amie. »

Les chiens ont cessé d'aboyer. Notre souffle forme de petits nuages dans l'air humide.

« C'est vrai ? demande-t-elle.

— C'est vrai. » Je serre sa main.

« Je comprends pourquoi tu n'as pas envie d'en parler, assure-t-elle au bout d'une seconde. Ça doit être effrayant. Et horriblement douloureux… » Je l'interromps en secouant la tête.

« Non. Cela, je m'en moque. Ce qu'il y a, c'est que je ne veux pas être une bête curieuse. »

Je regarde Billy. La pluie a plaqué ses cheveux sur sa tête. Des mèches folles collent à son front, laissant son visage étrangement nu. « Ils ont attrapé le type qui a fait ça. Karel Indrizzio. Il est mort. C'est fini, je lui explique. Je n'en parle pas parce que c'est fini.

— C'est pour prouver cela que tu es revenue ? »

Je réfléchis à peine une seconde avant de répondre. « Non. Je suis revenue pour Pierangelo. Et parce que Florence est le plus bel endroit que j'aie jamais vu et que je rêvais de vivre ici. Ce qui est arrivé avec Indrizzio ne compte pas ; c'est du passé. Je ne prends pas mes décisions en fonction de lui. »

Billy hoche la tête. Elle ouvre la bouche et la referme. Je me demande à nouveau si elle a fouillé dans ma chambre. Si oui, a-t-elle vu les photos de Benedetta Lucchese, de Caterina Fusarno, de Ginevra ? Est-ce ce dont elle allait parler ? Quoi qu'il en soit, elle se ravise et laisse échapper un soupir.

Nous restons là une minute ou deux à regarder l'endroit où est morte Eleanora Darnelli puis Billy retire son bras de mes épaules. Elle regarde autour d'elle, le clocher que l'on voit de l'autre côté des voûtes, le monastère de San Francesco sur la colline au-dessus et le rideau humide et sombre formé par les arbres. Elle se frotte les mains comme si elle avait froid et les enfonce dans ses poches.

« Qu'est-ce qu'elle faisait là ? demande-t-elle. En janvier, en plus. C'est ouvert, à cette époque ?

— Oui. » Je fixe encore la pierre pour y trouver des taches. « C'est ouvert toute l'année, mais ça ferme plus tôt en hiver. Vers quinze ou seize heures, sans doute. Elle est allée à la messe de l'après-midi à la cathédrale. Ensuite, personne ne l'a revue.

— Sauf Machin.

— Indrizzio.

— C'est ça. » Elle considère le haut grillage derrière nous et le mur qui longe la route. « Quelle que soit l'heure, remarque-t-elle, je parie qu'il y a plein de moyens d'entrer dans un endroit comme celui-ci. Les gens du coin ne doivent jamais acheter de billets.

— Sans doute.

— Enfin, elle allait partir, c'est ça ? D'après l'article que j'ai lu, elle avait un amoureux et tout. » Elle s'écarte, les épaules voûtées. « On est si proches, et soudain, tout s'arrête. »

Des flaques se forment sur les pierres autour de nous. L'eau coule sur les plaques de mousse sombres et spongieuses. Même Billy est intimidée par l'atmosphère de ce lieu, par les siècles qui s'y sont accumulés avant qu'il tombe en ruine.

« Je rentre », annonce-t-elle. Elle me regarde un instant avant d'ajouter : « Ne reste pas trop longtemps.

— Promis. »

Elle fait un demi-sourire comme si cette réponse la satisfaisait. Je la regarde s'éloigner.

Au retour, personne ne parle dans le bus. Henry et Kirk regardent par la fenêtre ; au fond, serrées les unes contre les autres, les Japonaises ont l'air d'être gelées.

Nous échangeons des au revoir d'une voix étouffée à l'arrêt de bus. Quand Billy et moi arrivons devant chez nous, je cherche mes clés machinalement. Je fouille à tâtons dans mon sac en écartant mon pashmina, mon agenda et mon portefeuille – en vain. Billy a déjà sorti les siennes et ouvre la grille de sécurité.

« Si nous faisons le ménage, tu les retrouveras sûrement », promet-elle. Nous hochons toutes les deux la tête comme s'il était possible que nous nous y mettions.

En la suivant dans la cour, je me rends compte que les choses ont changé. Billy a fini par forcer la coquille dans laquelle je m'étais si soigneusement enfermée, et je l'ai laissée faire. La lumière du *portico* est allumée. Chez Sophie-Sophia, quelqu'un travaille un morceau de piano que je ne reconnais pas. Nos ombres s'allongent sur les pavés mouillés et quand nous entrons, nous laissons des empreintes foncées dans le vestibule.

Au-dessus de nous, la porte de l'ascenseur se referme et nous entendons l'appareil descendre en grinçant. Nous le croisons en montant à pied. Billy ouvre la porte de l'appartement et allume la lumière de l'entrée. Elle enlève son manteau pendant que je vais dans ma chambre et que j'allume d'autres lampes. Une seconde plus tard, quand je me retourne, elle est sur le seuil.

Même en chaussettes, Billy est tellement plus grande que moi que lorsqu'elle s'approche, j'ai l'impression d'être une enfant. La lumière qui éclaire son visage de côté saisit la pointe de ses boucles. Elle a les joues encore luisantes de pluie.

« Tu n'es pas une bête curieuse. »

Elle me prend par les épaules et me fait me retourner. Elle garde les yeux rivés aux miens dans le miroir. Avant que je comprenne ce qu'elle fait, elle ôte de mes épaules ma veste mouillée qui glisse à terre dans un soupir. Puis, du bout des doigts, elle effleure les boutons de mon chemisier. Ce sont de petits boutons de nacre qui paraissent translucides à côté du noir de ses ongles. Elle en défait un. Puis un deuxième. Et un troisième.

Ensuite, elle écarte le tissu humide de ma peau et pousse un petit cri. C'est à peine une inspiration sifflante dans le silence de la pièce. Les pierres du cœur qui ornent sa bague étincellent quand elle promène ses doigts glacés sur la carte de mes cicatrices.

11

J'aurais pu lui poser la question. À n'importe quel moment, j'aurais pu lui demander si elle avait fouillé dans mes tiroirs, si elle avait déniché mes secrets. Mais je ne l'ai pas fait. Et maintenant je ne le saurai jamais, parce que hier soir, j'ai tout dit à Billy.

Je lui ai parlé de Ty et moi, de Pierangelo, du père Rinaldo et de la chaleur, ce dimanche après-midi, au Boboli, du caillou dans ma chaussure et de la façon dont était mort Karel Indrizzio. Je lui ai raconté comment, à mon retour, j'avais appris ce qui était arrivé à Caterina Fusarno et Ginevra Montelleone. Je lui ai dit tout cela et tout ce que je sais sur les autres femmes. Mais je ne lui ai pas montré les photos. Je n'ai même pas sorti l'enveloppe.

En parler est une chose, cela soulage. Mais lui montrer, étaler le visage des mortes, leurs mains, les coupures sur leur corps, les gouttes et les taches de leur sang séché, ce serait les trahir. Nous sommes membres d'un club très fermé, initiées et unies par la lame de Karel Indrizzio. Nous avons reçu son baiser intime et je ne peux pas les exposer publiquement, même à

Billy. C'est sacré. Impossible de lui montrer cet aperçu de ce que j'aurais pu être.

Il y a une minute, ma porte verrouillée, cachant le tiroir de mon corps comme si Billy risquait de se glisser dans la serrure tel Nosferatu pour regarder pardessus mon épaule, j'ai sorti l'enveloppe et tâté le rabat. J'ai essayé de me rappeler si la colle était plus collante, si le coin était corné différemment, mais je n'y suis pas parvenue. Alors je l'ai rangée et j'ai décidé de croire la version des faits de Billy : elle a trouvé ce qu'elle sait sur internet et à la bibliothèque.

Elle est assise à la table de la cuisine en train de fumer une cigarette en tripotant une pâtisserie qu'elle a réduite à un tas de miettes méconnaissable. Elle finit par ouvrir la porte-fenêtre. Une bouffée d'air matinal s'engouffre dans la pièce et agglomère sa fumée en nuage.

« Je trouve que tu ne devrais pas y aller, me dit-elle en me tournant le dos. Je t'assure. »

Je suis sur le pas de la porte, un sac de linge sale à la main ; je vais faire une machine chez Pierangelo mais ce n'est pas ce dont elle parle. Son objection porte sur mon intention d'aller ce soir à la veillée aux chandelles pour Ginevra Montelleone. « Je ne plaisante pas, insiste-t-elle. Je ne crois pas que ce soit une bonne idée.

— Arrête. Je ne suis pas la Laura de *La Ménagerie de verre*. »

Billy refuse de me regarder. Elle n'aime pas qu'on la contrarie, ce n'est pas nouveau. « Tu crois qu'il se passera quoi ? je lui demande. Que je vais m'écrouler et tomber dans les pommes ? Que tu vas avoir droit à un épisode psychotique ? »

189

Elle hausse les épaules et se rassied. « Tu n'as pas peur que cela te rappelle ce qui t'est arrivé ?

— Tu crois que je l'oublie ? »

Nous nous regardons quelques instants ; elle finit par baisser les yeux.

« Je suis désolée. C'était idiot.

— C'est une veillée, Bill. Nous sommes justement censés nous souvenir. C'est à cela que ça sert. En plus, dis-je, sentant l'entêtement s'emparer de moi, je veux lui rendre hommage. Tu vois, si ce type imite Indrizzio, Ginevra et moi avons quelque chose en commun. J'ai l'impression que c'est le moins que je puisse faire.

— Il risque d'être là, tu sais.

— Qui ?

— Eh bien, celui qui a fait ça. » L'exaspération gagne sa voix et elle agite une main. « Celui qui l'a tuée. Ça leur arrive de venir aux enterrements et tout ça. Ils prennent leur pied.

— Seulement dans les films.

— Mary, tu m'as dit qu'il a fait à ces femmes…

— Billy, je le sais. Crois-moi. Et je sais que j'ai de la chance d'être en vie. Mais, je te l'ai dit, Karel Indrizzio est mort. Je ne prends pas de décision en fonction de lui – ni de cette raclure. Si je commence à le faire, je vais devenir folle. Je n'arriverai plus à aller au bout de la rue. Je finirai peut-être même par quitter Florence. J'éviterai toutes les grandes villes de la terre et je vivrai dans une cabane entourée de barbelés. D'ailleurs, il n'y a aucune raison de croire que ce type sait qui je suis ni qu'il s'intéresse plus à moi qu'aux autres femmes de cette ville. »

Je vois bien que cela ne la convainc guère. « Allez, dis-je en agitant mes cheveux pour la dérider. Je suis une mouffette, maintenant. Je n'ai même plus la même tête qu'à l'époque. »

Cette remarque lui arrache enfin une esquisse de sourire. Elle pousse un soupir théâtral en arrachant un autre morceau de sa pâtisserie. « D'accord, fait-elle. J'abandonne. Ah, au fait, tiens ! » Elle pousse quelque chose vers moi sur la table. Je ne vois pas tout de suite ce que c'est à cause du fouillis – une pile de livre, le vase de fleurs fanées, deux verres. « Vos clés, madame, précise-t-elle. Je les ai retrouvées derrière la boîte à sucre. Te revoilà libre d'aller et venir à ta guise. »

Elle se lève et s'étire comme une chatte. « Il me semble qu'il est à vingt heures, non ? lâche-t-elle. Alors on y va : tous les gens branchés y seront. »

Dehors, je charge mon sac sur mon épaule. J'ai l'impression d'être le père Noël. En esquivant une camionnette de livraison au coin de la rue, je vois devant moi Marcello en train d'empiler des tomates devant l'épicerie. Je ne lui ai pas parlé depuis l'autre soir, quand il m'a raccompagnée. Au grand jour, on a peine à croire que ce soit le même garçon. Ses épaules se sont de nouveau affaissées comme s'il essayait de s'enrouler sur lui-même et de disparaître. Au point qu'il me fait penser au petit Paolo. J'en viens à me demander s'il ne grandit pas dans le noir, s'il ne s'épanouit pas la nuit, comme ces cactus à fleurs nocturnes. À moins qu'il ne déteste tout simplement son travail, ce qui ne serait pas étonnant vu le nouveau tablier que la signora lui fait porter. Il est rouge vif et lui arrive presque aux chevilles. Quand il se redresse, je suis heureuse de voir que le numéro de téléphone de l'épicerie n'est pas imprimé partout dessus comme sur son casque de moto.

« *Ciao*. » Je m'arrête devant lui et montre la tour de tomates d'un signe de tête. « C'est joli. Vous êtes très habile. Vous pourriez peut-être vous mettre à construire des pyramides, comme prochain métier. Être architecte. »

Pendant que je lui parle, Marcello se prend un peu les pieds dans l'un des cordons ridiculement longs de son tablier et bouscule l'édifice. Plusieurs tomates tombent et je lâche mon sac pour l'aider à les ramasser. Il rougit jusqu'aux oreilles quand nos mains se frôlent. J'aurais mieux fait de m'abstenir de plaisanter avec lui. Maintenant, je l'ai mis mal à l'aise et il est plus gauche que jamais.

« C'était pour rire, je précise. En fait, comme je voulais être architecte, j'ai envie que ce soit aussi le rêve de tous mes amis. Comme ça, je me sens moins seule.

— Ce n'est pas grave, marmonne-t-il. Elles sont meilleures quand on les fait rouler dans la rue. » Une autre tomate tombe de la pile. Lorsqu'il plonge pour la rattraper juste avant qu'elle n'atteigne le caniveau, je revois une seconde le gamin vif et sûr de lui qui a mis mes agresseurs en déroute. Mais il doit prendre appui sur sa mauvaise jambe car il grimace de douleur.

« Vous avez très mal ? »

Il secoue la tête. « Seulement quand je fais un faux mouvement. Comme là. Il y a une broche qui n'est pas bien mise. J'ai du mal à m'accroupir. » Il hausse les épaules et remet le fruit sur la pile. « Jésus dit qu'il faut souffrir.

— Mm… Et combattre les démons et marcher sur l'eau, mais je ne tiens pas à essayer. Écoutez, je voulais encore vous remercier. Pour l'autre soir. Si vous n'aviez pas été là, devant le bar à vin, je… »

Marcello est face à la boutique. Il renoue son tablier pendant que je lui parle. Soudain, ses mains se figent et un air de panique passe sur son visage. Je jette un coup d'œil par-dessus mon épaule et vois la signora qui rôde en faisant semblant de s'affairer autour d'un seau de fleurs. Manifestement, elle essaie d'écouter ce que nous disons. Un instant, nous nous sentons complices, comme des enfants quand il y a un adulte dans les parages. Je désigne la caisse de mandarines. À l'école primaire, déjà, je réagissais vite.

« J'en voudrais six, dis-je, plus haut que nécessaire. Elles ont l'air d'être bonnes. »

La signora se replie au fond de l'épicerie. Marcello prend un sachet, le remplit et me le tend. Je m'aperçois qu'il a mis des tomates sous les mandarines. Je sors de la monnaie pour payer. En laissant tomber les pièces dans sa main, je ne peux pas m'empêcher de lui faire un clin d'œil. À ma grande surprise, il m'en fait un à son tour.

Une fois arrivée au pont, j'ai du mal à me retenir de courir. Pierangelo me casse les pieds pour que j'achète un vélo. Si je l'avais écouté, je pourrais filer vers lui bien plus vite qu'à pied. Voilà trois jours entiers que je ne l'ai pas vu. Soudain, je ressens le besoin désespéré d'être avec lui.

Il m'a dit qu'il n'avait pas besoin d'être au journal avant le début de l'après-midi. Dans l'ascenseur, je compte les secondes entre les étages. Quand la porte s'ouvre, je me jette hors de la cabine, et c'est tout juste si je ne me déshabille pas sur le palier. Je m'arrête. Il y a une enveloppe coincée dans la porte de l'appartement. Je sais ce que cela signifie. Mon excitation retombe comme un soufflé. Il a dû partir au bureau. Je lis son mot. « *Cara, je suis vraiment désolé, je n'ai pas pu t'attendre. J'ai essayé de t'appeler mais ton téléphone est éteint. Pour la lessive, fais comme chez toi !* » En dessous, il a rajouté un post-scriptum : « *Ils ont confié Ginevra M. à Pallioti.* »

Pallioti, l'inspecteur qui s'est occupé du meurtre de Ty. Logique que l'homme qui a attrapé Indrizzio s'occupe de son imitateur.

L'*ispettore* Pallioti venait me voir tous les jours à l'hôpital. Quand mon infection du poumon s'est calmée et que j'ai pris conscience de ce qui se passait autour de moi, j'ai deviné sa présence dans la pièce – une présence plus tangible qu'une ombre mais tout aussi immobile. Parfois, je sentais ses yeux rivés sur mon visage avant même que je me réveille.

Au moment où j'ai été en état de parler, c'est Pallioti qui m'a demandé ce qui s'était passé. C'est lui qui m'a tout fait répéter dans les moindres détails, encore et encore. Il lui arrivait de lever une main pour m'interrompre et il me faisait revenir en arrière comme si j'étais un magnétophone et qu'il apprenait ce que je récitais, qu'il gravait mes souvenirs à l'identique dans sa mémoire pour pouvoir les réexaminer après mon départ. Curieusement, lorsque je suis rentrée à Philadelphie, il m'a manqué.

Je songe à tout cela en m'occupant de ma lessive. A-t-il changé ? Une fois, en me réveillant et en le voyant assis dans le fauteuil de plastique de l'hôpital, je lui ai trouvé une tête de lézard, à la fois vigilante et immobile, avec ses yeux gris clair et qui ne cillaient pas. Plus tard dans la matinée, quand il a ouvert la bouche, je me suis presque attendue à le voir sortir une longue langue rose et fourchue pour saisir les informations comme autant d'insectes.

Ce devait être l'effet des médicaments, me dis-je en mettant mes chemisiers dans le tambour. Les merveilleuses drogues que les médecins faisaient couler goutte à goutte dans mes veines. Elles me faisaient faire des rêves extraordinaires. Parfois, je montais mon cheval volant. D'autres fois, j'entendais la voix de Mamaw. Une fois, j'ai même rêvé que je mourais et que Rinaldo était là pour me donner l'extrême-onction. Je souris, maintenant, en me rappelant à quel point j'étais dans les vapes. Le jour où la mère de Ty est arrivée, j'ai d'abord cru que c'était la Sainte Vierge. À cause du manteau bleu qu'elle portait.

Je sélectionne le programme du lave-linge et je vais vers le bureau de Pierangelo, au bout du couloir. La porte est entrouverte mais, en son absence, la pièce semble abandonnée. Tout l'appartement semble abandonné, d'ailleurs. Je vais peut-être m'offrir à déjeuner dans un café pour compenser la déception de ne pas l'avoir vu. Je lirai le journal pendant que la machine lavera mes vêtements.

Je tire la porte, et je m'apprête à rebrousser chemin dans le couloir quand je m'arrête net. Le vrombissement du lave-linge et le bruit d'une voiture dans la rue me parviennent nettement, mais j'entends aussi autre chose ; un claquement de talons sur le parquet. Il y a quelqu'un dans le salon. Pierangelo a dû revenir plus tôt que prévu. Maintenant, il est dans la cuisine. Il ouvre et referme des placards. Il a sans doute rapporté de quoi faire un brunch. En allant le rejoindre, je me rends compte que quelque chose cloche. Ce ne sont pas ses bruits. Ceux-là sont moins forts, plus hésitants. Ce sont ceux de quelqu'un qui cherche quelque chose.

Je m'arrête sur le seuil de la cuisine et je regarde fixement la femme accroupie qui fouille partout. Je détaille la ligne bien droite de son dos, sa queue-de-cheval blonde, ses longues jambes, ses cuisses d'une impossible finesse, ses élégantes bottes à talons. De là où je me trouve, je sens son parfum et je devine le poids de la magnifique étole de soie négligemment jetée sur son épaule. Il ne peut s'agir que de Monica.

Elle se retourne, me fait face, et nous poussons toutes les deux un petit cri. Elle se reprend la première et s'adresse à moi dans un anglais parfait, avec tout juste un léger accent.

« Vous devez être Mary, dit-elle en se levant. Je suis désolée de vous avoir fait peur. »

Elle me tend une main bronzée. Elle a des yeux gris-vert légèrement bridés qui pourraient être ceux de son père. Ce n'est pas avec la femme de Pierangelo que je me retrouve nez à nez mais avec une de ses filles. « Je suis Graziella. Très heureuse de faire votre connaissance. »

Sa poignée de main est ferme et chaleureuse. « Papa m'a beaucoup parlé de vous, reprend-elle. Je ne savais pas que vous étiez là. Sinon j'aurais sonné. »

Elle rit et rattrape son étole juste avant qu'elle glisse de son épaule. « Papa est terrible. On ne sait jamais s'il est là ou non. Du coup, j'entre. À vrai dire, je voulais lui emprunter son grand plat à paella. Le jaune. »

À son débit très rapide, je me rends compte que notre rencontre la rend aussi nerveuse qu'elle m'a surprise. « Tommaso et moi allons passer quelques jours

196

à Monte Lupo avec des amis, précise-t-elle. Et je n'ai pas de grand plat de service. »

Monte Lupo est la maison de campagne de la famille, près de Pienza.

« Ce doit être très beau, à cette époque de l'année », dis-je bêtement.

Graziella sourit. Elle a des dents blanches, régulières et parfaites – comme tout le reste de sa personne. « Oui, confirme-t-elle. Je suis sûre que vous irez, un jour. »

Elle joue avec son écharpe dont elle enroule le bord autour de son doigt. « Mes parents se disputent pour l'avoir, explique-t-elle brusquement. Papa n'aime pas Tommaso et il ne sait pas vraiment que nous… » Elle me regarde, pleine d'espoir. Tommaso est son petit ami que Pierangelo considère comme un abruti fini. Elle a donc demandé à sa mère, et pas à son père, s'ils pouvaient aller dans la maison de campagne. Graziella est si parfaite, si sophistiquée qu'il serait facile d'oublier combien elle est jeune.

Je lui souris. « Je ne le répéterai pas. »

Elle est visiblement soulagée. Je viens de faire mon premier geste pour gagner les faveurs des enfants de Pierangelo.

Nous continuons à nous sourire pour rien encore deux bonnes secondes puis Graziella finit par me demander si je sais où se trouve le plat. « Tommaso attend dans la voiture », précise-t-elle.

Après l'avoir fixée en espérant qu'elle m'appréciera et m'être conduite à peu près comme si j'avais trouvé une licorne et non une jeune fille, je m'active frénétiquement dans la cuisine. Quand je déniche enfin le plat, j'insiste pour le laver et l'essuyer avant de le lui passer, comme si c'était le mien et qu'elle risquait de me prendre pour une souillon si je ne le faisais pas.

« Merci, dit-elle en secouant la tête et en posant le plat sur le comptoir. C'est papa qui devrait l'avoir. » Elle noue son étole tout en parlant et il me faut un instant pour comprendre qu'elle évoque la ferme, Monte Lupo. « Maman fait la garce, en fait. » Elle n'ajoute pas « comme d'habitude », mais je l'entends aussi clairement que si elle l'avait dit. « C'est ça qui serait juste, parce que la maison était à la mère de mon père. Sa vraie mère, je veux dire. Alors ma mère n'a aucun droit dessus. Elle est à lui. » Elle s'interrompt en se rendant compte que je la regarde fixement. « Oh, vous n'étiez pas au courant ? » Elle semble gênée.

« Sa vraie mère ? »

Quand je répète ses mots, Graziella rougit légèrement. Cela lui va bien.

« Oui. C'est sa sœur… enfin, ma tante, quoi, qui a élevé papa quand il était petit. Sa mère… » Elle se met à rire comme le font les gens quand une chose devrait être drôle mais ne l'est pas. « Sa mère l'a donné à sa sœur. Elle n'était pas très stable, un peu hippie sur les bords, vous savez, sauf que cela n'existait pas à l'époque. Elle ne devait pas être capable de s'occuper d'un bébé. Elle est morte aujourd'hui. Je ne l'ai pas vraiment connue. Il vous en parlera, j'en suis sûre, s'empresse-t-elle d'ajouter. Il est un peu bizarre avec cette histoire. Ça le gêne. »

À mon avis, cela doit surtout le faire souffrir. « Et son père ? » Il n'est sans doute pas très juste de la mettre dans l'embarras en lui posant ces questions, mais je ne

198

peux pas m'en empêcher. Je suis fascinée par la pépite qu'elle vient de me donner.

Graziella secoue la tête. « Je ne sais pas. Je crois qu'il ne sait pas non plus. C'est son oncle qui a joué le rôle de père. Je crois que papa a été plutôt heureux, mais Monte Lupo appartenait à sa vraie mère. Elle est morte dans cette maison et la lui a laissée, donc je trouve injuste que maman veuille la récupérer. De toute façon, maman veut tout récupérer. Elle considère que tout est la faute de papa – comme s'il était Dieu et qu'il avait le pouvoir de faire que les choses arrivent ou n'arrivent pas. Ce n'est pas juste vis-à-vis de lui. »

Elle secoue la tête comme un petit cheval vif. Elle sait qu'elle en a trop dit ; maintenant, elle essaie d'esquiver le sujet autant que possible, de le chasser comme une mouche. « Ce que je veux, c'est que papa soit heureux, ajoute-t-elle. Alors je suis contente que vous soyez là. Et lui aussi, vous savez. » Quand elle sourit, je vois sur ses traits le fantôme d'une petite fille pas sage du tout. « Vous avez déjà rencontré Lina ? » demande-t-elle ensuite.

C'est ainsi que la famille appelle Angelina, sa sœur.

« Non. » Graziella hoche la tête, comme si cela ne la surprenait pas.

« Elle en veut énormément à papa. C'est drôle, non, la façon dont la famille s'est divisée. Je suis sa petite chérie, et Angelina celle de maman. »

J'imagine. La gentille jumelle et la vilaine jumelle. Il n'est pas difficile de voir en Graziella une charmeuse désordonnée, la petite fille qui faisait ce qu'elle voulait de son papa et, au passage, en profitait pour jouer ses parents l'un contre l'autre. À l'évidence, elle est charmante – mais il ne doit pas être facile tous les jours de l'avoir pour sœur. Une image d'Angelina se forme dans mon esprit, belle, obéissante, sérieuse et exaspérée en permanence. J'ai mille questions à poser mais j'ose à peine respirer, tant j'ai peur que cette porte entrouverte sur le mariage de Pierangelo me claque à la figure.

« Lina finira par changer d'avis, affirme-t-elle avec une certitude qu'elle n'éprouve pas forcément. Ne la laissez pas vous embêter. Maman… »

Maman quoi ? je me demande. Mais un klaxon retentit dans la rue et lui coupe la parole. Tommaso…

Graziella prend le plat et consulte sa montre en or. « Écoutez, dit-elle, il faut vraiment que j'y aille. La prochaine fois, on pourrait prendre un café, d'accord ? *Ciao*, Maria ! » Elle se penche en avant pour m'embrasser sur la joue dans un frôlement d'ailes de papillon.

« *Vino e Olio.* » Billy s'arrête pour lire les indications qu'elle a griffonnées au dos d'une enveloppe. « Combien crois-tu qu'il y ait de bars à vin du nom de *Vino e Olio* dans cette ville ? Au moins une vingtaine, je parie. » Elle cherche du regard une plaque de rue. « Par-là, dit-elle en me prenant par le bras pour m'entraîner dans une ruelle qui conduit à la porte San Niccolo.

Selon les affiches placardées dans l'université et ses environs, la marche silencieuse pour Ginevra Montelleone partira à vingt et une heures du bar à vin que nous cherchons et se dirigera vers le Ponte San Niccolo, à l'endroit précis d'où elle est censée avoir sauté. On peut se demander comment ce point a pu être localisé, dans la mesure où le bar est le dernier endroit où elle ait été vue vivante et que, en plus, elle n'a pas sauté. Je fais remarquer cela à Billy. « Ne sois pas tatillonne, me répond-elle en me pinçant le bras à travers mon blouson. Tu penses trop aux détails. De toute façon, ajoute-t-elle quelques secondes plus tard quand nous débouchons dans une autre rue, ce n'est pas une question de faits mais de drame. Tu n'y connais rien, ou quoi ? Les étudiants se moquent pas mal de ce qui s'est passé. En revanche, ils adooorent ce genre de truc. Ils vont être tous en noir, précise-t-elle à mi-voix parce que nous sommes arrivées, et se la jouer tragique. » Elle me fait un clin d'œil en poussant la porte. Je la suis dans la salle bondée. « Tu es sûre que ça va ? me demande-t-elle par-dessus son épaule ?

— Absolument. Ne t'inquiète pas. »

J'ai mis un jean, mon blouson de cuir et des tennis ainsi qu'un rouge à lèvres d'un violet peu séduisant et beaucoup plus de mascara que d'habitude. À défaut d'avoir l'air plus jeune, j'espère au moins pouvoir me fondre dans la masse. Je n'ai pas vraiment cherché à me déguiser, mais maintenant que nous sommes là, l'idée que le plus grand fan de Karel Indrizzio puisse s'être joint à nous ne me laisse pas aussi indifférente que je l'imaginais. Je me demande si la police s'est dit la même chose et si des hommes déguisés en étudiants sont disséminés dans la foule. Je vais peut-être découvrir Pallioti assis dans un coin.

Billy me fourre un verre de vin rouge dans la main.

« Oh, s'exclame-t-elle en regardant autour d'elle, voilà…

— Vas-y, lui dis-je en la poussant. Ne te crois pas obligée de jouer les nounous. »

Billy passe beaucoup plus de temps à l'université que nous tous. Elle se fraie un chemin dans la salle en faisant signe à quelqu'un qu'elle a reconnu.

Kirk et Henry ont tenu parole et ne sont pas là. Je me retrouve donc seule au milieu d'un flot de gens qui entrent et sortent. À chaque fois que les grandes portes de bois s'ouvrent, l'air du soir et les bruits de la rue s'engouffrent dans la salle. Je me laisse dériver jusqu'au bar. En me retournant, je me retrouve face à face avec une photo encadrée de Ginevra Montelleone. L'effet est aussi saisissant que si c'était la jeune fille en chair et en os qui se tenait devant moi.

Ce cliché est différent de celui que j'ai volé à Pierangelo ou de celui qui figurait dans le journal. Un instant, je me sens trahie, comme si elle était venue en se faisant passer pour une autre. Les nuages bleus marbrés qui forment l'arrière-plan de l'image donnent l'impression que, peut-être, elle est au ciel. Elle porte un chemisier blanc et une petite croix en or bien sage. Ses cheveux sombres sont à la fois libres et bien coiffés. Son visage a ce drôle d'air artificiel des portraits de studio. Son ombre à paupières est trop bleue, ses lèvres trop roses. Il y a des cierges autour de la photo. Lorsque le barman se penche pour les allumer, les couleurs retouchées ondulent et tressautent à la lueur des flammes. J'ai l'horrible impression de voir Ginevra cligner des yeux. On dirait qu'elle vient de s'animer et qu'elle cherche à s'échapper. Si je buvais quelques verres, je verrais sans doute ses lèvres remuer.

Quelqu'un me tape sur l'épaule et un brouhaha de voix s'élève derrière moi. « Libère-moi, murmure Ginevra. Laisse-moi partir ! » Seigneur ! Billy avait raison. Je n'aurais pas dû venir.

Je me tourne et essaie d'avancer en me frayant un chemin à coups d'épaule. Je passe à côté d'une poignée de gens plus âgés – des professeurs, des flics ?

Je peine autant qu'un poisson nageant à contre-courant. Je sors enfin sur la terrasse où de petits groupes d'étudiants s'agglutinent autour des tables de pique-nique. Certains portent un brassard noir. De temps à autre, un éclat de rire fuse, brutalement interrompu parce qu'on n'est pas là pour s'amuser. Je me perche sur le bord du mur de la terrasse et bois mon vin à petites gorgées. Quoique soulagée d'être sortie du bar, je lutte encore contre une angoisse grandissante.

« *Ciao.* » La voix me fait sursauter au point que je renverse mon verre.

« Oh, non ! Je suis désolé. Je suis désolé. » Le garçon qui m'a parlé se met à rire et sort une serviette en papier. « Je vais vous en chercher un autre ! » annonce-t-il.

Il essuie mon blouson et me prend mon verre. Beau et ténébreux comme il est, il fut un temps où il aurait certainement fait battre mon cœur plus vite. Maintenant, je n'ai qu'une envie, c'est qu'il s'en aille. Il n'y avait pas tant de vin renversé que cela et il veut sûrement être gentil. N'empêche, quand il me sourit par-dessus son épaule juste avant de disparaître à l'intérieur avec mon verre, je me rends compte que, si je suis encore là quand il revient, il va falloir que je fasse la conversation, que je lui raconte ce que je fais à Florence, que je reconnaisse le tragique de cette histoire, que je lui dise si je connaissais Ginevra ou pas.

Cette perspective m'est insupportable, parce que le plus tragique dans cette soirée, c'est ce que personne ne sait : Ginevra allait sans doute très bien jusqu'à ce qu'un fumier la mette en pièces et la jette dans l'Arno. J'ai la chair de poule. Soudain, je suis convaincue que Billy a raison. Il est là. Il me regarde. Peut-être que c'est lui qui vient de me prendre mon verre.

Avant de réfléchir à ce que je fais, je saute sur mes pieds et me faufile à la recherche de Billy, pour lui dire que je pars.

Le bar se compose de deux grandes salles reliées par un passage voûté. Je vais dans celle du fond dans laquelle il n'y a, par bonheur, ni portrait ni cierges, mais seulement des tables et deux serveuses stressées. Je ne reconnais personne et je suis sur le point de renoncer et de m'en aller quand j'entends la voix de Billy. « Il vient de Las Vegas, déclare-t-elle. Il est canon, hein ? »

Je me retourne et je la vois, entourée d'une cour de cinq étudiants. Les garçons ont l'air captivés ; les filles boudent.

« On ne peut même pas en acheter à Graceland, précise-t-elle. C'est une édition limitée. »

Elle reprend son briquet Elvis rose à l'un des garçons avant qu'il ne l'empoche puis elle me fait signe. « Mary ! appelle-t-elle. *Ciao !* C'est mon amie Mary, explique-t-elle tandis que je m'approche d'eux. Maria. »

Cinq visages se tournent vers moi. Les deux filles sont très jolies. Lorsque je les rejoins, elles poussent un soupir de soulagement, comme si elles comptaient sur moi pour empêcher Billy de séduire leurs petits amis.

L'un des garçons se lève et me tend une chaise. Malgré mon intention de m'en aller, je m'assieds.

« Je suis vraiment navrée de ce qui est arrivé à votre amie. » C'est un peu bête, comme déclaration, mais je ne trouve rien d'autre et je ne me vois pas ne rien dire.

L'une des filles me sert un verre de vin du pichet posé sur la table. « Nous ne la connaissions pas si bien que cela, avoue-t-elle. Mais ça craint, que quelqu'un soit malheureux au point d'en arriver là. »

Un silence gêné s'ensuit, pendant lequel Billy joue avec Elvis. Pour le rompre, je remarque : « Vous parlez un anglais excellent. »

La fille me sourit en haussant les épaules. « J'ai fait une année d'échange. À l'université de Chicago. Nous y sommes tous allés, ajoute-t-elle en englobant d'un geste la tablée. Avant d'être virée, Ginevra devait y aller à l'automne – en troisième cycle, j'imagine. Au fait, je ne me suis pas présentée. Elena. » Elle me tend une main longue et fine aux ongles vert vif. L'autre fille s'appelle Elissa. Je ne saisis pas le prénom des garçons.

« Pourquoi s'est-elle fait virer, d'ailleurs ? » demande Billy en me regardant du coin de l'œil. Je goûte le vin qui est de la piquette d'étudiant. Du décapant. En temps normal, le sentir suffirait à me donner mal à la tête. Mais, ce soir, je me sens un peu désespérée.

« À cause des œufs, répond Elena. Elle participait à une manifestation revendiquant plus de fonds pour la création d'un dispensaire à l'université et elle a lancé des œufs à Savonarole.

— À Savonarole ? » Je pose mon verre. Ginevra monte dans mon estime.

Elissa hausse les épaules. « Il n'y avait pas de quoi en faire tout une histoire, observe-t-elle. Beaucoup de gens ont jeté des œufs. Et d'autres trucs. Le problème de Ginevra, c'est qu'elle a bien visé. »

L'un des garçons rit puis se met la main devant la bouche.

« Savonarole n'est pas mort ? » s'étonne Billy en nous regardant tour à tour. Avant que j'aie eu le temps de répondre, un des garçons explique : « C'est le surnom qu'on donne à Son Éminence le cardinal. Tu sais, à cause de ses positions gauchistes… »

Elena allume une cigarette. « L'université n'a pas apprécié. Il faut dire que c'est elle qui l'avait invité. On se demande bien pourquoi, d'ailleurs : c'est un connard.

— Il parle bien », fait valoir le troisième garçon. Il a l'air plus jeune que les autres et plus sérieux. Mais peut-être est-ce sa maigreur qui me donne cette impression. « Je suis désolé, ajoute-t-il, mais c'est vrai. » Il regarde autour de lui et rassemble ses forces en prévision de la dispute qu'il escompte. « Je ne suis pas d'accord avec lui, mais au moins il croit en quelque chose – et il a le cran de le dire.

— Ouais, repartit Elissa, nous devons tous aimer Dieu à sa manière, sinon nous irons en enfer.

— Quand est-ce arrivé ? » Je me demande où se trouvait Pierangelo. Peut-être se tenait-il un peu trop près de D'Erreti et a-t-il reçu un œuf de Ginevra Montelleone.

« Il y a quelques semaines, répond Elissa. Au début du carême. C'est pour ça qu'il parlait de ce à quoi nous devions renoncer, de sacrifice et toutes ces conneries. À le croire, soit dit en passant, cela comprenait la plupart de nos droits. Bref, il n'y a pas eu de réaction sur le moment et tout le monde a cru que l'affaire était oubliée. Mais une photo a été publiée dans le journal. Du coup, ils ont traîné Ginni devant le conseil de discipline. Elle a dû l'apprendre il y a quelques jours, et voilà.

206

— On est sûr qu'elle s'est suicidée ? » fait Billy sans me regarder.

Elena vide son verre avant de répondre : « Eh bien, c'est comme ça que ça s'appelle, non, quand quelqu'un saute d'un pont ? »

Elle parle d'une voix si neutre qu'elle pourrait aussi bien être en train de nous proposer d'aller manger une pizza. Je me lève plus vite que je ne veux en marmonnant : « … mal de tête, verre d'eau. » Mon sac s'accroche au dossier de ma chaise. Billy se lève à son tour et me demande si ça va. Je lui assure que oui, que je vais seulement chercher quelque chose au bar.

Dehors, je m'appuie au muret de la terrasse. J'ai bien pris quelque chose, mais pas de l'eau. Après cette saleté de chianti, le brunello est doux comme de la soie. Il était cher, mais je m'en moque. D'ici une minute, quand je me serai calmée, je ficherai le camp d'ici et j'appellerai Pierangelo.

Je n'aurais pas dû me laisser toucher par le ton de la voix d'Elena ; pourtant, il m'a donné envie de la gifler. Maintenant, je n'arrive plus à chasser l'image de Ginevra de mon esprit. Je n'arrive plus à oublier ses bandes de chair, le fait qu'il lui a brossé les cheveux. Et qu'il lui a épinglé un petit sac de graines à l'épaule. Je regarde autour de moi pour trouver autre chose sur quoi fixer mon attention. C'est alors que je remarque la fille.

Il commence à faire froid ; les gens rentrent, et elle est restée seule à une table de pique-nique. Mais sa solitude n'est pas ce qui la distingue, pas plus que ses cheveux blonds presque blancs, ni son pull à rayures de couleurs vives. Non, si je la remarque, c'est à cause de ses épaules voûtées, cette posture sans énergie, et des larmes qui roulent sur ses joues alors qu'elle semble à peine avoir conscience de pleurer. Si je la remarque, c'est parce qu'elle est la seule, ici, qui semble sincèrement bouleversée.

« Tenez, dis-je. Prenez-en. »

Je fais glisser le grand verre de brunello, sur la table, tout en m'asseyant en face d'elle. Elle hésite puis le prend sans me regarder et en boit une gorgée avide. Comme beaucoup de gens très blonds, elle a un air frêle de petit oiseau. Elle enveloppe le verre de ses doigts. Je m'aperçois qu'elle a les ongles rongés jusqu'au sang. Quand elle finit par lever la tête, ses yeux presque noirs semblent deux trous dans la pâleur de son visage. « Merci, dit-elle. Je suis désolée, je n'arrête pas de pleurer.

— C'est bien normal ; ce qui est arrivé est affreux.

— Mais je suis la seule », observe-t-elle.

Nous parlons italien, et même moi, je me rends compte que son accent n'est pas plus authentique que le mien.

« Je n'arrive pas à le croire, reprend-elle. Il y a à peine deux semaines, nous étions assises ici. Exactement comme cela. Et maintenant… » Sa voix se brise et elle repart à la dérive vers un monde à elle.

« D'où venez-vous ? » J'essaie de la harponner avant qu'elle soit totalement noyée.

Elle réfléchit un instant, comme si c'était une question difficile. « De Norvège, finit-elle par répondre. Enfin, mon père est norvégien. Mais ma mère est italienne. C'est pour ça que je suis venue à l'université ici. »

À ces mots, elle se remet à pleurer. Sans lui laisser le temps de s'essuyer le nez sur la manche de son pull, je sors un Kleenex de mon sac.

« L'année où je suis arrivée ici, Ginevra avait la chambre en face de la mienne. Nous étions d'accord sur tout. Vous savez ce que c'est, quand on rencontre quelqu'un de semblable à soi ? » Elle me prend le mouchoir et le regarde comme si elle ne se rappelait pas à quoi cela servait, puis elle se mouche. « Je m'appelle Annika, ajoute-t-elle.

— Mary.

— Comment avez-vous connu Ginevra ?

— Je ne la connaissais pas vraiment. Je fais des études à l'université, moi aussi. Enfin, en quelque sorte. Histoire de l'art, évidemment. » Annika sourit faiblement. Je poursuis. « Cela dit, je l'ai entendue parler, une fois. » C'est un mensonge total mais j'ai envie de dire quelque chose de gentil sur Ginevra, ne serait-ce que pour consoler un peu cette pauvre fille. « Je l'ai trouvée très forte, très convaincante. »

Voilà que j'en rajoute. Et je sens le chagrin d'Annika si sincère que j'ai honte de lui mentir, même là-dessus. Toutefois, si je crains qu'elle s'en rende compte, j'ai tort. Elle est tellement absorbée par sa douleur que je pourrais lui dire n'importe quoi, elle ne broncherait pas. « C'est injuste qu'elle ait été renvoyée, ajouté-je pour dire quelque chose. »

Annika hausse ses épaules, dont les os transparaissent sous son pull. Elle sourit. Ou plutôt, elle montre ses dents, très blanches et désagréablement pointues. « Elle était déprimée.

— Eh bien, il y a de quoi. Se faire exclure si près du diplôme…

— Ça, elle s'en foutait pas mal. » Annika tend la main vers mon verre de vin et rit en disant cela, d'un rire strident. Je ne m'en étais pas rendu compte, mais elle est complètement bourrée.

« Eh ! Tu es prête ? » Un garçon portant un sac est apparu à côté de notre table.

Annika suce le bord du verre comme si elle s'apprêtait à mordre dedans. Puis, elle finit le vin et plonge la main dans le sac du garçon. « Oui, répond-elle en sortant une bougie. Allez, on y va. » Elle a une petite moustache bordeaux. Elle se lève, légèrement chancelante, et se raccroche au bord de la table.

Maintenant, les gens sortent dans la rue. J'aperçois Billy, toujours flanquée des garçons. En me cherchant, elle tourne la tête de droite et de gauche, dans un mouvement qui fait danser ses cheveux.

« Viens. » Annika attrape mon blouson, à moitié pour se retenir, à moitié pour m'emmener avec elle. Avant que je puisse protester, elle m'a entraînée dans la foule.

Les gens grouillent de partout et tendent briquets et allumettes. Quelqu'un me fourre une bougie dans la main et l'allume, mais la flamme crépite et s'éteint. Quand je relève la tête, Annika a disparu. La foule enfle et avance vers la porte de la ville, où des projecteurs illuminent les murs de pierre jaune pâle et les énormes corbeaux de fer. Au moment où les gens passent sous la voûte, leur buste et le sommet de leur tête se trouvent vivement éclairés, décolorés par la lumière vive. C'est alors que je le vois.

Cette fois, il n'a ni maquillage blanc ni rien mais je suis sûre que c'est lui. J'ai la certitude absolue que c'est la même personne, l'homme blanc de la Loggia

210

dei Lanzi. S'il me regardait, je sais qu'il aurait les yeux d'ambre doré de mon mari. Je fais un mouvement pour me lancer à sa poursuite afin de découvrir qui il est. Mais je m'arrête aussi vite. Parce que quelqu'un marche à côté de lui, et ce quelqu'un, c'est le père Rinaldo.

12

« Maria, Maria, mon enfant. » C'est ainsi que m'appelait Rinaldo.

Parfois, il le disait sur un ton de reproche, comme s'il avait regardé au fond de mon âme et vu le triste état dans lequel elle était. D'autres fois, il le disait les mains tendues en signe de bienvenue, comme si l'amour de Dieu les traversait, que l'étreinte qu'elles promettaient était le salut même et qu'il pouvait le distribuer personnellement, là, à San Miniato.

Le voir hier soir en chair et en os alors qu'il existait si parfaitement dans mon esprit depuis si longtemps m'a paru presque surréaliste. Maintenant, devant l'église qui, pour moi, sera toujours l'église de Rinaldo, je me remémore la dernière fois que je suis venue ici, il y a presque deux ans. Comme ce matin au ciel clair, d'un bleu presque translucide. Quand je me retourne en haut des marches des pèlerins, je découvre la ville, si parfaite qu'elle pourrait avoir été gravée dans le verre, avec le patchwork brun-rouge de ses toits, le stuc crème de ses villas disséminées comme des morceaux de sucre sur les collines, les travées gris clair de ses ponts.

San Miniato est conforme à mon souvenir, immobile et hors du temps, avec sa façade très ornée, ses grandes portes et son Jésus byzantin regardant vers le bas d'un air un peu las, comme fatigué par ces siècles de folie humaine dont il est le témoin forcé, du haut de sa colline. Non, rien n'a changé. Sauf moi. Je ne suis même plus vraiment catholique. Je n'ai rien à craindre.

Je ne sais pas s'il m'a vue, à la marche silencieuse pour Ginevra, hier soir, mais je sais qu'il attend ma visite. Je le sens comme une vapeur, comme une ombre qui se glisse derrière moi et m'enveloppe, qui vient chez moi, me suit dans les rues et m'attire ici, chien errant retournant à l'endroit où il a déjà trouvé à manger. Maintenant, je me rends compte que j'aurais dû venir dès mon retour à Florence, pour mettre fin à cela.

À l'intérieur, le froid du sol remonte le long de mon corps comme si les dalles avaient faim de la chaleur de la chair humaine. La nef aux murs ornés des saints estompés d'Uccello est vide. Rien ne bouge que les grains de poussière qui tombent en spirale dans les minces rais de lumière que laissent entrer les hauts vitraux et qui rehaussent les chevrons peints, les dragons et les griffons qui courent le long des poutres vertes et cramoisies.

Des ombres se coulent dans les coins ; l'espace d'une demi-seconde, j'ai l'impression de voir l'épouse malheureuse de Ty, mon propre reflet renvoyé à travers le temps. J'avance une main machinale vers le bénitier, comme si, au lieu de moi-même, c'était des vampires que j'affrontais et qu'il me fallait de l'eau bénite. Mais la vasque est vide. Il n'y a qu'un peu de mousse verte à mi-hauteur. Je fais tout de même une génuflexion et je me signe. On pourrait parler de superstition. Ou d'habitude. Pour ma part, j'aime à croire que je le fais pour Mamaw. Au nom du Père, du Fils et du Saint-Esprit. Puis je me détourne de l'autel et me dirige vers les marches qui mènent à la sacristie.

C'est cette pièce que je veux revoir. Celle où les membres de l'Opus se réunissaient pour prier. Elle est étrange, cette conjuration des fantômes. Devant la porte, je pose la main sur la poignée de métal et je tends l'oreille, sûre que c'est là que je vais le trouver. Mais lorsque je pousse le battant, la sacristie est vide. On n'entend pas même le murmure d'une prière. Des scènes de la vie de saint Benoît par l'Arétin flottent sur les murs au-dessus de moi. Le saint, pieds nus dans un ruisseau transparent. Des démons qui renversent une église, écrasant un moine sous les pierres, et Benoît qui la reconstruit. Dans un angle, les anges et les démons volent dans le ciel, interchangeables dans leur bataille pour conquérir le royaume des cieux.

De retour dans l'église, je me sens un peu bête. Que m'attendais-je à trouver ? Mon ombre, à nouveau, celle de cette fille aux cheveux blonds vêtue d'une jolie robe d'été ? Le saint du Greco ? Les anges de Rinaldo ? Ty en personne ? Je descends les marches. Je ne sais pas quelle heure il est, mais je suis sûre que les cloches vont bientôt sonner pour la première messe et que, avant même qu'elles retentissent, les femmes qui forment la grande majorité des fidèles vont commencer à arriver. Jeunes et vieilles, grandes et courbées, elles traverseront la ligne de lumière de la nef, leurs semelles grinçant sur la pierre quand elles descendront dans la crypte où Rinaldo doit les attendre pour les confesser avant l'office du matin.

Ces marches sont larges et usées et, en bas, la crypte n'est qu'un cercle de pénombre vide. À l'heure des vêpres, les moines y pratiquent le plain-chant, les mains rentrées dans leurs manches, la tête inclinée sous leur capuchon. L'écho de leur voix subsiste encore dans l'air humide et froid. Leur litanie fait partie de ce lieu autant que les pierres elles-mêmes.

Lorsque mes yeux s'habituent à l'obscurité, je discerne le contour des bancs. Des chaises pliantes sont empilées à côté d'une colonne. Je connaissais bien cet endroit ; maintenant, j'en sens l'odeur froide si caractéristique, et le temps s'évanouit. La flamme d'un cierge rouge vacille auprès de l'autel sous l'effet d'un courant d'air, un soupir qui vient du fond de l'église.

Je scrute la pénombre. Peu à peu, je distingue les confessionnaux en forme de cercueils, la statue de la Vierge et les boîtes d'offrandes, l'autel avec sa croix d'or ternie. Je m'arrête, attirée par l'arc de cercle des sièges des moines taillés dans le mur du fond. L'obscurité y est plus dense, comme si elle s'y accumulait depuis des siècles, alors je ne le vois pas tout de suite. Son capuchon relevé, il n'est qu'une ombre parmi les ombres.

Quand il se lève, sa soutane évoque une colonne qui se serait détachée et se déplacerait toute seule. Sans un bruit, il s'approche de l'autel. Clouée sur place, je le regarde s'agenouiller en signe d'obédience puis se tourner face à moi.

« Maria, mon enfant. J'espérais que vous viendriez. »

Sous la voûte, ses paroles résonnent comme un sifflement et je doute un instant de les avoir vraiment entendues. Puis la flamme du cierge danse sur sa peau blanche et sa main, aussi ronde et douce que celle d'un bébé, émerge de sa longue manche.

Il avance vers moi comme en glissant. Je ne vois pas ses traits mais je sens ses yeux sur moi, je sens son regard compatissant et à demi excité : le berger a trouvé une brebis égarée.

« Comment avez-vous su où j'habitais ? Que voulez-vous ? »

J'ai plus de mal à lui parler que je ne m'y attendais. Je me rends compte que ma voix prend un timbre enfantin.

« Je veux que vous me laissiez tranquille. J'ai quitté l'Église, alors tout cela ne signifie plus rien pour moi. Vous comprenez ? Je veux que vous me laissiez tranquille ! »

Rinaldo a toujours les mains tendues, il veut encore m'attirer entre ses bras, mais mes mots semblent l'attrister. Je l'ai profondément déçu. Encore une fois.

« On ne peut pas abandonner ses enfants, Mary », répond-il d'une voix basse.

C'est un discours classique de prêtre : ne jamais s'abaisser à répondre à une question, ne jamais aborder un problème, et surtout celui d'une femme potentiellement hystérique. Je résiste à la tentation de briser son calme en criant qu'il n'a pas d'enfants ou que, s'il en a, je n'en fais pas partie – surtout maintenant. Je me sens trembler d'une rage qui couve en moi depuis deux ans.

« Et Ginevra Montelleone, c'était votre enfant, elle aussi ? C'est pour cela que vous étiez là hier soir ? Ou me suiviez-vous, à nouveau ? »

Cette fois, il laisse retomber ses mains, ses paumes roses et tournées vers le ciel, en une éternelle déclaration d'innocence.

« Ginevra venait à la messe ici quand elle était petite, répond-il en secouant la tête. Avec ses parents, avant qu'ils déménagent à l'extérieur de la ville. Sa mère est éperdue de douleur, naturellement. C'est une perte terrible. Cependant, ajoute-t-il d'un ton chargé de son habituelle déception, sa famille craignait de l'avoir déjà perdue.

— À cause de ses opinions politiques ? »

Rinaldo ignore ma question mais j'ai la nette impression qu'il sourit.

« Vous m'avez manqué, Maria. J'ai toujours su que vous reviendriez. Tel est l'amour de Dieu. Nous pensons l'avoir quitté, mais c'est uniquement parce que nous nous imaginons que nous avons ce choix. »

Je n'ai aucune envie de discuter théologie avec Rinaldo et je serre les dents pour ne pas hurler.

« Votre douleur est ma douleur, Mary, ajoute-t-il. Depuis toujours. C'est le véritable sens de l'amour de Dieu, si l'on est capable de s'y abandonner. »

Sa main d'un rose obscène recommence à me faire signe. Ses doigts pâles ressemblent à des vers. Mon cœur se soulève. En reculant, je heurte la pile de chaises pliantes. Rinaldo s'avance vers moi. De sa voix basse et poisseuse, il continue à parler de l'amour de Dieu et du salut. Soudain, je me rends compte que venir ici était une très mauvaise idée.

« Laissez-moi tranquille. Pour toujours. »

Ces mots me coûtent un effort terrible. Pourtant, si Rinaldo les entend, il ne semble pas y prêter attention. Peut-être ne les ai-je pas prononcés, tout compte fait.

Il s'approche encore et, pour la première fois, je me rends compte qu'il est grand.

La sueur perle sur ma poitrine et mon front. Les mots qu'il égrène de sa voix grave m'emmurent. À mesure qu'avance sa silhouette sombre, je recule en contournant les chaises et en m'efforçant d'éviter le contact de sa main.

« *Buongiorno,* mon père !

— Nous espérions bien vous trouver ici. »

Les voix résonnent dans la crypte comme une fusillade. Rinaldo et moi nous retournons brusquement, aussi choqués et coupables que des amants pris sur le fait.

Deux femmes se tiennent en haut de l'escalier. L'une a un panier de fleurs à la main ; l'autre, un vase.

C'est Rinaldo qui se remet le plus vite. « *Signore, buongiorno* », dit-il d'une voix mielleuse. Les femmes descendent les marches en parlant fleurs. J'en profite pour m'enfuir.

J'aperçois leur air surpris avant de me faufiler entre les bancs, d'esquiver un confessionnal et de monter quatre à quatre les marches de droite. Puis, comme si je cherchais à battre un record de vitesse, j'enfile en courant le long couloir de la nef et bondis vers le puits de soleil de la porte ouverte.

Dehors, sur le parvis, je me penche en avant, les mains appuyées sur mes genoux. On croirait que je viens de courir un quinze cents mètres. Les mots de Rinaldo dansent autour de ma tête et je regrette qu'il n'y ait pas de distributeur d'eau glacée. J'ai un très mauvais goût dans la bouche.

Les cloches ne sonnent pas encore, mais les gens commencent à arriver pour la messe et montent les marches par groupes de deux ou trois. Ils s'arrêtent en haut pour reprendre leur souffle et admirer la vue, puis ils avancent, m'évitant comme un meuble mal placé. Au troisième couple qui manque de me bousculer, je décide qu'il est temps de m'en aller. Je me redresse, je jette un coup d'œil autour de moi et je vois Billy.

Perchée sur le bord du parapet au-dessus du cimetière, à l'autre bout du parvis, elle me regarde. En m'approchant d'elle, je me demande depuis combien de temps elle est là.

« Salut, dit-elle.

— Salut. » J'ai presque repris mon souffle mais je ne suis pas sûre d'avoir encore une voix tout à fait normale.

Billy sourit, elle promène les yeux sur mon corps comme si elle cherchait des signes. J'ai l'impression qu'elle voit les gouttes de sueur à travers mon jean et ma veste. Je me sens rougir et je me rends compte avec horreur que je suis aussi gênée que si elle venait de me surprendre avec un amant. Rinaldo ne m'a pas touchée pourtant, j'ai l'impression d'avoir senti ses mains se promener sur mon corps. Je ne veux pas que Billy le voie. Je m'accoude au parapet et je fais semblant d'admirer la vue.

« Qu'est-ce que tu fais là ? je lui demande.

— Je voulais aller à la messe.

— N'importe quoi.

— N'importe quoi toi-même. Je suis irlandaise et polonaise ; pourquoi ne serais-je pas catholique ? »

Je m'étrangle de rire et Billy saute du muret. « D'accord, admet-elle, je t'ai vue sortir et je t'ai suivie. Je me suis dit que j'allais être discrète et attendre ici

que tu aies fini. Je veux te montrer quelque chose. »
Elle s'éloigne déjà, tout en parlant, et je me surprends
à la suivre. Elle m'attend en haut des marches et me
prend par la main quand je la rattrape. « Viens, dit-
elle. Il est presque huit heures et demie. On pourra
prendre un café là-haut.

— Là-haut ? » Je ne comprends pas de quoi elle
parle. Ce que je voudrais, c'est rentrer à la maison et
me doucher, me récurer jusqu'à avoir complètement
effacé la sensation répugnante des doigts de Rinaldo
sur mon corps. Mais apparemment je ne pourrai pas.

« Le fort, répond-elle en me regardant comme si
j'étais obtuse. Il a rouvert hier. »

Elle désigne le Belvédère posé en haut de la colline
telle une grosse étoile de mer échouée au-dessus de la
ville. Il paraît que de là-haut la vue est spectaculaire
mais c'est difficile à savoir parce que, du plus loin
que l'on s'en souvienne, le site était fermé pour
restauration.

Et puis hier, il a brusquement été rouvert pour la
semaine de Pâques.

Billy laisse retomber mon bras. « Viens, répète-
t-elle, je veux te montrer quelque chose. » Elle me sourit et j'ai l'impression d'être une épouvantable égoïste.
Après tout, elle m'a suivie jusqu'ici et c'est pratiquement sur le chemin de l'appartement. « C'est vrai,
insiste-t-elle. Je te promets. C'est cool. Ça va te
plaire. »

Les cloches se mettent à sonner, pendant que nous
descendons les marches et empruntons la Viale Galileo.
Quelques secondes plus tard, le téléphone couine dans
ma poche. Je le sors. Il n'y a rien sur l'écran. Cela
arrive de temps en temps, quand Pierangelo commence

à m'appeler et qu'il est interrompu. Je tape : « *Je t'M* » et j'envoie.

« *T où ?* » s'affiche une seconde plus tard. Piero n'arrête pas de me demander où je suis. Je l'imagine avec une grande carte de la ville dans laquelle il pique des épingles pour me suivre à la trace. Billy s'est arrêtée et refait le lacet de sa Converse. *Riposta ?* me demande mon téléphone. J'obéis. « *Coin San Min. En route pr BelvédR.* »

« *Je t'M aussi* », répond Pierangelo. Billy se redresse et regarde par-dessus mon épaule à l'instant où l'écran s'éteint.

« Vous êtes pires que des ados ! » lance-t-elle en levant les yeux au ciel.

Un instant plus tard, nous quittons la rue principale pour nous engager dans San Leonardo, une ruelle qui mène directement à la porte de la ville et à l'entrée du fort. C'est la rue où habite la sœur de Benedetta Lucchese. Je ne peux pas m'empêcher de songer que nous suivons le chemin qu'elle a pris la nuit où elle est morte.

En passant devant le numéro 45, Billy ralentit et regarde la grille. Je ne me rappelle pas si je lui ai parlé d'Isabella Lucchese. Si je ne l'ai pas fait, elle a dû trouver toute seule, parce qu'elle n'a pas choisi cet endroit par hasard.

« C'est là, hein ? demande-t-elle, confirmant mes soupçons. La maison de la sœur ? »

Je fais oui de la tête. La grille est en fer, comme toutes celles des maisons voisines. La peinture noire s'écaille, ce qui ne veut rien dire. Florence fait partie de ces endroits où une certaine dose de pourriture est un signe de standing. L'indispensable glycine couvre les murs de la villa. Les boutons encore bien fermés ressemblent à des grains violets. Un panneau rouge cabossé est fixé à la grille par du fil de fer. On distingue un mauvais dessin de berger allemand et les mots : « *ATTENTI AL CANE* ». On le retrouve sur toutes les maisons, qu'il y ait un chien ou non. Il y en a dans les quincailleries pour cinq euros. Billy regarde à l'intérieur puis se retourne en haussant les épaules.

« Tu sais, dit-elle, tous ces trucs, les petits cadeaux d'Indrizzio ? Eh bien, ils ont un rapport avec l'Église. Le blanc représente la pureté. Le chardonneret la Passion du Christ. Les cierges la transsubstantiation.

— Comment sais-tu cela ?

— J'ai regardé dans le *Dictionnaire de la Renaissance italienne*, déclare-t-elle avec un petit sourire satisfait.

— Petite maligne. Et moi qui te croyais catholique.

— Et Indrizzio, il l'était ?

— J'imagine.

— Mais pas le masque. C'est bizarre.

— Qu'est-ce qui est bizarre ? »

Billy hausse à nouveau les épaules. « Je n'ai trouvé aucune signification religieuse aux masques. Tout ce que j'ai pu trouver était résolument profane. » Malgré moi, je sens mon estomac se nouer au souvenir du petit visage au sourire moqueur.

« La tromperie, reprend-elle. C'est ce qu'ils représentent dans l'art de la Renaissance. » Je ne lui dis pas que je le sais déjà. « Au fond, ce n'est pas très difficile à deviner. En revanche, j'ai complètement séché sur le petit sac rouge. C'est bien ce qu'il a laissé à Ginevra, n'est-ce pas ? »

Je hoche la tête, mais je n'ai pas très envie de m'attarder là-dessus. « Tu crois que c'est comment d'habiter dans une maison comme celle-ci ? Génial, ou carrément flippant ?

— Mary, dit-elle, j'aimerais que tu prennes cela plus au sérieux. »

Elle se tourne vers moi, exaspérée.

« Billy, finis-je par expliquer, je prends cela très au sérieux. Mais, je te l'ai déjà dit, je ne peux ni ne veux vivre en état d'alerte permanent. D'ailleurs, pour moi, c'est fini. Où veux-tu en venir, au juste ? Tu veux que je parte ? Que j'engage un garde du corps ? Que je n'aie plus de vie ? Que je renonce à Pierangelo pour aller me cloîtrer quelque part ? Qu'est-ce que tu proposes ? »

Billy ouvre la bouche, mais avant d'avoir eu le temps de parler elle est interrompue par un bruit qui ressemble au grondement d'un train. Elle m'attrape par le bras et me tire sur le côté de la ruelle au moment où une énorme moto noire débouche au coin de la rue et s'engage dans la ruelle, au moins à quatre-vingts à l'heure. Nous avons beau être plaquées contre le mur, elle manque nous faucher.

« Doucement, connard ! » hurle Billy. Le motocycliste entièrement vêtu de cuir noir, casqué, ne semble pas l'entendre.

« Mon Dieu ! » Elle s'écarte du mur, réellement ébranlée. Je ne l'avais jamais vue dans cet état. « Je déteste ces machines. Qu'est-ce qu'ils ont, les mecs, avec leurs motos ? Même ceux qui sont normaux... »

Le bruit s'éloigne en direction du fort. Nous restons sur les pavés devant chez Isabella Lucchese, sans rien dire, à attendre qu'il se soit tout à fait tu et d'avoir de nouveau le matin pour nous seules.

Nous ne parlons plus des meurtres et la tension se dissipe à mesure que le soleil chauffe et que nous avançons. En arrivant, nous nous rendons compte que, malgré l'heure matinale, nous ne sommes pas les premières à arriver au Belvédère. Nous sommes battues d'une longueur par un groupe de touristes japonais. Les couples en imperméable restent en rang comme des enfants sages derrière leur guide. Ils ont l'air triste. Ils froncent les sourcils, agrippent leur appareil photo et regardent le fort comme s'ils étaient sur le point d'y être emprisonnés.

Un minibus – le leur, sans doute – et deux voitures sont garés devant le bâtiment. Soudain, Billy s'arrête. D'un côté du bus, il y a une moto noire qui est presque aussi grosse que la Smart, de l'autre côté. Un casque est cadenassé au guidon et le moteur est encore chaud ; nous entendons son tic-tac.

Billy me lâche le bras, s'approche de l'engin et donne un bon coup de pied dans le pneu avant. « Connard ! » s'écrie-t-elle. Plusieurs Japonais se mettent à rire. Billy jette un coup d'œil à la queue. « Merde, marmonne-t-elle. On devrait peut-être passer par l'autre endroit. »

« L'autre endroit » est un accès au fort que nous avons découvert lors d'une précédente promenade, quand il était encore fermé au public. Il s'agit d'un trou dans le grillage qui longe la large étendue gazonnée en bas des remparts. L'herbe piétinée et les broussailles de part et d'autre du grillage en font un passage de choix pour les drogués et les adolescents amoureux. Je suis sûre qu'il sert surtout la nuit et je nous vois mal l'emprunter en plein jour – au risque de nous faire prendre pour entrée par effraction dans un monument culturel. Je ne vois pas non plus comment nous expliquerions la situation à la signora Bardino, une fois arrêtées. Cette perspective me fait éclater de rire, ce qui met Billy en colère.

« N'empêche, souligne-t-elle pendant que nous prenons place dans la file qui avance très lentement vers le guichet, tu dois bien admettre que cela nous aurait fait économiser quatre euros. De quoi nous offrir le petit déjeuner – si nous ne mangeons pas beaucoup. »

Je ne sais pas pourquoi Billy tenait tellement à venir ici, mais je suis presque certaine que ce n'est pas pour l'exposition de sculptures modernes qui s'y tient. En empruntant le tunnel qui mène en haut des remparts, la première chose que nous voyons est un amas de ferraille qui ressemble à un tas de voitures accidentées. Le Duomo flotte derrière. Au loin, on aperçoit les collines vert mousse de Fiesole, alors qu'en bas tout Florence s'étale à nos pieds.

De plus près, les voitures accidentées se révèlent être de vieilles pièces d'avion, créées, si l'on peut dire, par un Texan. Les autres installations sont tout aussi étranges. Le groupe de Japonais défile docilement entre les sculptures. Billy s'approche du haut des murs qui bordent le Boboli. Nous nous trouvons au niveau de la cime des arbres du jardin, si près qu'en nous penchant par-dessus la balustrade, on pourrait caresser leurs feuilles. Des oiseaux volettent dans les branches. Billy se promène paresseusement le long des remparts. Elle donne de petits coups de pied dans des tas de gravier et regarde le jardin en dessous. Le soleil s'est levé et l'urgence qui l'a incitée à monter semble s'être dissipée. Elle se penche pour caresser un chat et je flâne.

Malgré les piles de métal et de verre surréalistes semées çà et là sur les pelouses râpées et dans les allées de gravier, ce lieu fait rêver. La villa elle-même, un cube de stuc du plus pur style Renaissance, est d'une intemporalité un peu vertigineuse. De profonds portiques courent devant et derrière la maison. Je monte les quelques marches et m'arrête sous la voûte centrale. Il me semble flotter au-dessus du temps.

D'un côté, je vois les toits rouges tout simples, le Duomo et les montagnes, et de l'autre, les vagues vertes des oliveraies et la façade rayée de San Miniato. Au pied des murs, des orchidées sauvages forment des touches violettes dans l'herbe haute. Au loin, sur la dernière colline, le soleil éclaire une tache de plâtre rose qui doit être la villa que j'ai regardée à travers sa grille, celle qui est au-dessus des maisons aux bourdons.

Je cherche Billy mais elle a disparu. Je crois d'abord qu'elle est derrière une sculpture or, au bout de quelques secondes, elle n'a toujours pas reparu.

D'où je me tiens, je vois quasiment toute la longueur des remparts. Soudain j'ai la nausée. Pierangelo m'a dit que la réouverture du site était controversée, notamment pour des raisons de sécurité. Si l'on tombe, on fait une chute d'une dizaine de mètres. Certains conseillers municipaux craignent des procès.

Je descends si vite les marches que je manque m'étaler. Le chat que Billy caressait tout à l'heure traverse précipitamment le gravier pour aller se cacher sous une haie de lavande.

« Bill ? » J'ai les mains moites. « Billy ? » Quelques touristes japonais se retournent vers moi mais je cours déjà vers le mur du côté du Boboli.

« Billy ! » J'entends déjà mon cauchemar intime, la petite voix du père Noël de la broche qui chante dans ma tête.

« Billy ! » Je saute par-dessus une chaîne enroulée comme un serpent et heurte le panneau qui explique qui a fait cette sculpture et pourquoi. Un éclat de rire retentit. La cime des arbres du Boboli frémit et se balance devant moi. Elle a dû monter sur le mur, tomber, et survivre par miracle.

« Billy ? » Cette fois, elle répond.

Le rire ne vient pas de loin. En me retournant, je découvre un escalier qui s'enfonce dans la pelouse envahie par les mauvaises herbes et ne mène nulle part. Billy se tient en bas et me regarde en riant.

« L'appel du large », lance-t-elle.

Une dizaine de minutes plus tard, un gardien nous fiche dehors. Nous n'étions pas censées descendre. Il se trouve que Billy a déplacé le panneau d'inter-diction et il est furieux. Elle lui fait une révérence quand il nous traite d'« idiotes d'Américaines » et me prend par le bras pour redescendre le tunnel sous les remparts.

« Ce sont les Médicis qui l'ont construit, explique-t-elle. Il y a une porte en bas qui leur permettait de s'échapper par le Boboli si les choses tournaient mal. Il doit aussi y avoir un tunnel quelque part. J'ai trouvé ça dans un truc sur le Pitti. Bref, comme tu es presque architecte, j'ai pensé que ça te plairait.

— J'ai cru que tu étais tombée du mur. Je t'assure. »

Elle me serre affectueusement le bras. « Arrête de grogner. Je suis trop maligne pour faire ce genre de bêtise. En plus, je sais voler.

— Ah oui ?

— Oui. Je suis bien obligée. Ça fait partie du profil du poste.

— De quel poste ?

— Ah, tu n'es pas au courant ? me demande-t-elle comme nous débouchons du tunnel dans la lumière. Je suis ton ange gardien. »

13

Le lendemain est marqué par le début des festivités de Pâques à Florence. Cela commence mal parce que mon ange gardien se réveille de mauvaise humeur. Elle ne me dit pas exactement pourquoi, mais ça doit avoir un rapport avec son dîner avec Kirk hier soir. Elle m'accompagne à l'épicerie, où je vais acheter des pâtisseries pour le petit déjeuner. Quand elle laisse tomber son porte-monnaie et que les pièces roulent sur le sol, elle lâche une telle bordée de jurons que la signora arrête de parler pour se signer et que Marcello devient aussi rouge que son tablier. J'essaie de l'aider à ramasser son argent, mais elle repousse ma main. Quand je lui demande ce qui ne va pas, elle marmonne que « les hommes en veulent toujours trop ».

De retour à l'appartement, je m'aperçois que Marcello m'a donné six croissants *con marmelata* au lieu des quatre que j'ai payés, mais cela ne suffit pas à égayer Billy. Elle lâche un « hum » et s'en va dans sa chambre. Je me dis qu'elle m'expliquera ce qui la contrarie à ce point quand elle en aura envie, alors je fais du café, dispose les croissants sur une assiette et pousse la vaisselle sale et le cendrier pour pouvoir déplier largement le journal sur la table de la cuisine.

« Qui est-ce ? » Environ une demi-heure plus tard, Billy entre dans la cuisine et regarde par-dessus mon épaule une photo de D'Erreti en train d'inaugurer un genre de clinique près de l'aéroport. « Ah, enchaîne-t-elle en examinant le portrait. C'est le super-cardinal branché. C'est vrai qu'il lui arrive de mettre un jean et de traîner dehors pour pouvoir discuter avec les jeunes ?

— Je ne sais pas. À ton avis ?

— Sans doute. En tout cas, c'est ce que j'ai entendu dire. Vœu de chasteté mon cul, oui ! Regarde-le, ça se voit comme le nez au milieu de la figure. Qui est la mignonne poupée à côté de lui ? »

J'examine la photo de plus près. Évidemment, je reconnais aussitôt le visage qui voltige au-dessus de l'épaule gauche de D'Erreti tel un étrange petit ange désincarné.

« Ça, dis-je, c'est le père Rinaldo – le seul, l'unique.

— C'est lui ? fait Billy en se penchant pour mieux regarder.

— En personne. » Cela ne m'étonne pas, parce que Rinaldo est un fervent disciple de D'Erreti. Mais Billy a raison : il a l'air d'une mignonne poupée.

Billy hausse les sourcils d'un air surpris. « C'est celui qui a essayé de te convaincre de rejoindre les Enfants de Dieu et de renoncer au signor Pétales de roses ?

— Celui-là même. C'est bizarre que tu ne le reconnaisses pas, ajouté-je. C'est le prêtre qui est passé ici, qui me cherchait. »

Elle scrute l'image et hausse les épaules. « Je n'avais pas mes lunettes, dit-elle. De toute façon, pour moi, les prêtres sont tous pareils. Comme les pigeons. Et les girls. C'est l'uniforme. Écoute, ajoute-t-elle, je suis désolée d'avoir été aussi odieuse tout à l'heure. Je crois que j'ai besoin de respirer un peu. » Elle me regarde en riant. « Pas à cause de toi, enfin ! ajoute-t-elle en m'ébouriffant. C'est Kirk. Il me rend dingue. Il est si sérieux et passionné que j'ai envie de courir à cent kilomètres. Ou alors de faire mon numéro classique : la femme qui disparaît.

— C'est l'un de mes préférés. Si tu veux rester cachée ici, je ne dirai rien.

— Peut-être. Ou alors, comme c'est Pâques, je vais peut-être m'en aller un peu, et revenir le troisième jour. »

Billy sourit de sa petite blague et se verse le reste du café. Elle prend un croissant qui laisse tomber une pluie de miettes sur le journal.

« Tu as vu Elvis ? » me demande-t-elle une seconde plus tard. Je secoue la tête. Elle repose sa tasse et fouille dans les tiroirs de la cuisine. « Je n'arrive pas à remettre la main dessus. »

Elle sort un tire-bouchon, un bouchon et un éplu-che-légumes qu'elle laisse tomber sur le plan de tra-vail. Quelques instants plus tard, elle referme bruyamment le tiroir. « Tu es sûre que tu ne l'as pas vu ? » insiste-t-elle. Je confirme, mais je ne pense pas à Elvis. Je suis en train de lire un article sur les prépa-ratifs de Pâques. Ce soir, il va y avoir des fêtes sur toutes les places de la ville – nous allons à celle de Santo Spirito –, et D'Erreti a un emploi du temps sur-chargé toute la semaine. Il sera entouré de sa cour pendant la dernière ligne droite avant sa grande représentation de Pâques, lorsqu'il déclenchera un feu d'artifice géant devant le Duomo.

« Si Kirk a kidnappé Elvis, je le tue », déclare Billy en allumant sa cigarette à même la gazinière, tout en tenant ses cheveux pour qu'ils ne prennent pas feu.

Vers midi, Pierangelo m'envoie un SMS pour savoir où je serai ce soir. Je lui réponds que nous allons à une fête sur la Piazza Santo Spirito. Cédant à une impulsion subite, je lui propose de se joindre à nous. Il ne connaît toujours pas les autres et cela devient un peu ridicule. Il ne répond pas, ce qui me gêne.

J'aime Piero mais il lui arrive d'être un peu autoritaire et je sais qu'il a tendance à considérer les Américains comme des êtres inférieurs – à part moi, bien sûr. Mon agacement devant son silence augmente au fil de l'après-midi. J'essaie de le joindre et je lui laisse un message. Je lui dis que nous serons au café à partir de dix-neuf heures et qu'il me reconnaîtra parce que je serai la plus belle.

Quand je raccroche, j'entends Billy chanter des airs du *Magicien d'Oz* sous la douche. Quelques secondes plus tard, la porte s'ouvre et elle hurle : « La salle de bains est à toi ! »

Elle semble avoir repris du poil de la bête. En quelques heures, elle s'est verni les ongles, a repassé sa robe et appliqué sur ses cheveux une décoction maison de romarin et d'huile d'olive dont il reste un dépôt dans le fond d'une des jolies casseroles en cuivre de la signora Bardino. Je l'examine sans conviction au moment où Billy passe la tête dans la porte.

« Le romarin, c'est génial. Tu devrais t'en servir. Enfin, je ne sais pas ce que ça donnerait sur tes mèches ; elles verdiraient peut-être. Au fait, tes potions, là, ça marche ? » Elle parle des produits de beauté et des savons que Pierangelo me commande à la *farmacia* Santa Novella.

« Je crois. » Pierangelo tient à ce que je les utilise. Même si j'aime bien le parfum de l'acacia moi aussi, j'ai essayé de me révolter une fois contre le produit pour mes cicatrices, de lui dire que ça ne servait à rien. Il l'a si mal pris que j'ai cédé. Je crois qu'il l'a reçu comme une insulte personnelle. Il jure que ce sont des recettes d'anciens élixirs florentins. C'est peut-être vrai. En tout cas, j'ai l'impression que ces produits sont faits à partir de mauvaises herbes distillées – extrêmement rares à en juger par leur prix. « Je veux dire, c'est si cher que ça donne l'impression de marcher.

— Ah, repartit-elle, l'illusion et le marketing. » J'ai remarqué qu'elle fait de plus en plus souvent ce genre de remarque zen. Je me rappelle le goût de Kirk pour les sushis et je me demande si c'est lui qui l'influence. « La soirée est magnifique, ajoute-t-elle plus concrètement. Il va y avoir foule sur la *piazza*. Il ne faut pas être en retard. »

C'est un avertissement à peine déguisé. L'une des nombreuses bizarreries de Billy est sa ponctualité maladive. Moi, au contraire, comme dirait Mamaw, je suis « née cinq minutes en retard ».

En sortant de l'appartement, nous entendons déjà de la musique. Les lumières de la ville sont prises au piège sous un couvercle de gros nuages. Le murmure d'un saxophone et la plainte plus aiguë d'un violon fendent l'obscurité jaunâtre et voilée. Dans la rue, les gens se dirigent vers Santo Spirito. Billy verrouille la grille et fait tomber la clé dans le corsage de sa robe rouge. Elle se tortille pour la nicher dans son décolleté. Cette robe est l'une de ses dernières trouvailles. Elle l'a achetée sur un marché derrière Santa Croce. Avec son corset baleiné, sa taille pincée et sa jupe bouffante, Billy a l'air d'une danseuse écarlate. Elle a même déniché des ballerines de satin rouge assorties.

Le bourdonnement de la foule s'amplifie. Des rais de lumière colorée s'élèvent dans le ciel. Soudain, l'orchestre se met à jouer bruyamment. Un murmure s'élève autour de nous. Des gens applaudissent, d'autres poussent même des vivats. En arrivant sur la *piazza*, nous avons l'impression d'assister à un carnaval.

Une scène a été dressée sur le parvis de l'église. La façade habituellement blanche est striée de rouge, de bleu et de vert. Devant les grandes portes, l'orchestre semble minuscule. Les musiciens sont pourtant nombreux – deux saxophonistes, un batteur, un violoniste et plusieurs autres. Ils ont l'air de marionnettes. Devant Santo Spirito, même leurs énormes amplificateurs paraissent tout petits.

Il y a des guirlandes électriques dans les arbres et des gens partout. La plupart se sont mis sur leur trente et un. Des jupes, des robes et des jeans brodés tournent autour de nous. Certains jeunes hommes portent un chapeau de bouffon ou une casquette rayée. Quelques personnes sont costumées ou masquées. Une sorcière se promène avec son chapeau pointu tandis que, au bar dressé à côté de la fontaine, Galilée lève son verre de bière.

Nous nous frayons un chemin vers notre café. Nous sommes presque devant eux lorsque nous avisons Henry, Kirk et les Japonaises qui nous font signe. Ils se sont approprié une grande table ronde dans un coin de la terrasse fermée, juste à côté de la petite haie de plastique qui délimite la piste de danse. Des carafes, des bouteilles et des assiettes d'amuse-gueules entourent la lanterne allumée.

« C'est génial, non ? Ayako est venue de bonne heure et a réservé une table ! » annonce Kirk tandis que nous nous asseyons. La jeune fille rayonne de joie quand il lui sourit.

Si Billy a pu soupçonner Kirk d'avoir kidnappé Elvis, elle semble l'avoir oublié. Il lui sert un verre de vin et elle l'embrasse comme s'il lui avait offert le nectar des dieux, et non du pinot grigio tiède. Je me demande si cela est destiné à Ayako. Henry se penche vers moi et me passe une cordelette de rubans tressés autour du cou.

« Un type en vendait au profit des sans-abri », explique-t-il. Je remarque que tout le monde en porte une, même Kirk. « Ça te va bien », commente Henry en me faisant un clin d'œil.

Au cours de l'heure qui suit, la pénombre s'épaissit. Les lumières brillent dans les arbres comme de la neige électrique. L'orchestre fait une pause. Un autre groupe le remplace et se met à jouer du Chubby Checker. Henry me prend par la main.

« Viens, Mary. Tu ne le croiras peut-être pas, mais j'ai gagné le premier prix de twist au bal du lycée. »

En fait, je le crois volontiers. Il y a chez Henry quelque chose d'étonnamment gracieux. Dans le jardin Boboli, je l'ai vu sauter en l'air pour attraper une feuille qu'il voulait contempler ; l'effet a été surprenant, comme quand on voit un terre-neuve ou un saint-bernard se métamorphoser en retrouvant son élément et se mettre à bondir dans la neige.

Moi, au contraire, je danse très mal. Je m'apprête à le lui dire et à refuser son invitation lorsque j'entends glousser les Japonaises. Elles trouvent que Henry est loin d'être aussi cool que Kirk. C'est l'alcool qui leur rosit les joues, mais aussi l'idée que quelqu'un d'aussi grand et gauche que lui puisse avoir même l'idée de danser. Je referme les doigts autour de sa main et je me lève. Si j'étais capable à la fois de leur adresser un bras d'honneur et de franchir la haie sans me casser la figure, je le ferais.

Sur les accords chevrotants de *Let's Twist Again*, Henry et moi rejoignons un groupe de danseurs qui tournoient et s'agitent. Les meilleurs sont les couples d'âge moyen. Jusque-là, ils restaient assez tranquillement autour du bar, à l'extérieur, ou assis à des tables à picorer des antipasti et à sourire de l'enthousiasme des jeunes. Maintenant, ils mettent le feu à la piste de danse. À côté de nous, une femme en chaussures Ferragamo et jupe probablement Chanel avec son mari, qui doit avoir au moins soixante-cinq ans, nous ridiculisent, Henry et moi.

Dans mon cas, ce n'est pas difficile : j'ai l'air d'un épouvantail par grand vent. En revanche, Henry se défend bien. Il ondule des hanches. Il plie les genoux. Un sourire radieux éclaire son visage et ses lunettes glissent sur son nez. Il me surprend à le regarder et se met à rire.

À la fin du morceau, je jette un coup d'œil à notre table. Kirk est parti et Billy et Ayako se penchent au-dessus de sa chaise vide pour parler. Ayako agite les mains et les autres filles hochent la tête pour manifester leur accord avec tout ce qu'elle dit.

Henry me dit quelques mots que je n'entends pas vraiment et s'éloigne pour aller nous chercher un verre de vin. Cela me convient parfaitement parce que je n'ai pas très envie de retourner à la table. Je ne sais pas ce que mijote Billy, mais il me suffit de la regarder pour me douter qu'il y a quelque chose. Je cherche un endroit où m'asseoir près de la fontaine. Je viens d'en trouver un, de l'autre côté de deux vieilles dames qui dégustent des *gelati*, quand les lumières de l'église balaient la place et que je vois Pierangelo.

En jean et en pull, il avance vers moi en se faufilant à travers la foule. Ses yeux rencontrent les miens, mais quelqu'un lui parle. Il s'arrête et pose la main sur l'épaule de son interlocuteur. Il sourit en hochant la tête, rit et articule « *ciao* ». J'ai le trac. Il me semble que j'ai à nouveau seize ans et que le garçon pour qui j'ai le béguin va venir m'inviter à danser.

Maintenant, l'orchestre joue un slow que je reconnais. C'est *Till the Next Goodbye*, des Stones. Pierangelo s'arrête devant moi et me tend les bras. « La plus belle de la *piazza*, dit-il. Le journal est bouclé. Je suis tout à toi. »

C'est la première fois que je le revois depuis que Graziella m'a parlé de sa mère. Comme j'ai eu le temps de me faire à cette idée, je me penche en arrière dans ses bras, je contemple son visage et j'imagine que je vois non pas l'homme élégant que je connais, mais un petit garçon abandonné, un enfant qui se débat pour devenir un adulte et trouver sa place dans ce monde, aimé par son oncle et sa tante, mais conscient que sa mère n'avait pas envie de se donner la peine de l'élever. En souffre-t-il encore ? A-t-il de la peine ?

Je promène les doigts sur la ligne douce de sa joue puis sur ses lèvres pleines. Je lui murmure : « Je t'aime. » Il me sourit avec ses yeux de chat nonchalant, me serre contre lui et me dépose un baiser sur la tête. Il sent les agrumes et la *Colonna de Russe* qu'il achète à la *farmacia*. Son pull de cachemire bleu est très doux.

« Moi aussi, je t'aime, *piccola*. Je t'aime plus que tout. »

Il me murmure ces mots au creux de l'oreille, si près que je sens bouger son corps et que son souffle caresse ma peau.

J'ai l'impression que rien d'autre n'aura plus jamais d'importance.

La musique s'accélère. Piero et moi restons pour danser le morceau suivant. À un moment, nous tourbillonnons et j'aperçois Henry à travers la foule. Debout devant la fontaine, un verre à la main, il a l'air d'un gros chien qui s'est fait gronder et je m'en veux. Je devrais aller le trouver, lui dire quelque chose. Oui, je devrais lui expliquer. Mais il disparaît dans un tourbillon de lumière. Les couleurs passent devant nous et la table m'apparaît dans un éclair étourdissant. Je vois les visages lunaires de Billy et Kirk. Les Japonaises qui les regardent fixement me font rire. J'ai envie de leur faire signe, comme si j'étais sur la grande roue ou un manège et qu'elles restaient clouées au sol dans leur désordre de bouteilles et de verres vides.

La musique finit par s'arrêter. Pierangelo et moi trouvons une place où nous asseoir sur les marches de l'église. Un brouhaha de voix s'élève tout autour de nous. En contrepoint des bavardages en italien, je discerne du français, de l'anglais et une langue qui ressemble à du néerlandais.

« Alors, dit-il, je t'ai manqué ?

— Non ! » Je ris. « Qu'est-ce que tu crois ? »

Pierangelo sourit et hausse les épaules. « Avec les femmes, on ne peut jamais savoir. »

La lumière qui joue sur son visage, rouge et bleue tour à tour, fait ressortir ses pommettes hautes et son nez aquilin. Avant j'aurais pris cette repartie comme la plaisanterie qu'elle veut être. Maintenant, après ce que m'a dit Graziella, je ne peux pas.

« Mais si. Avec moi, tu sais. C'est pour cela que je suis revenue. »

Il m'ébouriffe. « *Cara*, je te taquinais. Et, ajoute-t-il, maintenant que l'article est bouclé, je suis libre.

— Jusqu'à la semaine prochaine ? »

Il hausse les épaules. « C'est Pâques. On n'est pas débordés.

— Tu es content de ton papier ? »

Ma question ne se veut pas compliquée mais Pierangelo devient sérieux. Il secoue la tête. « Oui, répond-il. Bien sûr. Non. Je ne sais pas. Je te l'ai dit : j'admire D'Erreti plus que je ne voudrais. Enfin, je crois. »

Il réfléchit une minute, les yeux fixés sur la file de gens devant nous sans les voir. Je l'ai déjà vu faire ça, disparaître alors qu'il est devant moi, se retrancher dans son monde à lui, où je ne peux pas le suivre. « Le problème, finit-il par dire, autant pour lui-même que pour moi, c'est que je ne sais peut-être plus comment parler de l'Église. »

Du pouce, il me caresse le dos de la main. « Si on ne parle pas des problèmes, explique-t-il, on passe pour

239

un flagorneur. Et si on tape trop fort, on déclenche une interminable diatribe. Je crois que, pour certains d'entre nous, écrire sur l'Église dans ce pays, c'est comme écrire sur un parent qu'on aime mais qui est devenu fou. Sénile et méchant. » Il sourit tristement. En le regardant, je me rends compte qu'il est épuisé. Je n'aurais pas dû lui suggérer de venir ici.

Je lui prends la main et je suis sur le point de lui proposer de rentrer quand survient un incident. L'orchestre se met à jouer et s'arrête. Pierangelo se lève. J'en fais autant mais, comme je ne vois rien, je monte sur la marche derrière lui.

Une colonne de silhouettes blanches est arrivée de nulle part. Elles portent de longues robes et un drôle de truc sur la tête, comme un chapeau pointu. On dirait qu'elles sont apparues au milieu de la *piazza*. Elles sont au moins une soixantaine qui avancent deux par deux en un long serpent blanc qui fend la foule.

Il y a quelques secondes, les gens posaient leur verre, heureux, prêts à retourner danser. Et voilà que le silence s'est abattu sur la place.

Je me hausse sur la pointe des pieds en me tenant aux épaules de Pierangelo, tandis que la colonne arrive à hauteur de la fontaine. C'est alors que je découvre que les silhouettes portent des cagoules, et non des chapeaux. Les longs cônes pointus s'élèvent de leurs épaules, couvrant leur tête et leur visage, percés seulement de fentes pour les yeux.

« Merde, je chuchote à Pierangelo. C'est quoi ? Le Ku Klux Klan ? »

Il secoue la tête. « Des pénitents, corrige-t-il. Ça se fait beaucoup en Espagne, durant la semaine sainte. Ils défilent dans les villes – en particulier Séville. Ces dernières années, j'avais entendu dire qu'il y en avait par ici, surtout dans le Sud, mais je ne n'en avais jamais vu. »

Celui qui marche en tête balance un encensoir qui laisse une petite traînée de fumée dans son sillage. Le moteur d'une Vespa tousse au loin. Un chien aboie. Les rayons de couleur balaient les silhouettes blanches. À mesure qu'elles s'approchent de nous, j'entends l'incessant bourdonnement monocorde et bas de leur psalmodie.

Ils montent sur la piste de danse et la traversent comme des fourmis ou des somnambules et la foule bouge, mal à l'aise. Quelqu'un jette un cri fort et dur et une bouteille vole dans les airs pour aller s'écraser sur les pavés. Le vin gicle, éclabousse et tache les longues robes blanches. Il coule pour former une flaque aux pieds du pénitent de tête.

L'encensoir hésite, perd le rythme et la psalmodie faiblit. Un petit carambolage se produit dans la colonne, qui cale et se déforme tel un train accidenté. Je sens Pierangelo se tendre quand la foule vibre. Des lumières bleues baignent la cime des arbres et la fontaine et frôlent l'étrange cône de la tête du premier de la file au moment où il pivote sur lui-même. Les fentes de son masque se posent sur la masse de visages qui l'entourent. Quelqu'un pousse un nouveau cri, qui reste en suspens dans la nuit. Puis le pénitent baisse les yeux, lève lentement le pied et avance. Le bas de sa robe traîne dans la flaque de vin et de verre brisé.

Un instant, je crois qu'ils vont monter les marches. Au lieu de quoi les pénitents longent le bas du parvis, projetant d'étranges ombres pointues sur la façade de Santo Spirito, et s'éloignent vers le fleuve avant d'être avalés par la pénombre de la ville, laissant derrière eux un parfum d'encens.

Dans une attitude de défi, la foule déferle vers le bar de la fontaine et la piste de danse. L'orchestre se remet à jouer presque frénétiquement. Nous nous rasseyons sur les marches avec les gens qui nous entourent. Le soulagement est palpable, comme si nous venions d'échapper de justesse à quelque chose d'épouvantable. Nous sommes encore en train de reprendre notre souffle lorsque Billy apparaît soudain devant nous, comme un hologramme.

« Maintenant que le KKK est parti, annonce-t-elle avec un grand sourire, nous allons commander à manger. Nous serions très heureux que vous vous joigniez à nous. Mary, ajoute-t-elle, je ne crois pas que tu m'aies présentée à ton ami. » Pierangelo se lève. Ils sont presque de la même taille. « Bien sûr, dit Billy en lui serrant la main et en le regardant dans les yeux. Vous êtes le bel homme qui a apporté les roses ! Et qui avez offert ce ravissant collier à Mary. » Elle saisit le petit nid doré sur ma poitrine et le fait se balancer au bout de sa chaîne comme un pendule. « De nuit, je ne vous ai pas reconnu.

— J'ai vieilli depuis la semaine dernière, répond-il. Considérablement. »

Cela peut paraître plaisant si on ne le connaît pas mais je sens à sa voix qu'il est tendu. Il ne l'aime pas ; je me demande pourquoi. Billy ne s'en rend pas compte. Au contraire, elle rit, et je devine qu'ils ont dû bien s'amuser à la table parce que je jurerais qu'elle sent l'alcool – ainsi qu'un parfum qui est le mien.

« Nous pensions rentrer, dis-je subitement.

— Impossible ! s'exclame-t-elle en prenant la main de Pierangelo. J'ai parié de l'argent. Les autres refusent de croire à votre existence. Ils pensent que Mary vous a inventé ! »

La présence de Pierangelo produit un effet immédiat sur les Japonaises. Dès qu'il s'assied à la table, elles deviennent muettes. Comme des enfants bien élevées, elles répondent quand il les interroge directement mais, hormis cela, elles ne disent pas un mot. Lorsque la nourriture arrive, elles se concentrent sur leur assiette avec l'attention que l'on apporte d'ordinaire aux bouchons à sécurité des flacons de médicaments ou aux mots croisés du *New York Times*.

Pour ma part, j'ai conscience de devoir des excuses à Henry mais ce n'est ni le lieu ni le moment, alors je lui souris bêtement en essayant de lui faire comprendre par télépathie que je suis désolée de l'avoir planté là. Il me rend mon sourire et m'envoie même un clin d'œil. Il fait gentiment la conversation à Pierangelo, lui pose des questions sur Florence. Kirk, lui, se montre sous son jour le plus désagréable.

Il s'appuie au dossier de sa chaise et lorgne Pierangelo tel un babouin mâle dominant en observant un autre. Billy ne fait rien pour arranger les choses, elle se conduit comme si Pierangelo était l'homme le plus fascinant du monde. Elle lui passe le pain, se penche vers lui pour l'écouter, glousse lorsqu'il nous demande ce que nous pensons de la signora et de son académie. Et quand Kirk demande à Pierangelo ce qu'il fait dans la vie, c'est elle qui répond.

« Il est journaliste, annonce-t-elle. Et très connu. En tout cas, c'est ce que dit Mary. »

Elle me refait son sourire 1950. On dirait une Doris Day sous acide. Je me demande ce qui lui arrive. Après sa bouderie de ce matin, elle est assez soûle, mais aussi pétillante, surexcitée. Henry m'a dit qu'il lui était arrivé plus d'une fois de se demander si Kirk n'avait pas un problème avec la cocaïne – et que c'est peut-être même le motif de son « congé exceptionnel » – et je me demande si Billy et lui ne sont pas allés se faire une ligne dans les toilettes ou n'ont pas glissé des pilules d'ecstasy dans leur vin. Je cherche le regard de Henry mais, comme toute la table, il est tourné vers Billy.

« Alors vous faites un grand sujet sur le cardinal ? » demande-t-elle à Pierangelo, de la même façon qu'elle se serait informée sur une équipe de base-ball. Il confirme et elle se met à minauder. Ce doit être fascinant. Elle voudrait qu'il lui parle du Vatican. Kirk remue sur sa chaise et boit encore plus. Les Japonaises mangent, enfournent du risotto, rompent du pain, tassent les miettes du bout du doigt.

« Eh bien, remarque Billy après que Pierangelo lui a dit quelque chose sur Castel Gandolfo, la résidence d'été du pape, au moins, cela doit vous changer. Après ces horribles meurtres dont vous avez assuré la couverture, ça doit faire du bien. »

Tout le monde se tait autour de la table. Les Japonaises arrêtent de mâcher et Kirk pose son verre. Mais Billy est lancée et j'ai l'horrible impression de deviner où elle veut en venir.

« Cette pauvre prostituée qu'on a retrouvée dans le parc. Et la religieuse. Et l'infirmière. C'est affreux. Mary et moi ne sommes pas d'accord. Je trouve que ce qui est arrivé à ces malheureuses devrait l'inquiéter.

— Billy ! » Sans trop savoir ce que je veux faire, bien que prête à tout pour l'obliger à se taire, je commence à me lever. Mais Pierangelo me pose la main sur la cuisse et m'oblige littéralement à rester assise. Avant que j'aie pu dire autre chose, Kirk et Henry demandent d'une seule voix : « Quelles femmes ?

— Il n'y a pas lieu de s'inquiéter, assure Pierangelo en souriant et en me prenant la main. Mary a raison sur ce point. Et vous aussi, signorina : le cardinal est bien plus intéressant. » Mais il est trop tard pour changer de sujet. Billy a ouvert la boîte de Pandore.

Lorsque mes yeux rencontrent les siens et que je lui jette un regard noir, elle sourit d'un air satisfait. Son regard bleu soutient le mien avec autant de défi qu'une enfant tirant la langue. Soudain, je comprends. Elle est furieuse parce que je n'ai pas voulu tenir compte de ses inquiétudes lors de la marche pour Ginevra Montelleone et parce que je l'ai taquinée et ne l'ai pas écoutée, hier, au fort. Du coup, maintenant, elle va me dénoncer et enrôler les autres pour m'obliger à « prendre les choses plus au sérieux ». J'ai envie de la tuer.

« Quels meurtres ? » s'enquiert Kirk. Il parle d'une voix haute et insistante. Tel un requin – ou un procureur –, il a senti l'odeur du sang et il ne va pas se laisser distraire par la soutane rouge d'un cardinal. « De quoi parlez-vous ? »

Pierangelo ne fume presque jamais. Là, pourtant, il sort un étui à cigarettes argenté et un briquet assorti que je n'ai jamais vus et s'en allume une lentement. Il souffle la fumée et considère Kirk comme un chat contemple un oiseau. Je lance un regard à la ronde. La tête baissée, les Japonaises en sont presque à compter

245

les grains de riz dans leur assiette. Ni Henry ni Billy ne me regardent. J'ai l'impression d'être revenue au lycée et de voir deux garçons régler leurs comptes sur le parking. Je vais ouvrir la bouche pour dire que c'est ridicule, mais avant que j'en aie eu le temps, Pierangelo hausse les épaules.

« Elle a raison, dit-il. Des femmes ont été tuées et mon journal a publié des articles sur ces meurtres. Cela n'a rien d'inhabituel.

— Des femmes ? Combien ? s'enquiert Henry.

— Quatre, répond Pierangelo en l'étudiant.

— Quatre ! » Kirk prend la main de Billy, celle avec la bague aux deux cœurs. Il mêle ses doigts aux siens, en un geste de solidarité face à un danger immédiat. « Il n'y a rien eu dans la presse sur ce sujet, récemment. Tu étais au courant ? » me demande-t-il en se tournant vers moi.

Je hoche la tête en jouant avec le pied de mon verre.

« Ça dure depuis combien de temps ? » Kirk m'interroge directement. Je l'imagine en train d'en faire autant au tribunal.

« Environ deux ans, je crois. » Je n'ai pas l'air aussi désinvolte que je le souhaiterais.

« Donc, il y en avait déjà lors de ton dernier séjour ici ? »

Pierangelo serre mon genou sous la table. « C'est le genre de chose qui arrive dans les grandes villes », observe-t-il en faisant tomber sa cendre sur le bord de son assiette.

Mais Kirk ne lâche pas prise. « Enfin, quoi ? demande-t-il. De quoi parle-t-on ? D'un tueur en série ? C'est ce que vous voulez dire ? »

246

Il a encore haussé le ton et parle pour la galerie. Les gens de la table voisine lui jettent des coups d'œil mais il y a trop de bruit sur la *piazza* pour qu'ils puissent entendre ce que nous disons.

« Nos amies ont-elles des raisons d'être inquiètes ? » Il nous englobe, Billy, les Japonaises et moi, d'un geste théâtral qui laisse entendre que nous sommes toutes sous sa protection. « Y a-t-il un malade en liberté dans Florence ? Si c'est le cas, nous avons le droit de le savoir. » Il jette un regard noir à Pierangelo, comme à un potentiel coupable.

Piero ne dit rien. Face à son silence, Kirk se calme. Il fixe la table du regard. D'une main, il tient toujours celle de Billy, et de l'autre il joue avec sa fourchette ; à croire qu'il va s'en servir comme d'une arme. Soudain, un éclair passe sur son visage. Il s'agite, repris par son instinct de procureur.

« C'est ce qui est arrivé à la fille du fleuve, n'est-ce pas ? » Il relève la tête. Ses airs dramatiques ont disparu. Il affiche un visage de marbre. « C'est l'une des victimes, non ? »

Le silence s'est fait autour de la table. Henry tire doucement sur sa barbe et Billy fixe attentivement son assiette. Puis elle lève les yeux sur Pierangelo, le regard distant et pensif, l'air de se demander comment il va s'en tirer. Mikiko pose sa fourchette.

« Elle s'est suicidée », déclare-t-elle.

Elle ouvre grands ses beaux yeux noirs et nous considère comme si nous avions perdu la tête – ou qu'elle le souhaitait. « C'est ça, hein ? C'est bien ce qui lui est arrivé, non ? »

On sent une pointe de peur dans sa voix. Elle se tourne vers Pierangelo et le supplie du regard de confirmer. « Florence est une ville très sûre », affirme-t-il. Mikiko hoche la tête. Ses cheveux noirs et lisses chatoient dans la lumière. « La fille a sauté du pont, décrète-t-elle. Personne ne l'a tuée. C'était écrit dans les journaux. »

Piero écrase sa cigarette. « Pour autant que je le sache, dit-il, elle s'est noyée. »

Mikiko le gratifie d'un sourire nerveux puis se replonge dans son dîner. Henry cesse de tirer sur sa barbe. Kirk prend son verre ; il a l'air légèrement contrarié. On dirait qu'il vient de se rappeler qu'il ne fallait jamais déroger à cette règle cardinale : ne pas poser une question dont on ignore la réponse. Quant à moi, je n'ai qu'une envie, rentrer. C'est alors que Billy mange une bouchée et regarde Pierangelo en souriant.

« Très intéressant, commente-t-elle, mais faisons comme si ce n'était pas le cas. Simple hypothèse d'école. En général, les tueurs en série ne s'arrêtent pas, si ? Vous ne croyez pas qu'il y a lieu de s'en inquiéter ? J'ai entendu dire que, parfois, cela devenait une sorte de jeu, ajoute-t-elle en piquant un autre tube de pâte avec sa fourchette. Il paraît qu'ils laissent des indices délibérément. Par exemple, le genre de couteau qui a servi...

— Un couteau ? » Mikiko pose son verre et nous regarde tour à tour. « Elle a été tuée avec un couteau ? Mais vous venez de dire...

— Oh, pour l'amour de Dieu ! »

Henry prend la carafe et verse du vin rouge sombre dans nos verres en éclaboussant un peu la nappe blanche. « Allez, c'est la fête, ce soir. Ça suffit, d'accord ? Des femmes ont été attaquées il y a longtemps et une fille a sauté d'un pont. On n'a quand même pas affaire au Monstre de Florence. »

Je l'embrasserais.

Ayako tapote l'épaule de Mikiko. « Tu vois, dit-elle. Il n'y a pas de monstre à Florence. »

Elle n'a pas saisi la référence de Henry au tueur le plus célèbre de la ville, et personne n'éprouve le besoin d'éclairer sa lanterne. Kirk s'est renversé contre le dossier de sa chaise. Même Billy se tait.

« En tout cas, ça fait assez peur ! Comme un mauvais film ! » Mikiko rit et laisse Henry lui resservir du vin. Même Tamayo intervient.

« Miki est très peureuse », déclare-t-elle.

Ce doit être la première phrase qu'elle prononce depuis le début de la soirée. L'entendre parler nous prend tous par surprise. En temps normal, elle est d'une extraordinaire timidité. Billy lève le nez du motif qu'elle est en train de tracer sur la nappe avec son ongle. Tamayo regarde autour d'elle et s'amuse de l'effet qu'elle a produit.

« Miki ne peut pas regarder les films qui font peur », annonce-t-elle en gloussant. Elle prend son verre et secoue la tête d'un air incrédule. « Elle met la tête sur mes genoux, précise-t-elle. Même les tableaux lui font peur ! Si vous l'aviez vue à Mantoue…, confie-t-elle en riant.

— Qu'est-ce que vous avez fait ? Vous êtes allées voir *Le Fils de Dracula* avec le signore Catarelli ? » Kirk parvient à esquisser un sourire. Quand Mikiko éclate de rire et fait la grimace à cette idée, nous rions tous avec elle et nos idées noires volent en éclats.

« Nooonnn. Beurk. Mais il y avait un tableau de Mantegna, raconte une Ayako aux joues rosies par le vin qui la rend volubile. J'en parlais à Billy ; il est vraiment dégoûtant. Il représente la Haine. Elle ressemble à une horrible vieille guenon et elle a quatre petits sacs de graines accrochés aux épaules. »

L'orchestre s'est remis à jouer. Le swing envahit la *piazza*. Des gens applaudissent. J'ai l'impression d'être dans un avion au décollage et d'avoir les oreilles bouchées. Ma tête va exploser sous la pression.

« Des sacs ? » Ayako ne semble pas m'avoir entendue. Elle s'est remise à manger et elle ne veut pas parler la bouche pleine.

Billy a ôté sa main de celle de Kirk et prend son verre de vin. Maintenant, je sais de quoi elle a parlé avec les filles, tout à l'heure. De leur voyage à Mantoue. C'est le tableau qu'elles ont vu, la Haine avec ses poches de graines, qui l'a mise dans cet état.

Ayako finit sa bouchée et hoche la tête. « Le signore Catarelli nous a expliqué. Quelqu'un essaie de chasser les Vices du jardin d'Éden. La Haine, c'est cette espèce de singe. Elle est toute flétrie, n'a qu'un sein et ces quatre petits sacs sont accrochés à ses épaules. »

Billy évite de me regarder. « Quatre ? demande-t-elle.

— Oui.

— Et ils sont emplis des graines du diable. C'est bien ce que vous m'avez dit ?

— Oui. Et les sacs sont rouges, ajoute Mikiko. La couleur du péché, précise-t-elle en riant. Comme toi, Femme écarlate ! Tu devrais aller à Mantoue.

— Oui, renchérit Tamayo, il faut y aller. C'est une très belle ville. Et un tableau extraordinaire. Mantegna est un artiste vraiment très intéressant. Tu aimerais.

— J'en suis sûre, répond Billy. J'ai hâte d'y être. »

14

Pierangelo et moi décidons de partir quelques minutes plus tard.

Kirk a emmené Billy danser et les Japonaises semblent avoir changé d'avis sur Henry. Telles trois Lilliputiennes, elles lui font franchir la haie de plastique en riant d'excitation et l'entraînent sur la piste où des couples enlacés ondulent, titubant légèrement au son d'une musique lente et sirupeuse.

Quand nous nous levons, Piero se passe la main sur le visage et secoue la tête. Je me sens molle. Billy, un. Moi, zéro. Elle aurait aussi bien pu prendre le sachet rouge qu'on a retrouvé épinglé à l'épaule de Ginevra Montelleone et me le jeter au visage.

« Tu crois que cela signifie quoi ? dis-je à Piero alors que nous nous frayons un chemin à travers la *piazza* bondée. »

À nouveau, il secoue la tête. Puis il me prend la main quand un couple manque nous bousculer et s'éloigne d'un pas chancelant. « Je ne sais pas.

— Mais tu penses que ça veut dire quelque chose ? C'est forcé.

— Oui, probablement.

— Tu vas en parler à Pallioti ?

— *Certo*. Cela dit, ils le savent sans doute déjà. Ils ont des spécialistes qui travaillent sur ce genre de question. Le syndrome de Stendhal version meurtrière.

— Mais tu vas l'appeler ? » Je m'arrête en lui tirant sur la main comme un enfant capricieux. « Tu vas t'en assurer, même s'il a déjà tous les éléments ? »

Piero se tourne vers moi. « Bien sûr que je vais l'appeler, *cara*, assure-t-il avec une note d'exaspération dans la voix. Je te le promets. »

Une atmosphère d'ivresse indolente règne maintenant sur la place. Pierangelo est si fatigué qu'il se balance au rythme de la musique, les yeux mi-clos.

« Rentrons, s'il te plaît », dit-il. Je hoche la tête. Mais je me rends compte que je n'ai prévenu personne de notre départ. J'ai beau être furieuse après Billy, il me semble que c'est la moindre des choses de la mettre au courant. Je me faufile au bord de la place, Pierangelo à ma suite. En arrivant à côté de la fontaine, d'où nous voyons notre table, nous nous arrêtons tous deux.

La dispute a dû éclater aussi vite qu'un orage d'été parce que, il n'y a pas cinq minutes, Kirk et Billy dansaient. Là, ce n'est plus du tout le cas. Debout à côté de la table vide, ils se querellent violemment. Bien que nous soyons trop loin pour entendre ce qu'ils se disent, c'est à l'évidence beaucoup plus grave qu'à Fiesole.

Billy a les bras tendus et les poings serrés. Elle écume pratiquement de rage. Je ne l'ai jamais vue dans cet état, le cou raide, le dos tendu ; ça donne la chair de poule. On a l'impression que quelqu'un d'autre habite son corps. Lorsqu'elle se dresse de toute sa hauteur dans sa robe rouge, elle est redoutable. Et magnifique. Au fond, je la soupçonne d'aimer cela. Une diva dans un grand rôle dramatique.

Cependant, Kirk a l'air affligé. Instinctivement, je cherche Henry du regard ; il va savoir arranger ça. C'est son métier, après tout. Hélas, quand je le repère dans la foule, il n'a pas l'air de se rendre compte de ce qui arrive. Entouré d'un essaim de sorcières et d'hommes à demi masqués, il sourit béatement, les lunettes de travers, et danse avec les Japonaises comme Pan avec ses nymphes.

D'autres gens déguisés sont apparus. Un Dante et un moine accompagnés chacun d'un ange de Botticelli passent devant nous. Sur les marches de l'église, un Roméo pelote une Juliette. Un garçon en jean et baskets s'est emparé d'un capuchon de pénitent. Il se promène solennellement entre les danseurs, balançant une bouteille de bière en guise d'encensoir, et bénit les couples qui se trouvent sur son passage.

À la table, Kirk est immobile, très pâle. Il croise les bras sur la poitrine et relève le menton comme s'il s'attendait à ce que Billy le gifle. Maintenant, ils ont des spectateurs. Les gens de la table d'à côté ont renoncé à faire semblant de ne rien voir et les observent ouvertement. D'autres les regardent d'où nous nous trouvons en riant et en murmurant, chacun prenant parti pour l'un ou l'autre. Quelqu'un applaudit. Billy se penche vers Kirk, si près qu'elle pourrait presque l'embrasser. Elle parle en agitant les mains puis, tout à coup, elle enlève sa bague avec les cœurs et la lui jette avant de tourner les talons.

Il veut la rattraper mais elle saute la haie de plastique piétinée et il reste seul près de la table jonchée de verres et de bouteilles, un bras en l'air. Au bout d'une seconde, il se penche pour chercher la bague parmi les serviettes en papier et les taches de vin renversé, puis il se laisse tomber sur sa chaise.

J'ai l'impression de devoir intervenir. Mais Pierangelo pose une main sur mon épaule et secoue la tête. Il a raison. Je ne ferais que gêner Kirk. Quand il incline la tête, je découvre Billy.

Elle danse déjà avec quelqu'un d'autre. L'orchestre joue à nouveau une sorte de jazz rapide et elle virevolte sur la piste. Sa jupe se gonfle autour de ses jambes comme un parasol. Les gens s'écartent pour lui faire de la place. Son cavalier qui porte un masque de carnaval, doré d'un côté, argenté de l'autre, la fait tourbillonner si vite que ses cheveux se détachent. Ils tombent dans son dos en une cascade de boucles emmêlées et de frisettes avant de former un rideau quand il l'incline presque jusqu'à terre.

Lorsque son danseur la relève, Billy lui noue les bras autour du cou. Nos regards se croisent. Je jurerais qu'elle sourit.

Le lendemain, c'est le dimanche des Rameaux. Il pleut, et Pierangelo et moi faisons la grasse matinée. Je me réveille une fois, de bonne heure, et j'entends tomber une pluie battante. Comme si on avait allumé une douche sur la terrasse sur le toit. Une lumière grise filtre à travers les stores de lin et je me rendors. Je ne sais pas combien de temps s'écoule avant que je me retourne et que je cherche à tâtons Pierangelo qui dort à côté de moi. Ou plutôt non, parce qu'il me prend la main et me baise le bout des doigts.

« Bonjour, belle endormie », dit-il. J'ouvre les yeux et je le découvre sur le bord du lit, déjà habillé.

« Tu es debout depuis longtemps ?

— Un petit moment, répond-il en souriant. Il est presque dix heures.

— Tu plaisantes. » Je m'assieds et me passe les mains dans les cheveux. Nous étions si fatigués en rentrant hier soir que nous nous sommes endormis à peine la tête sur l'oreiller. Malgré cela, je suis raide et j'ai mal partout. C'est la danse. Je commence à être trop vieille pour mon numéro d'épouvantail. « J'ai dû dormir dix heures. Je crois que mes muscles se sont atrophiés.

— Prends un bain bien chaud, suggère Piero en se levant. Je te le fais couler. »

Les événements de la nuit me reviennent. Les lumières changeantes, désagréables. Les pénitents en blanc si bizarres. La dispute de Billy et Kirk. L'épouvantable dîner.

« Tu l'as fait ? » je lui demande brusquement.

Pierangelo se retourne et me sourit à nouveau, la main sur la poignée de la porte. « Oui, *piccola*. Je t'avais dit que je le ferais, et je l'ai fait.

— Et alors ? »

Il entre dans la salle de bains en riant. J'entends l'eau commencer à couler. « L'*ispettore* Pallioti t'envoie ses hommages », lance-t-il.

Je sors du bain. Le couvert est mis. Il y a des pâtisseries, des fruits, du café, un vase de roses au centre de la table. Et deux exemplaires du journal du dimanche. L'article de Pierangelo sur D'Erreti s'étale sur six pages. « *Un demi-siècle dans l'ombre de Dieu* ». Nous lisons en silence, une tasse de café à la main.

Samedi prochain, la veille de Pâques, Massimo D'Erreti aura cinquante ans. Pierangelo rappelle sa carrière au sein de l'Église en se concentrant particulièrement sur son travail missionnaire en Afrique, où il a été fortement influencé par certains des évêques africains les plus à droite. Repéré dès le début, il fut ensuite envoyé aux États-Unis. Quand il revint en Italie au début des années quatre-vingt-dix, sa façon de penser était déjà à peu près fixée.

Comme Savonarole cinq siècles avant lui, le cardinal met en garde contre la « Croix noire » qui flotte non seulement sur Florence mais sur toute la société occidentale. Dans une récente interview, Son Éminence déclarait que : « La libéralisation des mœurs dans les années soixante et soixante-dix nous a tous entraînés sur la mauvaise voie. Dans notre propre pays, nous avons connu le fléau des Brigades rouges et des Années de plomb. En Afrique et dans le monde entier, nous connaissons le fléau du sida. Nous voyons des innocents mourir avant d'être nés au nom des « droits » de leur mère. Et nous nous sommes éloignés de Dieu. Nous nous sommes perdus. Désormais, le devoir de l'Église est d'être notre capitaine dans la tempête et de nous conduire sains et saufs à la maison de Dieu.

Sa nomination à l'épiscopat de Florence fut, selon lui, une occasion de faire preuve d'humilité et de servir sa ville natale qu'il aime tant. Je comprends aussitôt pourquoi Pierangelo s'identifie à lui, même à contrecœur. Non seulement ils ont le même âge et sont aussi attachés l'un que l'autre à Florence – ce que Piero considère pour ainsi dire comme un devoir moral – mais de plus, Massimo D'Erreti semble être un authentique populiste, ce que, je le sais, Pierangelo admire. Je me demande si, ayant vécu les mêmes décennies et en ayant tiré des conclusions aussi opposées que fortement ancrées, ils ne sont pas comme le côté pile et le côté face d'une même pièce, l'un politiquement à droite, l'autre à gauche.

Comme le protagoniste du roman de Morris West Les Souliers de Saint-Pierre, *Son Éminence s'échappe parfois incognito pour se mêler aux citoyens de la ville. « Selon un vieux proverbe : "Les franciscains aiment les plaines et les dominicains les villes." » Je ne connaîtrai mes enfants que si je peux me promener parmi eux, dit-il. Après tout, Notre Seigneur se rendait sur les marchés aussi bien que dans les temples. Et quand je vois une malheureuse, une droguée, une prostituée, une mendiante, que puis-je faire d'autre que la regarder et voir la femme qui pourrait être ma mère ? Qui pourrait être notre mère à tous, car nous partageons une Mère universelle. Nous sommes tous les enfants de Marie. Et que nous en ayons conscience ou non, nous vivons tous notre enfance devant Dieu.*

Je regarde le sommet du crâne de Pierangelo qui se penche sur un autre article. Ses boucles commencent à grisonner. Je comprends sa frustration, pourquoi cet article lui a donné tant de mal. *Massimo D'Erreti, homme du peuple.* Le cardinal répète le rôle depuis toujours et il le joue bien. Savoir ce que cela cache en réalité et trouver le moyen de le révéler doit être un vrai casse-tête. Le premier Savonarole, au moins, était laid.

La page suivante est presque entièrement consacrée à des photos. Ces fameuses photos qui ont fait vivre un

257

enfer à Piero en début de semaine. Il a fallu en dénicher – y compris d'assez anciennes –, les vérifier et rédiger des légendes précises : un vrai cauchemar. Je découvre D'Erreti jeune homme, au séminaire, nouvellement ordonné et, plus tôt encore, enfant de chœur. Il y a aussi des gamins assis en rang devant une grande maison, entre deux prêtres, l'air malheureux. D'Erreti est le troisième en partant de la gauche. Il fait un peu mauviette et semble gelé dans son short foncé et ses chaussures à lacets. Ce doit être une photo de classe. Je lis la légende et mon cœur se met à palpiter. « *Enfant abandonné, élevé par l'Église, le jeune Massimo a trouvé refuge auprès de Dieu et pris conscience très tôt de sa vocation.* »

Maintenant, je comprends l'autre aspect de la sympathie de Pierangelo, et même de sa fascination pour le cardinal. Il est attiré instinctivement par son semblable, comme je le suis par les photos des mortes. Peut-être se rend-il compte de ce qu'il aurait pu devenir si les circonstances avaient été un tout petit peu différentes – s'il n'avait pas eu de tante aimante ni d'oncle pour jouer le rôle de père à la place de Dieu. Ce n'est pas seulement que Massimo D'Erreti et Pierangelo Sanguetti sont tous deux des idéalistes particulièrement attachés à Florence. Ils sont tous deux orphelins.

Je me lève, passe les bras autour des épaules de Piero et pose la joue sur sa tête. Il me prend les mains distraitement et mêle ses doigts aux miens.

Il est plus de dix-sept heures quand le téléphone sonne. Pierangelo va répondre. Quand il revient, il me demande si j'ai envie d'aller dîner chez des amis à lui à Tavarnuzze. Une soirée toute simple, précise-t-il, mais ils ont une villa de rêve. Je vais apprécier l'architecture. Il me taquine, bien sûr. Il sait parfaitement que j'ai très envie d'y aller. Je ne connais presque aucun de ses amis et je désire beaucoup faire leur connaissance. Mais je n'irai pas dans cette tenue. Piero hausse les épaules. Pas de problème. On s'arrêtera chez moi en partant pour que je puisse me changer.

Il tombe encore des cordes lorsque nous arrivons. Le vent s'est levé et la pluie frappe la voiture de côté, si fort qu'on a l'impression que quelqu'un nous jette des seaux d'eau. Piero se gare en face de chez moi. Je lui conseille de m'attendre en écoutant son disque préféré des arias de Puccini. Je n'en ai pas pour plus d'un quart d'heure.

Je traverse la rue en courant. Une bourrasque me frappe et manque de retourner mon parapluie. Je bataille pour essayer de le tenir d'une main et de sortir mes clés de l'autre quand une silhouette noire apparaît sous la voûte d'entrée. C'est un prêtre qui doit avoir dit la messe à la signora Raguzza. Avec sa pèlerine imperméable, son chapeau traditionnel et son parapluie, il a davantage l'air d'une religieuse que d'un prêtre. Il me tient la grille de sa main gantée. Alors que je monte les marches en courant, je le frôle au passage.

Des flaques se sont formées dans la cour et les citronniers ont l'air plus minables que jamais. Les volets, chez Sophie-Sophia, sont clos. La famille doit être partie pour les congés. La porte d'en bas est fermée à cause du vent. Il fait si sombre à l'intérieur que j'allume. Je monte l'escalier quatre à quatre.

En entrant, je devine que Billy n'est pas là. L'appartement semble froid et vide. J'appelle tout de même et je jette un coup d'œil dans les pièces pour m'en assurer. Puis je fouille dans mon placard ; je finis par choisir une jupe, des bottes et une blouse d'un bleu-vert profond que Pierangelo m'a offerte. Ce qu'il me faut, c'est une ceinture. Une grosse ceinture fantaisie. Je n'en ai pas, mais Billy, si. L'autre jour, elle est revenue du marché avec une ceinture en cuir bien large et magnifique, ornée de pièces et d'éclats de turquoise. J'espère qu'elle ne l'a pas mise. Par chance, en allant dans sa chambre, je la trouve tout de suite, enroulée dans le premier tiroir de sa commode. Après l'avoir passée, je jette un coup d'œil à sa boîte à bijoux. Billy est la reine des boucles d'oreilles. Comme prévu, j'en trouve une paire qui va avec ma tenue. En les prenant, je découvre une jolie montre bleue. Ça, c'est du Billy tout craché. Elle préfère casser les pieds à tout le monde en demandant l'heure toutes les dix minutes. J'examine ses rouges à lèvres pour voir s'il y en a un qui m'aille mais nous avons des teints trop différents. J'ai mis les boucles d'oreilles et je suis en train d'admirer le résultat dans le miroir de Billy lorsque mon téléphone se met à couiner. Je regarde l'heure en courant dans la cuisine le prendre dans ma veste. Cela fait précisément quatorze minutes que je suis sortie de la voiture. Les hommes sont incroyables. « *Je te vois* », dit le SMS. Je vais à la fenêtre du salon et lui fais signe avant de répondre : « *Moi aussi.* » Puis je glisse l'appareil dans ma poche et j'écris à Billy un mot que j'appuie contre la télévision. « *Je dors chez Piero. Piqué ta ceinture et tes boucles d'oreilles. Les rapporterai avec une bouteille de vin. M.* »

Les vitres de la BMW sont tellement embuées que je ne vois pas à l'intérieur et que je dois frapper à la portière pour que Piero m'ouvre, ce qui est désagréable : je suis en train de me faire tremper. Quand je saute à l'intérieur et que je jette mon parapluie à l'arrière, il se penche et m'embrasse, puis il lève un doigt et articule silencieusement : « Attends. » L'aria de *Madame Butterfly* emplit la voiture. Pierangelo ferme les yeux, l'air extatique. Il bouge doucement les mains au rythme de la musique.

« Tebaldi, dit-il alors que les dernières notes flottent encore dans l'air. Sublime. » Puis il met le contact et démarre sur la route mouillée.

Quelques secondes plus tard, nous nous arrêtons à un feu de la Via Maggio. Des silhouettes fantomatiques traversent en courant devant nous : une personne en imperméable qui porte un chien, deux religieuses bras dessus, bras dessous et une grande femme avec une écharpe sur la tête. Je suis sûre que c'est Billy. Je me retourne quand elle passe à côté de nous sur le trottoir, j'essuie la buée sur la vitre et je lui fais signe, mais elle ne me remarque pas. Une seconde plus tard, elle disparaît, avalée par la pluie, tandis que nous avançons et tournons en direction de la Porta Romana.

Je ne vois pas Billy le lendemain ni le surlendemain. Cela n'a d'ailleurs rien d'étonnant, dans la mesure où je ne passe qu'une dizaine de minutes à l'appartement, le temps de remettre sa ceinture et ses boucles d'oreilles dans sa chambre et de récupérer quelques affaires de rechange.

Pierangelo a pris le lundi et presque tout le mardi. Nous allons à Vinci voir le musée Léonard. Nous nous promenons parmi les machines volantes en bois et admirons la maquette de sous-marin reconstituée. Le lendemain matin, Piero passe quelques heures au bureau. Ensuite, nous allons à Pise, où nous déjeunons longuement, nous nous prenons mutuellement en photo au pied de la tour, achetons une boule à neige dans laquelle est enfermé le Campo dei Miracoli et nous attardons au bord de l'Arno pour admirer le ravissant écrin de la Spina, la petite chapelle, modèle de perfection, construite pour abriter une épine de la couronne du Christ. Le soir, nous nous arrêtons à Lucques, nous promenons sur les remparts main dans la main et dînons sur la Piazza San Martino, admirant les hirondelles qui descendent en piqué devant la cathédrale.

Maintenant, les minivacances sont terminées. On est mercredi matin, de bonne heure. Je regarde dormir Pierangelo, qui doit être au bureau dans quelques heures. Une fine brume de barbe ombre ses joues et son menton. Il rêve.

Je prends mes chaussures, entrouvre la porte et me glisse sans bruit dans le salon. Il est six heures trente et je suis réveillée depuis un moment. Le réveil de Piero va sonner dans une demi-heure et je me dis que je ferais aussi bien de le laisser seul à son chaos habituel du matin. Je fouille dans le tiroir de la cuisine en quête d'un bout de papier et d'un stylo et je lui laisse un mot pour lui dire de m'appeler plus tard. En voulant le poser contre la cafetière pour être sûre qu'il le voie, je tombe sur l'étui à cigarettes en argent qu'il a utilisé l'autre soir. C'est plus fort que moi. Je le fais glisser vers moi sur le plan de travail et je l'ouvre.

J'ai beau ne pas être experte en orfèvrerie, je me rends compte que c'est un bel objet. Il est lourd, lisse et frais dans ma main. Il contient deux cigarettes retenues par une bande d'argent, mais ce qui m'intéresse, c'est l'inscription. En caractères romains masculins, elle est belle aussi, élégante et surprenante. J'imagine que c'est un cadeau de Monica ; je me trompe. *Pour Piero, avec tout mon amour, pour toujours. Ottavia.* Je sens un désagréable pincement au creux de l'estomac. Puis je regarde la date gravée au-dessous : *21 avril 1980*. Je ne sais pas qui est cette Ottavia, mais cela remonte à une époque bien antérieure à ma rencontre avec Pierangelo. Je referme le couvercle et remets l'étui à cigarettes où je l'ai pris. Puis je traverse le salon, mes chaussures à la main pour ne pas réveiller Piero, et je sors.

Le ciel est de la couleur d'une pêche pas tout à fait mûre. Une petite bouffée de nuages flotte au-dessus des toits et devient jaune pâle dans les rayons du soleil. Je coupe par la Piazzetta del Limbo en dressant l'oreille pour entendre le bruissement des bébés morts sans avoir été baptisés. Sur le Lungarno, je suis accueillie par le vrombissement des balayeuses qui avancent un moment devant moi avant de tourner brusquement en direction de la cathédrale.

Dans quatre jours, c'est Pâques, le plus grand événement de l'année à Florence. Les célébrations sont un curieux mélange de paganisme et de christianisme, comme si, malgré les efforts de D'Erreti, la ville cherchait encore à se couvrir en apaisant d'éventuels dieux inconnus. Pendant que le cardinal dira la messe dans le Duomo, une parade costumée défilera dans les rues, avec son célèbre char garni de fusées de feu d'artifice tiré par un bœuf blanc orné de guirlandes. Entouré de cracheurs de feu et de trompettistes, le *scoppio del carro*, comme on l'appelle, ira s'arrêter juste devant la porte. À la fin de l'office, le cardinal lâchera depuis le maître-autel une colombe mécanique qui filera le long d'une corde pour bombarder en piqué le chariot garé dehors. On espère qu'elle déclenchera alors un magnifique feu d'artifice. La colombe est censée contenir des silex ramassés par Marie-Madeleine au pied de la vraie Croix et l'idée générale, c'est que si le feu d'artifice explose avec suffisamment de vigueur, Florence sera heureuse et prospère. En revanche, si le tir rate, les douze mois à venir seront difficiles.

Billy tient absolument à ce que nous suivions la parade ensemble puis que nous buvions le traditionnel verre de prosecco sur le Ponte Vecchio avant d'aller au festin auquel Henry nous a conviés dans l'appartement de Torquato Tasso. Elle a même rédigé les invitations avec son stylo violet favori. La nôtre est arrivée au courrier d'hier. Nous avons décidé de nous joindre à eux pour la parade, mais pas pour le festin, parce que Pierangelo a organisé une sortie spéciale pour l'occasion. Il m'emmène déjeuner à la Villa Michelangelo, à Fiesole.

Sur le Ponte Vecchio, je m'arrête et regarde le fleuve. Un outrigger glisse en silence sur l'eau. Est-ce celui qui a trouvé Ginevra ? En passant sous le pont, il lève les yeux et me sourit sans cesser de ramer avec une régularité de métronome.

Le garde-fou autour du buste de Cellini est décoré de cadenas sur lesquels sont peintes les initiales des amants qui se sont juré une fidélité éternelle. Avec leurs volets fermés, les boutiques des bijoutiers ressemblent à des huches à pain géantes. Quelques sans-abri ont passé la nuit autour de la fontaine publique et sont encore allongés sur leur couverture, un gros sac de plastique sous la tête en guise d'oreiller.

À l'épicerie, la signora est au comble de l'excitation. Les pâtisseries et les journaux du matin sont arrivés, mais pas Marcello, si bien qu'elle doit s'occuper seule de tous les clients qui font la queue. Elle marmonne des phrases sans suite sur l'irresponsabilité des jeunes et dit à qui veut l'entendre que cela ne serait jamais arrivé de son temps à elle. Je crois secrètement qu'elle est ravie et, quand Marcello arrive enfin, il semble d'accord avec moi. Il gare la Vespa aux légumes au moment où je pars et me fait un clin d'œil. Il a le regard brillant et ne rougit même pas quand je lui rends son œillade. Il a peut-être passé une très bonne soirée au bar à vin... J'attrape au vol la fraise qu'il prend dans la caisse et qu'il me lance.

L'appartement est plongé dans un silence complet. Je me déchausse pour ne pas faire de bruit en marchant sur le sol de marbre. En chaussettes, je vais dans la cuisine. La porte de la chambre de Billy est entrouverte. Je vais la fermer sur la pointe des pieds afin de ne pas la réveiller. Je m'attends à voir la forme de son corps sous les draps, des vêtements sur le pied de lit en laiton, des chaussures abandonnées au milieu de la chambre. Mais il ne fait même pas noir ; le grand store métallique est ouvert et le couvre-lit jaune pâle est tiré sur son oreiller. Derrière la porte, je découvre sa ceinture sur le dossier de la chaise, là où je l'ai laissée lundi matin.

En entrant, je m'aperçois que ses boucles d'oreilles n'ont pas bougé non plus : elles sont encore sur la commode, entourées de bâtons de rouge à lèvres, de barrettes et d'une série de flacons de produits pour les cheveux. Des cartes postales des tableaux préférés de Billy sont coincées dans le cadre du miroir. Des portraits par Bronzino de Marie de Médicis et de sa mère, Éléonore de Tolède, me regardent. C'est curieux, mais, de nous tous, Billy est sans doute la meilleure élève. C'est celle qui prend des notes et lit des livres. Gombrich et Burkhardt sur la Renaissance et *Les Voix du silence* de Malraux sont empilés sur la table de chevet à côté d'une photo encadrée un peu floue d'une maison au milieu d'un champ envahi par la végétation. Elle m'a dit que c'était la ferme de son grand-père, ou plutôt ce qu'il en était resté après qu'il avait été ruiné par la Grande Dépression et le désert de poussière.

Soudain, je me fais l'impression d'un enfant surpris en train de fourrer son nez où il n'a pas le droit et je me retourne, sûre de découvrir Billy sur le seuil. Mais il n'y a personne. Troublée, je ressors et, pour faire bonne mesure, je ferme la porte derrière moi.

Je vais sur le balcon. De fins gravillons s'accrochent au-dessous de mes chaussettes. Chez Sophie, tous les volets sont encore fermés ; on dirait que la maison d'en face ferme les yeux. Je rentre me faire du café en chantonnant – faux. Pendant que le percolateur gargouille, je passe dans le salon.

Une lumière laiteuse entre par la grande fenêtre. Les coussins sont en désordre sur le canapé, avec une paire de chaussettes roses de Billy. Un verre à vin a été abandonné sur la pile de livres sur la tablette à côté de l'accoudoir. Le dépôt cristallisé dans le fond va être infernal à nettoyer. Et puis il y a les cartes postales. Billy a recommencé à les disposer par terre mais, cette fois, elle a poussé la table basse.

Je regarde le canapé et le verre et je la vois presque, son vin dans une main, une cigarette dans l'autre, en train d'étudier sa création. Le coussin est même un peu affaissé là où elle s'est assise. La cafetière se met à siffler comme un train entrant en gare. Je vais l'ôter du feu, me servir et je reviens. En m'asseyant, je découvre le cendrier de métal vert à côté des livres. Bien entendu, il contient un mégot dont le filtre est cerclé de rouge à lèvres écarlate.

Cette fois, Billy a composé une sorte de spirale. Le cercle extérieur est constitué de scènes représentant Florence : des scènes de la vie de Marie par Ghirlandaio, avec la Loggia dei Lanzi à l'arrière-plan, des scènes de Bonaiuto provenant de la chapelle des Espagnols, une procession de mariage se dirigeant vers le Baptistère, la Santa Trinità tirée de la fresque de Stradano du Palazzo Vecchio. Et, bien sûr, Savonarole au milieu des flammes.

À l'intérieur du cercle, la ville cède peu à peu la place aux personnages. Il y a une sinistre résurrection de Piero della Francesca, l'expulsion d'Adam et Ève que l'on peut voir dans la chapelle Brancacci et d'autres – un Christ moqué de San Marco, une crucifixion de Giotto, un saint Sébastien que je ne reconnais pas, une femme nue avec une auréole et de longs cheveux noirs qui cachent son corps, une autre femme qui porte un plateau. À l'intérieur encore, une série de madones : Botticelli, Simone Martini, Michel-Ange, Raphaël. Et puis la photo de Billy en Pérugin.

Je sursaute involontairement en découvrant, au milieu de la spirale, la carte postale d'un tableau que je n'ai jamais vu mais que je reconnais tout de suite. Un jeune homme lève son épée et fait fuir des créatures d'un jardin. Elles trébuchent, rampent et volent. Parmi elles, un singe au visage de vieille femme, au sein flétri, aux bras difformes, marche sur ses pattes de derrière, quatre petits sacs rouges pendant de ses épaules osseuses et nues.

C'est grotesque. Billy a dû remuer ciel et terre pour la trouver et passer tous les kiosques et les boutiques des musées au peigne fin. Peut-être même est-elle allée chercher son trophée à Mantoue.

Une façon de m'empêcher d'oublier. Je reste quelques secondes assise à regarder la spirale puis je me lève et je sors du salon en claquant la porte.

Je dois prendre sur moi pour ne pas y retourner et bousculer les cartes postales de Billy. Mais je résiste. Elle a fait cela pour me pousser à réagir, comme quand elle m'a aiguillonnée devant les autres samedi soir ou quand elle a laissé mon maquillage en pagaille sur ma commode ; il n'est pas question que je lui donne cette satisfaction. J'ai l'impression que nous nous livrons à une espèce de bras de fer silencieux. Il faut que je rassemble mes forces. J'ai eu tort de lui parler, je crois. C'était vraiment idiot. J'aurais mieux fait d'obéir à mon instinct et de me taire. Je prends un long bain pour me calmer puis je m'attaque au ménage de la cuisine avec une détermination maussade.

Je m'apprête à faire les carreaux quand le téléphone sonne.

Je sais que ce n'est pas Pierangelo : il m'appelle toujours sur mon portable. Ce doit être Billy. Je reste une seconde dans l'entrée, la main sur la poignée de la porte du salon, à me demander si je ne vais pas laisser le répondeur s'enclencher. Puis je me dis que c'est peut-être Henry ou quelqu'un d'autre qui me cherche. Je vais répondre en enjambant les cartes postales et en faisant bien attention à ne pas en déplacer une seule.

« Bill ? » fait la voix à l'autre bout du fil quand je décroche. Il me faut un instant pour me rendre compte que c'est Kirk.

« C'est Mary, dis-je. Désolée, elle n'est pas là. »

Il marque une pause assez longue. « Ah, finit-il par répondre. Tu sais où elle se trouve ?

— Aucune idée. Je suis revenue il y a deux heures mais elle était déjà sortie. Je me suis dit qu'elle était peut-être avec toi. »

Je les croyais réconciliés.

Kirk pousse un long soupire théâtral. « J'ai l'impression qu'elle ne veut plus me parler. En tout cas, elle n'a répondu à aucun de mes messages. Je lui ai dit de prendre un portable, merde. J'ai même proposé de lui en offrir un, mais elle refuse. J'en ai marre de la supplier sur le répondeur de Bardino ! » Je regarde le petit appareil qui affiche un petit zéro rouge. Billy a dû effacer ses messages.

« Écoute, dis-je, je suis sûre que ça va passer. » Pour être franche, je n'ai aucune idée de la nature de « ça » et je ne suis pas aussi optimiste que j'en ai l'air. Billy doit être capable de faire la tête assez longtemps – les messages effacés ne sont pas bon signe –, mais le pauvre Kirk a l'air si malheureux que j'essaie de trouver quelque chose de positif à dire.

« De toute façon, si tu lui offrais un portable, elle ne l'allumerait pas, lui fais-je remarquer. Tu la connais :

elle ne met même pas sa montre. Je vais lui dire de t'appeler. Dès que je la verrai. Je te le promets. Tu sais bien comment elle peut être.

— Oui. Folle.

— Elle finira par oublier. Vite, sans doute. Je te le parie. »

Kirk émet un « hum » dubitatif. « Bon, je suis chez moi, précise-t-il. Et nous sommes censés déjeuner au café demain. Le signor Catarelli nous rejoint à une heure. J'ai laissé un message à Billy. Le pauvre, il revient de Gênes et, comme cadeau de Pâques, la signora l'envoie nous expliquer le sens profond du *Printemps*. Les Botticelli de Catarelli. »

Il raccroche et je ressors du salon en sautillant par-dessus l'installation de Billy. « Très innovant, Bill, fais-je à haute voix, mais pas très pratique. »

Puis je lui écris un mot sur une grande feuille avec son stylo violet : « *Appelle Kirk, bon sang, il devient dingue !!!* » et je le colle sur la porte de sa chambre pour qu'elle ne puisse pas le rater.

L'après-midi, je vais au marché couvert faire les courses pour le week-end de Pâques. Nous avons conclu un pacte : je m'occupe des courses si Piero fait la cuisine. Ensuite je passe la fin de l'après-midi à lire. Lorsqu'il rentre, nous buvons un verre sur la terrasse pendant qu'il me parle d'une série d'articles qu'ils envisagent de faire sur les femmes écrivains italiennes. Puis il commence à préparer le dîner tandis que je vais dans le salon et que je m'allonge sur le canapé afin d'écouter les informations. Je comprends assez bien l'italien pour presque tout suivre mais il faut tout de même que je me concentre, si bien que, la première fois qu'il m'appelle de la cuisine, je n'entends pas vraiment ce qu'il dit. La seconde fois, il passe la tête dans l'encadrement de la porte.

« Tu veux venir au match de foot demain soir ? On a eu des billets, au bureau. On est plusieurs à y aller. »

Je secoue la tête. « Vas-y, toi. Amuse-toi bien. »

C'est gentil de me le proposer mais je n'adore pas vraiment le football et je sais que ces billets sont précieux. En outre, c'est bien qu'il sorte et qu'il fasse des trucs de garçon sans moi. Je lui lance : « Je resterai chez moi. » Comme cela, il n'aura pas à craindre de rentrer en sentant la bière. D'ailleurs, cela ne me dérangerait pas. Mais il faut que je fasse la paix avec Billy. Je ne suis plus en colère pour les sacs rouges ; je suis seulement curieuse de savoir ce qu'elle a fabriqué, tu sais ?

« Tu es sûre ? Tu es la bienvenue.

— Je suis sûre. Amuse-toi bien. »

Je lui fais un signe de la main et il retourne dans la cuisine. Quelques minutes plus tard, il réapparaît. « Le grand plat jaune, dit-il. J'aurais juré qu'il était sous l'évier. »

Focalisée que je suis sur le reportage consacré à la prostitution illégale et au trafic d'êtres humains, je réponds sans réfléchir : « Graziella l'a emprunté. » Oh, merde ! me dis-je aussitôt, et je m'assieds.

Piero incline la tête sur le côté, comme un chien qui a entendu un drôle de bruit. « Graziella ? répète-t-il. Elle est venue le prendre ? »

Je fais oui de la tête et j'éteins la télévision.

« Quand ? Elle a laissé un mot ? Je ne l'ai pas vu.

— Non. » Je le considère un instant. Je ne vais pas pouvoir me dérober. « C'était il y a une dizaine de jours. J'étais ici. Je le lui ai donné. »

Je vais peut-être m'en tirer sans manquer à la promesse que j'ai faite à Graziella. S'il ne me pose pas la question, je ne lui dirai pas qu'elle est allée à Monte Lupo. Ni avec qui.

« Tu l'as rencontrée ? »

Je n'arrive pas à savoir si Pierangelo est contrarié ou non. Je hoche de nouveau la tête en essayant de déchiffrer son expression.

« J'étais ici, en train de faire une lessive. À vrai dire, elle m'a fichu une peur bleue. Je me croyais seule, et voilà qu'il y avait quelqu'un dans la cuisine. »

Il réfléchit un instant et se met à rire. « C'est du Zella tout craché. Dans son monde, les interphones n'existent pas. Alors, ajoute-t-il, qu'est-ce que tu en as pensé ? »

À mon grand soulagement, il ne semble pas m'en vouloir de ne pas lui en avoir parlé.

« De Graziella ? Elle est très belle. Superbe. Elle te ressemble ; elle a exactement tes yeux. Cela donne presque la chair de poule. Et elle est charmante. Elle a été charmante avec moi, dis-je pour qu'il ne se méprenne pas. »

En voyant un grand sourire paternel éclairer son visage, je me rappelle ce qu'elle m'a dit : c'est elle la petite chérie de son père – et Angelina celle de Monica. La réaction de Pierangelo le confirme. Il boit du petit-lait.

« Je suis content qu'elle t'ait plu. Je comptais vous présenter mais avec les études de Zella… » Il hausse les épaules. « C'est quand même embêtant, pour le plat, ajoute-t-il. C'est l'un de mes préférés. Espérons qu'elle ne le cassera pas. Elle a bon cœur, mais ce n'est pas la fille la plus soigneuse de la terre. » Sur quoi il retourne dans la cuisine en riant.

Je reste assise quelques instants sur le canapé. J'ai l'impression qu'une occasion s'offre à moi et que, si je ne la saisis pas, elle ne se représentera peut-être jamais. Je me lève lentement et le rejoins dans la cuisine.

« Piero ? »

Il se retourne, une cuillère en bois à la main. Il est enveloppé dans un tablier presque aussi grand que celui de Marcello. On dirait un chef dans une émission de télévision.

« Quand Graziella est passée… » Je prends ma respiration. Il faut que je le dise tout de suite, très vite, sinon je n'y arriverai sans doute jamais. « Quand elle est passée, elle a dit quelque chose à propos de ta mère. »

Son regard change. Ses yeux verts se ternissent. On dirait qu'il se retranche derrière eux, qu'il fait un pas en arrière dans sa tête. « Quoi ? » demande-t-il d'une voix plate.

Zut. J'ai eu tort d'aborder le sujet. Maintenant, il est trop tard pour m'arrêter. Je prends mon courage à deux mains et je lâche le morceau : « Elle a dit que Monica et toi vous disputiez Monte Lupo, que Monica voulait la maison mais qu'il ne serait pas juste qu'elle l'ait parce qu'elle appartenait à ta mère. Ta vraie mère. Quand je lui ai demandé ce qu'elle voulait dire, Graziella m'a révélé que tu ne l'avais jamais vraiment connue. Que tu avais été élevé par ton oncle et ta tante. Ce n'est pas sa faute. Elle croyait que j'étais au courant. »

Pierangelo reste là à me regarder. Il se dirige vers le réfrigérateur et sort une bouteille de vin blanc. « Tu en veux ? propose-t-il.

— Oui, s'il te plaît. »

Il sert deux verres, avec lenteur, comme si c'était son tour de réfléchir à ce qu'il voulait me dire ou pas. « Qu'a-t-elle dit d'autre ? »

Il me tend mon verre. Je pèse soigneusement mes mots. J'ai déjà mis la pauvre Graziella dans une situation assez délicate. « Rien, finis-je par répondre. C'est tout. » Comme si cela ne suffisait pas.

Pierangelo me regarde, l'air de ne pas me croire. Il doit savoir que ce n'était pas le genre de sa fille de s'en tenir là. « Elle n'a pas parlé d'Angelina ? Ni de sa mère ?

— Ah, si, bien sûr. » Je suis presque soulagée. Moi qui me préparais à mentir au sujet de son petit ami… « Elle a dit que Monica te reprochait tout et qu'Angelina prenait parti pour elle, mais qu'elle finirait certainement par changer d'avis. Elle m'a aussi dit que Monica voulait tout récupérer parce qu'elle était en colère contre toi. » Je ne précise pas qu'elle a traité sa mère de garce.

Pierangelo sourit. « Sur ce point, elle a raison. Monica est très malheureuse et j'en suis en partie responsable. Elle est malheureuse depuis longtemps et elle me le reproche. À l'entendre, j'ai gâché sa vie. » Il se retourne et boit une gorgée de vin avant d'ajouter : « Angelina ne m'aime plus.

— Je suis sûre que ce n'est pas vrai. » Il a parlé d'un ton neutre mais, sous son apparent détachement, je sens bien sa douleur. « Je t'assure, reprends-je. Elle souffre, c'est tout, et elle essaie de défendre sa mère. À en croire Graziella, c'est Monica qui la pousse à agir ainsi. »

Pierangelo secoue la tête. « Tu ne connais pas Angelina », lâche-t-il en se retournant vers la cuisinière.

Je regarde son dos une seconde, puis je pose mon verre, je viens derrière lui pour l'enlacer et je pose la joue contre lui. Je sens la chaleur de sa peau à travers le fin tissu de sa chemise. Il me tapote la main.

« Cela finira par lui passer. » J'ai beau insister, il ne dit rien.

Finalement, je l'embrasse dans le dos, je le lâche et je reprends mon verre.

« Je t'assure. » Je bois une gorgée de vin frais et sens une pointe de soulagement quand il me sourit. Il est redevenu lui-même. Je pensais que sa mère serait le sujet sensible ; j'étais loin de me douter que c'était Angelina. À mon avis, c'est plus une affaire de rivalité entre sœurs, chacune se rangeant du côté d'un parent, qu'une réelle animosité vis-à-vis de Pierangelo. Et on dirait que Monica ne fait rien pour arranger les choses.

« Pourquoi ne m'as-tu jamais rien dit, au sujet de ta mère ? »

Il est en train de glisser un plat dans le four, si bien que je ne vois pas son visage.

« Je crois que c'est parce que je ne la vois pas comme telle, répond-il en se redressant et en reprenant son verre. Comme ma mère, je veux dire. Qu'est-ce que tu veux ? Elle a renoncé à moi, alors j'ai renoncé à elle, conclut-il en souriant.

— Tu l'as connue ?

— Non, répond-il en secouant la tête. Je ne l'ai pas connue. J'étais tout petit. Un bébé. »

Il se retourne vers le plan de travail pour rincer la vaisselle avant de la mettre dans la machine. « Je crois qu'elle a essayé de prendre contact avec nous deux ou trois fois. Je ne sais pas trop. Et Graziella a raison : elle m'a bien laissé Monte Lupo. Elle n'avait pas vraiment le choix. Elle n'a pas eu d'autres enfants. Mais ça n'a pas d'importance, *cara*. Je t'assure. Ma tante a été une merveilleuse mère. Je n'ai pas eu besoin d'une autre. Je t'assure qu'un garçon a bien assez d'une *mamma* italienne. »

Il traverse la cuisine, me met le doigt sous le menton et m'embrasse. « Tu veux savoir autre chose sur moi ? demande-t-il.

— Oui. »

Je le prends par les hanches et tire sur le nœud des cordons de son tablier.

« Quoi ? » Pierangelo est déjà en train de déboutonner mon chemisier. Il me caresse l'épaule. De sa main libre, il tire sur la fermeture Éclair de mon jean.

« Qui était Ottavia ?

— Une erreur », répond-il en m'asseyant sur le plan de travail pour que je puisse enrouler mes jambes autour de lui.

15

Le lendemain, je retrouve mon mot exactement où je l'ai laissé. J'hésite un instant dans le couloir et je me décide à ouvrir la porte de la chambre de Billy. Je m'attends presque à la trouver enfouie dans son lit. Mais sa chambre est vide, comme hier.

Soit elle n'est pas rentrée, soit elle a simplement laissé le mot où elle l'avait trouvé. Ou alors elle a vu le mot, a filé directement à Torquato Tasso et s'est réconciliée avec Kirk. Je sors mon portable pour appeler l'appartement mais je tombe sur la voix de Henry sur le répondeur. Le portable de Kirk me renvoie directement sur la messagerie et Henry ne répond pas.

La cuisine est encore impeccable. Aucune trace du passage de Billy. En général, c'est une vraie tornade, or, là, il n'y a pas même un grain de café qui traîne. Apparemment, elle n'est pas allée non plus dans la salle de bains. Sa brosse à dents est toujours à côté du lavabo. Enfin, au moment où je commence à avoir l'impression de pister un animal particulièrement insaisissable dans la jungle, je trouve une preuve de sa présence dans le salon. Sa spirale de cartes postales couvre encore tout le sol mais l'image centrale a été changée. Ce matin, au lieu de la Haine avec ses quatre affreux sacs, il y a une photo de Billy et moi.

Je m'accroupis et la ramasse pour la regarder de plus près. Nous sommes assises à la terrasse d'un café. Je ris en me détournant de l'appareil et mes cheveux volent en travers de ma joue. À côté de moi, Billy a un coude sur la table et tient son éternelle cigarette ; elle sourit en regardant l'appareil photo bien en face. Ce cliché ne me dit rien, ce qui n'est pas très étonnant. Avec sa passion des appareils jetables, Billy doit en avoir un million. Elle prétend travailler sur un projet quelconque et n'arrête pas de demander à tout le monde de nous prendre. J'attrape la photo en souriant et la glisse dans ma poche, convaincue qu'elle m'est destinée, que c'est un étrange cadeau de réconciliation billyesque. Une façon de s'excuser de m'avoir harcelée avec sa découverte des sacs rouges.

Le salon sent la cigarette. Comme je m'y attendais, je découvre un second mégot dans le cendrier. Cette fois, le rouge à lèvres est mauve. Elle est vraiment incorrigible. L'odeur est très forte. À croire qu'elle n'a même pas ouvert la fenêtre. Maintenant, la fumée doit avoir imprégné les précieux rideaux et les coussins de la signora Bardino. Il doit être trop tard pour échapper à une épouvantable note de pressing, mais cela vaut tout de même la peine d'essayer. Je ramasse le cendrier et le verre vide sur la tablette et saute par-dessus les cartes postales pour aller ouvrir la porte-fenêtre.

Je me rends compte trop tard qu'il y a du vent. Le verrou cède dès que je tourne la poignée et les portes s'ouvrent. Les rideaux se gonflent et les papiers se soulèvent du bureau, s'envolent et retombent comme des feuilles mortes. Avant que j'aie eu le temps de réagir, une rafale mélange les cartes de Billy, pousse les madones contre les démons, le jugement du Christ contre le corps transpercé et ensanglanté de saint Sébastien et fait glisser la femme nue aux longs cheveux sous le canapé. Désolée, Bill, me dis-je en me mettant à quatre pattes pour ranger les cartes en pile. Pour me faire pardonner, je vais acheter une bouteille de prosecco que nous pourrons boire ce soir sur le balcon, assises à ma table toute propre. La femme nue que je récupère entre les chatons de poussière se révèle être sainte Agnès. Je ne connais pas l'histoire de sa chevelure mais je suis sûre que Billy va bien s'amuser en me la racontant, surtout si elle l'invente.

Je profite de ce que tout est écarté pour passer l'aspirateur. Puis je remets la table basse à sa place, porte les chaussettes de Billy dans le panier à linge sale et, pour finir, lave les carreaux. Ça sent encore la fumée – un mélange de fumée et de produits d'entretien –, mais c'est tout de même beaucoup mieux. Je pourrais vaporiser du désodorisant, mais vu l'odeur de la plupart de ces machins, je crois que j'aime autant la cigarette.

Il est presque midi. Je vais sortir acheter le prosecco maintenant, et quelque chose pour le dîner. Au retour, je m'arrête même chez la signora prendre deux bouquets de tulipes rouges. Elle tient la caisse elle-même, en bavardant avec deux amies. Au moment où je paie, elle secoue la tête et se met à ronchonner.

« Une heure, dit-elle. Je dis une heure et il part une heure et demie. Pour deux livraisons. De mon temps, mon père m'aurait donné une claque. J'aurais dû engager un retraité. Au moins, il n'aurait pas perdu son temps à bavarder avec ses copains toute la journée au lieu de travailler. C'est ce qu'il est en train de faire, là ; vous allez voir. Ou alors il emmène sa petite amie déjeuner sur mes heures.

— Sur un scooter couvert de carottes ? » L'une des autres femmes me fait un clin d'œil.

« Les filles d'aujourd'hui, répond la signora d'un air sombre en me rendant ma monnaie, peut-être qu'elles s'habillent bien et qu'elles parlent bien mais elles ne sont pas si difficiles.

— Moi, un beau garçon comme ça, je me ficherais pas mal de ce qui est peint sur son scooter ; je monterais sans hésiter. »

Cette remarque déclenche un éclat de rire égrillard général et les trois femmes me crient *ciao* en me faisant des signes de la main quand je sors dans la rue.

Le vent souffle toujours. Il fait voler un paquet de cigarettes vide dans le caniveau et danser l'auvent de la boutique de vin. Les magasins sont en train de fermer. On rentre les cageots et on verrouille les portes. Entre l'heure du déjeuner et les vacances, le quartier est désert. Pendant quelques heures, hormis dans les *trattorie* et les cafés sur les *piazze*, on pourra croire qu'il n'y a plus âme qui vive par ici. Un homme me dépasse en enfilant sa veste, tout en parlant au téléphone. Une bourrasque lui dresse les cheveux sur la tête.

Malgré le vent, il ne fait pas froid. Le printemps est bien là. Bientôt, il fera vraiment chaud. Je change de main le sac contenant le prosecco et les fleurs en tournant au coin de notre rue. Je découvre un homme grand et mince en chemise bleue qui marche quelques mètres devant moi. Un petit chien noir et blanc trotte sur ses talons.

C'est une vue légèrement irréelle, comme dans un film ou dans un rêve. Je reste là à les regarder en me demandant s'ils vont disparaître, fondre au soleil. Au lieu de quoi l'homme et le chien traversent la rue déserte et passent dans l'ombre sous le portique d'une minuscule église, pratiquement en face de chez nous.

Je crois d'abord qu'ils sont entrés, ce qui m'étonne parce que, chaque fois que je passe devant, la porte est cadenassée. C'est alors qu'une longue jambe mince et un pied chaussé d'une tennis sortent de l'ombre et que le chien tourne en rond et se couche en haut des marches. Ils cherchaient seulement un endroit où s'asseoir.

Mon cœur bat trop fort. C'est idiot : en plein jour, au cœur de la ville, je n'ai pas grand-chose à craindre. Si je veux savoir qui est cet homme, c'est le moment où jamais. Je descends du trottoir et traverse à mon tour en direction de l'église. Le vent joue avec mes cheveux.

À mesure que je m'approche, je m'aperçois que l'espace sous le portique est plus grand que je ne l'imaginais. Ombreux et frais, il forme comme une petite pièce étroite dans laquelle l'homme est assis, le dos contre le mur, l'une de ses longues jambes repliée et l'autre étendue, désarticulé tel un pantin dont on aurait coupé les ficelles. Une de ses tennis éculées a un lacet neuf, dont le blanc incongru détonne avec sa vieille chaussure. Je me flatte d'être reconnue par le chien, qui s'assied et me sourit de toutes ses dents mal alignées, mais peut-être sent-il simplement la nourriture dans mon sac. Maintenant, je distingue le bord d'une couverture pliée et un vieux sac marin. Ils ont passé la nuit ici.

Je m'arrête un instant. Je sais que si je me retourne, je verrai la fenêtre du salon et celle de la chambre de Billy.

« Bonjour », dis-je en caressant le petit corniaud.

L'homme a le visage dans l'ombre et un bras appuyé sur son genou. Bien que je m'y attende, cette fois, croiser son regard me fait toujours un choc. Ses yeux d'une couleur d'ambre que je connais si bien brillent presque. À côté de lui, il y a deux gamelles de métal bosselées pour le chien : une avec de l'eau, l'autre avec de la nourriture.

« Je vous ai déjà vu, dis-je. À Santo Spirito. Et à la Loggia dei Lanzi. Vous êtes un homme blanc. »

Il me regarde, le visage immobile. J'en viens à me demander s'il m'a entendue. Peut-être est-il sourd ou a-t-il reçu un choc qui lui a fait perdre la raison. Cependant, bien qu'il soit maigre, il a la peau saine et ne semble pas avoir les idées confuses des drogués. J'essaie à nouveau – en souriant, cette fois.

« Je m'appelle Mary. » Il n'est peut-être pas d'ici. Il ne parle peut-être pas italien. Le chien se tortille sous ma main en reniflant le sac. « Écoutez, dis-je en anglais, j'en ai trop. Vous en voulez ? »

J'ouvre le sac et en sors un petit pain que je viens d'acheter et un paquet de mortadelle. Je ne sais pas trop pourquoi je fais cela, pourquoi je n'ai pas peur, mais c'est un fait. Quand je lui tends la nourriture, le chien remue la queue.

« Tenez. Je vous en prie. »

Le chien tremble d'impatience. Son propriétaire me regarde avant de secouer la tête. Puis il montre quelque chose. Je ne saisis pas tout de suite quoi. Le fromage ? Le prosecco ? N'est-ce qu'un ivrogne de plus ? À cette idée, quelque chose se dégonfle dans ma poitrine. C'est alors que je comprends. Ce n'est pas le *pecorino* qu'il veut, ni le vin, ce sont les fleurs. Je lui donne un bouquet de tulipes et, une fraction de seconde, j'ai l'impression de le voir sourire.

Pendant qu'il enlève l'élastique qui retient les tiges, je donne quand même deux morceaux de mortadelle au chien et je mets le pain en morceaux dans sa gamelle. Son maître se baisse et appuie les fleurs au bol d'eau. Il les tient droites entre ses grandes mains carrées puis les lâche. Les tulipes tombent en éventail, tache de couleur vive contre le gris froid et humide de l'église fermée.

Nous les contemplons gravement. Il hoche la tête, apparemment satisfait.

Il faut que j'y aille, maintenant. Je ne veux pas m'imposer ni envahir son espace, le petit bout de la ville dont il a provisoirement fait son chez-lui.

Je me lance dans une dernière tentative en articulant bien, au cas où il pourrait lire sur mes lèvres. « Mary, dis-je en me frappant la poitrine. *Mi chiamo Maria*. Au revoir. » Je descends les marches jusqu'au trottoir. « Joyeuses Pâques. Maria. *Mi chiamo Maria*.

— Il ne peut pas vous répondre. »

Je reconnais aussitôt la voix, si proche de moi que j'ai l'impression de sentir un souffle dans mon cou. Je fais demi-tour et me retrouve nez à nez avec Rinaldo.

« Il est muet. »

Le père Rinaldo se tient sur le trottoir devant le portique de l'église. La longue jupe noire de sa soutane flotte un peu autour de ses jambes. Le soleil caresse ses joues rondes qui, sous ses rayons, deviennent rose vif et brillantes.

« Qu'est-ce que vous faites ici ? » Je descends sur la chaussée en serrant mes sacs comme s'il risquait de me les prendre.

« Le ministère, mon enfant. » Il sourit et me domine de toute sa hauteur. Décidément, il est plus grand que dans mon souvenir. Son visage poupon et ses doigts blancs et mous sont trompeurs. « C'est la semaine sainte », précise-t-il.

En parlant, il a un geste vague en direction de la rue. Derrière lui, je vois deux jeunes hommes et une jeune fille. On dirait des étudiants, sauf qu'ils n'ont pas l'habillement approprié. Les garçons portent des pantalons noirs et des chemises à manches longues et la fille une jupe droite grise et d'affreuses chaussures plates. Même à cette distance, je vois qu'elle a un collant – une horreur épaisse et bon marché ; ses jolies jambes ont l'air d'avoir été peintes en beige. Ils sont chargés de sacs et la fille se penche pour essayer de donner un papier à un ivrogne qui traîne parfois au coin de la rue et ne semble pas vouloir de ce qu'elle lui offre.

« Comme Notre Seigneur nous le demande, en cette semaine de la Passion, nous tendons la main à ceux qui sont moins heureux que nous, déclare Rinaldo. Tout comme vous, Maria. »

Je veux protester, expliquer que ce n'est pas du tout ce que je faisais, mais je tourne les talons. Je n'ai rien à dire à Rinaldo. Je traverse la rue pour rentrer chez moi, en m'efforçant de ne pas courir et de ne pas sentir la caresse de ses yeux dans mon dos.

Une fois en sécurité à l'intérieur de notre cour, je lâche mes sacs et m'assieds sur le bord du grand pot d'un citronnier, les mains tremblantes. Une feuille tombe sur les pavés baignés de soleil. Dans la rue, j'entends un bruit de pas, des murmures lorsque Rinaldo et ses acolytes passent devant la porte pour aller porter l'œuvre de Dieu de par la ville.

En débouchant au coin de la fontaine une heure plus tard, la première chose que je vois est l'aile noire du manteau de Kirk. Henry, les Japonaises et lui sont déjà assis à notre table au café. Je tire une chaise. Il se tourne vers moi.

« Où est Billy ? » me demande-t-il. Je n'ai pas le temps de lui répondre que je l'ignore qu'Ellen et Tony se jettent sur nous. Ils enjambent la petite haie en plastique en tenant le professeur Catarelli chacun par un bras, tel un prisonnier.

Kirk me jette un regard noir comme si c'était moi qui avais donné à Billy l'idée de disparaître. Les Japonaises se tortillent sur leur chaise, mal à l'aise, et Henry sourit sans enthousiasme en serrant la main du signore Catarelli. Complètement insensible à l'atmosphère qui règne autour de la table, Ellen distribue des cartes postales du *Printemps*.

« Tenez, dit-elle. J'en ai acheté pour tout le monde. » Elle sourit d'un air radieux et s'assied pendant que je regarde la carte que j'ai dans la main.

La dernière fois que je suis allée aux Uffizi, la salle des Botticelli était tellement bondée que je m'en suis tenue aux Vierges aux yeux bridés de Simone Martini. Et voilà que je contemple les trois Grâces à demi nues qui batifolent dans leur champ de fleurs. Mercure retient encore les nuages et Vénus bénit la scène avec une bienveillance absente qui lui donne l'air d'être défoncée. Pendant ce temps la *Primavera* jette des fleurs de la jupe de sa robe de hippie. Dans un coin, Zéphyr, l'air plus obscène et plus méchant que jamais, attrape Flore et lui fait cracher des fleurs.

Le tableau me fait peut-être un effet particulier aujourd'hui, mais je ne crois pas ; je l'ai toujours trouvé légèrement cauchemardesque. Zéphyr est froid et bleu-gris comme un mort. Je sens presque ses mains glacées sur le ventre grassouillet et blanc de Flore. Elle est terrifiée mais les autres ne s'en rendent pas compte. Personne ne fait attention à ses cris.

« Bien, commence le signore Catarelli, les trois Grâces sont peut-être aussi des manifestations de Vénus elle-même. Trois aspects d'une même déesse. Trois images d'un tout.

— Comme la Trinité ! pépie Ellen.

— Nom de Dieu, marmonne Kirk entre les dents.

— Exactement, fait le signore Catarelli dans un sourire. Cela dit, c'est un tableau obscur, souligne-t-il. Selon certains, cela ne fait qu'ajouter à sa grandeur. Le fait que ce qui nous paraît clair au premier regard le soit de moins en moins à mesure que nous regardons. Il nous faut donc accepter l'idée que les images puissent avoir plus d'une signification à un moment donné. »

Ellen applaudit vigoureusement dès qu'il se tait, ce qui fait passer un éclair de panique sur le visage du pauvre homme. Il n'a toujours pas touché à son déjeuner. Maintenant, il doit redouter qu'Ellen le bombarde de questions, l'empêche même de prendre sa fourchette. Henry vient à son secours en lui servant du vin et en lui enjoignant de manger.

« Je me demande s'il a eu des doutes en le peignant, remarque Henry. Botticelli, je veux dire. Il n'a pas fini par rejeter l'humanisme pour devenir un grand admirateur de Savonarole ? »

Le signore Catarelli hoche la tête en piquant avidement ses raviolis. « Selon Vasari, il a éprouvé un profond besoin de s'interroger sur sa foi au cours des vingt dernières années de sa vie. Son œuvre devient alors à la fois prophétique et apocalyptique. Cependant, il ne peut pas abandonner l'immense richesse du néoplatonisme de Ficin, ou peut-être la mémoire de son grand protecteur, Laurent le Magnifique. Quel dieu trahir ? » Le signore Catarelli prend son verre. « Il caractérise parfaitement Florence, reprend-il après avoir bu une gorgée. Et peut-être même l'Italie, ajoute-t-il avec un sourire contrit. La séduction de la beauté, de la littérature, de l'art. Pétrarque, Dante, Michel-Ange, Botticelli lui-même. La surface de l'océan. Mais, dessous, il y a toujours cet autre courant, l'attraction qu'exerce l'Église sur notre cœur. »

Nous avons tellement l'habitude de l'entendre plaisanter qu'un silence se fait autour de la table. Rond et vieillissant dans sa veste de tweed très bien coupée et élimée, le signore Catarelli lève les yeux et sourit. Mais son visage n'exprime rien que la tristesse.

Une demi-heure plus tard, Ellen et Tony le raccompagnent en bavardant d'une voix perçante.

« Eh bien, commente Henry, quelle rigolade ! Je crois que je vais prendre une grappa avec mon café pour me remettre. Peut-être même deux. Quelqu'un d'autre en veut ? » Il fait signe à la serveuse. Kirk hoche la tête. Il joue avec quelque chose dans sa poche. Je ne peux pas m'empêcher d'imaginer que c'est la bague de Billy. Je vois pratiquement les petits cœurs appuyer contre ses doigts.

« J'en veux bien une. » Mikiko ouvre de grands yeux innocents quand nous la fixons tous d'un air surpris. « Pourquoi pas ? dit-elle. Nous ne buvons pas que du thé, vous savez. »

Contre toute attente, c'est Kirk qui lui tapote la main. « Bien sûr que nous le savons », assure-t-il avec un sourire presque aussi triste que celui du signore Catarelli. Finalement, nous commandons une tournée générale de grappa. Ensuite, ils se tournent tous vers moi. Cette fois, c'est Ayako qui pose la question.

« Alors, demande-t-elle, où est Billy ? »

Je leur réponds que je ne sais pas. Je ne l'ai pas vue parce que je n'ai pas passé beaucoup de temps à l'appartement, mais je sais qu'elle y est venue. J'évoque les cartes postales, les messages effacés sur le répondeur et les mégots avec du rouge à lèvres.

« Eh bien, finit par conclure Mikiko, elle est peut-être partie. Pour la journée, ou un peu plus. Elle a dit qu'elle voulait voir Sienne ; elle a peut-être décidé d'y passer la nuit.

— C'est une grande fille, renchérit Henry en haussant les épaules. Elle reviendra quand elle en aura envie. »

Kirk ne dit rien. Quelques instants plus tard, les petits verres de grappa arrivent. Il vide le sien d'un trait. « Elle pourrait au moins appeler, observe-t-il.

— Elle pourrait, reconnaît Henry. Mais alors, ce ne serait pas vraiment Billy. »

De retour à l'appartement, j'allume toutes les lumières. Il n'y a plus de vent et il fait bon dehors, alors j'essuie à nouveau la table et je dispose les tulipes dans un vase au milieu. À la tombée de la nuit, je mets

288

le couvert pour deux. Je prends les jolies assiettes à fleurs de la signora Bardino et l'argenterie ancienne dépareillée. Le résultat est très joli. On dirait une scène d'un film sur des Américaines qui viendraient en Italie pour réaliser leurs rêves. Je trouve même une lanterne. J'allume la bougie pour que la flamme danse à l'intérieur et je m'assieds pour l'attendre.

Un bruit de pas ou une voix me parviennent de temps à autre de l'appartement de la signora Raguzza. Quelqu'un allume la lumière de la cour. Les citronniers projettent des ombres en filigrane sur le mur de l'aile où habite Sophie-Sophia. Au bout d'un moment, je rentre chercher le salami, les fromages, le *prosciutto* et les olives que j'ai achetés et je les dispose sur un plat de service. Je mets les petits pains croustillants dans une corbeille de porcelaine et je prends deux verres à vin sur l'étagère du haut du buffet. Puis je m'approche de la balustrade et je scrute la pénombre sous la voûte en attendant d'entendre claquer la grille, de voir apparaître la silhouette de Billy et ses cheveux dorés qui scintilleront dans la lumière.

Juste après vingt heures, des éclats de voix retentissent. La grille de sécurité se referme dans un fracas métallique. Des pas résonnent sur le pavé. Je me demande qui elle ramène. Mais quand ils apparaissent, je découvre un couple d'âge moyen, bien habillé, traînant deux petits enfants. La femme porte un plat recouvert d'un papier d'aluminium et remorque un petit garçon en habits du dimanche – mini-blazer sombre et pantalon. L'homme a une bouteille de champagne et semble vaguement tenté de la casser sur la tête de la petite fille accrochée à sa main libre.

La famille de la signora Raguzza vient dîner le jeudi saint.

« Tu n'as pas envie de voir Nonna ? » demande l'homme au moment où ils entrent dans la maison. Quelques secondes plus tard, j'entends leurs pas dans l'escalier et des bribes de conversation.

À vingt et une heures, je me sers un verre de vin, j'attaque le salami et je mange presque toutes les olives. À vingt-deux heures, je range la nourriture. À vingt-trois heures quinze, la famille de la signora Raguzza s'en va. Les lumières de la cour s'allument, tandis que je finis de débarrasser la table sur le balcon et que je rentre les tulipes. Je ferme la porte-fenêtre et j'attache le verrou avec de la ficelle à rôti que je trouve au fond d'un tiroir.

Kirk a raison : elle pourrait au moins appeler. Bah, elle doit croire que je suis chez Pierangelo. Ce n'est pas bien grave. Le « don » a dû l'abandonner et elle ne voit pas que je l'attends. Je l'imagine dans un café de Lucques ou de Sienne. Elle est peut-être allée à Ravenne pour voir les mosaïques et a poussé jusqu'à Ferrare, voire jusqu'à Venise. Si cela se trouve, elle est en train de siroter un spumante au bord du Grand Canal en séduisant des garçons de vingt ans. Je vérifie tout de même que le téléphone du salon n'est pas en dérangement puis que mon portable est bien allumé. Je le pose sur la tablette à côté du canapé sur lequel je m'allonge pour lire.

Je ne sais pas quelle heure il est quand le livre me tombe sur la poitrine. Minuit, peut-être. Je devrais aller me coucher. Pourtant, je tire le jeté de soie de la signora Bardino du dossier et je m'enveloppe dedans pour lire un dernier chapitre. Cette fois, quand le livre me tombe des mains, il glisse à terre.

J'éteins la lampe. Puis je ferme les yeux. J'irai me coucher quand Billy rentrera. Après que je lui aurai parlé. Dans deux secondes, autrement dit, parce que j'entends sa clé dans la serrure.

« Bill ! » Je me réveille en sursaut et je m'assieds.

Mon cœur bat la chamade. Il cogne dans tout mon corps, mes oreilles, ma gorge, mon ventre.

La lumière des réverbères qui entre par les grandes fenêtres éclaire le salon en noir et blanc. Je coule un regard en direction de la porte. Sans bouger, je peux voir un coin de la cuisine. Le bord de la table, un morceau de plancher, la bande blanche du store de lin de la porte-fenêtre. Rien ne bouge. Tout est si calme, on dirait que l'appartement retient son souffle. Y a-t-il quelqu'un dans la cuisine ? Dans le couloir, plaqué contre le mur, à côté du fauteuil ornemental ? Est-ce ce qui m'a réveillée ?

J'ai le feu aux joues. Une boule de panique se forme dans ma gorge. Je cherche dans mon dos à tâtons. Mes doigts finissent par rencontrer le pied du verre à vin que j'avais apporté du balcon tout à l'heure. Je m'en saisis. Si je m'en sers pour frapper quelqu'un au visage assez fort, il pourra faire quelques dégâts. Je sors mes pieds nus de sous la soie et les pose sur le sol de marbre froid.

J'ai l'impression de mettre une éternité à me lever, à parvenir à me tenir sur mes jambes. Le jeté glisse à terre dans un chuintement. Je me fige en attendant de voir si le bruit a alerté l'inconnu qui est entré dans l'appartement. Mais rien ne bouge. Alors je décide finalement de faire un premier pas en tenant fermement le verre par le pied, contre ma poitrine, le coude bandé tel un ressort.

Le deuxième pas est plus facile. Le troisième me mène à la porte. Maintenant, je vois toute la cuisine. Elle est vide. La porte-fenêtre est toujours fermée, son verrou attaché. En face de moi, la porte de la salle de bains est entrouverte et celle de ma chambre fermée, comme quand je me suis installée dans le salon. Donc, c'est Billy. C'est alors que quelque chose bouge. À peine un mouvement dans l'air. Moins qu'un soupir. Je fixe les yeux sur la porte d'entrée au bout du couloir. Il y a quelqu'un de l'autre côté. Je le sens. Je sens battre son cœur.

Je chuchote : « Billy ? » mais rien ne bouge.

J'avance en silence. Je passe devant la table en demi-lune et la petite chaise, puis devant la porte de sa chambre. Je m'arrête à moins de dix centimètres du lourd battant d'acajou. J'approche la joue du bois foncé et brillant, les lèvres à un souffle du gros verrou de laiton.

« Billy ? fais-je d'une voix à peine audible. Billy, c'est toi ? »

Soudain, je me rends compte qu'il y a autre chose. Une odeur qui passe sous la porte et se glisse dans les fentes. Doux et évocateur, un parfum d'acacia que je reconnais tout de suite flotte dans la nuit comme une petite musique lointaine.

16

« Tu crois vraiment que c'était elle ? me demande Pierangelo. Pourquoi ferait-elle une chose pareille ?

— Je ne sais pas. Aucune idée. »

Il est un peu plus de huit heures du matin. Je l'appelle sur le chemin du bureau. Un klaxon retentit au loin et j'entends la circulation alors qu'il marche dans la rue.

« Alors tu ne l'as pas vue ?

— Eh bien non. »

Je commence à regretter ce coup de fil. Je précise : « Je n'ai pas ouvert. Il était trois heures du matin », comme si cela expliquait tout. Au ton de sa voix, j'ai l'impression que Pierangelo le pense, en tout cas.

« Ah », dit-il. Et d'ajouter : « Écoute, *cara*, quelque chose t'a réveillée et tu as eu peur. Cela arrive. Quant à Billy, les Japonaises ont sans doute raison. Peut-être a-t-elle raté le train et décidé de passer la nuit à Sienne, suggère-t-il. Ou à Lucques. Ou…

— Ou à Mantoue. » Je lui ai aussi parlé des cartes postales.

« Oui, d'accord, à Mantoue. Écoute, ajoute-t-il, elle en a peut-être eu assez de Dracula, de sa cape de

293

chauve-souris et des sushis et elle est partie passer un week-end de folie avec l'homme masqué. Cela s'est déjà vu.

— Alors pourquoi n'appelle-t-elle pas ?

— Pourquoi veux-tu qu'elle le fasse ? Elle croit que tu passes la semaine ici. Ce n'est pas comme si, toi, tu la tenais tout le temps au courant de ce que tu fais, souligne-t-il. Ce n'est pas ta mère. »

Je me rappelle avoir dit exactement la même chose à Billy il n'y a pas si longtemps.

« Tu es sûre que ça va ? me demande Pierangelo.

— Oui, tout va bien. » Je ris, mais mon rire ressemble plutôt à un caquètement.

« Tu ne veux pas venir chez moi ? J'ai une réunion dans une minute et je suis en retard, mais ça va se terminer tôt. Même le journal ferme, le vendredi saint. Nous sortirons.

— Appelle-moi quand tu as fini. » J'essaie de prendre un ton vif et professionnel. J'ajoute : « Je vais à Settignano ce matin. Mais ensuite, je rentre.

— J'espère bien, repartit Pierangelo en riant. OK, *cara*, je t'appelle. Il faut que je te laisse. » En entendant un autre coup de klaxon, je l'imagine en train de traverser. « *Ciao, ciao,* crie-t-il.

— Fais attention ! Je t'aime. » Je parle fort pour couvrir le bruit des voitures mais la communication est déjà coupée. Je me rends compte trop tard que j'ai oublié de lui demander comment s'était passé le match.

Je regarde le téléphone dans le creux de ma main. Je me sens idiote. Je ne sais pas combien de temps je suis restée devant la porte d'entrée, cette nuit, convaincue qu'il y avait quelqu'un de l'autre côté. Cela a pu durer aussi bien une minute qu'une demi-heure. En fin de compte, je me suis dit que si je pensais vraiment que c'était Billy qui jouait à cache-cache, il fallait que j'ouvre. Ou que j'aille appeler Pierangelo qui, je le savais, viendrait aussitôt, même à trois heures du matin. La perspective d'avoir à m'expliquer si je le faisais m'a calmée assez vite. Je me suis contentée de tirer la table en demi-lune sous la poignée de la porte et de la caler de façon qu'il faille quasiment la casser en deux pour entrer. Cela, je ne l'ai pas raconté à Pierangelo. Pas plus que ma fouille dans les placards, la douche et sous le lit. Je sors la photo de nous de ma poche arrière, je la lisse et je regarde Billy. « Merci mille fois », lui dis-je. Mais elle se contente de sourire.

Avant de me rendre compte que j'avais l'air d'une pauvre loque, je n'avais pas vraiment prévu d'aller à Settignano. Mais tout compte fait, c'est une assez bonne idée. Il y a un jardin que j'ai envie de visiter et il va faire beau. Je resterai peut-être même déjeuner. Cela fait longtemps que je n'ai pas dessiné.

Soudain regonflée, je prends mon carnet de croquis et mes crayons. Je décide de ne pas perdre de temps en allant chercher des pâtisseries et je mange un des petits pains qui restent avec mon café. En rangeant le sachet, je tombe sur l'assiette anglaise. Je ne mangerai jamais tout ça. Je fais deux gros sandwiches que je mets dans un sac en plastique avec une bouteille d'eau et une orange. Je verrouille la porte d'entrée et je descends l'escalier, en songeant que, la prochaine fois que j'irai à l'épicerie de la signora, il faudra que je regarde si elle vend des biscuits pour chiens. C'est idiot mais je suis aussi excitée que quand j'étais petite et que je rapportais de l'école un cadeau-surprise à Mamaw – un cendrier d'argile ou des feuilles d'automne scellées au fer à repasser entre deux morceaux de papier paraffiné. Je ferme la grille d'entrée, laisse tomber les clés dans mon sac et traverse la rue au trot en direction de la petite église avec mon pique-nique improvisé.

Mais, lorsque j'arrive, le portique est vide. Je ravale ma déception. Il n'y a plus ni gamelles à chien ni sac marin. En fait, il ne reste pas de trace d'une présence. Rien, sauf trois taches rouges sur la pierre. Trois pétales de tulipes refermés comme des poings de bébé.

Le jardin est superbe et je reste bien plus longtemps que je ne l'avais prévu. Je passe de « chambre » en « chambre » en traversant des minijardins entourés de hautes haies bien taillées. L'eau joue dans les fontaines et les bassins et, des terrasses supérieures, la vue sur Florence est sublime. Je commence quelques esquisses. À mesure que ma main bouge sur la page, j'ai l'impression de me retrouver, d'avoir à nouveau le droit de m'intéresser aux jardins, aux murs et aux monuments. Je range mes crayons, vers quatorze heures, et je meurs de faim. J'ai jeté les sandwiches, et Pierangelo n'a pas appelé. Je vais donc au village, où j'achète le journal avant de m'installer à la terrasse d'une trattoria.

J'en suis au café quand mon téléphone se met à sonner et s'arrête aussitôt. Erreur de connexion. Au moment où je paie la note, un SMS arrive. « *Suis au Bargello. Viens.* »

C'est l'un des musées préférés de Pierangelo. Si je me dépêche, je pourrai attraper le bus.

Comme ce sont les vacances, il est bondé et je dois rester debout. Nous avançons jusqu'au centre-ville en faisant des embardées et en oscillant dans les virages. En arrivant, j'ai chaud et je ne suis pas de très bonne humeur. Mon portable couine pendant que je fais la queue pour acheter un billet. « *T où ?* » Je réponds : « *BarGlo. Queue billets. Toi ?* » Comme je ne reçois plus rien, je l'éteins et le remets dans mon sac. Il me trouvera bien.

En arrivant au guichet, je découvre que le musée ferme à dix-sept heures parce que c'est vendredi saint. En prenant mon argent, l'employée me rappelle que je n'ai plus qu'une heure. Je traverse la cour, lève la tête et m'aperçois que le ciel s'est assombri. Les nuages se sont accumulés tout l'après-midi et voilà qu'une bourrasque de pluie se jette contre les murs.

La première salle est bondée malgré l'heure tardive. Je cherche Pierangelo du regard mais je ne le vois pas et je me laisse distraire par un Éros enfant perché sur sa colonne. Ses petites ailes ne lui permettent pas encore de voler. Il tend ses jambes et ses bras potelés en se dressant vers le ciel. J'ai beau me débrouiller avec des crayons et des pinceaux, je n'imagine pas ce que l'on peut ressentir quand on sait sculpter, libérer les corps et les visages enfermés dans la pierre, capturer les âmes dans le bronze. La plupart des gens viennent ici pour les David de Donatello et de Verrocchio avec la tête monumentale de Goliath qui pleure à ses pieds. Pour ma part, j'aime certaines pièces plus anciennes. Le lion à l'air triste de Marzocco, le gentil saint Georges de Donatello qui semble un peu désolé pour le dragon, ou les bustes de marbre de jeunes gens et de jeunes femmes oubliés morts à Florence il y a cinq siècles.

Je me promène dans la chapelle en contemplant les fresques fantomatiques de Giotto et m'attarde devant l'étrange collection de bijoux, de poignards et de pièces enfermés dans le verre. Billy adore ces vitrines. Elle dit que c'est le plus beau marché aux puces de la ville.

Quand je retourne dans la galerie principale, il y a moins de monde. La vente de billets ayant cessé, les visiteurs qui sortent ne sont pas remplacés. Si Pierangelo est là, il doit être monté au deuxième étage, celui des armes et des armures. Le petit garçon qui sommeille en lui adore ces machins : les lances, les piques, les épées et les boucliers. Je le soupçonne de croire secrètement que, dans une vie antérieure, il était un condottiere se battant pour la gloire de sa ville. Le Baptiste en haillons au regard avide et fou après son régime de sauterelles et de miel me fixe quand je passe devant lui pour accéder à la loggia.

Des étoiles sont peintes au plafond. En dessous, les oiseaux de Jean de Bologne se reposent sur leur piédestal de marbre. La chouette se penche en avant, les yeux brillants, la mine renfrognée. Le grand faucon enfonce ses serres dans la terre de bronze et tourne la tête, le bec aiguisé, prêt à fondre sur sa proie. Dehors, la pluie tombe sans interruption et étouffe le bruit d'un groupe de scolaires qui dévale les marches. Leur professeur s'arrête pour leur montrer les *Podestats* – les maires de Florence qui ont occupé cette forteresse avant de s'installer au Palazzo Vecchio. Leurs boucliers sont fixés sur les piliers les plus bas, à quelques mètres de la fontaine à côté de laquelle, autrefois, se dressait un échafaud. Les enfants s'intéressent certainement plus au fait que ce soit une ancienne prison qu'aux sculptures. Le groupe s'éloigne. Les pavés de la cour sont luisants de pluie mais, pendant des siècles, c'est le sang qui a coulé dessus. Rouge vif, comme cette tache dans les flaques.

Je cligne des yeux. À plusieurs reprises. Mais je ne rêve pas. Il y a bien un miroitement rouge à la surface de l'eau. On ne le voit que dans les flaques, donc ce doit être un reflet, quelque chose au-dessus. Effectivement, lorsque je lève les yeux, à une fenêtre à petits carreaux du deuxième étage, je découvre Billy dans sa robe rouge.

Sa silhouette est un peu brouillée derrière les vitres en forme de losange. Elle lève le bras et m'adresse un signe. Surprise, je lui rends son salut. Puis je l'appelle tout en me rendant compte qu'elle ne m'entendra pas.

« Attends ! » Je fais un geste en direction de l'escalier et je descends de la loggia avec l'intention de me diriger vers le grand escalier de pierre qui monte à l'étage supérieur. Elle me regarde, colonne rouge dont le visage n'est guère plus qu'une tache claire derrière le verre ruisselant de pluie. Juste avant de passer la porte, je lui refais signe. Elle me répond.

Mon téléphone n'affiche pas les numéros que je n'ai pas entrés dans la liste des contacts. Comme Pierangelo a trois portables qu'il utilise indifféremment, le mien ne le reconnaît pas systématiquement. J'ai supposé que c'était lui qui m'avait envoyé un SMS tout à l'heure. En fait, ce devait être Billy. Je ne sais pas ce qu'elle fait là, ni pourquoi elle porte sa robe de soirée rouge, mais je suis sûre qu'elle va me le dire. J'arrive au dernier étage et je pousse la porte en priant pour qu'elle ne soit pas encore fermée. Mais elle cède, et je me glisse à l'intérieur avant qu'un garde puisse venir m'en empêcher.

Ici, les vitrines renferment des porcelaines, un méli-mélo de figurines, d'assiettes et de tasses sur lesquelles sont gravées des scènes. J'imagine que la maison de la signora Bardino est pleine de ces babioles. Je passe devant au trot pour gagner la porte du fond, donnant sur la galerie des armures où doit être Billy. C'est bien son genre de ne pas, tout simplement, appeler à l'appartement. Ou sur mon portable, en me laissant un message vocal plutôt qu'écrit. C'est bien son genre de faire des surprises comme celle-là. Cela me rappelle les marches, au Belvédère. Comme l'a remarqué Henry, si elle faisait les choses normalement, ce ne serait pas Billy.

Au moment où j'arrive au bout de la longue salle, les lumières s'éteignent. Il est dix-sept heures pile. Je pousse la porte de la galerie des armures et j'entre dans la pénombre.

Au centre, des chevaliers grandeur nature montent des mannequins de chevaux couverts d'argent richement orné. Du tissu gaufré fané pend à leurs flancs. Les chevaliers ont baissé leur visière et lèvent leur bouclier. De longues piques à pointe de fer sont fixées sur les murs au-dessus de vitrines qui contiennent des épées et des poignards pour le corps-à-corps. Des armures vides sont disposées çà et là.

« Billy ? » Ma voix résonne contre les murs épais et me revient. « Où es-tu ? »

Je traverse la galerie entre les vitrines d'armes et la cavalcade vers la fenêtre derrière laquelle elle devait se tenir, prête à la voir surgir de derrière une armure, m'attendant à entendre éclater son rire désincarné.

« Billy, tu es là ? »

300

Je fais encore quelques pas, jusqu'à la fenêtre tout au bout de la galerie. Je regarde en bas et aperçois la loggia de l'autre côté de la cour et la voûte sous laquelle je me tenais, qui est vide. Aurais-je vu autre chose ? Un étendard rouge ? Je jette un œil autour de moi. Il n'y a rien de rouge suffisamment près de la fenêtre. En plus, elle m'a fait signe. Je suis prise d'un accès d'exaspération. « Merde, Billy », dis-je tout haut quand la porte se ferme avec un bruit sourd. J'entends cliqueter la clenche.

« Billy, montre-toi. Arrête ce cinéma. » La colère commence à faire trembler ma voix. Elle va sans doute m'accuser de manquer d'humour mais, entre la nuit dernière et maintenant, la coupe est pleine.

Des ombres liquides se dessinent sur le plancher. Je me rappelle toutes les fois où Billy s'est approchée de moi sans bruit. Je me souviens combien elle peut être silencieuse quand elle l'a décidé. Sans vraiment le vouloir, je me glisse vers le fond de la galerie, en quête d'une issue. En général, il y a des portes de communication, mais pas ici. Ce n'est qu'un mur avec des armures, des boulets de fer attachés à des chaînes et souvent hérissés de piquants et de heaumes sans visage à l'intérieur.

Je crie : « Billy ! Arrête ! J'ai peur ! »

Pas de réponse.

J'ai la gorge sèche et la langue qui colle au palais. Mes mains tremblent. Je serre plus fort la bandoulière de mon sac pour les arrêter. Je me souviens de la ruelle près du Carmine, la fois où j'ai cru qu'elle me suivait. Quand je l'ai vue et que ce n'était pas elle.

Je cherche mon téléphone à tâtons. Il suffit que je le trouve et que j'appuie sur 1 pour que Pierangelo m'entende. Mes doigts rencontrent mon portefeuille, mon nouveau porte-monnaie, ma boîte de crayons et tout le bric-à-brac que je promène avec moi. Je me dépêche parce que je sens monter en moi une sensation d'étouffement et de brûlure. J'ai l'impression que les murs se resserrent. Une ombre bouge. Je suis prise de panique.

Je contourne le cheval devant moi et me jette vers la porte. Je pousse un seul cri juste avant que mes pieds se dérobent sous moi. Le sol est glissant. Mon téléphone m'échappe. Je heurte quelque chose de lourd et de métallique que j'entraîne dans ma chute.

Pierangelo arrive tout de suite et me trouve assise dans le bureau de l'administrateur du musée en train de piquer ce que Mamaw appelait « une crise sifflante ». Plus précisément, j'insiste pour qu'ils appellent Pallioti. Je les ai plus ou moins menacés de ne pas bouger d'ici tant qu'ils ne l'auraient pas fait.

« Des graines ! » annoncé-je à Pierangelo dès qu'il apparaît. Il me regarde et je tends les bras pour lui montrer que j'en ai plein les manches de mon pull. Et sous mes semelles, aussi. « Il y en avait partout sur le sol ! Et je l'ai vue, elle. » Ma voix monte dangereusement. « Je sais que je l'ai vue. »

L'administrateur, un homme d'âge moyen, en veste de tweed et cravate ornée de petits lions, est assis derrière son bureau l'air inquiet. Le responsable de la sécurité paraît inquiet, lui aussi. Je n'ai pas abîmé l'armure que j'ai fait tomber mais ils sont quelque peu déroutés par mon histoire. Ils me prennent pour une folle parce que personne ne se rappelle avoir vu entrer dans le Bargello ou en sortir cet après-midi une femme correspondant à la description de Billy. Ni, en tout cas, une femme en robe de soirée rouge. Et ils ne savent absolument pas d'où peuvent provenir les graines.

J'en serre un petit tas dans mon poing serré. Pierangelo finit par me convaincre de les mettre dans un gobelet en carton. Mais ce gobelet, je ne le donnerai qu'à Pallioti. L'angoisse me tord l'estomac et j'ai besoin de voir l'*ispettore* comme, dans mon ancienne vie, j'avais parfois besoin de voir un prêtre. Il arrive vingt minutes plus tard. Je suis si soulagée que je me mets à pleurer.

Pallioti est exactement comme dans mon souvenir. Je me demande d'ailleurs s'il ne porte pas le même costume gris quelconque et la même cravate rouge. Il tire une chaise et me fixe de ses yeux gris immobiles. Après que Pierangelo m'a passé son mouchoir, il dit : « J'aimerais vous souhaiter la bienvenue à Florence dans des circonstances plus heureuses, signora. »

Je me frotte les yeux pour tenter d'arrêter les larmes qui coulent sur mon visage. Pierangelo me masse les épaules.

« Merci d'être venu, dis-je à Pallioti qui incline la tête mais ne me quitte pas des yeux. »

Pallioti me regarde de la même façon que lorsque j'étais couchée sur mon lit d'hôpital il y a deux ans. Curieusement, je trouve cela apaisant, comme une main fraîche sur mon front. « Je ne sais que ce que le signore Sanguetti m'a dit au téléphone, précise-t-il. Vous voulez bien me raconter vous-même ce qui s'est passé ? »

Je m'exécute donc. De façon hésitante, d'abord, puis plus vite, comme si les mots étaient une balle qui rebondissait dans l'escalier, je lui raconte ce qui s'est passé cette nuit et aujourd'hui. Ensuite, je lui dis tout ce que je sais de Billy – ce qui ne fait pas très lourd. D'autant que ce sont uniquement des choses qu'elle m'a dites et que je ne sais pas si elles sont vraies. Quand j'ai fini, je lui tends le gobelet en carton.

« C'était par terre. Dans la galerie des armures. J'ai glissé dessus. Il n'y avait pas toutes ces graines quand je suis entrée. »

Pallioti considère le gobelet d'un air impassible. Puis il se tourne vers l'administrateur du musée et l'homme de la sécurité. « Messieurs, auriez-vous l'amabilité de nous laisser seuls un moment ? »

Je crois d'abord qu'ils vont protester, surtout le malheureux administrateur qui s'est vu privé de sa soirée du vendredi saint et se fait maintenant chasser de son propre bureau. Cependant, il se contente de hausser les épaules et de marmonner : « *Certo.* » Au passage, il me lance un regard qui signifie qu'il me croit folle et qu'il me demande pourquoi je ne suis pas allée dans un autre musée, à l'Opera del Duomo ou à l'Accademia, si j'avais envie de renverser des choses et de piquer des crises. La porte se referme derrière eux et Pallioti jette un coup d'œil au gobelet dans sa main avant de se tourner vers moi.

« Maintenant, dit-il, signora Warren, pourquoi ne pas me dire ce qui vous inquiète à ce point ? »

Je fixe son visage pâle et immobile et la ligne droite de sa bouche aux lèvres fines. « Je lui ai tout dit. Je lui ai parlé de la religieuse qui avait été tuée et de l'infirmière. Et de Ginevra Montelleone. » Je m'efforce de ne pas regarder Pierangelo en disant cela mais je sens le rouge envahir mon cou et mon visage. Il me l'a dit et je l'ai répété à Billy. Comme un petit enfant qui n'est pas capable de garder un secret. « Elle sait, pour les sacs rouges. Et pour les graines. »

Pallioti ne bouge pas. Il n'a aucune réaction. Je n'arrive pas à savoir s'il est contrarié que je sois au courant de tout cela et que j'en aie parlé à quelqu'un d'autre. Je conclus : « Je ne sais pas à quoi elle joue ni pourquoi, mais j'ai peur.

— De quoi ? » demande-t-il calmement. Il se penche en avant, les coudes sur les genoux, et me regarde. « Pouvez-vous me dire, signora Warren, ce qui vous inquiète exactement ?

— Je... » J'ai toujours l'estomac noué et je crains, si je le lui dis, même à voix basse, que cela donne corps à ce qui m'effraie et l'attise, comme si je soufflais sur des braises.

« Signora ? insiste-t-il sans détacher les yeux de mon visage.

— Et si la personne que j'ai vue n'était pas Billy ? Et si c'était quelqu'un d'autre qui m'avait envoyé le SMS et m'avait fait signe, à la fenêtre ? Et si c'était quelqu'un d'autre qui voulait que je monte ?

— Qui ? »

Je secoue la tête. « Je n'en sais rien.

— Et pourquoi quelqu'un ferait-il tout cela ?

— Je n'en sais rien ! » Ma voix frise l'hystérie. J'ai peur de me remettre à pleurer.

Pallioti tapote sa poche de sa main libre et en sort une cigarette abîmée. Il jette un coup d'œil au bureau et se ravise. Ses yeux de lézard vont du petit tas de graines au fond du gobelet à mon visage.

« Je comprends que ce qui est arrivé à cette fille, Ginevra Montelleone, vous bouleverse profondément.

Mais dans ce que vous m'avez dit, je ne vois rien qui conduise à penser qu'il existe un lien réel entre ces incidents. Il me semble beaucoup plus probable que votre amie ait voulu vous faire une farce, ajoute-t-il gentiment.

— Billy ne ferait pas une chose pareille ! » Cela sort tout seul. Mais, avant même d'avoir fini de parler, je me demande si c'est bien vrai.

« Je vais faire analyser les graines, bien sûr, promet Pallioti. Pour voir si ce sont les mêmes que celles qui ont été trouvées sur le corps de la signorina Montelleone. À première vue, j'ai l'impression que c'est du tournesol et du maïs, comme on en trouve dans les amuse-gueules. Vous avez votre téléphone sur vous ? »

En hochant la tête, je le sors de mon sac et je le lui tends. Il s'est peut-être cassé dans la chute. Je ne sais pas.

« Je n'ai pas sauvegardé le message. Je pensais qu'il venait de Piero.

— Mais vous ne l'avez pas envoyé ? » vérifie Pallioti en le regardant.

Pierangelo fait non de la tête.

« Je demanderai à notre équipe de l'examiner. Quelquefois, on ne sait jamais, la mémoire… » Il hausse les épaules et glisse le petit boîtier argenté dans sa poche. Il doit écraser la cigarette. « Elle avait votre numéro, bien sûr ?

— Oui. Sans doute.

— Je suis désolé, signora. Je sais que c'est désagréable à entendre mais on dirait que votre colocataire vous a joué un tour – un tour particulièrement inquiétant. Vous dites que vous lui avez raconté ce qui était arrivé à Ginevra Montelleone et aux autres femmes. Est-elle au courant de ce qui vous est arrivé, à vous, et de la façon dont votre mari est mort ? Le lui avez-vous également dit ?

— Oui. Plus ou moins. Enfin, elle l'a découvert, dis-je en la revoyant sous la pluie, à Fiesole. Elle a fait une recherche sur moi sur internet, puis elle a lu les articles parus dans la presse. » Ou alors, elle a fouillé dans mes tiroirs. Mais je le garde pour moi.

« Quand avez-vous vu... comment s'appelle-t-elle ?... Billy pour la dernière fois ?

— Samedi. Sur la *piazza* devant Santo Spirito. Pendant la fête de rue. Quand nous sommes partis, vers vingt-trois heures, elle était encore là. » Voilà au moins une question à laquelle je peux répondre concrètement. C'est alors que je me rappelle la pluie, les religieuses qui traversaient la rue en courant ; je rectifie. « Non. C'était dimanche. Dimanche soir. Nous... enfin, je l'ai aperçue dans la rue. Nous étions en voiture. Elle ne m'a pas vue. » Pallioti hoche la tête.

« Où était-ce ?

— Tout près de chez nous. Santo Spirito. Via Sassinelli.

— Mais, *cara*, intervient Pierangelo, nous avons reçu notre invitation pour le déjeuner de Pâques mardi, non ? Elle a dû la poster lundi. Et elle est passée à l'appartement. Tu le sais. Peut-être pas plus tard qu'hier. »

Il a raison. Je respire profondément. J'ai l'impression de redescendre lentement sur terre, comme si Pierangelo et Pallioti me tiraient vers le bas pour que je reprenne pied.

« C'est sûr qu'elle est venue, dis-je à Pallioti pour confirmer. Soit mercredi soir après mon départ, soit hier matin. Ou peut-être les deux. Elle a changé l'image au centre de son installation de cartes dans le salon. Et puis hier soir. Elle était là.

— Mais vous ne l'avez pas vue ? Vous n'avez vu personne ? »

Je secoue la tête. « Non. Je n'ai vu personne. C'est vrai.

— Alors comment pouvez-vous être sûre qu'elle était là ?

— Je l'ai sentie. »

Je ne leur en ai pas encore parlé. Ni à l'un, ni à l'autre. Du coup, Pierangelo et Pallioti me regardent fixement.

« Vous l'avez sentie ? répète l'*ispettore*.

— J'ai senti mon parfum. Pierangelo m'achète un savon, une huile et un parfum spéciaux. À la *farmacia* Santa Novella. Et Billy s'en est servie. Elle se sert de mes affaires. Mon parfum est à l'acacia et cette nuit, dans le couloir, je l'ai senti. Ça venait de l'autre côté de la porte. »

Un silence se fait pendant que tous deux digèrent cette information. Puis Pierangelo me demande, doucement : « Cela ne pouvait pas être toi, *cara* ? Ta propre peau que tu sentais ? Toi aussi, tu mets ce parfum. »

Je hoche à nouveau la tête et touche sa main sur mon épaule. Soudain, je suis épuisée. « Si, finis-je par répondre. Cela pouvait être moi.

— Tu n'as pas beaucoup dormi la nuit dernière, si ? » Piero me caresse les cheveux comme on le fait à un enfant. Pallioti se lève, fait un mouvement pour prendre sa cigarette et s'interrompt à nouveau.

« Je vais vous dire ce que je vais faire. Nous allons chercher Mme Kalczeska. Quel est son prénom ? Sur son passeport ?

— Anthéa. » J'entends la voix de Billy le prononcer aussi clairement que si elle était dans la pièce. « Elle utilise Billy, mais son vrai prénom, c'est Anthéa. Je ne sais pas ce qui figure sur son passeport. Je ne l'ai jamais vu. La signora Bardino, peut-être. Elle doit avoir des documents, pour l'école.

— Si elle est descendue à l'hôtel, il a fallu qu'elle s'inscrive sur le registre. Nous allons effectuer un contrôle. Sienne, Lucques, Ravenne, Venise, Rome. Les lieux les plus plausibles.

— Et Mantoue. »

Quelque chose qui pourrait être un sourire passe sur son visage. « Et Mantoue. D'ailleurs, nous allons couvrir tout le pays. Y compris la Sardaigne. Elle n'a pas disparu, techniquement parlant, nous aimerions bien lui parler. »

Il sort de sa poche intérieure une enveloppe dans laquelle il verse les graines, tandis que je me lève et que Pierangelo passe le bras autour de moi. « Et peut-être, demain, ajoute Pallioti, si vous aviez le temps de passer à mon bureau…, une photo pourrait nous être utile.

— J'en ai une sur moi. »

Ce matin, j'ai mis dans mon portefeuille la photo de Billy et moi qui était dans ma poche. Je la sors et la tends à Pallioti. Ce faisant, je me vois avec les cheveux dans la figure, et je vois Billy qui sourit.

17

Le lendemain matin, lorsque je me lève, Piero est déjà dans son bureau. Il me prend la main, me baise la paume et la presse sur sa joue tout en faisant défiler des pages sur l'écran de son ordinateur. Quand il me regarde enfin et s'aperçoit que je suis déjà habillée, il hausse les sourcils d'un air surpris.

« Je vais passer à l'appartement voir si Billy est revenue ou si elle a laissé un message.

— Tu veux que je t'accompagne ?

— Non, merci. Je n'en ai pas pour longtemps. »

Pierangelo ouvre la bouche et la referme, estimant sans doute qu'il vaut mieux ne pas discuter. Il se contente de me serrer la main.

« Je ne bouge pas, dit-il. Appelle-moi si tu as besoin de quelque chose. »

Si tu as besoin de quelque chose. Ces mots tournent en boucle dans ma tête. De quoi pourrais-je avoir besoin ? J'ai tout ce que j'ai toujours pu désirer. Pierangelo. La jouissance d'une des villes les plus séduisantes au monde. La semaine prochaine, les cours vont reprendre sur les plus beaux monuments, les plus beaux tableaux. L'été arrive. Je n'ai pas de soucis d'argent. Alors de quoi diable pourrais-je avoir besoin ? Je voudrais seulement que tout cela n'arrive pas et que Billy revienne. Mais Pierangelo n'a pas ce pouvoir. Je lui ai menti en lui disant que tout allait bien. Cette nuit, j'ai fait d'horribles cauchemars. Le rire de Billy. Karel Indrizzio. Des peaux de serpents. Et des gouttes de sang, écarlates comme les pétales des tulipes.

Je sais avant même de tourner la clé dans la serrure que Billy n'est pas rentrée. Effectivement, il n'y a pas trace de son passage dans l'appartement. Pas de chaussures abandonnées dans le couloir. Ni de message sur le répondeur. J'ai l'impression que l'air, qui n'est plus brassé par nos voix ni nos mouvements, s'épaissit déjà. Comme la poussière, l'absence s'accumule.

Dans le salon, je marmonne : « Merde, Billy. Où es-tu ? »

Je n'ai pas envie de rentrer chez Pierangelo. Ni d'appeler Henry et Kirk pour les entendre dire que Billy n'est pas chez eux. Je n'ai pas non plus envie de rester à l'intérieur, enfermée entre quatre murs. Je troque mes mocassins contre des tennis. L'espace de quelques minutes de perversité, j'envisage sérieusement d'aller au jardin Boboli. C'est le même genre d'impulsion que celle qui vous fait gratter une croûte, écouter une conversation qui, vous le savez, ne va pas vous plaire et, d'une façon plus générale, entretenir une situation désagréable.

Cependant, en fin de compte, je me ravise et prends la direction des maisons à bourdon. Ce qu'a dit Pallioti tient debout, mais je ne comprends pas ce qui peut pousser Billy à agir ainsi. Pourquoi me faire peur délibérément ? Nous sommes amies. Pourtant, si ce n'est pas son objectif, pourquoi n'appelle-t-elle pas ? Pourquoi ne revient-elle pas me parler ?

Au comble de l'agitation, j'arpente à grands pas l'avenue qui mène à l'Institut d'art. À demi restauré, il ressemble à une épave de navire de guerre. L'inscription *Bravo Mussolini !* est taguée en travers de ses fenêtres condamnées. Des gens promènent des chiens et jouent au frisbee. Leurs cris me poursuivent, tandis que j'avance avec précaution sur le sentier jusqu'au trou dans la clôture et que je passe dans le monde au-delà de cette limite – comme Alice de l'autre côté du miroir.

Les petites maisons groupées autour de la *piazza* miniature sont toujours aussi calmes et bien entretenues. Les portes laquées brillent au soleil. Les jardinières sont garnies de soucis et de pensées. Derrière, la cime gris clair des oliviers ondule dans la brise. Juste devant moi, la villa abandonnée produit le même effet qu'une dent pourrie au milieu d'un sourire.

La peinture de ses volets cloque au soleil. Les deux tours trapues perchées sur le toit semblent près de se détacher et de tomber. Une chaîne toute neuve s'enroule autour des poignées de porte comme un serpent argenté. Je m'approche sur le côté et regarde dans la petite allée étroite qui sépare le mur arrière de la villa de la maison la plus proche. C'est là que doivent se trouver les cuisines et le jardin. Effectivement, en scrutant l'ombre fraîche, je vois du lierre qui grimpe sur un haut mur et un arbre – sans doute un arbre fruitier – aux branches longues et grêles à force de ne pas être taillées mais qui est tout de même en fleur. Cela sent fort l'urine. Un chat saute d'un mur et s'éloigne à travers les hautes herbes. Je discerne un scintillement de verre cassé.

Hormis la villa, l'ordre de ce petit quartier est apaisant. Je flâne jusqu'à arriver à une impasse, devant le muret qui marque la limite des oliveraies. San Miniato se dresse à l'horizon et sur la colline, à ma droite, j'aperçois la jolie façade rose de la Maison des oiseaux. Les silhouettes pâles de statues se dessinent sur la terrasse – sans doute des dieux et des femmes à demi nues. On imagine facilement Byron vivant là, ou, plus tard, les Browning prenant le thé dehors, tandis que des accords de piano se font entendre de la villa au-dessus où Tchaïkovski est en train de mourir.

« Ah ! La Madone des marches ! »

Le vieux monsieur s'est approché si doucement que, en me retournant, je manque marcher sur son petit caniche.

« Je vous connais », dit-il en me gratifiant de son sourire édenté tandis que le chien remue son moignon de queue.

Il me faut un instant pour me rappeler la première fois que je l'ai croisé. Ce jour-là, il faisait froid et le vent soufflait des montagnes dans la vallée. Aujourd'hui, en revanche, il fait beau, presque chaud. Cela ne change rien à sa tenue. Il porte toujours le même imperméable et le même béret de laine bleu marine qui lui donnent l'air d'un ancien résistant français.

« Perla, ordonne-t-il, dis bonjour à la Madone des marches. » La vieille chienne continue à remuer la queue et me sourit en clignant de ses yeux humides.

« Elle est sourde comme un pot, crie le vieux monsieur quand je me baisse pour la gratter derrière les oreilles. Sourde comme un pot ! Comme moi ! »

Perla se tortille de plaisir. Lui secoue la tête et tape du bout de sa canne sur le trottoir. « C'est un crime ! annonce-t-il soudain. Laisser une si belle maison fermée. Abandonnée. Vous aimez les maisons ? » Il me fixe de ses yeux noirs brillants. Je regarde la villa à la façade sillonnée de larmes et j'imagine l'allure qu'elle a pu avoir.

« Oui. Oui, j'aime les maisons.

— Moi aussi, déclare-t-il en recommençant à secouer la tête. Et ils n'ont pas d'excuses. Laisser une si belle bâtisse dans cet état, alors qu'ils sont plus riches que Dieu le Père ! » Il frappe de nouveau le sol de sa canne et laisse échapper un rire sec. « Les banquiers de Dieu. Et qu'est-ce qu'ils font ? Ils envoient un gardien une fois par semaine. Un imbécile de gamin qui n'est même pas capable de couper l'herbe. Voilà ce qu'ils font. Comment voulez-vous maintenir une maison en vie de cette façon ? »

Il me lorgne et son sourire fait des plis en accordéon presque d'une oreille à l'autre. « Une maison, c'est comme une femme, dit-il. Elle a une âme. Et il faut la réchauffer. Mais pas avec du feu : avec de l'amour ! »

Avant que j'aie pu trouver une réponse, mon ami tire sur la laisse de Perla brusquement ; elle tombe presque. « *Arrivederci.* » Il fait demi-tour et s'éloigne aussi vite qu'il était arrivé en me lançant un clin d'œil par-dessus son épaule. « Ne tardez pas autant à revenir, Madone des marches. »

Je monte jusqu'à la Viale Galileo puis je passe devant la colonie de chats en redescendant vers la porte San Niccolo. Je traverse le fleuve et remonte par Santa Croce. Je suis de bien meilleure humeur en arrivant au Palazzo Vecchio : Perla et mon ami le résistant français m'ont égayée. Puis je traverse la Piazza della Repubblica. En voyant les gens à la terrasse des cafés, j'imagine Billy. À Sienne, en train de boire du vin sur le Campo, au soleil de la fin d'après-midi. Ou au bord de la mer, mangeant du raisin et racontant des mensonges à un nouvel amant. Soudain, j'ai la certitude qu'elle va apparaître demain sur le Ponte Vecchio, comme elle l'avait annoncé, et qu'elle sera très surprise qu'on ait pu s'inquiéter pour elle.

Le marchand de fleurs s'est installé devant la grande librairie sous les arcades. J'achète un bouquet de marguerites pour Pierangelo, afin de me faire pardonner d'avoir été si casse-pieds hier.

Il n'est pas là lorsque je rentre. Je suis en train de mettre les fleurs dans l'eau quand il arrive enfin. Un large sourire éclaire tout son visage. Sans me laisser le temps de lui demander ce qui le rend si heureux, il me prend les deux mains et les embrasse.

« Ah, ah ! Pas de question, dit-il. Pas un mot ! Je t'emmène dîner pour fêter ça !

— Quoi ? Qu'est-ce qu'il y a ? » Son sourire est contagieux. Je me prends à rire. « Pallioti a appelé ? Ils ont retrouvé Billy, qui a été embauchée par un cirque ambulant ? »

Piero danse en rond autour de moi dans la cuisine. « Ça n'a rien à voir avec Billy. C'est à propos de toi et moi. Et ne sois pas si curieuse ! Je te le dirai là-bas.

— Où ça ? »

Il nomme l'un des restaurants les plus chics de la ville. Je regarde mes vêtements avec consternation. Un jean et des baskets.

« Je ne peux pas y aller comme ça ! » J'ai rendu sa ceinture et ses boucles d'oreilles à Billy mais, en me dépêchant, j'ai le temps d'aller les chercher pour m'habiller comme samedi. Je tends la main vers mon sac. « Tu as réservé à quelle heure ?

— Non, non ! » Il secoue la tête et me prend mon sac. « Tu es ma prisonnière ! »

Je n'ai pas le temps de protester qu'il le pose sur le plan de travail de la cuisine et m'emmène dans le salon où il me pousse sur le canapé. « Reste là, m'ordonne-t-il. Et ferme les yeux. »

La boîte qu'il me pose sur les genoux est énorme et fermée par un ruban. Elle porte en lettres dorées le nom de l'une de mes boutiques préférées – pour le lèche-vitrines, parce que les prix ne sont absolument pas dans mes moyens.

« Ouvre-la », commande Piero. Il est excité comme un enfant.

À l'intérieur, je découvre une longue robe sans manches taillée dans une très belle soie bleu-vert et un petit boléro en angora pour aller avec. En dessous, il y a même des sandales à talons assorties.

« Ça te plaît ?

— C'est magnifique. La perfection ! »

Le créateur est un célèbre couturier milanais. Je n'ai jamais rien eu de tel. Je saute sur mes pieds et le prends dans mes bras. Je lui murmure au creux de l'oreille : « Merci, merci ! Je t'aime. » Et Pierangelo me soulève de terre en riant.

Dehors, la nuit est douce et les rues sont animées. Des hirondelles fendent le ciel bleu sombre. Piero me conduit vers Santa Croce. Quand nous traversons la

316

Piazza della Signoria, il me passe un bras autour des épaules. Au Rivoire, des couples sont assis à des tables en terrasse et sirotent des cocktails en regardant les passants. Neptune sort de sa fontaine, luisant et argenté sous la lumière des projecteurs. Dans la Loggia dei Lanzi, Persée tient la tête pleine de serpents de Méduse. Il n'y a pas d'hommes blancs, ce soir. Les marches surveillées par les lions sont abandonnées aux pigeons qui se pavanent en roucoulant.

Nous arrivons dans le restaurant, qui est bondé. Je ne sais pas comment Pierangelo a fait pour avoir une table à la dernière minute. Une jeune femme très soignée qui pourrait être mannequin nous emmène vers le fond, dans une salle magnifique où plusieurs tables pour deux ont été dressées sur une estrade. J'ai du mal à ne pas rester bouche bée. Nous sommes au premier étage d'un *palazzo*. Il doit y avoir six ou sept mètres de hauteur de plafond et les murs sont ornés de fresques un peu passées qui représente des chevaliers médiévaux et leurs pages, des chiens chassant un cerf, des chevaux dont la crinière ondule au vent. Les éclairages tamisés sont dissimulés derrière les poutres, très haut, et les flammes des bougies disposées sur les tables dansent telles des étoiles parmi les jolies robes et les élégants costumes. Des fleurs sont arrangées dans des appliques sur les murs. Il y a une rose d'un rose très pâle dans mon assiette.

Nous avons commandé et le serveur nous a servi du champagne. En regardant Pierangelo, je découvre à quel point il est patricien. C'est un aristocrate de cette ville ; il est parfaitement à l'aise dans un lieu comme celui-ci. Moi, au contraire, j'ai l'impression d'être Cendrillon qui a eu la chance d'être invitée au bal. Je me demande si je n'ai pas l'air emprunté dans ma robe, si elle ne fait pas trop chère pour moi, si je porte le boléro comme il faut.

Pierangelo doit voir mon inquiétude sur mon visage parce qu'il lève sa flûte. « Tu es belle, Mary, dit-il. Vraiment très belle. Toujours, partout. Mais tout particulièrement ici. Florence te va bien. »

Je sais que pour lui il n'y a pas de plus grand compliment. À ses yeux, la ville est presque humaine et il l'aime autant qu'il aimera jamais une femme. Il m'a dit un jour que les Florentins étaient convaincus qu'ils ne partaient jamais, que, selon une vieille superstition, ceux qui meurent ici errent dans les rues à tout jamais.

« À Florence, alors, fais-je en levant mon verre.

— À toi, *cara*, répond-il en touchant ma flûte du bord de la sienne. À nous. »

Il boit une gorgée de champagne et jette de petits regards autour de la salle. À la lueur des bougies, ses yeux brillent encore de l'excitation qui les éclairait quand il est rentré tout à l'heure.

« Piero, je t'en prie. » Je pose mon verre. « Je n'en peux plus. Qu'est-ce qu'il y a ? Qu'est-ce qui s'est passé. »

Il me regarde et se met à rire. « Tout, Mary. Tout, répète-t-il en me prenant la main. Monica laisse tomber.

— Quoi ? »

À la vérité, je ne sais pas grand-chose des discussions entre Pierangelo et Monica si ce n'est qu'ils se disputent un certain nombre de biens, comme me l'a dit Graziella.

« Tout, dit-il encore. Son avocat a appelé aujourd'hui. Elle abandonne enfin la partie. Elle renonce à réclamer Monte Lupo. »

Monte Lupo, la maison de sa mère. Je vois ce que cela représente. Des rides que je n'avais même pas remarquées se sont envolées de son visage et il a l'air plus jeune.

« C'est merveilleux. Tu dois être si soulagé... » Je reprends mon verre et le lève à nouveau. « Je suis très heureuse pour toi. Vraiment.

— Pour nous, Mary, corrige-t-il. Pour nous. » Il plonge la main dans sa poche et en sort une petite boîte de velours noir qu'il pose sur mon assiette. Le silence se fait dans la salle. Autour de nous, les voix se sont assourdies.

« Ouvre-la. »

La bague est un rubis entouré de diamants. Pierangelo me la glisse à l'annulaire gauche. « Épouse-moi, Mary. S'il te plaît. »

Cela fait longtemps que je rêve de ce moment et maintenant qu'il est arrivé, je ne sais pas quoi dire. Je ne parviens qu'à hocher la tête. Je n'ose même pas le regarder de peur qu'il se volatilise.

« Oui, finis-je par articuler. Oui. » Alors, Pierangelo me prend la main, approche la bague de la lumière et la baise.

« Nous allons avoir une vie magnifique », promet-il. Avant que j'aie pu acquiescer, il se produit quelque chose. Les gens s'arrêtent de manger et murmurent. Puis, comme obéissant à un signal secret, tout le monde se tourne vers la porte et Massimo D'Erreti entre.

Le cardinal est entouré d'une petite cour parmi laquelle je me surprends à chercher le visage de Rinaldo. En voyant qu'il n'est pas là, le soulagement me grise presque. La jeune femme qui nous a accueillis fait pratiquement une révérence. Un homme qui doit être le propriétaire s'approche de Son Éminence et D'Erreti lui tend la main. L'espace d'une seconde, j'ai l'impression que l'homme va baiser sa bague, mais il s'arrête juste avant et le salue avec effusion en l'entraînant vers le fond de la salle.

D'Erreti n'est pas en rouge mais arbore un costume noir sévère. Avec ses cheveux argentés et son col d'ecclésiastique, il a l'air d'un corbeau parmi les paons. Il s'arrête à chaque table ou presque, serre la main des hommes qui se lèvent pour le saluer et, à plusieurs reprises, baise la main de leur épouse qui reste assise. Puis il se tourne vers nous.

Pierangelo se lève alors qu'il est encore à quelques mètres ; cependant, même lorsque D'Erreti monte sur l'estrade, ils ne sont pas de la même taille. Le cardinal est plus petit que les photos ne le laissent imaginer, et compact, avec un physique de taureau. De près, il a une silhouette râblée de paysan. Ses cheveux couleur d'acier sont coupés aussi court que ceux d'un marine américain et le fin tissu de sa veste se tend sur son torse puissant. Il serre la main de Pierangelo en lui prenant le bras et fait un sourire franc et détendu.

Je ne sais pas pourquoi cela me surprend. Après tout, ils ont passé pas mal de temps ensemble. Quoi qu'il en soit, l'affection mutuelle des deux hommes semble sincère. Ils ont beau être très différents, l'espace d'une seconde, on dirait presque deux frères. D'Erreti parle à Pierangelo qui se tourne vers moi.

« Votre Éminence, dit-il, permettez-moi de vous présenter *la mia fidanzata*, la signora Mary Thorcroft. »

Toute ma vie, on m'a appris à me lever ou à m'agenouiller en présence d'un prêtre. Je résiste à cet instinct un peu gênant et lui tends la main. D'Erreti la prend entre les siennes. Il a les doigts forts et durs et une peau calleuse de travailleur manuel. L'alliance qui le lie à Dieu brille à la lumière de la bougie. Quand il sourit, il découvre des dents blanches et régulières.

« Ma chère, dit-il dans un anglais parfait, je ne me doutais pas que Pierangelo avait la chance d'avoir une femme aussi belle. »

Les mots sont courtois mais, malgré moi, j'ai un mouvement de recul. Tout, chez cet homme, de sa poignée de main à son sourire, est ouvertement sexuel. Nos yeux se rencontrent. Les siens sont d'un noir de jais, sans fond.

« Le Seigneur soit avec vous, Maria », murmure le cardinal. Puis, avant que j'aie pu m'écarter, il se penche et, du pouce, me trace sur le front le signe de la croix.

Cette nuit-là, Pierangelo et moi faisons l'amour comme jamais, comme si nous n'avions, au lieu du restant de nos jours, plus que quelques heures à passer ensemble. Le ciel pâlit déjà quand nous nous endormons et j'ai l'impression que quelques secondes à peine se sont écoulées au moment où le téléphone sonne.

« *Pronto.* » Pierangelo répond d'une voix pâteuse et vague mais, très vite, il change de ton. « *Si. Si. Quando ?* » Bien que je me sois caché la tête sous l'oreiller pour essayer de ne pas me réveiller, je sais qu'il fronce les sourcils.

Lorsque je finis par le regarder, encore étourdie, il est déjà en train de repousser les couvertures. J'attrape le réveil. Il est sept heures pile. Nous avons dormi deux heures ; c'est énorme.

« *Si, si*, dit Pierangelo. *No. Sono andato.* » J'y vais. « *Si. Subito. In menche non si dica.* » Immédiatement. En moins de temps qu'il n'en faut pour le dire.

Il raccroche et attrape déjà ses vêtements. « Le journal, fait-il sans me regarder. Il est arrivé quelque chose, au Belvédère. »

Il plonge dans la salle de bains et j'entends couler l'eau. Puis il ferme les robinets et traverse la chambre pour aller dans le salon tout en enfilant son pull.

« Reste ici, lance-t-il. Je reviens dès que possible. » Il y a quelque chose dans sa voix, quelque chose de bizarre et de cassant qui me pousse à le suivre jusqu'à la porte.

Il fouille partout pour trouver ses clés.

« Où vas-tu ? Tu es rédacteur en chef ; c'est un travail de reporter. »

La créature qui s'était endormie dans mon ventre se réveille et me saute à la gorge. Je m'entends dire : « Je viens avec toi. » Pierangelo s'arrête.

« C'est Billy, n'est-ce pas ? » Son silence me suffit.

18

En haut de la colline, nous voyons l'arrière bleu de la voiture de police. Elle est curieusement garée, en biais, en travers de l'entrée du Belvédère où, dans une autre vie, le groupe de touristes japonais faisait la queue pour acheter des billets. Il y a d'autres voitures et, derrière nous, loin en contrebas dans la ville, j'entends le hurlement d'une sirène d'ambulance.

Pierangelo pile et saute de la BMW en tâtant ses poches en quête de sa carte de presse tandis qu'il s'approche du jeune officier des *carabinieri* qui vient vers nous, très pâle, en faisant de grands gestes. « *Chiuso, chiuso* ! dit-il. *Affare di polizia.* »

Je suis Piero en levant les deux mains. « *Mi amica…* » Ma voix se brise mais mes pieds avancent toujours. Piero me retient par le bras au moment où je vais rentrer dans le policier.

« *Chiuso* ! » crie ce dernier. La peur passe sur son visage, comme s'il croyait que j'étais folle – ou au moins sourde. Sa main libre est agitée de mouvements convulsifs, un peu trop près du holster rutilant fixé à sa ceinture. Pierangelo se place entre nous en parlant doucement, la main sur l'épaule du jeune homme.

Le *carabiniere* continue de secouer la tête pendant que Pierangelo lui parle et je commence à reculer. Je me force à me déplacer lentement, presque nonchalamment, vers la porte de la ville qui mène à Costa San Georgio. Le bruit de l'ambulance devient assourdissant et je me retourne à temps pour voir le véhicule blanc dont l'avant est marqué du seul mot *Misericordia* franchir le sommet de la colline. Puis, dès que j'ai atteint le passage voûté et que je ne suis plus visible, je me mets à courir. Je dévale la pente en me dirigeant vers le chemin qui mène au trou par lequel passent les junkies.

Tout est exactement comme le matin où Billy et moi l'avons découvert – le grillage éventré, le chemin piétiné. Je passe et descends en glissant le talus herbeux qui s'arrête au pied des remparts. Puis je cours à toute vitesse le long des murs du fort, vers le guichet et l'entrée du tunnel. Mes pas résonnent à l'intérieur. Je manque tomber, aveuglée par l'obscurité. Et puis je débouche en trombe et je m'arrête, à bout de souffle.

La villa des Médicis apparaît à ma gauche. Le brouillard matinal ne s'est pas encore levé et la grande sculpture en ferraille a l'air de flotter au-dessus du sol.

Billy est là-haut. Je le sais. Je le sens. Je *la* sens comme je l'ai sentie l'autre nuit. « *Je suis ton ange gardien* », dit-elle. Et sa voix fait écho dans le tunnel derrière moi.

Sa porte secrète. C'est là qu'elle doit être. Elle est revenue se cacher au même endroit. C'est tout simple. Il suffit que je la trouve. Je flaire l'air. Il a quelque chose d'anormal, une âcreté que je ne reconnais pas.

Mon esprit ne fonctionne pas très bien, peut-être parce que je suis fatiguée. Il y a des espaces, des blancs, là où il devrait y avoir d'autres choses. Des *carabinieri*. Des voitures. Un coup de téléphone. Une ambulance. La chanson du père Noël qui se répète dans ma tête, trop haute et trop perçante pour cette heure matinale.

Je m'essuie machinalement les joues parce que j'ai les yeux qui pleurent. Elle joue à cache-cache. Et c'est moi qui m'y colle. Il faut que je la retrouve.

J'entends des voix, maintenant. Elles proviennent de derrière la villa. Des bribes de mots s'envolent comme de l'écume des vagues. Je les suis en avançant prudemment. Je n'ai pas envie de glisser et de me blesser sur une installation. Je parviens à monter les marches et à passer sous la voûte centrale de la villa, mais là, je m'arrête.

Derrière les remparts, les oliveraies forment une mer argentée avec, au milieu, le carré rose de la Casa degli Uccelli. La Torre de Gallo se dresse à l'horizon. San Miniato observe tout du haut de sa colline. C'est le paysage Renaissance parfait sauf que, au premier plan, au centre de la pelouse râpée qui surmonte les remparts du Belvédère, a surgi une nouvelle œuvre d'art obscène.

Je ne peux pas m'arrêter de la regarder. J'ai vaguement conscience de la présence de gens – Pallioti, et d'autres que je ne connais pas. Ils regardent aussi. Essoufflé de m'avoir couru après, Pierangelo monte les marches derrière moi.

« Mary. »

Il me touche l'épaule mais je me dégage. Et puis j'appelle son nom.

D'abord, c'est un murmure confus, une combinaison de sons. Puis c'est un mot. Et, enfin, un cri. Un long hurlement que je pousse en courant vers elle en dérapant dans l'herbe, les mains tendues vers elle comme si, encore maintenant, je pouvais l'atteindre à temps et la ramener.

Pierangelo et un policier me rattrapent. Ils me tiennent les bras pendant que je crie après Pallioti. La créature qui se tordait dans mon ventre se libère enfin et jaillit de ma gorge, de ma bouche. Je hurle : « *Credetemi adesso ? Credetemi adesso ?* » Vous me croyez, maintenant ?

Billy semble être étendue sur un feu qui fume encore. Des branches à demi consumées, des brindilles et des feuilles sont entassées sous elle. Une odeur d'essence flotte dans l'air. La jupe de sa robe chasuble à fleurs est en lambeaux, à demi brûlée, à demi déchirée. Elle a encore ses tennis peintes aux pieds.

Je me concentre sur elles parce que je ne veux pas regarder le reste. Je ne veux pas voir sa gorge, tranchée si profondément qu'elle a presque la tête coupée. Sa tête qui pend, en arrière et sur le côté, formant un angle atroce. Et encore, ce n'est même pas cela le pire. Le pire, c'est ses cheveux. Ils ont été tondus. Semé de touffes et de blessures, le cuir chevelu de Billy est nu.

Privée de son auréole dorée, elle ressemble à un oiseau sale et plumé. Ses mains pendent le long de son corps, fragiles et inutiles. Sa bague aux cœurs n'est plus qu'une tache vert et rose dans la crasse. Et sur son autre épaule, il y a un renflement abject. Un gros sac de soie rouge épinglé à sa robe en loques.

Ensuite, le temps file. Il me glisse entre les doigts. À chaque fois que j'essaie de définir précisément une pensée ou un mot, il m'échappe. Tout se divise, miroite et s'écarte, telles les gouttelettes de mercure avec lesquelles nous jouions en cours de science au lycée avant qu'on ne s'aperçoive qu'elles pouvaient s'introduire dans le cerveau et tuer.

L'une des gouttelettes de mercure est le bras de Billy. J'y vois son poignet, sa main et ses ongles vernis. Dans une autre, je vois ses jambes crasseuses et marbrées. Dans une autre encore, les lambeaux de sa robe. Et le ciel argenté qui devient couleur d'abricot. Et la fumée sale dans l'air du matin. Puis les feux d'artifice. Le sifflement et l'explosion des fusées dans le ciel de Pâques et la pluie de pétales bleus, verts et rouge vif sur le Duomo.

Il paraît que ces troubles de l'odorat, de la vue et de l'ouïe sont dus aux médicaments et que c'est normal. Après tout, c'est justement le flou que l'on recherche. Piero dit que, parfois, il vaut mieux rester quelque temps sans rien sentir ni penser ; alors, dès que nous sommes rentrés à l'appartement, il a appelé un ami médecin qui est venu aussitôt avec les pilules. J'ai trois flacons de couleurs différentes. Le marron pour dormir. Le rose pour me calmer. Le blanc pour oublier.

Pendant que le reste de Florence attaque son déjeuner de Pâques, des policiers fouillent notre appartement de la via Sassinelli. Ils relèvent des empreintes et ne trouvent rien. Ensuite, ils viennent chez Pierangelo me parler. Je leur raconte que Billy achetait ses vêtements et ses chaussures au marché, qu'elle se vernissait les ongles et qu'elle est allée à la fête de la Piazza Santo Spirito dans un costume de ballerine. Je leur parle du

Bargello, du SMS que j'ai reçu et des graines. Je répète tous les détails en boucle jusqu'à ce que les gouttelettes de mercure se mélangent dans ma tête et que Pierangelo finisse par demander aux policiers de s'en aller.

Cette nuit-là, il pleut. De grosses gouttes frappent les fenêtres et ruissellent sur les lucarnes au-dessus de la baignoire encastrée. Étendue à côté de Piero dans le noir en attendant que les pilules fassent leur effet, je me dis que nous sommes dans un bateau surpris par la tempête. Je nous sens presque tanguer et rouler. Les pilules n'agissent pas. Je me lève et vais en prendre une autre dans le flacon marron. Lorsque je me réveille, on est lundi et il est presque midi. Il ne pleut plus. Piero est dans son bureau. Il se retourne quand j'arrive, les mains au-dessus du clavier de son ordinateur. Je n'ai qu'à voir son visage pour deviner ce qu'il écrit.

« Je suis désolé, dit-il. Mais quelqu'un doit le faire, alors il vaut mieux que ce soit moi. » Il a raison, bien sûr. C'est vrai. Et puis, au début, quand tout a commencé, c'est lui qui a écrit l'article sur Eleanora Darnelli.

Il me considère un moment, le regard assombri par une sollicitude que je désire et que je rejette tout à la fois. Je fouille la pièce des yeux, à la recherche d'un sujet de conversation.

« Elles sont jolies. » Je désigne une série de photos des jumelles quand elles étaient petites. Je dois les avoir déjà vues mais je ne m'en souviens pas. « C'est toi qui les as prises ? »

Il secoue la tête, aussi soulagé que moi par cette tentative de normalité. « Non, Monica. C'était elle, la photographe de la famille. D'ailleurs, ajoute-t-il, c'est comme ça que nous nous sommes rencontrés. Une séance de photos. »

Je prends le cadre. C'est un genre de pot-pourri. Les jumelles à poney. Les jumelles en uniforme. Les jumelles avec un chapeau de cotillon. Sur une photo, elles essaient de grimper sur un Pierangelo plus jeune qui les repousse en riant. Sur une autre, une jolie blonde est accroupie et les tient dans ses bras. Elle porte une robe Pucci et ressemble beaucoup à Catherine Deneuve. Ou plutôt, elle lui ressemblerait si elle n'avait pas la paupière gauche mi-close et si le coin gauche de sa bouche n'était pas légèrement tiré vers le bas par une cicatrice qui va de son sourcil à son menton. Est-ce Monica ? Tout de même, je l'aurais su si elle était défigurée...

« C'est Monica ? » Je lui tends le cadre. Il regarde, secoue la tête et se met à rire.

« Non. Je n'ai pas de photo d'elle, répond-il en me prenant le cadre et en fixant le point que j'indique. C'est la marraine d'Angelina. Une vieille amie de Monica.

— Comment s'appelle-t-elle ? » Il me considère un instant avant de remettre le sous-verre à sa place et je devine la réponse. Je la sens. « C'est Ottavia, non ? » L'étui à cigarettes et le briquet. Pierangelo regarde encore la photo et finit par hocher la tête.

« Oui.

— Que lui est-il arrivé ?

— Un accident, répond-il en haussant les épaules. Elle a eu de la chance de ne pas perdre son œil. C'est arrivé il y a longtemps. »

Je laisse tomber le sujet. Aujourd'hui, ce ne sont pas les ex de Pierangelo qui m'intéressent. À la place, je me prends à penser à Billy. En regardant les jumelles, je me demande comment elle était, petite.

« Demande la photo à Pallioti, pour le journal. Ne te sers pas de sa carte d'étudiante ni d'une photo d'identité. Elle aurait horreur de ça. » Il hoche la tête et me prend la main qu'il presse contre sa joue.

Deux heures plus tard, Pallioti envoie une voiture me chercher pour m'emmener à la Questura. Ils ont besoin de me parler, dit-il, si je suis prête.

Aujourd'hui, Pallioti n'est pas le même. Je ne sais pas à quoi je m'attendais mais quand il s'assied en face de moi dans la salle d'interrogatoire, il fait comme si nous ne nous étions jamais vus. Il y a quarante-huit heures, au Bargello, il me semblait aussi proche qu'un confesseur ; aujourd'hui, on dirait un inconnu. Ou un policier. Ses yeux de lézard sont vides. Ils ne reflètent rien et, soudain, plus que tout le reste, plus que la vue du corps de Billy, c'est cela qui me fait peur. Je me sens dans la peau d'un vampire qui, se regardant dans la glace, ne voit rien. Face à l'*ispettore* Pallioti, dans cette salle d'interrogatoire, j'arriverais presque à me convaincre que je n'existe pas.

La femme assise à côté de lui, en revanche, est différente. La cinquantaine, ronde comme un fruit bien mûr, avec une peau bien soignée qui ne fait pas son âge et des cheveux d'un roux foncé qui n'a rien de naturel, elle me considère avec curiosité. Elle s'appelle Francesca Giusti ; c'est le magistrat chargé de l'affaire Ginevra Montelleone et, maintenant, du meurtre de

Billy. Elle me sourit, tandis que Pallioti ouvre le dossier posé sur la table devant eux.

« Signora Warren, attaque-t-il. Comme nous l'avons établi vendredi, vous êtes arrivée en Italie le 1er mars de cette année par le vol Alitalia 557 New York-Milan, avec un passeport établi à votre nom de jeune fille. Depuis, vous êtes étudiante à l'Académie florentine d'enseignement pour adultes et vous habitez un appartement du palazzo Sassinelli appartenant au signore et à la signora Bardino que vous partagiez avec la signora Kalczeska. »

Bien que ce ne soit pas une question, je hoche la tête affirmativement. La *dottoressa* Giusti et Pallioti me regardent un moment en silence. Puis Pallioti reprend : « Il faut que je vous dise que je suis déçu, signora. Vendredi, vous m'avez demandé de vous aider. Je trouve que vous auriez au moins pu me dire la vérité.

— Quoi ? »

Je ne suis pas sûre d'avoir bien entendu mais avant que j'aie pu ajouter quoi que ce soit, Pallioti se fiche une cigarette entre les lèvres, se lève, ouvre la porte et disparaît. Il revient une seconde plus tard.

« Sachez, dit-il alors que la porte se referme derrière lui, que, hier, nous avons trouvé ceci dans la commode d'une chambre de l'appartement que vous partagiez avec la signora Kalczeska. » Il tient l'enveloppe en papier kraft à deux mains, avec autant de précautions que si elle contenait de l'anthrax ou une bombe. « Alors, ajoute-t-il, vous voudrez peut-être nous expliquer ? »

Bien que j'aie le cerveau embrumé par les pilules, je vois où est le problème. Il est furieux parce que je ne lui ai pas parlé de cette enveloppe. Il a dû avoir l'air ridicule quand ils l'ont trouvée dans mon tiroir et qu'il n'était pas au courant. Ou alors il croit que je lui en ai délibérément caché l'existence, que je n'ai pas été honnête avec lui parce que je ne lui ai pas fait part de mon obsession pour les mortes. Ou les deux à la fois. Comparé à tout le reste, c'est tellement véniel que j'en ris presque.

« Ce n'est rien. Juste des choses que je garde. » Pallioti me fixe de ses yeux de lézard, impassible.

« Écoutez, je suis désolée. C'était personnel. Franchement, j'avais oublié, conclus-je sans conviction. » Je veux ajouter que, vendredi, je n'y pensais même pas, que cela ne me semblait pas avoir de rapport, mais, à la lumière de ce qui s'est passé depuis, c'est une remarque tellement idiote que je n'essaie même pas. Le fait que ce soit la vérité n'a pas grande importance.

Pallioti se rassied. Un silence s'installe pendant que, tous les trois, nous regardons l'enveloppe.

Je reprends la parole : « Je vous assure, je suis désolée. J'aurais dû vous en parler. Sur le moment, cela ne m'a pas paru important. » J'ai l'impression d'être en train d'avouer que je possède des *sex toys*. Ou pire. Les *sex toys* sont plus courants que les photos de femmes mortes avec lesquelles j'imagine communier. Je me sens rougir.

Pallioti tire une tasse de café vide vers lui et y fait tomber la cendre de sa cigarette. « Vous auriez dû nous dire quoi, au juste, signora ? Que la signora Kalczeska et vous aviez décidé d'ouvrir une agence de détectives, peut-être ?

— Non ! » J'ai soudain la sensation que, sans que je m'en rende compte, tout a échappé à mon contrôle. Et je me doute, hélas, de l'impression que je dois leur faire. J'insiste : « Ce n'est pas vrai. Franchement, je ne ferais jamais une chose pareille.

— Vous êtes allée à la veillée aux chandelles pour Ginevra Montelleone.

— C'est vrai. Mais, je vous l'ai dit, c'est uniquement parce que je voulais lui rendre hommage. » Il y a dans ma voix une note pleurnicharde, sur la défensive, que je suis la première à trouver déplaisante. « Billy connaissait des amis de Ginevra, par l'université. Nous y suivons des cours. » J'essaie d'arranger les choses mais je ne suis pas sûre d'y arriver. « En revanche, dis-je en agitant la main au-dessus de l'enveloppe et en espérant la faire disparaître comme par magie, j'ai gardé les articles et les photos pour moi seule. Je ne les lui ai jamais montrés. Billy ne les a même jamais vus.

— Vous en êtes sûre ? demande Francesca Giusti en se penchant vers moi par-dessus la table. Vous avez dit qu'elle s'était servie de vos affaires, de votre maquillage, de votre parfum. Comment savez-vous qu'elle n'a pas fouillé dans vos tiroirs et que, découvrant cela, elle n'a pas décidé de faire sa petite "enquête" ?

— Je… » Les mots s'arrêtent dans ma gorge. Je ne peux pas en être sûre. Ils le savent aussi bien que moi.

La fumée s'enroule autour de la tête de Pallioti. Si cela dérange Francesca Giusti, elle ne le montre pas. Elle me regarde d'un air à la fois attentif et délibérément neutre, comme un psy. Je résiste à l'envie de me tortiller sur ma chaise.

« Signora Warren, dit l'*ispettore*, sachez que, quelle que soit notre compréhension, voire notre sympathie à votre égard, la police n'a aucune indulgence pour ceux qui s'ingèrent dans les affaires de loi.

— Je vous le répète, je n'ai rien fait. J'étais… » Plus j'en dis, pire c'est. Que faire d'autre que m'expliquer ? « La curiosité. J'ai agi par curiosité. » J'avale ma salive. J'espère que cela ne leur paraîtra pas aussi obscène que cela en a l'air. « Je voulais savoir ce qui était arrivé aux autres femmes. Aux femmes que Karel Indrizzio a attaquées avant moi. Je voulais savoir exactement comment elles avaient été tuées.

— Pourquoi ? » demande Francesca Giusti, si doucement que je doute un instant de l'avoir entendue. Elle a les ongles courts et vernis de rouge foncé. Je me concentre sur ses mains qui restent parfaitement immobiles alors qu'elle tient un stylo doré au-dessus du bloc recouvert de cuir qu'elle n'a pas ouvert.

« Parce que… » Je vois la gorge d'Eleanora Darnelli. Les mains jointes de Benedetta. Le petit chardonneret sur le ventre de Caterina Fusarno.

« Parce que ? » insiste-t-elle.

Je lève les yeux et je la regarde en face.

« Parce que j'aurais pu être l'une d'entre elles. »

Elle me fixe un instant. La fumée de Pallioti flotte entre nous. Puis elle baisse les yeux et suit du bout de son stylo le bord de son bloc. « *Certo* », dit-elle.

Pallioti attend une seconde avant de se lever et de tapoter l'enveloppe. « Où avez-vous eu ces documents ? demande-t-il.

— À la bibliothèque, dis-je trop rapidement. Principalement. J'ai trouvé certains éléments sur Internet.

— Pas les photos des corps et des scènes de crime. »

Nous nous regardons dans les yeux. Inutile d'être Einstein pour deviner que ma source doit être Pierangelo mais pas question de le leur dire et de risquer de faire perdre leur emploi à ses contacts dans la police et à la morgue. Cette histoire est déjà bien assez atroce comme cela. Billy est morte et c'est sans doute ma faute. En tout cas, c'est manifestement ce que pense Pallioti.

Ce n'est pas vrai, bien sûr. Cependant, on dirait bien que Billy avait raison sur un point : il sait qui je suis. Ce doit être comme cela qu'il s'est fixé sur Billy. Il m'a regardée et il l'a vue, elle.

Cette prise de conscience filtre dans ma tête comme une tache d'encre indélébile. Elle a essayé de me mettre en garde ; elle m'a dit que je ne le prenais pas suffisamment au sérieux. En fin de compte, ce n'est pas moi qui étais en danger.

Pallioti écrase sa cigarette dans la tasse à café et se rassied. Il se penche en avant, les coudes sur la table.

« Permettez-moi de vous dire ce que je pense. Je pense que vous vous êtes trouvé une petite activité parascolaire et que votre propre expérience vous donne l'impression d'être particulièrement à même de découvrir qui a tué Ginevra Montelleone.

— C'est faux.

— Je l'espère sincèrement. Parce que ce serait vraiment stupide. Et très dangereux. »

Pallioti s'appuie au dossier de son siège et me considère. « J'aurais pourtant pensé que vous étiez bien placée pour le comprendre. D'abord un mari puis une colocataire ; il devient risqué de vous fréquenter, signora Warren. »

Ces mots me font l'effet d'une gifle.

Je serre les poings pour ne pas éclater en sanglots.

« Thorcroft, finis-je par rectifier. Je n'utilise plus le nom de Warren. »

Pallioti prend son stylo. « Alors, signora Thorcroft, parlez-moi, si c'est possible, de la dernière fois où vous avez vu la signora Kalczeska.

— C'était dans la rue. J'étais en voiture, le soir des Rameaux.

— Mais là, vous ne lui avez pas parlé ?

— Non. Je lui ai fait signe mais elle ne nous a pas vus.

— Comment était-elle habillée ? »

Je ferme les yeux. J'entends à nouveau le bruit des essuie-glaces. Je revois les religieuses en train de traverser et puis sa grande silhouette floue à travers la vitre.

« Elle portait un imperméable, je crois. Long et rose. Ou peut-être son manteau de tweed. Je ne sais pas.

— Et la dernière fois que vous lui avez parlé ?

— C'était à la fête sur la *piazza*, la veille.

— Que s'est-il passé ?

— Nous étions tous là. Nous avions pris une table. » Je commence à avoir mal à la tête. « Ils m'ont déjà interrogée là-dessus hier. Encore et encore. Et je vous l'ai déjà dit. »

Francesca Giusti se penche en avant. « Dites-le-moi à moi, alors. »

Ce doit être la version italienne du « gentil flic, méchant flic ». J'avale ma salive et m'en veux d'avoir à sortir un Kleenex de mon sac.

« Nous avons dîné tous ensemble. Nous avons parlé des meurtres et les Japonaises nous ont décrit le

336

tableau de Mantegna avec les sacs rouges. Je vous ai déjà dit tout ce que je me rappelais. La dernière fois que je l'ai vue ce soir-là, elle dansait avec quelqu'un. Je ne sais pas qui. Je ne l'ai pas reconnu. Il portait un masque. Il y avait beaucoup de monde, sur la place. Il portait un masque mi-doré, mi-argenté. Un genre de masque de carnaval. » Je prends une profonde inspiration pour repousser le vide qui se fait dans ma poitrine.

« Quelle heure était-il ? veut savoir la magistrate.

— Environ onze heures. Peut-être onze heures trente. »

L'image du corps de Billy s'affiche devant mes yeux. L'a-t-il tuée là-haut, sur le Belvédère ? Sous le tas de brindilles et de feuilles à demi calcinées, y a-t-il du sang sur le sol ? Est-ce pour cela qu'il a mis le feu ? Un feu comme celui-là peut-il d'ailleurs détruire quelque chose ? À propos de destruction, pourquoi ne l'ai-je pas fait, moi ? Pourquoi n'ai-je pas brûlé les articles et les photos ? Tout est ma faute, comme la mort de Ty. Le passé se répète et saigne jusque dans le présent.

« L'homme avec qui dansait la signora Kalczeska, vous le reconnaîtriez ? » s'enquiert l'*ispettore*.

Je secoue la tête. « Il était de taille moyenne et portait un pantalon foncé – un jean noir, je crois. Je ne me souviens pas bien. Des tennis, peut-être. Vous avez parlé à Kirk ? C'est son petit ami, ici. » Je le revois, debout à côté de la table, sa main vide levée, qui ne quittait pas Billy des yeux. « Ils se sont disputés, ce soir-là. » Quelque chose cloche dans cette image mais je n'arrive pas à trouver quoi. Tout se mélange à nouveau dans mon esprit. « Je ne sais pas ce qui s'est passé ensuite, finis-je par conclure. Nous sommes partis.

Mais il la regardait. Je suis sûre qu'il se souviendrait de l'homme avec lequel elle dansait.

— Nous avons interrogé le signor Taylor, répond Pallioti. Maintenant, revenons à la signora Kalczeska. Elle est rentrée chez vous, ce soir-là ?

— Je ne sais pas, dis-je avec une pointe d'exaspération. Comment voulez-vous que je le sache ? Je vous l'ai déjà dit : je n'y étais pas. Vous devriez demander à la vieille dame du dessous. Elle a dû entendre quelque chose.

— Croyez-moi, nous l'avons déjà fait. » Pallioti pose sur moi un regard qui se veut sans doute profondément méprisant mais qui ne fait que m'irriter.

« Vous savez, c'est Billy qui s'intéressait à ces meurtres. C'est elle qui a abordé le sujet à table, pas moi. Elle a découvert ce qui m'était arrivé, oui. Mais je ne lui en avais rien dit avant. Je n'en parle pas aux gens. Je ne suis pas revenue ici à cause de cela, et je n'en parle pas. Je ne lui ai pas montré le contenu de l'enveloppe. Je suis désolée si elle l'a découverte. Si c'est le cas, je regrette de ne pas l'avoir brûlée. Mais je ne la lui ai pas montrée. Je n'aurais pas fait une chose pareille. Je ne pourrais pas leur faire ça.

— À qui ? »

Je ne me suis pas rendu compte de ce que je disais.

Je marmonne : « À ces femmes. Je n'aurais pas pu lui montrer ces photos d'elles. Ç'aurait été mal. »

Pallioti et Francesca Giusti échangent un regard, puis elle me demande : « Signora Warren – pardon, signora Thorcroft –, pourquoi êtes-vous revenue à Florence ?

— Parce que mon ami – non, mon fiancé, dis-je en montrant ma bague, mon *fidanzato* y vit.

— Le signore Sanguetti ? »

Je fais oui de la tête.

« Il n'y est pour rien. » Ma voix ne tremble plus. Défendre Pierangelo, j'en suis capable. « Absolument pour rien. Il ne savait même pas que j'avais ces papiers. J'ai cherché à savoir ce qui était arrivé à Eleanora Darnelli et à Benedetta Lucchese parce que personne ne me l'avait dit. D'abord, j'ai cru que je l'apprendrais au procès. Mais comme Karel Indrizzio est mort, il n'y a pas eu de procès. À ce moment-là, j'ai eu l'impression que je ne pouvais plus poser de questions.

— Alors vous avez décidé de chercher toute seule ?

— Oui. »

Je suis soulagée qu'elle ne me force pas à avouer que j'ai pris les documents à Pierangelo. Ni à mentir sur ce que j'ai pu lui dire, ensuite. Elle jette un nouveau coup d'œil à Pallioti, mais il semble soudain fasciné par son stylo.

« Que savait la signora Kalczeska, exactement, sur les autres femmes ? s'enquiert Francesca Giusti.

— Tout. Je lui ai dit tout ce que je savais.

— Pourquoi ?

— Pourquoi ? »

Elle hoche la tête affirmativement. « Vous avez dit que vous n'aimiez pas en parler.

— En effet, je n'aime pas cela. Mais Billy l'a découvert ; je vous l'ai dit. Ensuite, eh bien… Nous parlions de beaucoup de choses.

— Mais vous ne lui avez jamais montré les photos ?

— Non.

— Et les… » Elle hésite et pèse soigneusement ses mots. « Les petits cadeaux laissés sur les corps. Vous lui en avez parlé ?

— Oui.

— Intéressant, remarque-t-elle. Vous savez, bien sûr – ou peut-être pas –, que ces informations n'ont jamais été publiées dans la presse. » Elle sourit d'un air presque contrit. « Il nous arrive de faire ce genre de chose pour préserver l'intégrité d'une enquête. Vous noterez, je crois, qu'il n'y a rien à ce sujet dans aucun article. »

Elle me sourit de nouveau. Elle n'a pas besoin de souligner qu'elle m'a de nouveau piégée. Si je le sais, c'est forcément parce que quelqu'un me l'a dit. Quelqu'un qui peut obtenir ce genre de renseignement grâce à des informateurs. Quelqu'un comme Pierangelo.

« Mais, ajoute-t-elle en changeant soudain de tactique, la signora Kalczeska savait ce qui vous était arrivé ? Vous lui en aviez parlé ? Vous lui parliez de tout.

— Oui. » Ce n'est pas exactement ce que j'ai dit mais je suis si soulagée qu'elle lâche le sujet de Pierangelo que je ne la corrige pas.

« Alors, vous étiez amies ? » demande-t-elle.

Je ne vois pas trop où elle veut en venir, ni pourquoi, mais le mot « amie » ne me semble pas convenir, comme si un terme aussi peu imaginatif ne pouvait pas englober Billy.

« Sans doute, finis-je par dire. Oui, faute d'un mot plus juste, c'était mon amie.

— Qu'est-ce qui pourrait être un mot plus juste que "amie" ?

— Pardon ? »

Pallioti s'agite sur sa chaise.

« Un mot plus juste que "amie". "Amante" ? »

Je la regarde fixement.

« Aviez-vous une liaison ?

— Non. C'est ridicule !

— Ah bon ? »

Francesca Giusti me dévisage. Brusquement, j'ai l'impression de sentir les doigts de Billy sur ma peau comme la fois où, dans ma chambre, elle avait déboutonné mon chemisier et suivi le tracé de mes cicatrices.

Je sens un danger. Cette femme que je n'ai jamais vue a mis le doigt sur l'instant précis où Billy avait franchi les limites que j'avais tracées autour de moi.

Je la regarde dans les yeux. « Nous n'avions pas de liaison. »

La *dottoressa* Giusti me considère comme si ce n'était pas tant la vérité qui l'intéressait que la façon dont je réagis. Un peu plus tard, elle fait remarquer : « Vous ne vous confiez pas beaucoup, n'est-ce pas, signora ?

— Comme tout le monde, non ?

— Bien sûr, reconnaît-elle en souriant. Mais vous avez des secrets. Des photos cachées. Des choses que, peut-être, vous préféreriez oublier pour construire votre nouvelle vie ici. Vous dites que la signora Kalczeska a découvert toute seule ce qui vous était arrivé et qu'elle vous l'a dit. C'est une chose dont vous n'aimez pas parler, ce qui se comprend. Peut-être ne voulez-vous pas que cela se sache. Cette indiscrétion d'une personne que vous connaissiez à peine et qui a fouillé dans votre vie de cette façon, cela a dû être difficile à vivre. Nous croyons savoir que la signora Kalczeska pouvait avoir tendance à se mettre en avant et qu'elle n'avait pas un caractère facile. Qu'elle pouvait être… versatile. Cela ne devait pas être facile.

— Écoutez, dis-je en me penchant en avant et en la regardant dans les yeux, il faut que vous compreniez bien une chose. Je n'aurais jamais, jamais fait de mal à Billy intentionnellement. Croyez-le ou non, mais c'est la vérité. »

Francesca Giusti s'appuie au dossier de son siège en me regardant.

« Vous savez, finit-elle par dire, nous n'avons trouvé aucune trace du message dans votre téléphone.

— Cela ne m'étonne pas, réponds-je en soutenant son regard. J'ai dit à l'*ispettore* que je l'avais effacé. »

En guise de réponse, elle sourit.

« Dites-moi, signora Thorcroft, y a-t-il autre chose que nous devrions savoir, selon vous ? Vous rappelez-vous quelque chose de bizarre ? Le moindre détail peut nous être utile, même s'il ne vous a pas semblé important sur le moment.

— Un prêtre. » Francesca Giusti cligne des yeux et Pallioti lève la tête. « Billy m'a dit qu'un prêtre était passé chez nous. Il y a… deux ou trois semaines environ. Il me cherchait. Il a demandé Mary Warren. Sur le moment, j'ai cru que c'était une erreur. La vieille dame du dessous est infirme ; un prêtre vient lui dire la messe et lui apporter la communion chez elle. Je me suis dit… » Je secoue la tête en essayant de me rappeler les mots exacts de Billy.

« Vous vous êtes dit quoi ?

— Qu'elle avait dû se tromper. Ou que c'était une coïncidence. Mais je ne sais pas. À ce moment-là, elle ne connaissait pas mon nom de femme mariée. Je ne lui avais encore rien dit. » Pallioti m'observe, son stylo toujours entre les doigts. Je lui rappelle : « Après mon agression, vous avez parlé avec le père Rinaldo, qui était avec nous ce jour-là. » Il hoche la tête imperceptiblement. « Je crois que c'était lui. Je crois qu'il est venu me voir et qu'il est tombé sur Billy. Il était à la veillée pour Ginevra Montelleone. Je l'ai vu. Elle allait à la messe à San Miniato avec sa famille, quand elle était petite. Et je l'ai aussi vu près de chez nous, dans la rue. »

Francesca Giusti cesse de prendre des notes et lève le nez de son bloc. « Autre chose, signora ? »

L'homme blanc. Le saint du Greco avec son corniaud. J'ouvre la bouche mais la referme sans rien dire. Comment leur expliquer que je n'arrête pas de croiser un sans-abri muet qui a les yeux de mon mari, que je lui ai donné des tulipes ? Je secoue la tête. « Non. Rien. »

La *dottoressa* Giusti se lève et me tend une main ferme et fraîche, comme si nous venions de faire connaissance lors d'un cocktail. Manifestement – du moins en ce qui la concerne –, l'entretien est terminé.

« Merci d'être venue, signora. Nous vous sommes reconnaissants de votre collaboration. J'imagine que vous devez vivre des moments très difficiles. Malgré tout, nous vous prions d'accepter toutes nos félicitations pour votre prochain mariage. Nous en avons fini avec votre appartement, ajoute-t-elle après coup en me lâchant la main. Vous pouvez vous y réinstaller quand vous voulez. Bien sûr, il est inutile de vous rappeler que tout ce qui s'est dit dans cette pièce est strictement confidentiel. Compte tenu de la nature de l'enquête, c'est très important. Enfin, nous préférerions que vous ne quittiez pas la ville pour l'instant. »

Elle ramasse son bloc de cuir et son stylo doré. Sur le pas de la porte, elle se retourne vers moi.

« Manifestement, vous en savez assez long sur cette histoire, signora. » Elle fait un signe de tête vers l'enveloppe en papier kraft toujours posée au milieu de la table. « Alors vous n'ignorez sans doute pas que Karel Indrizzio conservait des souvenirs de ses victimes. Une chaussure de la signora Darnelli. La montre de Benedetta Lucchese. Le sac à main de Caterina Fusarno. Les vêtements de Ginevra Montelleone. »

Elle me considère un instant comme si elle réfléchissait à ce qu'elle allait dire et se demandait si elle pouvait me faire confiance.

« Nous pensons que celui qui le copie en fait peut-être autant, dit-elle finalement. Je suis désolée que vous ayez vu le corps de la signora Kalczeska, mais, puisque c'est le cas et que vous la connaissiez bien, puis-je vous demander si vous avez une idée de ce qu'il a pu lui prendre ? Un bijou, peut-être ? Un collier ? Une montre ?

— Elle ne portait pas de montre. Ce n'est pas ce qu'il lui a pris. »

Maintenant, ils me regardent tous les deux. Pallioti tient une autre cigarette qu'il n'a pas encore allumée. Francesca a toujours la main sur la poignée de la porte.

« Ce qu'il a pris, dis-je, c'est ses cheveux. Il lui a pris ses cheveux, bordel ! »

En redescendant dans le hall quelques minutes plus tard, j'ai encore les mains qui tremblent et je suis obligée de m'arrêter et de m'adosser au mur de marbre froid.

C'est un jour férié mais à la Questura des gens vont et viennent. Les dingues et les psychopathes ne prennent sans doute pas de congé pour Pâques. Au contraire. De jeunes hommes, sans doute des flics, passent en courant deux par deux. Et puis je vois Pallioti. Il descend le grand escalier, lentement, l'air penaud – à moins que ce soit le fruit de mon imagination.

« Voulez-vous que je vous appelle une voiture, signora Thorcroft ? » Il promène le regard dans le hall, l'air vague, comme s'il avait la tête ailleurs. Pour la première fois, il me vient à l'esprit qu'il doit être fatigué. Cette affaire – et sans doute l'ensemble de son travail, s'il consiste à traquer des hommes qui découpent des femmes au couteau et leur laissent de petits cadeaux – est épouvantable. « Le chauffeur était censé vous attendre, mais ces types… »

Il hausse les épaules et sort son paquet de cigarettes de sa poche. Ce sont des Nazionale, les mêmes que celles que fumait Billy. Cette fois, quand il m'en offre une, j'accepte.

Durant ces quelques instants, fumer ensemble fait presque de nous des amis. Je me demande à quoi il renonce pour être ici ce lundi de Pâques.

« Puis-je vous poser une question ? »

Il hausse les sourcils, sans doute en signe d'assentiment.

« Pas dans mon cas, mais dans ceux d'Eleanora Darnelli et de Benedetta Lucchese, y avait-il beaucoup de preuves contre Indrizzio ? »

Pallioti contemple un moment le bout de sa cigarette puis hausse à nouveau les épaules, comme si le fait de me le dire ne pouvait pas, de toute façon, aggraver les choses.

« Comme vous le savez, il a été accusé du meurtre de votre mari ainsi que de votre agression. Il y avait de fortes similitudes avec les deux autres affaires – je présume que vous le savez également, ajoute-t-il en me jetant un coup d'œil. Du point de vue des présomptions, il était possible qu'il fût coupable. Il n'avait pas d'alibi et a été vu dans le secteur la nuit où Benedetta Lucchese a été tuée. Nous étions encore en train de chercher un lien avec Eleanora Darnelli quand il est mort. Ensuite, les meurtres ont cessé.

— Jusqu'au mois de janvier de cette année. »

Il incline la tête. Nous continuons à fumer en silence.

Puis, soudain, je dis : « C'est à vous que j'aurais dû poser des questions sur Karel Indrizzio. Je suis désolée. Je m'en rends compte maintenant : j'aurais dû venir vous voir. » Les mots sortent plus vite que je ne le voudrais. « Mais vous comprenez, n'est-ce pas ? Vous comprenez au moins pourquoi j'ai voulu savoir ? »

Il devient soudain extrêmement important à mes yeux qu'il dise oui, que cet homme qui venait me voir à l'hôpital, qui a voyagé avec moi pendant les jours où j'étais si proche des mortes me comprenne. Je scrute son visage et ses yeux gris soutiennent mon regard. Cependant, cette fois, je vois quelque chose bouger tout au fond, comme un poisson sous la surface gelée d'une rivière.

Je suis certaine qu'il va dire quelque chose. Je sens les mots se former. Mais il se ravise.

« Vous auriez pu me poser des questions, bien sûr, signora. Mais je ne sais pas ce que j'aurais pu vous répondre. Bien que le passé et l'avenir soient tout autour de nous, ajoute-t-il, ils sont si difficiles à saisir… Nous vivons au milieu du tableau, mais nous ne le voyons que rarement. »

Il tire une longue bouffée de sa cigarette avant de l'écraser dans le sable du cendrier à côté de nous. « Maintenant, propose-t-il en souriant, voulez-vous que je vous trouve une voiture ? »

Je le regarde fixement puis, à mon tour, je laisse tomber ma cigarette dans le sable.

« Non, merci. Je crois que je vais rentrer à pied. »

C'est la fin de l'après-midi. Je prends machinalement la direction de chez Pierangelo puis je m'en détourne. J'ai besoin de rester seule pour l'instant. L'effet du tranquillisant rose que j'ai pris avant de quitter l'appartement doit commencer à se dissiper, parce que je me sens tout sauf calme. Je crois que, si j'essayais, je ne parviendrais pas à rester assise sans bouger. Au fond, c'est une sorte de soulagement que de ne pas être engourdie, d'échapper au brouillard dans lequel j'existe plus que je ne vis depuis un jour et demi. À la place, j'ai l'impression de bouillonner et d'éclater intérieurement. En m'engageant dans le dédale de ruelles derrière la Piazza della Signoria, je me sens en colère.

Curieusement, ce n'est pas contre Francesca Giusti qui ne faisait que son travail – si bien, suis-je forcée d'admettre, que je n'aimerais pas avoir à l'affronter au tribunal – mais contre Pallioti. Je lui en veux de ne pas m'avoir fait suffisamment confiance pour me dire ce qu'il a failli me dire il y a quelques instants, de s'être caché sous la glace et de m'avoir fourgué de la philosophie de comptoir. J'avais meilleure opinion de lui. Avec un certain choc, je me rends compte que je le prenais pour un ami.

« Ils croient que c'est moi.

— Quoi ? » Pierangelo est en train de couper des légumes ; son couteau claque en rythme sur la planche.

« Ils croient que c'est moi qui l'ai fait. En tout cas, c'est l'avis de cette Francesca Giusti.

— C'est ridicule.

— Pas de leur point de vue. » Je me sers un verre de vin et je le regarde. « Réfléchis. Je suis au courant de tout, des moindres détails. Je cachais des photos horribles dans ma chambre. Je communie avec des mortes et, selon eux, Billy et moi couchions ensemble. Elle m'a entraînée là où je ne voulais pas aller, alors je l'ai tuée et j'ai fait en sorte que l'on attribue le crime à ce fumier. Moi, je trouve ça parfaitement logique.

— *Cara*. » Piero abandonne ses légumes, m'enlace et pose le menton sur ma tête. « J'ai des vacances à prendre, dit-il. Dès que tout cela sera fini, nous irons à Monte Lupo.

— Qu'est-ce qui te fait croire que ça va "finir" ?

— C'est évident, affirme-t-il en passant les doigts sur mon visage. Ils vont trouver qui a fait ça. Pallioti n'est pas idiot.

— Et si ce n'était pas Indrizzio ? » Piero fronce les sourcils. « Je ne plaisante pas. Si ce n'était pas lui ? J'ai posé la question à Pallioti ; il dit que, aussi bien dans le cas de Benedetta que dans celui d'Eleanora, l'accusation était uniquement fondée sur des présomptions. Ils ne l'ont même pas inculpé officiellement. Il était dans le secteur quand Benedetta a été tuée, et alors ? Il habitait là, enfin. Dans les jardins ou Dieu sait où. En revanche, ils n'ont aucune preuve de sa présence dans les parages au moment du meurtre d'Eleanora

Darnelli. Du moins, ils n'en avaient pas quand il est mort. »

Piero a repris son couteau et je ne vois pas son visage.

Je poursuis : « Les meurtres ont cessé, alors ils ont laissé tomber. Mais si le coupable était dans la nature depuis tout ce temps ? Si, maintenant, il était revenu ?

— Dans votre cas, à Ty et à toi, il y avait des preuves tangibles contre Indrizzio, fait-il valoir. ADN, recherche de groupe sanguin. Et puis il avait le portefeuille de Ty, et le tien. *Cara*, il t'a décrite.

— Mais il n'a jamais avoué, si ? Et ils n'ont pas trouvé mon sac à main bleu sur lui. Il a dit qu'il me croyait morte quand il nous a découverts et que c'était pour ça qu'il avait pris les portefeuilles. Piero, et s'il avait dit la vérité ? »

Pierangelo se retourne et me regarde. « Non. Il a dû laisser tomber ton sac quelque part. Ça ne veut rien dire. Je t'accorde que, pour les deux autres, il peut y avoir un doute. Mais pour Ty et toi, non. L'homme qui vous a agressés, Tyler et toi, est mort, *cara*.

— Et ce type ? » Quand je veux prendre mon verre, ma main tremble à nouveau. « Ils pensent que Billy avait décidé d'"enquêter". Je ne le crois pas une seconde. Et toi ?

— Je ne la connaissais pas. Je ne sais pas.

— Je suis persuadée que non. Elle voulait que je sois plus prudente. C'est pour ça qu'elle a fait ce cirque à Santo Spirito. Elle voulait me forcer à faire plus attention. Elle me disait que, s'il imitait Indrizzio, il savait certainement qui j'étais. Que je ne prenais pas la situation suffisamment au sérieux et qu'elle était obligée d'être mon ange gardien. »

J'éclate en sanglots bruyants. Pierangelo arrête de faire la cuisine et vient me prendre dans ses bras. Il m'emmène dans le salon, me fait asseoir sur le canapé et me berce pendant que je pleure. Quand je me calme un peu, il me caresse les cheveux.

« Il faut peut-être que tu partes, suggère-t-il. Si tu veux rentrer aux États-Unis le temps que cette affaire soit résolue, je suis sûr que Pallioti comprendra.

— Non, il refusera. Ne sois pas idiot. Et puis toi ? Je ne peux pas te quitter alors que tu es tout juste à moi. » Je regarde ma bague, le magnifique rubis cerise, les diamants étincelants.

« Elle est assortie à tes cheveux, explique-t-il en jouant avec ma mèche rose. C'est pour ça que je l'ai choisie.

— Et si je les teignais en vert ?

— Eh bien, il faudrait que je t'offre une émeraude. »

19

Je m'attendais à trouver l'appartement différent.
Malgré ce que m'avait dit Francesca Giusti, j'imaginais
que la porte serait scellée et que je ne pourrais pas
entrer. Ou qu'il y aurait de la poudre dont on se sert
pour relever les empreintes digitales partout, comme
dans les films, avec des tiroirs ouverts et des meubles
renversés. Mais je ne trouve rien de tout cela. Il est
seulement vide.

L'article sur le meurtre de Billy paraît ce matin ;
Pierangelo est parti de bonne heure. Il m'a proposé de
venir avec moi chercher d'autres affaires, mais je lui ai
dit que je préférais être seule. Maintenant, je le
regrette. J'aurais aimé qu'il soit à côté de moi, qu'il
trouble le silence.

La porte-fenêtre de la cuisine est toujours attachée.
Les premières traces du passage de la police sont des
taches de poudre foncée autour des poignées des
portes du salon et l'empilement parfait des papiers
épars sur le bureau. Les stores et les rideaux sont
ouverts. Dans la rue, en bas, la ville se réveille après les
festivités pascales. Un troupeau de touristes se dirige

vers Santo Spirito en évitant les rubans de chantier qui entourent une bouche d'égout ouverte au milieu de la route, à l'endroit où une camionnette grise des services d'électricité est garée, deux roues sur le trottoir. Je regarde passer une mobylette qui se faufile le long du chantier puis accélère en direction de la *piazza*. Le bruit s'éloigne et je tire les rideaux. Il ne faut pas que le soleil abîme le joli petit bureau de la signora Bardino.

Après le salon, j'inspecte la salle de bains, je prends des affaires que je mets dans un sac et je reste dans le couloir devant la porte de Billy. Un cri retentit dans la rue, suivi d'un rire. Quand je me décide à tourner le bouton, je me rends compte que je m'attendais à trouver la porte verrouillée comme si, punie pour ce que j'ai fait, je n'avais pas le droit d'entrer. Mais le battant s'ouvre dans un murmure.

Le soleil qui entre par la fenêtre souligne les traces de poussière sur le sol et la commode. Des cheveux de Billy d'un blond doré presque blanc sont pris dans sa brosse et brillent, quasiment translucides. Je me force à ouvrir son armoire et à regarder ses vêtements sans trop savoir ce que je m'attends à découvrir. Les cintres sont parfaitement alignés mais les robes, jupes et pantalons sont mélangés. Je ramasse un cardigan qui est tombé et s'est pris dans une des ballerines rouges qu'elle portait à la soirée sur la *piazza*. Je regarde la chaussure, dont le bout est taché, puis je la remets avec l'autre. Là-dessus, sans trop savoir pourquoi, je m'agenouille et je les aligne par paires – mocassins, bottes, escarpins. Il reste, dépareillées, une bottine, une sandale verte et une chaussure vernie noire à lacet. Je les mets ensemble en éventail au bout de la rangée et j'entends rire Billy. Je me retourne, toujours à genoux par terre devant l'armoire. Elle est là. Je la sens. Je crois que si je fermais les yeux je pourrais la toucher.

Je me relève lentement, comme si un mouvement brusque risquait de la faire fuir, et j'enfile son cardigan. Les manches sont bien trop longues mais je le boutonne quand même. La douce laine bleue a gardé une légère odeur de fumée et le parfum frais et fleuri de son shampooing. Je me regarde dans le miroir en m'attendant presque à la découvrir derrière moi, à ce qu'elle me dise que j'ai les cheveux sales et les yeux cernés. Ce qui est vrai. Je ne me rappelle même pas quelles pilules j'ai prises ce matin.

Le dessus de la commode est trop bien rangé. Les policiers ont parfaitement aligné tous les flacons de produits pour les cheveux. Ses bracelets forment une pile de verre émaillé et d'argent. La photo encadrée de la maison a été placée à côté du miroir. Dans sa boîte à bijoux, je trouve deux colliers bon marché, une chaîne avec une coccinelle et une broche en forme de papillon. Par-dessus mon épaule, Billy me chuchote de la prendre, alors je l'épingle à l'épaule de son cardigan.

Dans le tiroir du haut, je découvre une enveloppe cornée qui contient des photos. Certaines représentent de gens que je ne reconnais pas – sa mère, sans doute, une femme qui pourrait être sa tante Irene, un garçon qui semble assez jeune pour être son fils mais qui doit être son mari. Les autres sont de nous. Kirk, Henry et moi au café. Les Japonaises posant avec le signor Catarelli dans un jardin qui doit être celui d'une villa des Médicis. Il y en a même une de la signora Bardino devant une *trattoria*, son sac Ferragamo serré dans une

353

main tandis que, de l'autre, elle tient les épaules d'un jeune homme en veste blanche de chef.

Tout en sachant que je ne devrais pas, je prends son vieux porte-monnaie qu'elle a rempli non pas de pièces mais des billets d'entrée de tous les endroits où nous sommes allés. Elle disait qu'elle en ferait un album. Ou un collage. Je m'en chargerai peut-être pour elle. Je fouille dans les autres tiroirs en quête de sa collection de cartes postales, en vain.

Comment est-ce arrivé ? Je regarde fixement ses affaires m'attendant presque à ce qu'elles me le disent. Est-ce que quelqu'un l'a appelée ? L'homme au masque avait-il pris son numéro pour l'inviter à boire un verre, ou pour l'emmener à une fête ? Ou cela s'est-il passé tout à fait autrement ? Peut-être rentrait-elle du cinéma ou d'un dîner et était-elle en train de glisser sa clé dans la serrure quand quelqu'un lui a tapé sur l'épaule. L'a attrapée et entraînée dans la pénombre. Mais alors, elle aurait dû porter un manteau ou une veste. Il ne fait pas encore assez chaud pour sortir sans rien le soir.

Je file dans l'entrée pour vérifier. Oui, son manteau-tente de tweed et son long imperméable rose sont là tous les deux. Donc ce n'est pas arrivé la nuit. Ni quand il faisait froid. Elle a dû le rencontrer en plein jour. Il est peu probable qu'il y ait eu une lutte ou une bagarre. Billy était grande et solide ; sûrement, cela aurait attiré l'attention. Non, elle a dû le suivre de son plein gré. Alors c'est sûrement quelqu'un qu'elle connaissait. Et moi aussi, sans doute.

Il est plus de midi. Je veux aller à l'épicerie acheter quelque chose à manger, un panini ou une pâtisserie, mais au moment de déverrouiller la porte, j'ai une drôle d'impression. Sur le palier, je la tiens ouverte avec mon pied le temps d'écouter les bruits de la maison. Le son de la radio de la signora Raguzza me parvient, étouffé. Les Sassinelli sont de retour. En arrivant, j'ai vu que leurs fenêtres étaient ouvertes. Il y a donc du monde tout autour. Malgré tout, en descendant l'escalier après avoir fermé la porte, j'enfonce la main dans ma poche et je glisse mes clés entre mes doigts comme on nous l'a appris au cours d'autodéfense.

Dehors, le soleil s'est levé. En traversant la cour, je croise le prêtre qui va chez la signora Raguzza. Il est jeune et baisse la tête quand il me voit, comme si la seule vue d'une femme risquait de le contaminer. Sa longue jupe bruisse quand nous nous croisons. Il joint les mains à l'intérieur de ses larges manches. Je songe qu'il pourrait y dissimuler n'importe quoi : un couteau, un revolver... Il est comme moi, qui cache dans ma poche mes doigts hérissés de clés.

« Bonjour, mon père, dis-je en italien.

— Le Seigneur soit avec vous », marmonne-t-il. On pourrait déceler de la honte, dans sa voix comme dans la mienne.

La boutique est bondée. C'est la sortie de l'école et un groupe d'enfants aux uniformes en désordre achètent des bonbons. La signora s'occupe d'eux, si bien que c'est Marcello qui me sert. Je lui demande des cookies. Il doit grimper à l'échelle pour les attraper. Son sweat-shirt remonte un peu et dévoile la ligne blanche d'une cicatrice à la limite du tissu. Les miennes me picotent, comme par un mouvement de sympathie. Quand il redescend et saute à terre, je m'applique particulièrement à lui sourire. Il me fait un clin d'œil et glisse deux Baci dans le sac.

« Vous avez un admirateur », dit une voix féminine au moment où je sors de l'épicerie.

En me retournant, je découvre Sophie derrière moi. À côté d'elle, Paolo inspecte le contenu du sachet de friandises que vient de lui donner la signora.

« Pas vraiment. » Je jette un regard à Marcello qui m'observe du coin de l'œil en servant le client suivant. J'espère qu'il ne va pas s'attirer d'ennuis. La signora lui fait sans doute payer ce qu'il me donne en plus. J'ai comme l'impression que pas grand-chose ne lui échappe.

« Ah, les amours juvéniles… », fait Sophie quand nous nous mettons à marcher. Je lui donne un chocolat à la noisette. En riant, elle le fourre dans sa bouche et ses joues se gonflent comme celles d'un écureuil quand elle le mâche.

« Je suis navrée, dit-elle quelques secondes plus tard en froissant le papier du Baci dans sa main. Pour votre amie. C'est épouvantable. »

Je chancelle et la regarde.

« Vous n'avez pas vu ? demande-t-elle en rougissant. C'est en première page du journal. On ne donne pas son nom mais je l'ai reconnue, sur la photo. » Le journal sort dans l'après-midi, à peu près à cette heure-ci. Elle en tire un numéro de son sac et me montre la une. « Je suis désolée, répète-t-elle. Je croyais que vous étiez au courant. »

Bien sûr que j'étais au courant. N'empêche, je suis un peu surprise de voir le choc que cela me fait.

Ils m'ont effacée de la photo que j'ai donnée à Pallioti. Il ne reste que Billy qui sourit à l'objectif.

« UNE HISTORIENNE DE L'ART AMÉRICAINE ASSASSI-
NÉE. » Billy serait folle de joie qu'on la qualifie d'his-
torienne de l'art. Il faudra que je pense à remercier
Pierangelo. Sophie replie le journal et le range.

« Ça va, vous ? » me demande-t-elle.

Paolo tire un ruban de réglisse du sachet et se met à
le sucer comme une paille.

« Je ne sais pas », dis-je.

Elle me touche l'épaule. Ses ongles roses manucurés
frôlent le tissu de mon chemisier. « Si je peux faire
quoi que ce soit… » Un peu mal à l'aise, elle laisse sa
phrase en suspens et nous nous remettons à marcher.
« Vous savez, ajoute-t-elle, j'habite juste en face.

— Merci. » Elle n'insiste pas, et je lui en suis
reconnaissante.

Au coin de la rue, nous nous arrêtons pour traverser puis passons à côté de la camionnette grise qui est
toujours là. Une borne est tombée, tirant le ruban
jaune avec elle. On dirait qu'il n'y a personne pour la
redresser.

« Eh voilà, commente Sophie. La pause-déjeuner de
deux heures des Italiens. Le grand Paolo est furieux
parce que son chauffeur n'a pas pu passer, ce matin.
Du coup il a dû prendre par-derrière et attendre
devant la porte de la cave, raconte-t-elle en riant.
Comme s'il était indigne de lui de côtoyer un casier à
bouteilles. Je lui ai suggéré d'abandonner sa Mercedes
et de la remplacer par une Smart pour s'éviter ce genre
de problème ; il n'a pas trouvé ça drôle. Ils vont
encore rester là des semaines, conclut-elle en montrant
la camionnette d'un signe de tête. Vous allez voir. »

Elle sort ses clés de sa poche, fait monter les marches
à Paolo devant elle et ouvre la grille. Je la suis dans la

cour. Juste avant que nous nous séparions, elle tourne vers moi son visage rond et doux empreint de sollicitude.

« Sérieusement, Mary. S'il y a quoi que ce soit que je puisse faire… » Elle se penche vers moi et m'étreint rapidement avant de se diriger vers son aile de la maison, Paolo qui mâchouille toujours du réglisse dans son sillage.

La lumière est éteinte dans notre escalier. Je ne me donne pas la peine de l'allumer. Il fait sombre, et je compte les marches en montant. Douze, puis le palier, douze autres, la porte de la signora Raguzza, et douze encore pour arriver chez nous. La main sur la rampe, je monte en regardant mes pieds, si bien que je suis à mi-étage quand je découvre la silhouette devant notre porte.

C'est un homme, je crois, enveloppé dans une cape ou une soutane noire. Je m'arrête net et je dois faire un bruit ou pousser un petit cri parce qu'il se retourne. Je découvre alors que c'est Kirk. « Salut, dit-il. J'allais te laisser un mot. »

Il me serre dans ses bras. Il a les épaules raides.

« Alors, le café du poste de police n'était pas bon ? »

Il veut plaisanter mais il a la voix cassée et nous ne rions ni l'un ni l'autre. Une seconde plus tard, il ajoute : « Henry est au café. Il a dit que c'était lui qui payait si je venais ici et si je parvenais à te convaincre de nous offrir un espresso. Nous avons essayé ton portable plusieurs fois hier. Nous n'avons pas le numéro de Machin.

— Pierangelo. Mon portable est cassé. » Je ne lui dis pas que j'en utilise un de Piero et je ne lui donne pas le numéro.

Un flot de lumière nous enveloppe lorsque je pousse la porte de l'appartement. Je découvre que Kirk est plus pâle que jamais et qu'il a les yeux rouges. Malgré la chaleur, il est emmitouflé dans son manteau. Je me rappelle ce qu'a dit Henry à propos de la cocaïne et je me demande à quelle aide chimique il a eu recours ces derniers jours.

« Kirk, ça va ?

— Pas vraiment, répond-il en passant à côté de moi pour entrer. Et toi ?

— Non. Je ne sais pas. »

La porte se referme derrière nous. Je me rends compte que je ne lui ai pas demandé comment il était entré. Je ne savais pas que Billy lui avait donné la clé. Je vais dire quelque chose, quand je le vois dans le couloir en train de regarder par la porte ouverte de sa chambre.

« Merde, lâche-t-il. Putain de merde. »

Il a l'air d'un chien qui a flairé une piste. On dirait qu'il la sent, là. C'est comme si son souvenir pouvait prendre forme et apparaître s'il restait suffisamment immobile.

« Kirk ? »

Je prononce son prénom le plus doucement possible en tendant la main vers lui dans la vague intention de le réconforter même si je ne sais pas comment. Mais je n'en ai pas l'occasion parce que ce qui arrive ensuite arrive trop vite.

« Salope ! hurle Kirk. Espèce de salope ! »

Il se retourne et me frappe à la mâchoire. « Qu'est-ce que tu es ? crie-t-il alors que je titube en arrière. Hein, qu'est-ce que tu es, bordel ? Un ange de mort ? »

Je lâche les cookies et, en battant l'air de mes bras, je m'écrase sur le petit fauteuil de l'entrée dont un pied se brise. Je veux l'attraper. Attraper n'importe quoi qui puisse me servir à me défendre. La lampe. Plus lourde, elle fera une meilleure arme. J'attrape le fil, sur lequel je commence à tirer pour la faire glisser de la table. Le sang bourdonne à mes oreilles. Je lève la tête pour voir d'où il va venir, comment il va me porter le prochain coup. Mais Kirk semble m'avoir oubliée. Toujours dans le couloir, il regarde fixement dans la chambre de Billy, les bras pendant le long du corps. De grosses traînées de larmes lui zèbrent le visage. Son nez s'est mis à couler.

« Je l'aimais, dit-il. Je l'aimais vraiment. Vraiment. »

Je ne sais pas combien de temps nous restons comme cela, moi par terre, le pied de la chaise dans une main et le fil électrique dans l'autre, et Kirk qui regarde la chambre en pleurant comme si je n'étais pas là. J'ai l'impression qu'il s'écoule des heures mais cela ne dure sans doute qu'une minute. Je finis par m'accroupir et faire le tour du fauteuil cassé en avançant en crabe dans l'espoir qu'il ne remarque pas que je bouge. Ensuite, je me faufilerai dans la cuisine.

Ma tête va exploser. J'ai l'impression d'avoir du papier de verre dans la bouche. Il y a un couteau. Un couteau qui coupe. C'est moi qui l'ai acheté. Je pourrais aussi ouvrir la fenêtre et appeler Sophie ou n'importe qui d'autre. Je me souviens de la fois où je me suis réveillée sur le canapé parce que j'avais entendu du bruit. La porte. Il a la clé. Il allait entrer.

Je lui jette un coup d'œil, derrière moi. Il se tient toujours sur le seuil de la chambre de Billy. J'avance la main vers la porte-fenêtre et je cherche à tâtons le petit

360

nœud serré de la ficelle à rôti qui retient le verrou. Je murmure : « Allez, allez, allez ! », certaine que, d'une seconde à l'autre, je vais l'entendre arriver derrière moi. C'est alors que quelqu'un frappe à la porte.

C'est un son mat ; mes mains se figent, je n'arrive plus à les contrôler.

« Mary ! appelle Henry. Hé, Kirk, Mary, vous êtes là ? »

Je cours dans l'entrée, les mains tendues vers la grosse serrure de cuivre. Quand j'ouvre la porte, Henry me serre très fort dans ses bras.

« Merde, dit-il, je me suis fait un sang d'encre pour toi. Ta sonnette est cassée, au fait. C'est une dame albanaise qui m'a ouvert. » Il recule, me tient à bout de bras et me considère de son regard aiguisé de psy derrière ses lunettes rondes. « Mary ? demande-t-il. Qu'est-ce qui se passe ? »

Le sang ralentit dans ma tête mais j'entends les battements de mon cœur. Je reprends mon souffle, si soulagée de le voir que je ris, d'un rire haut perché et crépitant. Henry regarde derrière moi dans l'appartement.

« Kirk ? articule-t-il silencieusement.

— Là, dis-je avec un signe de tête. Dans la chambre de Billy. »

Il a refermé la porte. Henry entre dans l'appartement. Il y a des cookies par terre. Je ramasse la chaise cassée pour l'appuyer contre le mur. Il la contourne sans rien dire.

« Je vais le faire sortir de là, marmonne-t-il quand nous allons dans la cuisine. Laisse-le deux minutes avec ses affaires et j'irai le chercher. »

361

La vue brouillée par les larmes, je remplis la bouilloire pour me donner une contenance et j'allume la lampe halogène.

« Mary ? »

Je ne me retourne pas. Je ne tiens pas à ce que Henry voie que je tremble.

Je lui demande : « Que sais-tu, au juste ? » J'ignore ce que Kirk a découvert sur moi, mais il a manifestement appris quelque chose. Billy a dû lui dire.

« Rien de plus que ce qu'il y a dans le journal. » Je sens comme une note d'excuse dans sa voix. Je lui jette un coup d'œil par-dessus mon épaule.

« Tu n'as pas vu ? »

Je fais non de la tête tout en me haussant sur la pointe des pieds pour ouvrir le placard du haut et attraper les *mugs* que nous avions achetés, de peur de casser les tasses trop fines de la signora Bardino. « Non, pas vraiment. Je n'ai lu que les gros titres. Elle serait heureuse de voir qu'on la qualifie d'historienne de l'art, tu ne crois pas ? » Henry émet un drôle de son. Je me retourne et je le regarde. « Quoi ? »

Il hausse les épaules d'un air gêné.

« Ce n'est pas ce que je voulais dire. Je parlais de l'article sur toi.

— Sur moi ? » Je m'immobilise, une main en l'air.

« Oui. Je croyais que tu l'avais vu.

— Non.

— Eh bien, il dit que c'est une drôle de coïncidence que Billy et toi ayez été colocataires, parce que tu as été agressée il y a deux ans et que tu as survécu de justesse. »

Je n'en crois pas mes oreilles. J'ignorais complètement qu'il y avait quelque chose sur moi dans le journal. C'est une erreur. Forcément. Pierangelo ne ferait jamais une chose pareille. Si ?

« Dans le jardin Boboli, poursuit Henry. C'est ça ? » J'arrête la bouilloire qui s'est mise à siffler. « J'aurais souhaité que tu te sentes assez en confiance pour me parler, Mary, ajoute-t-il un instant plus tard. Je croyais que nous étions amis. Ou, au moins, que tu ne me voyais pas comme un ennemi.

— C'est le cas, je t'assure. » J'attrape le café. Mes mains agissent toutes seules pendant que mon esprit s'emballe. Qu'a pu écrire Pierangelo ? Pourquoi ne m'a-t-il rien dit ?

« C'est déjà ça », fait Henry avec un petit rire gêné. Je mesure le café et verse de l'eau dans la cafetière à piston. Nous regardons en silence les bulles et la mousse qui se forment à la surface.

« Mary, je pourrais t'aider. C'est mon métier, merde ! » Je sens la frustration dans sa voix mais je ne peux pas céder. Sinon, j'ai peur de craquer complètement, irrémédiablement.

« Je sais, seulement… » J'ai l'impression de devenir sourde. Je ne finis pas ma phrase.

« Écoute, dit-il en jetant un coup d'œil en direction de la porte et en baissant la voix, Kirk est en train de péter les plombs. Il lui avait demandé de rentrer à New York avec lui. De vivre avec lui. Tu étais au courant ? Elle t'en avait parlé ? »

Je manque laisser tomber la cafetière. Je n'en savais rien.

« C'est pour cela qu'ils se sont disputés, samedi soir. Elle ne voulait pas se décider. »

Du Billy tout craché. Jouer sur les deux tableaux. Refuser de s'engager ou de se laisser coincer. Une gouttelette de mercure brillante, qui se divise et s'échappe quand on veut la saisir. Je la revois, sur le seuil de la cuisine, l'après-midi avant la fête. Que disait-elle, déjà ? « *Il me rend dingue.* »

« J'ai essayé de l'en dissuader, poursuit Henry, mais tu dois savoir qu'il est allé à la police. Je sais que c'est n'importe quoi mais il est persuadé que tu as quelque chose à voir là-dedans. »

Je me rappelle les questions de Francesca Giusti et l'air penaud de Pallioti.

« Il était convaincu qu'elle voyait quelqu'un d'autre », ajoute-t-il. C'est tout juste si je n'éclate pas de rire.

« Et il croyait que c'était moi ? » Je me rappelle la façon dont Kirk me regardait à Fiesole et un déclic se fait dans ma tête. Je viens de me rappeler ce qui ne me revenait pas hier. La bague de Billy. Elle étincelait dans la crasse sur sa main morte. Alors qu'elle l'avait enlevée et jetée à Kirk sur la *piazza*.

« Henry, dis-je soudain dans un souffle, tu sais combien de fois Kirk est déjà venu à Florence ? »

Il secoue la tête. Avant qu'il ait eu le temps de répondre, nous entendons les pas de Kirk dans le couloir. Il apparaît à la porte de la cuisine avec une chemise de Billy et deux de ses livres d'art.

« J'emporte ça », déclare-t-il. Ce n'est pas une question. Il a le visage ravagé, plus maigre que jamais, et ses lèvres se réduisent à une ligne si dure qu'elles disparaissent presque. Quand il se passe la main dans les cheveux, je vois qu'ils sont ternes et gras. Il met les affaires sur une chaise et prend la tasse de café que je pose sur la table, mais il ne s'excuse pas de m'avoir frappée.

« Que savait Billy ? demande-t-il brusquement. Que savait-elle exactement ? Sur toi ? Sur ce qui t'est arrivé ? »

Il n'y a plus de larmes dans sa voix dure et sèche. Je le regarde droit dans les yeux et je me rappelle que, malgré sa jalousie rentrée et son chagrin, Kirk est procureur – et sans doute un excellent procureur.

« Tout. Elle savait tout. Je lui avais tout raconté il y a un bout de temps.

— Elle ne m'a rien dit. »

Je hausse les épaules. « Elle savait que je n'aimais pas en parler. Elle a dû respecter mon désir de préserver ma vie privée. »

Kirk digère ma réponse en mettant quatre cuillerées de sucre dans son café. Puis il relève la tête.

« Ton désir de préserver ta vie privée... Que c'est mignon. Mais alors, comment se fait-il que tu sois ici, Mary, si tu tiens tant à "préserver ta vie privée" ? Pourquoi es-tu revenue ? Pour le beau gosse ou pour tourner la page ? Ce n'est pas plutôt pour ça que tu es là ? Pour affronter tes démons ? Peut-être même les poursuivre ? suggère-t-il d'une voix méchamment sarcastique. Tu as entraîné Billy dans un petit jeu de détectives pour pouvoir enfin affronter ton agresseur ? Vérité et réconciliation, peut-être ? Ou, qui sait, vengeance ? Que comptais-tu faire ? Lui couper les couilles ?

— Ne sois pas ridicule. »

Henry change de position, mal à l'aise. Comme je ne réponds pas, Kirk boit une gorgée de café et reprend : « Allez, mets-nous au courant. L'article est un peu évasif. Qu'est-ce qui t'est arrivé, il y a deux ans ? »

Je prends mon *mug* et je le fixe du regard.

« Je me suis fait agresser. Dans le jardin Boboli, un dimanche après-midi.

— Mais ton agresseur ne t'a pas tuée, souligne Kirk en me souriant carrément. Pourquoi ?

— Sans doute parce que, à la place, il a tué mon mari. »

Ils partent quelques minutes plus tard. Henry, qui suit Kirk dans l'escalier, se retourne et me fait comprendre par gestes qu'il va me téléphoner. Je les regarde s'enfoncer dans l'ombre et j'écoute leurs pas résonner sur le sol de marbre de l'entrée puis dans la cour. Ensuite, je me dépêche de rentrer et je verrouille la porte. Mon cœur bat la chamade. Au lieu du couloir, de la table en demi-lune et du fauteuil cassé, c'est Billy que je vois : sa tête tondue pendant sur le côté, sa main coupée et sale et la bague avec les cœurs qui brille dans les cendres.

Pallioti me fait attendre. En quittant l'appartement, je suis venue en courant presque. Je ne tiens pas en place. J'ai les bras et les jambes qui tremblent. Lorsqu'il arrive enfin, j'accepte presque avidement la cigarette qu'il me propose et je tire une longue bouffée.

« Je me suis souvenue, dis-je. La soirée sur la *piazza*, quand Billy et Kirk se sont disputés. »

Il m'observe du coin de l'œil. Je lui ai assuré que je n'avais pas besoin de monter dans son bureau, alors nous sommes dans la petite cour intérieure à côté de la fontaine.

Je poursuis : « En parlant avec la *dottoressa* Giusti, je savais que quelque chose clochait, mais je ne parvenais pas à me rappeler quoi. » Je ferme les yeux et je revois Billy à côté de la petite haie de plastique, penchée en avant, en train de cracher des mots que la musique m'empêche d'entendre. Puis je la vois arracher un objet de sa main, le jeter par terre et tourner les talons. Sa robe rouge tourbillonne dans les lumières colorées.

« Elle la lui a jetée. » J'ouvre les yeux et je regarde Pallioti. « Elle portait la bague qu'il lui avait donnée, deux pierres en forme de cœurs entrelacés. Elle l'a enlevée et la lui a jetée. »

Pallioti me considère, impassible.

« Mais elle la portait quand elle est morte ! » Je crie presque. « Elle l'avait au doigt quand vous l'avez retrouvée au Belvédère. Je l'ai vue.

— Et alors ? Elle l'aura récupérée après la dispute. » Il sourit presque. « Ce ne serait pas la première à se raviser après avoir jeté un bijou. »

Je secoue la tête. « Non. Kirk l'a ramassée. Je l'ai vu faire. Il l'a mise dans sa poche. Et il a la clé de chez nous. Je l'ai trouvé devant la porte de l'appartement, aujourd'hui. Il m'attendait. Ou alors, il s'apprêtait à entrer. »

Pallioti plisse les yeux. Il étudie la marque rouge qui commence déjà à enfler sur ma mâchoire mais ne fait aucun commentaire. Il se contente de m'adresser un signe de tête pour m'inciter à poursuivre, comme avant.

« Kirk est déjà venu à Florence. Je ne sais pas quand, ni combien de temps il est resté, mais il est déjà venu. Et il est allé à Mantoue, aussi. Il l'a dit un jour où nous nous promenions. Demandez-lui, je vous en prie. Trouvez au moins les dates de ses précédents séjours. »

Il examine sa cigarette avant de la jeter dans la fontaine. « Je vais le faire, signora. Merci. Maintenant, vous voulez bien faire quelque chose pour moi ?

— Bien sûr. Quoi ?

— Soyez prudente. » Il dit cela sans que la moindre expression passe sur son visage. C'en est presque comique.

« Je suis prudente, *ispettore* Pallioti. Croyez-moi. »

Quelque chose dans ma réponse lui arrache presque un sourire. Il sort une carte de la poche de sa veste et me la tend. « Je suis désolé de ne pas pouvoir vous rendre votre portable, mais si vous avez besoin de quoi que ce soit, ou si vous pensez à autre chose, je vous en prie, n'hésitez pas. Appelez-moi. »

Je glisse la carte dans mon portefeuille. J'ai beau savoir que c'est son travail, son geste me fait du bien. Je le remercie.

Il me raccompagne dans le hall et me demande si je veux être reconduite en voiture. À nouveau, il sourit presque quand je refuse. Puis il me serre la main et s'éloigne. Au bout de quelques pas, il se retourne vers moi.

« *Carpaccio* », dit-il soudain.

Je le regarde d'un air d'incompréhension.

« Du bœuf cru, précise-t-il. Il y a des gens qui croient que c'est un remède de bonne femme, mais il n'y a rien de tel. En tout cas, c'est ce que me disait ma mère quand je m'étais bagarré. »

En sortant de la Questura, j'achète un journal et je m'assieds dans un café de la Piazza della Repubblica pour lire et relire tout l'article d'un bout à l'autre.

« Tu aurais pu me prévenir, au moins ! »

Le journal que j'ai jeté glisse jusqu'aux pieds de Pierangelo. Billy nous sourit.

« Je dois sans doute m'estimer heureuse que tu n'aies pas mis ma photo ! Et ma date de naissance et mon numéro de téléphone, pendant que tu y étais ! » Je hurle. Je claque la porte. Je suis si furieuse que je ne sais plus quoi faire.

Dans la cuisine, j'essaie de me servir un verre de vin mais je n'arrive même pas à rester immobile suffisamment longtemps. Je commence à avoir mal à la mâchoire et quand je me vois, déformée, dans la boîte à pain luisante, je découvre une grosse tache rouge. Des larmes me brûlent les yeux. Soudain, Billy me manque tellement que c'est comme une douleur physique.

L'article sur moi était en page intérieure, dans un encadré légendé : « *Les colocataires partageaient plus qu'une cuisine* ». Assez simple, il précise mon nom et le fait que Billy et moi étions colocataires, et rappelle l'agression dans le Boboli il y a deux ans. Tout cela sans mentionner la mort de Ty. Sans même dire qu'il était là. Sans parler de lui du tout. Il pourrait aussi bien ne jamais avoir existé et, a fortiori, ne pas avoir été tué. C'est sans doute ce qui me met le plus en colère.

Lorsque Pierangelo me rejoint et vient me prendre dans ses bras, j'essaie de me dégager. Mais il est trop grand et trop fort pour moi. Il pose le menton sur ma tête et me tient par-derrière pour que je ne voie pas son visage.

« Je suis désolé, dit-il. Ils allaient passer un papier sur toi de toute façon, alors il valait mieux que je m'en charge. Je comptais te prévenir ce matin. J'aurais dû le faire. Excuse-moi. » Quand je tente vaguement de me tortiller pour me libérer, il me retient. « J'en ai dit le moins possible. Tu devais te douter que cela arriverait. C'est une trop grosse coïncidence ; nous étions obligés d'en parler.

— Tu as complètement passé Ty sous silence. Tu ne le mentionnes même pas. »

J'ai bien conscience que ce reproche est surtout un couteau retourné dans la plaie de ma culpabilité, et je crois que Pierangelo le sait aussi. « C'est mieux comme ça, non ? demande-t-il en me touchant la joue là où j'ai reçu le coup.

— Je me suis pris les pieds dans une chaise, dis-je.

— Une chaise qui appartient à quelqu'un que je connais ? »

Je secoue la tête en guise de réponse. Mon instinct me souffle que semer la zizanie entre Kirk et Pierangelo ne fera qu'aggraver une situation déjà délicate.

« Tu as besoin d'un réconfort, déclare Pierangelo. Va te laver la figure : je t'emmène boire un martini à l'Excelsior. »

« Piero, et Kirk ?

— Batman ? » Pierangelo me regarde par-dessus le bord de son verre. « Qu'est-ce qu'il a ?

— Tu crois que ça pourrait être lui ? Tu crois qu'il pourrait avoir tué Billy ? »

À l'autre bout du bar, le pianiste attaque *Night and Day*. Personne ne peut nous entendre dans le coin où nous sommes, nichés sur une banquette de brocard. Malgré tout, Piero baisse la voix. « Qu'il pourrait l'avoir fait, ou qu'il l'a fait ?

— C'est pareil, non ?

— Non. Dans certaines circonstances, à peu près tout le monde est capable de tuer. » Il examine un moment sa chevalière dorée avant d'ajouter : « Mais l'a-t-il fait ? Je ne sais pas. Sauf si tu penses que c'est un tueur en série.

— Tu es convaincu qu'elle a été tuée par celui qui avait tué les autres, n'est-ce pas ?

— Oui, confirme-t-il en me regardant. J'en suis convaincu.

— C'est aussi l'avis de la police ?

— À ma connaissance, oui.

— Donc, quelle que soit l'implication de Karel Indrizzio, c'est la même personne qui a tué Caterina Fusarno, Ginevra Montelleone et Billy ?

— Je pense que oui.

— Mais pourquoi ? De toutes les femmes de Florence, pourquoi a-t-il choisi ces trois-là ? Quel est le point commun entre elles ? »

Pierangelo me regarde tenter de saisir quelque chose qui m'échappe, encouragée par le mélange froid et soyeux de gin et de vermouth.

Je reprends : « Si Billy a été tuée à cause de moi, parce qu'elle me connaissait – ce qui est sans doute le cas –, je ne pose pas la bonne question, si ? Ce qu'il faut chercher, ce n'est pas leur point commun avec Billy, mais avec moi. »

Piero me regarde une seconde avant de dire : « Tu sais, *cara*, Pallioti est un excellent flic. Il est très estimé. Allez, laissons la police faire son travail et faisons le nôtre.

— Le nôtre ?

371

— *Certo*. Nous avons un mariage à organiser. » Il sort son agenda de sa veste et le laisse tomber sur la table. « Je vais me laver les mains, annonce-t-il en se levant. Quand je reviens, on fixe une date. »

Je le regarde s'éloigner puis je prends le petit carnet en cuir. Je feuillette les pages aux tranches dorées sans voir les dates. Finalement, je repose l'agenda et je m'enfonce dans le canapé en regardant autour de moi. Le pianiste joue un air que je ne connais pas. Au-dessus de moi, les lustres scintillent. Un bouchon de champagne saute. Une femme passe. Ses talons claquent sur le marbre. Elle salue ses amis d'un cri de joie. Ce lieu est un écrin, un havre de paix ; pourtant, pendant l'hiver 1944, un homme y a été tué, peut-être à quelques mètres à peine de là où je me trouve. Il s'est levé et a crié que Mussolini était un salaud ; quelqu'un a sorti un revolver et lui a tiré dessus.

J'imagine le silence qui a suivi. La stupeur terrifiée tandis que le sang de l'homme s'écoule sur le sol. Puis la musique qui recommence, un peu plus fort, un peu plus vite, les conversations qui reprennent. Les gens qui détournent le regard.

20

Le lendemain matin, Pierangelo a une réunion. Il est plus pressé que jamais. Il sort en nouant sa cravate et se retourne sur le pas de la porte pour me suggérer de passer la journée ici, de regarder un film, peut-être, ou de lire. De me reposer. Je le lui promets.

Les mensonges sortent trop facilement de ma bouche. De la fenêtre du salon, je le regarde sortir de l'immeuble et marcher dans la rue. Quand il se retourne et me fait signe juste avant d'arriver au carrefour, je lève la main en réponse ; je ne pense pas qu'il me voie.

Il m'est déjà arrivé de ne pas tout lui dire – de lui mentir par omission, en somme – mais je n'avais jamais véritablement menti à Pierangelo. J'ai le cœur lourd. Je finirai peut-être par lui dire la vérité, pour réparer ma mauvaise action. Mais pas tout de suite, parce que si je lui disais ce que je vais faire, il m'en empêcherait.

Annika est assise, seule. Une fois de plus. J'ai l'impression qu'elle est toujours seule, ces temps-ci. Comme si cela faisait partie d'un numéro qu'elle joue, au même titre que ses horribles vêtements aux couleurs criardes. Aujourd'hui, un col roulé rose et un pull à pois violets et verts. Son jean est orné de pièces en forme de marguerites. C'est sans doute fait exprès pour contraster avec le lourd trait d'eye-liner et le rouge à lèvres foncé gothique qu'elle arbore.

Cela fait près d'une heure que je l'attends en rôdant autour du café que, selon Billy, Ginevra Montelleone fréquentait avec sa cour. Je lui laisse cinq minutes pour prendre un cappuccino et s'installer. Quand je m'approche, elle me regarde avec un vague intérêt puis sort une cigarette de son sac. Je tire une chaise en m'attendant plus ou moins à ce qu'elle m'envoie promener.

« Je ne sais pas si vous vous souvenez de moi. Nous nous sommes rencontrées à…

— Je me souviens de vous. » Elle répond sans cesser de farfouiller dans son sac à dos, mais j'ai l'impression de voir passer un sourire sur son visage.

« Je peux ? » Elle fait un signe de main qui peut passer pour de l'indifférence ou une vague invitation. Aujourd'hui, ses ongles rongés sont vernis de bleu vif.

Elle pousse le paquet froissé vers moi. Je n'ai pas vraiment envie de fumer mais comme je veux qu'elle m'apprécie, ou au moins qu'elle me parle, je prends une Marlboro un peu tordue et la boîte d'allumettes qu'elle a laissée tomber sur la table.

« Comment ça va ? »

Elle hausse ses épaules maigres. « Comme d'hab. Du boulot. Les examens approchent. » Elle allume sa cigarette et tire une bouffée.

« C'était votre amie, non ? demande-t-elle brusquement. Celle qui a été tuée au fort. J'ai reconnu sa photo. Vous êtes parties ensemble, ajoute-t-elle comme si j'allais la contredire. Du truc pour Ginevra. Je vous ai vues.

— Oui, c'était mon amie.

— Et vous aussi, ça vous est arrivé. Un connard vous a attaquée avec un couteau. C'était écrit dans le journal. »

Je confirme d'un hochement de tête.

« Je suis désolée, dit-elle. Ça craint. »

Pendant quelques instants, nous nous regardons à travers la fumée des cigarettes. Nous attendons de voir qui va se dégonfler et parler la première. Je suis imbattable à ce petit jeu. Annika finit donc par craquer. Elle tire encore un peu sur sa cigarette puis l'écrase dans le cendrier et passe les doigts dans ses courts cheveux blond-blanc.

« Alors maintenant, vous venez me voir. Je me demande pourquoi. Peut-être pour me dire que, tout compte fait, Ginevra n'a pas sauté d'un pont ?

— Qu'en pensez-vous ?

— Je pense que c'est la seule raison pour laquelle vous pourriez avoir envie de me parler. »

Elle me fixe de ses étranges yeux opalescents. Une veine bleutée palpite à sa tempe.

« Bon, qu'est-ce que vous alliez me dire ? Qu'une ordure traîne dans la ville en tuant des femmes et que Ginny faisait partie du lot ? Elle ne connaissait pas votre amie, si c'est là que vous voulez en venir. »

Je sors de mon sac l'enveloppe que j'ai prise dans le tiroir de Billy hier matin.

« Elle connaissait ce garçon ? » Je laisse tomber la photo de Kirk, Henry et moi sur la table. Au début, j'ai l'impression qu'elle ne la regarde même pas. Puis elle pose le bout de ses doigts aux ongles bleus dessus et la tourne vers elle.

« Lequel ? »

Un horrible pressentiment me glace quand elle dit cela. Comme dans un cauchemar, j'ai l'impression qu'elle va désigner Henry. Mais elle secoue la tête.

« Pas vraiment », répond-elle. Mon cœur s'arrête de battre.

« Pas vraiment ?

— Ils sont venus ici. Lui, le roux, et votre amie. Une ou deux fois, je crois, avant la mort de Ginny. Et puis encore un peu après. Mais vous suivez des cours à la fac, non ? Alors c'est normal ; c'est là que tout le monde va. Lui, je ne l'ai jamais vu, conclut-elle en plantant le doigt sur le visage de Henry avant de me rendre la photo.

« Et Ginevra, elle les connaissait ? Elle leur parlait ? » Je ne vois pas comment Annika pourrait le savoir, ce qui ne m'empêche pas de lui poser la question. Elle me regarde comme si j'étais un peu folle. Elle ne doit pas être très loin de la vérité.

« Je ne sais pas. Mais ça m'étonnerait.

— Pourquoi ? »

Annika s'étrangle de rire. « Pas le genre de Ginny, lâche-t-elle en reprenant une cigarette. Des Américains. Vous vous souvenez ? Il y a ce pays qui s'appelle l'Irak…

— Nous n'étions pas tous pour. »

Elle lève les yeux au ciel et hausse à nouveau les épaules. « Et alors ? Vous croyez que c'est ce type qui les a tuées ? Ce qui compte, c'est que Ginny est morte, et votre amie aussi. Comment c'est arrivé, ça n'a pas d'importance. »

376

Je veux lui répondre que si, au contraire, mais je me retiens. Annika me jette un regard noir. J'ai beau savoir que sa colère est avant de tout la rage d'avoir vu son amie enlevée à ce monde comme cela, elle a l'air de me soupçonner d'avoir pu manier le couteau moi-même. Je glisse la photo dans l'enveloppe que je remets dans mon sac en m'efforçant de réprimer une petite pointe de déception. Le fait que Billy et Kirk soient venus ici prendre un espresso après un cours ne constitue pas vraiment une preuve irréfutable.

Je lui demande : « Elle aurait pu le connaître sans que vous soyez au courant ?

— Bien sûr. J'étais son amie, pas sa gardienne. Mais je vous répète que ça m'étonnerait. Les mecs, c'était pas trop son truc. »

Je digère cette information avant de demander :

« Elle était lesbienne ? »

Annika se remet à rire de son rire qui ressemble à une toux. « Les mecs, c'était pas son truc, c'est tout. Surtout ces derniers temps. Elle disait que, au fond, c'était tous des connards.

— Pourquoi ? »

Je m'attends à ce qu'elle se remette à rire et me dise que c'est évident. Mais non. Elle fixe longuement sa cigarette qui se consume.

« La dernière fois que nous nous sommes vues, vous m'avez dit que, le soir de sa mort, Ginevra était déprimée. C'est à cause de ça ? À cause d'un garçon ? »

J'ai d'abord l'impression qu'elle ne va pas répondre. Le café est presque vide. Elle se détourne de moi et s'absorbe dans la contemplation des journaux accrochés au présentoir à côté de la grande porte en bois. Les pages du *Corriere della Sera* et de l'édition d'hier de *La Stampa* s'agitent quand un couple entre. Finalement, Annika me regarde à nouveau.

« On pourrait dire ça. C'était à cause du bébé. Je ne devrais sans doute rien dire, mais je ne vois pas ce que ça peut faire, maintenant qu'elle est morte.

— Le bébé ? »

Je m'efforce de ne pas laisser ma surprise transparaître dans ma voix. Je ne connaissais pas cette fille mais une grossesse n'aurait sûrement pas échappé au contact de Piero au bureau de médecin légiste. « Ginevra allait avoir un bébé ?

— Elle s'en est débarrassée. Il y a deux mois. Elle ne savait même pas qui était le père, vous voyez ? Mais ensuite, ça n'a pas été aussi facile qu'elle l'avait peut-être cru. »

J'écrase ma cigarette et j'essaie d'imaginer ce que cela fait, à vingt et un ans, de se trouver confrontée à l'abîme entre les idéaux et la réalité.

« Elle était catholique, vous savez, poursuit Annika, qui s'est mise à sourire. Comme tout le monde ici, non ? Et alors ? Ce n'est pas comme si Ginny allait encore à la messe. Enfin, elle y allait à Noël et à Pâques pour faire plaisir à sa mère. Mais ç'a dû l'atteindre, après coup. C'est difficile de résister au lavage de cerveau, quand on vous dit que vous êtes damnée. »

Tout cela est tellement embrouillé qu'il me faut une minute pour faire le tri. Je savais que Ginevra était idéaliste, bien sûr ; c'était une activiste. Et je savais qu'elle était catholique. Je me souviens de la photo dans le bar, et de Rinaldo. Quelque chose se contracte dans mon ventre. Annika vient de prononcer un mot que je connais bien. « Damnée. » Qui a dit à Ginevra qu'elle était damnée ?

« Annika, vous savez si elle est allée à l'église, si elle s'est confessée après son avortement ?

— Oui. Elle devait espérer que ça l'aiderait à se sentir mieux. C'est difficile de se débarrasser des vieilles habitudes, vous voyez ? »

Je vois fort bien.

« Vous savez qui était son prêtre ? »

Elle secoue la tête. « Aucune idée. Pour moi, ils se ressemblent tous. Elle allait à l'église de Marie-Madeleine, du côté de la synagogue. Ça, je le sais, parce qu'elle aimait bien le nom. Marie-Madeleine était sa sainte préférée. Au moins, ce n'était pas une sainte-nitouche. »

Je connais cette église. Maria Maddalena dei Pazzi. Mais, à ma connaissance, il n'y a pas de rapport avec Rinaldo. Cependant, il pourrait y avoir un sans que je le sache. Ginevra pourrait être retournée à la paroisse de sa famille, San Miniato, sans qu'Annika le sache. Ou elle pourrait l'avoir croisé ailleurs. Je songe aux garçons et à la fille à l'allure soignée qui distribuaient des tracts dans la rue.

« Elle vous a déjà parlé d'une certaine partie de l'Église ? Par exemple, elle a déjà évoqué un groupe qui s'appelle l'Opus Dei ?

— Les mabouls de droite ? » Annika secoue à nouveau la tête. Elle écrase sa cigarette et en rallume aussitôt une autre. « Non, dit-elle. Enfin, on sait tous qui c'est. Ils se croient très discrets mais on les repère à un kilomètre. Comme les agents du FBI dans les films américains, qui ont toujours les cheveux courts et qui sourient trop. Ils n'autorisent pas les femmes à entrer dans les bars, c'est ça ? »

Je ne peux pas me retenir de sourire. Ce ne doit pas être la chose pour laquelle Rinaldo aimerait que l'Opus soit connu.

« À peu près, oui. Il est arrivé à Ginevra de parler d'eux, de faire campagne pour ou contre eux ?

— Vous voulez savoir si c'était un de ses dadas ? Non. Elle s'énervait à propos des cliniques. Et de la Palestine. Et de ce qui se passe en Afrique. Mais les trucs de l'Église, non. Elle voulait être avocate, pour défendre les droits des gens. » Elle remonte ses manches et regarde sa montre. « Merde ! »

Elle saute sur ses pieds en manquant faire tomber la pile de livres posée devant elle. « J'ai un cours que je ne dois pas rater, ajoute-t-elle en fourrant ses affaires dans son sac. Je comptais juste boire un café.

— Désolée. » Je me sens responsable de son retard – et c'est sans doute ce qu'elle souhaite. Je me lève aussi, comme si cela pouvait l'aider à partir plus vite.

« Il y avait autre chose ? demande-t-elle en enfilant sa veste courte.

— Non. Mais merci d'avoir bien voulu me parler. Je suis navrée si je vous ai mise en retard. »

Annika hausse les épaules. Son visage fatigué est à nouveau fermé, en colère. « Qu'est-ce que ça peut foutre, de toute façon ? Qu'est-ce que ça peut foutre, tout ça ? Vous le savez, vous ? À vingt et un ans, on peut finir morte au bord d'une rivière. » Sur ce, elle s'en va, son sac serré contre la poitrine. Sa tasse de café vide et une cigarette qui fume encore restent sur la table.

De retour chez Pierangelo, je vérifie toutes les pièces. Je sais qu'il n'est sans doute pas là à cette heure-ci mais je préfère m'en assurer. J'ai l'impression d'être traversée par un courant électrique. C'est tout le temps comme cela, en ce moment. Soit je suis groggy, lente, dans le brouillard, soit je n'arrête pas de m'agiter et de sursauter. Dans la salle de bains, je contemple les flacons de pilules alignés de mon côté du lavabo. Puis, avant de pouvoir m'en empêcher, je les prends et je les vide dans les toilettes. Je ne veux pas être calme. Je ne veux pas oublier. Je veux avoir les idées claires. Je tire la chasse et j'éprouve un moment de réel affolement quand les petits points colorés tourbillonnent, tels des confettis à un mariage.

Quelques secondes plus tard, la panique a fait place à un accès d'excitation. Mon esprit a recouvré sa vivacité et cherche à saisir une chose qui semble tout près mais qui lui échappe. Dans le bureau de Piero, il ne me faut pas cinq minutes pour trouver ce que je cherche. C'est un article sur Caterina Fusarno paru dans un magazine féminin qui raconte combien son histoire est triste : c'était une mère célibataire et une ancienne droguée qui essayait de reprendre sa vie en main et se désintoxiquait grâce à la méthadone dans une clinique du nom de Vita Nuova, au nord de la ville.

Malgré mes efforts, je me trompe de bus puis je me perds. Du coup, il est tard quand je finis par trouver Vita Nuova.

La clinique semble avoir connu des jours meilleurs. Elle occupe le rez-de-chaussée d'un immeuble de béton. Les baies vitrées sont grillagées et la porte peinte en jaune vif. J'essaie de l'ouvrir mais elle est fermée à clé.

Cela me contrarie plus que je ne l'aurais cru. Je n'aurai qu'à revenir demain. C'est alors que j'avise la caméra de sécurité et que je me rappelle ce que j'ai lu sur les centres de désintoxication. Les portes sont toujours verrouillées à cause des produits qu'ils détiennent. J'appuie sur la sonnette. Je n'entends rien, mais comme l'œil noir de la caméra me fixe, je le regarde en prenant mon air le moins menaçant. Je souris même. Cela doit marcher parce que, une seconde plus tard, l'interphone grésille et je peux ouvrir la porte.

La pièce de devant aussi est peinte du même jaune vif, qui jure avec l'affreux tapis marron élimé. Des chaises en plastique modulaires sont alignées sous les panneaux d'affichage couverts d'avis et d'affiches autour d'une table ronde sur laquelle sont disposés des dépliants sur la toxicomanie, le sida et les MST. L'accueil se trouve derrière un panneau de verre épais ; ça évoque les procès de la mafia. Comme le reste de la pièce, il est vivement éclairé – et vide. Je suis en train de me demander si je dois frapper, appeler ou me contenter d'attendre, quand une jeune femme en jean et blouse blanche apparaît. Billy me pincerait si elle était là, parce que l'étiquette de sa blouse annonce qu'elle s'appelle Beatrice Modesto.

Elle a un air doux de gentille infirmière. Lorsqu'elle me voit, elle pose les dossiers qu'elle a sous le bras et me sourit. Cela ne m'arrange qu'à moitié car je ne sais pas quoi dire. Je sens l'agitation me gagner à nouveau. J'ai les mains moites. Je ne peux pas l'interroger sur Caterina sans préambule, alors je me raccroche à la seule chose que je connaisse. Je lui fais un grand sourire et déclare que je suis journaliste, que j'écris un article pour un magazine féminin américain sur les traitements de l'usage de stupéfiants et les familles monoparentales et je lui demande si elle a un peu de temps à m'accorder. Je mens avec une facilité qui me stupéfie. Mais Beatrice ne semble pas s'en rendre compte, elle me fait entrer dans le bureau, derrière le panneau de verre, et m'offre du café.

Pendant un quart d'heure, je ressors tout ce que j'ai pu entendre de la bouche de Ty, à la télévision ou ailleurs sur la méthadone. Beatrice répond à mes questions sur le nombre de patients que soigne la clinique, le taux de récidive et tout le problème du traitement lui-même. Je l'écoute en hochant beaucoup la tête et en prenant des notes dans mon carnet d'adresses.

J'apprends que la clinique est financée par la ville, qui lui donne aussi de l'argent pour les programmes d'information et d'assistance. Quatre médecins s'y relaient régulièrement, et d'autres, qui travaillent dans les grands hôpitaux de Florence, y viennent en tant que bénévoles. Ce sont les plus jeunes, les adolescents, qui sont les plus difficiles à atteindre, explique Beatrice. En revanche, les plus âgés, ceux qui savent à quel point on peut ficher sa vie en l'air, viennent d'eux-mêmes chercher de l'aide. Surtout ceux qui ont des enfants.

« Comme Caterina Fusarno ? »

Je m'efforce de parler d'un ton neutre mais j'ai l'impression que mon cœur s'arrête de battre. C'est maintenant que tout va se décider. Soit elle va se fermer, soit elle va me parler. Une ombre passe sur son visage. Je sors l'article de mon sac et je le lui tends.

« C'est comme cela que j'ai entendu parler de vous. On dirait que c'est vraiment une triste histoire. »

Beatrice prend l'article et secoue la tête. Soudain, elle a l'air fatigué. Je me demande quel âge elle peut avoir. Sans doute moins de trente ans. Elle fronce les sourcils et repousse ses longs cheveux bruns de son front comme si elle avait chaud.

« Elle allait s'en sortir, vous savez. Elle avait même une piste pour un vrai travail. La garderie où allait son fils avait accepté de la prendre comme secrétaire à temps partiel si elle continuait bien son traitement ici. Et voilà ce qui lui est arrivé, lâche-t-elle en me rendant l'article. Les policiers ont été dégueulasses.

— Comment cela ?

— Oh, ils sont venus ici cent mille fois. Ils voulaient tous ses dossiers médicaux – sans doute pour prouver que ce n'était rien qu'une junkie. Ils ont aussi demandé ceux d'autres patients. Évidemment, il n'a pas été question que nous les leur donnions. On a même eu droit au cardinal.

— D'Erreti ? »

Elle hoche la tête. « En personne. Il essaie de nous couper les vivres parce que nous donnons des conseils sur la contraception et l'avortement au lieu de prêcher l'abstinence. Ensuite, il s'est servi de Caterina pour essayer de faire valoir que, si nous ne donnions pas de méthadone aux prostituées, elles ne se feraient pas assassiner. J'ai un peu de mal à suivre sa logique, ajoute-t-elle. Franchement, je crois que tous les hommes sont des ordures. Il faudrait peut-être les castrer, comme les chiens. » Dire que, en la voyant, j'ai trouvé qu'elle avait l'air douce et gentille…

« Vous avez déjà croisé un prêtre, un acolyte de D'Erreti, qui s'appelle le père Rinaldo ? » Beatrice lève les yeux au plafond quelques instants avant de répondre.

« Non. Je ne crois pas. Ce nom ne me dit rien. Pourquoi ?

— Il fait partie de l'Opus Dei. Je me disais que c'était peut-être le genre de chose...

— ... sur quoi ils se penchent vraiment ? » Elle rit en finissant ma phrase. « Sur ce point, vous avez raison. Mais nous n'avons pas eu de problèmes avec eux – contrairement à d'autres, en particulier ceux qui s'occupent de l'avortement.

— C'est la même chose aux États-Unis. J'imagine que ç'a été un peu chaud à l'université.

— Oui, confirme Beatrice en fronçant les sourcils. C'est affreux, pour cette pauvre fille qui a lancé des œufs au cardinal.

— Vous la connaissiez ?

— Non. Mais j'aurais bien aimé lui serrer la main. » Elle jette un coup d'œil à la pendule. Je comprends que le temps qui m'était imparti est écoulé.

En me levant, je lui demande : « Caterina était-elle du genre à protester, à manifester ? » J'espère un peu que, comme par miracle, elle me fournira un lien entre les deux femmes. Mais, une fois de plus, elle secoue la tête.

« Je ne crois pas. En tout cas, pas à ma connaissance. Elle devait être trop occupée avec Carlo. Vous pourriez poser la question à sa mère, Rosa ; Carlo vit avec elle, maintenant. C'est bien, parce qu'il continue à aller à la même crèche et tout. Ce n'est pas drôle de perdre sa maman à cinq ans. Tenez, c'est lui, là, devant. »

Elle désigne une photo accrochée au mur. Elle représente un groupe de gens coiffés de casquettes de base-ball et armés de pinceaux. Certains ont des éclaboussures de peinture jaune sur le visage. Ils sourient. Au premier rang, une femme plus âgée tient un petit garçon. Ils posent devant la clinique, avec le mur jaune et la porte blindée derrière eux.

J'examine le cliché. Quelque chose m'interpelle. J'ai l'impression de reconnaître l'un des visages, mais, avec ces casquettes, c'est difficile à dire.

« Le groupe des bénévoles de l'église, explique Beatrice. Même moi, je suis forcée de reconnaître qu'ils ne sont pas tous mauvais. Celui-ci fait aussi des choses à l'hôpital. Il bricole, peint, ce genre de choses. Vous savez, ajoute-t-elle, si vous vous dépêchez, vous pourrez sans doute attraper Rosa pendant qu'elle attend Carlo. Il sort à cinq heures. C'est juste au coin de la rue.

— Elle voudra bien me parler ?

— Elle parle à tout le monde, répond-elle en me raccompagnant. Surtout de ça. Elle est très en colère contre la police. On dirait que tout ce qui l'intéressait, c'était de savoir si Caterina se droguait et si elle avait le sida. »

Beatrice me fait un signe de la main en m'ouvrant la porte. « Envoyez-nous un exemplaire de votre journal, lance-t-elle tandis que je m'éloigne. Et citez notre nom : c'est bon pour les subventions ! »

À la différence de Vita Nuova, la garderie n'est pas difficile à trouver. Elle donne sur un petit parc triangulaire. C'est encore un immeuble de béton mais, cette fois, les fenêtres sont ouvertes et quelqu'un a peint des tournesols géants sur le mur extérieur. Un lion rouge et un zèbre à rayures bleues risquent un œil entre les tiges. Une girafe rose passe la tête au-dessus des fleurs. Sans doute encore une œuvre des bénévoles de l'église. On entend les enfants babiller à l'intérieur. Dehors, un groupe de femmes et quelques jeunes hommes sont assis sur les bancs ronds qui encerclent les arbres du parc. Les femmes bavardent et les hommes lisent le journal. La grosse horloge au-dessus de la porte indique seize heures cinquante.

D'abord, je ne vois personne qui puisse être la mère de Caterina Fusarno. Je suis sur le point de renoncer et de reprendre le long chemin de l'arrêt de bus, prête à revenir demain, quand des gens qui promènent leur chien bougent et que j'avise une vieille dame qui tricote, un peu à l'écart. Elle porte une blouse de nylon à fleurs. Un grand panier de raphia qui a connu des jours meilleurs est posé à ses pieds. Elle tricote si vite qu'on voit presque la petite manche bleu marine se former sous ses doigts. Cette fois, je crois que je vais tout simplement essayer de dire la vérité.

En m'approchant, je tends la main à Rosa Fusarno et je me présente, puis je lui demande si elle est bien la mère de Caterina. Elle me dévisage un instant puis pose les aiguilles sur ses genoux et me demande ce que je veux. Elle parle d'une voix grave et déterminée, sans broncher. Elle est bien entraînée ; elle est déjà passée par là, avec la police, la presse et Dieu sait qui d'autre.

« Je suis journaliste. Américaine. Et je suis une amie de la jeune femme qui vient d'être retrouvée assassinée sur le Belvédère. Je me demandais si vous auriez une minute à m'accorder ?

387

— Une journaliste américaine ? répète-t-elle en riant, ce qui n'est pas la réaction que j'attendais. Qu'est-ce qu'elle en a à faire, de l'Amérique, Martina ? À moins que ça puisse embarrasser ces salauds. » Elle n'a pas tort. Je suis en train de me demander quoi répondre quand elle tapote le banc à côté d'elle et se pousse pour que je puisse m'asseoir.

Elle tricote quelques secondes puis, sans lever les yeux, me demande : « Quel âge avait-elle, votre amie ?

— Trente-cinq ans. » Je me rends compte avec un choc que l'anniversaire de Billy approchait. Elle voulait aller à Venise. Au Lido. Faire un tour en gondole.

« Vous croyez qu'elles ont été tuées par la même personne ?

— Peut-être. C'est ce que j'essaie de découvrir. S'il y avait un lien quelconque entre mon amie et Caterina. D'une façon ou d'une autre, il fallait bien qu'il les connaisse toutes les deux.

— Peut-être. Peut-être pas. » Rosa ne lève pas le nez de son tout petit pull. « Peut-être qu'il s'était disputé avec sa femme et qu'il avait envie de tuer quelqu'un. Le fumier. Vous savez, ce ne sont pas les femmes qui assassinent les gens à coups de couteau.

— Non. En général, non. »

Rosa me regarde du coin de l'œil.

« Vous arrivez à dormir ? On vous a prescrit des pilules ?

— Oui, mais je les ai jetées.

— Une pilule pour ci, une pilule pour ça. Ils croient qu'ils peuvent tout guérir. Mais ma Martina, elle avait trente-deux ans.

— J'ai parlé avec Beatrice, à la clinique. On dirait que votre fille était une jeune femme remarquable. »

La mère de Caterina hausse les épaules. L'ombre d'un sourire passe sur son visage et se dissipe aussitôt. « L'Amérique. Alors vous allez leur dire, en Amérique, que personne n'a levé le petit doigt pour trouver l'homme qui avait tué ma fille ? Peut-être que, en Amérique, ça leur sera égal qu'elle ait été une putain. »

Elle dit ce mot sans colère ni même amertume. Elle énonce un fait. C'était le métier de sa fille.

« Ils ont fouillé sa chambre, poursuit-elle. Ils ont emporté des choses. Des photos. Ils ont dit qu'ils les rapporteraient mais ils ne l'ont jamais fait. Elle avait un emploi, vous savez. Ici, à la garderie. » Ses mots se tarissent. Elle regarde le mur de l'immeuble comme si elle pouvait découvrir sa fille cachée derrière les tournesols avec le zèbre et le lion.

« Elle devait commencer la semaine après que c'est arrivé. Elle était si fière d'elle... Elle avait suivi des cours, pour l'ordinateur et tout. Au moins, elle a su qu'elle avait le poste avant de mourir. »

Quand elle tourne la tête, elle me fait penser à une tortue, avec son cou fripé, son nez pointu et ses yeux vifs.

« Elle ne travaillait pas dans le parc. Jamais. Elle n'était pas idiote, et elle ne faisait pas le trottoir. Elle prenait des rendez-vous ; cela lui suffisait. Je l'ai expliqué à la police. Vous entendez ce que je vous dis ?

— Et son homme ?

— Elle n'avait pas d'homme, réplique-t-elle d'un air revêche. Elle n'en avait pas besoin. Elle avait sa liste de clients. Comme je vous l'ai dit, c'était du grand monde. Elle ne faisait pas le trottoir.

— Et ce soir-là, le soir de la Saint-Sylvestre... »

Rosa me coupe la parole d'un geste. « Elle ne me faisait pas part des détails. J'étais sa mère. Je gardais Carlo. » Je me sens rougir. Elle me tapote le genou. « Nous devions aller à la messe. Le jour de l'an à la cathédrale. Ma fille aimait Dieu. Elle disait que c'était son meilleur ami. Je l'ai dit au policier, ça. Mais il s'en fichait pas mal, ce salaud aux yeux froids. »

Je revois le carrelage blanc de ma chambre d'hôpital puis l'image d'un lézard sur un rocher me traverse l'esprit.

« Pallioti ?

— Oui, confirme-t-elle. C'est ce nom-là. C'est le seul qui ne m'ait pas posé de questions sur le sexe. À le voir, il ne doit même pas savoir ce que c'est.

— Elle avait un confesseur régulier ?

— *Certo*. Le père Donati. Il était au séminaire avec mon cousin. Après, vous savez, il est allé trouver la police et a dit tout ce dont il se souvenait ; il a dit que, maintenant qu'elle était morte, le secret de la confession n'était plus sacré. Il m'a parlé aussi, mais ça ne m'a pas aidée. Il lui donnait toujours l'absolution, ajoute-t-elle. Il a veillé à ce qu'elle aille au paradis, comme elle le méritait. »

En entendant cela, je devine que ma prochaine question est inutile. Malgré tout, je l'interroge sur Rinaldo et sur l'Opus Dei. Elle secoue la tête. Elle n'a jamais entendu parler ni de l'un ni de l'autre. Bah, d'après ce qu'elle sait, l'Opus ne s'intéresse qu'aux gens chics. Pour finir, je sors une photo de Kirk. Là aussi, je fais chou blanc. Elle ne l'a jamais vu. Mais les policiers ont pris les papiers de sa fille, son calendrier. Ils lui ont dit qu'ils avaient retrouvé tous ses clients. Elle n'en croit rien. Elle me rend la photo.

« Vous croyez que c'est lui ? »

J'examine la photo de Kirk, Henry et moi et je secoue la tête.

« Je l'ai cru. Maintenant, je ne sais plus du tout. »

J'ai peine à imaginer Kirk traquant des prostituées le soir de la Saint-Sylvestre. Ça ne colle pas avec le personnage.

Rosa range son tricot dans son panier et se lève. Un bras du petit pull dépasse.

« Il y a des gens mauvais, dans ce monde, déclare-t-elle. Et la plupart du temps, ce sont des hommes. Nous, *piccola*, nous ne pouvons rien y faire. Tout ce que je veux, c'est que Carlo ne devienne pas l'un d'eux. »

Sur ces mots, Rosa Fusarno ramasse son panier et s'éloigne en traînant un peu ses pieds chaussés de souliers plats. D'autres femmes se lèvent. Les hommes replient leur journal. À une dizaine de mètres de moi, elle se retourne.

« En Amérique, lance-t-elle, dites au moins son vrai nom. Elle en avait changé pour s'appeler Caterina, mais moi, je l'avais baptisée Martina. Alors vous l'appellerez Martina Fusarno. »

L'abattement me poursuit tout le trajet du retour. Je décide de descendre du bus et de finir à pied. J'étais si convaincue d'avoir raison, si sûre que le lien entre Billy, Caterina et Ginevra, c'était moi, que je m'étais convaincue que le coupable était forcément Kirk, Rinaldo ou l'Opus Dei : quelque chose ou quelqu'un que je puisse identifier à condition de chercher au bon endroit et de poser les bonnes questions. Eh bien, c'est raté. Rosa a sans doute raison, au fond. C'est peut-être un pur hasard. Nous croyons aux causes, à la logique ou même en Dieu parce que cela nous donne l'impression de contrôler un peu les choses. Mais au fond, qui sait si nous ne vivons pas à la merci du battement d'aile de papillon.

Le jappement excité d'un terrier résonne. En tournant au coin de la rue, je me rends compte que je suis plus près de Santa Maria Novella que je ne l'aurais cru. Un groupe d'étudiants qui arrive en face de moi sur le trottoir se sépare en deux pour me croiser. Leur rire s'élève comme le bruit des cloches sonnant à la volée. Je tourne à un autre croisement, puis à un autre, et, sans m'en rendre vraiment compte, j'arrive devant l'immeuble où Ty et moi habitions.

La porte d'entrée s'ouvre et une jeune femme sort avec une poussette. En la regardant, je sens presque l'odeur de moisi et de légumes qui régnait dans la cage d'escalier. Je revois le papier lépreux et la peinture moutarde de la rampe. Elle porte un jean et des sandales. De l'autre côté de la rue, elle me sourit d'un air un peu hésitant, comme si elle se demandait si elle devait me reconnaître. Puis elle s'éloigne dans la direction opposée. Je la regarde et, rien qu'une seconde, je m'autorise à me demander si j'ai failli devenir comme elle.

Quand je rentre, Piero m'attend. En le voyant, je comprends tout de suite que quelque chose ne va pas. Il a l'air très sombre.

« Quoi ? Qu'est-ce qui se passe ? »

Il soupire et me dit qu'il a eu entre les mains une copie du rapport d'autopsie de Billy.

« Elle n'a pas été tuée au fort. Elle y a été placée après. Bien après. » Il ne veut pas me regarder. Il ouvre le réfrigérateur et trafique quelque chose à l'intérieur. « Ils sont à peu près sûrs qu'elle était morte depuis environ quarante-huit heures lorsque son corps a été découvert. »

C'est comme si je n'arrivais pas à assimiler cette information, à comprendre qu'elle était morte le jeudi, et non le dimanche de Pâques.

Je demande un peu bêtement : « Alors je n'ai pas pu la voir au Bargello ?

— Non, répond-il en refermant le frigidaire. Sans doute pas. Elle devait être déjà morte. »

Évidemment. Entre la crasse et les cendres du feu, elle était si sale que c'était difficile à voir ; mais je me souviens qu'elle avait la peau des jambes marbrée.

Je lâche mon sac et me laisse tomber sur un tabouret.

« Pourquoi avoir fait ça ? finis-je par demander. Pourquoi l'avoir tuée puis avoir transporté son corps avant de le brûler ? »

Pierangelo secoue la tête. « Il voulait peut-être qu'on la retrouve le dimanche de Pâques ? Ressuscitée ? Je ne sais pas. Ou alors il n'a pas pu y aller avant samedi soir. Peut-être fallait-il qu'il se prépare. Qui sait ? À ton avis ? »

Je suis incapable de répondre. Je ne peux que penser à Billy qui a été emmenée quelque part, dans un endroit horrible, et tuée.

« Ils ont cherché, bien sûr ? Après Benedetta ? L'endroit… » Je n'arrive pas à prononcer les mots.

« Bien sûr. » Il traverse la cuisine, prend un bol et le repose. « Partout. À un moment, ils ont cru tenir une piste, avec un hangar, dans les oliveraies. Les producteurs y rangent leurs tracteurs et leur matériel. Il y en avait un dont le sol semblait avoir été retourné, mais ce n'était rien. Une fuite de gas-oil. Ensuite, il y a eu un autre hangar abandonné du côté de l'aéroport. Deux chantiers du petit ami. Mais il s'agissait d'un abattoir clandestin. D'une bagarre. Rien.

— Tu crois qu'il a emmené Ginevra et Billy au même endroit ?

— Sans doute. Je ne sais pas. S'il a une voiture, ça peut être n'importe où. »

Pierangelo baisse la voix comme si cela ne l'intéressait vraiment pas mais il continue à faire les cent pas dans la cuisine avec une agitation manifeste. Il est plus énervé que moi, comme si nous avions échangé nos rôles. Je devine que quelque chose m'échappe. Un grand froid m'envahit.

« Qu'est-ce qu'il y avait d'autre, dans le rapport d'autopsie ? »

Il s'arrête, me regarde, et je comprends. Je revois les photos des corps de Benedetta Lucchese et de Ginevra Montelleone. « C'est vraiment affreux ? » La question tombe comme une pierre.

« *Cara…* » Il a l'air de vouloir essayer de dire quelque chose de réconfortant. Je le repousse. Personne n'a réconforté Billy.

« C'est vraiment affreux ?

— Oui. » Il inspire à fond. « Sous ses vêtements, son corps était couvert de brûlures. »

21

J'ai lu quelque part que quelqu'un avait fait une étude sur le nombre de bébés conçus la nuit suivant un enterrement. Le résultat était « beaucoup ». L'auteur en concluait que c'était dû au besoin de créer une nouvelle vie pour remplacer celle qui avait été perdue. Je ne suis pas sûre de partager cette théorie. J'ai tendance à penser que ces conceptions sont plutôt la conséquence d'un acte de défi plus viscéral, d'un bras d'honneur à la mortalité. Une façon de crier : *Je suis vivant et je compte bien le rester !* Je songe à tout cela le lendemain matin en traversant le Ponte alle Grazie et en tournant vers San Niccolo.

Pallioti m'a privée des visages contenus dans l'enveloppe mais ni lui ni personne ne peut m'empêcher de rendre une petite visite intime aux mortes. Derrière moi, sur l'autre rive, il y a l'endroit où on a découvert le corps de Ginevra. En face, le bar à vin où elle a été vue vivante pour la dernière fois. En haut de la colline, le lieu où Benedetta a disparu et, pas très loin, le coin des oliveraies où elle a été retrouvée deux jours plus tard. Presque juste au-dessus, ce sont les remparts où l'assassin de Billy a construit son bûcher funéraire.

Et quelque part, quelque part dans cette ville, se trouve « l'entre-deux ». Le vide dans lequel ces femmes ont été aspirées. L'endroit où il les a emmenées pour les brûler, les couper, les écorcher.

Le soleil qui se lève efface les derniers nuages légers tandis que je monte la colline assez raide derrière les murs de la cité. Je croise des femmes qui se promènent ensemble, des joggers haletants. Devant moi, un père en costume emmène sa petite fille à l'école.

En haut de la rue, je suis surprise de voir un car de touristes s'arrêter devant l'entrée du Belvédère. Un groupe de gens en sort en souriant, en riant. Je ne pensais pas que le fort était déjà rouvert au public. Mais pourquoi pas ? On est jeudi. Cela fait quatre jours que Billy a été retrouvée. La police a eu tout le temps d'en finir avec le site et la ville de le nettoyer. Pour ces braves gens, la vie continue. Pour eux, elle ne s'est jamais arrêtée. Ils passent à côté de moi en bavardant et en ajustant la dragonne de leur appareil photo ou de leur caméra. En tournant dans la Via San Leonardo, je me prends à espérer que les statues contemporaines leur plairont, qu'elles ne leur gâcheront pas la vue de Florence.

Cette fois, aucune moto noire et sinistre ne me frôle. Tout est si calme que j'entends chanter un oiseau. Il y a dix jours, les boutons de la glycine étaient encore fermés. Aujourd'hui, ils sont ouverts et les longues fleurs mauves dépassent du haut du mur comme des doigts caressant la pierre. Deux vieux messieurs passent, avec chacun un petit chien marron en laisse. Sans rien dire, ils soulèvent leur chapeau d'un même mouvement. Je fais encore quelques mètres et je me trouve devant chez les Lucchese.

C'est là que Benedetta a été vue vivante pour la dernière fois. J'imagine sa sœur, sur le pas de la porte, qui la regarde s'éloigner et disparaître dans la nuit. Je me demande si elle lui a fait signe, si elle lui a dit quelque chose. Si je tends l'oreille, je percevrai peut-être l'écho de sa voix.

La grille est rouillée. La pancarte « ATTENTI AL CANE » y est attachée avec du fil de fer. Je suis le contour du museau du chien du bout du doigt. Puis j'entends quelqu'un chanter et, comme par miracle, une femme apparaît. Grande et mince, vêtue d'un jean, elle débouche au coin de la maison en poussant une brouette de broussailles. Ce n'est pas une employée ; il n'y a pas beaucoup de gravier dans l'allée envahie par les mauvaises herbes, la seule voiture garée à l'intérieur est une toute petite Fiat et le banc sous le châtaignier a un pied cassé remplacé par des briques. Bref, cette maison n'a pas les moyens d'avoir du personnel. La femme pose sa brouette, ôte ses gants puis, sentant ma présence, elle se retourne. À ce moment-là, bien que je n'aie vu que des photos de Benedetta Lucchese morte, je découvre qu'elle devait beaucoup ressembler à sa sœur.

Je peux encore m'éloigner et n'être qu'une touriste qui tente d'apercevoir les villas. Au lieu de cela, je décide de rester à la grille. Un vrai berger allemand beaucoup plus joli que celui de la pancarte sort des broussailles. La femme lui parle et caresse sa tête qui lui arrive presque à la hanche. Puis elle s'avance dans l'allée, le chien sur ses talons.

La ressemblance avec sa sœur donne la chair de poule. Cependant, Benedetta était brune alors qu'elle est blonde. Ses longs cheveux couleur de caramel sont nattés.

« *Buongiorno*. Puis-je vous aider ? demande-t-elle d'une voix douce.

— Signora Isabella Lucchese ?

— *Sì*. » Elle incline la tête sur le côté et plonge ses yeux bleus dans les miens. « Je vous connais ?

— Je m'appelle Mary Warren. »

Elle me regarde un instant, stupéfaite. Bien que ma photo soit parue dans les journaux il y a deux ans, avec ma nouvelle coiffure, elle ne peut pas me reconnaître. En revanche, elle se rappelle forcément mon nom. Comment pourrait-elle l'oublier ? L'homme qui a tué mon mari a aussi assassiné sa sœur.

« Le Meurtre de la lune de miel ? » Elle reprend le titre d'un tabloïd et je hoche la tête.

« Karel Indrizzio.

— *Sì*. Karel Indrizzio », répète-t-elle dans un souffle.

On dirait que l'air autour de nous s'est figé, que le temps s'est arrêté. Le chien le sent et se met à gémir. Il fixe de ses yeux dorés le visage de sa maîtresse. Sans le regarder, Isabella pose la main sur sa tête.

« Si vous ne me croyez pas, dis-je, j'ai… j'ai des papiers d'identité. » Je fouille dans mon sac, terrifiée à l'idée qu'elle puisse me demander de m'en aller. Je sors de mon portefeuille la vieille carte de presse que j'ai gardée et mon permis de conduire que je lui passe à travers la grille. Elle les prend, jette un coup d'œil au nom et à la photo et me les rend.

« Il faut que je vous parle. J'aimerais vous parler, s'il vous plaît. »

398

Je la sens hésiter, se demander s'il ne vaudrait pas mieux me congédier au lieu de faire l'erreur de m'ouvrir et de me laisser entrer dans sa vie avec ce que je peux apporter. Brusquement, j'ai l'impression de sentir mauvais. Comme si je dégageais une odeur de pourriture que ni des vêtements chics, ni une nouvelle coiffure, ni des litres d'huile d'acacia ne pourraient masquer. J'ai eu tort. Cette femme ne peut m'aider en rien, pas plus qu'elle ne peut aider Billy. Je n'ai pas le droit de m'imposer. Je ne sais même pas trop ce que je veux lui dire. Pierangelo a raison ; je serais mieux avisée de laisser Pallioti faire son travail.

Je bredouille : « Je suis désolée. Excusez-moi. Je n'aurais pas dû venir. Je... » Je vais tourner les talons et m'éloigner le plus vite possible, peut-être même courir jusqu'à la Viale Galileo, quand Isabella Lucchese m'arrête.

« Pourquoi ? me demande-t-elle. Pourquoi voulez-vous me parler ?

— J'ai une amie... » Je me reprends : « J'avais une amie qui a été assassinée. Il y a tout juste une semaine. Et avant de la tuer, son meurtrier l'a emmenée quelque part et l'a torturée.

— *Santo Dio.* » Isabella se signe rapidement.

« Il l'a brûlée. » Des larmes coulent sur mes joues. En le disant, j'ai l'impression de rendre enfin réel ce qui est arrivé. « Il l'a brûlée sur tout le corps puis il l'a tuée et il l'a rhabillée. Elle, il l'a mise sur un bûcher. Il y a une autre fille qu'il a noyée. » Isabella me regarde fixement. « Ça recommence, dis-je. Ça recommence comme avant. »

Je me rends à peine compte qu'elle ouvre la grille. Elle sort et me prend par le bras. Sous les yeux du chien stupéfait, elle m'entraîne à l'intérieur.

« Venez. Vous ne pouvez pas rester là, comme ça. » Elle sort même de sa poche un mouchoir qu'elle me donne.

La grille se referme bruyamment derrière nous. Nos pas crissent sur le gravier. Un parfum de lavande s'élève quand nous passons devant la brouette. Nous contournons une haie sur le côté de la maison.

« Venez, dit-elle à nouveau. Asseyez-vous. J'allais justement me faire du café. »

Elle me laisse sur un banc derrière la villa, à côté du muret qui donne sur le fouillis du jardin en contrebas. Derrière nous, de la vigne et du chèvrefeuille grimpent le long des colonnes d'une pergola. Le stuc pâle des murs luit doucement au soleil. Les volets du premier étage sont fermés mais ceux d'en bas sont ouverts et les plantes s'insinuent entre les lattes brisées et s'enroulent autour des fermetures.

Isabella laisse tomber ses gants et rentre dans la maison. Le chien me considère solennellement, tandis que je hoquette, renifle et m'essuie les yeux avec le mouchoir de sa maîtresse. Puis il lui emboîte le pas et se poste devant la porte pour être sûr que je n'entre pas. Par la fenêtre de la cuisine, j'entends un robinet s'ouvrir et se fermer puis un moulin à café. J'arrête de pleurer et je reste immobile pour entendre le bourdonnement des abeilles.

« Vous connaissez les abeilles ? » demande Isabella en revenant avec une cafetière et deux tasses sur un plateau qu'elle pose sur le banc. Nous parlons italien et je ne suis pas sûre d'avoir bien compris. Devant mon air indécis, elle sourit et passe à l'anglais en me tendant une tasse. « Je me suis mise à l'apiculture après la mort de Benedetta. C'est une forme de thérapie, explique-t-elle. Les abeilles, c'est très apaisant. »

Elle s'assied sur le muret en face de moi et mélange son café. « Une fois, raconte-t-elle, elles ont essaimé. Cela leur arrive parfois lorsque quelque chose les effraie. Elles fuient leur ruche. Elles sont entrées dans la maison ; je les ai retrouvées dans les rideaux. Quand ça arrive, il faut capturer la reine. Si vous la tenez, les autres vous suivront partout. »

Derrière elle, au-delà du jardin envahi par la végétation, parmi les oliveraies, j'aperçois le toit des petites maisons à bourdon nichées contre les murs du Boboli.

Le café est amer et très fort. En finissant ma tasse, je remercie Isabella – sans trop savoir si c'est pour le café, le mouchoir ou sa gentillesse. Cela n'a pas grande importance, d'ailleurs. « Vous avez une maison superbe, dis-je.

— Oui, merci. Il paraît que Byron y a séjourné – mais on dit cela de presque toutes les villas de ces collines. La famille de ma mère l'a fait construire en 1630. Depuis, nous y avons toujours vécu. Nous sommes presque tous nés ici, à l'étage, dans la chambre centrale. C'est censé être de bon augure. À présent, conclut-elle, il n'y a plus que moi. Et Fonzi. »

En entendant son nom, le gros chien se lève et s'approche d'elle. Il fourre la tête sous son bras et elle lui gratouille les oreilles. « C'est trop grand pour nous deux, pas vrai ? fait-elle à son adresse. Rien que pour nous deux et les abeilles. Mais nous ne supportons pas l'idée de la quitter. Parfois, le soir, on entend chanter un rossignol. Maintenant, ajoute-t-elle en posant sa tasse, pourquoi ne pas me raconter ce qui est arrivé à votre amie ? »

À mon tour, je remets ma tasse sur le plateau sans quitter des yeux le bord doré un peu effacé et la minuscule cuillère. « Elle s'appelait Billy Kalczeska. C'était ma colocataire. Je suis revenue ici pour suivre des cours d'histoire de l'art. »

Il me semble important d'être bien claire. Il y a trop de choses en jeu pour que je puisse échouer. Au début, les mots sortent lentement. Puis mon débit s'accélère et je lui parle de Billy, de Ginevra Montelleone et de ce que j'ai découvert sur Caterina Fusarno. Quand j'ai fini, elle est très pâle. Elle se lève et se détourne pour regarder au loin.

Lorsqu'elle me refait face, elle observe : « Mais Karel Indrizzio est mort. Il a été tué dans un accident pendant son transfert à Milan. Vous le saviez ? »

Je hoche la tête. Isabella me regarde d'un air incrédule. Je crois que si je ne lui avais pas dit que Pallioti s'occupait de l'affaire, elle croirait que j'invente tout et me ficherait dehors.

« Donc, devine-t-elle en s'asseyant brutalement sur le muret, ce que vous êtes en train de me dire, c'est qu'il y a quelqu'un d'autre. Quelqu'un qui l'imite. Ou… ou alors que ce n'est pas Indrizzio qui a tué Benedetta. C'est bien ce que vous insinuez, en fait, non ?

— Je ne sais pas. Franchement, je n'en sais rien. Et je ne comprends pas ce qui se passe. Mais je me suis dit que si je parvenais à trouver pourquoi, parmi toutes les femmes de Florence, il a choisi celles-ci… Ou si je trouvais où il les emmène… Peut-être… » Ma voix se brise.

« J'ai peur », dis-je. Isabella me regarde. « J'ai peur de ses quatre petits sacs rouges.

— Parce qu'il n'en a utilisé que deux ? » Je fais oui de la tête. « Ou parce que vous croyez qu'il y en a un qui vous est destiné ? demande-t-elle.

— Les deux. Je ne sais pas. Mais je sais qu'il va s'en servir. Pour quelqu'un. »

Nous restons assises dans un silence que ne troublent que le bourdonnement des abeilles, le bruissement des oiseaux dans les arbres et, parfois, un gazouillement. Fonzi se lève et descend dans les broussailles. Nous le suivons du regard. Puis Isabella prend une profonde inspiration et se passe les deux mains sur le visage.

« Ce n'est pas que je ne vous croie pas, assure-t-elle. Je n'ai jamais été vraiment convaincue de la culpabilité d'Indrizzio. J'aurais bien voulu y croire. J'attendais d'ailleurs le procès avec impatience parce que j'espérais être convaincue, vous voyez ? Et puis il est mort, et les meurtres ont cessé. Alors je me suis dit que, tout compte fait, ce devait être ça. Je n'étais pas au courant, pour la prostituée.

— Caterina. L'affaire n'a pas été ébruitée. Et pour Ginevra Montelleone, on a parlé de suicide. Évidemment, ils ne peuvent pas faire ça pour le meurtre de Billy, mais je crois qu'ils cherchent à éviter d'affoler les gens. C'est le début de la saison touristique. »

Elle m'observe du coin de l'œil. « Et ils ne veulent pas non plus admettre qu'ils se trompent depuis le début... Mais vous, pourquoi ne partez-vous pas par le premier avion ? demande-t-elle subitement.

— Je ne peux pas. Je vais m'installer ici. Je me marie. Et il n'y a rien en Amérique que j'aie envie de retrouver. » Cela paraît simpliste, mais c'est la vérité – et en prendre conscience me fait un petit choc.

« De toute façon, je crois que cela ne servirait à rien que je parte. Pour moi, peut-être, mais pas pour une autre victime. Je ne pense pas que cela l'arrêterait. Au Bargello, il aurait pu me tuer, s'il avait voulu. Écoutez, dis-je en me penchant en avant comme pour la convaincre que cette fois, il est possible de faire quelque chose, je crois qu'Indrizzio est mort. Et si c'est lui qui a tué votre sœur et Eleanora Darnelli, le nouveau meurtrier en sait long sur lui. Il sait ce qu'il a fait, comment il les a tuées. Sans doute se connaissaient-ils. En revanche, si ce n'est pas Indrizzio qui les a tuées… eh bien, je me dis que si je parviens à trouver pourquoi il les a choisies, quel rapport il y a entre elles… Je sais qu'il a choisi mon amie, Billy, à cause de moi. Alors il faut que je comprenne ce qu'il en est pour les autres. Il doit bien y avoir un lien.

— Et vous croyez que c'est vous ?

— Je ne vois rien d'autre. Si jamais il agit au hasard, s'il tue sans motif, il n'y aura aucun moyen de le trouver – à part la chance. »

Isabella se lève et remonte les manches de son chemisier jaune fané, révélant des bras musclés et bronzés à force de lutter contre la végétation de son jardin. « Je ne sais pas quoi vous dire, avoue-t-elle. Vous pouvez me demander tout ce que vous voulez sur Bene, mais la police sait déjà à peu près tout. Ça, je ne peux pas lui reprocher de ne pas avoir fait les choses à fond.

— Elle était en forme ? Aurait-il pu la forcer à monter dans une voiture ? »

Isabella hausse les épaules. « Bah, elle était comme tout le monde. Elle allait travailler à vélo, mais j'imagine que, oui, quelqu'un a pu l'enlever. J'y ai réfléchi, bien sûr. Ils ont jugé que c'était ce qu'avait fait Indrizzio. Ils ont découvert qu'il appartenait à un club automobile. » Elle rit en voyant ma tête. « Je sais, reprend-elle, il était SDF. Mais on est en Italie. Ce n'est pas parce qu'on ne sait pas où dormir qu'on n'a pas le permis de conduire. Apparemment, il travaillait même de temps en temps. Sur des chantiers, ce genre de chose. En tout cas, c'est ce que m'a dit la police. »

Je pense un instant à tout cela. Avec l'économie souterraine, des tas de gens échappent aux radars de l'État.

« Je crois que celui qui l'a tuée, qui tue peut-être encore, doit être croyant. À cause des "cadeaux" qu'il laisse sur les corps. Ils ont tous une vague signification religieuse. Le ruban blanc d'Eleanora représente la pureté, le cierge la transsubstantiation. Caterina Fusarno a été retrouvée avec un chardonneret, qui symbolise la Passion du Christ, au moins dans la peinture, et les sacs rouges appartiennent à la Haine dans le jardin d'Éden. Vous savez si elle pouvait l'avoir rencontré à l'église ?

— Bien sûr. Elle pouvait l'avoir rencontré n'importe où. C'est peut-être un parent d'un des enfants dont elle s'occupait à l'hôpital. Qui sait ? »

Des enfants. Je revois le visage de Rosa Fusarno. Les tournesols. La girafe. « Elle ne travaillait pas dans une garderie, si ? Près de l'aéroport ? Ou dans une association caritative ? »

Isabella secoue la tête. « Non. Elle était à plein temps à l'hôpital. Elle avait à peine le temps de vivre. » Tant pis.

Je change de tactique. « Mais elle était allée à la messe, n'est-ce pas, avant de venir ici ?

— Oui, oui. Ce soir-là, elle s'était disputée avec André, son fiancé. C'est dans ces moments-là qu'il y avait le plus de chances qu'elle aille à la messe.

— Le soir ?

— Non, corrige-t-elle en souriant. Quand elle se sentait coupable. Elle y allait le soir à cause de son emploi du temps. On case Dieu quand on peut. Je crois que cela lui est égal ; il y a des gens qui ne sont pas de cet avis.

— Où était-elle allée ?

— À la messe ? À San Miniato. »

Je la regarde avec une impression de vertige. « San Miniato ?

— Oui. C'est là qu'allait notre famille, quand nous étions petites. C'était notre paroisse.

— Comme Ginevra Montelleone, dis-je, autant pour moi-même que pour elle. Dites-moi, vous connaissez un prêtre de là-bas ? Le père Rinaldo ? Il est très à droite. Je crois qu'il fait partie de l'Opus Dei.

— L'Opus Dei ? » Maintenant, c'est à Isabella de me regarder fixement.

Je hoche la tête. Je sens mon cœur s'emballer. « C'est ce groupe qui... »

Elle coupe court à mon explication d'un geste de la main. « Je connais, dit-elle en fermant les yeux. "Buvons jusqu'à la lie le calice de la douleur en cette pauvre vie... Renonce à toi-même. Il est si beau d'être victime !" » récite-t-elle. Puis elle rouvre les yeux et me regarde. « Vous savez qui a écrit cela ? » Je secoue la tête. Cette fois, quand elle sourit, c'est d'un sourire amer.

« Josémaria Escriva, le père fondateur de l'Opus Dei, dans son livre, *Chemin*. C'est leur bible. Leur manuel de vie quotidienne. Le fiancé de Bene, André, a passé presque toute sa vie d'adulte à les combattre, ajoute-t-elle. À vrai dire, c'est comme cela qu'ils se sont connus. »

Des images défilent dans ma tête. Le beau groupe de prière de Rinaldo qui murmure et papillonne autour de moi dans la sacristie de San Miniato. Rinaldo lui-même qui apparaît derrière moi et me domine de toute sa hauteur quand j'offre les tulipes à ce sans-abri. Les garçons et la fille bien propres sur eux derrière lui dans la rue vide. Beatrice Modesto qui secoue la tête. « *Nous n'avons pas eu de problèmes avec eux – contrairement à d'autres, en particulier ceux qui s'occupent de l'avortement.* » Les pièces du puzzle se mettent en place.

Je marmonne : « Benedetta faisait partie de l'Opus Dei.

— Non, corrige Isabella. C'était moi. »

Cette réponse me prend complètement par surprise. J'ouvre la bouche pour protester, pour la contredire carrément, mais je me retiens. Le regard perdu au loin dans le jardin, Isabella contemple ses abeilles. « Je ne peux pas me mettre en maillot de bain », précise-t-elle.

Je sens une légère nausée. Trop de soleil. Ou l'idée du barbelé entamant la chair.

« Le cilice ?

— Oui. J'ai des trous. Comme des stigmates. Ils disaient que c'était un grand privilège. J'étais si heureuse quand j'ai reçu la permission de le porter… »

Quand elle se tourne vers moi, je vois des larmes sur ses joues. « C'est comme une chaîne de barbelé. On le porte autour du haut des cuisses deux heures par jour. Plus, si on est vraiment favorisé. Et on utilise aussi la discipline. J'imagine que vous savez ce que c'est. »

Je hoche la tête. C'est un fouet fait de cordelettes dont les pénitents du Moyen Âge se servaient pour se flageller le dos et les fesses jusqu'au sang afin de se rapprocher du Christ sur la Croix. Même à l'époque, l'Église ne voyait pas cela d'un très bon œil et a fini par l'interdire. Mais pas l'Opus. Toutefois, poursuit Isabella en s'essuyant les yeux du revers de la main, ce n'est pas ce qu'il y a de pire chez eux. Dormir sur des planches, baiser le sol et toutes ces idioties, c'est ce qui plaît aux médias, mais ce n'est pas le pire. Le plus grave n'est pas ce qu'ils font à notre corps, mais à notre cœur. À notre amour de Dieu. Ils nous le prennent. » Sa voix s'est durcie.

« Ils kidnappent le Christ. Ils s'en servent comme s'Il leur appartenait en propre. Et pour avoir affaire à Lui, il faut passer par eux. On est censé tout leur abandonner. En retour, ils nous diront comment aimer Dieu – ou comment ne pas L'aimer. Et aussi comment Il nous aime – et surtout comment Il ne nous aime pas. Et cela a un prix. Ils veulent tout. Tout. Il faut leur sacrifier sa vie. » Elle marque une pause. « "Pour vivre il faut mourir. Il faut renoncer à soi totalement. Le sacrifice doit être holocauste." »

Elle sourit en montrant les dents comme si elle allait mordre. « C'est ce qu'ils nous enseignent de l'amour du Christ. » Elle prend sa tasse vide puis la repose. Quand elle se remet à parler, je sens de la rage dans sa voix.

« Ils ne veulent pas seulement votre foi et votre esprit ; ils veulent aussi votre argent. Si vous vivez dans une de leurs maisons, il faut que vous leur donniez votre salaire et ils vous accordent une allocation. Cela fait partie de leur idée "d'enfance spirituelle". Mais ce n'est pas tout. Ce qu'ils veulent surtout, c'est que vous leur léguiez tous vos biens. Ils voulaient cette maison. »

Isabella lève les yeux vers les fenêtres fermées de la chambre du haut, dans laquelle toute la famille est née. Et morte, sans doute. Puis elle regarde le stuc beurre frais et le fronton, au-dessus de la porte, orné d'un blason en partie effacé. « Je la leur aurais donnée, avoue-t-elle d'un air écœuré. Cela paraît complètement dingue, mais je l'aurais fait. Pour eux, j'ai renoncé à mon mariage. Ils m'ont dit que je l'offrais à Jésus, et je leur aurais aussi donné cette maison. C'est ce qui est arrivé à André.

— Vous étiez mariés ? » Je croyais que c'était le fiancé de Benedetta ; je m'y perds un peu.

« Non, pas avec André, explique-t-elle en souriant. Avec quelqu'un d'autre, que j'ai quitté pour l'Opus. Cependant, la mère d'André s'est laissé entraîner aussi, après la mort de son père. Ils vivaient à Florence et elle leur a tout légué. Mais le pire, c'est que l'Opus a soustrait à André sa mère et sa sœur. Ils découragent ceux qui habitent dans leurs maisons d'avoir des contacts avec leurs proches. Ils vous disent à qui vous pouvez ou ne pouvez pas écrire, ce que vous pouvez lire, ce que vous pouvez regarder à la télévision. C'est comme ça que Bene a connu André, ajoute-t-elle. Elle est allée le voir pour parler de moi. Il anime un groupe qui aide les familles de membres de l'Opus. Ou plutôt il l'animait. Après qu'elle a été tuée, il a décidé de rester au Maroc. Même quand ils ont attrapé Indrizzio, il n'a pas voulu revenir. Une fois qu'elle était morte, plus rien ne le retenait ici. »

J'ai froid. Le froid se répand au plus profond de moi. « Croyez-vous que sa mort ait quelque chose à voir avec l'Opus ? »

Soit Isabella n'a pas entendu ma question, soit elle préfère ne pas y répondre.

« Quand on aime Dieu, on veut s'en approcher le plus possible. Je pensais que l'Opus me sauverait, mais ils n'ont fait qu'enlaidir une belle chose. Ils disent que votre cœur est un traître qu'il faut mettre sous les verrous, que votre corps et votre âme sont des ennemis inséparables. Je ne sais pas, ajoute-t-elle, répondant soudain à ma question. J'y ai pensé. Je ne suis pas sûre qu'ils considèrent comme sacrée une vie humaine qui ne peut être convertie. Quand je suis partie, ils m'ont dit que je serais privée de la grâce de Dieu. Ils m'ont dit que j'étais damnée.

— Hum. Un prêtre de l'Opus m'a dit la même chose, un jour.

— Ce fameux père Rinaldo ? »

Je hoche la tête.

« Vous l'avez cru ?

— Non, dis-je lentement. Au bout du compte, je ne pense pas. Il ne me semblait pas que Dieu était vraiment comme cela – et si c'était le cas, je n'avais pas envie de le connaître. »

Isabella sourit. « Je ne connais pas ce Rinaldo. Et je ne pense pas que Bene l'ait connu. Peut-être. Mais s'il faisait partie de l'Opus, à mon avis, elle a gardé ses distances. Elle ne les aimait pas beaucoup – et c'est un euphémisme. Évidemment, je l'ai suggéré à la police ; c'était une évidence. Mais ils n'ont apparemment pas trouvé de lien entre Indrizzio et l'Opus. Certes, par le passé, ils ont menacé André – l'Opus, je veux dire – mais moi, ils me fichent la paix. Ils doivent juger que la damnation suffit. Bien entendu, cela ne signifie pas que nous ne souhaitions pas les voir partir.

— De Florence ? »

Elle se met à rire comme si c'était vraiment drôle. « Je crains que ce soit impossible. On dit que Florence appartient aux Médicis, mais les Médicis sont morts et Savonarole a toujours la cote, pour ainsi dire. Non, je veux dire du quartier. Nous avons monté une association, mais nous ne pouvons pas faire grand-chose. Il n'est pas illégal d'acheter des biens immobiliers. Ils possèdent deux ou trois maisons par ici et ils cherchent à acquérir une grande villa en ruine près de l'Institut d'art. Vous voyez laquelle ? »

Je songe aux traînées de mascara sur le stuc, aux deux tours trapues qui s'écroulent et au vieux monsieur avec son caniche sourd et sa canne. « Oui, je vois laquelle.

— Ils se sont arrangés pour que le fils aîné la leur lègue, mais les frères et sœurs contestent le testament. Et les voisins n'ont pas voulu d'eux quand ils ont su de quoi il s'agissait. Ils brûlent des livres, vous savez. Ils font de petits Bûchers des vanités dans le jardin. "Les yeux ! C'est par eux que bien des iniquités entrent dans l'âme." Cela aussi, c'est extrait du *Chemin*. Nous devions apprendre par cœur toutes les petites perles de sagesse d'Escriva. Et le pire, c'est que nous aimions cela. Nous les trouvions extraordinairement profondes. »

411

Une ombre de tristesse passe sur le visage d'Isabella. « Maintenant, je ne comprends pas comment j'ai pu croire à tout ça.

— Écoutez, le père Rinaldo a essayé de m'enrôler dans l'Opus il y a deux ans. Pour moi, le moment était mal choisi, mais dans d'autres circonstances, j'aurais pu faire comme vous. »

Je lui révèle cela un peu pour la remercier de sa gentillesse, un peu pour lui faire comprendre que le puits de solitude et de détresse qu'ils ont repéré chez elle existe chez chacun d'entre nous. Elle hoche la tête mais ne dit rien.

Quelques secondes plus tard, le chien émerge des broussailles et remonte les marches. Il se laisse tomber aux pieds d'Isabella avec un soupir et remue la queue dans les graviers.

« En général, je l'emmène se promener. Il s'ennuie, ici. Il aime aller faire les courses. »

C'est le signal, je dois m'en aller et laisser Isabella se renfermer dans le monde de sa villa où le temps, un charme ou les abeilles finiront peut-être par la guérir. Je me lève et la remercie pour le café et le temps qu'elle a bien voulu passer avec moi mais elle proteste : « Je vous reconduis chez vous en voiture.

— Je ne peux pas accepter. »

Elle me regarde en riant. « Après ce que vous m'avez dit, vous ne pouvez pas refuser ! »

Toutefois, elle doit d'abord nourrir Fonzi. Je la suis dans la cuisine. C'est une pièce caverneuse. Des casseroles en cuivre bosselées et des couteaux sont accrochés au-dessus de la cuisinière à gaz qui doit dater de 1900. Elle disparaît dans l'office et revient avec un morceau de viande sur une planche à découper. Le chien la suit, puis s'assied et ne quitte plus sa main des yeux. En attendant, je regarde les livres et les photos posés sur le buffet.

« C'est Bene », déclare Isabella en me regardant. La photo que j'ai prise a dû être vivement colorée autrefois ; aujourd'hui, la robe verte de l'enfant est ternie et un peu sale et son ballon rouge marbré.

« Je crois qu'elle avait sept ans. » Au dos, quelqu'un a écrit : *"A., giugno 1975"* d'une écriture en pattes de mouches. « A ? fais-je, surprise.

— Agata. Elle détestait. Benedetta, c'est son deuxième prénom. » Elle se retourne et se met à couper la viande à toute vitesse. Je remets la photo à sa place.

Isabella conduit à toute vitesse. Couché sur la banquette arrière, Fonzi ne semble pas s'en émouvoir. Les vitesses passent en grinçant. Elle tourne dans la Viale Galileo sans ralentir, au point que la voiture manque de déraper. Quand nous dévalons la pente, le chien s'assied. Son haleine chargée de viande envahit l'habitacle. Je veux ouvrir la vitre mais je m'aperçois que le bouton est cassé.

J'ai donné l'adresse de Pierangelo à Isabella. Au moment où nous accélérons encore pour traverser le fleuve, je m'en veux de ne pas lui avoir demandé de me déposer à l'appartement de la signora Bardino. Non que j'aie envie d'y aller, mais c'est beaucoup plus près. La petite voiture et le chien me donnent mal au cœur. J'ai beau me répéter de ne pas être idiote, que nous arrivons dans deux minutes, je veux sortir.

Nous nous arrêtons au feu après le pont puis Isabella saute sur la pédale d'accélérateur et se trompe de rue. Je m'apprête à protester, mais elle me regarde en souriant.

« Ne vous en faites pas, dit-elle, c'est un raccourci. »

J'ai peu circulé en voiture dans cette ville, alors qu'elle est d'ici, cependant, quand nous plongeons dans le labyrinthe de ruelles et de sens uniques qui s'étend du fleuve à la gare, j'ai la nette impression que nous allons dans la mauvaise direction. Isabella tourne, tourne encore, et je me rends compte que je suis perdue. Derrière moi, Fonzi s'agite. Je sens son souffle chaud dans mon cou.

Quelque part à notre droite, il y a les boutiques et les restaurants chics de la Via Tornabuoni (Prada, Gucci, et tout le tralala), mais Florence change vite ; des villes parallèles vivent les unes à côté des autres et nous nous trouvons dans un quartier mal famé. Les rues encaissées sont sombres et sales. Nous passons devant un hôtel à l'enseigne de néon clignotante. Isabella klaxonne une petite chose noire qui détale dans la rue. « Un rat », commente-t-elle.

Mon chemisier colle au dossier de skaï. J'essuie mes mains moites sur mon jean. Mes cicatrices me démangent et le chien pue. J'ai peur d'être malade. Sous mon sac, j'avance discrètement les doigts vers la boucle de ma ceinture de sécurité. Tant pis. Dès que la voiture s'arrêtera, j'ouvrirai la portière et, s'il le faut, je sauterai dehors.

Isabella change de vitesse. Nous débouchons d'une allée et nous retrouvons à Santa Maria Novella. Elle injurie un piéton. La boucle s'ouvre avec un bruit sec sous mes doigts. Lorsqu'elle pile devant un passage pour piétons, je cherche à tâtons la poignée de la portière.

« Elle est coincée. »

Je pique un fard. Nos regards se rencontrent et Isabella sourit. « Quoi, Mary ? Vous avez vraiment cru que je vous enlevais ? »

Elle me considère quelques instants, tandis que des voitures s'arrêtent à côté de nous. « Ce n'est pas grave, finit-elle par dire. C'est ce qui arrive. On finit par avoir peur de tout et de tout le monde. Vous vous y ferez », conclut-elle en souriant à nouveau.

22

La signora Bardino organise ce qu'elle appelle une « cérémonie du souvenir » pour Billy. Je l'apprends le lendemain matin. Henry appelle pour me proposer de déjeuner avec eux au café. Quand je lui réponds que je ne peux pas, il semble sincèrement désolé. Il affirme qu'il a besoin de mon aide pour empêcher la cérémonie de « dégénérer ». « Ça se présente mal, explique-t-il. Ellen menace de réciter un poème d'Elizabeth Barrett Browning.

— Aïe.

— Billy détesterait. »

Nous parlons encore un peu, de tout et de rien, en évitant soigneusement d'évoquer Kirk. Mais, finalement, je n'y tiens plus. Isabella a sans doute raison, on devient paranoïaque. N'empêche que je ne lui pardonne pas d'avoir levé la main sur moi.

Je lâche brusquement : « Kirk m'a frappée. Chez moi, l'autre jour, juste avant que tu arrives. C'est comme ça que le fauteuil s'est cassé. Il a un sale caractère, tu sais. Il m'a fichu une de ces peurs… »

Un petit silence se fait au bout de la ligne, puis il me

répond : « Je sais. Il me l'a dit. » Je l'imagine en train de remonter ses lunettes sur son nez le temps de préparer ce qu'il va dire ensuite.

« Il déconne complètement, tu sais. S'il t'accuse, c'est seulement parce qu'il s'en veut. Il a l'impression de ne pas avoir pris suffisamment soin d'elle. Il croit qu'il aurait pu empêcher cela. Alors il t'accuse. Il faut bien qu'il s'en prenne à quelqu'un. Ou plutôt à tout le monde. Surtout à Billy.

« Billy ? » Elle ne l'aimait même pas. Et ce qui est sûr, c'est qu'elle ne lui appartenait pas.

« Bien sûr, est en train de répondre Henry. Parce qu'elle est morte. Aussi rationnels que nous puissions être, nous haïssons les gens que nous aimons quand ils nous quittent. Même si ce n'est pas leur faute. Kirk s'est mis en tête que s'il ne s'était pas disputé avec elle ce soir-là, ce ne serait pas arrivé, ajoute-t-il.

— Eh bien, il a peut-être raison. »

Ma patience est à bout. Je suis tentée de le rappeler à la réalité. Billy est morte. Ce n'est pas sa faute à elle. Et il se trouve que nos actes ont des conséquences.

Henry ne répond pas tout de suite. Il veut que tout soit simple, que tout tienne dans de petites cases noires et blanches comme des mots croisés. La colère de Kirk n'est qu'un sentiment de culpabilité. Je n'ai à répondre de rien. Le seul responsable de la mort de Billy est celui qui a manié le couteau. Tout s'explique et nous sommes tous acquittés. Amen.

« Il y autre chose, n'est-ce pas ? finit-il par dire. Ce n'est pas seulement le fait qu'il t'ait frappée qui te chiffonne. »

Qui me « chiffonne » ? J'ai envie de crier que ce qui me chiffonne, c'est que des femmes se fassent enlever et que quelqu'un brûle leur peau nue avant de les tuer. C'est ça qui me « chiffonne ». Mais je ne peux pas. Je ne suis même pas censée être au courant de l'autopsie de Billy, de ce qui lui est vraiment arrivé. Et puis, me disputer avec Henry ne servirait pas à grand-chose. Il ne cherche qu'à m'aider. D'ailleurs, il voit juste : il y a autre chose. Je ne devrais sans doute pas en parler non plus, mais je vais le faire.

« Quand son corps a été découvert, Billy portait la bague que Kirk lui avait offerte, celle avec les deux cœurs. Pourtant, lorsqu'ils s'étaient disputés sur la place, elle l'avait enlevée et la lui avait jetée. Je l'ai vue faire. Et je l'ai vu, lui, la ramasser. Il l'a mise dans sa poche. »

Henry soupire, comme s'il devinait la suite et qu'il trouvait cela un peu fatigant. « Kirk m'a dit qu'il lui avait rendu la bague, explique-t-il. Il dit qu'il lui a écrit un mot et qu'il a glissé les deux dans une enveloppe qu'il a déposée chez vous lundi dernier, parce qu'elle ne répondait pas au téléphone. »

Il est effectivement passé à l'appartement lundi, avant que nous allions à Vinci, lorsque la vie était encore normale. Cependant, je n'ai vu ni enveloppe, ni mot. Évidemment, s'ils étaient dans les affaires de Billy, la police a pu les emporter. C'est sans doute ce qui s'est passé. Toutefois, Pallioti n'en a pas parlé.

« Tu le crois ? »

C'est une question mesquine, car Henry et Kirk sont amis, mais je dois la lui poser. À ma grande surprise, au lieu de défendre Kirk inconditionnellement, il réfléchit.

« Je crois, finit-il par dire. Oui. Sans doute. Kirk a l'esprit de compétition. Tu sais, le genre : "Je te donnerai ça, que tu le veuilles ou non." Et il ne supportait pas d'être rejeté. Comme la plupart des gens, d'ailleurs. C'est assez naturel, tu ne crois pas ?

— Sans doute », dis-je à mon tour. Mais ce que je me demande vraiment, c'est ce que Kirk a tenté de lui donner d'autre et dont elle n'a pas voulu.

Henry semble pressé de changer de sujet, maintenant. Nous parlons encore un peu de choses et d'autres. Il m'apprend que les Japonaises ont décidé de quitter le cours avant la fin. Elles vont assister à la cérémonie pour Billy puis s'en aller sur la côte amalfitaine, qu'elles jugent plus sûre que Florence. Henry leur a fait observer que ce n'est vrai que si l'on ne conduit pas, mais elles n'ont pas semblé comprendre.

Après que nous avons raccroché, cet échange me laisse un goût amer dans la bouche. Est-ce la contrariété parce que Henry trouve des excuses à tout le monde – après tout, c'est son métier –, ou parce que j'ai encore menti à Pierangelo ce matin ? Cela n'a pas été difficile, pas plus que de mentir à Henry en prétendant que je ne pouvais pas déjeuner avec eux. J'aurais pu y aller. Je préfère faire autre chose. Je me dis que j'agis de la même manière avec Pierangelo : je ne veux pas le blesser. Hier, je lui ai raconté que j'étais allée à un cours sur le classicisme. Je me répète que c'est pour son bien. Pour qu'il ne s'inquiète pas. Comme quand je lui ai dit que nous ne pourrions nous retrouver à l'appartement de la signora Bardino pour prendre mes valises que cet après-midi, parce que ce matin j'avais rendez-vous avec Tony et Ellen à San Marco. Autre mensonge éhonté. Ce matin, je vais voir Gabriele Fabbiacelli.

L'amant d'Eleanora Darnelli effectue un travail de restauration dans un monastère à San Felice. Je le sais parce que sa mère me l'a dit. J'ai trouvé son numéro dans les notes de Pierangelo, et quand je l'ai appelée ce matin, je lui ai fait croire que j'étais « une amie d'Amérique ». Les *mammas* se font toujours avoir par cette explication. Elles aiment bien que leurs petits garçons aient des amies et, dans l'ensemble, elles ont bonne opinion des Américaines. Je ne sais pas pourquoi. Sans doute un reste de bienveillance que nous devons à Grace Kelly. Elles nous croient toutes propres et blondes.

San Felice est sis sur les collines au sud de la ville. En arrivant, j'ai peur que Gabriele soit allé boire un café ou déjeuner. L'endroit semble désert. Je franchis la grille ouverte et j'entre dans la cour. J'aperçois la chapelle. À l'intérieur, un crucifix qui pourrait bien être de Giotto est accroché au-dessus de l'autel. Je ne peux résister à la tentation d'entrer l'admirer.

Lorsque je ressors, je suis aveuglée un instant par le soleil. Il fait si chaud que je n'ai pas besoin de ma veste. Comme me l'avait annoncé sa mère, je trouve Gabriele dans l'ombre du cloître, juché sur un échafaudage parmi les anges dont l'un est son homonyme.

Ténébreux et souple, des boucles brunes très italiennes, une peau couleur de miel, je lui trouve quelque chose de familier. Plus jeune, Pierangelo devait lui ressembler. Gabriele Fabbiacelli porte un pantalon kaki taché de peinture et une chemise en jean bleue dont il a retroussé les manches. Je me demande si c'est ainsi qu'Eleanora l'a vu la première fois, accroupi tel un grand faune sur sa plate-forme, le pinceau à la main.

Sentant ma présence, il se retourne et je découvre ses yeux en amandes aux longs cils, presque aussi bleus que ceux de Billy.

« Vous êtes en retard, madame l'Américaine », dit-il en italien. Je dois avoir l'air surprise car il se met à rire. « Ma *mamma*, explique-t-il en tâtant sa poche. De nos jours, même les archanges ont un portable. »

Il pose son pinceau, s'essuie les mains et descend de l'échafaudage pour me saluer. « Je suis désolé de ne pas parler votre langue, signora…

— Thorcroft. Et moi, j'aimerais mieux parler la vôtre. »

Sa poignée de main est ferme et chaude. Quand il me lâche, je décide que le mieux à faire est de lui dire la vérité. Je commence par préciser : « Je ne suis pas une vieille amie que vous avez oubliée.

— Dommage, réplique-t-il avec un sourire qui se reflète dans ses yeux.

— Pour être honnête, je voudrais vous parler d'Eleanora Darnelli. »

Je me rends compte que, malgré moi, je parle d'un ton hésitant. Cependant, si ce que je viens de dire étonne Gabriele ou le peine, il ne le montre pas. Il ne cesse même pas de sourire. Il se contente d'incliner la tête gracieusement.

« Rien ne me fait plus plaisir que de parler d'Eleanora. On marche ? suggère-t-il en me prenant le bras. Vous êtes journaliste ?

— Non. Non, pas vraiment. »

Il me coule un regard de côté sans faire de commentaire. Le silence s'installe, rythmé par le bruit de nos pas sous le passage voûté. L'ombre et la lumière jouent sur les peintures passées des murs que nous longeons.

Gabriele ne me bouscule pas. Je finis par raconter : « Il y a deux ans, j'ai été agressée par l'homme qui a tué Eleanora.

— Indrizzio ?

— Oui. Mon mari a essayé de me sauver mais il a été assassiné. À ma place, je pense. Vous avez peut-être lu des articles… En tout cas, j'ai eu de la chance.

— Ou alors ce n'était pas votre heure », suggère-t-il en se tournant vers moi.

Je souris. Théorie du chaos ou déterminisme, on peut appeler ça comme on veut.

« Dieu a d'autres projets pour vous, ajoute-t-il.

— Peut-être. » C'est le genre de chose qu'aurait dite Mamaw ; cela me réconforte.

Je poursuis, abandonnant le divin : « Quoi qu'il en soit, si je viens vous voir, c'est qu'une femme que je connaissais a été tuée la semaine dernière. » Je fais des progrès. Cela devient presque une routine.

« Je suis désolé.

— Merci. »

Je m'arrête pour le regarder. On parle de sérénité à tort et à travers, mais dans le cas de Gabriele Fabbiacelli, c'est approprié. Pas tant à cause de sa beauté, pourtant indéniable, que du calme qui émane de lui. Il me considère sans poser de question, attendant d'entendre ce que j'ai à lui dire.

« Ce n'est pas la première, dis-je. Il y en a eu deux autres ; une en janvier et une il y a trois semaines. Je pense qu'il existe un lien avec Indrizzio. C'est pour cela que je suis ici. À mon avis, quelqu'un le copie, essaie peut-être de terminer ce qu'il a commencé. »

Gabriele hoche la tête, comme si le fait que je débarque et que je lui raconte cela sans l'avoir prévenu était presque normal. Puis il me reprend le bras et nous nous remettons à marcher.

« Vous avez très peur ? » me demande-t-il au bout d'un moment. Il est le premier à me poser cette question. Même Pierangelo ne l'a pas fait. Les autres l'ont supposé mais ne me l'ont pas demandé.

« Je ne sais pas. » Ma réponse me surprend moi-même. « Peut-être suis-je trop fatiguée pour avoir peur. Je ne dors plus. J'ai l'impression d'ignorer des choses que je devrais savoir. Ou alors de savoir des choses que je ne vois pas. Comme si je jouais à colin-maillard. Parfois il me semble que c'est Indrizzio, par-fois que c'est quelqu'un d'autre. Je suis venue vous voir parce que je pensais… »

Je ne trouve pas mes mots. Ce doit être la fatigue, je ne sais plus trop de quelle manière finir ma phrase. Parce que j'ai cru que si je posais la bonne question, bingo ! je découvrirais soudain qui a tué Billy ? Cela me paraît ridicule mais ne semble pas déranger Gabriele Fabbiacelli.

« Pour moi, signora, peu importe qui a tué Eleanora », dit-il en me regardant de côté. Le plus étrange, c'est que je vois parfaitement ce qu'il veut dire. Annika a fait la même remarque. Au bout du compte, le fait essentiel, c'est l'absence. Pas ce qui l'a causée.

« Celui qui fait cela doit être en grande souffrance, poursuit Gabriele. Je pense que tuer, c'est comme un champignon qui ronge une tapisserie, il détruit une chose profondément belle. Eleanora était la bonté même, reprend-il en souriant. Elle était pure, vous voyez ? Il y a des gens qui viennent sur terre comme cela. Qui sont meilleurs que les autres.

— Oui, c'est vrai. » Et il est dommage que nous ne puissions pas toujours les aimer pour leur bonté. Eleanora Darnelli a eu de la chance. Plus de chance que mon mari.

Nous marchons encore un peu puis je lui demande : « Vous pourriez me dire comment elle était ? »

Je m'apprête à lui débiter mon baratin sur ce qui nous relierait toutes – ou pas – mais je m'en abstiens. Je me revois, assise sur le sol froid de ma chambre chez la signora Bardino, ma porte fermée à clé, en train d'étudier le visage des mortes. Pourquoi mentir ? Je voulais savoir qui elles étaient, elles, les autres membres du club.

« J'ai l'impression de la connaître. » Je suis épuisée mais le dire enfin me soulage et il me semble que Gabriele ne me prendra pas pour une folle. « Après qu'Indrizzio m'a attaquée, quand il a failli me tuer, j'ai eu cette impression. Comme si elle m'avait touchée. Littéralement, je veux dire. Parfois, il m'arrivait de rêver que nous étions sœurs. »

Ces mots flottent un moment entre nous et se mêlent au bavardage des hirondelles et au doux parfum des premières roses qui disputent les rares plates-bandes aux buissons touffus de lavande.

« Eleanora aimait Dieu, finit-il par dire. Et moi. Je considère que c'est une grande chance d'avoir été aimé par elle. »

Il s'interrompt. Quand il se tourne vers moi, je vois qu'il a les yeux pleins de larmes. Elles ne coulent pas et il les essuie du revers de sa main. C'est un geste rare, chez un homme, d'autant qu'il n'a rien de furtif ni de théâtral.

« Elle était la dernière d'une famille nombreuse ; tous les autres étaient des garçons. Sa famille était assez pauvre ; c'est pour cela qu'on l'a envoyée à l'école ici. Je crois qu'elle aurait aimé avoir une sœur. » Je ne sais pas si c'est vrai, mais c'est gentil de sa part de le dire. J'apprécie. « Elle était drôle, poursuit-il. Elle avait le sens de l'humour et elle était malicieuse. C'est pour ça que les enfants l'aimaient. Elle savait rire avec eux, vous comprenez ? Faire des blagues. Ce sont sans doute ses frères qui lui avaient appris. Je crois que, pour ça, les garçons sont meilleurs que les filles. Bref, elle voulait devenir enseignante. Parfois, je suis triste pour les enfants qui ne l'ont pas connue, vous voyez ? C'est l'école du couvent qui l'intéressait, et l'orphelinat dont s'occupent les sœurs.

— Parce qu'elle y avait été ?

— Bien sûr. Elle voulait rendre un peu de ce qu'on lui avait donné.

— Alors elle a vécu une belle expérience, au couvent ?

— Les gens en ont toujours l'air surpris, reconnaît-il en s'arrêtant pour contempler les hirondelles. Je ne comprends pas pourquoi. Les religieuses ne sont pas des ogres : ce sont des femmes qui aiment Dieu. Et les parents ne sont pas toujours merveilleux avec leurs enfants, même les mères. Il y en a qui ne s'occupent pas d'eux, les ignorent, d'autres qui les battent, et même qui les tuent. Savez-vous qu'il y a plus d'enfants tués par leurs propres parents que par des inconnus ? Tout le monde croit que la place des enfants est avec leur mère, mais l'amour a toutes sortes de sources. Les mères n'en ont pas le monopole. Elles font parfois plus de mal que de bien. Seul ce que nous aimons a le pouvoir de nous détruire. Ma mère ne fait pas partie du lot. »

Il se met à rire et son visage se transforme en un éclair. « Ma *mamma*, c'est un ange. » Il baise le bout de ses doigts et souffle dessus. « Vous voyez, je suis un bon Italien. »

J'imagine l'effet que ce jeune homme a dû produire sur une Eleanora Darnelli de vingt et un ans, qui non seulement était religieuse, mais avait passé presque toute sa vie parmi les sœurs.

Il se remet à rire comme s'il avait lu dans mes pensées. Je suis décontenancée de me sentir rougir. Suivent quelques secondes de silence.

« Le jour où elle m'a dit qu'elle m'aimait, j'ai su que j'étais le plus chanceux des hommes. Alors, je lui ai demandé de m'épouser. Cet après-midi-là. À genoux.

— Et elle a dit oui ?

— Oui. Oui. Mais je savais que c'était difficile pour elle. Je savais ce qu'il lui en coûterait. C'est pour cela que j'ai accepté l'emploi à Ferrare. Je voulais qu'elle soit sûre de sa décision. La dernière fois que je lui ai parlé, elle était heureuse.

— C'était en janvier ?

— Oui. La veille de sa mort.

— Vous savez si elle avait quoi que ce soit à voir avec San Miniato ? »

Gabriele secoue la tête. « Non. Je ne crois pas. Elle habitait Fiesole. Et quand elle venait me voir, nous empruntions l'appartement d'un ami, près de Fortezza di Basso. » Il dit cela sans lasciveté et sans gêne non plus parce qu'elle était religieuse. Ils étaient amoureux, il leur fallait un endroit où aller, c'est tout.

« Et vous l'avez déjà entendue parler d'un prêtre du nom de Rinaldo, ou d'un groupe, l'Opus Dei ? »

Il secoue de nouveau la tête. « Qui est-ce ? »

Au moment de le lui dire, je m'arrête. « Personne. Cela n'a pas d'importance. Parlez-moi encore d'Eleanora. Elle était heureuse au couvent, mais... ?

— Elle voulait une vie plus remplie.

— Et elle vous voulait, vous. »

Gabriele hausse les épaules. « Oui, c'est vrai. Elle désirait aussi aller à l'université, mais pas seulement pour enseigner ; pour elle. Elle adorait la poésie – Pétrarque, Dante, les romantiques anglais. C'est pour cela qu'elle a choisi ce nom, lorsqu'elle est devenue novice. Sœur Maria Agnès. Maria, c'est un grand classique chez les religieuses et Agnès à cause du poème de cet Anglais qui est mort de la tuberculose à Rome...

— Keats.

— C'est ça, Keats. Quand elle avait dix-sept ans, après Dieu, elle aimait le signor Keats. » Après Dieu, et avant de rencontrer Gabriele...

Moi aussi, j'ai aimé Keats, bien sûr. Au lycée. Juste après l'époque où je voulais être Jane Eyre et épouser Mr. Rochester. Ce Keats si doux, si calme, si parfait, souvent noyé dans la grandiloquence de Byron et la folie magnifique de Shelley. Encore une chose que nous avons en commun, Eleanora Darnelli et moi.

« Elle voulait aussi apprendre d'autres choses. Sur l'art, en particulier. C'est la première question qu'elle m'a posée. Elle voulait savoir comment je trouvais mes idées, si elles me venaient dans mes rêves. » Il rit à ce souvenir.

« Et c'est le cas ?

— Pas souvent. »

Gabriele s'arrête devant la fresque peinte sur le mur nord du cloître. « Elle est de moi, celle-ci, déclare-t-il. Nous remplaçons certains morceaux. Il y a eu beaucoup de choses détruites par les bombardements alliés pendant la guerre. Les tableaux ont été cachés, mais les fresques… il y en a eu tant de perdues… Maintenant, on les restaure petit à petit. »

Sur celle devant laquelle nous nous trouvons, un groupe d'anges entoure Jésus. Ils se penchent par-dessus son épaule, battent de leurs grandes ailes et se massent autour de lui pour toucher ses mains, le bas de son vêtement ou la peau nue de ses pieds chaussés de sandales. Ils doivent être quinze ou vingt, tous avec un visage ravissant, mobile et expressif. Mais ce n'est pas cela qui me laisse bouche bée. C'est un visage à l'arrière-plan. Même ici, il est plus grand que les autres. Ses yeux dorés, que je reconnais aussitôt, semblent bouger dans l'ombre du cloître. Il tient un lis entre ses longs doigts fins. L'espace d'un instant, à la place de la fleur blanche, je vois une tulipe rouge.

« Cet homme, dis-je en le désignant, au fond, comment s'appelle-t-il ? »

Gabriele me considère avec curiosité. « Je ne sais pas. Et vous ?

— Non. Moi non plus. » Je fixe la fresque. Ce visage m'est si familier que je m'attends à le voir bouger. Je demande : « Vous aussi, vous l'avez vu ? Forcément.

— C'est certain, répond-il en haussant les épaules. Je les ai tous vus. Je collectionne les visages, et un jour je les peins. » Il me montre un visage joufflu et enjoué. « Là, c'est la femme de notre *salumeria*. Et ici, Eleanora », ajoute-t-il en indiquant un autre ange.

La voilà non pas morte, comme je l'ai toujours vue, mais vivante, rieuse, et qui me regarde. Gabriele scrute mon visage et fait un signe de tête en direction de mon saint du Greco.

« Qui est-ce ?

— Je ne sais pas. Je le vois de temps en temps. Un jour, je lui ai donné des fleurs parce que... » Je m'arrête, gênée. « Peu importe. »

Gabriele me touche le bras. « Dites-le. Il ne vous arrivera rien. »

Je le regarde un instant puis j'inspire à fond. « Lui, cette homme sur votre fresque, je le rencontre dans la rue. Je veux dire : je l'ai vu plus d'une fois. Je crois que c'est un homme blanc. Je ne sais pas qui c'est, mais ce qui est étrange, c'est qu'il a les yeux de mon mari. Mon mari qui a été tué. Ce n'est pas qu'ils ressemblent aux siens ; quand il me regarde, ce sont exactement les mêmes.

— Dans ce cas, il est encore avec vous.

— Je ne crois pas à ce genre de chose, dis-je rapidement. Et d'ailleurs, nous n'étions... nous n'étions pas très heureux ensemble. »

Gabriele rit à nouveau. « Qu'est-ce qui vous dit que cela change quelque chose ? Vous ne l'aimiez pas ? »

Je voudrais protester, faire valoir que ce n'est pas ce que j'ai dit. Mais bien sûr que si. Cela revient au même.

« Et d'ailleurs, reprend-il, qu'est-ce qui vous fait penser que ce que vous croyez change quelque chose ? Ce n'est pas le fait que nous y croyions qui rend l'amour réel ; il existe par lui-même. Que nous le voulions ou pas. Nous imaginons avoir le choix. Nous aimons nous figurer que nous avons le choix dans beaucoup de domaines, mais ce n'est pas le cas. »

Nous nous remettons à marcher. « N'est-ce pas ce que le Christ voulait dire, au fond ? demande-t-il en enfonçant ses mains dans ses poches. Que nous sommes aimés, que cela nous plaise ou non ?

— Je ne sais pas. Peut-être. » Je suis tentée de lui répondre que je ne me sens plus qualifiée pour avoir un avis sur le message de Dieu. À la vérité, je ne l'ai sans doute jamais été.

« Je vois Eleanora, tout le temps, m'apprend-il soudain. Je la vois vraiment. Dans la rue, dans un magasin. Ou assise dans le train. Réellement. Parfois, j'ai l'impression qu'il y a toute une Florence parallèle. Une ville des morts que personne ne quitte jamais. Et parfois, un coin de rideau se soulève, qui nous permet de l'apercevoir. Peut-être se sentent-ils seuls et ont-ils besoin que nous les regardions. Ou peut-être est-ce nous qui sommes seuls et avons besoin de les voir. Qui sait si ce n'est pas pour cela que nous les peignons, encore et encore... »

Il rit en découvrant mon étonnement. « Vous n'avez pas remarqué ? Les professeurs et les historiens d'art l'analysent, écrivent des volumes entiers dessus et appellent cela " l'École florentine", mais, en réalité, c'est ce que nous voyons. Tous les tableaux de Florence, ces siècles de tableaux, ne sont que nos fantômes. Des fantômes et le visage des anges. »

23

Le bus descend les collines en bringuebalant vers la Porta Romana. Je me cramponne en regardant par la vitre les grandes villas, les arbres verts et le reflet flou de mon visage. Lorsque nous entrons dans la ville, les portes s'ouvrent et se referment et d'autres visages passent, des gens qui sortent des magasins et font la queue, un par un, comme les pages d'un livre feuilletées par le vent.

Des anges, a dit Gabriele Fabbiacelli. Et des fantômes. Comme s'il n'y avait pas de différence. Je songe à lui qui voit Eleanora et à moi qui vois Ty. Je n'ai pas demandé à Isabella Lucchese si elle apercevait Benedetta dans la rue. Peut-être que oui. Et également que Rosa Fusarno et la mère de Ginevra Montelleone voient leur fille vivante sur le visage des enfants des autres.

Les portes sifflent et claquent. J'ai manqué l'arrêt. Je descends au suivant et remonte par Santo Spirito. Pierangelo vient me chercher dans deux heures ; il est temps que je fasse mes valises et que je m'en aille.

En passant sous la voûte, je lève la tête vers nos fenêtres et j'ai l'impression de voir une silhouette. Une ombre derrière les stores de lin blanc. Si Gabriele a raison, ce n'est pas un jeu de lumière, mais Billy qui me regarde. Je ne sais pas ce qui va advenir de ses affaires. Quelqu'un viendra sans doute les chercher. Et la chercher, elle. Il paraît que sa mère refuse de monter dans un avion tellement elle a peur, alors ce sera peut-être sa tante Irene qui viendra, ou son cousin Floyd, celui qui avait parié, quand elle avait huit ans, qu'elle ne mangerait pas une mouche. Soit dit en passant, elle a mangé la mouche et Floyd a dû payer, même si elle a vomi. Personnellement, je crois qu'elle aimerait mieux que l'on raconte cela lors de la cérémonie plutôt que de réciter un poème d'Elizabeth Barrett Browning.

Le soleil filtre entre les nuages. En émergeant du portique, j'entends du bruit. Je m'arrête pour écouter.

Je n'ai jamais entendu de mélopée funèbre, mais je devine d'instinct que cela ressemble à cet appel incohérent de détresse, de chagrin et de douleur mêlés. En levant les yeux, je devine ce que je vais voir. Les fenêtres de Sophie sont ouvertes.

J'avance en baissant la tête, me rappelant que ce ne sont pas mes affaires, mais je m'arrête presque aussitôt. Ce n'est pas le bruit d'une colère du petit Paolo. Seul un adulte est capable d'une telle angoisse. Sophie. Je me rappelle l'air qu'elle avait lors de notre première rencontre. Une solitude si manifeste et si familière qu'elle aurait pu être la mienne. La porte de leur appartement ne se trouve qu'à quelques mètres, dans l'angle opposé au nôtre, mais je ne suis jamais entrée. Je n'ai aucune idée de ce qu'il y a de l'autre côté.

Leur vestibule est beaucoup plus élégant. Sans marques d'usure sur les degrés de marbre ni éraflures sur la rampe élégament courbée. Sans ascenseur non plus. La porte du rez-de-chaussée, celle qui chez nous donne sur les pièces de rangement au-dessous de chez la signora Raguzza, est entrouverte sur un passage sombre. La cave à vin et l'entrée de derrière dont Sophie a parlé. Je comprends alors que toute cette aile leur appartient. Billy avait raison. Comme en atteste le manteau en cachemire du grand Paolo, ils sont blindés.

J'emprunte l'escalier le plus discrètement possible. Le premier étage est en marbre luisant. Le second, qui monte sans doute vers les chambres, est recouvert d'un tapis. Sur le palier, une grande porte double est ouverte. Le bruit se fait plus fort, maintenant. Il vient de l'intérieur. Pourtant, en entrant, je ne vois personne. La pièce est vaste. Elle occupe toute la largeur de la maison, avec quatre fenêtres donnant sur la cour, et quatre de l'autre côté, sur une ruelle. Tout l'appartement de la signora Bardino y tiendrait. Le lieu est richement meublé et décoré de fleurs et de portraits du petit Paolo et de Sophie, idéalisée en robe de bal rose. Au fond, une porte donne sur la cuisine, où Sophie est assise à côté d'une fenêtre ouverte, la tête dans les mains, et pousse ces pleurs déchirants.

« Sophie ? »

Je chuchote, en partie pour ne pas lui faire peur, en partie parce que j'ai l'impression de ne pas devoir me trouver là. Je crois d'abord qu'elle ne m'a pas entendue. Puis elle lève la tête.

Elle a le visage bouffi et deux taches rouges sur les joues lui donnent l'air d'un clown ou d'une poupée

Raggedy Ann. Ses cheveux blond très pâle sont plaqués sur son front.

« Je le déteste, annonce-t-elle en me regardant comme si ma présence était tout à fait normale. Je le déteste, merde ! » Sur quoi elle enfouit de nouveau la tête entre ses bras et se remet à sangloter.

Je ne sais pas quoi faire. Je ne suis pas très douée pour ce genre de chose. Si seulement Billy était là... Ou Pierangelo. Ou Henry. Ou Mamaw. Ou Ty. À peu près n'importe qui, sauf moi. Je finis par lui tapoter l'épaule et fredonner tout bas et un peu faux, comme Mamaw quand j'étais malade ou que je piquais une crise.

Elle a la peau brûlante sous son chemisier et elle n'arrête pas de pleurer, même lorsque je m'accroupis pour la prendre dans mes bras. Elle appuie sa joue humide contre la mienne et ses mains douces et moites se raccrochent à moi. Nous restons ainsi jusqu'à ce que j'aie mal aux genoux. Jusqu'à ce que je sois aussi brûlante qu'elle et qu'un côté de mon visage et de mon cou soient mouillés par ses larmes. Petit à petit, les soubresauts qui agitent ses épaules s'espacent puis cessent, et l'horrible miaulement s'apaise, jusqu'à n'être plus qu'une respiration sifflante.

« Je suis désolée, finit-elle par dire. Mon Dieu, si désolée. » Elle s'écarte et frotte ses yeux rougis et gonflés. Elle est toute barbouillée de rouge à lèvres. « Je dois être à faire peur. »

À cet instant, Sophie fait terriblement anglaise et le rire qu'elle se force à pousser sonne faux, telle une mauvaise imitation de Mme Miniver. Elle écarte ses cheveux de ses yeux et me regarde. « Je suis à nouveau enceinte, dit-elle. Et pour tout arranger, le salaud avec

434

qui je suis mariée me dit que, si je ne le garde pas, il me prendra mon fils.

— Quoi ? »

Il y a une lettre sur la table, à côté d'un bouquet d'iris. Sophie la désigne d'un mouvement de tête.

« Je lui ai dit que je ne voulais pas d'autre bébé avec lui. Il se tape sa secrétaire depuis des années, ajoute-t-elle après coup. Cela m'est égal, d'ailleurs. Je sais qu'il ne m'aime pas, alors quelle importance ? Il peut la baiser autant qu'il veut. Je le lui ai dit. Je lui ai dit que je m'en fichais mais que je n'allais pas rester avec lui ni avoir un autre enfant puisqu'il n'en avait rien à faire de moi. Et là, il a répondu que dans ce cas il me ferait déclarer folle ou irresponsable et m'empêcherait de voir Paolo. »

Je me lève, un peu dans les vapes. Dire que je croyais que mon mariage ne marchait pas bien...

« Tout ce que je veux, poursuit Sophie comme si c'était une évidence, c'est retourner en Angleterre avec le petit Paolo. Je ne veux pas rester avec lui !

— Il peut faire ça ? Il peut vous prendre votre fils ?

— D'après son avocat, oui. » D'un geste méprisant de la main, elle fait tomber la lettre par terre. « Et le plus fort, c'est que c'est moi qui paie ! »

Je me penche pour ramasser la lettre. Le papier épais est gravé à l'en-tête d'un cabinet de Florence.

« Voilà pourquoi il ne veut pas que je parte. Il se moque pas mal de moi – et de Paolo. Depuis toujours. Mais il ne veut pas perdre l'argent. Et puis il aimerait assez avoir une autre réplique de lui-même. Il y a droit, paraît-il. Il a droit à Son Bébé. C'est comme cela qu'il l'appelle, figurez-vous. Son Bébé. Comme si je n'existais même pas. Je le déteste. Je le déteste, merde. »

Son joli visage rond est métamorphosé par une amertume si inhabituelle qu'elle est plus troublante encore que ses pleurs.

« Et vous savez ce que dit mon prêtre ? » L'indignation fait monter sa voix d'un ton et mon cœur se serre.

« Quand je lui ai parlé de sa liaison avec sa secrétaire, il m'a dit que mon putain de mariage était sacré et que, quoi que fasse mon putain de mari, il fallait que je fasse une place au pardon dans mon cœur. Vous avez remarqué que ce sont toujours les femmes qui doivent pardonner ? Je le lui ai fait observer, et il m'a répondu que, si je quittais mon mari, je risquais d'être "privée de la grâce de Dieu". Vous vous rendez compte ? »

Je hoche la tête. Je pourrais lui dire qu'on m'a dit à peu près la même chose et qu'on la dit sans doute à des milliers de femmes tous les jours, mais Sophie n'a pas envie que je lui parle : elle a envie que je l'écoute. Je remets la lettre sur la table en m'interdisant de lire les deux paragraphes dactylographiés et le paraphe.

« Je suis catholique, ajoute-t-elle. Je ne le suis pas devenue en épousant Paolo. Donc, ce n'est pas comme si je n'avais pas déjà réfléchi à tout cela. Je ne suis pas complètement idiote.

— Vous avez dit à votre prêtre que vous étiez enceinte ?

— Mon Dieu, non ! s'exclame-t-elle avant d'éclater à nouveau en sanglots. Je sais ce qu'il dirait. Je ne peux pas. »

Elle s'essuie les yeux avec sa manche. Je regarde autour de moi en me demandant ce que ferait Mamaw dans une telle situation. Il y a une bouilloire de cuivre

436

rutilante sur la cuisinière à six feux. Je la soulève. Elle est pleine.

« Je ne crois pas que Dieu voie vraiment les choses de cette façon. C'est l'interprétation qu'en font les hommes. Dieu vaut mieux que cela. C'est forcé. »

Je ne sais pas si c'est elle ou moi que je cherche à réconforter en disant ces mots. De toute façon, Sophie ne répond pas. J'en viens à douter qu'elle soit prête à m'entendre prendre la défense de Dieu. Pour l'instant, à ses yeux, Il ne doit être qu'un salaud comme les autres. Elle me regarde allumer le gaz.

« Deuxième tiroir à gauche », dit-elle avant que je puisse lui poser la question.

Je trouve des sachets d'Earl Grey.

Pendant que je prends deux des *mugs* pendus à des crochets sous les placards, Sophie passe dans la pièce d'à côté. Elle revient un instant plus tard, une bouteille de whisky à la main.

« C'est vraiment la seule raison de boire du thé », remarque-t-elle. Elle semble aller mieux et verse une rasade dans chaque tasse.

« Personnellement, reprend-elle, je trouve ça dégoûtant, le thé. Mais ma mère s'obstine à m'envoyer ces putains de sachets dans ces putains de coffrets de présentation de chez Fortnum & Mason, comme s'il n'y avait pas de nourriture convenable en Italie. » Elle saupoudre ses phrases de « putain » comme une écolière qui vient de découvrir que c'est un très gros mot.

Elle me regarde et éclate d'un rire légèrement hystérique. Je me demande si c'est la première fois de la journée qu'elle ouvre la bouteille de whisky.

« C'était l'idée de maman, vous voyez, quand elle m'a envoyée ici faire des études d'art. Catholique et avec un compte en banque bien garni, j'avais toute les chances de prendre un Italien chic dans mes filets, ce qui lui épargnerait le désagrément d'avoir à jouer de ses relations pour me faire entrer comme réceptionniste chez Christie's. Regardez-moi. Je n'aurais eu aucune chance, à Londres. Tout le monde y est mince. »

Elle s'affale sur une chaise et se met à jouer avec la tige d'un iris. « Évidemment, maman aurait préféré un titre. *Contessa*, *marquesa*, ou quelque chose de ce genre. Elle a été un peu déçue. Mais je ne pouvais pas avoir mieux que Paolo. Et Sassinelli est un beau nom. Très florentin, et très noble. Certains sont morts avec les Pazzi. Ce qu'il y a, c'est qu'il était trop beau, explique-t-elle en se frottant les yeux. C'est ma faute. J'aurais dû choisir un petit gros, comme moi. Au moins, je ne serais pas un objet de risée.

— Mais ce n'est pas le cas ! dis-je, horrifiée. Et puis vous avez Paolo. De toute façon, vous n'êtes pas responsable de la liaison de votre mari.

— Oh, si. On l'est toujours. Au moins en partie. »

Elle se tourne vers moi. Elle a soudain l'air plus vieille.

Je me souviens de ce qu'a dit Billy le soir où nous les avons vus sur le pont et je me détourne pour qu'elle ne voie pas mon visage.

« J'ai une amie à Genève, ajoute-t-elle en mordillant un de ses ongles. Je pourrais aller chez elle en emmenant Paolo. Laisser ce fumier sans son fils ni son bébé. Il ne pourrait pas m'en empêcher, insiste-t-elle d'une voix que le défi fait un peu trembler. Ce sont aussi mes enfants. Il ne pourrait pas m'empêcher de les emmener. » Mais elle n'y croit pas une seconde – moi non plus. Le grand Paolo est capable de l'en empêcher, et il le fera.

Je vais le lui dire, avec le plus de tact possible. « Sophie, je crois vraiment… » Mais je ne vais pas plus loin parce qu'on entend un fracas dans l'autre pièce.

Sophie pousse un petit cri et je manque faire tomber une tasse par terre. D'un même mouvement, nous nous tournons vers la porte, certaines toutes les deux que nous allons découvrir le grand Paolo sur le pas de la porte, mauvais, nous menaçant. Nous menaçant de quoi, d'ailleurs ? De nous tuer ? De nous faire enfermer ? Mais il n'y a personne. J'entends un soupir de soulagement et Sophie se met à rire.

« Mon Dieu, fait-elle. Regardez-nous. » Elle finit par se lever et aller voir ce qui s'est passé. Elle revient un instant plus tard avec un sac de courses, riant de plus belle.

« Voilà le coupable ! déclare-t-elle en brandissant une boîte de thon. Elle a roulé dans l'escalier. Je commence à demander à Dinya de faire de petits extras pour moi. Elle a dû détaler en vous entendant. Elle est terriblement timide et ne parle pas anglais. » Sophie pose le sac et la boîte sur la table. « À vrai dire, elle ne parle pas tellement italien non plus, remarque-t-elle. Raguzza Minor affirme que c'est la raison pour laquelle elle s'entend si bien avec sa mère. Elle ne comprend pas la moitié de ce que dit cette vieille chouette. »

Je songe à la radio, au prêtre, et à la vie silencieuse que doit mener Dinya, cloîtrée sous notre appartement avec la signora Raguzza. Peut-être Karel Indrizzio menait-il le même genre de vie. Je ne sais pas s'il parlait anglais. Ni italien, d'ailleurs.

« Vous pensez que cela représente quelle part de l'économie ?

— Les clandestins ? Une part importante. Ils sont probablement majoritaires, au moins dans les services. Tout le monde se plaint des Albanais et des Roms, mais personne ne veut de ces emplois.

Je verse de l'eau bouillante dans les *mugs*. Les sachets de thé flottent à la surface. « Infect ! » s'exclame Sophie en goûtant le sien. Le breuvage semble pourtant lui remonter le moral.

Effectivement, ce thé est répugnant mais il a un côté tonifiant, comme ces infâmes potions aux plantes. Sophie me regarde par-dessus le bord de sa tasse. Elle a soudain l'air espiègle. « Je savais que vous étiez croyante, déclare-t-elle. Je m'en suis rendu compte la première fois que je vous ai vue.

— Comment cela ?

— À votre façon de marcher. »

C'est ridicule et nous rions toutes les deux, mais je vois ce qu'elle veut dire. C'est une espèce de reconnaissance tribale. Lorsqu'elle me sourit, je vois la Sophie de dix-sept ans, avec son visage rond et doux, un peu timide mais courageuse. Tout à coup, je déteste le grand Paolo, moi aussi. Il aurait dû choisir une proie à sa mesure. Une créature mince et élancée qui ne serait pas tombée amoureuse de lui.

« Dans notre couvent, raconte Sophie, tout le monde s'intéressait terriblement aux martyrs et souffrait d'anorexie.

— Nous, nous faisions des cache-pots en macramé. »

Elle glousse et prend la bouteille pour verser un peu plus de whisky dans nos tasses. « J'ai l'impression que c'est mieux, en Amérique. »

Nous sirotons notre thé – qui est surtout du whisky, maintenant – encore quelques secondes. Puis Sophie pose sa tasse. « Je vous ai fait peur ? »

J'y réfléchis. La lumière qui tombe sur les iris leur donne un aspect velouté. Des particules de poussière tourbillonnent dans l'air. Dehors, j'entends des pas et le bruit de la grille de sécurité qui se referme. « Un peu.

— Je suis désolée. » Elle examine ses ongles roses parfaitement manucurés, courts, pareils à ceux d'un enfant. « Ma mère dit que je pleure comme un aspirateur cassé. Je crois que les gens qui ne pleurent pas beaucoup ne savent pas bien faire. Ce n'est pas sa liaison, vous savez, précise-t-elle en me regardant. Je suis au courant depuis longtemps. Il lui arrive de l'emmener en "voyage d'affaires". Cela m'était parfaitement égal avant d'apprendre que j'étais enceinte. » Elle secoue la tête et reprend sa tasse. « À vrai dire, je pensais que je nous construirais une vie en Angleterre, au petit Paolo et à moi. J'avais tout organisé dans ma tête. Je ne sais pas pourquoi, d'ailleurs. Je déteste l'Angleterre. »

Elle examine les fleurs peintes sur la tasse puis explique : « C'est la lettre qui m'a fait craquer. Le fait qu'il soit allé en parler avec un avocat et qu'il lui ait demandé de m'écrire cela. Cela prouve vraiment qu'il me hait.

— Emmenez Paolo, lui dis-je soudain. Partez, et emmenez-le. »

Elle sourit comme si c'était une bonne idée, mais irréalisable. « Ça va aller », assure-t-elle, autant pour elle-même que pour moi. Elle a l'air fatiguée. Découragée.

Le thé – ou le whisky – semble avoir éteint la petite flamme de défi qui s'était allumée en elle tout à l'heure.

« Sophie, écoutez, si je peux faire quoi que ce soit…

— Non, répond-elle en secouant la tête. Non, merci. Franchement, ça va aller. C'est le choc de cette lettre, voilà tout. Je suis désolée de vous avoir fait peur. » Elle rit mais ses yeux restent tristes. « Ça va mieux, maintenant. Je vous assure, je vais m'y faire. »

Une dizaine de minutes plus tard, je me lève pour m'en aller. Sophie me dit qu'elle doit aller chercher Paolo à l'école. Pendant qu'elle monte se changer, je lave les tasses dans l'évier de porcelaine blanche. Puis je l'attends dans la grande pièce en contemplant les portraits et les bouquets. J'imagine Sophie passant les dix-huit prochaines années ici à attendre que ses enfants grandissent pour pouvoir partir, et s'y habituant.

Dans l'appartement de la signora Bardino, j'étale des vêtements sur le lit. Pierangelo va arriver d'une minute à l'autre. Je passe en revue ma collection de chemisiers à col montant et de cols roulés, mes jeans, la jupe et la veste que j'avais achetées pour reconquérir Piero quand je m'étais convaincue que Graziella était sa petite amie. Ma vie à Florence entassée dans quelques mètres carrés. J'ai d'autres affaires à Philadelphie, mais rien à quoi je tienne vraiment. Cela me fait un drôle d'effet d'emballer le passé dans un sac marin et une valise. Je songe que, si je veux un souvenir de Billy, il faut le prendre maintenant. L'occasion ne se représentera pas.

Je sais que cela ne la dérangerait pas mais, en fin de compte, il n'y a pas grand-chose. Ses vêtements et ses chaussures sont trop grands pour moi. À la place, je prends quelques livres – ceux que Kirk a laissés. Son Burkhardt, des exemplaires cornés de Gombrich et du *Dictionnaire de la Renaissance italienne*, plus par sentimentalité que pour autre chose. Je suis tentée par la montre bleue qu'elle n'a jamais portée, gravée au dos *B. 4/7/92*. Mais ce doit être un cadeau que sa famille aimera récupérer. En revanche, je chipe la ceinture et les boucles d'oreilles que je lui avais empruntées. Elles ne manqueront à personne.

La sonnette est toujours cassée, si bien que Pierangelo me téléphone en arrivant. Il me propose de se garer et de monter m'aider mais je lui dis de ne pas s'embêter. Il suffit que je mette mes paquets dans l'ascenseur, que je ferme la porte et que je prenne congé.

Dans la cour, près des citronniers, je me retourne. Cette fois, il n'y a pas même une ombre derrière les stores. Je n'entends plus l'écho du rire de Billy. Je ne sens plus la fumée de ses cigarettes. Elle est partie.

Le lendemain, c'est samedi. Pierangelo et moi faisons la grasse matinée, sortons déjeuner longuement et, d'une façon générale, paressons. Le soir, il y a du football. Lorsque j'ai fini de défaire mes bagages et que je retourne dans le salon, je trouve Piero sur le canapé en train de sauter sur place, de brandir les poings en tous sens et de jurer chaque fois que le ballon quitte le sol. Cela ne le rend pas particulièrement élégant, mais il a l'air si totalement heureux que je me demande quelle garce pouvait être cette Monica qui lui interdisait une chose aussi inoffensive et qui lui procure tant de plaisir. Il ne faudra pas que je sois mesquine, pour les petits détails, me dis-je en le regardant. C'est l'une de mes résolutions pour ce mariage, parce que ce sont les petits détails qui font la vie. En allant dans la cuisine, je dépose au passage un baiser dans ses cheveux bouclés.

Notre dîner chinois a été livré. Les boîtes sont alignées sur le comptoir et ça sent le pâté impérial. Monica n'approuverait sans doute pas. Je suis en train de me servir quand le téléphone sonne. C'est Henry qui me demande si j'ai une photo de Billy. La signora Bardino en veut une pour la cérémonie du souvenir. Franchement, cette idée ne me dit rien qui vaille. Malgré tout, après lui avoir fait jurer de bannir les cierges, je lui promets que je vais voir ce que je peux faire. Lorsque je lui demande si Kirk ne peut pas s'en occuper, Henry toussote et finit par m'avouer que Kirk s'est disputé avec la signora à propos de la cérémonie et qu'il est parti à Venise en faisant la tête. Enfin, au moins il a convaincu Ellen de ne pas lire du Elizabeth Barrett Browning.

« Oh, Henry, je plaisantais. Ce n'est pas si mal que ça.

— Si, rétorque-t-il. Et Ellen est pire encore. Mais maintenant, il va falloir que tu trouves une autre idée. Et je te préviens que la signora souhaiterait qu'il y ait un lien avec l'Italie.

— Facile. Keats.

— Mieux que Shelley ?

— Beaucoup mieux que Shelley. » Même si je crois que Billy aurait préféré Byron.

Henry me demande quel poème. Je suggère l'« Ode à un rossignol » ou peut-être un sonnet. Je vais réfléchir. Nous n'aurons qu'à en parler demain. Cela convient à Henry, mais après qu'il a raccroché, je reste à côté du téléphone à regarder mon assiette. Le football hurle dans la pièce voisine et Pierangelo crie, puis il fait un aller-retour éclair entre le salon et la cuisine pour prendre une bière.

J'adore l'« Ode à un rossignol », bien sûr. Mais mon poème favori de Keats a toujours été le premier que j'ai appris par cœur. Au lycée. J'avais choisi un extrait de « La veille de la Sainte-Agnès ». C'est Mamaw qui l'avait suggéré et qui m'avait aidée à l'apprendre. Je me souviens qu'il fait froid, dans ce poème, parce que la veille de la Sainte-Agnès tombe en janvier. C'est étrange, d'ailleurs ; Eleanora a choisi le nom d'Agnès à cause de Keats, et elle a été tuée en janvier.

J'ai l'impression que l'on vient de me gifler.

Je pose mon assiette très lentement puis, sans bruit, j'ouvre le tiroir dans lequel Pierangelo range les annuaires et les notices des appareils. Avec mille précautions, j'en sors le vieux calendrier catholique de Monica. Alors que j'en étudie les pages, une image se forme dans ma tête, de plus en plus précise, et, j'ai beau secouer la tête, je ne parviens pas à la chasser. En me rendant dans le bureau de Pierangelo, je m'efforce d'ignorer le bruit de mon cœur qui tambourine dans ma poitrine.

J'ouvre doucement le classeur. En trouvant le dossier que je cherche, je retiens mon souffle, comme si je désamorçais une bombe.

Puis je prends un stylo et une feuille, je vérifie et revérifie, et je comprendre enfin que la réponse était sous mes yeux depuis le début. Je ne la voyais pas, c'est tout.

Quand j'éteins la télévision, Pierangelo veut protester, mais il s'arrête en voyant ma tête.

« *Cara ?* fait-il.

— J'ai trouvé, dis-je avec un calme qui m'étonne en levant le calendrier d'une main. Je sais quel lien il y a entre nous. Je sais ce qu'il fait. »

24

La maison de Francesca Giusti est une villa moderne à la périphérie de la ville. Je ne sais pas pourquoi cela me surprend. Je m'attendais peut-être à ce qu'elle habite à la Questura, ou dans un palais transformé en appartements style Bardino. Mais c'est un cube moderne à l'enduit couleur crème et au toit de tuiles rouge vif. Dans cette agréable banlieue résidentielle, même de bonne heure le dimanche matin, les gens sont déjà en train de tondre la pelouse ou de promener leur chien.

Pierangelo m'apprend qu'il a été élevé dans ce genre d'environnement mais que, dans son enfance, tout le monde allait à la messe le dimanche matin, y compris son oncle et sa tante, qui ne croyaient sans doute même pas en Dieu. D'ailleurs, c'est pour cette raison que la *dottoressa* Giusti est coincée ici ce matin et ne vient pas à la Questura. Son mari doit emmener sa mère à la messe et elle a promis de garder les enfants. Hier soir à minuit, quand Pallioti a organisé cette réunion, il était trop tard pour faire autrement.

Un violent roulement de caisse claire nous parvient au jardin où nous sommes assis, dans un patio près de la piscine. Francesca Giusti fait la grimace. « Mon fils, marmonne-t-elle. Il veut devenir rock star. »

Pallioti, vêtu de son éternel costume, est assis à côté de moi. En face de nous, il y a un petit homme qui nous a été présenté comme le *dottore* Babinellio, un psychiatre médicolégal. La batterie se tait, puis reprend. Tout le monde se tourne vers moi.

Le décor est tellement irréel qu'il me semble faire un exposé à l'école. En posant le calendrier de Monica sur la table, je remarque des traces de doigts sales sur la couverture.

Je regarde les quatre visages qui me considèrent avec impatience et je croise les yeux de Pallioti. « Je n'ai pas tout de suite compris, lui dis-je. Pourtant, c'était sous mon nez. C'est tout simple, une fois qu'on a saisi. Parce que cet homme ne se contente pas de tuer les femmes.

— Il ne se "contente" pas de les tuer ? intervient Babinellio en haussant les sourcils. Que fait-il, alors ?

— Il les martyrise. »

C'est ce que j'ai vu sur le calendrier de Monica, hier soir. Le lien était évident. Pallioti a raison : nous vivons dans le tableau mais nous ne le voyons pas.

Le silence se fait autour de la table. Même la batterie s'est arrêtée. Je retourne le calendrier pour qu'ils le voient.

« Écoutez, dis-je, chacune de ces femmes avait un autre nom que son nom usuel, si bien que cela ne saute pas aux yeux. » Ils me considèrent comme si j'étais folle, ou au moins perturbée, mais je m'en fiche. Je compte sur mes doigts.

« Eleanora Darnelli était sœur Maria Agnès. Sainte Agnès a été martyrisée le 21 janvier, le jour où Eleanora a été tuée. Le premier prénom de Benedetta Lucchese était Agata. Elle le détestait, c'est pourquoi elle avait choisi le second, Benedetta. Sainte Agathe a été martyrisée le 5 février. Le vrai nom de Billy Kalczeska était Anthéa – Billy n'étant qu'un surnom qui lui est resté. Anthéa, le 18 avril. Le nom de baptême de Caterina Fusarno était Martina, le 1er janvier. Et le deuxième nom de Ginevra Montelleone était Théodosia.

— Et j'imagine que vous allez nous apprendre que Théodosia a été martyrisée le 2 avril, devine Pallioti en se passant la main devant les yeux.

— C'est exact. »

J'ai souligné les dates en rouge. Je tends le calendrier à la *dottoressa* Giusti. Elle le prend presque avec hésitation. En le feuilletant, elle secoue la tête, comme moi hier soir. Lorsqu'elle a fini, elle le passe à Babinellio. Il l'étudie quelques secondes avant de le donner à Pallioti et de hocher la tête.

« Il y a autre chose. » Cette fois, c'est Pierangelo qui parle. « Après que Mary m'a expliqué ce qu'elle avait découvert, nous avons regardé sur Internet. Les martyrs y sont répertoriés avec la façon dont ils ont été tués. Écoutez cela. »

Il dispose devant lui les pages que nous avons imprimées et se met à lire.

« "Agnès fut jetée dans les flammes, mais les flammes furent éteintes par sa prière. Demeurée indemne, elle fut tuée à l'épée, consacrant ainsi par son martyre son affirmation qu'elle était demeurée chaste." Du blanc pour la chasteté, la pureté, ajoute-t-il. Le ruban blanc noué au poignet d'Eleanora. » Francesca Giusti hoche la tête. Piero continue.

« "Agathe fut frappée, mutilée, emprisonnée et torturée." Benedetta Lucchese a été rouée de coups avant d'être tuée. "Martina fut soumise à toutes sortes de tortures avant d'obtenir la couronne du martyre par l'épée." Caterina Fusarno a aussi été battue avant d'avoir la gorge tranchée. »

Pierangelo marque une pause. Puis il se remet à lire : « "La peau fut arrachée des seins et des flancs de Théodosia. Enfin, elle fut jetée dans la mer." Nous savons que Ginevra Montelleone avait les poumons pleins d'eau, mais nous n'avons jamais compris pourquoi. C'est parce qu'elle a été écorchée vive, comme Théodosia. Puis elle a été noyée. »

Il regarde de nouveau les feuillets sur la table. « "L'évêque d'Illyrie subit le fer rouge et le gril puis une marmite d'huile, de poix et de résine bouillantes fut versée sur ses membres sans qu'il en souffrît. Finalement, il eut la gorge tranchée. Sa mère, Anthéa, connut le même sort." »

Dans le silence qui suit, Francesca Giusti se lève et s'éloigne jusqu'au milieu de la pelouse. On entend de nouveau la batterie par la fenêtre ouverte ; toujours le même riff, joué encore et encore, pas très bien. Un téléphone sonne. Des voitures passent de l'autre côté de la barrière. Deux gros bourdons vrombissent dans une jardinière de lavande.

Lorsque la *dottoressa* Giusti se retourne vers nous, elle passe ses mains parfaitement manucurées dans ses épais cheveux auburn et secoue un peu la tête, comme pour chasser un mauvais rêve. « D'accord, dit-elle, d'accord. Admettons que ce soit vrai. Que faisons-nous ? »

Silence. Babinellio sourit. « C'est fascinant. »

Il se penche en avant et pose ses mains potelées sur la table puis tourne les pages du calendrier.

Pallioti allume une cigarette, cherche en vain un cendrier et finit par faire tomber sa cendre dans le pot de lavande. « C'est très bien, tout cela, mais comment allons-nous le trouver ? »

Pierangelo remue sur sa chaise. « Il doit avoir connu Indrizzio. Il n'y a pas d'autre explication.

— Si, intervient Babinellio. Peut-être que *c'est* Indrizzio.

— Oh, nom de Dieu ! » Pallioti écrase sa cigarette et en rallume une aussitôt.

« Sommes-nous vraiment certains qu'il est mort ? insiste le psychiatre. Ce ne serait pas la première fois que la police se planterait complètement. L'accident était grave, n'est-ce pas ? Les corps ont brûlé ?

— Oui, confirme Pallioti. Le réservoir a pris feu et le fourgon a explosé. Le conducteur et l'un des gardiens ont pu s'en tirer, mais ils n'ont pas réussi à sauver les autres.

— Et vous avez fait des tests ADN ?

— Oui. Évidemment.

— Ce n'est pas une méthode infaillible, objecte Francesca Giusti. Il y a parfois des erreurs.

— Et puis, souligne Babinellio, c'est un profil assez net, même si la méthode n'a pas toujours été exactement la même. Bien entendu, maintenant, tout s'explique. La façon dont chaque victime a été tuée correspond à une martyre. Quant aux souvenirs, aux

451

cadeaux, ils désignent un seul et même auteur. » Il se tait et lance un regard circulaire.

« Hormis l'agression de la signora Warren, remarque Pallioti, qui s'est remis à utiliser mon ancien nom. La date ne correspond à rien pour vous, si ? En supposant qu'il ait eu l'intention de vous tuer, c'était quand ? Le 25 mai ?

— Oui. Tout ce que j'ai pu imaginer, c'est qu'il y avait peut-être une martyre qui ne figurait pas dans le calendrier, qui n'avait peut-être pas été canonisée. Il aurait connu son existence, et pas nous.

— Ou alors, la date a une signification pour lui pour une autre raison. C'est peut-être son anniversaire ou l'anniversaire de la mort de quelqu'un. Sa mère. Sa sœur. Une maîtresse. Allez savoir.

— "Allez savoir" ne nous aide pas beaucoup, aboie Pallioti.

— Tout ce que j'ai pu trouver, c'est que j'ai été agressée le jour de la Sainte-Marie-Madeleine dei Pazzi et que c'était l'église que fréquentait Ginevra Montelleone, quand elle y allait. Ce lien lui a peut-être suffi.

— Bah, tout n'est pas toujours parfait », concède Pallioti avec un sourire crispé. Cependant, on sent la frustration dans sa voix.

« Indrizzio était-il catholique pratiquant ? » s'enquiert Babinellio. »

Pallioti hausse les épaules. « Pas plus que ça. D'après ce que l'on sait, il allait à la messe de temps en temps. Beaucoup de sans-abri y vont, surtout quand il pleut.

— Eh bien, résume Francesca, il me semble que nous nous trouvons face à trois possibilités. Soit

Indrizzio est sorti vivant de l'accident, ou parce qu'il a eu de la chance, ou parce qu'il n'était pas dans le fourgon, et il est revenu. Soit il est mort et quelqu'un le copie. Soit il est mort et ce n'était pas lui le coupable, ce qui signifierait qu'il y a un tueur en série dans la nature depuis plus de deux ans. »

Personne ne semble vouloir aborder sa dernière hypothèse. Finalement, Pallioti se lève.

« Vous savez, dit-il, l'important n'est pas de connaître son identité, mais de l'arrêter. » Il saisit le calendrier et poursuit d'un ton de plus en plus agité : « Et il n'y a rien, là, n'est-ce pas, qui nous permette de savoir pourquoi il a choisi spécifiquement ces femmes-là. Ni de prédire quand il va recommencer. »

Il traverse la terrasse et revient s'asseoir. « Bon Dieu, reprend-il, exaspéré, il y a des martyrs pour tous les jours de l'année, dans ces calendriers. Alors comment les choisit-il ? » Il jette un regard noir à Babinellio, comme s'il devait être capable de répondre. « Parmi toutes les femmes qu'il y a à Florence, comment fait-il son choix ?

— Peut-être ne procède-t-il pas ainsi. »

Ils me regardent tous, même Pierangelo, comme s'ils étaient un peu surpris que je sois encore là. « Peut-être qu'il commence par choisir les femmes et qu'il attend le bon jour. »

Pallioti réfléchit un instant. Quand il reprend la parole, c'est d'une voix plus douce.

« Cela ne nous sert pas à grand-chose, signora. Tant que nous ne savons pas précisément pourquoi il les choisit, nous ne pouvons pas anticiper. Et si nous ne pouvons pas anticiper, nous ne pouvons pas l'arrêter et nous sommes à sa merci. Ce qui signifie que, sauf s'il commet une erreur ou si nous avons beaucoup de chance, d'autres femmes vont mourir. Vous ne croyez pas qu'il va s'interrompre, si ? demande-t-il soudain au psychiatre. Il y a tout de même eu un hiatus de… dix-huit mois ?

— Cela n'a aucune importance, répond Babinellio en haussant les épaules. Si c'est la même personne, des centaines de raisons peuvent expliquer cet arrêt. Il se peut qu'il ait quitté la ville, ou même le pays. En revanche, qu'il s'agisse ou non d'un imitateur, et quel que soit l'auteur des deux premiers meurtres et de l'agression de la signora, nous savons deux choses. Un : c'est la même personne qui a tué les *signore* Fusarno, Montelleone et Kalczeska. Et deux : cette personne est à Florence en ce moment. Pour répondre à votre question, ajoute-t-il à l'adresse de Pallioti, je ne vois aucune raison de croire qu'il va s'arrêter. »

Babinellio s'appuie au dossier de son siège et croise les mains sur son ventre. « Au contraire, explique-t-il. Dans ce genre de cas, la faim s'attise elle-même. Vous noterez que l'intervalle entre deux meurtres se réduit et que la mise en scène est de plus en plus spectaculaire.

— Il s'enhardit.

— C'est possible, confirme Babinellio. Ou alors, il est de plus en plus terrifié. Il se sent possédé par ce besoin de tuer, il ne peut plus s'arrêter et peut-être nous supplie-t-il de l'arrêter.

— Un appel au secours, lâche Pallioti d'un ton acide. Que c'est touchant. Quant à l'arrêter, je ne demande que ça, mais comment suggérez-vous que nous nous y prenions ? Je ne peux franchement pas avertir toutes les femmes de Florence.

« — Pourquoi pas ? » dis-je.

Pallioti reprend le calendrier. « Je ne sais pas quoi faire de ça. Je ne suis pas sûr que cela nous apprenne sur lui des choses que nous ne sachions déjà. À savoir qu'il dispose d'une voiture ou d'une camionnette, qu'il a accès à un lieu où il peut enfermer ses victimes lorsqu'il les a kidnappées, et qu'il s'est acheté un couteau à découper. Entre les agences de location de voitures et les clubs automobiles, les appartements, les garages et les espaces de stockage, cela recouvre à peu près tous les habitants de Florence. Hommes et femmes, d'ailleurs. Comme il ne viole pas ses victimes, on ne peut pas être sûr que ce soit un homme.

— Tout de même, intervient Babinellio, la grande majorité des crimes comportant un rite sexuel sont commis par des hommes blancs. Surtout dans le cas où les victimes sont blanches, ce qui est le cas ici. Et ne vous y trompez pas. Bien qu'il ne les viole pas, ce sont bien des meurtres sexuels. Et rituels. Il ne les commet pas au hasard. Il y a donc de fortes chances que ce soit un homme blanc, et on sait qu'il est organisé et qu'il planifie. Il est peut-être rassuré par les situations structurées. Cela fait partie de son rituel. Par exemple, il doit acheter les cadeaux de ses victimes longtemps à l'avance. Il les choisit très soigneusement. Amoureusement. »

Il se penche en avant et pose les coudes sur la table avant de poursuivre : « Il faut que vous compreniez que la chasse, la planification sont pour lui comme une façon de faire la cour. Des préliminaires. La montée en puissance jusqu'à l'acte de pénétration, l'orgasme – qui est le meurtre proprement dit. Cela ne signifie pas, d'ailleurs, qu'il couche avec des femmes.

455

Il se peut même qu'il soit gay. Mais il est plus probable qu'il présente des troubles de la sexualité. Par ailleurs, il attache une grande importance au rituel. Il est plus que probable qu'il soit catholique. »

À ces mots, Pierangelo éclate de rire et Pallioti sourit comme devant une mauvaise blague.

« Tout le monde est catholique, dans cette ville, à part les juifs et environ cinq musulmans. Cela veut dire que c'est un prêtre ? Un moine ? Un fanatique ? Un pénitent ? Dans quelle direction dois-je chercher ? »

Babinellio le considère un instant puis se penche pour prendre le paquet de Nazionale de Pallioti et s'en allume une. « C'est certainement un fanatique, énonce-t-il lentement. Un prêtre ou un moine ? Peut-être. Pas forcément. Il se peut qu'il ne soit même plus catholique pratiquant – mais il l'a forcément été à un moment donné. C'est ce qui compte. Et à l'époque, cela représentait beaucoup pour lui. Il est possible, voire probable, qu'il a l'impression d'accorder une faveur aux femmes qu'il tue. N'oublions pas que le martyre, c'est la gloire. »

Il s'appuie au dossier de son siège. Sa cigarette rougeoie quand il aspire la fumée. « Il les aime, explique-t-il. Il les hait. Il essaie de les sauver. En cela, il est comme nous tous. En revanche, pour lui, le sadisme est un rituel et fait partie de sa haine. Et de son amour. C'est sa "signature". Il exprime la même brutalité, encore et encore. Selon toute vraisemblance, il abuse de la même femme, encore et encore. C'est son besoin de la dégrader, de la punir. Constamment, jusqu'à ce qu'il soit satisfait – ce qui n'arrivera peut-être jamais », précise-t-il en levant ses petites mains rondes.

Le silence se fait autour de la table, tandis que nous envisageons cette possibilité. Dans la maison, un homme appelle les enfants. La batterie s'arrête, et reprend.

« Il s'intéresse à vous, déclare subitement Babinellio en se tournant vers moi. Il a tué deux personnes proches de vous. Il est possible qu'il cherche à se rendre intéressant à vos yeux, à vous impressionner. » Pierangelo me prend la main.

« Alors je le connais ?

— Pas forcément. Mais, au moins dans son esprit, lui vous connaît certainement. Cela ne signifie pas que la situation soit réciproque. Il se peut que vous ne l'ayez jamais rencontré. »

Ces mots me glacent de l'intérieur. Pallioti secoue la tête.

« Cela ne nous mène nulle part, observe-t-il. Il peut toujours s'agir de n'importe qui. Un fou qui a vu la signora Warren dans la rue, sur une *piazza*, dans un café. Ou même qui a lu le récit de son agression dans les journaux. Cela ne restreint pas suffisamment le champ de nos recherches. » Il me sourit. J'imagine qu'il cherche à me rassurer, mais cela ne marche pas.

« Nous ne pouvons pas attaquer de cette façon, reprend-il. Il faut que nous anticipions, et pour y parvenir, nous devons trouver le lien entre ces femmes. Il y en a forcément un. Il y en a toujours un. »

Il sort un dossier de son porte-documents et étale des photos sur la table.

« Eleanora Darnelli. Benedetta Lucchese. Caterina Fusarno. Ginevra Montelleone. Anthéa – Billy – Kalczeska. La signora Warren a raison. Les dates et le martyre qu'il leur a fait subir nous apprennent des choses sur lui. Cependant, pour l'attraper, il serait plus important de savoir ce qui motive le choix de ses victimes. Nous avons vérifié les écoles, métiers, couleurs de cheveux et même les horoscopes. Quelqu'un aurait-il une autre idée ? »

Ce ne sont pas des photos du lieu du crime. Tous, sauf Pallioti, nous les prenons, secrètement fascinés, il me semble, et pressés de soulever un coin du voile pour voir qui étaient ces femmes avant qu'un tueur en série ne les distingue.

Francesca Giusti contemple un portrait de Ginevra Montelleone – le même que celui du bar. Un éclair de douleur passe sur son visage. Ginevra lui ressemble tellement qu'elles pourraient être mère et fille. Je prends une photo d'Eleanora et je me rends compte que Gabriele Fabbiacelli a autant de talent que je le pensais. Elle est exactement telle qu'il l'a représentée dans sa fresque. Sauf que, sur cette photo, elle porte un habit de religieuse au lieu d'une robe d'ange.

On la voit dans une cour de récréation, entourée d'enfants. Son habit de serge brune semble bien chaud pour le soleil d'été. Elle a coincé sa jupe dans son tablier de travail pour la raccourcir un peu. On doit étouffer, à la belle saison, dans ces bas noirs et ces chaussures à lacets assorties, si bien cirées qu'on les croirait vernies.

Sans réfléchir, je prends la photo de Benedetta.

Pallioti parle à Francesca Giusti. La photo dans ma main est en couleur. Benedetta est assise sur le banc d'un parc, dans son uniforme d'infirmière, un bras sur le dossier. La jolie montre bleue qu'elle porte met en valeur son bras bronzé.

« Il est entré dans l'appartement. »

Autour de la table, les bavardages cessent d'un coup.

« Il est entré dans l'appartement ! » En me levant, je manque de renverser mon siège.

Pallioti se met debout à son tour. « Signora ? »

Pierangelo en fait autant. Il tend la main vers moi mais je me dérobe. Je ne veux pas qu'il me touche. « Il est entré chez nous ! dis-je un ton plus haut. La chaussure qu'il a prise à Eleanora Darnelli, elle est dans le bas de l'armoire de Billy. Elle a trouvé du vernis à ongles noir dans la salle de bains ; elle a cru qu'il était à moi mais c'était celui que portait Caterina Fusarno quand elle est morte et le flacon devait être dans son sac. Et puis il y a la montre de Benedetta Lucchese. Un B et une date, de 1992, je crois, sont gravés au dos, n'est-ce pas ? »

Je n'ai même pas besoin de voir Pallioti hocher la tête.

« Elle se trouve sur la commode de Billy. Dans sa boîte à bijoux. Je pensais qu'elle ne la portait pas parce qu'elle faisait des manières, mais elle ne devait même pas savoir qu'elle était là. »

Je me laisse tomber sur mon siège avant de conclure : « Il n'a pas arrêté de venir. »

Le puzzle des semaines que nous avons passées dans cet appartement se constitue à toute vitesse dans mon esprit.

« Je ne trouvais plus mes clés. Il m'arrive souvent de les perdre. Il a dû mettre la main dessus et en faire faire des doubles. Ensuite, il a passé son temps à entrer et sortir à sa guise. Sans arrêt. » Je ferme les yeux et je revois ma chambre, mon maquillage en désordre. J'ai cru que c'était Billy mais je me suis trompée. Il a vaporisé mon parfum. Il a pris ma brosse à dents.

« C'est comme ça qu'il a eu mon numéro de portable. » J'ai la nausée. « Il laissait des choses, il en prenait d'autres. Je crois qu'il a fait des installations sur le sol avec des cartes postales. Ce n'est pas Billy que j'ai sentie sur le palier jeudi dernier, c'est lui. J'ai senti son odeur. Il s'est servi de mon parfum. Il était juste de l'autre côté de la porte. »

J'ai la chair de poule. Mes cicatrices me démangent. Je vois ma chambre, le joli couvre-lit rose de la signora Bardino. Et l'oreiller écrasé.

Je hurle : « Oh, mon Dieu ! Il s'est couché sur mon lit ! » Et la batterie s'arrête instantanément.

Dans les minutes qui suivent, Pallioti passe une série de coups de téléphone pendant que Francesca Giusti m'emmène me laver le visage dans la maison. Elle fait couler de l'eau glacée et me donne une serviette rose moelleuse. Lorsque nous retraversons la pelouse, elle me passe un bras autour des épaules. Pallioti fait les cent pas. Mes cicatrices me démangent toujours, mais lorsque je parle, je me sens plus calme.

« Vous pensez qu'il est venu quand pour la dernière fois ?

— Hier. »

Ils me regardent tous fixement.

« Je l'ai vu », dis-je lentement. Je suis bien trop gênée pour avouer que je l'ai pris pour le fantôme de Billy. « Il est parti pendant que j'étais chez Sophie. La signora Sassinelli. Forcément. » Je me tais en me rappelant combien j'ai été près de ne pas monter chez Sophie. « Il a pris Billy le mercredi ou le jeudi. Et

460

depuis, il est revenu. Cette fameuse nuit, il devait penser que je ne serais pas là. J'ai crié le nom de Billy en
me réveillant ; ça l'a empêché d'entrer. Mais il est
revenu hier. Il y avait des cigarettes, avec des filtres
rouges et mauves. Il se sert de mon rouge à lèvres.

— Mary doit partir, déclare soudain Pierangelo. Il
faut qu'elle quitte Florence aujourd'hui. »

Le silence se fait autour de la table. Babinellio,
Francesca Giusti et Pallioti se regardent.

« Bien sûr, répond-elle. La signora Thorcroft est
libre de faire ce qu'elle souhaite et sa sécurité est notre
priorité.

— Parfait », lâche Pierangelo en se levant.

Babinellio se tourne vers moi. « Je crois qu'il serait
très dommage que vous partiez. »

Ses petits yeux noirs brillent presque d'excitation.
« Vous voyez, explique-t-il, on dirait que j'avais raison.
Non seulement il s'intéresse à vous, signora, mais il
veut être près de vous. Il en a besoin.

— Ce que veut dire Babinellio, intervient Pallioti,
c'est que vous êtes notre seule vraie chance de
l'attraper. »

La discussion dure près d'une heure. Au bout du
compte, c'est moi qui y mets fin. Francesca Giusti et
Pierangelo suggèrent tous deux d'utiliser une policière
qui me ressemble, avec une perruque, et de lui faire
faire des allées et venues comme si elle habitait
l'appartement pendant que ses collègues planquent. Il
me suffit d'un regard au visage de Babinellio : il estime
que cela ne marchera pas. Je suis de son avis. Parce
que le tueur s'en rendra compte. Je le sens. Je ne sais
pas qui c'est, je ne reconnaîtrais pas son visage dans la

foule, mais il a caressé mes vêtements. Il s'est servi de ma brosse à dents. Il a posé la tête sur mon oreiller. C'est mon ami secret. Il ne se laissera pas duper.

Je songe à tout cela devant la porte de l'appartement de la signora Bardino avec Pallioti, deux autres policiers que je ne connais pas et une équipe de la police scientifique. On est lundi, il est un peu plus de cinq heures du matin et j'ai l'impression d'être réveillée depuis des années.

Les Sassinelli, la signora Raguzza et Dinya – autrement dit, tous les habitants de la maison – ayant été rayés de la liste des suspects, il a été décidé hier que nous viendrions ici ce matin à l'aube. Le soir, cela nous aurait obligés à allumer la lumière, ce qui aurait paru bizarre parce qu'il y a plusieurs jours que je n'habite plus ici et, dans la journée, nous aurions attiré l'attention, et Pallioti veut éviter cela à tout prix. La seule chance pour que le piège fonctionne, c'est que tout ait l'air parfaitement normal.

Ce sont donc les instructions que l'on m'a données. Il faut que je me conduise normalement. En permanence. L'appartement sera surveillé vingt-quatre heures sur vingt-quatre, sept jours sur sept. Quant à moi, je suis censée aller aux cours et chez Pierangelo, sortir déjeuner ou dîner, faire les courses. Un signal d'alarme a été installé dans l'appartement de Piero et ils vont en mettre un ici aussi. Mon portable est toujours chez eux et les téléphones de Pierangelo et d'ici sont sur écoute. Je ne connaîtrai pas les policiers qui me suivent, pour ne pas risquer de les griller, mais on m'a assuré qu'il y aura toujours quelqu'un à proximité immédiate qui aura l'œil sur quiconque me regarderait. Je n'ai rien à craindre, affirme Pallioti. Il ne m'arrivera rien. Parce que, à partir de maintenant, je ne serai plus jamais seule.

« Prête ? » Il tourne la clé dans la serrure et je hoche la tête. Tout ce que j'ai à faire, c'est entrer, faire le tour de l'appartement et chercher s'il a pu toucher, prendre ou laisser quelque chose. Quoi que ce soit.

À la lueur de l'aube, les pièces semblent mortes. Les couvre-lits sont bien lisses et les oreillers gonflés. Je mets des gants pour ouvrir mon propre placard. Je regarde les cintres nus. La poussière s'accumule sur la commode de la chambre de Billy. Dans la cuisine, je fais l'inventaire des placards, des bouteilles d'huile d'olive, des épices et du sucre, pour voir s'il y a laissé un cadeau. En regardant les tasses ultrafines et les affreux *mugs*, je me demande dans lequel il a bu. A-t-il ouvert les emballages et touché à notre nourriture ? Qu'a-t-il léché ? Dans quoi a-t-il craché ?

Lorsque j'ai fini, l'équipe scientifique en a encore pour un moment. Il est crucial de préserver la chaîne des preuves. Du coup, tout doit être photographié et rephotographié, annoté, emballé. Ils sont trois. Avant d'entrer, ils ont enfilé des combinaisons d'astronaute en papier. Pallioti et moi devons mettre des gants et des chaussons jetables par-dessus nos chaussures. Nous restons dans l'entrée qui semble être une zone neutre pendant qu'ils travaillent.

Hier, Pallioti m'a demandé cent fois quand j'avais remarqué les objets pour la première fois. Je lui ai dit tout ce que je me rappelais. Maintenant, je ne suis plus sûre de rien. Ce que je croyais être notre vie, à Billy et moi, dans cet appartement, nos allées et venues si ordinaires, est comme passé dans un kaléidoscope et je ne reconnais plus rien.

J'aimerais demander à Pallioti si cela lui arrive aussi, si c'est l'effet que produisent les enquêtes de police. Est-ce que, quand on connaît les « vrais faits » – qui a tué –, le tableau change à nouveau ? Ce qui était beau devient-il laid ? J'aimerais lui demander cela, et aussi comment il fait, dans ce cas, pour savoir ce qu'il voit, pour croire à quoi que ce soit. Mais je n'ose pas. Parce qu'il commence à s'agiter. Les scientifiques sont trop longs. Les cloches sonnent déjà pour la première messe et la journée commence.

Ils en ont enfin terminé avec la cuisine, le salon, la chambre de Billy et la salle de bains. Il ne leur reste que ma chambre et l'entrée. Deux des policiers vont s'en aller ; le troisième finira le travail. Nous passons dans la cuisine. L'homme et la femme ôtent leurs combinaisons et les plient. Ils rangent leurs affaires dans un sac à dos et une boîte à outils. La femme se détache les cheveux. Soudain, elle a l'air d'une étudiante. Elle part la première. Le garçon attend une bonne dizaine de minutes avant d'en faire autant. Lorsqu'il traverse la cour en bleu de travail avec ses outils, c'est un plombier.

Je vais sur le balcon – il faut bien que quelqu'un ait ouvert au plombier de si bonne heure –, tandis que Pallioti rôde dans la cuisine. Je l'entends bouger, mal à l'aise. Soudain, un hurlement retentit dans l'appartement d'en face. Une fois de plus, le petit Paolo n'est pas content de son petit déjeuner. Les hurlements vont crescendo. Je suis sur le point de rassurer l'*ispettore* en lui disant que c'est habituel, quand le petit garçon jaillit de la porte des Sassinelli, traverse la cour et disparaît sous le portique. Il est encore en pyjama. Sophie ne va pas tarder à apparaître.

Voyant qu'elle ne le poursuit pas, Paolo revient furtivement dans la cour. Il regarde à droite et à gauche comme pour s'assurer qu'il n'est pas suivi puis s'approche d'un citronnier, pieds nus, les cheveux en bataille. Il se cache derrière le grand pot, de façon à ne pas être visible de chez lui. De là où je me trouve, je le vois jouer avec quelque chose qu'il dissimule dans son poing serré. Derrière moi, j'entends Pallioti parler au dernier membre de l'équipe scientifique puis je vois une étincelle qui semble surprendre Paolo autant que moi. Une seconde plus tard, il se met à rire et ouvre les mains comme s'il venait de découvrir un secret.

Des allumettes. J'ai fait la même chose quand j'étais petite, et j'ai mis le feu à ma manche. Je ne sais pas si les élégants pyjamas que lui achète Sophie sont ignifugés mais comme elle ne se montre toujours pas, je ne vais pas attendre de voir ce qu'il en est.

« Je reviens tout de suite », dis-je en passant à côté de Pallioti.

Sur le palier, j'enlève mes gants. Je manque de glisser dans l'escalier et me casser la figure. Je m'arrête pour retirer ces chaussons ridicules que je fourre dans ma poche.

La voix de Rome récite les informations du matin dans l'appartement de la signora Raguzza. Le temps que j'arrive dans la cour, le grand Paolo sort déjà de chez eux. Il tient sa cravate à la main et vient manifestement d'enfiler ses chaussures. Il a encore les cheveux humides. En le voyant, le petit Paolo se met à crier : « Maman, maman, maman ! Je veux ma maman ! » avant de replonger derrière le pot du citronnier.

Nous arrivons sur lui à peu près en même temps et, à ma grande surprise, le grand Paolo a l'air soulagé de me voir, comme s'il avait l'illusion que, parce que je suis une femme, je sais m'y prendre avec les enfants.

« *Dispiace, signora, dispiace !* dit-il en souriant au petit Paolo. Viens, *piccolo*, ajoute-t-il en lui tendant la main. Il faut t'habiller pour aller à l'école. »

À ces mots, le petit Paolo s'écroule par terre, tout mou, comme savent le faire les petits enfants. Son père cherche à nouveau à le saisir. Il se met à pousser des cris perçants et à s'agiter, les mains serrées contre la poitrine, comme s'il tenait le bien le plus précieux du monde.

Le grand Paolo se tourne vers moi en levant les yeux au ciel. « Ma femme est absente, explique-t-il. Paolo a l'habitude qu'elle fasse tout pour lui.

— Absente ? » Alors, Sophie a fini par se décider, mais elle n'a pas emmené le petit Paolo. Cela me semble très bizarre.

Le gamin se concentre sur son trésor et fait comme si nous n'étions pas là – espérant sans doute que cela nous fera partir. Je m'accroupis à sa hauteur.

« Bonjour, Paolo, dis-je. Tu te souviens de moi ? Je suis une amie de ta maman. » Je lui parle anglais, comme Sophie. Il me regarde sournoisement du coin de l'œil.

« Tu as les cheveux roses.

— Oui, c'est vrai. Ta maman est partie quand ? » Il peut se brûler au troisième degré, je m'en moque. Je veux seulement qu'il réponde à cette question.

« Viens, Paolo », ordonne son père en voulant le prendre. Mais je lève la main, tel un agent de la circulation, et, curieusement, il s'arrête.

« Ta maman est partie quand, Paolo ?

— Hier, répond-il en anglais en faisant un petit sourire satisfait à son père.

— Hier, quand ? » Je fais face au grand Paolo. « Quand est-elle partie ? » Il a beau être odieux, quelque chose dans le ton de ma voix le pousse à répondre.

« Elle est allée à la messe et elle est partie tout de suite après, dit-il exaspéré. Il arrive à ma femme de faire ce genre de chose. Elle est chez une amie. »

À Genève, sans doute. Je me retourne vers le petit Paolo. Les mains derrière le dos, il nous regarde tour à tour, sans doute fasciné de voir quelqu'un parler à son père. Sophie l'aurait-elle laissé comme cela ? Sans rien dire ? Peut-être. Peut-être que lui parler n'aurait fait que déclencher une crise d'hystérie et qu'il aurait vendu la mèche. Elle doit avoir prévu de revenir le chercher. Ce doit être cela.

« Je suis désolée. » Je me relève, penaude. Je suis sûre que Sophie a un plan et je ne veux surtout pas le faire échouer. « Je pensais pouvoir vous aider. *Dispiace*. Excusez-moi de m'être mêlée de ce qui ne me regardait pas mais Paolo semblait malheureux.

— Sans sa mère, Paolo est toujours malheureux. »

Sa colère retombe. Il se penche pour attraper le petit Paolo qui se remet à crier et se roule en boule. Quand son père le soulève, il le crible de coups de poing.

« Arrête ! »

Ce cri ne fait que l'exciter. L'enfant hurle de plus belle et se met à lui donner des coups de pieds. J'ai beau savoir que je suis fatiguée, en cet instant, je songe

467

que si Sophie est partie et les a quittés tous les deux, on ne peut pas lui en vouloir.

Le petit garçon redouble de fureur. En secouant la tête, le grand Paolo le lève plus haut. Alors qu'il commence à s'éloigner son fils pousse encore un cri de rage.

« MAMAN ! » En essayant de gifler son père, il ouvre le poing et le briquet rose de Billy tombe à nos pieds. Elvis ondule des hanches sur la pierre grise.

25

« Racontez-moi encore ce qui s'est passé. »

Pallioti fait les cent pas dans le salon des Sassinelli, une main sur les reins et l'autre sur le front.

Le petit Paolo, qui doit sentir qu'il se passe quelque chose de très grave, s'est enfin calmé et reste blotti sur les genoux de son père. Le grand Paolo est assis sur un canapé droit, l'air mal en point, blafard. Le briquet Elvis est déjà en route pour le laboratoire et l'équipe de la police scientifique en combinaison blanche se rassemble dans l'entrée.

« Nous sommes allés à la messe de bonne heure hier matin. » Il n'y a plus la moindre trace d'agressivité dans la voix du grand Paolo. Au contraire, il paraît terrifié.

« À San Miniato ? » s'enquiert Pallioti.

Le grand Paolo hoche la tête. Il nous l'a déjà dit. « Oui, à San Miniato.

— Elle y est allée en voiture ou à pied ?

— À pied. Mon chauffeur ne travaille pas le dimanche. En général, nous allons à la messe de dix heures en famille. Sophie estime que ça nous fait du bien de marcher, dit-il d'un air malheureux. Mais hier, elle a voulu y aller seule. Plus tôt.

— Ce n'était pas habituel ? »

Paolo caresse la tête de son fils. « Nous ne nous entendions pas très bien, marmonne-t-il. *Ispettore* Pallioti, ma femme attend un bébé. Elle n'est pas... Enfin, bredouille-t-il, il peut lui arriver d'être irrationnelle. »

Pallioti arrête de marcher pour le regarder. Je lui ai déjà parlé de ma conversation de vendredi avec Sophie. « Continuez, lui enjoint-il.

— Il n'y a pas grand-chose d'autre à dire. Je l'ai vue avant son départ. Nous... nous avons eu des mots. Je lui ai conseillé d'aller parler à notre prêtre, conclut-il.

— Qui est-ce ?

— Le père Corsini.

— Pas le père Rinaldo ? » Pallioti le lui a déjà demandé.

« Je vous l'ai dit : je ne le connais pas. »

Pallioti nous regarde tour à tour, Paolo et moi. « Continuez, ordonne-t-il avec une certaine impatience. Vous lui avez conseillé d'aller parler à votre prêtre ; à quelle heure est-elle partie ?

— Vers six heures et demie. La première messe est à sept heures. Elle voulait être revenue à temps pour le réveil de Paolo. Elle n'aime pas le manquer. Elle veut être la première chose qu'il voit tous les matins. »

À ma grande surprise, des larmes se mettent à couler sur ses joues. Soit c'est un excellent comédien, soit il a brusquement oublié sa secrétaire. Il les essuie de la main puis sort un mouchoir de sa poche. « Je ne l'ai pas vue quand elle est revenue. J'étais en colère contre elle. J'ai levé mon fils et je l'ai emmené prendre le petit déjeuner dehors. Un petit plaisir que nous nous sommes fait tous les deux. Nous sommes allés à l'Excelsior. La terrasse du toit était ouverte. Vous pouvez leur demander, ajoute-t-il, ils me connaissent. Quand nous sommes rentrés, elle n'était pas là.

— Vous avez vérifié s'il manquait des affaires à elle ? Une valise ? Des vêtements ? »

Il secoue la tête. « Je pensais qu'elle s'était rendue chez une amie. Vous savez ce que c'est, la vie de couple. » Pallioti le regarde sans rien dire. Peut-être sait-il ce que c'est – peut-être pas.

« Nous étions censés aller déjeuner chez mes parents hier, reprend-il. Elle ne s'entend pas avec ma sœur. Je me suis dit qu'elle faisait des difficultés, c'est tout. Alors j'y suis allé avec Paolo, sans elle, convaincu de la trouver à la maison en rentrant.

— Mais cela n'a pas été le cas ?

— Non.

— Quand avez-vous découvert le briquet ?

— À notre retour, vers dix-huit heures. Il était sur la table de la cuisine. C'est Paolo qui l'a vu. Au milieu d'un tas de graines. »

Mon cœur fait un bond dans ma poitrine. Cela n'avait pas encore été dit. Jusqu'à maintenant, il était possible de croire que Sophie avait fui à Rome ou à Genève et que le petit Paolo avait le briquet de Billy depuis qu'elle l'avait perdu. Pallioti ne devait pas croire à cette hypothèse, d'où la présence des combinaisons spatiales ; de toute façon, elle n'est plus envisageable. J'ouvre la bouche et la referme aussitôt en songeant au Bargello. Et aux gravillons que j'ai balayés du balcon la veille et qui ont failli tomber directement chez la signora Raguzza. Si je les avais examinés de plus près, aurais-je découvert que c'était des graines ?

Le mari de Sophie me dévisage, puis dévisage Pallioti qui a cessé de faire les cent pas et le fixe.

« Un tas de graines ? répète le policier en prenant soin de ne pas me regarder. Où sont-elles, maintenant ? » demande-t-il lentement.

Paolo n'est pas idiot. Même s'il ne sait pas ce que cela signifie, il doit deviner à notre tête que cela ne présage rien de bon. Il ferme les yeux. « Je les ai balayées et jetées à la poubelle hier soir.

— Vous l'avez encore, la poubelle ? »

Il hoche la tête. « Dans la cuisine. Nous avons commencé à employer Dinya, la dame de compagnie de la signora Raguzza, comme femme de ménage, mais elle ne vient pas le dimanche. »

Pallioti appelle. La jeune femme de la police scientifique qui avait l'air d'une étudiante quand elle est partie de l'appartement il y a une heure passe la tête dans l'encadrement de la porte. Elle a remis sa tenue blanche.

« La cuisine, lui dit-il. Faites particulièrement attention à la poubelle. Il y a des graines pour oiseaux dedans.

— *Certo.* »

Un autre policier, qui était déjà là ce matin, passe à côté d'elle, entre dans la pièce et tend un calendrier à l'inspecteur. Je n'ai pas besoin de lui demander de quoi il s'agit. Il le feuillette rapidement et son visage se fige.

« *Ispettore* Pallioti, je vous en supplie, dit Paolo. Dites-moi. Dites-moi ce que je peux faire pour vous aider à retrouver ma femme.

— Priez, réplique-t-il avant de me faire signe et de se tourner vers la porte. Priez, signor. »

Les policiers en combinaison entrent dans la cuisine. J'ai presque du mal à rattraper Pallioti, qui est déjà en bas de l'escalier. Sans rien dire, il me tend le calendrier. On est le 28 avril. Sophie, vierge et martyre, fut décapitée le 30 avril.

« Il faut que vous arrêtiez Rinaldo ! Il le faut ! » Après le petit Paolo, c'est mon tour de piquer une colère.

« Je vous l'ai dit, il est venu ici. Il me cherchait mais c'est sur Billy qu'il est tombé. Il était au Boboli quand j'ai été agressée et il existe un lien entre Sophie et lui !

— Montez dans la voiture, signora, m'ordonne-t-il en tenant la portière.

— Mais…

— Tout de suite, jette-t-il. Je n'ai pas de temps à perdre avec ces bêtises ! »

Je me glisse sur la banquette arrière ; j'ai l'impression d'être une gamine. Pallioti monte à côté de moi et frappe à la glace qui nous sépare du chauffeur. La ville défile. À travers les vitres teintées, on a l'impression de regarder un film. Nous passons devant l'épicerie. La signora se tient devant la boutique, les mains sur les hanches, et surveille Marcello qui décharge une caisse d'une camionnette de livraison. Les touristes affluent déjà au bout du Ponte Vecchio. Nous prenons le Lungarno Torrigiani. En filant le long du fleuve, nous passons à côté de gens qui promènent des chiens, font du vélo ou prennent des photos du pont.

« L'Opus Dei, dis-je sans regarder Pallioti. Je vous l'ai dit, Rinaldo en fait partie. Et Isabella Lucchese y a aussi appartenu. Elle dit qu'ils possèdent toute une série de maisons. Il faut que vous lui parliez. S'il vous plaît. Elle dit qu'ils essaient de mettre la main sur une grande villa en ruine près de l'Institut d'art. Ce n'est pas très loin de là où Benedetta a été retrouvée. Et Billy. Comment l'a-t-il fait entrer ? Par où a-t-il monté Billy au fort, après l'avoir tuée ? »

Curieusement, je ne lui ai jamais posé cette question et je ne crois pas qu'il me réponde maintenant. Il a la tête ailleurs, et il en a assez de moi. Nous passons le Ponte alle Grazie. Il soupire.

« Il a une voiture. Les habitants d'une des villas de la Costa San Giorgio disent en avoir entendu une le jour de Pâques, peu après deux heures du matin, raconte-t-il en se passant les mains sur les yeux. Ils n'ont pas appelé la police : c'était férié et il y a souvent des gamins qui circulent là-bas. » Il secoue la tête et émet un rire qui tient plutôt du grognement. « Ils ont cru que c'était normal. Et qu'est-ce qui aurait pu leur faire penser le contraire ? Le propriétaire m'a expliqué qu'ils n'avaient pas voulu déranger les *carabinieri*, se disant que la police avait autre chose à faire. »

Je pense au trou, au corps de Billy traîné à travers le grillage. L'avait-il mis dans un sac ? Fait rouler à bas du talus ? Est-ce ce qu'il va faire à Sophie ? Je me mets à pleurer. C'est une belle journée de printemps mais le kaléidoscope a tourné et je ne vois que d'affreux éclats de lumière.

Pallioti en a peut-être assez de moi, mais il appelle chez Pierangelo vers seize heures pour nous apprendre que Rinaldo « collabore » à l'enquête et que la famille à qui elle appartient a autorisé la police à accéder à la villa en ruine de l'Institut d'art. Piero parle quelques minutes avec lui. En raccrochant, il m'annonce qu'ils ont décidé de rendre publique la disparition de Sophie. Une récompense est offerte. Pallioti va passer aux informations ce soir.

Nous allumons la télévision pour le regarder. Il n'évoque pas les autres femmes – Piero dit qu'ils ne veulent pas déclencher un vent de panique sur la ville –, il ne parle que de l'enlèvement d'une jeune mère. Des photos de Sophie emplissent l'écran. Sur l'une d'elles, elle tient Paolo dans ses bras en riant. Comme Caterina Fusarno a dû tenir Carlo. Je ne peux pas regarder. Finalement, je dois me lever et m'en aller dans la chambre. Pierangelo me rejoint un peu plus tard et s'assied à côté de moi. Il me caresse les cheveux en me racontant que le grand Paolo est aussi apparu à l'antenne et s'est adressé directement au ravisseur de sa femme en lui demandant de la libérer. Il avait l'air dans un état épouvantable, précise-t-il. Je lui raconte toutes mes conversations avec Sophie et il me dit s'étonner toujours que les gens attendent de perdre un être pour découvrir combien ils l'aimaient.

Ensuite, je ne tiens pas en place. Pendant que Piero fait le dîner – sachant pertinemment que je ne mangerai pas –, je tourne en rond dans l'appartement, jusqu'au moment où je me rends compte que je dois le rendre fou. Je vais chercher le dossier dans son bureau et je l'emporte dans le salon, mais Pierangelo me le prend des mains.

« Ils connaissent leur métier, *cara*. La police va la retrouver, je t'assure. »

Je ne sais pas s'il y croit lui-même, mais, au moins, il fait un effort. Je prends le verre qu'il me donne et bois sans sentir vraiment le goût tout en parcourant le calendrier de Monica. Certains martyrs ont droit à plus de détails que d'autres ; cependant, rien n'indique que Sophie, vierge et martyre, ait été torturée. Seulement décapitée. Curieux réconfort.

Je finis par m'endormir sur le canapé, d'un sommeil agité de rêves étranges. Sophie est dans un lieu sombre et veut que je lui apporte du thé mais je ne trouve pas de sachet. Je cherche, je cherche de plus en plus frénétiquement. Puis une sonnerie retentit et Sophie se met à rire. « Trop tard ! lance-t-elle. Mary, Mary ! » Je me réveille en sursaut pour découvrir Pierangelo au-dessus de moi, le téléphone à la main.

« Pallioti vient d'appeler, dit-il en s'asseyant sur le bord du canapé. Ils ont une piste.

— Suite à son passage aux infos ? » Je me redresse. Pierangelo hoche la tête.

« Ils envoient une photo qu'ils aimeraient que tu regardes. Le chauffeur de Sassinelli. Son ex-petite amie a vu le bulletin et a appelé. Il semble qu'il ait déjà eu une condamnation, à Rome. Pour harcèlement. »

Je me souviens de la porte d'en bas restée ouverte à cause de la camionnette des services d'électricité garée devant l'appartement. De toute façon, il a la clé. Et bien entendu, Sophie ne refuserait pas de monter en voiture avec lui.

« Ils ont besoin de savoir si tu le reconnais, explique Pierangelo. Si tu l'avais déjà vu traîner dans les parages ou si Billy le connaissait. »

Je hoche la tête et je me lève. J'ai l'esprit embrumé ; il faut que je me passe de l'eau fraîche sur le visage.

Soudain, je songe que ce n'était peut-être pas moi, le lien, après tout. Peut-être que c'était Sophie, et qu'il a remarqué Billy à cause d'elle.

Lorsqu'un policier arrive un quart d'heure plus tard, j'examine attentivement le cliché d'un costaud mal rasé à la mâchoire de bouledogue qu'il me présente.

« C'est une photo d'identité judiciaire, précise-t-il. Il doit avoir meilleure mine maintenant, faire plus propre. Il s'appelle Fabio Locci. » Je secoue la tête. Je vais même chercher l'enveloppe des photos de Billy et je les étale sur la table de la salle à manger pour voir si Fabio Locci apparaît sur l'une d'elles. Mais il n'y est pas. Je ne l'ai jamais vu.

« Bon, dit le policier au bout d'un moment. Eh bien, merci quand même.

— Mais vous pouvez l'arrêter. Au moins Sophie sera en sécurité. » Le flic hésite sur le pas de la porte. « Vous l'avez, non ? Vous savez où il est ?

— Hélas, non, signora. Nous avons la voiture, bien sûr, mais le signor Locci a disparu. »

« Locci vient des Abruzzes, me dit Pierangelo le lendemain matin en apportant le café sur la terrasse. Il a servi dans l'armée, puis un temps chez les *carabinieri*. Il y a trois ans, son ex-femme l'a accusé de harcèlement. Il a pris six mois et des travaux d'intérêt général, puis il a quitté Rome. Il travaille chez Paolo Sassinelli depuis deux ans. »

Pour changer, Pallioti veut que Pierangelo passe quelque chose là-dessus. Ils ne peuvent pas risquer de révéler ce qu'ils savent en évoquant le choix des dates ou les martyrs alors, toute la nuit, le journal a téléphoné pour essayer de savoir ce qu'il était possible d'écrire ou pas dans les articles sur Sophie et sur Locci. La police ratisse méticuleusement la ville. Malgré tout, les habitants restent ses yeux et ses oreilles les plus efficaces. Un papier sort, ce matin, 29 avril, et ce que Pierangelo veut faire paraître ce soir doit être prêt à midi.

« Ah, fait-il en me jetant un coup d'œil, je me suis dit que cela t'intéresserait de le savoir : tu avais raison. Nous avons fait quelques recherches. Le passé de Batman n'est pas joli, joli.

— Kirk ? » Je pose ma tasse et le regarde. Je ne me rappelle pas avoir rien dit de tel mais le bleu sur ma joue a peut-être suffi. À moins qu'il ait parlé avec Pallioti. Je leur ai dit que Kirk était parti à Venise.

« Notre correspondant à New York a un peu fureté, explique-t-il. Ton copain semble traîner quelques casseroles. Rien de vraiment prouvé, mais des allégations de harcèlement sexuel, ce genre de chose. Il y a eu un incident lors d'une conférence. Le mot de "viol" n'a jamais réellement été employé et la femme, une jeune associée, s'est vu offrir de jolies vacances organisées. Tu sais ce que c'est. »

Sans doute. Je songe au poing de Kirk et à Billy qui le disait « trop intense ». À ses coups de fil. À ses colères. À la cocaïne. Aux questions qu'elle m'a posées sur les produits que Pierangelo m'achète à la *farmacia*. L'a-t-il frappée ? Ou pire ? Me l'aurait-elle dit, s'il l'avait fait ?

Pierangelo me ressert du café. « Paolo Sassinelli est un gros donateur de l'Opus Dei.

— Tu plaisantes ! » À la réflexion, cela ne devrait pas me surprendre. Ils sont catholiques, et riches. Ou

478

plutôt, ils sont catholiques et elle est riche. Je parie qu'elle n'est même pas au courant.

« Comment l'as-tu découvert ? » L'Opus est réputé observer la plus grande discrétion concernant ses transactions financières.

« Nous safons nos méthodes, zignora. » Je m'efforce de sourire.

« Vas-y, dis-je soudain.

— Quoi ?

— Vas-y. Va au journal. » J'ai été trop égoïste. Une affaire qui pourrait avoir des répercussions énormes est sur le point d'éclater et il reste ici à me tenir la main.

Il hausse les épaules. « Ils se débrouillent, assure-t-il. De toute façon, il est temps que je délègue plus à mes rédacteurs en chef adjoints.

— Oh, arrête ! C'est important, Pierangelo. Il peut la tuer n'importe quand à partir de minuit. Vas-y, allez. Va parler au cardinal. Si l'Opus est lié à tout ça, il peut le savoir. Le Vatican est censé posséder les meilleurs services de renseignements au monde. »

Il me regarde et je vois son envie désespérée d'être là-bas, de couvrir cette histoire personnellement, et non par téléphone. Occupée que j'étais à m'apitoyer sur mon sort, je ne m'en étais même pas rendu compte.

« Vas-y, dis-je à nouveau. Je t'en prie. Ta place est au journal. S'il te plaît, Piero. Je veux que tu y ailles. Franchement. Ce qui paraîtra dans le journal peut changer quelque chose. » Cela peut *tout* changer, nous le savons aussi bien l'un que l'autre. L'édition du soir est la plus lue de la ville.

« Eh bien… » Voyant qu'il hésite, je me lève pour le pousser vers la porte.

J'affirme : « Ça va aller. » Nous regardons tous les deux le système d'alarme fixé au mur du jardin. Il y en a un autre dans le salon. « Crois-moi, dis-je en parvenant à sourire, il n'y a aucune date prochaine correspondant à mon prénom. Et si je peux être sûre d'une chose, c'est que je ne suis pas seule. »

Quelques secondes plus tard, je regarde par la fenêtre sa grosse BMW sortir du garage et filer dans la rue. C'est alors que je me rends compte de ma jalousie. Lui, au moins, peut se rendre utile. Alors que moi, je peux seulement attendre.

Toute la matinée s'écoule. Je prends un bain, mais quand je veux m'habiller, je m'aperçois que je n'ai envie de mettre aucun de mes vêtements. Chaque fois que je prends quelque chose, j'imagine les grosses pattes moites de Fabio Locci caressant le tissu, l'approchant de sa mâchoire de bouledogue. Je finis par enfiler mon peignoir. Sophie fait la une des informations de treize heures. Cette fois, on voit aussi sa mère – une énorme femme dans un tailleur de luxe qui parle de sa fille en agrippant le bras du petit Paolo.

J'éteins la télévision. Je ne supporte plus les infos et je n'ai même pas faim. Finalement, je vais chercher les livres de Billy et je me pelotonne sur le canapé. Mais je n'arrive pas à rester assise. Je me lève et feuillette les pages. Les photos qui lui servaient de signets tombent par terre. Il n'y en a aucune de particulièrement intéressante. Billy se servait de son appareil sans grand esprit critique. Celles-ci représentent notre rue. Le ciel est plombé. Le marchand de vin déroule sa banne. La signora des légumes lance des regards noirs. À côté d'elle, enroulé dans son tablier rouge comme dans un sarong, Marcello affiche le sourire désespéré des condamnés en attente dans le couloir de la mort. Sur le cliché suivant, Billy est appuyée à la Vespa, une tomate dans chaque main. Elle enlace un homme et une femme que je ne connais pas. Si ? La photo est de très mauvaise qualité. Pourtant, ces gens me disent quelque chose. Le garçon a les cheveux trop courts et une chemise trop blanche. La veste de la fille s'ouvre sur une jupe grise sans chic et des jambes que l'on dirait peintes en beige. Les amis de Rinaldo. Tiens, tiens...

Je retourne la photo pour chercher la date. Avant que j'en aie eu le temps, le téléphone sonne. C'est Pallioti. Ils ont des photos de l'identité judiciaire à me montrer et ils sont débordés. Peut-il envoyer une voiture me chercher pour m'amener à la Questura ? Je n'ai pas le temps de lui parler des clichés que je viens de trouver qu'il a déjà raccroché.

Quand je quitte l'appartement sous escorte, il est quatorze heures dix. Dans neuf heures cinquante, on sera le 30 avril.

On me conduit au premier étage, où l'on croirait assister à une émeute. Des gens si nombreux qu'on s'y perd crient au téléphone, entrent et sortent en courant. Pallioti ne me reçoit qu'un instant. Il hoche la tête quand je lui donne les photos de Billy et les passe à quelqu'un d'autre qui, dit-il, va les emporter « pour comparaison ». Pallioti n'a pas changé de costume. Il a de la cendre sur le ventre et une mine de papier mâché. Il est à faire peur. Cependant, l'adrénaline qui circule chez tous les occupants de la pièce est palpable.

Ils ont trouvé d'autres photos de Locci qu'ils veulent me montrer. Puis Pallioti me demande si je veux bien regarder leurs autres fichiers. Locci a pu être aidé. Je vais peut-être reconnaître un visage. En passant dans le couloir de verre, j'aperçois Rosa Fusarno. Elle est assise devant un ordinateur, avec une policière, et examine des photos sur l'écran. L'homme qui m'accompagne suit mon regard et hoche la tête. Il m'apprend qu'ils ont fait venir tout le monde. Quelque part dans l'immeuble, Isabella Lucchese et la famille de Ginevra Montelleone scrutent aussi des moniteurs. Gabriele Fabbiacelli est également venu, ainsi que la mère supérieure d'Eleanora. Et ils ont interrogé toutes les personnes qui ont eu accès à la maison des Sassinelli depuis deux ans. Tôt ou tard, quelqu'un finira bien par reconnaître un visage.

Quelqu'un, sans doute, mais pas moi. Il est un peu plus de dix-huit heures quand, enfin, un policier que je ne connais pas vient me dire qu'ils vont me faire raccompagner. J'ai regardé tant de visages d'hommes que la tête me tourne.

Pallioti est reparti pour les studios de la télévision. Quand nous retraversons l'étage, l'atmosphère s'est métamorphosée. Les gens parlent plus bas. Ils se penchent sur leur téléphone, tapotent leur stylo sur le bord du bureau et évitent de se regarder. L'agrandissement d'une photo de Sophie et du petit Paolo les surveille.

« Merci, nous en avons fait des copies », me dit un flic en me rendant les clichés de Billy. Nous sommes dans le hall et je vois les lumières commencer à s'allumer dehors.

« Vous croyez que vous allez la retrouver ? » Je sais que je ne devrais pas poser cette question mais je ne peux m'en empêcher.

« Oui. Bien sûr », répond-il. Sauf qu'il n'a pas l'air aussi confiant qu'il voudrait le paraître. Il semble soulagé quand, une seconde plus tard, il reçoit un coup de téléphone et s'excuse en m'assurant que le chauffeur va arriver d'une minute à l'autre, je n'ai qu'à l'attendre.

C'est donc ce que je fais. J'attends. Et j'attends encore. Les policiers passent, toujours par deux, mais personne ne vient me chercher. Je finis par me dire que c'est ridicule. La *passegiata* est bondée. Il y a quelque part un flic qui ne me quitte pas des yeux et la seule personne à laquelle pense le tueur – certainement Fabio Locci –, c'est Sophie. Sûrement pas moi. En sortant dans la rue, je songe que cela fait des jours que je ne me suis pas sentie autant en sécurité.

Spontanément, je prends le chemin de chez Pierangelo. Puis je m'arrête. Il travaille sur l'édition de demain et rentrera tard, s'il rentre. Or je ne me sens pas la force de me retrouver seule dans l'appartement. Je vais devenir folle. S'il n'y a vraiment rien que je puisse faire, j'aimerais autant être avec quelqu'un qui comprenne ce que je ressens. Il y a un taxi dans la file, devant l'hôtel Savoy. Je monte et donne au chauffeur l'adresse d'Isabella Lucchese.

C'est seulement après avoir payé le taxi que je m'en aperçois : l'allée est vide. Cela me fait l'effet d'une profonde injustice ; elle aurait dû se douter que j'allais venir. Dans ma frustration, je ne suis pas loin de secouer la grille. Au moment où je vais m'éloigner, Fonzi bondit de l'ombre tel un loup mythique. Il s'arrête net et me regarde. Au lieu d'aboyer, comme je m'y attends, il se retourne, et Isabelle émerge du fouillis du jardin.

« Je m'attendais un peu à vous voir, avoue-t-elle. C'est dur d'être seule, n'est-ce pas ?

— Oui. Vous êtes allée à la Questura.

— Vous aussi ? » Elle referme la grille. En la suivant dans l'allée, je lui demande : « Où est votre voiture ? J'ai cru que vous n'étiez pas là.

— Au garage. Pour les freins. » En d'autres circonstances, je trouverais peut-être cela drôle.

La villa se dresse au-dessus de nous. Au crépuscule, elle fait encore plus grande. Derrière, une lumière jaune se répand de la cuisine dans le jardin. Les plantes projettent des ombres enchevêtrées. Quelque chose bruisse dans les broussailles. Isabella entre sans se retourner et je la suis.

« Vous voulez du vin ? » me propose-t-elle. La bouteille est déjà ouverte. Elle me sert un verre dont je n'ai pas vraiment envie.

« Écoutez, j'ai trouvé quelque chose. Vous êtes au courant, pour Sophie ? » Bien sûr qu'elle est au courant : elle était à la Questura. Je sors les photos. « C'est mon amie, celle qui a été tuée. Je ne lui connaissais pas le moindre lien avec l'Opus, mais j'ai trouvé ça. » Je pose sur la table la photo de Billy appuyée à la Vespa. « Vous les reconnaissez ? »

Isabella prend le cliché et examine à la lumière le garçon à l'allure soignée et la fille pâle et terne. Cela lui prend pas mal de temps. Je me convaincs qu'elle va me dire oui, me donner un nom et un casier judiciaire. Au lieu quoi elle me rend la photo en secouant la tête. « Vous êtes sûre ?

— Oui. Je ne les ai jamais vus. »

Je gémis littéralement de frustration.

« Apportez-la à la Questura demain matin ; ils pourront peut-être en faire quelque chose.

— C'est fait. Demain matin, il sera trop tard, bon sang ! » Demain matin, on trouvera Sophie morte, étendue dans un endroit horrible, son atroce petit cadeau serré entre ses mains. Je n'en reviens pas qu'Isabella ait pu dire une chose pareille. Et puis je me souviens. Elle n'est pas au courant. La police n'a parlé à personne des martyres ni des dates. Alors je lui raconte.

Quand j'ai fini, Isabella se laisse tomber sur une des vieilles chaises cannées. Puis elle jette un œil à la grosse horloge au-dessus de la table. J'en fais autant. Il est près de vingt heures. Je sais qu'elle pense à l'Opus Dei. Cela se voit à son visage.

« C'est forcément eux, dit-elle d'ailleurs. Forcément. » Elle frappe sur la table du plat de la main, si fort que nos verres tressautent. « J'ai toujours, toujours cru que c'était eux qui avaient tué Benedetta. Même quand Indrizzio semblait être le coupable, cela me trottait dans la tête. J'ai toujours cru qu'elle n'était pas morte loin d'ici. Autrement, comment auraient-ils pu l'emmener, la déplacer ? »

Je ne sais pas. Je me rappelle une autre chose qu'elle a dite. « *Ils font de petits Bûchers des vanités dans le jardin.* » On peut brûler d'autres choses que des livres. Des vêtements, par exemple. Des preuves.

485

« Trois d'entre elles – Benedetta, Ginevra et Billy –
ont été retrouvées assez près d'ici. Et c'est aussi dans
les parages que Benedetta et Ginevra ont été vues
vivantes pour la dernière fois. Ginevra au bar à vin de
San Niccolo, qui n'est pas à plus de cinq minutes à
pied. Eleanora et Caterina un peu plus loin, mais elles
n'ont pas été torturées. Caterina a été battue, mais ni
brûlée, ni coupée, ni rien. Elles ont été tuées sur place,
si l'on peut dire. "Passées au fil de l'épée." En revanche,
les autres ont été torturées ; il faut bien qu'il le fasse
quelque part.

— Sophie va être torturée ? demande Isabella sans
quitter mon visage des yeux.

— Rien ne l'indique dans ce que j'ai pu lire sur le
martyre de sainte Sophie, mais je l'ignore. Tout ce que
nous savons, c'est que c'est lui qui l'a enlevée, parce
qu'il nous l'a dit. » Je songe à Elvis et aux graines.
J'essaie de me concentrer.

« Il faut qu'il les emmène dans un endroit où il
puisse les rejoindre, mais qui soit assez isolé pour
que, s'il se passe quelque chose, si elles crient ou se
débattent, personne ne les entende. Et puis il doit y
avoir un lien avec l'Opus. C'est comme si le tueur
prenait *Chemin* au pied de la lettre. » Je me rappelle
ce qu'a dit Babinellio. « Le martyre, c'est le salut,
n'est-ce pas ? Un honneur, même ? Comme le cilice.
La mortification de la chair. Ce type pense peut-être
– je veux dire, il est fou, manifestement – qu'il les
glorifie. "Il est si beau d'être victime !" » Isabella
hoche la tête.

« Ils ont fouillé la villa près de l'Institut d'art, mais
vous m'avez dit qu'il y en avait d'autres.

— Elles sont toutes occupées. Ce sont des maisons de l'Opus Dei. Des gens y habitent, assez nombreux d'ailleurs. Ce ne serait pas possible, sauf si vous pensez à...

— ... un travail de groupe, un genre de rite organisé ? Non. » Je n'y crois pas. Plus j'y réfléchis, plus je me convaincs qu'il s'agit d'une seule personne qui s'est emparée d'un message déjà dangereux et l'a complètement perverti. Il l'a passé mentalement dans le prisme du fanatisme et est parvenu à une effarante conclusion logique : la mortification offerte à Dieu, c'est bien ; la torture offerte à Dieu, c'est mieux. Et le mieux du mieux, c'est la mort.

Je suis épuisée, mais Isabella se lève.

« Il y a deux maisons, dit-elle. Et une troisième qui sert pour l'enseignement. Et puis aussi les propriétés sur lesquelles ils ont des vues. C'est sur celles-ci que nous concentrons nos efforts parce que, une fois qu'ils sont installés, il est très difficile de les déloger. » Elle réfléchit un instant. L'horloge, que nous ne regardons ni l'une ni l'autre, est comme une troisième personne. Son tic-tac trouble le silence.

« Je suis sûre, dit Isabella. Enfin, je crois... » Elle sort de la cuisine avant d'avoir fini sa phrase. Je l'entends remuer des livres et des papiers dans l'entrée. Elle revient quelques secondes plus tard avec des lunettes et une lettre.

« C'est ça que nous essayons de suivre. Nous avons un groupe de pression. Notre idée consiste à les arrêter avant qu'ils s'installent, parce que, ensuite, c'est quasiment impossible. Et c'est bien ce que je pensais ; ils cherchent à mettre la main sur une autre propriété. Elle est vide depuis des années. La famille a voulu en faire don à la ville, mais cela n'a pas marché et l'Opus essaie en vain de l'acquérir. L'affaire a fait long feu, il y a environ un an quand il a semblé qu'une université américaine allait l'acheter. Depuis, je n'en ai pas tellement entendu parler ; je crois qu'elle est toujours vide.

— Où est-ce ? » Je me retiens de lui arracher la lettre des mains.

« Je vais chercher une carte. Non, ajoute-t-elle en me prenant le bras. Mieux : je vais vous montrer ! »

Elle m'entraîne dans l'entrée, vers l'escalier. Il fait sombre. Sa poigne est comme une serre. À mesure que mon énergie décline, la sienne augmente, comme par un effet de vases communicants. Elle est aussi forte qu'elle en a l'air. Elle me hisse pratiquement à l'étage.

« Par-là, par-là, dit-elle. Il fait encore assez jour pour la voir. »

Elle ouvre la porte de la pièce centrale. Je distingue la forme imposante d'un haut lit *matrimoniale*, des coiffeuses et notre reflet fantomatique dans la glace d'une énorme armoire. Quelque chose se dresse derrière moi dans le miroir. Lorsque Isabella pousse les volets, je me retourne et je découvre un autel dans le coin, avec un prie-Dieu et un crucifix. Elle m'entraîne vers la fenêtre ouverte.

Au-dessous de nous, au-delà de la masse sombre du jardin, les oliveraies étendent leur tapis argenté sur les collines. De petits points noirs, des chauves-souris ou des hirondelles, traversent le ciel bleu nuit. Dans les dernières lueurs du jour, les villas anciennes forment des carrés crème.

« Là, dit Isabella en désignant quelque chose du doigt. Celle-ci, juste là. »

Je suis la direction qu'elle indique mais, instinctivement, je sais déjà ce qu'elle montre. Je me souviens du vieux monsieur à côté de moi ; je croyais qu'il parlait de la villa de l'Institut d'art quand il disait qu'il fallait aimer une maison comme une femme et j'étais surprise qu'il la qualifie de belle parce qu'elle ne l'est pas.

Alors que la villa dont il parlait en réalité, celle que je regardais à ce moment-là, si. Dans la lumière qui décline, je distingue encore les statues sur la terrasse et les cyprès qui bordent l'allée.

« Par-là, répète-t-elle. Elle s'appelle…

— La Casa degli Uccelli. »

Elle hoche la tête. « La Maison des oiseaux. »

26

Isabella me regarde. Sa silhouette s'efface, dans la pièce qui s'assombrit. « Vous croyez vraiment qu'elle est là-bas ? me demande-t-elle.

—Je ne sais pas. »

Mes yeux sont rivés au stuc rose pâle et à la belle ligne du toit, aux petits carreaux sombres des fenêtres, comme si je pouvais voir à travers et découvrir ce qui se passait à l'intérieur. Mais il n'y a qu'un moyen d'y parvenir.

Tout en réfléchissant, j'ai déjà tourné les talons et je me dirige vers l'escalier.

« Le chemin le plus court, c'est par les oliveraies, lance Isabella derrière moi. Il y a un portail au fond du jardin. C'est plus rapide, surtout sans voiture. »

Elle dévale l'escalier en courant, me dépasse et fouille dans un tiroir de l'entrée. Puis elle sort comme un ouragan sur la terrasse et descend les marches du jardin envahies par la végétation. Fonzi traverse la haie. Je sens le parfum des fleurs. Les feuilles fraîches des rhododendrons me caressent les joues.

Le portail est haut et vieux. Isabella doit le pousser avec son épaule et le soulever un peu pour l'ouvrir. Fonzi détale dans l'oliveraie et disparaît.

« Par ici, appelle Isabella en me faisant signe.

— Non. » Je sors de ma poche le portable de Piero et je l'allume, mais il n'y a pas de réseau, ici. « Prenez ça, dis-je en le lui donnant. Remontez à la maison appeler la police. »

D'un grand coup, Isabella balaie l'appareil de ma main et l'envoie voler. « Ne soyez pas stupide, Mary, lâche-t-elle avec colère. Il a tué ma sœur. »

Elle file entre les arbres. Le temps que je retrouve le téléphone, elle n'est plus qu'une ombre. Ralentie par de hautes herbes qui dissimulent les pierres et les déclivités, j'ai du mal à ne pas la perdre de vue. Je finis tout de même par la rattraper ; cinq minutes plus tard, elle s'arrête et me montre quelque chose.

« Là. »

J'ai perdu tout sens de l'orientation. Cependant, au-dessus de nous, je découvre le mur de la terrasse et les étranges silhouettes immobiles des statues brisées. « Je suis venue ici une fois, quand j'étais petite, murmure Isabella. Bene et moi avons rôdé autour, mais je ne suis jamais entrée. Je ne me souviens pas bien… il devrait y avoir une grille comme la nôtre. »

Elle coupe sur la droite en restant à couvert sous les oliviers entre lesquels elle glisse comme un fantôme. Des mauvaises herbes poussent dans les fissures du mur de soutènement dont une partie s'est bombée avant de s'écrouler, provoquant une espèce de glissement de terrain de briques et de terre. Nous le contournons, mais quand nous trouvons enfin la grille, nous découvrons qu'elle est haute, hérissée de pointes et verrouillée. De l'autre côté, des marches s'enfoncent dans la pénombre. Un cadenas tout neuf retient la chaîne rouillée enroulée entre les barreaux.

« On ne passera pas, chuchote-t-elle. Il faut faire le tour et essayer d'entrer par-devant. »

Je ne m'étais pas encore demandé comment nous allions nous y prendre pour pénétrer dans la villa. Toutefois, je sais que l'avant de ces maisons est souvent à découvert, avec des portes de forteresse et des fenêtres munies de barreaux ou de volets. Si nous devons entrer par effraction, ce sera sans doute moins difficile derrière.

« Venez. » Je retourne à l'endroit où le mur est éventré.

L'éboulis est assez ancien. De l'herbe y pousse, et il n'est pas très difficile de s'accrocher. Je grimpe la première. J'entends Isabella respirer derrière moi. Elle peste quand je glisse et que mon pied lui envoie des cailloux et de la terre. C'est alors que je glisse de nouveau et tombe de l'éboulis. Mes mains tendues ne trouvent rien à quoi se raccrocher. Elle me hisse à nouveau. Lorsque, nous arrivons enfin en haut et que nous passons tant bien que mal à travers la brèche dans le mur, la Maison des oiseaux paraît plus grande que jamais.

Maintenant qu'il fait presque nuit, au lieu de chatoyer, ses murs roses retiennent la pénombre. À la lueur de la lune, je m'aperçois que le jardin est envahi par les mauvaises herbes, sauvage, mais pas tout à fait méconnaissable. Une glycine court le long d'un portique à demi écroulé à notre gauche. Des massifs d'arbustes forment des protubérances au pied des murs. Je distingue également quelques bancs cassés et une vieille brouette couchée sur le côté devant ce qui a dû être un bassin à poissons. Une allée de gravier mène tout droit derrière la maison. Nous la suivons en restant sur le bord pour ne pas faire craquer sous nos semelles ce qui reste de pierres couleur mastic.

À mi-chemin, je découvre une marque de brûlé, un cercle de terre carbonisée. Je m'accroupis pour en effleurer les bords du bout des doigts. Des restes de papier remuent dans la poussière. Quelqu'un a accompli ici l'œuvre de Dieu, en sauvant les âmes de la tentation du mot écrit. En grattant encore un peu, je tombe sur un lambeau de tissu. Je m'empresse de le lâcher en me persuadant que cela ne veut peut-être rien dire. Derrière moi, j'entends bouger Isabella. Je me lève. Nos regards se croisent dans le noir.

Elle passe à côté de moi et se dirige vers le coin de la maison. De l'autre côté d'une rangée d'arbustes, on voit que l'aire gravillonnée devant l'entrée est déserte. Il n'y a pas de voiture – ni de dépendances dans lesquelles elle pourrait être cachée. Une chaîne et un cadenas luisent entre les poignées de la porte. Je tâte ma poche en quête de mon portable et lâche un juron.

« Quoi ? demande Isabella.

— Le téléphone. J'ai dû le perdre quand j'ai glissé. » Je veux faire demi-tour, mais elle me retient par le bras.

« Sophie ! siffle-t-elle dans le noir. Il n'est pas là pour l'instant, mais si elle y est, il va revenir. Nous n'avons pas le temps. »

Elle a raison. Soit la maison est vide et il est inutile d'appeler la police, soit Sophie est à l'intérieur et chaque seconde compte. Isabella me prend par la main et m'entraîne vers l'arrière de la villa. Nous marchons silencieusement dans l'herbe trop haute de la pelouse.

La terrasse derrière la maison est pavée. Nous nous efforçons de poser les pieds sur les plaques sombres de mousse ou de mauvaises herbes pour ne pas faire de bruit. Bien que nous n'évoquions ni l'une ni l'autre cette hypothèse à voix haute, il est possible que Sophie ne soit pas seule. Peut-être est-il venu à pied ou s'est-il servi d'un vélo que nous n'avons pas repéré. Peut-être retournera-t-il chercher sa voiture plus tard, quand il aura fini. Nous arrivons devant deux lions de pierre qui s'effritent, de part et d'autre de deux grands volets de bois.

Ils grincent obligeamment lorsque je glisse les doigts entre les lattes et que je tire. Isabella pose les mains sur les miennes pour m'aider, et une bonne saccade suffit à faire céder le verrou intérieur. Nous découvrons une vieille porte-fenêtre. Je recule pour laisser Isabella appuyer son épaule contre la vitre. À la première poussée, une petite pluie de sciure de bois mangé par les termites lui tombe dessus. À la seconde, le verre se fend. J'enlève les derniers morceaux avec mon coude puis je glisse la main à l'intérieur pour tirer le verrou.

La première chose qui nous frappe, c'est l'odeur de chat. De chat, et de moisi. Une vague de puanteur sort de l'ombre, si forte que je plaque la main sur mon nez et ma bouche pour entrer. La pièce doit faire presque toute la longueur de la maison. Isabella me suit. Je l'entends suffoquer. Quand je la regarde, elle a aussi la main sur le visage. Nous aurions dû emporter une lampe de poche. C'est vraiment stupide ! Je prends de petites inspirations superficielles en me répétant que cela ne va pas me tuer.

« Faut-il qu'on crie ? » demande Isabella d'une voix à peine audible en se penchant vers moi. Je fais non de la tête.

« S'il est là, il risque de la tuer. Il suffit d'un coup de couteau. » Il serait en avance de quelques heures, mais j'ai comme l'impression que cela ne l'arrêterait pas. « Cherchons-la d'abord. S'il n'est pas là et si nous la trouvons, nous pourrons la faire sortir. »

Hormis le faible rai de lumière qui passe par la porte, il fait noir comme dans un four. J'ai besoin d'un moment pour me rendre compte qu'il n'y a pas de meubles. Puis, quand mes yeux se sont un peu habitués à l'obscurité, je vois au fond de la pièce un mouvement qui manque me faire pousser un hurlement. Je me rends compte à temps que c'est un grand miroir encastré dans les boiseries. Il a dû être beau, du temps où il reflétait la porte-fenêtre et le jardin. Aujourd'hui, il ne renvoie que l'obscurité, ce noir liquide miroitant. Des lustres dans des housses de couleur claire qui leur donnent l'air de cocons pendent au plafond. Hormis notre respiration, on n'entend pas le moindre bruit. S'il est là, il est extraordinairement silencieux. Et si Sophie est là, elle doit être ligotée ou inconsciente. Ou morte.

« Il nous faut de la lumière, déclare Isabella en me tirant par la chemise. La cuisine. » Elle montre du doigt une porte à notre gauche. Je la suis avec précaution en m'efforçant d'éviter notre reflet dans l'ombre du miroir.

La grande porte donne sur un couloir. J'ai beau suivre Isabella, je suis obligée de poser la main sur le mur pour me guider. Mes doigts rencontrent du plâtre humide, friable et doux. Elle avait raison : nous arrivons à la cuisine. Mieux, l'une des fenêtres n'est pas condamnée et n'a pas de volets. Après l'obscurité du couloir, on a presque l'impression qu'il fait clair. Je distingue deux éviers de porcelaine blancs et une table de marbre. Isabella ouvre des tiroirs. Ils sont vides. Puis elle chuchote : « Eurêka. »

Sur l'étagère au-dessus de l'évier, elle a déniché un paquet de bougies. Au même moment, je vois une boîte d'allumettes relativement neuve sur l'égouttoir. En les prenant, j'évite de penser à ce que cela signifie.

Le premier effet de la lumière des bougies est d'assombrir les coins de la pièce. Des ombres bondissent vers le plafond. La cuisine ne débouche que sur un office. Isabella regarde à l'intérieur, secoue la tête et nous reprenons le couloir.

Dans la grande pièce, les flammes crachotent, vacillent, comme des lucioles dans le miroir. À y regarder de plus près, elle est effectivement vide. Nous essayons d'ouvrir une porte dans les boiseries ; elle est fermée à clé. J'en approche mon visage et je murmure le prénom de Sophie, mais je ne reçois en retour qu'un nuage de poussière.

« Assurons-nous qu'il n'est pas là, murmure Isabella. Ensuite, nous crierons. S'il le faut, nous enfoncerons les portes. Courage, ajoute-t-elle en me serrant le bras. Si ce fumier l'a amenée ici, nous la trouverons. »

En la suivant, je songe qu'elle a toujours dû croire qu'elle ne pourrait rien faire pour Benedetta. Et voilà qu'une chance d'agir lui est offerte. Elle me conduit vers une voûte au fond de la grande pièce vide et nous passons dans l'entrée.

Au centre de la villa monte un escalier. De l'autre côté, une voûte identique à celle sous laquelle nous venons de passer débouche sur une autre pièce en longueur, aux fenêtres condamnées, et qui donne à son tour sur des pièces de rangement. L'une contient du bois, l'autre est vide. Les dalles froides du sol suintent sous nos pieds. Nous faisons demi-tour ; cette fois, c'est moi qui ouvre la marche. Si Sophie est là, elle ne peut se trouver qu'en haut.

Dans le bûcher, Isabella s'est armée d'un morceau de bois court et lourd et j'en ai fait autant. La cire de la bougie commence à couler sur ma main mais je l'ignore.

L'escalier s'enroule dans l'obscurité. Je me demande comment on peut forcer une femme qui se débat à le monter. Il l'a peut-être droguée ou frappée à la tête. À moins qu'il n'ait fait monter personne et que nous nous soyons trompées d'endroit. Peut-être n'y a-t-il ici que des chats, peut-être les dernières minutes de la vie de Sophie s'écoulent-elles ailleurs, tandis que la peur me fait trembler dans le noir.

Soudain, je n'ai plus envie de continuer. Je pose le pied sur la première marche et je m'arrête. En me retournant vers Isabella et en voyant ses yeux immenses à la lueur de la bougie, je comprends qu'elle ressent la même chose que moi. Quelque chose d'épouvantable nous attend en haut. Finalement, Isabella fait un signe de tête. Je pose la main sur la rampe et je commence à monter.

Une galerie dessert plusieurs pièces, sans doute des chambres. L'odeur de chat est plus tolérable. Un oiseau s'envole et nous frôle dans un bruissement d'ailes. Isabella jure à voix basse. La première porte que nous poussons donne sur un autre rectangle, apparemment vide, sur le devant de la maison. Nous ne discernons que des moulures dorées et une alcôve garnie d'étagères sales et vides.

De retour dans la galerie, nous tendons l'oreille puis Isabella va ouvrir la porte suivante. Nous découvrons encore une chambre, dont les fenêtres sont condamnées. Sa bougie révèle des murs passés au badigeon mauve ou bleu pâle. La forme caractéristique d'un lit se dresse au milieu de la pièce. Je m'arrête sur le seuil. Mon cœur se met à battre à petits coups désordonnés. La sueur perle sur ma poitrine. C'est là. Je le sens. Et je le sens, lui, comme si nous nous trouvions nez à nez.

Je chuchote : « Isabella ! » Mais elle est déjà entrée et éclaire la pièce.

Le lit est immense, une monstruosité démodée. Au centre de la pièce vide, il a l'air d'une scène montée pour un spectacle érotique. Isabella baisse sa chandelle. Je découvre des cordes fixées aux colonnes du lit, bien assez longues pour attacher quelqu'un, nouées autour d'un poignet ou d'une cheville. Sans vraiment le vouloir, je m'approche et rejoins Isabella. En déplaçant ma bougie, je m'aperçois que les cordes sont foncées, raides, et couvertes d'une croûte.

Il y a aussi des taches sur le lit. J'ai cru apercevoir un dessus-de-lit ou une couverture, mais non, c'est le matelas lui-même, couvert de quelque chose de sombre, comme si on l'avait éclaboussé de peinture.

Isabella regarde, immobile. Elle semble incapable de bouger. Je m'écarte en promenant ma petite lumière autour de la pièce. J'avise une porte dans le mur du fond. Sophie. Mon esprit galope. Il n'est pas encore minuit… Il ne peut pas l'avoir tuée. Elle est vivante. Forcément.

Mes tennis claquent sur le sol. Je n'essaie même plus d'être discrète, mais le bruit me surprend et je baisse les yeux. Je remarque que le plancher est clair, comme si on l'avait récuré. L'espace d'un instant, je m'autorise à penser que je me trompe, que puisqu'il n'y a pas de sang sous mes pieds, personne n'est mort. C'est peut-être un endroit un peu spécial où l'on attache les gens et où l'on se sert de la « discipline ». Puis j'ouvre la petite porte.

L'éclat de la porcelaine ancienne accroche la lumière de la flamme. Une cuvette, une baignoire. Des ombres dansent dans le miroir. La salle de bains semble vivante, les murs donnent l'impression de palpiter. Il me faut une seconde pour comprendre ce que je vois.

Des marques brunes s'étalent sur le carrelage blanc, comme si quelqu'un avait peint avec les doigts. En regardant par terre, je découvre des traces de pas et de glissades. La baignoire et la petite cuvette sont tachées de traînées et d'éclaboussures rouille. Mais ce n'est pas ce qui fait remonter la bile dans ma gorge au point de me faire plaquer la main sur ma bouche.

Ce sont les cheveux de Billy. De longues mèches frisées sont collées sur le bord de la cuvette, d'autres gisent sur le sol et dans la baignoire, en paquets emmêlés et piétinés.

Les larmes ruissellent sur mon visage et j'ai le nez qui coule. Je laisse tomber le morceau de bois. En reculant, je bouscule Isabella.

Je hurle : « Ne regardez pas ! Ne regardez pas, ne regardez pas, ne regardez pas ! »

Mais il est trop tard. Elle a déjà vu. Elle ouvre la bouche, la referme, puis tourne les talons et part en courant.

Nous fuyons dans la galerie. Maintenant, nous crions le nom de Sophie, encore et encore. L'une après l'autre, Isabella enfonce les portes à coups d'épaule, faisant voler en éclats le bois pourri, mais c'est moi qui la trouve.

Tout au bout de la galerie, il y a un placard à linge. À peine plus grand que la chaise sur laquelle Sophie est ligotée. De ma main libre, j'arrache le sac qu'elle a sur la tête tout en appelant Isabella. Elle tient les deux chandelles et nous découvrons un bol, une cuillère et des bandes de tissu semblables à celles qui ont servi à attacher Sophie et à la bâillonner, ainsi qu'un seau de plastique qu'elle a été forcée d'utiliser en guise de toilettes.

Je commence par défaire son bâillon et elle s'étrangle. Elle se penche en avant en suffoquant et en toussant. Je la prends dans mes bras. Je sens ses cheveux blonds plaqués et collés et sa peau brûlante. Il fait incroyablement chaud dans ce placard, et cela empeste.

« J'ai mouillé ma culotte », finit-elle par dire en me regardant. Elle a un œil au beurre noir.

Elle porte encore la robe qu'elle avait pour aller à la messe, mais elle est souillée et déchirée. En lui détachant les mains, je m'aperçois que l'une des deux est horriblement enflée. « Je l'ai frappé, explique-t-elle d'une voix râpeuse. Il m'a coincé la main dans la portière de la voiture.

— Locci ? » Je me débats avec les nœuds serrés et trempés d'urine qui lui enserrent les jambes.

« Je ne sais pas. » Elle secoue la tête et ce mouvement lui tire une grimace. « Je ne l'ai vu à aucun moment. Il m'a mis le sac sur la tête par-derrière. Et quand il me donnait à manger, il portait un masque. Il portait un masque et il ne disait rien ! »

Les mots sortent dans un hurlement. Prise de panique, Sophie se débat, essaye d'arracher les nœuds. Elle me frappe sur le côté de la tête et renverserait la chaise s'il y avait la place. Isabella lâche les bougies, marche dessus pour les éteindre et l'attrape aux épaules. Elle la force à se redresser et la maintient contre le mur en murmurant des paroles apaisantes en italien, tandis que je viens à bout des derniers nœuds.

Lorsque nous essayons de la lever, Sophie manque tomber en poussant un cri de douleur. Elle n'a pas de chaussures et il lui a fait quelque chose aux pieds. Des coupures ou des brûlures. Nous arriverons peut-être à lui faire descendre l'escalier, mais après ? Comment faire pour la porter dans la longue allée, dans l'oliveraie ? Il ne tardera pas à arriver et à nous trouver.

Je me tourne vers Isabella et suggère : « Peut-être faut-il que l'une de nous deux aille chercher de l'aide ? Récupérer le téléphone ?

— Ne partez pas ! gémit Sophie. Je vous en supplie, ne partez pas. Il va revenir. »

Isabella me regarde dans la pénombre. Nous sommes aussi terrifiées l'une que l'autre. « Il faut la sortir de là, fait-elle valoir, et nous n'y parviendrons que si nous restons ensemble. Elle a raison. S'il n'y a que l'une de nous avec Sophie, il nous vaincra certainement. À trois, nous avons une chance. Je passe le bras de Sophie sur mon épaule ; Isabella en fait autant. À nous deux, nous la soulevons de sa chaise et la sortons du placard fétide.

« Allez, m'encourage Isabella. Nous pouvons la porter comme ça. » Nous lui passons chacune un bras autour de la taille et Sophie agrippe Isabella de sa main valide. Sans les bougies, il fait très sombre. Nous y voyons tout juste assez pour avancer dans la galerie.

En haut de l'escalier, nous nous arrêtons pour réfléchir à la façon de descendre Sophie sans lui faire plus mal. Nous décidons qu'Isabella passera devant parce que c'est la plus grande, que Sophie la suivra une marche ou deux en arrière, les bras passés par-dessus ses épaules pour s'appuyer sur elle, et que je fermerai la marche en soutenant Sophie. Quand nous nous mettons en place, celle-ci laisse même échapper un petit rire. C'est alors que des phares éclairent la lucarne au-dessus de la porte d'entrée.

La lumière se fait de plus en plus vive et l'espace d'une merveilleuse seconde, je me prends à espérer que c'est la police, qu'elle nous a trouvées par miracle, que l'homme qui me surveille nous a suivies et a appelé des renforts. Je murmure même : « *Polizia* », mais Sophie secoue la tête.

« Il n'y a pas de gyrophare, objecte-t-elle d'une toute petite voix. Si c'était la police ou les pompiers, il y aurait un gyrophare. » Isabella me jette un coup d'œil par-dessus son épaule.

« C'est lui, miaule Sophie. C'est lui. » Les phares se rapprochent encore, on entend les graviers craquer sous les pneus.

Sophie veut crier mais Isabella lui met la main sur la bouche pour l'en empêcher. « Vite, siffle-t-elle. Vite, vite ! » Nous reculons en chancelant.

Isabella ouvre la porte de la première chambre vide. « Il faut nous cacher, dit-elle. Il faut nous cacher ! » Sauf qu'il n'y a nulle part où se cacher,

502

hormis l'alcôve dans laquelle il y a à peine assez de place pour nous trois.

« Nous allons attendre, murmure-t-elle. Nous l'entendrons passer. Là, nous courrons. En bas. À sa voiture. »

Nous hochons la tête mais je me demande : et Sophie ? Bien que je ne voie pas le visage d'Isabella dans le noir, je sais qu'elle songe à la même chose que moi. Le tueur est fort et rapide. Il a enlevé quatre femmes jeunes et en bonne santé. Or nous n'aurons que quelques secondes entre le moment où il s'engagera dans la galerie et celui où il se rendra compte que Sophie n'est plus dans le placard. Je ne me rappelle même pas si nous avons refermé la porte. S'il la voit ouverte, il saura. Et il se mettra à notre recherche. Tout de suite. Nous saisissons Sophie chacune par un bras. Elle gémit. En bas, la voiture s'arrête et une portière claque. On entend des pas sur les graviers. Et tout à coup, la nuit est déchirée par une explosion de bruit.

D'abord, l'aboiement furieux d'un chien, des cris, une course, et encore des aboiements. Fonzi. Je l'avais complètement oublié. Il a dû nous suivre. Une détonation retentit, puis le crissement d'une accélération, et un second coup de feu.

Isabella lâche Sophie et hurle. Elle se fiche de qui peut l'entendre et des conséquences. Elle s'appuie au mur crasseux et hurle, sur sa sœur, sur son chien, sur tout ce qu'on lui a pris.

Elle pleure encore lorsque, quelques secondes plus tard, la maison s'emplit de lumières, de pas qui résonnent et d'hommes qui crient « *Polizia !* »

Dans la confusion des portes qui claquent et des éclats de voix, j'ai plus peur maintenant que de toute la soirée. Je me cramponne à Sophie comme si je me noyais, comme si une digue s'était rompue en moi, et l'horreur de tout ce qui s'est passé ces dernières semaines monte en une épouvantable vague noire de terreur. Quand Pallioti me prend le bras et essaie de me parler, je n'entends même pas ce qu'il me dit.

Les secouristes emmènent Sophie sur un brancard et enveloppent Isabella dans des couvertures de survie. On a beau lui répéter que Fonzi va bien, qu'il a fait échouer une planque de la police mais que personne ne lui a tiré dessus et qu'il l'attend en bas, elle ne peut pas s'arrêter de pleurer. Finalement, quelqu'un la fait descendre dans son cocon d'aluminium.

Je suis assise dans l'escalier, là où l'on m'a posée. Bien qu'il ne fasse pas froid, j'ai moi aussi une couverture de survie sur les épaules. En dessous de moi, la moitié des forces de police de Florence entre et sort par la porte d'entrée de la villa. Il y a comme une atmosphère d'euphorie. Les policiers se tapent dans la main ou se donnent des claques dans le dos. Jusqu'au moment où, suivant les scientifiques en combinaison spatiale, ils arrivent au premier. Quand ils redescendent, ils ont perdu leur entrain.

Je finis par apprendre que, même s'il s'est enfui, ils l'ont vu nettement et qu'ils ont tiré dans la voiture. Ils vont l'arrêter. Ce n'est qu'une question de temps. Il était de taille moyenne, de corpulence moyenne, habillé en noir. Le sac de sport qu'il a sorti de la voiture et lâché lorsque Fonzi l'a attaqué est examiné en ce moment même. Quelques minutes plus tard, une rumeur circule. Il contenait de la corde. Un couteau. Et un sac de soie rouge.

De mon perchoir, j'identifie le flic qui a tiré les deux coups de feu. Il était dehors quand la voiture est arrivée. S'il n'a pas coincé le type, c'est parce qu'il n'a pu se résoudre à tuer le berger allemand quand il l'a gêné. Il est grand et maigre, avec des vertèbres cervicales proéminentes. Quand il se retourne et monte vers moi, j'ai l'impression de le connaître depuis longtemps. Il me fixe de ses étranges yeux dorés. « Il faut que je vous remercie, dit-il. Pour les tulipes.

— Je vous ai aussi apporté à déjeuner mais vous étiez parti. »

Il hoche la tête. Nous nous regardons quelques instants. Puis je lui demande : « Où est votre chien ? À moins que ce ne soit pas le vôtre... »

Quand il se met à rire, il fait moins maigre que sous le portique de l'église abandonnée. Il est élancé comme un lévrier. « Si, si, c'est le mien. Je l'ai laissé à ma femme, ce soir. Il nous arrive de nous disputer pour savoir qui va l'emmener au travail.

— Elle est flic, elle aussi ?

— Non : agent de voyages.

— Je vous ai pris pour un ange.

— Vous n'êtes pas la première. » Il me tend sa grande main style Greco. « Lorenzo Beretti, signora Thorcroft. Je suis ravi de faire votre connaissance officiellement. » Il a une poigne chaude et forte.

« Comment avez-vous su que j'étais là, ce soir ? » Je n'ai pas fini de poser la question que je comprends. C'était lui qui me suivait. Depuis le début. Je cherche Pallioti du regard par-dessus son épaule mais je ne le vois pas.

« C'est vous qui me l'avez dit. Je vous ai suivie jusque chez la signora Lucchese. J'attendais que vous ressortiez quand nous avons reçu un signal de votre portable. Vous l'avez laissé allumé suffisamment longtemps pour que nous puissions le trianguler. » Bien sûr. Je l'ai allumé quand j'ai voulu le passer à Isabella et je ne l'ai pas éteint ensuite. « Lorsque nous avons vu que le signal venait d'ici et non de chez la signora Lucchese, nous avons compris.

— Heureusement. »

Beretti hausse les épaules.

Je remarque : « Mais vous me suiviez depuis des semaines. »

Il incline la tête. « J'aime mieux me voir comme votre ange gardien. Vous en avez plusieurs, d'ailleurs. Nous travaillons généralement en équipe. »

Je réfléchis un instant. « La camionnette d'électricité ? »

En guise de réponse, il rit. « Je suis désolé si je vous ai fait peur, ajoute-t-il. Vous n'étiez pas censée me remarquer comme vous l'avez fait. C'est ma faute.

— Non. Non, vous ne pouviez pas savoir. Vous… » Je m'interromps en me demandant comment je vais bien pouvoir lui expliquer. Finalement, je me contente de : « Vous ressemblez beaucoup à quelqu'un que j'ai connu.

— Eh bien, j'espère que c'était quelqu'un de sympathique.

— Oui, très. » Il me sourit et tourne les talons.

Pallioti se tient dans la galerie. Je ne sais pas depuis combien de temps il est là. Il referme son téléphone et, presque sans en avoir conscience, je me lève. Il se passe quelque chose. En bas, le brouhaha a changé de ton.

« Signora, dit Pallioti en me prenant le bras, je suis désolé, mais je vais devoir vous demander de venir avec moi. »

Il me fait descendre l'escalier, traverser la foule, et m'entraîne dans la nuit. Des fourgons, des voitures de police, des voitures banalisées et une autre ambulance sont garés devant la villa. Les gens se retournent sur notre passage mais, quand je redemande à Pallioti ce qui se passe, il ne fait que secouer la tête et lâcher : « Je crains que nous n'ayons un problème. »

Pierangelo. Je m'arrête, telle Niobé changée en pierre. Mais Pallioti me reprend par le bras. Il me fait monter à l'arrière de la voiture.

« S'il vous plaît, dit-il. Je vous expliquerai en route. Il faut nous dépêcher. »

Il passe par l'autre côté et son chauffeur démarre en trombe. Les lumières de carnaval qui inondent la Maison des oiseaux s'éloignent. Bientôt, je ne vois plus que le profil de l'*ispettore* contre la vitre et la Viale Galileo qui défile. Nous passons à toute allure la Porta Romana. Le chauffeur allume la sirène. Pallioti se tourne vers moi.

« Nous le suivions, explique-t-il. Notre priorité étant la vie de la signora Sassinelli, nous espérions qu'il allait nous conduire à elle. Vous êtes arrivées à peu près au même moment. Beretti allait le laisser entrer et le piéger à l'intérieur, quand il ne pourrait pas reprendre sa voiture. Mais le chien l'a surpris. » Son visage se fige. Il regarde par la vitre derrière moi, comme s'il

507

avait vu quelque chose dans la rue. « Beretti a tiré deux coups. Nous avons trouvé la voiture.

— Il est mort ? » Les mots résonnent dans ma tête, Pallioti ne semble pas avoir entendu.

« Il a dû comprendre que la partie était finie, poursuit-il doucement. Peut-être que Babinellio a raison ; peut-être voulait-il en finir. Quoi qu'il en soit, nous le tenons.

— Vous le tenez ?

— Oui. Mais il veut vous parler. »

Je le fixe du regard. J'ai la langue cotonneuse.

« Ne vous sentez surtout pas obligée de faire une chose que vous ne voulez pas faire, signora, reprend-il. Mais j'ai promis au cardinal d'essayer.

— Au cardinal ? »

Pallioti hoche la tête. « Le cardinal suit cette affaire de très près. Elle l'afflige énormément. »

La voiture vire et saute un trottoir. Je m'aperçois que nous avons tourné devant les Uffizi et que nous nous dirigeons vers la Piazza della Signoria. Devant nous, le Palazzo Vecchio est illuminé par des projecteurs. Mais personne n'est assis à la terrasse des cafés ni n'achète de glaces. Les calèches ont cédé la place à des voitures de police et la foule qui s'est amassée regarde les fenêtres, depuis le dernier étage du palazzo. Nous nous arrêtons. Pallioti sort de la voiture et m'ouvre la portière.

« S'il vous plaît, dit-il. Il vous attend. »

Il m'escorte pour me faire franchir les carrières et traverser la cour par laquelle, d'habitude, les touristes sortent. Nous longeons les fresques et passons sous les petites voûtes où bruisse la fontaine. Un officier *carabiniere* écarte un cordon de velours rouge. Pallioti me précède dans l'escalier, de plus en plus vite. Je suis finalement obligée de monter quatre à quatre pour ne pas me faire distancer. Même si je voulais réfléchir, je ne sais pas si je pourrais. Mon esprit s'est fermé. Je me vois de l'extérieur, courant après Pallioti dans le palais comme dans un labyrinthe.

Je le suis dans les appartements de la reine, devant l'entrée de la loggia, dans la chapelle. Des gens assemblés par petits groupes murmurent. Au bout de notre course, des portes s'ouvrent et nous pénétrons dans l'antichambre de la Sala dei Gigli.

Des hommes en costume sombre se tiennent près de l'entrée. L'un d'eux n'est autre que le cardinal D'Erreti.

Il a renoncé au rouge et porte un costume noir et un col ecclésiastique, comme quand je l'ai vu au restaurant. Cette fois, en revanche, il ne me bénit pas ; il prend mes deux mains dans les siennes.

« Signora, dit-il, merci. Je sais combien c'est difficile pour vous, mais il faut vous rappeler que chaque vie humaine, chaque âme est précieuse aux yeux de Dieu. Vous êtes la seule personne qu'il ait demandée. »

Le cardinal regarde Pallioti et les portes de la salle des Lis s'ouvrent.

Les grandes fenêtres cintrées sont très hautes. Les appuis à niveau d'épaule. On dirait une pièce conçue pour des géants. Des grilles de fer montent à mi-hauteur des vitres ; il n'a pas dû être facile de grimper jusque-là. Le palais est ouvert tard, à cause de la mairie. Il a dû entrer et monter avant que quelqu'un se rende compte de ce qu'il faisait, prendre la chaise que, maintenant, il a repoussée d'un coup de pied et monter là où il se trouve maintenant – en équilibre sur le garde-fou, accroché à la moulure pour ne pas tomber deux étages plus bas sur la *piazza*.

Derrière lui, éclairé comme une carte postale, je vois le dôme de la cathédrale. C'est sans doute pour cela qu'il a choisi cette fenêtre-ci. Depuis combien de temps nourrit-il ce projet ? Il a dû acheter un billet d'entrée, comme tout le monde, et passer avec les touristes. Faire semblant d'admirer les fresques de Gozzoli, alors qu'en réalité il jaugeait la hauteur, repérait les gardes et les chaises, calculait à quelle vitesse il devrait agir pour pouvoir en prendre une avant qu'on l'arrête. Babinellio a dit qu'il était organisé, qu'il planifiait. On doit se trouver face à un changement de programme ; il avait certainement prévu de finir de nettoyer le jardin d'Éden, d'utiliser quatre sacs rouges, avant.

Il est très pâle, avec deux taches écarlates sur les joues. Ses lèvres sont de la même teinte, comme s'il avait mis du rouge à lèvres – le mien, peut-être. Quand la brise se lève sur le fleuve, je sens nettement un effluve d'acacia.

Le cardinal me serre l'épaule. « Toute vie est sacrée, Maria », souffle-t-il. J'ai envie de répondre qu'il n'a pas dû penser cela quand il a tué mon mari, et Eleanora. Quand il a cueilli la sœur d'Isabella dans le noir et l'a habillée comme une poupée, quand il a écorché Ginevra Montelleone ou quand il a pris sa mère à Carlo Fusarno pour toujours. A-t-il jugé que leur vie était sacrée ? S'en est-il soucié ? Non. Il se fichait pas mal de leur vie : il était trop occupé à sauver leur âme.

Marcello se balance comme une branche dans le vent. Dans la salle, tout le monde retient son souffle.

Il a les yeux rivés sur moi. Malgré moi, je ne peux m'empêcher de le fixer aussi. La peau de ses pieds nus et pâles est si tendue qu'on croirait qu'elle va se déchirer. Il a les orteils recroquevillés autour de la balustrade. Je le vois dans son tablier rouge ridicule en train de me faire un clin d'œil, d'ajouter des Baci dans mon sachet. Puis je vois Sophie.

Je me tourne vers le cardinal. « Je ne vais pas pouvoir.

— Si, assure-t-il en plongeant son regard noir dans le mien. Vous pouvez. Personne n'est indigne de l'amour de Dieu, Mary. »

Je me retourne et m'avance vers Marcello sans trop savoir ce que je dois faire.

« Plus près », murmure-t-il. Je fais encore un pas, et un autre. Je franchis le demi-cercle des hommes postés devant la fenêtre et j'entre dans un espace où il n'y a plus que lui, et moi.

« Encore. »

J'arrive au mur de pierre. Les pieds de Marcello sont devant moi. Le garde-fou est tout juste assez large pour qu'il puisse s'y tenir debout et les tendons de ses chevilles sont tendus à l'extrême.

« La chaise. »

Je la redresse, la traîne jusqu'à la fenêtre et monte sur le siège. Maintenant, je sens l'air de la nuit sur mon visage. Je vois le campanile, le haut du baptistère, et le Duomo, Santa Maria dei Fiori illuminés. Derrière nous, quelqu'un remue avec inquiétude. Je n'ai pas besoin de regarder pour savoir que c'est Pallioti. Marcello tend la main vers moi et j'en fais autant jusqu'à ce que nos doigts se rencontrent.

511

Il ouvre des yeux immenses. Sous le parfum, je sens qu'une étrange odeur émane de lui. La peur. Babinellio avait raison : il est terrifié. Depuis le début, sans doute.

« Maria, murmure-t-il, si bas que je l'entends à peine. » Je me hisse sur la pointe des pieds et il referme les doigts autour des miens. « Il fallait que je les offre à Dieu.

— Je sais. » Je lui serre la main.

« La chair doit racheter les péchés de la chair. Pour vivre, il faut mourir, chuchote-t-il. Elles étaient perdues, je les ai ramenées. Mais pas vous, Maria. » Marcello se penche vers moi sans me quitter des yeux. « Je ne vous ai jamais fait de mal.

— Marcello, je vous en prie.

— *Serviam !* »

En criant, il me lâche et ouvre les bras.

Une fraction de seconde, il reste en équilibre, encadré par la fenêtre, le Duomo éclairé derrière lui. Puis il disparaît.

Je suis encore sur la chaise, la main tendue, quand je sens que je me mets à trembler. Le cardinal me fait descendre comme une poupée.

Plusieurs minutes plus tard, alors que nous repartons, le visage collé à la vitre de la voiture, je vois Marcello pour la dernière fois. Ses pieds nus sont très blancs en pleine lumière. Un prêtre agenouillé à côté de lui, sa tête sur les genoux, lève la main droite pour lui administrer les derniers sacrements. C'est le père Rinaldo.

27

Deux jours se sont écoulés lorsque Pallioti appelle et me demande si je veux passer à la Questura. Ils ont trouvé d'autres choses sur Marcello, si cela m'intéresse. Cela m'intéresse. Et puis j'aimerais lui parler. D'ailleurs, s'il n'avait pas téléphoné, c'est moi qui l'aurais fait.

Cette fois, l'*ispettore* me reçoit dans son bureau. J'ai dormi près de dix-huit heures sur les quarante-huit dernières et je me sens nettement mieux que lors de mes précédentes visites. La première chose que je dis en m'asseyant, c'est : « Vous m'avez fait suivre. Tout le temps. Dès mon arrivée ? »

Pallioti hoche la tête. Il a les coudes sur le bureau et me regarde par-dessus ses doigts croisés.

« Pourquoi ? » Je suis scandalisée et lui semble s'en amuser. « Ne me dites pas que vous l'avez fait sans raison ! Je ne peux pas croire que la police italienne n'ait rien de mieux à faire que de suivre les étudiantes américaines. »

Il me considère un moment avant de dire : « Signora, la dernière fois que vous êtes venue à Florence, vous avez été agressée et votre mari a été tué. Alors disons que votre retour m'a un peu inquiété.

— Que croyiez-vous que j'allais faire ? Chercher à me venger ? Karel Indrizzio était mort, nom d'un chien ! »

Il me regarde sans rien dire, comme autrefois. Il ne cille même pas. « Je ne comprends pas pourquoi vous… » Je m'arrête au milieu de ma phrase. J'ai compris. « Vous n'étiez pas sûr que ce soit Indrizzio. Vous n'en avez jamais été sûr. »

Il prend une cigarette, l'allume et m'en offre une. Je secoue la tête.

« Dans votre cas, explique-t-il, les preuves étaient assez solides. Pour les autres, les probabilités étaient fortes, mais sans rien de décisif. Jusqu'au meurtre de Caterina Fusarno. » Un halo de fumée s'élève au-dessus de sa tête.

Je songe au doute qui a dû s'infiltrer en lui et remettre en cause ce qu'il croyait savoir.

« Ensuite, dis-je, il y a eu Ginevra. Il existait trop de similitudes. La façon dont le corps était présenté, le sac. Soit quelqu'un imitait Indrizzio, soit ce n'était pas lui qui avait tué les deux premières femmes. »

Pallioti hoche la tête. Je me sens comme trahie par cette révélation. J'ai toujours cru qu'il était convaincu à cent pour cent de la culpabilité d'Indrizzio pour les deux premiers crimes. Il n'a jamais exprimé le moindre doute. Mais pourquoi s'en serait-il ouvert à moi ? Le fait qu'il soit resté auprès de mon lit d'hôpital ne nous a pas mis à égalité. Cette idée me fait un petit choc. Mais au fond, n'ai-je pas tort ? Être votre égal n'est pas plus l'affaire de la police que celle des prêtres. Ils aiment seulement vous le faire croire quand ils veulent vous tirer les vers du nez.

J'y ai bien réfléchi, et je sais que la première fois que j'ai vu Lorenzo Beretti, c'est le jour où nous sommes allés au Boboli. Le jour du printemps, lors du changement d'heure. Billy avec son panier. Les Japonaises à Mantoue. Ginevra Montelleone était déjà morte.

« Et s'il s'était agi de quelqu'un qui s'inspirait de lui ? »

Il hausse les épaules et approche de lui le gros cendrier de verre. « Un imitateur aurait aussi été dangereux pour vous. Votre affaire a été rapportée dans la presse ; il aurait pu vouloir vraiment faire comme Indrizzio, au point de finir ce que le maître n'avait pas achevé. »

Je songe à la façon dont Billy m'a cherché querelle au sujet de la veillée pour Ginevra. Elle employait le même argument que Pallioti maintenant. Sauf qu'il était trop tard. Marcello était déjà sorti de l'ombre pour me raccompagner chez moi.

« Je crois que je veux bien cette cigarette, en fin de compte. » Pallioti sourit et pousse vers moi le paquet et le briquet.

En l'allumant, je m'interroge. Ne faisait-il vraiment que me protéger ? Ou pensait-il qu'en me surveillant il pourrait voir quelqu'un qui me regardait aussi ?

Dans ce cas, mon retour a dû être une bénédiction. Ils n'ont pas dû en revenir de leur chance. La colère me gagne et se dissipe aussitôt. Pourquoi leur en vouloir ? À leur place, n'en aurais-je pas fait autant ? D'ailleurs, au bout du compte, cela a marché. Enfin, plus ou moins. Je sais maintenant qu'ils soupçonnaient

Marcello mais ne voulaient pas courir le risque de l'arrêter : ils espéraient qu'il les mènerait à Sophie.

Nous fumons un moment en silence. En ruminant tout cela, je me rends compte que les choses ne se sont pas passées comme je l'imaginais. À Florence, je pensais poursuivre mes rêves, être enfin libre. Au lieu de cela, j'ai servi d'appât et l'on m'a surveillée en espérant que je serais poursuivie.

Pallioti me tend le cendrier. Aujourd'hui, la coupe sévère de son costume lui fait un visage et des yeux plus pâles que jamais. Il pourrait être prêtre. Le Grand Inquisiteur qui, de son bureau, jouerait avec les habitants de la ville comme avec les pièces d'un jeu d'échecs et regarderait de haut le bien et le mal. Que m'a-t-il dit, déjà, le lendemain de la mort de Billy ? *« Nous vivons dans le tableau mais nous ne le voyons pas. »* Et lui, Pallioti, le voit-il, ou Dieu seul a-t-Il ce pouvoir ?

Je pourrais lui poser la question mais je ne sais même pas s'il croit en Dieu. À vrai dire, je ne sais rien de lui. Si ce n'est qu'il fume trop. Justement, il écrase sa cigarette et ouvre un dossier sur son bureau.

« "Marcello Marelli, lit-il. Vingt-cinq ans. Né à Mantoue."

— Le tableau.

— *Sì, certo.* » Il hoche la tête, puis sort des lunettes de sa poche intérieure et les chausse. Il me regarde par-dessus la monture.

« Le tableau, répète-t-il. Oui, Marcello l'a certainement vu à l'occasion d'une sortie scolaire. Les écoles publiques sont fanas de l'héritage culturel italien. Il a dû visiter le palais ducal plus d'une fois, et il est peu probable qu'ils aient omis Mantegna. » Il soupire et se penche de nouveau sur les papiers devant lui.

« Marcello a été placé à douze ans. Mère célibataire et droguée. Son beau-père abusait de lui sexuellement ; c'est la raison pour laquelle il leur a été enlevé. Il est né de père inconnu. Sa mère est morte d'une overdose quand il avait quinze ans. Dès son plus jeune âge, Marcello a trouvé le réconfort, et peut-être un refuge, dans le sein de l'Église. Babinellio pense qu'il en appréciait le côté structuré, qui devait le rassurer. Il a été enfant de chœur », ajoute-t-il en me fixant.

Je regarde par la fenêtre tout en l'écoutant. Je me rappelle le jeune homme qui marchait à côté de moi dans le noir. L'une des choses qu'il m'a dites, c'est qu'il avait envie de fonder une famille. Comme nous cherchons à nous créer un autre passé, ne serait-ce qu'en rêve, là où la rage, la douleur ou le tort que l'on nous a fait ne peuvent pas nous entraver.

« Il était bon élève, poursuit Pallioti. Intelligent. Il a décroché une place à l'université de Florence.

— C'est à ce moment-là qu'il a rejoint l'Opus ? »

Ils recrutent parmi les plus vulnérables, m'a expliqué Pierangelo. C'est pour cela qu'ils aiment bien les facs. Tous ces jeunes gens, éloignés de chez eux, qui commencent tout juste à trouver leur voie. Qui sont seuls. Les idéalistes qui veulent faire le bien mais ne savent pas comment.

J'écrase ma cigarette en m'efforçant d'oublier le contact de la main de Marcello dans la mienne.

« Disons que l'Opus Dei ne coopère pas, répond Pallioti. Vos photos nous ont été utiles ; celles avec la signora Kalczeska. À notre avis, ils sont passés s'assurer qu'il n'était pas sorti du droit chemin. Pour répondre à votre question, oui, nous croyons qu'il a rejoint l'Opus peu de temps après son arrivée ici et qu'il a emménagé dans l'une des maisons de l'organisation. C'était un jeune homme isolé, déjà religieux. Il n'avait pas peur de travailler dur et il était attiré par les règles strictes et les solutions simples. L'Opus a dû lui paraître plus que séduisant.

— D'autant qu'il avait une mauvaise opinion de lui-même et que la vie le terrifiait. »

Pallioti hoche la tête. « Les victimes d'abus sexuels croient généralement que c'est leur faute – surtout les enfants. Selon Babinellio, Marcello devait être habité par la rage. Et la culpabilité. Et bien sûr, dans son enfance, il a pu constater les dangers du chaos. »

L'image de l'enfant qu'a dû être Marcello s'impose à mon esprit.

« Le médecin légiste a trouvé beaucoup de vieilles cicatrices sur son dos et ses cuisses », poursuit Pallioti.

Glacée, je me revois au bas de l'échelle dans la boutique de la signora il y a… quoi ? une semaine ? Et à la cicatrice que j'ai remarquée en bas du dos de Marcello au moment où son sweat-shirt est remonté. J'ai cru qu'elle était due à son accident. Je n'ai pas songé une seconde à la discipline, à la mortification de la chair récalcitrante.

Pallioti se replonge dans son dossier. « À l'université, ça ne s'est pas aussi bien passé qu'il l'avait espéré. Du coup, à un moment donné, il a décidé d'arrêter et il est entré…

— À l'école de police.

— Comment le savez-vous ?

— Il me l'a dit. Je l'ai rencontré, un soir. Il m'a raccompagnée chez moi et nous avons parlé de ce qu'il avait envie de faire. Il a dit qu'il avait dû quitter l'école de police parce qu'il s'était cassé la jambe. »

Je regarde Pallioti. « Oh, mon Dieu ! C'est ça, n'est-ce pas ? Il m'a dit qu'il avait passé longtemps à l'hôpital. C'est ce qui explique l'interruption entre mon agression et le meurtre de Caterina, quand il a recommencé. »

Il confirme d'un hochement de tête. « Nous pensons que ses relations avec l'Opus Dei ont probablement décliné aussi durant cette période.

— Pourquoi ? Parce qu'il ne vivait plus dans la maison ? Et qu'il ne pouvait plus s'acquitter de ses devoirs envers eux ? Il était à l'hôpital, nom d'un chien ! » Cela paraît fou, même pour l'Opus. C'est alors que je songe à une autre raison. « Vous croyez qu'ils étaient au courant de ce qu'il avait fait, à Eleanora et à Benedetta ? Vous pensez qu'ils ont pu s'en douter ? »

L'Opus exige la confession totale. Est-il possible que son prêtre ait su ce qu'il avait fait et n'en ait parlé à personne ? Qu'il se soit contenté de le repousser pour que l'organisation ne soit pas éclaboussée ?

Pallioti regarde par la fenêtre. « Comme je vous l'ai dit, répète-t-il, l'Opus Dei refuse de coopérer.

— Le cardinal ne peut pas… ? »

D'un regard, il interrompt ma question, et un semblant de sourire flotte au coin de ses lèvres. Évidemment. C'est pour cela que D'Erreti suivait cette affaire de si près. L'Opus Dei le soutient ; il y a peu de chances qu'il entreprenne la moindre démarche risquant de le lui aliéner. Évoquer ses liens avec un tueur en série, par exemple. Et moins encore suggérer que l'organisation a pu l'encourager, même involontairement.

« Eleanora Darnelli était croyante et pratiquante, explique Pallioti en lisant dans mes pensées. Bien entendu, sa mort a attiré l'attention du cardinal. Et quand Benedetta Lucchese a été tuée, il a été encore plus préoccupé. »

Doux euphémisme.

« *Serviam*. En latin, cela signifie "je sers". C'est aussi la devise de l'Opus Dei. Babinellio pense que, dans une certaine mesure, Marcello a pu faire cela pour impressionner sa hiérarchie. Plus elle le repoussait, plus il devenait frénétique. L'Opus avait été son foyer, sa famille. Compte tenu de son passé, perdre sa place au sein de l'organisation a dû le terrifier, et l'on peut imaginer qu'il s'est donné de plus en plus de mal pour faire ses preuves. Apparemment, l'un des principes essentiels de l'organisation est que ses membres tentent d'en amener d'autres à Dieu.

— La tactique.

— Pardon ? fait-il en haussant les sourcils.

— Ils appellent l'apostolat la "tactique". » L'expression de son visage me fait sourire. J'ajoute : « La subtilité n'est pas leur point fort. Le secret, en revanche… »

C'est au tour de Pallioti de sourire, d'un sourire qui éclaire son visage et le transforme. Je me demande quel âge il peut avoir.

« Outre la tactique, nous pensons que l'une de ses tâches, c'était les travaux – changer une tuile, réparer la charpente, l'entretien général, reprend-il. L'Opus Dei possède un certain nombre de vieilles villas, ici et là, dans lesquelles il y a beaucoup à faire. Marcello était adroit de ses mains.

— C'est donc ainsi qu'il a eu accès à la Maison des oiseaux ?

— Sans doute. L'Opus essaie de l'acquérir depuis un bout de temps. À un moment, il a fait faire une expertise et proposé de se charger de certains travaux pour tenter de faire tomber l'opposition du propriétaire. »

« *J'ai fait du jardinage, mais ce n'est pas une carrière.* » Pas comme ramener à Dieu les brebis égarées. Il avait dû juger qu'elles l'étaient, toutes. Eleanora, la religieuse sur le point de quitter l'Église pour ce qui lui a semblé la luxure, trahissant le Christ pour le péché de chair. Benedetta, qui vivait avec son amant sans être mariée et, pire, faisait son possible pour arracher sa sœur à l'Opus Dei. Caterina était prostituée ; cela a dû lui suffire et, ne les connaissant pas, ni elle ni Rosa, il a dû s'identifier à son fils. Ginevra défendait ardemment le droit des femmes à disposer de leur corps – à commettre des meurtres, aux yeux de Marcello. Et Sophie. Ce n'était pas la dame de compagnie de la signora Raguzza qui avait laissé le sac de courses devant la porte ouverte. C'était Marcello, qui parlait parfaitement l'anglais et qui n'avait pas eu besoin de rester là longtemps pour entendre Sophie projeter d'enlever ses enfants. Quant à Billy... Eh bien, Billy, c'était Billy. Je l'imagine dans sa robe rouge – la « femme écarlate », littéralement. La première fois qu'elle a parlé de lui, c'était le lendemain du jour où j'étais allée à Sienne. Elle m'avait raconté qu'elle le trouvait mignon et le lui avait dit. Je me rappelle avoir songé qu'une aventure avec elle serait la chance de la vie de Marcello. Aujourd'hui, cette idée me fait frémir. Je me rappelle la tête qu'il a faite quand, ayant laissé tomber ses pièces dans le magasin, elle a lâché une bordée de jurons. J'ai cru qu'il était gêné ; il devait être fou de rage. Il ne reste que moi. Avant de mourir,

Marcello m'a rappelé qu'il ne m'avait jamais fait de mal. Il a peut-être voulu dire qu'il avait changé d'avis après que j'avais été gentille avec lui.

« Il connaissait toutes les femmes, remarque Pallioti en allumant une autre cigarette. Ou plutôt, il avait entendu parler d'elles. L'Opus envoyait des bénévoles faire des travaux d'entretien dans le couvent d'Eleanora. Les rumeurs vont vite. Isabella ne se souvient pas de lui mais il la connaissait peut-être. En tout cas, il a dû être au courant de son départ. Il paraît que les "renégats" sont abandonnés publiquement. Et sa sœur qui l'a fait sortir a dû être considérée, au mieux comme perdue, au pire comme dangereuse. Quant à Caterina, elle fréquentait la même église que lui après sa sortie de l'hôpital.

— Et l'église faisait du bénévolat à la clinique dans laquelle elle suivait sa cure de désintoxication. »

Pallioti lève la tête. Je me rappelle la photo. Le visage que j'ai cru reconnaître en partant. « Si vous vérifiez, dis-je, je crois que vous le trouverez sur une photo de groupe dans la salle de conférences. »

Il hoche la tête et prend note. « Évidemment, continue-t-il, Ginevra était un peu un personnage public. Surtout après qu'elle avait jeté des œufs au cardinal. »

Tout cela, je le comprends. Ce que je ne comprends pas, c'est comment Marcello a pu être au courant, il y a deux ans, pour Pierangelo et moi. Notre liaison aurait suffi à me désigner à son attention, c'est certain. Peut-être nous a-t-il vus ensemble dans un café, dans la rue, n'importe où, et m'a-t-il reconnue. Florence est une toute petite ville.

« Ses deux anciennes logeuses nous ont dit qu'il s'intéressait beaucoup à la photo, ajoute Pallioti. La dernière l'a même autorisé à installer une chambre noire au sous-sol. Hélas, nous avons dû démolir son mur. Marcello avait fait des travaux pour elle et en avait profité pour fabriquer une cachette pour ses souvenirs. Entre parenthèses, il lui a dit il n'y a pas long-temps qu'il avait besoin de faire des photos de maisons parce qu'il envisageait de devenir architecte. »

Je ferme les yeux. Je n'imagine que trop bien laquelle il photographiait.

« Il possédait aussi une impressionnantes collection de clichés de toutes les femmes qu'il a tuées. Avant et après leur mort. Nous les avons trouvées sous son lit. »

Pallioti se lève et va s'appuyer à la fenêtre, me tournant le dos.

« Je crains qu'il n'ait appris votre retour à Florence par notre faute. Après son accident, il est resté en contact avec deux ou trois camarades de l'école de police. Apparemment, il s'intéressait de très près aux articles concernant votre agression et le meurtre de votre mari. Alors, quand votre nom est apparu sur nos listes à votre entrée dans le pays, un de ses copains l'a remarqué, naturellement, et le lui a dit. À l'époque, Marcello faisait des petits boulots. La place qui s'est libérée à l'épicerie a été un coup de chance, mais je suis sûr que, sinon, il aurait trouvé un autre moyen de vous approcher. Nous avons découvert une soutane dans ses affaires. Nous pensons que, après qu'il s'est aperçu que la signora Raguzza recevait la communion chez elle, il a dû entrer quelquefois chez vous habillé en prêtre. »

Le déguisement parfait. « Ils sont tous pareils, avait dit Billy. Comme les pigeons et les girls. » C'est ainsi qu'il a appris son nom. Il lui a suffi de fouiller dans ses tiroirs pour trouver son permis de conduire ou sa carte de bibliothèque. Anthéa. Il est entré avec mes clés ; cela n'a pas dû être difficile non plus. Cependant, une chose que Pallioti m'a dite me tracasse.

« Il collectionnait les coupures de presse sur moi ? Faisait-il la même chose pour les autres ?

— Dans une certaine mesure. Mais je dois dire que vous étiez sa préférée. Votre agression et le meurtre de votre mari le fascinaient. Il détenait à peu près tout ce qui a été écrit dessus.

— Pourquoi ? »

Pallioti écrase sa cigarette et me regarde. « Parce que ce n'est pas lui qui les a commis. Marcello a été renversé par une voiture sur son scooter le 17 mai. Le 25, le jour où vous avez été attaquée dans le Boboli, il était à l'hôpital, couché sur le dos, la jambe en traction. Il avait été opéré pour la seconde fois la veille et il est absolument impossible qu'il ait quitté son lit. Il n'a pas pu remarcher avant deux mois.

— Donc, dis-je en le fixant, en fin de compte, c'était bien Karel Indrizzio.

— Oui. »

Un silence pesant se fait dans le bureau. J'ai l'impression que mon sang s'est arrêté de circuler. Pallioti me regarde.

Je lui demande : « Ty ? » Mais il est injuste de lui poser cette question. Il ne peut pas me dire pourquoi il est mort. Pas pour la grâce de Dieu. Pour de l'argent. À cause d'un malade qui s'était inspiré des articles lus dans les journaux. Et cela a fasciné Marcello. C'était le seul à savoir que notre agresseur l'avait imité. Exactement le contraire de ce que nous avions pensé. « Mais le masque ? dis-je. J'avais cru que... »

Pallioti retire ses lunettes et se passe la main sur les yeux. « Moi aussi, signora. Et je me suis trompé. J'ai commis l'erreur d'y voir quelque chose qui n'y était pas. Karel Indrizzio était allé à Venise où il avait acheté un souvenir qui lui est tombé de la poche. Beaucoup de gens passent dans ce jardin ; il se peut aussi que le masque ait été là avant. »

Pallioti me raccompagne dans le hall de la Questura pour la dernière fois. Il est silencieux, plein de sollicitude. Quand il me serre la main, il y a de la tristesse dans son regard bleu.

« Cela va vous paraître étrange, signora, mais j'ai été très heureux de faire votre connaissance.

— Moi aussi. » C'est vrai. Il va me manquer : je n'aurai plus personne avec qui fumer en douce.

Je le regarde remonter le grand escalier de marbre, le dos raide dans son costume, puis je sors. Comme toujours en fin d'après-midi, la rue grouille de monde. En me mêlant à la foule, je me rends compte que c'est sans doute la première fois depuis mon retour à Florence, il y a deux mois, que personne ne m'observe. Et en marchant pour me rendre chez Pierangelo, je me sens très seule.

Épilogue

C'était il y a près d'un mois. Nous voilà fin mai, et Pierangelo et moi passons notre troisième semaine à la campagne. L'été approche.

La maison que sa mère a laissée à Piero est sise assez haut sur une chaîne de collines – ou plutôt de petites montagnes – qui domine la vallée d'une rivière. Autrefois, c'était une ferme fortifiée qui faisait partie d'un grand domaine, une *fattoria*, rassemblant jusqu'à trente ou quarante fermes et qui transformait l'huile, le blé et les olives dans des entrepôts centraux. Aujourd'hui, la plupart des granges sont en ruine ou ont été transformées en résidences secondaires dont les piscines et les pelouses dessinent des carrés colorés dans le paysage.

Pendant la guerre, les partisans contrôlaient ces vallées. Sur la *piazza* de chaque petit village, une plaque porte le nom des morts – une liste de commerçants, de vieillards, d'instituteurs et de femmes fusillés en représailles pour chaque soldat allemand tué. En général, on exécutait dix civils italiens pour un soldat allemand mais le taux pouvait monter jusqu'à vingt et il fallait laisser les corps pourrir au soleil de Toscane où ils étaient tombés.

C'est une terre aride de fantômes, de pierre grise et de vignes, de garrigue, d'oliviers aux racines tordues. Des étourneaux nichent dans nos dépendances désertes. Si l'on reste assis sur la terrasse sans faire de bruit, on entend parfois un bruissement d'ailes.

La maison est une grande bâtisse rectangulaire, avec les chambres, la cuisine et la salle à manger au rez-de-chaussée, et les pièces à vivre à l'étage. Deux grands espaces communicants ouverts sur une loggia donnant sur la rivière et les reliefs des bâtiments agricoles qui semblent se désagréger sous nos yeux et retourner à la poussière dont ils sont nés. Des rosiers sauvages aux fleurs parfumées grimpent sur les murs et s'accrochent aux fenêtres et aux gouttières.

Plus d'une fois, j'ai observé Pierangelo de la loggia, quand il croyait que je dormais ou que je lisais. Je l'ai vu errer dans l'allée, pousser la porte des granges, explorer les zones ombragées. Je crois qu'il cherchait le fantôme de sa mère, une trace de la femme qui l'a abandonné, bébé, et qu'il n'a jamais connue. Elle a vécu ses dernières années ici et cette maison, cette terre sont son héritage. Tout ce qu'il a jamais reçu, tout ce qu'il recevra jamais d'elle. Pierangelo adore cet endroit. Il dit que c'est un rêve éveillé. Pourtant, au début de notre séjour, j'ai fait des cauchemars.

Je voyais Karel Indrizzio dans l'encadrement cassé de la porte des resserres au bas de la colline. Les roses avaient un parfum d'acacia. Dans le bruissement des arbres sous la pluie, j'entendais Marcello, je sentais le souffle de son murmure sur ma joue : « *La chair doit racheter les péchés de la chair.* »

Je me suis remise à peindre et nous avons décidé d'avancer le mariage. C'est une idée de Pierangelo. Il dit que Marcello lui a fait peur et lui fait prendre conscience de la fragilité du bonheur. Puis il rit et remarque que c'est peut-être l'âge. Il aura cinquante ans dans un peu plus d'un mois et assure que le plus beau cadeau que je puisse lui faire, c'est de l'épouser. Alors nous allons nous passer de la fête et de la famille, de la robe blanche et de la Sicile, de la Sardaigne ou de Capri. Non, nous irons simplement à la mairie, puis nous reviendrons ici, à Monte Lupo.

Pierangelo va au journal presque tous les jours et je pourrais l'accompagner si je voulais. Je pourrais aller à l'appartement, faire du shopping. Mais c'est l'été et j'aime autant rester ici. Je me promène chaque jour en imaginant que les chemins qui s'enfoncent dans la forêt au-dessus de la maison servaient autrefois aux partisans, des jeunes hommes minces aux vêtements usés qui se glissaient sans bruit entre les arbres. Je ne vois jamais leur fantôme, mais il m'arrive d'apercevoir un cerf et, une fois, j'ai même surpris un sanglier. Je me mets en route de bonne heure, dès le départ de Pierangelo. J'avance avec précautions le long de la crête en regardant la ligne de la rivière. Un matin, je trouve les écuries. J'en ai entendu parler par la femme de ménage ; j'ai aussi saisi des murmures, à l'épicerie et au café. C'est là que se réunissaient les partisans.

Elles sont à l'orée d'un bois, au bord d'un champ broussailleux. Je les reconnais tout de suite à la tête de cheval en pierre au-dessus du porche fermé par une grille rouillée qui pend sur un gond.

Les murs sont couleur de miel. Des arbres poussent entre les pavés. Les plantes grimpantes et les mauvaises

herbes envahissent tout. Au centre, il y a un gros châtaignier dont les branches forment une voûte qui va
presque jusqu'aux toits. Un banc de pierre verdi par la
mousse entoure le tronc, à côté d'un puits. On dit que
le procès des traîtres avait lieu ici et que l'on pendait
les collaborateurs à ces branches.

Six boxes carrés entourent la cour. J'imagine les
têtes de chevaux sortant au-dessus des portes en bois
aujourd'hui pourries. Quand j'ouvre la porte d'une
remise, des colombes s'envolent dans un battement
d'ailes tels des fantômes blancs et s'élèvent en spirale
jusqu'au toit pointu où elles se lissent les plumes et se
pavanent.

Ce lieu semble endormi depuis des siècles. Le lendemain, je reviens avec mon cahier. Je ne sais pas si ces
histoires sont vraies, si l'on a pendu des corps aux
grosses branches, s'il y a des ossements dans le puits
mais, tandis que mon pinceau court sur le papier, je
me prends à songer que cela n'a peut-être pas
d'importance. Que les fantômes soient visibles ou invisibles, je ne suis sûre que de ce que je vois. L'arbre
fleurit encore et ses branches continuent à dispenser
une ombre tachetée de lumière. Et, quoi qu'il ait pu
arriver autrefois, quoi qu'il puisse arriver plus tard, les
pierres sont belles.

Achevé d'imprimer par GGP Media GmbH, Pößneck
en octobre 2008
pour le compte de France Loisirs,
Paris

N° d'éditeur: 53587
Dépôt légal: novembre 2008

Imprimé en Allemagne